edition**blaes**

Thomas Heinz Fischer

Kaschuben-Hochzeit

Ein deutscher Flüchtlingsroman

edition**blaes**

Inhalt

Für Heinz und Marianne.
Für Nora.

Prolog

Vielleicht sollte ich ihn rasieren?

Marianne dachte daran, wie wichtig Heinz ein glattes Kinn gewesen war. Jetzt drängten die Stoppeln aus der Haut empor, als wären sie umso mehr zum Leben erwacht, je apathischer ihr Mann wurde. Ach was, das Pflegepersonal kann das viel besser, schoss es ihr durch den Kopf. Zum einen hatte sie keine Lust, das Rasierzeug aus dem Bad zu holen, zum anderen würden ihre Hände sowieso zu sehr zittern. Und ihm selbst war es wohl einerlei. Er war doch gar nicht mehr recht bei Bewusstsein, lag im Bett, die Augen an die Zimmerdecke gerichtet, mühevoll, jedoch gleichmäßig atmend. Vor zwei Monaten noch war er wenigstens zeitweise klar gewesen, hatte sich geweigert, in das Pflegeheim zu ziehen.

»Hört auf, mich für verrückt zu erklären«, hatte er gebrüllt, und von einer Sekunde auf die andere aber nicht mehr gewusst, wo er sich befand. Seit dem Sommer redete der Hausarzt von Demenz, sprach das allerdings nur gegenüber Marianne aus.

Heinz seufzte kaum hörbar, ohne auch nur einen Teil seines Körpers zu bewegen.

»Was ist denn, mein Guter?«, versuchte Marianne ihren Mann zu beruhigen und strich mit dem Handrücken flüchtig über seine stachelige Wange. Jetzt stöhnte er leise. Marianne überkam der Anflug eines liebevollen Gefühls und sie nahm seine Hand in die ihre. Zärtlichkeit war selten gewesen in ihrer fast dreiundfünfzigjährigen Ehe. Irgendwann war sie im täglichen Kleinkrieg auf der Strecke geblieben. Ewig musste sie sein Gebrüll und Genörgel ertragen. Aber sie hatte nie klein beigegeben, ihn lieber spüren lassen, wo sie sich ihm für überlegen hielt, ihrem Mann, der nie Bücher las. Meist saß er vor dem Fernseher und schaute Fußball. Oft schlief er dabei ein, sodass ihm das Kinn auf die Brust fiel. Es war wie ein einstudiertes Stück gewesen: Schlief er vor dem Bildschirm ein, hatte sie geseufzt: »Ach, der schläft schon wieder!« Und dann, zu ihm gerichtet: »Geh doch lieber ins Bett!« Er hatte dann jeweils den Kopf emporgerissen und sie angeschnauzt: »Der schläft schon nicht!«

Wie friedlich er sich dagegen jetzt benahm. Lag einfach nur da. Marianne legte seine Hand zurück auf das Bett. Sie wühlte in ihrer Handtasche nach einem Taschentuch, da ihr plötzlich die Augen juckten und die Nase lief. Sie fand sogar ein ganz frisches Exemplar. Als sie sich schnäuzte, hörte sie nicht, wie sich die Tür des Zimmers öffnete. Erst als ihre Schwester Brigitta direkt neben ihr stand, erschrak sie leicht.

»Ach Gitti, du bist da. Ich habe dich gar nicht kommen hören«, gestand Marianne und verstaute das benutzte Papiertaschentuch wieder in der Tasche.

»Ich muss doch mal gucken, wie es euch geht«, erklärte Mariannes jüngere Schwester. »Weinst du etwa?«

»Ach was! Wie soll es denn gehen, siehst du doch. Heinz spricht nun gar nicht mehr.«

»Hm«, ließ Brigitte vernehmen, setzte sich auf einen freien Stuhl und schaute ohne erkennbare Regung auf ihren Schwager. Nach einer Weile des Schweigens fragte sie unverblümt: »Weißt du eigentlich schon, wie Heinz beerdigt werden soll? Lässt du ihn verbrennen?«

Diese Direktheit war Marianne von ihrer Schwester gewohnt. Schon als Kinder waren sie beide stets darauf bedacht, keinen Verdacht auf Sentimentalität aufkommen zu lassen. Für Gefühle war damals kaum Platz gewesen.

»Auf dem Friedhof gibt es kleine Urnengräber, die kosten nicht viel. Da kann meine Asche dann später mal mit dazu. Das dauert auch nicht mehr lange.«

»Na ja, ist doch gut. Wir machen alle nicht mehr lange. Nun ist Heinz der Erste.« Plötzlich hielt Brigitte inne und fügte an: »Mensch, wir reden hier so. Nicht, dass Heinz das alles hört.«

»Ach, der kriegt nichts mehr mit«, meinte Marianne halb resigniert, halb sarkastisch.

Plötzlich riss Heinz den Kopf hoch, schaute die beiden Frauen wütend an und rief: »Der kriegt schon noch alles mit!« Dann fiel er zurück auf das Kissen und sprach bis zu seinem Tod wenige Tage später kein Wort mehr.

Die Beerdigung und die Trauerfeier waren nun auch geschafft. Gerade hatten sich die Kinder mit ihren Familien verabschiedet. Marianne saß allein im Wohnzimmer in ihrem Stammsessel und schaute aus dem Fenster zur Fichte. Alles hatte geklappt, wie sie es sich vorgestellt hatte. Eigentlich wie immer im Leben: Es gab eine Aufgabe, die musste erledigt werden. Auch wenn Heinz nun tot und eingeäschert war, verspürte sie keine Trauer. Wäre das Gegenteil nicht aber normal gewesen? Vielleicht kam der Schmerz noch. Wie so oft hatte sie das Gefühl, nicht so zu funktionieren, wie es von ihr erwartet wurde.

Mit einem Ruck stieß sie sich aus dem Sessel hoch und holte den Karton mit den Fotos aus den ersten Ehejahren von seinem angestammten Platz aus der Schrankwand. Wieder im Sessel, suchte sie das Hochzeitsfoto heraus. 1963 hatten sie geheiratet. Das Foto war eine für diese Zeit typische, aufwendig gestellte Schwarz-Weiß-Aufnahme mit gezackt geschnittenem Rand. Marianne sah ihren Heinz auf dem Bild mit entspanntem, ebenmäßigem Gesicht. Sein Blick wirkte weich und etwas schüchtern. Die dunklen, gewellten Haare waren sorgfältig gescheitelt. Er trug ein weißes Hemd und eine weiße Fliege. Am Revers der schwarzen Anzugjacke steckte eine Nadel mit Blume. Sie selbst sah aus, als bemühte sie sich so zu schauen, wie man es damals von Fotomodellen oder

Schauspielerinnen in Zeitschriften kannte. Marianne musste lächeln, als sie daran dachte, wie sie damals oft so aussehen wollte wie Audrey Hepburn. Die Augenlider waren leicht geschlossen, die Lippen geschürzt. Marianne fand, sie hatte seinerzeit ein sehr hübsches Gesicht gehabt, mit vollen Lippen und zierlicher, gerader Nase. Eine kleine Krone aus weißer Spitze mit einem Schleier daran zierte die kurzen, brünetten Haare. Sie trug ein weißes Spitzenkleid und hielt in der Hand einen Strauß weißer Tulpen. Ihre linke Schulter lehnte an der des Bräutigams. Wenn Marianne früher mit den Kindern alte Familienfotos angeschaut hatte, erzählte sie bei dem Hochzeitsfoto meist die Anekdote von der Kaschubenhochzeit, als ob diese Geschichte zu dem Foto untrennbar dazugehörte. Eigentlich war es keine besondere Geschichte.

Verschlagen

Elisabeth stand am Fenster des Salons und schaute in den Park zu den alten Linden hinter dem kleinen Teich. Sie sah, wie ein Stockerpel einen Konkurrenten wild flügelschlagend über das Wasser scheuchte. Aber eigentlich beobachtete Elisabeth Joachim Reichert, den Besitzer des ehemaligen Rittergutes von Pillkallen, der bei den alten Linden mit irgendetwas hantierte. Nein, schön fand sie Joachim nicht. Aber das machte ihr nichts aus, schließlich hielt sie sich selbst nicht unbedingt für eine Schönheit. Er war eher klein, und durch eine Verletzung in der Schlacht von Tannenberg zog er sein linkes Bein etwas nach. Sie mochte ihn. Er wusste sehr viel. Nicht nur, wie man mit den Kühen am besten umgeht oder wann die günstigste Zeit ist, den Roggen auszubringen. Er konnte auch von Königsberg erzählen, war sogar mehrmals in der Reichshauptstadt gewesen. Elisabeth war bisher lediglich bis Gumbinnen gekommen, das nur eine Bahnstation von Pillkallen entfernt lag. Herr Reichert war ein Gutsherr, wie er Gott sicher gefiel.

Joachim Reichert hatte eine Leiter zu dem Baum getragen und erklomm diese nun mit dem kleinen Eulenvogel in der Hand, um ihn in das Nest zurückzusetzen.

Elisabeth seufzte und trat vom Fenster weg, nahm den vollen Eimer mit Schmutzwasser und schleppte ihn in die Waschküche, wo sie einen großen Kupferkessel mit Wasser auf dem Feuer hatte. Sie wollte neben dem Salon auch noch die anderen Zimmer und die Treppen des Gutshauses wischen, bevor sie das Abendessen vorbereiten musste. Heute sollte es Verlorene Eier mit Roter Bete geben, das war schnell zubereitet und schmeckte auch ihren Jungs. Seit sie die Hauptmamsell auf Gut Pillkallen war, konnte sie eine Mahlzeit am Tag für ihre Familie mit nach Hause nehmen. Wobei die Kinder auch zwischendurch in der Küche des Gutshauses auftauchten und ein Wurstbrot oder eine Schüssel Suppe bekamen. Vor allem Kurt kam gern, ihr zweiter Junge. Er war ein blond gelockter, kräftiger Bursche, der mit seinen acht Jahren ziemlich vorlaut war. Stets sprach er jede Person auf dem Hof an, war überall unterwegs und manchmal meinte sie, er flirtete mit den Hausmädchen und der Hilfsköchin. Wenn sie ehrlich war, mochte sie ihn von ihren Kindern am liebsten. Alfred, der älteste Sohn, und Paul, ihr jüngstes Kind von zwei Jahren, waren sehr still. Elisabeth rätselte oft, was in diesen Jungs vor sich ging. Außerdem war da noch Irmgard, ihr Mädchen, zwischen Kurt und Paul geboren. Elisabeth war froh, dass die Fünfjährige sich sehr geschickt und fleißig zeigte. Alfred und Irmgard sorgten dafür, dass sie sich um Paul keine Sorgen machen musste, wenn sie im Gutshaus wirtschaftete. Zwischen den Melk- und Futterzeiten im Stall war außerdem Gustav zu Hause. Gustav und Elisabeth hatten vor elf Jahren geheiratet, nachdem sie beide schon über fünf Jahre auf dem Gut gearbeitet hatten; er als Melker, sie als Hausmamsell. Es hatte eine Weile gedauert, bis sie sich füreinander interessierten. Liebe auf den ersten Blick war es nicht gewesen. Heute hatte er als Oberschweizer das Sagen im Stall. Wobei von »Sagen« eigentlich nicht oft die Rede sein konnte. Von ihm hatten Alfred und Paul wohl die Schweigsamkeit. Arbeiten lag ihm mehr als Sprechen. Wenn er aus dem Gutsstall kam, kümmerte er sich sofort um den eigenen Hof: die beiden Pferde, die Kuh, die Muttersau und das übliche Kleinvieh. Der kleine Hof gehörte zu der Hälfte des Landarbeiterhauses, welche sie bewohnten und ihnen gerade genug Platz bot, auch wenn die gesamte Familie in einem Schlafzimmer nächtigen musste. Auf das Milchrind und die Sau in eigenem Besitz waren sie sehr stolz, das hatten bisher nur wenige Melker geschafft. Schon oft hatte der Pastor zu Elisabeth und Gustav gemeint, sie müssten bei *unser aller Herrn* einen Stein im Brett haben, da sie so eine vorbildliche Familie seien.

Während Elisabeth gerade die untersten Stufen der Haupttreppe aufwischte und den Lappen durch den Eimer zog, wurde ihr schwindelig, und kurzzeitig spürte sie wieder die Übelkeit. Diese Form des Brechreizes kannte sie von den vier vorherigen Schwangerschaften. Sie richtete sich auf und hielt sich an dem Treppengeländer fest. Sie war eine große Frau mit kräftigen Armen und breiten Hüften, denen man die Geburten ansah. Die Augen schauten ernst unter braunen Locken hervor. Die leicht gebogene Nase bildete dazu einen energischen Kontrast. Tief sog sie die Luft ein, welche nach dem feuchten Holz der frisch gereinigten Treppe roch. Darunter lag der gewohnte Geruch nach altem Mauerwerk, abgebrannten Kerzen und dem Hühnerdreck, der stets unter den Sohlen der Schuhe klebte, die in der Diele ausgezogen und gegen Pantoffeln getauscht wurden. Auf Letzteres achtete die Gutsherrin streng.

Elisabeth hörte, wie jemand an der schweren Eichentür des Vordereingangs war und offensichtlich seine Stiefel an dem an der Außenwand befestigten Sohlenkratzer säuberte. Die Klinke wurde mit einem durch das kleine Foyer hallenden Schlag heruntergedrückt. An der Art der Geräusche erkannte Elisabeth sofort den Gutsherrn.

»Ah, Lisbeth, bist du wieder fleißig?«, fragte Joachim Reichert und machte eine vielsagende Grimasse mit Blick gegen das obere Stockwerk.

»Keine Sorge, sie ist mit dem Einspänner los zur Bahn«, entgegnete Elisabeth, die, seit sie ihre Anstellung im Haus bekommen hatte, von allen nur Lisbeth genannt wurde. »Ich soll Ihnen ausrichten, dass sie Lehrer Ditschuneit selbst zum Bahnhof bringen wollte.«

Die Botschaft, seine Frau sei nicht im Haus, ließ Joachim umgehend auf Elisabeth zugehen. Er versuchte sie zu umarmen. Sie nahm die Arme hoch und schob ihn von sich.

»Passen Sie auf, die kleine Bordukat ist noch im Haus, müsste in der Küche sein.«

»Ach, die ist doch froh, bei uns als Hausmädchen untergekommen zu sein. Die wird keinen Ärger machen.«

»Herr, ich muss Ihnen was sagen.« Sie zögerte einen Moment, bis sie mit belegter Stimme ausstieß: »Ich bin schwanger.« Während sie dies sagte, schaute Elisabeth auf die Holzkugel des untersten Pfostens des Treppengeländers, an welchem sie sich festklammerte, sodass sie trotz der Übelkeit und der weichen Beine nicht umkippte.

»Ach, hat es Gustav wieder geschafft?« Joachim machte ein missmutiges Gesicht.

»Nee, der kann es nicht gewesen sein, wir waren an seinem Geburtstag das letzte Mal … na, Sie wissen schon.«

Joachim ging sofort in die Offensive: »Lisbeth, was hast du gemacht?«

Elisabeth wurde rot.

»Wieso denn ich, Sie haben ja schließlich auch Ihres dazu beigetragen.« Jetzt drehte Elisabeth den Kopf und schaute Joachim mit energisch klaren Augen trotzig an.

Joachim spürte seinen Ärger, dass er sich beim Maifest hatte hinreißen lassen, mit Elisabeth in den Haselnüssen zu verschwinden. Es war wie schon oft: Erst war er völlig begeistert von einer Frau, doch wenn er sie erst genommen hatte, fragte er sich, was er an ihr fand. Den ganzen Abend hatte sie mit ihm kokettiert und später laut singend auf dem Tisch getanzt. So eine Lebenslust versprühte seine Frau Brunhilde niemals. Er erinnerte sich, wie Brunhilde ihm an jenem Tag mal wieder von ihrer großen Müdigkeit erzählt hatte und schon im Haus verschwunden war, bevor der Abend richtig losging. Damals hatte er dann einige Runden mit Lisbeth getanzt und sie tatsächlich dazu gebracht, mit zu den Haselnüssen zu kommen. Und nun war sie schwanger! Das hatte ihm gerade noch gefehlt.

Elisabeth setzte sich auf eine frisch gesäuberte, inzwischen getrocknete Treppenstufe, während Joachim sie entgeistert anstarrte und sich mit der linken Hand durch die wenigen Haare fuhr.

»Immer mit der Ruhe Lisbeth, das lässt sich ganz leicht klären!«

»Klären?«, fragte sie leise. »Es ist sonnenklar: Ich bekomme ein Kind, so sieht das nun mal aus.«

Wäre Joachim ehrlich gewesen, hätte er Elisabeth jetzt gesagt, dass er genau über diese Situation schon nachgedacht hatte. Er war abgeklärt genug, um es in Gedanken bereits durchgespielt zu haben, wie viel Ärger Seitensprünge mit Personal bringen konnten. Nun war es eben eingetreten.

»Hast du es Gustav schon gesagt?«

»Wieso ist denn jetzt Gustav wichtig?« Elisabeth schaute vorsichtig zum Gutsherrn auf. »Nein, Gustav weiß es noch nicht.«

In diesem Moment hörten beide den Einspänner auf den Hof fahren. »Brunhilde kommt«, sagte Joachim, »lass uns heute Abend in Ruhe darüber sprechen. Ich bin nach dem Essen noch mal im Stall bei den Pferden. Am besten, du kommst auch hin.«

»Ich weiß aber nicht, ob ich da von zu Hause wegkann.« Elisabeth griff nach dem Scheuerlappen im Wischeimer, warf ihn aber sogleich wieder hinein. Sie spürte plötzlich Ärger, griff energisch den Eimer und verschwand mit einer Mischung aus Ärger und Gewissensbissen durch die Tür zum Hof in Richtung Waschküche, während durch den Haupteingang Brunhilde Reichert das Haus betrat.

Nach der Gutsherrin erschien der 15-jährige Johannes Albrecht in der Tür, der Joachim schon fast um eine Kopflänge überragte. Als Hausherr war er stolz auf seinen Nachwuchs, der die Woche über in Gumbinnen an der Friedrichschule das Abitur machen sollte, als Klassenbester einen hellen Kopf bewies und auf dem besten Wege war.

Brunhilde gab ihrem Mann zur Begrüßung einen Kuss auf die Wange, während der Sohn den Vater freudig umarmte, dann jedoch stürmisch die Treppe hinauflief und in seinem Zimmer verschwand.

»Habt ihr einen guten Weg gehabt?« Joachim nahm Brunhilde das grüne Jäckchen ihres neuen Reitkostüms ab.

»Ja, gut. Aber ist irgendwas? Du bist ganz blass und wunderst dich gar nicht, dass der Junge mit ist.«

»Nein, äh, doch. Ich wundere mich. Warum ist denn der Junge hier?«

»Einer der Lehrer steht seiner Frau bei, die gestern entbunden hat. Deshalb hat die Klasse eher frei und Albrecht hat einen früheren Zug nehmen können. Es ist doch schön, wenn Kinder zur Welt kommen, nicht wahr. Sag mal, irgendetwas ist doch mit dir?« Brunhilde fixierte Joachim und es bildete sich eine tiefe Falte auf ihrer Stirn.

»Was soll denn sein?«, erwiderte Joachim unwirsch. »Nur das Übliche. Ich muss dringend noch mal in den Stall und schauen, ob Gustav und seine Leute heute mit dem Melken eher fertig werden.« Joachim drehte sich um und verließ eiligen Schrittes das Haus. Er war froh, der Situation entkommen zu sein. Er wusste um das feine Gespür Brunhildes. Stets hatte er das Gefühl, sie durchschaute ihn. Da half nur Flucht in den Stall oder in irgendeine Arbeit auf dem Hof.

Auf dem Weg zu den Milchkühen versuchte Joachim seine Gedanken zu ordnen. Tausend Bilder kreisten in seinem Kopf, obwohl er eigentlich auf diese Situation vorbereitet sein sollte. Elisabeth heiraten und sich von Brunhilde scheiden lassen, das kam überhaupt nicht infrage. Elisabeth umbringen, es wie einen Unfall aussehen lassen? Brunhilde alles erzählen und den Balg mit großziehen auf dem Hof? Wie er es auch drehte und wendete, ohne gewaltigen Ärger würde da nichts abgehen.

Als er im Stall auftauchte, traf er tatsächlich auf Gustav, der gerade mit dem zweiten Melker und dem Stalljungen die Kühe ausmistete. Nur kurz schaute Gustav mit einem Kopfnicken auf, ließ sich ansonsten nicht bei seiner Arbeit stören. Mit breiten Forken holten sie das mit Dung vermengte Stroh unter den Kühen hervor, während derweil die kotverschmierten Schwänze munter vor sich in pendelten, um der lästigen Fliegen Herr zu werden. Joachim lehnte sich an eine Säule, während die Gedanken und Bilder weiter in seinem Kopf kreisten. Er hörte kaum, wie die Kühe mit lautem Muhen ihre Kommentare zur Stallreinigung abgaben, nahm heute den scharfen Kuhmistgeruch nicht wahr. Er schaute, wie der schweigsame Gustav mit flüssigen und kräftigen Bewegungen den Mist unter den Tieren vorkratzte, dabei geschickt den Kuhschwänzen auswich und die Forkenladung auf der breiten Schiebekarre abwarf.

In diesem Moment kam ihm eine Idee, und ohne lange abzuwägen, hörte er sich zu Gustav sagen: »Ich gratuliere dir Gustav, du hast es schon wieder geschafft.«

Gustav unterbrach seine Arbeit, richtete sich auf und sah seinen Gutsherrn fragend an, während er sich auf der Forke abstützte.

»Hat deine Frau dir noch nicht erzählt, dass ihr wieder Nachwuchs bekommt? Mensch, Gustav, wie macht ihr das nur? Das geht ja wie das Brezelbacken.« Joachim klopfte Gustav anerkennend auf die Schulter.

»Nein, sie hat gar nichts gesagt.«

Joachim schaute in Gustavs Gesicht, konnte aber keinerlei Gefühlsregung erkennen. Lediglich einer leichten Röte, die sich kurzzeitig abzeichnete, entnahm Joachim, dass die Nachricht offensichtlich angekommen war.

»Ich glaube, da werdet ihr eine größere Wohnung brauchen. Ich muss mir mal Gedanken machen«, bot Joachim an. Blitzschnell war ihm die Idee gekommen, wie er Gustav und Lisbeth und das ganze Problem loswerden konnte. Erst vor zwei Wochen hatte er mit Ulrich Schulze von Neuenfeld, dem Besitzer des Gutes in Medunischken, in der monatlichen Cognacrunde des Zigarrenklubs gesprochen. Der Club bestand aus Gutsbesitzern, aber auch Industriellen der Region, die sich in Gumbinnen trafen. Neuenfeld hatte Joachim erzählt, er suche dringend einen neuen Obermelker. Der bisherige Stallvorsteher, welcher unzweifelhaft ausgezeichnet mit den Tieren umgegangen wäre, aber leider vom Schnaps eine ausgeblechte Kehle gehabt habe, hatte sich wohl vor Monatsfrist versehentlich die Forke in den Fuß gerammt. In männlicher Manier hätte er dieses Malheur jedoch verschwiegen und somit auch die Hilfe des Doktors verhindert. Keine drei Wochen später war er der Blutvergiftung erlegen. Familie hatte der arme Kerl nicht gehabt. Wenn Joachim nun mit Ulrich die Versetzung von Gustav nach Medunischken verabreden könnte, wäre das Problem mit Lisbeths Schwangerschaft von Pillkallen weit genug entfernt. Alles würde davon abhängen, ob in Medunischken eine größere Wohnung für die Bredigkeits vorhanden wäre, in der Gustav mit seinen dann fünf Kindern unterkommen könnte. Nur die größere Wohnung würde die Versetzung plausibel machen.

Während Joachim diese Gedanken durch den Kopf schossen, stand Gustav immer noch auf derselben Stelle, den Blick unverwandt an Joachim vorbei gerichtet. Die Kuh, welche Gustav am nächsten war, klatschte träge mit dem Schwanz an Gustavs derbe Hose. Jetzt drehte sie den Kopf zu den Männern, schüttelte ihn und ließ ein kurzes Muhen vernehmen.

»Gustav, nun freu dich mal. Wirst wieder Vater! Pass mal auf: Die beiden hier werden jetzt allein weitermachen, du holst dir vorn aus dem Garten ein paar Blumen und dann überraschst du die Lisbeth damit. Bedank dich mal schön bei ihr, denn nicht jede Frau ist so ein fruchtbarer Acker.« Bei diesen Worten fasste Joachim mit einem Zwinkern Gustav bei der Schulter, nahm ihm die Forke aus der Hand und schob ihn Richtung Stalltor.

Gustav tat wie ihm geheißen. Er trottete zum Garten und schnitt mit dem Messer, welches er stets bei sich trug, eine Handvoll Bauernrosen ab. Dann machte er sich auf den Weg nach Hause, wo er Elisabeth nicht antraf, da sie mit ihrer Arbeit im Gutshaus noch nicht fertig war. Er legte die Blumen auf den Küchentisch, an welchem Irmgard gerade so etwas wie Hühner auf einen Zeitungsrand malte.

»Kannst dann mal die Blumen ins Wasser machen, Irmchen«, forderte er seine Tochter auf und verließ die Küche in den Hof. Dort begrüßte ihn Schlapp, der Schäferhundmischling, indem er an Gustav hochsprang und mit dem Schwanz wedelte. »Lass!« Gustav bückte sich nach dem Blechnapf des Hundes und holte dem Tier von der Pumpe frisches Wasser. Danach stapfte er in den Stall zum Schweinekoben. Die Sau lag friedlich auf der Seite und säugte ihre Jungen, die munter von Zitze zu Zitze und übereinander her wuselten. Zufrieden registrierte Gustav, dass die Sau bereits von einem der Söhne versorgt worden war. Das Melken der eigenen Kuh hingegen überließ er nicht den Jungs. Also drehte er sich um und stiefelte zum Verschlag seiner schwarzbunten ostfriesischen Milchkuh, bemerkte auch hier das frische Futter im Trog, holte sich dann den Schemel und den Milcheimer. Die Kuh machte ihm bereitwillig Platz, sodass er den Eimer unterstellen und sich auf den Schemel setzen konnte. Aus seiner Jackentasche holte er Melkfett hervor, rieb sich die spröden Finger ein und strich routiniert die Euterzitzen aus. Gustav fühlte sich durch das Strullen der Milch in der Blechkanne jedes Mal beruhigt, so auch heute. Das Herzklopfen, das er verspürte, nachdem der Herr ihn nach Hause geschickt hatte, verschwand mit dem rhythmischen Strahlgeräusch.

Die Nachricht, noch ein Kind ernähren zu müssen, hatte ihn zuerst beunruhigt. Es war mit vieren schon schwierig. Andererseits konnte Alfred bald selbst für seinen Lebensunterhalt sorgen, sodass es auf ein neues Maul auch nicht ankam. Bisher hatte es Lisbeth noch immer geschafft, mit den Kindern, der Arbeit bei den Herrschaften, im Haus und bei Notwendigkeit auch auf den Feldern gleichzeitig klarzukommen. Insofern war es vielleicht gar nicht so schlimm. Aber etwas irritierte ihn. Müsste die Schwangerschaft nicht schon fortgeschritten sein? Hätte er nicht schon etwas sehen müssen? Verstehe einer diesen Frauenkram. Gustav wechselte die Zitzen, brachte auch diese dazu, mittels seiner massierenden, schiebenden Bewegung die nahrhafte weiße Flüssigkeit in den Eimer zu spritzen. Obwohl er sein ganzes Leben immer mit Milch zu tun hatte, war sie bis heute sein Lieblingsgetränk. Vor allem, wenn sie noch die Wärme des Euters hatte, das Fett noch nicht abgeschöpft war, konnte er nicht widerstehen. Sobald eine Kuh gemolken war, nahm er eine Kelle und schöpfte sich die emaillierte Tasse voll, die stets an seinem Gürtel hing, um dann genüsslich zu trinken. Als er heute diesem Ritual folgte, waren die Gedanken über Lisbeths Schwangerschaft endgültig verflogen. Eine Weile blieb er noch bei der Kuh und bürstete ihr das Fell. Gustav war der festen Überzeugung, die von ihm betreuten Milchrinder sind in ganz Ostpreußen die schönsten, weil kein anderer die Tiere so gut pflegte.

Nach der Kuh kümmerte er sich um das Kleinvieh: Löwenzahn zu den Kaninchen geben, etwas Korn und altes Brot den Hühnern streuen, ebenso die Enten füttern. Darüber wurde es Zeit für das Abendessen, welches Lisbeth bestimmt schon fertig hatte. Es herrschte klare Aufgabenverteilung: er draußen, sie drinnen. An der Hintertür zog er sich die Stiefel von den Füßen, schlüpfte in die groben Lederlatschen und wusch sich am Wasserhahn, der außen unter dem Küchenfenster angebracht war, gründlich die Hände mit Seife. Der Schmutz floss dann mit dem Seifenwasser zur Jauchegrube neben dem Haus, in der die Enten mit viel Geschnatter herumplanschten. Gustav kam über den Hausflur in die Küche, wo Elisabeth mit dem Rücken zur Tür am Herd stand und gerade die abgegossenen Kartoffeln noch einmal auf die heiße Herdplatte setzte, damit das restliche Wasser verdampfte.

»Tag, Lisbeth.«

»Ach, Gustav.« Elisabeth drehte sich nicht um. Gustav setzte sich an den Küchentisch, der bereits mit Tellern eingedeckt war.

»Reichert hat es mir heute gesagt«, informierte Gustav seine Gattin.

»Was hat Herr Reichert gesagt?« Elisabeth wurde rot, was Gustav jedoch nicht sehen konnte, da sie sich nach einem kurzen Blick über die Schulter gleich wieder zum Herd wandte.

»Na, dass du wieder guter Hoffnung bist. Hätte ich ja auch von dir erfahren können.«

»Der Herr Reichert ist aber auch ein Plappermaul. Muss es wohl von der gnädigen Frau haben. Der hatte ich es erzählt, als mir mal nicht gut war.«

»Wie weit ist es denn? Ist ja schon ein bisschen her, dass wir beieinandergelegen haben.«

»Na, du hast ja wohl gar keine Ahnung, Gustav. Wir liegen jede Nacht in einem Bett. Denk mal nach, wie du manchmal morgens aufwachst. Manchmal habe ich ja blaue Flecken, weil mich dein harter Gustav anpiekt. Da weiß doch jedes Kind, dass da auch mal was rauskommt. Und das hat sich dann bei mir verirrt. Weißt doch, wie schnell ich schwanger werde.«

Gustav erschrak ein wenig über den aufgeregten Ton Elisabeths. »Ist ja gut, ich freu mich doch«, versuchte er sie zu besänftigen. »Was hast du denn heute Schönes gekocht?«

»Verlorene Eier. Ich werde gleich die Kinder rufen.«

Als alle saßen, beteten sie und begannen zu essen, in der rechten Hand die Gabel, den anderen Arm unter dem Tisch, da es schließlich eng war. Elisabeth war erst einmal damit beschäftigt, dem kleinen Paul die Kartoschken zu zerdrücken.

»Wann kommt denn nun das Kleine?« Gustav startete einen erneuten Versuch.

»Herbst«, schwindelte Elisabeth. Sie wusste, dass es später sein würde, wollte jedoch erst einmal Gustavs Misstrauen dämpfen.

Bei der Frage ihres Vaters hatten Alfred und Irmgard kurz mit fragenden Augen aufgeschaut. Jetzt kratzten und klapperten nur noch die Gabeln auf den Tellern, was durchmischt wurde mit Kau- und Schmatzgeräuschen. Beim Versuch, sich ein ganzes Ei in den Mund zu schieben, rutschte Kurt dieses weg, sprang auf die Tischkante und fiel auf den Boden. Sofort war der Hund zur Stelle und verschluckte es schmatzend. Mit diesem Ereignis hatten nun alle erst einmal zu tun: Alfred gab Kurt eine Kopfnuss, Kurt knurrte Alfred an, Irmgard belehrte Kurt, wie man isst, und Paul schlug mit der Gabel auf den Teller, dass die Soße auf die Schürze seiner Mutter spritzte, welche wiederum versuchte, ihn zur Räson zu bringen. Gustav forderte den Hund auf, seinen für die gemeinsame Mahlzeit zugewiesenen Platz in der Küchenecke einzunehmen, bevor er dann sowieso wieder auf den Hof musste.

Elisabeth war über diese Aufregung als Ablenkung erleichtert.

Währenddessen wartete im Gutshaus Joachim Reichert einen günstigen Moment ab, ungestört telefonieren zu können. Sobald Brunhilde und der Sohn es sich im Salon gemütlich machten, meldete er sich in das Arbeitszimmer mit dem Hinweis auf dringende Erledigungen ab. Hier hob er den Telefonhörer von der Gabel und bat das Amt um eine Verbindung mit dem Gutshaus Groß Medunischken, mit Ulrich Schulze von Neuenfeld persönlich. Es dauerte zwar eine Weile, doch Joachim hatte Glück, der Hausherr war tatsächlich zugegen und meldete sich am Apparat.

»Guten Abend, Ulrich. Wie sieht es bei dir aus auf dem Gut?«, begann Joachim das Gespräch. »Hallo Joachim, danke, bisher meint es das Wetter ja gut mit uns. Wenn es so weitergeht, kriegen wir wohl eine gute Ernte dieses Jahr.«

»Gutes Wetter am Himmel, gutes Wetter in der Politik. Mit Hitler kann es doch hier in Ostpreußen nur bergauf gehen. Sag mal, du kennst doch den Karl Töpfer?«

»Wer soll denn das sein?«

»Na, der Kreisleiter der NSDAP in Gumbinnen. Der hat doch letztens im Club am Tisch gegenüber die ganze Zeit so laut geredet, dass wir uns kaum unterhalten konnten.«

»Ach der, ja. Was ist denn mit dem?«

»Dessen Büro hat mich angerufen und nach meiner Meinung gefragt, wie unsereiner es schätzen würde, wenn die NSDAP für den Club eine Reise zur Eröffnung der Olympiade am ersten August organisiert. Das wäre verbunden mit einer Spende von uns an die Partei, was ich nicht so erbaulich fand, aber ansonsten habe ich die Idee sehr gelobt. Hat man dich denn auch schon angesprochen?«

»Nein. Mit Sport habe ich es nicht so, weißt du doch. Wer ordentlich auf dem Feld arbeitet, braucht nicht im Stadion herumrennen. Außerdem muss ich mit den Nazis nicht so viel Kontakt haben. Da fehlt manchen doch ein wenig die gute Kinderstube.«

»Nun gut, deshalb rufe ich ja auch gar nicht an. Du hattest doch unlängst angedeutet, dir fehlt noch ein vernünftiger Oberschweizer als Ersatz für den armen Kerl, den ihr beerdigen musstet. Wie wäre es denn, wenn mein bester Mann Gustav Bredigkeit bei dir anfängt. Ein Arbeitstier mit unbeschreiblichem Geschick für die Tiere. Und dazu würdest du noch dessen Frau Elisabeth bekommen, eine 1A-Köchin und Hausmamsell.«

»Oh, das hört sich sehr gut an. Aber woher kommt denn deine Großzügigkeit?«

Natürlich hatte Joachim diese Frage erwartet. Seufzend hob er an, dass das eine verzwickte Geschichte sei. »Du musst natürlich auch wissen«, erklärte er, »die Elisabeth ist in guter Hoffnung. Das ist an sich kein Problem, das ist schon das fünfte Kind und sie hat trotzdem stets zuverlässig gearbeitet, war nie krank. Aber nun gibt es hier Gerede, warum auch immer, die freudige Hoffnung habe ihr nicht der treue Gemahl Gustav eingepflanzt, sondern der Engwiese, mein Kraftwagenführer. Man mag es kaum glauben, wie solch ein Gerede die Stimmung auf dem Gut stören kann. Natürlich könnte ich nun den Engwiese fortschicken, aber den möchte ich gar nicht hergeben, dafür sind mir meine Automobile zu lieb und teuer. Außerdem brauche ich ihn auf alle Fälle in der Ernte, die nächste Woche bei uns losgeht. Und man weiß ja nicht einmal, ob diese Anschuldigungen stimmen, ich kann es mir bei der Elisabeth und auch bei Engwiese absolut nicht vorstellen, dass die miteinander ein Techtelmechtel eingegangen wären.«

»Solche Geschichten gibt es eben, davon geht die Welt nicht unter«, entgegnete Ulrich Schulze von Neuenfeld, »am besten, deine Bredigkeits kommen mal her, damit ich sie mir anschauen kann. Wenn da jetzt das fünfte Kind kommt, könnte es ein Problem sein, wo ich sie unterbringe; aber es wird sich finden, wenn alles andere stimmt. An einem guten Melker bin ich schon sehr interessiert.«

Ein wenig fachsimpelten die beiden noch über eine neue Gerstensorte, bis die Stimme vom Amt sich meldete, die Leitung würde für ein anderes Gespräch benötigt.

Das wäre erst einmal geschafft, dachte Joachim und ging in den Salon, um sich eine Zigarette anzuzünden. Heute bot er sogar seinem Sohn eine an, welcher das Angebot wie selbstverständlich annahm. Dem Vater fiel gar nicht auf, wie gekonnt der Junge den Qualm inhalierte.

Eine Woche später gegen sieben Uhr in der Frühe kam Gustav Bredigkeit nach vier Stunden anstrengender körperlicher Arbeit aus dem Stall, in der Hand eine Emaillekanne Deputatmilch, wie sie jeder Melker täglich bekam. Er wollte über den Gutshof nach Hause gehen, wo die Kinder zum Frühstück auf die Milch warteten. Auf dem First des Gutshausdaches trällerte eine Amsel ihr Lied in die

Morgensonne. In der Nacht hatte es geregnet, die Feuchtigkeit erhob sich aus den Wiesen in weißen Schwaden. Neben dem Kuhmistgeruch, den Gustav stets in der Nase hatte, bemerkte er auch den Duft des Sommers. Er sah zu den flinken Schwalben. Durch das offene runde Fenster über dem Tor konnten sie ungehindert im Stall ein und aus fliegen. Gustav lächelte. Heute ging ihm alles besonders leicht von der Hand. Ohne dass es ihm bewusst war, hielt er sich ein wenig aufrechter als sonst. Er wurde Vater, schon zum fünften Mal. Den Führer wird es freuen. Ein deutscher Mann zeugt viele Kinder. Außerdem wird er mit Lisbeth und den Kindern nach Medunischken ziehen. Dort würden sie in einem größeren Häuschen wohnen. Der Gutsherr hat zwanzig Kühe mehr, als hier in Pillkallen sind. Dem Oberschweizer unterstehen zwei Melker, nicht nur einer, wie hier. Die Deputatmengen wären die gleichen, aber er bekäme zehn Reichsmark mehr im Monat. Das alles hatte ihm Reichert heute Morgen erzählt, welcher plötzlich gegen sechs Uhr im Stall aufgetaucht war. Allerdings sei alles noch nicht verbindlich, der Herr in Medunischken wollte sie erst kennenlernen. Deshalb sollten sie am Freitag nach Gustavs Frühschicht dort hingefahren werden. Hoffentlich in dem nagelneuen Wanderer W35, der seit letztem Monat in der Remise stand, dachte Gustav.

»Gustav.« Hinter ihm ertönte Elisabeths Stimme. Offensichtlich war sie soeben aus dem Gutshaus gekommen und nun ebenfalls auf dem Weg nach Hause. Um diese Zeit bereitete sie in der Regel für die Familie das Frühstück vor. Da sie mit den Händen ihre Schürze raffte und in den Laufschritt fiel, hatte sie Gustav zügig eingeholt, der selbstverständlich auf sie wartete. Er wechselte die Milchkanne in die linke Hand, sodass Elisabeth sich an seinem rechten Arm einhenkeln konnte.

»Ich musste den Waschkessel anheizen, heute ist Waschtag«, erklärte Elisabeth. Dann bewegten sie sich im Sonnenlicht auf dem vom nächtlichen Regen frisch gewaschenen Hof heimwärts, während Gustav mit knappen Worten, aber kaum verhohlenem Stolz von dem Angebot aus Medunischken berichtete.

»Stell dir vor: Dort haben wir ein größeres Häuschen, in dem sind unter dem Dach sogar noch Zimmerchen. So wie Reichert erzählt hat, hätten wir zwei Kammern nur für die Kinder. Und die zehn Reichsmark mehr sind auch nicht zu verachten.« Erst jetzt bemerkte Gustav, wie starr Elisabeth an seinem Arm geworden war und ihr Gesicht von ihm abgewandt hatte. Er drehte sich zu ihr: »Was ist denn los?«

Elisabeth blieb stehen, atmete heftig. Plötzlich löste sie sich von Gustav, schluchzte und lief los, nach Hause; stürmte durch die Haustür, die sie offenstehen ließ. Einen Moment lang blieb Gustav noch verdutzt stehen. Dann folgte er ihr, kratzte den Mist von den Schuhsohlen und betrat das Haus. Die Kinder saßen gekämmt am Tisch, der kleine Paul bei Alfred auf dem Schoß. Kurt schmierte für Irmgard gerade etwas Zuckersirup auf eine Brotscheibe.

»Wo ist denn Mama hin?«, fragte Gustav und füllte den Kindern von der mitgebrachten Milch randvoll in die bereitstehenden Gläser.

»Mama ist ins Schlafzimmer gelaufen. Sie hat geweint«, antwortete Irmgard. Gustav verzog angespannt das Gesicht und griff an der Schlafzimmertür auf die Klinke. Die Tür war abgeschlossen.

»Lisbeth?« Nichts geschah. Oder hörte er sie leise schluchzen? Er hatte so etwas schon einige Male erlebt. Oft konnte er sich nicht erklären, was los war. Er mochte gar nicht darüber nachdenken. Dumm nur, dass das Schlafzimmer jetzt abgeschlossen war. Eigentlich legte er sich nach dem Frühstück immer noch mal ins Bett. Wenn er nicht auch noch auf dem Feld helfen musste, war so sein Rhythmus: halb drei aufstehen, dann in den Stall, um sieben nach Hause und ab mittags um zwölf wieder in den Stall. Gustav hatte Hunger und kehrte in die Küche zurück. Zum Glück waren Feuer im Herd und heißes Wasser im Topf. So konnte er sich wenigstens einen

Malzkaffee aufbrühen. Und siehe da, unter dem Deckel des größeren Topfes fand sich auch noch Klunkermus.

Elisabeth flossen die Tränen. Sie biss sich in den Handballen. Seit dem Treffen im Treppenhaus der Herrschaften war Joachim ihr ausgewichen. Und jetzt schob er sie einfach ab. Eiskalt. Und so schnell. Die ganze Familie. Und sie bekommt sein Kind. Er wird Vater und kann sie einfach so wegschicken. Vielleicht sollte sie alles seiner Frau erzählen. Aber was passiert dann? Wahrscheinlich wird alles noch schlimmer. Zum Pastor gehen? Der würde nur sie selbst für schuldig erklären. War sie ja auch. Schließlich war es eine schwere Sünde, sich als verheiratete Frau mit dem Gutsherrn einzulassen. Warum musste sie auch so aufreizend tanzen an dem Abend? Sie hätte sich vielleicht auch wehren müssen, als er sie in die Büsche gezerrt hatte. Aber gegen den Gutsherrn wehren? Wäre das nicht auch eine Sünde gewesen? Hatte eigentlich Herr Reichert auch gesündigt? Oder stand es ihm zu, seine Hausmamsell zu nehmen? Darüber hatte sie noch nie etwas gehört. Auf alle Fälle war sie selbst schuld. Neben dem Schuldgefühl spürte sie aber auch Ärger. Am meisten war sie über ihre eigene Ohnmacht wütend. Enttäuscht war sie natürlich auch. Tief im Innersten hatte sie gehofft, Herr Reichert hätte mehr Interesse an ihr. Auch wenn ihr der Verstand deutlich zu verstehen gab, dass es Wunschdenken war. Es wäre auch nicht Gottes Ordnung.

Trotzdem: Sie sah doch, wie unzufrieden Joachim bei seiner Frau, wie wenig liebevoll sie zu ihm war. Die tat ihm doch gar nicht gut. Stets hatte Frau Reichert die Mundwinkel nach unten gezogen, wenn sie mit ihm zusammen war.

So lag Elisabeth noch eine ganze Weile auf den dicken Matratzen des hölzernen Ehebettes, die weiß bezogenen Federdecken zur Seite geschoben. Sie weinte ihren Kummer heraus: die Schuldgefühle, die Scham, aber auch die durch den Gutsherrn erfahrene

Enttäuschung, Beleidigung und Missachtung. Nach und nach kehrten jedoch die Gedanken an Gustav zurück, den braven Kerl, der nichts argwöhnte. Das schlechte Gewissen verstärkte das Weinen, welches sie nun regelrecht schüttelte. Ihr wurde bewusst, wie sehr sie sich schon seit dem Maiabend gegenüber Gustav schämte, als alles passiert war. Warum musste er aber auch genau an dem Abend so klabastrig sein, dass er nicht zum Tanz mitkommen wollte.

Irgendwann später, Elisabeth hatte in ihrem Kummer das Zeitgefühl verloren, versiegten die Tränen, und sie konnte wieder klar denken. Sie setzte sich auf und wischte sich das Gesicht an ihrer Schürze trocken. Eigentlich ist so ein Umzug keine schlechte Lösung, dachte sie. Einfach die ganze Geschichte hinter sich lassen, alle leben glücklich ihr Leben weiter. Dann müsste sie nur vor Gott die Sünde ertragen.

Aber wieso sollte es Gustav nicht bemerken, dass sie das Kind eines anderen Mannes zur Welt brachte? Es zu glauben, fiel ihr schwer. Auf der anderen Seite wusste sie, wie leichtgläubig er manchmal war. Wobei sie bis heute nicht sicher war, ob dieses Gemüt an seiner geringen Bildung oder an mangelndem Interesse für manch weltliche Dinge lag. Ob es gar eine Fähigkeit war, sich die Welt erträglich zu machen, indem er das Unangenehme ausblendete. Wenn er doch nur mehr sprechen würde.

Elisabeth erhob sich vom Bett, zog die Laken glatt und ordnete die Decken und Kissen. Dann schlich sie in die Küche. Sie war allein, denn Gustav hatte sich im Wohnzimmer auf das Sofa gelegt und die Kinder waren zusammen rausgegangen. Die Großen hatten seit dieser Woche Sommerferien und konnten diese noch genießen, denn die Erntearbeiten auf den Feldern, bei der alle Kinder des Dorfes helfen mussten, begannen erst nächste Woche. Elisabeth goss sich etwas Wasser aus dem Krug in die Schüssel und wusch sich die Reste der getrockneten Tränen aus dem Gesicht. Sie nahm das Handtuch, trocknete sich ab, wobei ihr Blick auf die um die Deckenlampe kreisenden Fliegen fiel. Schon oft hatte sie versucht zu erkunden, nach welchem Muster oder System die kleinen Lästlinge sich bewegten. Zu einem Ergebnis war sie nie gekommen. Auch heute schaute sie den Insekten ein paar Sekunden hinterher, griff dann das Handtuch fester und versuchte, einige von ihnen zu erwischen. Immer heftiger drosch sie nach den Plagegeistern. Nachdem sie mehrmals zugeschlagen hatte, lagen ein paar bewegungslos auf dem steinernen Küchenboden. Sie hängte das Handtuch wieder an den Haken, holte Handfeger und Schaufel und beförderte die toten Fliegen in den Herdofen. Dann schlüpfte sie im Flur in ihre holzbesohlten Arbeitslatschen und eilte hinüber zum Gutshaus, wo alle weiblichen Bediensteten heute mit Waschen beschäftigt waren.

Am frühen Nachmittag trug Elisabeth gemeinsam mit Johanna, der anderen Hausmamsell, einen großen Korb feuchter Wäsche aus dem Gutshaus zum Trockenplatz neben dem Obstgarten. Hier waren kräftige Eichenpfosten in die Erde gegraben, zwischen denen die Wäscheleine gespannt war. Gegabelte Stangen aus Pappelholz sorgten dafür, dass die Leine in ihrer Länge nicht durchhing. Es war ideales Wetter zum Wäschetrocknen: blauer Himmel mit ein paar leichten, gezupften Wolken und ein warmer Wind aus östlicher Richtung, der trockene Luft vom sibirischen Festland brachte. Eine Ringeltaube saß auf dem Dach des Gutshauses und kommentierte das Geschehen auf dem Hof mit freundlichem Gurren. Es duftete nach den Apfelbäumen, deren letzte verspätete Blüten weiß in der Sonne leuchteten. Von dort war ein reges Summen zu hören. Die Bienen des Gutes Pillkallen labten sich am Überfluss. Die Frauen befestigten gerade Betttücher aus feiner Baumwolle an der Leine, als die Gutsherrin aus dem Haus herüberkam.

»Ich werde euch mal helfen, dann geht es schneller. Ich liebe saubere Wäsche«, sagte sie, nahm sich ein Wäschestück und roch genussvoll daran, bevor sie es über die Leine legte und mit zwei Holzklammern fixierte. Johanna lächelte ihre Herrin treuherzig an und antwortete: »Saubere Wäsche, schöner Tag. Das hat meine Mutter immer gesagt.«

Die Gutsfrau gab das Lächeln umgehend zurück.

»Wisst ihr«, bemerkte sie und entnahm dem Korb einen Kissenbezug, »ihr seid solche Goldschätze. Was würde ich bloß ohne euch machen? Was ihr am Tag schafft, erfreut mein Herz wirklich sehr.«

Dankbar und leicht verlegen strahlte Johanna. Elisabeth dagegen hatte bis dahin keine Miene verzogen, machte den Eindruck, als verlange das Anklammern der Laken höchste Konzentration.

»Lisbeth, geht es dir heute nicht gut?«, wollte Brunhilde Reichert wissen.

»Ach, die spricht den ganzen Tag schon nicht. Bestimmt hat heute Morgen der schwarze Kater ihren Weg gekreuzt«, erklärte Johanna, wofür sie von Elisabeth einen giftigen Seitenblick erntete.

»Lisbeth, meine Beste, bist du mit dem falschen Bein aufgestanden?« Die Reichert schaute Elisabeth spöttisch an.

»Danke, dass ich Ihre Beste bin. Aber so ganz ja wohl auch nicht, wo Sie uns doch nach Medunischken schicken«, platzte es aus Elisabeth heraus. Brunhilde Reichert hielt in ihren Bewegungen inne, schaute Elisabeth intensiv an.

»Was meinst du, Lisbeth, was ist mit Medunischken?« Darauf antwortete Elisabeth nicht sofort, denn sie ärgerte sich über sich selbst, dass ihr die Bemerkung rausgeplatzt war. Nach einer Weile, die Gutsherrin hatte immer noch den Blick auf sie gerichtet, entfuhr ihr: »Fragen Sie doch Ihren Mann, und dann können Sie ihn auch gleich mal fragen, warum Gustav und ich umziehen müssen.«

Am liebsten hätte sich Elisabeth auf die Zunge gebissen. Eigentlich kannte sie sich so gar nicht, sonst sprach sie nie unüberlegt. Höchstens mal bei einer Feier, wenn sie dem Schnaps zugesprochen hatte. Nur wenn sie in guter Hoffnung war, entfuhren ihr manchmal ungewollt Dinge. Sie bemerkte, wie sich plötzlich die Gesichtsfarbe von Brunhilde Reichert von einem gesunden Rosa in ein blutleeres Weiß verwandelte. Frau Reichert drehte sich zur Wäsche, hängte noch ein Laken auf die Leine. Dann vollzog sie eine jähe Wendung und galoppierte wie ein wütender Stier ins Gutshaus. Als sie darin verschwand, knallte die Tür hinter ihr ins Schloss.

Auf dem Weg durch das Foyer und den Salon zum Arbeitszimmer ihres Mannes, wo sie ihn um diese Zeit vermutete, bremste sie sich. Als sie an der zweiflügeligen Tür des Arbeitszimmers ankam und die Messingklinke herunterdrückte, hatte sie sich soweit im Griff, dass sie einen Augenblick später vor ihrem Mann erscheinen und ihn mit freundlicher Stimme fragen konnte: »Na, Schatz, darf ich kurz stören?«

Joachim Reichert befand sich tatsächlich gerade hinter seinem schweren Schreibtisch aus Kirschholz, welcher schon von seinem Großvater bei einem Tischlermeister in Gumbinnen in Auftrag gegeben worden war. »Ja, natürlich«, entgegnete Joachim ebenfalls mit einem Lächeln und offenherzigem Blick, hinter der Fassade jedoch mit einem unguten Gefühl.

Brunhilde warf einen kurzen Blick ringsum über die kleine Bibliothek und die dunkel gebeizten Regale und Schränke, erfasste ebenso schnell, was vor ihrem Mann auf dem Schreibtisch an Unterlagen ausgebreitet war. Es waren Listen mit Zahlen, mit der Maschine geschrieben, an den Rändern mit Bleistiftnotizen versehen. Brunhilde setzte sich auf den bequemen Stuhl mit geschwungener Lehne ihrem Mann gegenüber.

»Was hat es denn mit Bredigkeits und Medunischken auf sich?«, kam sie gleich zur Sache, gespannt die Reaktion von Joachim beobachtend.

»Ach, jetzt hast du es schon gehört. Ich wollte es dir heute Abend erzählen. Das ist nichts Besonderes. Ulrich hat mich angerufen und mir Gustav quasi abgeworben. Er braucht doch dringend einen Oberschweizer, und was soll ich machen, wenn Bredigkeit dorthin will? Der bekommt dort wohl ein paar Groschen mehr, und was weiß ich, was ihn dort noch hinzieht.«

Erneut war die Farbe aus Brunhildes Gesicht gewichen.

»Joachim, da stimmt doch etwas nicht!«

»Wieso, was soll denn da nicht stimmen? Ruf doch bei Ulrich an, frag ihn. Hast du wieder irgendein Gerede gehört und glaubst Gerüchte, oder was willst du damit sagen?«, ging Joachim in die Offensive. Er hatte bei Brunhilde die Erfahrung gemacht, mit dieser Taktik am besten durchzukommen. Brunhilde wiederum merkte inzwischen genau, wann Joachim log. Und jetzt log er, hatte etwas zu verbergen. Am liebsten würde sie ihm das an den Kopf werfen. Aber ergab das einen Sinn? Damit würde sie die Situation eskalieren lassen und am Ende wieder die Verliererin sein. Zweimal hatte Joachim sie schon in Auseinandersetzungen aufgefordert, doch ihn und den Hof zu verlassen. Der Hof gehörte seit 1882 der Familie Reichert. Sie hatte hier eingeheiratet, kam aus einer Familie, die durch ungeschicktes Handeln ihr Gut verkaufen musste. Ihre Familie war damals sehr froh, als Brunhilde in Pillkallen einheiratete. Sie selbst war die erste Zeit auch sehr glücklich gewesen, hatte Joachim wirklich gemocht. Heute störte sie an ihm jede Kleinigkeit: wie er aß, wie er roch, wie er sich bewegte. Und im Bett war sie seit einigen Jahren regelrecht angeekelt. Richtig begründen konnte sie sich das nicht, manchmal tat es ihr sogar leid, aber es war halt so. Joachim hatte einen Ehevertrag mit ihr geschlossen, der jeden Gedanken Brunhildes an eine Trennung verhinderte. So blieb ihr nichts weiter übrig, als im Streit klein beizugeben. Trotzdem setzte sie nach: »Warum musst du so etwas hinter meinem Rücken besprechen? Warum erfahre ich das von Lisbeth beim Wäscheaufhängen? Sie ist für mich die beste Kraft, und du verkaufst sie hinter meinem Rücken.«

»Beruhige dich doch mal, ich wollte es dir heute erzählen. Bisher bin ich nicht dazu gekommen. Außerdem verkaufe ich niemanden.

Die Bredigkeits wollen nach Medunischken. Gleich werden sie sowieso nicht umziehen. Ich habe gerade noch mal mit Ulrich gesprochen, dort muss erst das Schweizerhaus repariert werden, sodass die Bredigkeits frühestens im März umziehen können. Meiner Meinung nach ist es für die Volksgesundheit ganz gut, wenn die von Neuenfelds einen deutsch denkenden Oberschweizer bekommen, der sauberes Gedankengut dort auf den Hof bringt. Die von Neuenfelds scheinen mir manchmal ein wenig jüdisch-kommunistisch gefärbt zu sein.«

Brunhilde verstand weder, wieso Gustav Bredigkeit deutsch denkend sein sollte, noch was an den von Neuenfelds anders als bei ihnen wäre.

»Familie Schulze von Neuenfeld mag doch die Russen, Polacken und Juden genauso wenig wie wir, glaube ich. Aber was soll's. Ich muss mich noch um einiges kümmern«, entgegnete Brunhilde schroff, erhob sich vom Stuhl und verließ das Zimmer.

Joachim atmete auf, als die Tür seines Arbeitszimmers geschlossen worden war. Ihm war klar, dass seine Geschichte sofort aufflog, wenn von den Bredigkeits jemand seiner Frau erzählte, wie es wirklich gelaufen war. Allerdings setzte er fest darauf, dass Elisabeth nicht verraten würde, wer der Vater des Kindes war. Sein Magen meldete sich mit ziehenden Schmerzen, und erst jetzt bemerkte er seine feuchten Hände.

Am Abend, als Elisabeth ihr Tagwerk im Gutshaus geschafft hatte und mit einem Krug Klunkersuppe, einer Milchsuppe mit Birnenklößchen, zu Hause angekommen war, die Kinder ebenfalls von ihren Streifzügen pünktlich zu Hause ankamen, und auch Gustav Feierabend hatte, wurde der Hund reingeholt, und die Familie versammelte sich wie üblich am Küchentisch. Die Kinder freuten sich über die Klunkersuppe. Elisabeth füllte die Teller auf, Gustav hielt einen Brotlaib vor der Brust und sägte Scheiben ab. Dabei bemerkte er: »Reichert hat mich heute im Stall aufgesucht. Das Schweizerhaus in Medunischken ist erst im Frühjahr fertig. Wenn die Vorstellung gut verläuft, soll ich nächsten Monat anfangen. Ihr kommt hinterher, wenn das Häuschen fertig ist.«

»Mir ist das alles so plötzlich«, erwiderte Elisabeth, »aber eigentlich ist Medunischken gar nicht schlecht. Die Gutsleute sollen in Ordnung sein. Wenn wir mit dem Umzug noch etwas Zeit hätten, wäre das auch nicht verkehrt.«

Gustav war froh, dass Elisabeth nach seinen Maßstäben wieder normal reagierte.

»Was heißt das eigentlich mit dem Umzug?«, wollte Alfred nach dem Essen wissen. Die Kinder schauten abwechselnd auf die Eltern. Selbst der kleine Paul schien neugierig zu sein. Jetzt erklärte Elisabeth den Kindern ihre Schwangerschaft, dass sie in einem anderen Dorf ein Häuschen beziehen könnten und die Familie dort leben würde. Das führte zu vielen Fragen vonseiten der Kinder: Würden sie auch Hühner haben? Käme der Hund mit? Gäbe es auch einen Wald? Die Kinder phantasierten freudig um die Wette, wie es dort sein würde, wovon die Eltern sich ein wenig anstiften ließen. Elisabeth musste daran denken, wie lange sie schon nicht mehr als Familie so miteinander gesessen hatten. Meist hatte Gustav noch etwas auf dem Hof oder am Haus zu tun, oder er setzte sich vor das Radio. Besonders bei den Reden von Goebbels oder Hitler durfte ihn keiner stören. Sie hatte den Haushalt und den Garten zu versorgen. Wenn sie mal etwas Ruhe hatte, setzte sie sich zu Gustav und reparierte Kleidung mit Nadel und Faden. Die Kinder verschwanden nach dem Abendbrot immer im Bett, darauf achteten beide. Heute jedoch vergingen zwei Stunden wie im Fluge, besonders als Irmgard nachfragte, wie denn das Kind eigentlich in Mamas Bauch gelangt sei. Kurt war es dann, der von der Mutter wissen wollte, warum sie heute Morgen geweint hatte. Die Mutter war froh, als er sich mit einer vagen Erklärung zufriedengab, nach der Schwangere manchmal einfach so weinen müssten. An seinem Nicken merkte sie, dass auch Gustav diese Erklärung für sich einleuchtend fand. Überhaupt gewann sie an diesem Abend Sicherheit über die Arglosigkeit Gustavs. Bis zum Ersten des nächsten Monats waren es noch dreieinhalb Wochen. Sie hoffte, niemand würde bis dahin diese Arglosigkeit zerstören. Auch Frau Reichert durfte nichts erfahren. Deshalb war es dumm gewesen, sich ihr gegenüber so zu benehmen. Zum Glück wusste Brunhilde Reichert, als sie aus dem Haus zurückgekehrt war, offensichtlich nicht mehr als vorher, auch wenn ihre Stimmung deutlich schlechter war.

Elisabeth erschrak, als die Dämmerung heraufzog. Schnell mussten die Kinder schlafen gehen. Während diese nacheinander noch einmal draußen im Klohäuschen verschwanden und sich in der Küche wuschen, spülte Elisabeth in einer Blechschüssel das Geschirr. Heute half Gustav und trocknete ab. Das tat er selten, und meistens war es das Zeichen, dass er Lust hatte. Tatsächlich legte er seine Hand auf ihren Po, kaum waren die Kinder in den Betten verschwunden. Im Bett ließ sie dann nach dem Löschen des Lichts alles Weitere einfach geschehen.

Zwei Tage später war Freitag, und das Ehepaar Bredigkeit wurde im neuen *Wanderer* zum Vorstellungsgespräch nach Medunischken gefahren. Wegen gegenseitiger Sympathie wurde man sich sofort einig.

Am 12. Februar 1937 kam Heinz zur Welt. Kurz darauf zog die Familie nach Medunischken, wo Gustav Bredigkeit bereits ein paar Monate als Oberschweizer beschäftigt war. 1938 änderten die Nazis alle osteuropäisch klingenden Ortsnamen in deutsche Namen um. Pillkallen hieß nun Hoheneck, und Medunischken war fortan Groß Medien.

Verführt

Noch bevor sie hielt, sprang Bruno Schneider elegant von der Elektrischen und setzte seinen Weg mit federnden Schritten fort. Das feuchtkühle Wetter machte ihm nichts aus, jedoch musste er den Pfützen ausweichen. Hier auf der vom Ring abgehenden Frauenstraße waren immer besonders viele. Bruno passte auf, dass seine blank geputzten Schuhe nicht zu sehr in Mitleidenschaft gerieten. Heute hatte er sich besondere Mühe mit seinem Aussehen gegeben und seinen neuen hellbraunen Anzug aus italienischer Wolle angezogen sowie die Haare sorgfältig mit Pomade nach hinten gekämmt. Selbstverständlich hatte er sich besonders gründlich rasiert und Pitralon aufgetragen, welches nun einen schweren Geruch von seinem gefälligen Kinn verströmte. Bruno hielt sich für einen gut aussehenden Mann, konnte seiner Meinung nach mit den jugendlichen Helden aus dem Kino mithalten. Nicht nur Statur und Kleidung, auch sein ebenmäßiges Gesicht mit der geraden Nase, den geschwungenen Lippen und blauen, lebhaften Augen gaben Selbstbewusstsein. So manche hübsche Legwitzerin in heiratsfähigem Alter schaute sich verstohlen oder kokett nach ihm um, je nach Temperament. Besonders, wenn der Dame auch noch bekannt war, aus welchem Hause er kam. Immerhin würde er in absehbarer Zeit ein kleines Vermögen erben. Brunos Vater Wilhelm Schneider gehörten als Inhaber der gleichnamigen Fleischerei außerdem zwei mehrstöckige Mietshäuser in der Feldstraße.

Bruno war auf dem Weg in das Kaufhaus Ludwig Haurwitz, welches Waren aller Art anbot. Er musste *sie* wiedersehen. *Sie* war eine Verkäuferin aus der Konfektionsabteilung, die ihm seit letztem Freitag nicht mehr aus dem Kopf ging. Ungeduldig hatte er am Wochenende auf den heutigen Montag gewartet, an dem das Kaufhaus wieder öffnen würde. In der Fleischerei hatte er heute schneller als sonst die gelieferten Schweine im Kühlhaus untergebracht und verarbeitet. Der Fleischwolf lief auf Hochtouren, er kochte und stopfte Wurst in Rekordgeschwindigkeit. So war er früher fertig und beeilte sich dann mit der Körperpflege, für die er stets eine Handbürste brauchte, um das Blut unter den Fingernägeln zu entfernen.

Bruno erreichte die Kreuzung der Frauenstraße mit der Mühlenstraße, an der der Haupteingang des Kaufhauses lag. Wie immer herrschte reger Publikumsverkehr in dem Jugendstilbau. Es war das größte Kaufhaus in Legwitz. Als Sitz des gleichnamigen niederschlesischen Regierungsbezirkes und Standort einiger bedeutsamer Betriebe war die Stadt seit der Jahrhundertwende beachtlich gewachsen und erreichte durch die Herstellung eingelegter Gurken und hochwertiger Pianos einigen Wohlstand. Das hatte seine Auswirkungen auf die Angestellten im Kaufhaus Haurwitz, die zu den Öffnungszeiten stets gut zu tun hatten. Obwohl Ludwig Haurwitz ein Jude war, hatte die Propaganda bisher nicht zu einem nennenswerten Rückgang des Kundenverkehrs geführt.

Bruno passierte die Kurzwarenabteilung und schlenderte zur Damenkonfektion. Schon von weitem entdeckte er die Frau, die ihn kaum noch schlafen ließ. Sie präsentierte gerade einer Kundin eine Bluse. Er verlangsamte seinen Schritt, während sich dagegen sein Herzschlag sofort beschleunigte. An einem Stand mit Damenstrümpfen aus echter Seide blieb er stehen und tat so, als überprüfe er die Qualität des Materials, gerade so, dass er verstohlen das Objekt seiner Sehnsüchte beobachten konnte, ohne dass sie ihn gleich entdeckte. Das glaubte er zumindest. Denn obwohl Dorothea, so hieß Brunos Herzdame, mit dem Verkaufsgespräch die Bluse betreffend beschäftigt war, hatte sie ihn längst aus den Augenwinkeln heraus entdeckt. Auch ihre Herzfrequenz hatte sich umgehend erhöht, und eine leichte Röte überzog ihr sonst vornehm blasses Gesicht, in dem zwei warme, jedoch energisch braune Augen glänzten. Halblange brünette Haare, die hochmodern tief in den Nacken gezogen eine nach oben gedrehte Olympiarolle zeigten und in der Stirn zu kleinen Löckchen gedreht waren, umrahmten das fein geschnittene Gesicht mit einer kleinen geraden Nase. Die schmalen Lippen hatten dennoch einen sinnlichen Charakter. Ihren aufrechten schlanken Körper bewegte sie in einer Art, aus der ihre sehr gute Kinderstube abzulesen war.

»Der Herr sucht eine feine Strumpfhose für die gnädige Frau?«

Bruno erschrak, als er seitlich von der für Strümpfe und Miederwaren zuständigen Verkäuferin angesprochen wurde. »Sie haben gerade unser bestes Modell von der Firma Wunsch in Limbach-Oberfrohna in der Hand. Es ist aus einem ganz neuen Material und heißt Perlon. Es ist sehr fein und äußerst dehnbar«, fuhr die junge Frau fort. »Welche Größe suchen Sie denn?«

»Meine Verlobte ist so groß wie Sie.« Eine bessere Antwort fiel Bruno in seiner Verlegenheit nicht ein.

»Dann wäre die hier die Richtige. Ihre Verlobte kann sich sehr glücklich schätzen, wenn Sie ihr diese edle Strumpfhose schenken. Darf es diese sein?« Immer noch hatte Bruno das Gefühl, bei einer Straftat ertappt worden zu sein. Außerdem wollte er auf keinen Fall so ein Aufsehen erregen, dass vielleicht Dorothea noch auf ihn aufmerksam würde. Unter diesen Voraussetzungen konnte er nicht anders als »Ja, natürlich« antworten. Selbst als er den Preis von fünf Reichsmark und achtzig Pfennigen hörte, ließ er sich kein Zögern anmerken und bezahlte an der Kasse, ohne mit der Wimper zu zucken. Mit schnellen Schritten verließ er das Kaufhaus mit einer Damenstrumpfhose in der Hand, für die ihm im Moment keinerlei Verwendung einfiel.

Als er weit genug vom Kaufhaus entfernt war, kehrte seine Selbstsicherheit zurück, und er war wütend auf seine plötzliche Schüchternheit. Alles war grundsätzlich anders gelaufen, als er es sich seit

Freitag ausgemalt hatte. Unmöglich konnte er gleich erneut in das Kaufhaus gehen. Was sollte das Kaufhausfräulein von eben denken? Und wie sollte er seinem Schwarm erklären, dass er eine Strumpfhose in der Hand hielt? Sie würde meinen, er hätte ihr ein sehr unpassendes Geschenk mitgebracht. Es blieb ihm nichts anderes übrig, als unverrichteter Dinge heimzukehren.

Als er in der Straßenbahn saß, die von der Burgstraße über den Bahnhof bis zur Gustav-Adolf-Straße fuhr, kam ihm die Idee, die Strumpfhose seiner achtzehnjährigen Schwester Margarete zu schenken, die sechs Jahre nach ihm auf die Welt gekommen war.

So kam es, dass diese dann in Anbetracht des kostbaren Präsentes, welches ihr natürlich eine Nummer zu groß war, was der Freude jedoch keinen Abbruch tat, unbedingt von Bruno wissen wollte, wie es zu seiner überraschenden Großzügigkeit gekommen war. Durch die ihr eigene Ausdauer erreichte sie schließlich ein umfassendes Geständnis seiner Verliebtheit, jedoch nicht ohne ausführliche Morddrohungen seinerseits, sollte sie auch nur ein Sterbenswörtchen irgendjemandem verraten. Margarete liebte ihren großen Bruder, war jedoch auch gemein genug, sich über eine Möglichkeit zu freuen, ihn bei Bedarf erpressen zu können. Achtzehnjährige junge Damen benötigten schließlich hin und wieder ein paar Pfennige oder besser noch Reichsmark. Vater Wilhelm und Mutter Frieda waren streng genug, sodass sie dem Bruder Angst einjagen konnte mit der Drohung, den Eltern über etwaige Techtelmechtel zu berichten. Denn die Eltern hatten genaue Vorstellungen, was ihr Erbe Bruno mal für eine Frau mit nach Hause zu bringen hatte. Und das sollte mit Bestimmtheit kein zartes Mädchen sein, das am Ende nicht richtig zupacken könnte, so wie es ein Fleischereigeschäft erforderte. Am besten fänden sie eine Handwerkstochter, idealerweise von der Konkurrenz. So hatte Wilhelm Schneider bereits mehrfach gegenüber Bruno betont, was für eine großartige Frau die Älteste von Richard Fell sei, einem Fleischermeister aus der Legwitzer Stadtrandsiedlung.

Dorothea, mit vollständigem Namen Dorothea Eva Charlotte Kasubke, war mit ihren zweiundzwanzig Jahren die zweitjüngste der vier Töchter des Staatsbeamten Johann Kasubke. Vom westpreußischen Gestüt Marienwerder, wo Dorothea das Licht der Welt erblickt hatte, war ihr Vater Johann in das hessische Landesgestüt Dillenburg versetzt worden. Als die Nationalsozialisten an die Macht kamen, stieg sprunghaft der Bedarf an Wachpersonal in den Gefängnissen. Da gleichzeitig die Wehrmacht motorisiert wurde und dadurch weniger Pferde in den Gestüten standen, versetzte man Herrn Kasubke als preußischen Beamten vom Gestüt in Dillenburg in die Haftanstalt Legwitz als Schließer. Vielleicht war man der Meinung, wer gut auf Pferde aufpassen konnte, tat dies genauso bei schlesischen Häftlingen.

Dorothea hatte aus den Augenwinkeln erfasst, warum Bruno Schneider in das Kaufhaus gekommen war und sie beobachtete. Bruno wusste nicht, dass Dorothea ihn schon kannte. Erst vorletzten Samstag war sie mit ihrer Kollegin Erika aus der Strumpf- und Miederwarenabteilung im Theatercafé gewesen, welches einen Tanzsaal beherbergte, der außerordentlich beliebt bei den jungen Menschen in Legwitz war. Erika gab mit ihrem Tratschwissen an. Sie wusste zu berichten, dass der gut aussehende und äußerst elegant gekleidete junge Mann, welcher sich scheinbar lässig an eine Säule des Tanzsaales lehnte und mit gespielter Langeweile die tanzenden Paare beobachtete, der Fleischerssohn Bruno Schneider aus der Feldstraße war. Eine halbe Stunde später hatte er das Tanzlokal wieder verlassen, gerade als Dorothea beschlossen hatte, ihn auf sich aufmerksam zu machen. Sie war zerknirscht gewesen, mal wieder eine Chance verpasst zu haben. Um so überraschter war sie vergangenen Freitag, als sie Bruno Schneider im Kaufhaus entdeckte. Sie war mit Erika für eine kurze Pause in die Erfrischungshalle gegangen, als er plötzlich

an einem Tisch nahe dem Ausgang des Kaufhauscafés in Begleitung eines blonden Mädchens saß. Das Mädchen redete ununterbrochen auf Bruno ein, welcher dagegen abwesend bis abweisend
wirkte. Dorothea wollte schon eifersüchtig werden, als Erika wiederum einzuwerfen wusste, es handele sich bei dem Mädchen um
die jüngere Schwester des Fleischererben. Dorothea und ihre
Freundin beendeten die Pause und mussten zum Ausgang an Brunos Tisch vorbei, wo es Dorothea im richtigen Moment gelang,
ein blitzsauberes Taschentuch fallenzulassen. Wie erhofft, beugte
sich Bruno bereitwillig nach dem Tuch, hob es auf und übergab es
Dorothea mit einem Lächeln und dem Satz: »Keine Ursache, ver-
ehrtes Fräulein.« Dabei hatte sich Dorothea so schnell noch gar
nicht bedanken können.

»Vielen Dank, mein Herr«, entgegnete Dorothea mit weicher
und so leiser Stimme, dass es Bruno gerade noch hören konnte.
Sie verstaute das Tuch in einer raffiniert eingenähten Tasche des
gelblich-beigen Kostüms, welches in der gleichen Art alle weiblichen Angestellten des Kaufhauses trugen. Auf dem Weg zurück zu
ihren Arbeitsplätzen die Kaufhaustreppe hinab bemühte sich Dorothea, von Erika noch mehr Informationen über Bruno Schneider zu erlangen. Leider erschöpfte sich Erikas Wissen über die
Schneiders sehr schnell. Erika kam auf dem Weg zu ihrem Freund,
der ebenfalls in der Feldstraße wohnte, hin und wieder an der
Fleischerei Schneider vorbei. War ihr Freund dabei, hatte dieser
ihr schon mehrmals mit einem Leuchten in den Augen und auf-
geregter Stimme erzählt, dass Wilhelm Schneider erster Inhaber
eines Adler Trumpf Sport mit 47 PS in der ganzen Stadt sei. Dieser
Wagen würde 115 km/h schnell fahren, was Erika ungeheuerlich
erschien. Ab und zu sah sie Mitglieder der Familie Schneider im
Laden oder davor. Gelegentlich brauste auch der alte Schneider in
seinem Adlermodell mit offenem Verdeck die Feldstraße entlang
und zog die Blicke sämtlicher Passanten auf sich.

Bruno war seit dem Moment, als er Dorothea das Taschentuch gereicht hatte, aufgewühlt und sah in seiner Vorstellung ihre Augen auf sich gerichtet, hörte ihre Stimme und schien beinahe die ungemein zarte Wangenhaut auf seinen Lippen schmecken zu können. Nachdem sein erster Versuch der Kontaktaufnahme gestern mit dem Kauf von Strümpfen und einer Flucht aus dem Kaufhaus geendet hatte, brauchte es heute einen neuen Versuch. Bruno stand am Fleischwolf und ging einer seiner Lieblingsarbeiten nach: frisches Gehacktes herstellen. Bevor er das Schweinefleisch in den elektrischen Wolf einfüllen konnte, musste er es in die richtige Größe schneiden. Die Maschine nahm die Brocken auf und gab fünfzig halbzentimeterdicke Fleischfäden frei, die in eine Aluminiumschüssel hinabglitten. Er mochte den Anblick, wenn aus einem sich im Schlamm wälzenden Schwein am Ende saubere und frische Fleischstränge aus der gelochten Stahlscheibe des Fleischwolfs drängten. Dann musste er nur noch die richtige Menge Salz und Pfeffer dazugeben. Zwiebel und Ei gehörten auch an die Masse, aber das mussten die Kunden selbst einmischen. Nichts schmeckte besser als eine noch warme Scheibe Brot mit selbst gemachtem, frischem Gehacktem.

Heute jedoch war er in Gedanken bei der Schönen aus dem Kaufhaus. Zwei Stunden hatte er noch zu tun, dann konnte er sich für einen erneuten Besuch im Judenkaufhaus zurechtmachen. Er überlegte gerade, ob er diesmal gleich einen Blumenstrauß mitnehmen sollte, als seine Schwester Margarete durch den Laden in die Fleischerwerkstatt kam. Offensichtlich hatte sie schon Feierabend. Margarete befand sich in einer Lehre zur Apothekerassistentin an der hiesigen königlichen Jesuiter-Apotheke. Ihr waren Fleisch und Wurst schon seit früher Kindheit zuwider, sodass ein Einstieg im elterlichen Laden nicht infrage kam. Margarete war mit ihren achtzehn Jahren eine attraktive, großgewachsene Frau mit blonden Locken und klaren blauen Augen, die sich große Mühe gab, ihrem Idol

Marlene Dietrich ähnlich zu sein. Erstmals seit sechs Jahren stand dieses Jahr »Der blaue Engel« nicht auf dem Spielplan des Central-Theaters in der Klosterstraße. Bruno war von den dauernden Klagen Margaretes genervt, dass die Nazis ihrer Marlene wohl doch die Übersiedlung nach Amerika übelgenommen hatten.

»Ach, der Herr Bruder badet schon wieder seine Hände im Blute unschuldiger Schweinchen«, begrüßte sie Bruno.

»Pass auf, sonst kommst du gleich in den Fleischwolf. Was verschlägt dich denn hier in die Schlachtekammer?« Bruno mochte seine Schwester.

»Herr Vater möchte seinen Knecht Bruno sprechen, soll ich dir ausrichten.« Manchmal hatte Bruno jedoch den kurzen Impuls, seine Schwester zu erwürgen, verstand es aber durchaus, dem Humor treu zu bleiben.

»Was will denn seine Eminenz? Ich wusste gar nicht, dass er schon zurück ist von der Wehrmacht.« Sein Vater Wilhelm hatte heute einen Termin beim Versorgungschef der 18. Infanterie-Division gehabt, die ihr Hauptquartier in Legwitz hatte. Es ging um einen großen Lieferauftrag für Fleisch und Wurst. Seit Tagen sprach sein Vater von nichts anderem, wollte ihn ursprünglich als Juniorchef zu den Verhandlungen mitnehmen. Sie hätten für mehrere Jahre ausgesorgt, wenn der Vertrag zustande käme. Allerdings müssten sie dann den Betrieb vergrößern, vielleicht an einen anderen Standort umziehen, mehr Personal einstellen. Darauf hatte Bruno keine Lust. Er hatte seinen Vater dann doch nicht begleitet, da er sich um die Tagesproduktion kümmern musste. Der Geselle war mal wieder krank.

»Keine Ahnung. Er tat jedoch sehr wichtig. Und angesäuselt ist er auch«, sagte Margarete und verdrehte die Augen.

»Sag der Eminenz, ich komme gleich«, beauftragte er seine Schwester. Dann stoppte er den Fleischwolf, reinigte ihn notdürftig und brachte die Schüssel mit dem Hackfleisch in die Kühlkammer. Er legte seine Gummischürze ab und wusch sich die Hände. Schließlich passierte er den Laden, wo die beiden Verkäuferinnen miteinander schwatzten, da sich gerade keine Kundschaft im Geschäft aufhielt. »Ich bin beim Alten«, informierte er die Frauen, die beide auch nicht mehr die Jüngsten waren. Dann ging er über den Hausflur und die Holztreppe hinauf zum Büro seines Vaters. Er klopfte kurz an die Tür und trat sofort ein.

Sein Vater fläzte hinter dem Schreibtisch mit einem Stapel Akten vor sich. Er machte jedoch nicht den Eindruck, als ob er sich gerade mit den Papieren beschäftigt hatte. Vielmehr lehnte sich Wilhelm Schneider weit nach hinten in seinen hölzernen Bürostuhl und starrte aus dem Fenster. Als Bruno die Tür hinter sich geschlossen hatte, wandte der Vater den Blick zu ihm.

»Bruno, mein Sohn«, begann der Senior mit einer alkoholbedingt schwerfälligen Sprache, »es ist soweit. Du musst den Laden übernehmen.«

»Wie war denn der Termin bei der Wehrmacht?«, überhörte Bruno scheinbar den einleitenden Satz.

»Ach, Wehrmacht, da trifft man doch nur größenwahnsinniges Adelsgesindel. Bruno, du musst den Laden übernehmen, ich habe die Schnauze voll. Ich verpachte dir das ganze Geschäft samt Hinterhaus, dann bist du hier der Meister.« Bruno traute den Äußerungen seines Vaters nicht. »Ist wohl nicht so gelaufen beim Heer?«, wollte er Genaueres wissen.

»Mit denen kann man keine Geschäfte machen, mit dem Adelspack. Ich habe da mit so einem Oberstleutnant Freiherr von Sowieso gesessen. Der hatte zwar einen edlen Weinbrand, wollte mir ansonsten die ganze Zeit nur erklären, was gute Wurst ist, dieser Hänfling. Nichts ist zustande gekommen. Der will sein Fleisch bestimmt bei irgendeinem anderen Baron von Weißnichtwas kaufen und hat das schon unter der Hand abgesprochen. Ich hatte gar keine Chance. Es wird Zeit, dass die Nationalsozialisten mit diesem Gesocks mal aufräumen. Aber was soll's, ich ziehe mich zurück. Du übernimmst den Laden jetzt und basta. Morgen gehen wir gleich zu Notar Andrusch, damit der uns einen Pachtvertrag aufsetzt.«

Einerseits freute sich Bruno über diese Entwicklung. Schon lange ödete ihn die Bevormundung durch seinen Vater an. Andererseits gruselte ihn die Vorstellung, er sei zukünftig für den gesamten Betrieb allein zuständig: für die Bestellungen beim Schlachthof, das Personal, die Kommunikation mit den Ämtern und all die Sachen, die sein Vater stets allein erledigt hatte. Die vielen Ordner im Büro seines Vaters machten ihm Angst. Bisher war sein Leben eher sorglos gewesen. Er konzentrierte sich auf das Fleischerhandwerk, hatte pünktlich Feierabend und konnte flanieren gehen oder sich im Kaffeehaus ein Herrengedeck bestellen. Außerdem war Bruno misstrauisch, denn er kannte die Launen seines alten Herrn. So schnell er manchmal entschied, so flink konnte er diese Entscheidung am nächsten Tag zurücknehmen.

»Und was ist, wenn ich das alles allein nicht hinbekomme?«, teilte er frank und frei seine Sorge dem Vater mit.

»Was heißt denn allein? Ich und deine Mutter werden schon dafür sorgen, dass du das schaffst. Das Faulenzerleben hat allerdings jetzt sein Ende. Los, lass uns darauf noch einen zur Brust nehmen.« Der Vater öffnete die Schreibtischtür auf seiner rechten Seite und holte eine Flasche Weinbrand und zwei Schwenker hervor. Außerdem beförderte er eine kleine Kiste mit der Aufschrift »Feinste cubanische Cigarren« zu Tage. Ohne die Antwort auf seine Frage »Möchtest du auch eine?« abzuwarten, zündete er sich und Bruno jeweils eine an. Dann füllte er zwei Cognacschwenker mit einem Weinbrand für besondere Anlässe.

Nachdem sie ihrem Bruder die Aufforderung des Vaters überbracht hatte, schaute Margarete indessen bei ihrer Mutter Frieda vorbei. Diese war mit dem polnischen Hausmädchen Helena in der Küche beim Einkochen von Erdbeerkompott beschäftigt.

»Margarete, du kannst uns ruhig ein wenig helfen«, rief Frieda Schneider.

»Hallo Mama. Geht leider nicht, ich muss gleich zum ATV«, log Margarete. Zwar war sie tatsächlich im Alten Turnverein Legwitz in einer Frauen- und Mädchengruppe, mit der sie für die Eröffnungsveranstaltung der Olympiade in Berlin übte, aber für heute war kein Training angesagt. Sie hatte einfach keine Lust auf Küchenarbeit. Also verschwand sie in ihrem Zimmer. Damit ihre Schwindelei nicht auffiel, musste sie das Haus verlassen. Sie drehte ihr Radio an, das die Eltern ihr zum achtzehnten Geburtstag geschenkt hatten. Dann setzte sich Margarete auf ihr breites Bett und überlegte, was sie anstellen könnte. Im Kino lief heute nichts Interessantes. Ihre Freundin Lotti begleitete eine Tante beim Einkauf. Sie könnte vielleicht zum Bahnhof gehen und Reisende beobachten. Doch sie verwarf die Idee. Jetzt waren die Röhren ihres Radios warm, jemand sang »Frauen sind so schön, wenn sie lieben«. Da kam ihr plötzlich die Idee, sie könnte ja auch den neuesten Schwarm ihres Bruders begutachten. Es hatte sich ziemlich ernst und verrückt angehört, als Bruno von der Verkäuferin aus dem *Haurwitz* schwärmte. Sie konnte sich gut an die dünne Frau, die für ihren Geschmack ziemlich verkniffen dreinblickte, erinnern, als diese offenbar absichtlich ihr Taschentuch dem Bruder vor die Füße geworfen hatte. Bruno war so dumm gewesen, die Absicht nicht zu bemerken. Aber ihr konnte die blasse Dame nichts vormachen. Also beschloss sie, einen Abstecher in das Kaufhaus zu wagen, um das Fräulein unter die Lupe zu nehmen. Entschlossen sprang sie von ihrem Bett und begann, sich stadtfein herzurichten. Heinz Rühmann fragte trällernd aus dem Radio »Wozu ist die Straße da?« Margarete gab singend Antwort: »Zummarschieren! Zummarschierenumdieweitewelt!« Dabei zog sie sich die neue Strumpfhose über die langen, geraden Beine, die ihr viel zu dünn vorkamen. Der Stoff fühlte sich glatt an, aber doch rauer als Seide. Als sie das feine Gewebe über das rechte Bein zog, kratzte sie mit einem Zehennagel ein kleines Loch hinein. »Verdammt!«, unterbrach sie schimpfend ihren Gesang. Sie untersuchte den Schaden, der sich nun auf Höhe des Schienbeins befand. Nicht so schlimm, ist ja nur ein kleines Löchlein, das sieht gar keiner, beruhigte sie sich. Sie erhob sich und stellte sich vor ihren großen Spiegel, auf dem sie sich im Ganzen sehen konnte. Sie fand die braunen Strümpfe ausgezeichnet zu ihr passend. Am meisten aber begeisterte sie, wie sich die Beinkleider an den Körper anschmiegten. Nicht eine Falte war zu sehen. Als hätte sie gar nichts an. Oder als hätte sie eine zweite Haut. Frohgestimmt öffnete sie ihren gut bestückten Kleiderschrank und suchte sich ein geeignetes, helles Kleid für ihren Stadtausflug heraus. Im Radio lief indes ein Bericht über die Vorbereitungen der deutschen Ringkämpfer auf die Olympischen Spiele. Im Halbschwergewicht ruhten die Hoffnungen des deutschen Volkes auf Werner Seelenbinder, hörte Margarete im Hintergrund, während sie sich sorgfältig schminkte. Sie wusste, wie sie den Lippenstift auftragen musste, damit es aussehen würde wie bei Marlene Dietrich. Als sie auch mit dem Ergebnis des Schminkens zufrieden war, zog sie sich ihre Schuhe an, schaltete das Radio aus und eilte aus ihrem Zimmer die breite Treppe hinab. Unten hinterließ sie einen lauten Abschiedsgruß, ohne eine Reaktion zu erwarten oder sich Gedanken zu machen, ob sie überhaupt jemand gehört hatte.

Auf der Straße schaute sie kurz zum Himmel hinauf. Regen war heute nicht mehr zu erwarten, also hatte sie die richtige Kleidung gewählt. Nun wandte sie den Blick auf die andere Straßenseite, wo sich das städtische Gefängnis befand. Es war keinerlei Bewegung am Tor zu sehen. Sie spürte stets eine kleine Aufregung im Bauch, wenn ein Gefangener durch das riesige Stahltor hinein- oder herausgebracht wurde, begleitet von grimmig dreinschauenden Wärtern. Da es heute nichts zu sehen gab, konnte sie direkt weiter zur Haltestelle der Elektrischen in der Gustav-Adolf-Straße laufen. Sie war zum richtigen Zeitpunkt zu Hause losgegangen, denn mit ihrer Ankunft an der Haltestelle kam eine Bahn. Kaum hatte sie in der Trambahn Platz genommen, begrüßte sie der Schaffner und nahm den Groschen entgegen. Als Margarete ihr Portemonnaie in der Handtasche verstauen wollte, fiel ihr Blick auf die Beine. Das kleine Loch am rechten Bein war inzwischen ein zehn Zentimeter langer Streifen geworden. Wie ein Regenwurm schaute die Laufmasche sie an. Schnell schlug sie das linke Bein über das rechte, um den Schaden zu verdecken. Sie blickte sich um, ob jemandem das Malheur aufgefallen war. Ihre Augen trafen dabei auf die eines eleganten Herrn, der ihr schräg gegenübersaß. Er war ungefähr doppelt so alt wie sie. Margarete wusste, wer er war: Es handelte sich um Herrn Schnabel, der in Legwitz wohnte, aber eine Apotheke im nicht weit entfernten Breslau führte. Er tauchte gelegentlich bei ihrem Chef auf und hatte geschäftliche Dinge zu besprechen. Ihre Kolleginnen in der Apotheke munkelten, Herr Schnabel sei einer der vermögendsten Männer der Stadt, weil er die örtlichen Morphinisten mit Stoff versorgen würde. Herr Schnabel nickte Margarete freundlich zu und lächelte sie an. Höflich grüßte sie zurück und merkte, wie sie rot wurde. Sie war froh, dass die Bahn schon am Ring angekommen war und sie aussteigen konnte. Als sie das Kaufhaus erreichte, war ihr immer noch ganz warm.

Sie mochte den Geruch des Kaufhauses, eine Mischung aus Stoff, Seife und Bohnerwachs. Im Kaufhaus war nicht viel los, sodass der Hausdiener sie am Eingang persönlich begrüßte. Sie erwiderte den Gruß mit einem Augenaufschlag und schlenderte zur Abteilung Damenkonfektion, wobei sie von mehreren Verkäuferinnen, die sich wegen fehlender Kundschaft mit dem Sortieren von Ware beschäftigten, beobachtet wurde. Als ob der Bussard eine Maus ins Visier nimmt, dachte Margarete. Am Ziel angekommen, erkannte sie die Verkäuferin sogleich wieder. Margarete stellte sich zu den Blusen und begann, sich einige anzuschauen. Dann schlenderte sie an den

Tischen und Kleiderständern vorbei, als sei sie auf der Suche nach etwas Bestimmtem, finde es jedoch nicht gleich.

Da gesellte sich des Bruders Schwarm zu ihr. »Darf ich dem Fräulein behilflich sein?«, fragte die Verkäuferin.

»Vielen Dank, vielleicht später«, antwortete Margarete kühl, ohne Blickkontakt mit Dorothea aufzunehmen. Margarete bewegte sich langsam an einem Kleiderständer vorbei, ließ die Hand an den Stoffen entlang gleiten.

»Sie sind doch die Schwester von Bruno Schneider.« Mit diesem Satz überraschte Dorothea Margarete. Sie schaute Dorothea prüfend in die Augen.

»Ja. Warum?«

»Da können Sie bitte Ihrem Bruder ein paar Grüße von Dorothea Kasubke bestellen.«

Schon hatte Margarete ihre kühle Distanz wiedergefunden. »Kann ich vielleicht.«

»Übrigens hilft da Revlon«, setzte Dorothea hinzu.

»Der Nagellack? Wobei hilft der?«, wollte Margarete wissen.

»Gegen den Riss in Ihren Strümpfen. Wenn Sie einen Tropfen Revlon auf das Ende des Schadens tun, wird dieser nicht größer.«

Margarete schaute nach unten auf ihr Bein und musste feststellen, dass die Laufmasche sich inzwischen über den gesamten Unterschenkel und nach oben schon über das Knie erstreckte.

»Den sollte man aber auftragen, wenn der Schaden noch klein ist«, ergänzte Dorothea.

»Na wunderbar«, Margaretes Verärgerung war nicht zu überhören, »dann nutzt mir das jetzt ja auch nichts mehr.«

»Gehen Sie da drüben in die Kabine und ziehen Sie die Strumpfhose aus. Ich tausche sie Ihnen um«, hörte sich Dorothea sagen. Intuitiv nutzte sie eine Möglichkeit, die Schwester des schönen Brunos auf ihre Seite zu ziehen.

»Das geht?«

»Fragen Sie nicht, gehen Sie einfach in die Kabine und ziehen Sie sie aus«, sprach sie und fuhr mit gesenkter Stimme fort: »Der Jude Haurwitz wird schon nicht gleich verarmen. Aber wahrscheinlich geht es sowieso auf Kosten des Lieferanten.« Margarete verschwand in der Kabine, während Dorothea nervös ein neues Paar aus der Strumpfabteilung holte. Das war möglich, weil sie in Zeiten geringen Kundenverkehrs diese Abteilung häufig mitbetreute. Sie spürte ihre Erregung und schaute sich um. Alle ihre Kolleginnen im unteren Stockwerk beäugten zum Glück einen attraktiven SA-Mann, der strammen Schrittes das Kaufhaus betrat. Ihr entging jedoch, dass ein Stockwerk höher der Kaufhausbesitzer Haurwitz hinter einem Kleiderständer mit Herrenanzügen stand und sein Personal im Blick behielt.

Heute lade ich sie in das Café am Ring ein, dachte Bruno aufgeregt, seit seine Schwester ihm Grüße ausgerichtet und er aus ihr jedes Detail des Treffens mit Dorothea herausgekitzelt hatte. Was für eine Woche. Erst übergab Vater ihm den Betrieb, dann bestellte seine Dorothea ihm Grüße.

Bevor er erneut das Kaufhaus aufsuchte, hatte er eine Schachtel feinste Pralinen besorgt. Mit dem Naschwerk in der Hand schritt er diesmal entschlossen in die Abteilung Damenkonfektion, wo Dorothea gerade eine Kundin bediente. Bruno stellte sich in zwei Meter Entfernung mit dem Pralinenkasten auf und wartete ungeduldig, aber höflich auf das Ende des Verkaufsgesprächs. Da die Kundin, eine ältere Dame mit einem ausgesprochen originell gefiederten Hut auf dem Kopf, sowieso keine festen Kaufabsichten hegte, und die romantische Situation sogleich erfasste, verabschiedete sie sich mit einem verschmitzten Lächeln und den Worten: »Ach, ich lasse mir die Bluse noch einmal durch den Kopf gehen. Jetzt möchte ich Sie gar nicht weiter stören. Ich glaube, der Herr hier an der Seite hat auch ein wichtiges Anliegen.«

Bruno machte einen Schritt auf Dorothea zu. Diese hatte bei seinem Erscheinen einen heftig roten Kopf bekommen. »Fräulein, Sie sind wunderschön, drum lassen Sie uns ins Café geh'n.« Schon als er die Worte sprach, fand er seinen spontanen Reim ausgesprochen peinlich. Doch Dorothea lächelte ihn an. »Ach, reimen kann der Herr also auch.« Dann schwiegen beide verlegen einen Moment lang, bis Bruno einen neuen Anlauf nahm.

»Ich würde Sie gern ins Café am Ring einladen, nachher, wenn Sie Feierabend haben.«

»Ja gern, also nein, das heißt, ich würde gern Ihre Einladung annehmen, aber heute ist es mir nicht möglich, da ich meiner Schwester Hilfe versprochen habe. Übermorgen wäre es mir sehr recht, da arbeite ich nur bis zwei Uhr nachmittags.«

»Ja, natürlich, dann übermorgen. Wie wäre es, wenn wir uns um drei Uhr am Café treffen?«

»Vielleicht können Sie mir etwas mehr Zeit geben und wir einigen uns auf vier Uhr nachmittags.«

Bruno war einverstanden, empfahl sich bis zum übermorgigen Tag und wollte von dannen eilen.

»Waren denn die Pralinen nicht für mich?«, rief ihm Dorothea hinterher.

Daraufhin kehrte Bruno zurück, wobei er verlegen grinste. Er übergab Dorothea die Nascherei mit einem Handkuss. Mit der Bitte, nachsichtig ob seiner Verwirrung zu sein, verließ Bruno das Kaufhaus.

Am übernächsten Tag, einem Freitag, erschien Bruno zehn Minuten vor der vereinbarten Zeit im Café am Ring, welches ein beliebter Treffpunkt der Jugend bürgerlicher und wohlhabenderer Familien war. Fast alle Tische waren besetzt, zum großen Teil von Paaren. Aber auch Damenkränzchen und Herrenrunden unterhielten sich an den Tischen, bestellten Weinbrand oder Likör und rauchten Zigaretten. Der Gastraum war entsprechend vernebelt vom Tabakqualm. Durch das Stimmengewirr war das Klavier kaum zu hören, welches von einem polnischen Pianisten gekonnt bespielt wurde. Bruno fragte den Oberkellner nach einem ruhigen Platz für zwei, worauf dieser ihn bat, sich einen Augenblick oder auch zwei zu gedulden, da jeden Moment ein Tisch im Séparée frei werden würde. Bruno setzte sich auf einen samtbezogenen Hocker aus dunkel gebeiztem Holz an der Bar nahe dem Eingang. Kurz darauf erschien Dorothea, und Bruno sprang vom Hocker, um sie mit einem Handkuss zu begrüßen. Dorothea sah umwerfend aus. Offensichtlich hatte sie die gesamte Zeit seit ihrem Feierabend dafür verwendet, ihr Äußeres eines Rendezvous würdig zu gestalten. Sie trug unter ihrem hellen Mantel ein elegantes Kostüm, das farblich genauso mit dem Mantel harmonierte, wie das in kecker Weise schräg auf dem Kopf sitzende Hütchen, an dem ein dezenter Spitzenschleier befestigt war. Bruno war schier überwältigt von Dorotheas Erscheinung, was er ihr mit leuchtenden Augen und strahlend zum Ausdruck brachte.

Dann aber entgleisten ihm seine Gesichtszüge, denn in diesem Moment verließen ein Herr und eine junge Dame das Séparée, auf dessen Freiwerden der Kellner Bruno gebeten hatte zu warten. Bruno nahm zur Kenntnis, dass es sich bei dem Herrn um eine stadtbekannte, zwielichtige Person handelte, den Apotheker Schnabel. Aus der Fassung hatte Bruno jedoch gebracht, dass er in der jungen Dame seine Schwester Margarete erkannt hatte. Margaretes Begleiter nickte den Wartenden freundlich grüßend zu, während Margarete ihrem Bruder und Dorothea keine weitere Beachtung schenkte und den Apotheker energisch aus dem Lokal bugsierte. Einem ersten Impuls, seiner Schwester hinterherzulaufen und sie zur Rede zu stellen, widerstand Bruno sehr schnell. Auch Dorothea hatte nicht damit gerechnet, Brunos Schwester so schnell wiederzusehen. So war die erste Scheu vergessen und beide angesichts der überraschenden Begegnung umgehend ins Gespräch vertieft. Bruno bestellte

Kaffee und Champagner. Dorothea bat den Ober außerdem um ein Stück Streuselkuchen, der in diesem Haus einen hervorragenden Ruf genoss.

»Die zwei Tage seit unserer Verabredung kommen mir vor wie zwei Monate«, platzte es aus Dorothea hervor, nachdem sich die erste Verwunderung über das Auftauchen von Margarete gelegt hatte.

»Ja, mir auch. Ich konnte es gar nicht erwarten, Sie zu treffen«, erwiderte Bruno.

»Verzeihen Sie, ich wollte nicht unhöflich sein. Im Kaufhaus ist nur so viel passiert in den zwei Tagen. Zwischenzeitlich dachte ich schon, ich verliere meine Anstellung.«

Dorothea berichtete Bruno von dem Besuch Margaretes und der beschädigten Perlonstrumpfhose.

»Stellen Sie sich vor, Herr Haurwitz hatte mich beobachtet, wie ich die Strumpfhose austauschte. So bestellte er mich vorgestern zum Feierabend in sein Büro. Am Ende meinte er, er nehme sich Bedenkzeit, wie mit mir zu verfahren sei. Ich war natürlich fix und fertig mit den Nerven. Die ganze Nacht habe ich mir den Schädel zermartert, wie meine Zukunft aussehen soll.«

»So kenne ich das«, entgegnete Bruno, »wer sich mit meiner Schwester einlässt, hat schnell Ärger am Hals.«

»Aber nein, Bruno, was kann sie denn dafür?« Erfreut bemerkte Bruno, dass Dorothea ihn mit dem Vornamen ansprach. »Ich habe die Verantwortung für das Geschehene. Ich wollte ihr einfach einen Gefallen tun, da sie doch Ihre Schwester ist.« Bruno fühlte sich geschmeichelt. Ihm gefiel, wie offen Dorothea von ihrem Vergehen berichtete. Natürlich wollte er wissen, welche Konsequenzen ihr drohten.

»Das ist ja das Verrückte: wahrscheinlich gar keine. Gestern lief Herr Haurwitz völlig verstört mit fahlem Gesicht und wirren Haaren, was vollkommen untypisch für ihn ist, durch das Kaufhaus in sein Büro, wo er sich den ganzen Tag einschloss. Einer der Mitarbeiter aus dem Einkauf munkelte, Haurwitz solle gezwungen werden, das Kaufhaus an den Schwager des Gauleiters zu verkaufen – zu einem Spottpreis. Wenn das stimmt, so tut mir Herr Haurwitz leid. Aber andererseits muss das doch Schicksal sein, dass es just in dem Moment passiert, als es mir an den Kragen gehen sollte. Sie glauben ja gar nicht, was mir für ein Stein vom Herzen gefallen ist.«

In diesem Moment erschien der Kellner und servierte die Getränke und den Kuchen. Als er das Séparée wieder verlassen hatte, antwortete Bruno: »Das kann ich mir vorstellen. Und zu viel Mitleid braucht man mit dem Juden nicht zu haben. Der besitzt doch bestimmt immer noch viel mehr als wir beide zusammen, selbst wenn er mal ein Kaufhaus verkaufen muss. Man kann ja kaum glauben, was die für Reichtümer zusammengetragen haben. Ich schlage vor, Sie vergessen jetzt erst einmal das Kaufhaus. Ich bin einfach nur froh, mit Ihnen hier zu sitzen. Zurzeit muss ich eine Glückssträhne haben. Erst überträgt mir mein alter Herr das Geschäft, und heute habe ich ein Rendezvous mit einer wunderschönen Frau.« Die Versuchung war für Bruno einfach zu groß, Dorothea mit der Nachricht der Geschäftsübernahme zu beeindrucken. Er nahm ihre Hand und sah ihr verliebt in die kastanienbraunen Augen.

»Und ich bin froh, dass wir hier wirklich ungestört sind«, gab Dorothea zurück, drückte leicht Brunos Hand und rückte unmerklich etwas näher an ihn heran. Wie von selbst näherten sich Brunos Lippen denen Dorotheas. Er küsste sie vorsichtig und bemerkte, wie sie sich noch zierte. Etwas später war es jedoch Dorothea, die Bruno die Arme um die Schultern legte und eine Leidenschaft beim Küssen zeigte, die Bruno im ersten Moment überraschte. Das hatte er ihr gar nicht zugetraut. So saßen sie im Séparée, vergaßen alles um sich herum, unterhielten sich, immer wieder unterbrochen von langen Küssen. Erst als sie vom Ober dezent informiert wurden, das Café schließe gleich, zahlte Bruno die Rechnung und half Dorothea in ihren Mantel. Nachdem sie das Lokal verlassen hatten, bummelten sie schweigsam durch die fast menschenleeren Straßen der nur noch von den Gaslaternen und hellen Wohnungsfenstern beleuchteten Stadt. Es war kein peinliches Schweigen zwischen beiden, eher ein die Nähe genießendes, wie sie so Arm in Arm zu Dorotheas Elternhaus liefen. An einer dunklen Straßenecke wollte Bruno sie erneut küssen, doch Dorothea wies ihn zurück.

»Nicht doch, hier draußen kann uns jemand sehen!«

Am liebsten wären sie die ganze Nacht so weiter geschlendert, doch schon waren sie an der Villa in der Katzbachstraße angekommen, in der Dorotheas Eltern eine Wohnung zur Miete besaßen. Etwas verdeckt von einem Rhododendronstrauch, sodass sie von den Fenstern der Villa aus nicht gesehen werden konnten, drückte Dorothea flüchtig ihre Lippen auf Brunos Wange und eilte zur Haustür, nicht ohne sich noch einmal umzudrehen und ihm zu winken. Dann verschwand sie im Haus.

Bruno lief beschwingt und glücklich den Weg von der Katzbachstraße zur Feldstraße nach Hause. Sein Weg führte über die Nepomuk-Brücke, wo er auf die als Brückengeländer dienende Steinmauer kletterte, um auf dieser die Katzbach zu passieren. Eine Straßenbahn überholte ihn mit einem fröhlichen Klingeln, das er erwiderte, indem er stehen blieb und den wenigen Passagieren in der hell beleuchteten Bahn zuwinkte. Dann setzte er seinen Weg fort, und am Ende der Brücke sprang er von der Mauer. Schon bald war er zu Hause angekommen. Seine Eltern schliefen sichtlich noch nicht. Sämtliche Fenster der Wohnung des Gründerzeitbaus in Familienbesitz waren hell erleuchtet.

Während Bruno gut gelaunt die gebohnerten Holztreppen vorbei an den Mietwohnungen zu ihrer Wohnung erklomm, nahm er sich in seinem Hochgefühl vor, gleich seinen Vater nach der Geschäftsüberschreibung zu fragen. Eigentlich hatte der davon gesprochen, am nächsten Tag mit ihm zum Notar gehen zu wollen.

Warum war das nicht passiert? Außerdem musste er dann noch eine ganze Reihe Formalitäten erledigen: beim Gewerbeamt, bei der Innung und beim Finanzamt. Wer weiß, wo noch überall. Das würde sein Vater ihm sicher sagen können.

In der Wohnung fand er seine Eltern im Wohnzimmer. Beide saßen jeweils in einem der mit rotem Samt überzogenen Sessel. Das Radio lief, es wurde ein Konzert aus der Dresdener Semperoper übertragen. Bruno erkannte »Die vier Jahreszeiten« von Vivaldi, denn dieses Konzert hatten sie auch auf einer Schellackplatte, die seine Mutter Frieda besonders gern auf das Grammophon legte. Jetzt lauschten die Eltern dem Radiokonzert. Seine Mutter hatte Socken auf dem Schoß. Eine hatte sie auf einen Stopfpilz gezogen und reparierte ein kleines Loch. Sein Vater saß ihr gegenüber, in der linken Hand ein Buch, in der rechten ein Glas Weinbrand. Bruno begrüßte seine Eltern. »Was liest du, wenn ich fragen darf?«, wollte er von seinem Vater wissen. Doch ehe dieser antworten konnte, fragte seine Mutter: »Hast du bereits gegessen? In der Küche stehen noch ein paar Wurstbrote und auf dem Ofen Filets, die müssten noch warm sein. Helena habe ich schon nach Hause geschickt.« Helena war das Hausmädchen, das schon so lange in ihren Diensten stand, wie Brunos Erinnerungen zurückreichten. Handarbeiten überließ Mutter nicht gern Helena, die machte sie prinzipiell selbst. Sein Vater hatte indes kurz das Buch mit dem Deckel in Brunos Blickrichtung gehalten, sodass dieser sehen konnte, es war »Kleiner Mann, was nun?«.

»Ich würde gern noch einiges mit dir bereden«, ließ Bruno seinen Vater wissen.

»Später«, war dessen knappe Antwort.

Bruno entfernte sich in die Küche und füllte einen großen Teller mit Essen, über das er sich reichlich Bratfett goss. Aus dem noch neuen elektrischen Kühlschrank, der ein halbes Vermögen gekostet hatte, entnahm er eine Flasche Bier und öffnete mit fröhlichem

Ploppen den Bügelverschluss. Gerade hatte er es sich am Küchentisch gemütlich gemacht, als sein Vater erschien. Bei Wilhelm Schneider hieß »später« manchmal »gar nicht«, manchmal aber auch »gleich«.

»Nun, Junge, was hast du denn auf dem Herzen?«, begann der Vater.

»Wann wollen wir denn zum Notar gehen? Hast du schon einen Termin?«, fragte Bruno mit vollem Mund, sodass er kaum zu verstehen war.

Doch Wilhelm Schneider hatte die Frage genau verstanden, stellte sich auf seine Art jedoch verständnislos.

»Was für ein Notartermin, was soll ich denn dort?«

»Nun, wegen der Geschäftsübertragung. Es war doch deine Idee, dass du den Termin besorgst. Wenn du möchtest, kann ich mich aber auch um eine Terminabsprache kümmern.«

»Nein, das lass mal bleiben. Du bist noch nicht soweit, du bekommst das Geschäft noch nicht.«

Bruno entglitten die Gesichtszüge.

»Warum das denn jetzt? Was heißt denn, ich wäre noch nicht soweit? Gestern hast du doch ganz anders gesprochen.« Vor Aufregung fielen Bruno beim Sprechen einige Brocken aus dem Mund.

»Na und, jetzt habe ich es mir eben anders überlegt.«

Schlagartig war Bruno der Appetit vergangen. Er warf das Wurstbrot aus seiner Hand auf den Teller. Wie so oft war sein Vater unberechenbar.

»Das ist doch wieder typisch, nie traust du mir was zu«, entfuhr es Bruno, »aber ich will dir mal was sagen: Wahrscheinlich gibst du den Laden nie her. Und wie immer … heute hü, morgen hott. Wie es anderen damit geht, interessiert dich kein bisschen. Hauptsache, du machst immer gerade das, wonach dir zumute ist. Das habe ich satt.« Brunos Stimme war immer lauter geworden, sodass er zuletzt regelrecht geschrien hatte. Dabei war er vom Tisch aufgesprungen.

»Reiß dich mal zusammen. Du wirst schon noch früh genug erben«, wurde der Vater nun ebenfalls lauter.

»Dein Erbe kannst du dir in den Allerwertesten schieben. Ich kann auch meinen eigenen Laden aufmachen, ich habe schließlich meinen Meisterbrief. Am besten gleich nebenan, dann geht dein Geschäft den Bach runter.«

Bruno hatte sich in Rage geredet. Neben der Wut bemerkte er bei sich auch ein euphorisches Gefühl. Noch nie hatte er auf diese Weise mit dem Vater gesprochen. Vielleicht hatte ihm der Tag mit Dorothea den nötigen Mut gegeben, sich vom Alten nicht mehr alles bieten zu lassen.

Inzwischen war durch den lauten Wortwechsel die Mutter in die Küche gekommen. Schnell erfasste sie die Situation, hatte doch ihr Mann schon nachmittags die Rücknahme seiner Entscheidung angekündigt. Doch selbst Frieda war überrascht, wie heftig ihr Sohn reagierte.

»Bruno, beruhige dich. Wenn dein Vater sich jetzt noch nicht trennen kann, dann gib ihm noch ein wenig Zeit«, wollte die Mutter schlichten.

»Ach, leckt mich doch alle miteinander«, stieß Bruno hervor und verließ wutentbrannt die Küche, nicht ohne die Küchentür heftig knallend in das Schloss zu werfen. Er stapfte in sein Zimmer, entledigte sich seiner Kleider, löschte das Licht bis auf das der Nachttischlampe und warf sich aufs Bett. Dann versuchte er, das soeben Erlebte mit Erinnerungen an Dorothea zu überdecken. Nach und nach beruhigte er sich. Als die Bilder von Dorothea im Kopf Oberhand gewannen, wurde seine Phantasie rege, und es dauerte nicht lange, da legte er angesichts der lieblichen Erinnerungen an die braunen Augen, den zarten Mund sowie die weiche, glatte Haut selber Hand an. Und schlief trotz des abendlichen Ärgers zufrieden ein.

Bruno konnte nicht ahnen, dass der Lauf der Geschichte ihn niemals Inhaber der Fleischerei Schneider in Legwitz werden lassen würde. Wilhelm Schneider zögerte die Geschäftsübergabe immer weiter hinaus, insbesondere als sein Sohn die Beamtentochter Dorothea Kasubke ehelichte.

Vor der Hochzeit hatte Dorothea noch ein halbes Jahr beim Reichsarbeitsdienst auf dem Lande verbracht, was ihr ein klein wenig Respekt bei den Schwiegereltern verschaffte. Dennoch wurde sie argwöhnisch beäugt und von den Schwiegereltern ganz besonders auf die Probe gestellt, als sie sich im Fleischerladen als Verkäuferin nützlich machte.

Am 5. Februar 1939 kam dann Marianne, die erste Tochter des noch jungen Paares, auf die Welt. Wie schon nach der Geburt der Mutter, so entbrannte auch kurz nach Mariannes Geburt ein Weltkrieg, in welchen Bruno mit großer Begeisterung zog. Alle waren stolz auf den feschen Soldaten.

Vergraben

Die Front ist bald hier und hoffentlich kommt Alfred gesund zurück, dachte Elisabeth. Ihr Ältester war im Frühjahr sechzehn Jahre alt geworden und wurde zur Waffen-SS eingezogen. Die nahm inzwischen jeden, der ein Gewehr geradeaus halten konnte. Der Junge war auch noch stolz darauf. Sie hätte ihn am liebsten versteckt. Natürlich wusste sie, so etwas war nicht möglich. Die Militärpolizei fand am Ende doch jeden. Aber warum musste es auch noch die Waffen-SS sein? Im Radio hörte sie immer wieder Heldengeschichten dieser Truppe. Im Dorf erzählte man sich aber andere Sachen, die gar nichts mit Heldentum zu tun hatten. Wenn nur Gustav den Jungen nicht auch noch bestärkt hätte. Eine ganze Woche hatte sie nicht mit ihrem Mann gesprochen, als dieser den Jungen beglückwünscht hatte, zu der schwarzen Elite zu kommen. Gustav hatte auch so ein Brett vor dem Kopf. Sehen die denn nicht den verlorenen Krieg? Ende August wurde Königsberg bombardiert, erzählte man. Es sei kaum etwas übrig geblieben von der Stadt. Das war schon über einen Monat her.

Die Front kam Ostpreußen immer näher. Gustav hatte nichts anderes zu tun, als dieses dwatsche Nazigerede nachzuplappern. Statt ihr hier beim Graben zu helfen, rannte er herum mit einem Stahlhelm auf dem Kopf und das Gewehr über die Joppe gehängt. Bestimmt lagen sie wieder irgendwo im Wald herum und rauchten und tranken Schnaps. »Volkssturm« nannte sich das. Das war zum Piepen. Nun schuftete sie hier ohne ihn mit dem Spaten, buddelte das Loch, in das der ganze Hausrat hineinpassen musste. Zum Glück war der Boden locker und sie kamen beim Graben schnell voran. Die Kinder halfen ihr, so gut sie konnten. Der kräftige Kurt schaufelte schweigend was weg. Der neunjährige Paul war auch schon eine Hilfe. Der kleine Heinz mit seinen sieben Jahren wollte seine Stärke beweisen und buddelte verbissen. Er hatte noch Schwierigkeiten, den großen Spaten zu handhaben. Elisabeth mochte Heinz nicht gern anschauen. Zu sehr erinnerte er sie an die Zeit in Pillkallen. Das schlechte Gewissen nagte an ihr, wegen der Sünde, die sie begangen hatte. Sie mochte es nicht, dass Heinz' Anblick sie jedes Mal daran erinnerte. Und sie wusste, dass auch dieser Widerwille Sünde war. Heinz' Anblick war Gottes Strafe, sie sollte sich erinnern. Immer wieder ertappte sie sich, wie sie Heinz deswegen ignorierte, obwohl sie ihn gar nicht ignorieren durfte.

Der dreijährige Horst beobachtete Heinz. Der Spaten war für ihn noch zu schwer. Wenn beim Graben kleine Steine auftauchten, holte Horst sie aus der Grube und warf sie in die Brennnesseln. Der Hund begleitete ihn dabei, als ob er auf das Kind aufpasste. Kam der Kleine zur Grube zurück, setzte Schlapp seine eigenen Grabungsarbeiten am Rande fort. Paul und Heinz waren heute freiwillig im Garten geblieben, um der Mutter zu helfen. Sonst waren sie nie zu halten gewesen, trieben sich jeden Tag südlich des Dorfes an der Angerapp herum. Dort hatte die Wehrmacht versucht, den Fluss zu stauen, um das Wasser gegen russische Angriffe als Hindernis zu nutzen. An dieser Stelle durchschnitt die Angerapp ein kleines Tal. Zum Fluss hinunter waren Schienen verlegt worden, auf denen Loren fuhren, mit denen Erde hineingeschüttet wurde. Tagsüber arbeiteten russische und belgische Kriegshäftlinge unter Aufsicht der SS an dem Staudamm. Aber vor ein paar Tagen waren diese abgezogen worden und die Baustelle war verwaist. Die Kinder des Dorfes freuten sich sehr darüber, denn nun konnten sie mit den Loren wie auf einer Schlittenbahn zum Fluss hinunterfahren. Auch Paul und Heinz hatten tagelang immer auf's Neue mit den anderen Kindern so einen kleinen Kippwagen den Hang hinaufgeschoben, und mit halsbrecherischer Geschwindigkeit rasten sie dann hinab.

Elisabeth hielt inne und schaute auf ihre Kinder, dabei auf den Griff ihres Spatens gestützt. Außer Alfred fehlte nur noch Irmgard, die gerade im Stall die zwei Sauen und das Kleinvieh versorgte. Früher in Pillkallen hatten sie auch noch eine Milchkuh gehabt, die sie mit dem Umzug nach Groß Medien verkauft hatten. Es war nie sinnvoll gewesen, eine eigene Kuh zu haben, wenn man als Melker aus dem Gutsstall Deputatmilch mitbrachte.

Wenn der Anlass für das Graben nicht so schlimm wäre, so könnte sie die Situation regelrecht genießen, dachte Elisabeth. Die warme Sonne der ersten Oktobertage tauchte die ostpreußische Landschaft in warme Farben. Drüben in den Brombeeren glitzerten Spinnweben in den Zweigen und versuchten die zahlreichen Fliegen, Mücken, Falter und andere Arten von Insekten anzulocken. Wie zahlreich sich die Insektenwelt derzeit noch präsentierte, konnte man dem Summen und Surren entnehmen, welches die Grabungsarbeiten der Mutter mit ihren Kindern begleitete. Aus der Grube zog der schwere Duft nach feuchter Erde herauf, vermischt mit dem Schweißgeruch der arbeitenden Jungs. Na gut, ihr eigener war auch dabei.

Obwohl Gauleiter Koch in Königsberg und die NSDAP-Kreisleitung in Angerapp noch immer vom Endsieg redeten, waren sich in Groß Medien alle einig, so schnell wie möglich die Flucht anzutreten. Manchmal bei Ostwind hörte man schon die Kampfgeräusche der Front. Gustav und Elisabeth beschlossen gestern, die Fahrräder, den Kartoffeldämpfer und das andere Hab und Gut, welches sie nicht mitnehmen konnten, im Garten zu vergraben, bis sie vielleicht eines Tages zurückkehren würden.

Gerade wollte Elisabeth weiterschaufeln, als der kleine Horst mit dem Finger auf die Stelle zeigte, an die Heinz seinen Spaten ansetzte.

»Der Heinz hat einen Knochen«, rief der Dreijährige.

»Das sehe ich selber«, grummelte Heinz den Kleinen an. Heinz hielt mit dem Graben inne, legte den Spaten aus der Hand und begann, mit den Händen weiterzugraben. Der Hund war dazu gekommen und begann aufgeregt zu bellen. Horst hatte sich inzwischen zur Mutter gewandt.

»Der Heinz hat einen Knochen.«

»Was denn für einen Knochen?«, wollte die Mutter wissen, Interesse vortäuschend. »Hier sind noch mehr, und einen Gürtel hat der auch um. Das ist ein Mensch«, stieß Heinz hervor. Dabei war er aufgesprungen und einen Schritt rückwärts gegangen. Sein Gesicht war um einiges fahler geworden. Inzwischen begann der Hund mit seinem Maul an etwas zu zerren, wobei er knurrte und quietschte. Elisabeth war nun doch aufgesprungen und umgehend bei den beiden Jüngsten und dem Hund. Auch Kurt und Paul kamen herbei, die ebenfalls neugierig geworden waren. Als Erstes griff Elisabeth nach Schlapps Halsband und zog ihn von der Grube weg, was dieser mit weiterem Gebell quittierte, das erst nach einem energischen Befehl Elisabeths endete.

Sicher, am deutlichsten war ein Knochen zu sehen, wohl ein menschlicher Oberschenkelknochen, um genau zu sein. Aber an dem Knochen befand sich am unteren Ende verwestes Fleisch. Stellenweise war dieses mit einer derben Hose umkleidet. Sie sah nach dickem Uniformstoff aus. Heinz hatte mit den Händen auch schon Teile der Hüfte freigelegt, die offensichtlich von einem gut erhaltenen Koppel umschlossen wurde. Elisabeth bekreuzigte sich hastig.

»Kinder, kommt weg hier. Ihr stellt euch sofort oben zu den Obstbäumen. Paul, du nimmst Schlapp mit.« Sie übergab Paul das Halsband.

»Aber ich habe ihn gefunden«, monierte Heinz, immer noch ganz blass.

»Egal, ihr macht jetzt, was ich sage.« Sie gab Heinz einen Klaps hinter die Ohren und bestimmte: »Kurt, du darfst mir helfen.« Ihr war aber noch nicht klar, wobei Kurt eigentlich helfen sollte. Der

Junge, ganz in der Rolle des durch nichts zu erschütternden Ältesten, war indes schon zu dem Fund hinabgesprungen und beseitigte weitere Erde von dem Leichnam. So entfernte er einen Klumpen vom Koppelschloss. Zum Vorschein kam ein fünfzackiger Stern, geschmückt mit Hammer und Sichel. »Es ist ein Russe«, gab Kurt mit Kennerblick bekannt und fügte dann hinzu: »Buh, der stinkt.« Jetzt nahm Elisabeth den Fäulnisgeruch ebenfalls wahr. Das war der letzte Anstoß, den Elisabeth benötigte, um intuitiv eine schnelle Entscheidung zu treffen. Die Front war nah, sie mussten flüchten. In dieser Situation noch erklären zu müssen, wieso ein toter russischer Soldat in der Erde ihres Gartens lag, das konnte nicht gut enden.

»Los, wir müssen ihn wieder zudecken.«

Der Junge kletterte flink aus der Grube und wollte zum Haus laufen.

»Hast du nicht gehört? Wo willst du denn hin?«

»Eine Decke holen«, antwortete Kurt irritiert.

»Nein, du Schubjak! Die Erde muss wieder drauf. Er muss verschwinden. Los, grab ihn wieder ein.«

Sogleich begann Elisabeth, Erde über den Toten zu schaufeln.

»Aber wir wissen doch gar nicht, wer das ist. Wie kommt der denn hierher? Müssen wir das nicht dem Amtsleiter melden?«

»So weit kommt das noch. Was denkst du, was dann losgeht? Jetzt mach einfach, was ich dir sage, und hilf mir, das Grab zuzuschaufeln.«

Zu zweit bedeckten sie zügig den unbekannten Soldaten mit der frischen Erde, wobei Kurt aufgeregt redete: Vermutungen über die Herkunft des Toten, wie er unter die Erde gelangt sei und wieso er ausgerechnet bei ihnen im Garten lag. Elisabeth reagierte nicht und schaufelte mit ausholenden Bewegungen. Kurt stockte erst mit seiner Rede, als der Leichnam vollständig verschwunden war und seine Mutter über dem Toten herumlief, die Erde festtrat und anschließend mit der Schaufel nachklopfte, was Kurt mit einem ungewollten

Stöhnen kommentierte. Dann drehte sich Elisabeth zu den immer noch unter den Obstbäumen mit offenen Mündern wartenden Kindern, um sie zu sich zu rufen. Paul, Heinz und Horst kamen ohne Zögern und mit ernsten Gesichtern zu ihr herüber.

»Kinder, das ist jetzt ganz wichtig, was ich euch sage. Ihr dürft niemandem ein Sterbenswörtchen verraten, was ihr eben hier gesehen habt. Keiner darf wissen, dass hier ein toter Schaschke in der Erde liegt. Habt ihr das verstanden?«

Intensiv schaute Elisabeth ihrem Nachwuchs in die Augen. Wie erstarrt erwiderten diese ihren Blick ohne Reaktion. Lediglich Kurt schien die Worte seiner Mutter gar nicht zu beachten, hatte den Spatengriff in beiden Händen, stand mit beiden Füßen auf dem Spatenblatt und konzentrierte sich, die Balance zu halten.

»Wenn ihr irgendjemandem etwas von dem Toten erzählt, dann kommen wir in Deiwels Küche«, fuhr Elisabeth eindringlich mit ihrer Ansprache fort, da sie das Gefühl hatte, ihre Botschaft war noch nicht angekommen. Heinz war dann der Erste, der reagierte.

»Fressen uns die Russen?«, wollte er mit belegter Stimme wissen.

»Vielleicht, vielleicht auch noch viel schlimmer. Also darf das keiner wissen. Ist das klar?« Jetzt nickten alle außer Kurt, der anfügte: »Wenn einer von euch redet, bekommt er es mit mir zu tun.«

»Ist gut, Kurt. Ich glaube, es haben alle verstanden«, erwiderte Elisabeth ihrem zweitältesten Sohn und streichelte ihm wie beiläufig über die Schulter. Seit Alfred eingezogen und Gustav kaum noch zu Hause war, hatte Kurt wie selbstverständlich die Rolle als Mann im Haus eingenommen.

»Lasst uns reingehen. Vielleicht hat Irmgard das Abendbrot fertig.« Wenigstens zu essen gab es bei ihnen stets genug. Schweigend kamen sie im Haus an, einem für ihre Verhältnisse imposanten Klinkerbau. Das Haus stand längs der Kastanienallee, die direkt auf das Gutshaus zuführte. Hinter dem Haus lag ein viertel Hektar Garten, malerisch begrenzt vom Fluss. Oben am Haus befand sich der Gemüse- und Kräutergarten, dahinter kamen vom Haus aus gesehen rechts einige Obstbäume, und zum Fluss hin schließlich erstreckte sich Wiese, die Futter für das Kleinvieh lieferte.

Am Haus angelangt, reinigten Kurt, Paul und Elisabeth die Grabewerkzeuge, während Heinz und Horst sich bereits an der Hoftreppe die Erde von den Schuhsohlen kratzten. Heute musste Elisabeth ihre Kinder nicht ermahnen. Ernst und schweigsam wuschen sie sich alle in der Küche gründlich die Hände und entledigten sich der verschmutzten Kleider. Da Irmgard noch nicht aus dem Stall zurück und somit das Abendbrot noch nicht vorbereitet war, deckten die beiden Kleinen den Tisch, und Paul holte Brot, Butter und Wurst aus der Speisekammer. Kurt schürte das Feuer im Küchenherd, um Tee zu kochen. Gerade wollte Elisabeth in den Stallungen nach Irmgard schauen gehen, als diese in die Küche trat.

»Ihr seid eher, zurück als ich dachte«, entschuldigte sie sich.

»Schon gut, Irmchen«, erwiderte die Mutter.

Elisabeth zog sich ins Schlafzimmer zurück, um die Kleidung zu wechseln. Auf dem Feld und bei der Gartenarbeit trug sie eine schwarze Hose aus grobem Stoff und eine gesteppte braune Jacke. Zurück in die Küche kam sie mit schwarzem Rock und dunklen Pullover sowie heller Baumwollschürze bekleidet. Das Kopftuch, das sie draußen meist umgebunden hatte, war abgelegt.

Die Mutter und ihre Kinder setzten sich um den großen Küchentisch und sprachen gemeinsam ein Tischgebet. Kaum hatten sie geendet, sah Elisabeth durch das Küchenfenster, wie ihr Mann Gustav im Garten erschien und mit finsterem Gesicht prüfend um die Grube schritt, die seine Familie heute gegraben hatte. Besonders interessierte er sich offensichtlich für den Teil, den sie wieder geschlossen hatten. Trotz der Entfernung konnte Elisabeth sehen, wie es in ihm arbeitete. Nervös rieb er sich das Kinn, nahm seine Mütze ab und strich sich über die gelbblonden Haare. Dann setzte er die Mütze wieder auf den Kopf und trommelte mit den Fingern auf seinem Stahlhelm herum, den er an sein Koppel gehängt hatte. Trotz des Stahlhelms und eines Karabiners auf dem Rücken sah er nicht sehr furchteinflößend aus. Die Arbeitshose hatte er in die Lederstiefel gesteckt. Seine Lederstiefel, auf die er so stolz war. Sie waren ein Abschiedsgeschenk des vorherigen Gutsherrn gewesen.

Nach einem letzten Blick auf die Grube kam Gustav auf das Haus zu. Die Kinder aßen noch immer geräuschlos ihre Stullen. Elisabeth richtete den Blick auf Horst und Paul, die in sich gekehrt und monoton an ihren Broten kauten. Heinz, der zwischen beiden saß, aß dagegen schnell, als ob er nie wieder etwas bekommen würde. Auch er schien in Gedanken nicht hier zu sein. Nur Irmgard wirkte wie immer und schnitt sich Gurkenscheiben auf den Teller.

Jetzt war Gustav an der Hoftür. Rief sonst mindestens eins der Kinder in so einem Moment »Papa kommt«, blieb selbst dieses Ereignis heute ohne Kommentar. Es war zu hören, wie Gustav im Hausflur seine Stiefel auszog und in die Klotzkorken schlüpfte. Nun kam er in die Küche und ließ ein »Guten Abend« vernehmen. Gewehr und Stahlhelm hatte er mit in die Küche gebracht, lediglich die Jacke draußen an die Garderobe gehängt. Für die Kriegsutensilien gab es einen speziellen Haken neben dem Küchenbuffet, auf den er den Gurt des Karabiners gleiten ließ, sodass der Lauf der Waffe zur Decke zeigte. Dann kam der Helm darüber. In der Waschschüssel war noch das gebrauchte Wasser der Kinder und Elisabeths, welches er sonst ebenfalls benutzte, doch heute nörgelte er.

»Wer hat denn hier wieder sein Wasser in der Schüssel gelassen? Könnt ihr das nicht immer gleich wegkippen?« Eine Weile bürstete sich Gustav die Hände, dann drehte er sich halb zu Elisabeth und fragte mürrisch: »Warum habt ihr denn nicht unter den Obstbäumen gegraben, wie ich es gesagt hatte? Was musstet ihr denn da am Fluss wirtschaften?«

Er rieb flüchtig seine Hände am Küchenhandtuch trocken. Elisabeth stand von ihrem Platz auf und wischte sich kurz die Hände an der Schürze ab.

»Das erkläre ich dir oben. Am besten, wir gehen mal in die Schlafkammer. Ihr«, wandte sie sich nun an die Kinder, »bleibt derweil in der Küche und esst auf.« Dann öffnete sie die Küchentür und wartete mit einem Blick Richtung Gustav, in dem die eindeutige Aufforderung lag, er möge vorangehen. Gustav zögerte leicht, verließ dann jedoch die Küche, sich gleichzeitig die Hemdsärmel hochkrempelnd. Elisabeth folgte ihm, der nun schweren Schrittes die Holztreppen zum Dachgeschoss emporstieg. Im Schlafzimmer angekommen, stellte sich Gustav mit verschränkten Armen an das Fenster, den Blick auf die zum Gutshaus führende Allee gerichtet.

»Wieso habt ihr am Fluss gegraben?«, wiederholte er seine Frage.

»Weil der Boden oben bei den Bäumen hart wie Stein ist«, erwiderte Elisabeth und fragte ihrerseits: »Wer ist der Tote am Fluss?«

Gustav schaute weiter starr aus dem Fenster und antwortete nicht.

»Ich möchte wissen, wer dieser Tote dort in der Erde ist«, setzte Elisabeth nach.

Ruckartig drehte sich Gustav zu Elisabeth und sah ihr mit wütendem und gleichzeitig unsicher flackerndem Blick in die Augen.

»Das geht dich nichts an, Frau«, sprach er gepresst. »Schlimm genug, dass ihr ihn ausgegraben habt. Wenigstens habt ihr ihn wieder verschwinden lassen. Ich kann dir nur eins sagen: Ich habe ihn nicht umgebracht. Und am besten, du oder die Kinder sprechen nie«, und an dieser Stelle hielt er kurz inne, »nie wieder von einem toten Mann in der Erde.«

»Wer ist er, wer hat ihn umgebracht?« Elisabeth ließ nicht locker.

»Ich nicht. Und ich habe keine Lust, in den letzten Tagen hier noch Ärger zu bekommen. Deshalb sage ich dir noch einmal: Es gibt dort keine Toten. Und sieh zu, wie du das den Kindern beibringst. Glaube mir, es ist besser, wenn ihr von der Leiche nichts wisst. Ende nächster Woche spätestens sind wir hier weg. Von Neuenfeld hat mir heute gesagt, der Treck geht nächste Woche los, selbst wenn der Gauleiter das noch nicht genehmigt. Gestern haben die Russen einen Munitionszug im Pillkallener Bahnhof zerbombt. Das ganze Dorf soll in Schutt und Asche liegen. Im Norden fahren russische Panzer schon auf Memel und Tilsit zu. Bis nächste Woche müssen wir unseren Hausrat vergraben haben. Alles, was wir nicht mitnehmen können, muss in die Erde, sonst reißt es sich der Russe unter den Nagel. Morgen bleibe ich hier und grabe mit, sonst schafft ihr das nicht allein. Ich habe mich beim Bauernführer für einen Tag abmelden können.«

Eine Weile stand Elisabeth schweigend an die Wand des Schlafzimmers gelehnt und sah ihren Mann an. Was zum Deiwel war nur los mit ihm, was durfte sie nicht wissen? War er an einem Verbrechen beteiligt? Immerhin wusste er offensichtlich von der Leiche in ihrem Garten. Warum hatte er eigentlich eben in der Mehrzahl von Toten gesprochen? Erschreckt hatte sie die Ereignisse in Hoheneck zur Kenntnis genommen. Nicht nur wegen der eigenen Erinnerungen an das ehemalige Pillkallen, sondern auch weil eine ihrer Tanten dort lebte. Was waren das nur für Zeiten. Seinen letzten Worten hingegen gab sie recht, es existierte im Moment Wichtigeres als ein unbekannter Toter in der Erde. Sie mussten die vorübergehende Flucht vorbereiten und alles, was sie nicht mitnehmen konnten, vor den Sowjets verstecken. So lange, wie der Rückzug der Wehrmacht dauerte. Wenn die Russen dann zurückgeschlagen waren, konnten sie die Sachen wieder hervorholen. Also mussten sie den Toten vergessen und sich auf das Wesentliche konzentrieren.

»Hast du denn von Neuenfeld nach einem Pferd gefragt?«, wollte Elisabeth wissen.

»Wir sollen uns keine Sorgen machen, wir kriegen sogar zwei. Alle Pferde und Wagen des Gutes werden aufgeteilt. Der Treck soll bis Königsberg fahren, dann geht es mit dem Zug weiter.« Gustav war erleichtert, mit Elisabeth nun über die Planung der Flucht reden zu können. »Die meisten kommen mit. Nur der alte Urbschat und noch ein paar andere wollen hierbleiben. Dieser Glumskopp sagt, er halte die Stellung. Von Neuenfeld meint, wir sollen unsere Papiere alle mitnehmen, man könne nie wissen. Er glaubt wohl nicht ganz an unsere Rückkehr. Was wir unbedingt brauchen, muss alles auf den Wagen. Heute Abend acht Uhr gehen wir beide in die Guts- scheune. Da informiert Amtsleiter Wagner über seine Besprechung beim Landrat.«

Elisabeth hatte plötzlich das Gefühl, einen großen Stein an der Stelle zu spüren, wo sie ihren Magen vermutete. Seit Mittag hatte sie nichts gegessen und getrunken. Trotzdem verspürte sie keinerlei Hunger oder Appetit. Im Gegenteil, alles zog sich in ihr zusammen. Auch die Kehle war wie zugeschnürt.

»Ich muss erst einmal wieder runter in die Küche und sehen, was die Kinder machen«, sagte sie und drehte sich zur Tür.

»Lisbeth«, Gustav hielt seine Frau zurück und legte seine Hand auf ihre Schulter, »mit den Toten … es ist nicht meine Schuld, glaube mir.«

»Ist gut«, antwortete sie, sah ihn kurz an und nickte. Dann nahm sie seine Hand von ihrer Schulter und verließ das Schlafzimmer. Beim Gang die Treppe hinab musste sie sich am Geländer festhalten, da ihr schwindelig war. Sie erreichte die Küche und setzte sich auf ihren Platz. Langsam ließ der Schwindel nach. Die Kinder saßen im- mer noch schweigend vor ihren Tellern. Horst und Paul hatten kaum etwas gegessen. Kurt rührte im Tee und schaute gedankenverloren vor sich hin. Das Klingen des Löffels in der Tasse durchschnitt die Luft in der Küche wie das Läuten einer Alarmglocke. Elisabeth woll- te gerade Kurt auffordern, das Rühren zu unterlassen, als Heinz sich an einem großen Bissen seiner vierten Brotscheibe verschluckte und heftig zu husten begann. Kurt legte den Löffel aus der Hand und riss Paul mit einem Stoß in die Seite aus den Gedanken.

»Klopf Heinz mal auf den Rücken«, forderte er Paul auf. Als dieser der Anweisung seines großen Bruders folgte, erbrach Heinz im Schwall auf den Tisch.

In diesem Moment kam der Vater zur Tür hinein, setzte sich an den Tisch und knurrte Irmgard an: »Hol mal einen Lappen.«

Am Abend hatten sich fast alle der nicht zum Kriegsdienst eingezogenen erwachsenen Einwohner Groß Mediens in der Scheune versammelt. Die sparsame elektrische Beleuchtung tauchte das Scheuneninnere in ein gedämpftes gelbes Licht. Es roch nach Heu, Wagenschmiere und Schweiß. Elisabeth saß auf dem Rad eines Heuwenders. Das versteinerte Gefühl im Bauch hatte nachgelassen, der Schwindel saß aber immer noch in ihrem Kopf. Sie war froh über den Versammlungsort, denn in der Scheune durften die Männer nicht rauchen. Hätten sie sich im Krug getroffen, wären sie jetzt alle in einer großen Qualmwolke. Gustav stand neben ihr, den Rücken an einen Eichenholzpfosten gelehnt. Er hatte Elisabeth erst überzeugen müssen, heute mit zu der Besprechung zu kommen. Vor allem wegen der Kinder hatte sie zu Hause bleiben wollen. Da die Kleinen zügig eingeschlafen waren, hatte Elisabeth sich bereit erklärt, in die Scheune mitzugehen, wo sie sich nun in Gesellschaft ihrer Nachbarn befanden. Schon auf dem Herweg waren sie auf Wilhelm Isokeit und seine Frau gestoßen, die ebenfalls auf dem Gut arbeiteten. Wilhelm war wie Gustav zum Volkssturm eingezogen. Sonst machte man bei solchen Begegnungen gern Späßchen. In diesen Wochen war jedoch niemandem danach zumute. Insbesondere deshalb nicht, da das Ehepaar Isokeit erst vor drei Wochen vom Tod ihres zweitältesten Sohnes erfahren hatten. Bereits letztes Jahr war der älteste Sohn an der Ostfront gefallen.

In der Scheune war heute nur gedrücktes Gemurmel zu hören, welches erstarb, als Ulrich Schulze von Neuenfeld auf eine Kiste kletterte und die Bewohner von Groß Medien begrüßte. Nach kurzer Rede übergab er das Wort an den Amtsleiter Anton Wagner, der gerade vom monatlichen Treffen beim Landrat Uschdraweit zurückgekehrt war. Anton Wagner war ein eher schmächtiger Mittfünfziger mit fleischlosem Gesicht und schmalen Händen. Er war nicht sehr groß gewachsen, sodass er kaum von allen gesehen werden konnte, obwohl auch er auf der Kiste stand. Kaum hatte er die überschaubare Menge begrüßt, kam er zur Sache.

»Der Gauleiter Koch und sein Stellvertreter Dargel verbieten unsere Abreise. Niemand darf sein Dorf verlassen. Im Ernstfall soll die Heimat auch durch uns Zivilisten verteidigt werden. Wer dennoch flüchtet, muss mit schlimmsten Konsequenzen rechnen.« Nach diesen Sätzen schwoll ein lebhaftes Gemurmel an. »Im Widerspruch dazu will aber die Wehrmacht, dass die östlichen ostpreußischen Kreise, also auch unser Kreis Angerapp, von Zivilisten freigezogen wird. Die westlicheren Kreise sollen uns aufnehmen, bis unser Land wieder vor den Russen sicher ist. Aber, liebe Medunischker«, auch Amtsleiter Wagner verwendete noch wie fast alle die alte Ortsbezeichnung, »ihr wisst selbst, wie ungewiss die Aussichten sind.« Gustav und einigen anderen in der Scheune ging durch den Kopf, wie gefährlich die Rede für Anton Wagner werden könnte. Es reichte eine Denunziation bei der Partei, schon wäre er dran wegen Zersetzung der Kriegsmoral. Niemand durfte den Endsieg bezweifeln. »Also Leute, es dauert nicht mehr lange und Medunischken ist Frontgebiet. Ihr müsst selbst entscheiden, was ihr tut. Landrat Uschdraweit empfiehlt die Abreise, solange das noch möglich ist. Am besten fährt man mit dem Wagen bis Königsberg, dort will das Militär durch die Reichsbahn Züge stellen lassen.«

In das bei den Zuhörern weiter bestehende Gemurmel meldete sich auf einmal der alte Urbschat.

»Was denkt ihr euch da in den Ämtern eigentlich? Wir können doch nicht einfach unsere Höfe und das Vieh aufgeben und den Kommunisten und Juden überlassen. Wegen euch und eurer Feigheit verlieren wir noch den Krieg. Der Gauleiter hat doch recht – wenn die Wehrmacht den Russen nicht aufhält, müssen wir das selbst in die Hand nehmen.« Das Gemurmel war bei diesen Worten verstummt. Alle schauten auf Urbschat und neugierig auf den Amtsleiter, wie der reagieren würde. Da bekam Urbschat aus einer hinteren Ecke Unterstützung vom Gastwirt des Dorfes, Heinrich Ritter, bei dem die NSDAP regelmäßig Veranstaltungen abhielt.

»Genau. Und Herr Amtsleiter sollte sich auch besser überlegen, was er sagt. Ich weiß ja nicht, wie der Gauleiter das finden wird, wenn er erfährt, wie hier geredet wird.«

Wieder war Schweigen in der Menge. Da platzte Frau Isokeit mit einer tiefen, lauten Stimme hervor.

»Untersteh dich, Ritter, wenn du hier jemanden anschwärzen willst, dann habe ich dich am Kanthaken, glaube mir.«

Der Schankwirt wollte gerade etwas erwidern, als weitere Frauen einfielen und sich lautstark auf die Seite ihrer Vorrednerin stellten und damit den Amtsleiter unterstützten. Schnell nahm die Stimmung eine Form an, in der niemand mehr im Sinne von Urbschat oder Ritter sprach. Vor allem bei den Frauen spürte man Wut, Verzweiflung und keinerlei Bereitschaft, noch Opfer für das Vaterland zuzulassen, sodass der Amtsleiter sich gemüßigt sah, ein paar vermittelnde Worte zu sprechen.

»Ich kann alle verstehen, denen die Trennung von ihrem Hab und Gut, von ihrem Hof und ihrem Vieh schwerfällt. Ich kann auch den Wunsch verstehen, die Heimat zu verteidigen. Aber glaubt mir, euch nutzt der Besitz nichts mehr, wenn ihr von russischen Panzern überrollt oder vom Artilleriebeschuss zerfetzt werdet. Deshalb haben diejenigen von euch recht, die auf den Rückzug gehen. Es wird ja nicht für immer sein. Es kommen wieder bessere Zeiten. Packt eure wichtigsten Sachen und zieht Richtung Westen.«

Fast alle zollten diesen Worten Beifall. Dann wurden Details der Abreise besprochen, bis sich die Bewohner Groß Mediens wieder auf ihre Höfe verteilten. Es war für viele der erste Abend, an dem sie wirklich spüren konnten, sie würden ihre Heimat verlassen müssen.

Elisabeth und Gustav konnten beide in der folgenden Nacht nicht schlafen.

Eine Woche später, der meiste Hausrat war nun doch unter den Obstbäumen vergraben, beluden Bredigkeits den Wagen. Das meiste von dem, was sie verstauten, waren Lebensmittel. Außerdem war warme Kleidung wichtig, denn es war Ende Oktober und der Winter stand vor der Tür. Geschirr, Bettwäsche, Werkzeug und die Singer-Nähmaschine nahmen sie auch mit. Außerdem mussten sie Platz lassen für ein Fass, in dem sie das gesalzene Schweinefleisch mitnehmen wollten. Morgen würden sie noch ein Schwein schlachten und im Fass einpökeln.

Heute Morgen waren der Amtsleiter und ein Offizier der Wehrmacht im Dorf erschienen und hatten mitgeteilt, bis Sonntag hätten alle ihren Hof zu verlassen. Gestern habe der Russe eine Offensive gestartet, wäre südlich von Gumbinnen bis Nemmersdorf vorgedrungen. Nemmersdorf lag in Luftlinie nur dreißig Kilometer entfernt, ebenfalls an der Angerapp, und wäre nun dem Erdboden gleichgemacht. Der Wehrmachtsoffizier berichtete außerdem, alle Zivilisten von Nemmersdorf seien brutal ermordet worden. Man hätte sie an Scheunentore genagelt und dann erschossen. Die Frauen seien alle vergewaltigt worden. Mehr noch: erst vergewaltigt und dann durch Genickschuss getötet. Die Kinder seien ebenfalls erschossen worden. Es waren entsetzliche Berichte von Nemmersdorfern, denen die Flucht gelungen war, die sie sich heute Morgen anhören mussten. Elisabeth fragte sich, warum die russischen Soldaten eine so grausame Natur hatten. Unsere waren doch nie so brutal mit deren Frauen und Kindern, fragte sie sich. Oder?

Gustav kam aus dem Haus, in den Händen den Volksempfänger. Elisabeth, die am Wagen stand und Kurt dirigierte, der auf dem Gefährt einen Teppich verstaute, sah Gustav erstaunt an.

»Hast du das Radio nicht vergraben? Willst du es etwa mitnehmen?«

»Ich werde doch unser Radio nicht hierlassen«, entgegnete Gustav.

»Was willst du damit unterwegs? Hat unser Wagen etwa Elektrizität?«

»Irgendwo werden wir schon ankommen, wo es Elektrizität gibt«, erwiderte Gustav trotzig.

»Da hätte ich ja wohl den Waschzuber auch mitnehmen können, bei dem du unbedingt wolltest, dass der mit in die Grube kommt.« Elisabeth ärgerte sich. Sie wollte gerade Gustav weiter schelten, als der alte Postbote mit dem Motorrad die Dorfstraße entlang knatterte. In der Regel gab er sämtliche Post beim Gutsherrn ab. Nur wenn wichtige amtliche Briefe zuzustellen waren, fuhr er die Empfänger persönlich an. Als der Postbeamte das Ehepaar Bredigkeit vor dem Haus am Pferdewagen sah, steuerte er seine BMW auf die beiden zu. Vorsichtig bremste er die Maschine ab und kam am Pferdewagen zu stehen. Er nahm den Gang heraus, ließ den Motor im Leerlauf blubbern.

»Heil Hitler. Da ich Sie gerade sehe, gebe ich Ihnen gleich den Brief«, sagte er freundlich, während er aus seiner Tasche im Seitenwagen ein Kuvert zog und Gustav übergab. Dann tippte er kurz die Hand an die Mütze, legte den Rückwärtsgang ein, manövrierte zurück auf die Straße und knatterte vorwärts die Kastanienallee hinauf. Gustav und Elisabeth blieben in der Abgaswolke zurück. Neugierig drehte Gustav den Brief in seiner Hand, während Elisabeth in sorgenvoller Ahnung auf Gustav blickte.

»Was ist das denn für ein Brief?«, wollte sie wissen.

»Weiß nicht, ist Feldpost. Jedenfalls sieht's nicht wie ein offizieller Brief aus, das ist schon einmal gut«, erwiderte Gustav und wandte sich an Kurt, der inzwischen vom Wagen heruntergekommen war: »Lies mal vor!«

Wortlos nahm Kurt seinem Vater den Brief ab, sah kurz auf den Absender, öffnete ihn mit der Bemerkung »Ist von einem Oberleutnant Scharff«, und begann konzentriert leise für sich zu lesen.

»Nun sag doch, was steht denn da drin«, drängten Elisabeth und Gustav fast gleichzeitig.

»Den Alfred hat es erwischt«, stieß Kurt mit stockender Stimme hervor. Er wischte sich die Augen, um weiterlesen zu können. Elisabeth hielt sich die Hand vor den Mund und setzte sich auf die Deichsel des Wagens. »Aber nicht tot«, ergänzte Kurt weiter, »das hat sein Zugführer geschrieben, das ist dieser Oberleutnant Scharff. Alfred hat einen Granatsplitter im Bauch und wird mit dem Lazarettschiff nach Kiel gebracht. Das ist da bei Hamburg irgendwo.«

Bei der Botschaft, Alfred sei noch am Leben, war Elisabeth ein gequältes Stöhnen entwichen. Kurzzeitig hatte sie das Empfinden, bewusstlos zu werden. Ihr großer fleißiger Junge, erst siebzehn Jahre alt, fast noch ein Kind, wäre beinahe umgekommen und ringt nun auf irgendeinem Schiff um sein Leben. Es dauerte eine Weile, bis Elisabeth das begriff. Als die Tatsache schließlich zu ihr durchgedrungen war, rutschte sie unwillkürlich von der Deichsel, wobei sie auf dem Pflaster zum Sitzen kam und leicht mit dem Kopf an die Deichsel schlug. Ein Beben erfasste ihren Körper, und sie schluchzte einmal, zweimal. Als ob ein Damm brach, bahnten sich nun die Tränen den Weg. Elisabeth weinte laut aus ihrem zusammengesunkenen Körper, hielt die Hände vor das Gesicht, bis sie die Arme auf die Deichsel legte und den Kopf mit den Augen auf die Unterarme bettete. Gustav, der stark sein wollte, stand unschlüssig daneben und sah, wie sein Sohn ebenfalls zu schluchzen begonnen hatte und an die Mutter herantrat, in die Knie ging und von hinten seine Arme um sie legte, den Brief immer noch in der linken Hand festhaltend.

»Mama, er lebt, der Alfred schafft das bestimmt«, tröstete Kurt seine Mutter. Bei diesem Satz wurde Elisabeths Schluchzen noch einmal lauter. Es wirkte, als würde sie von einem Krampf geschüttelt. Auch Gustav hatte inzwischen glasige Augen bekommen, stand unschlüssig neben dem Wagen, machte einen Schritt auf Elisabeth und Kurt zu, dann wieder einen zum Haus. Schließlich taumelte er die fünf Schritte bis zum Hauseingang und setzte sich auf die zweistufige Treppe, stützte die Arme auf den Knien ab und verbarg das Gesicht in den Händen. Er merkte nicht, wie hinter ihm die Tür geöffnet wurde. Heinz und Horst kamen heraus, mit zögerlichen Bewegungen. Abwechselnd schaute Heinz von Mama mit Kurt hin zum Vater, der vor ihm auf der Treppe saß, und wieder zurück zur Mutter. Horst hielt sich an seinem Arm fest und schaute immer wieder fragend zu ihm auf. Schließlich setzten sich die beiden neben ihren Vater auf die Treppe. Nach und nach verebbten die Tränen bei der Mutter, und Kurt löste sich von ihr. Er hockte sich vor seine Brüder.

»Der Alfred hat einen Granatsplitter in den Bauch bekommen, wisst ihr.«

»Ist er jetzt tot?«, fragte der kleine Horst.

»Nein, er lebt und kommt in ein Krankenhaus. Und jetzt kommt, helft mir mal. Wir laden noch paar Sachen auf den Wagen.«

Sofort folgte Heinz dem kräftigen Kurt, um aus dem Haus einen Stapel Wäsche zu holen. Es war, als würden Heinz die gesamten Umstände nichts ausmachen. Er fühlte nichts, er dachte nichts. Ihm war lediglich kalt. Doch das bemerkte niemand.

Zwei Tage später, am zweiundzwanzigsten Oktober 1944, saß Elisabeth auf einem Schemel in der leer geräumten Küche. Die Hände lagen auf dem Schoß, mit einem Taschentuch in den Fingern.

Es schien, als massierten die Finger den Stoff des Taschentuches. Die Augen Elisabeths waren aus dem Fenster in die Ferne gerichtet. Vieles war ungewiss: ob sie je wieder herkämen oder ob sie Alfred wiedersehen würden. Ungewiss auch, wo sie ankommen würden. Gott wird wohl wissen, was er vorhat, dachte sie. Aber richtig beruhigen konnte sie dieser Gedanke heute nicht. Draußen vor dem Haus stand der Pferdewagen, bepackt mit den wichtigsten Utensilien. Gustav war mit Kurt und Paul zum Gut gegangen, die zugeteilten Pferde holen. Heinz und Horst übten auf dem Hof mit Schlapp Kunststückchen ein. Irmgard fütterte ein letztes Mal die Enten. Die Hühner und eine Sau waren vorgestern Abend vom Bauernführer abgeholt worden, der das Vieh an die Wehrmacht weitergab. Die Enten würden in den nächsten Tagen auch abgeholt. Die Front brauchte Futter, in jeder Hinsicht. Das andere Schwein hatten sie gestern noch geschlachtet und gesalzen auf dem Wagen verstaut. Bald würden sie abreisen, ohne die geringste Idee, wo es hingehen soll. Einig waren sie sich lediglich, bis ins Innere Deutschlands fahren zu wollen. Andere aus dem Dorf wollten nur fünfzig Kilometer landeinwärts ziehen, gerade so weit, um nicht von der Artillerie getroffen zu werden, wenn die Front an der deutschen Grenze zum Stehen käme. Auf Letzteres wollte Gustav sich nicht verlassen. Er hatte einen gesunden Sinn für die Wirklichkeit. Deshalb war er dafür, weit in den Westen zu ziehen. Elisabeth vertraute Gustav, war mit der weiten Reise einverstanden. Aber was würde dort werden? Elisabeth fror, obwohl sie viel zu dick angezogen war. Die ganze Familie hatte sich mehrere Schichten Kleidung übereinander gezogen, um auf dem Wagen Platz zu sparen.

Als Elisabeth vor dem Haus Stimmen hörte, raffte sie sich auf und verließ die Küche. Gustav und die beiden älteren Jungs waren mit den Pferden zurück und nun schon beim Einspannen. Nicht nur die Mutter hatte die Ankunft der Zugtiere bemerkt, auch Irmgard und die Kleinen mit Schlapp kamen vor das Haus gelaufen.

»Geht gleich los«, bemerkte Kurt schwitzend mit hochrotem Kopf und stöhnte: »Ei nee, hätte ich mich mal nicht so bepummelt und nachher erst die ganzen Sachen angezogen.«

Er legte das Geschirr über die Pferde, sein Vater befestigte die Bauchgurte. Gustav war in seiner Volkssturmmontur, hatte den Stahlhelm auf dem Kopf und den Karabiner auf dem Rücken. Elisabeth wurde es draußen in der Oktobersonne wärmer. Sie beobachtete genau wie ihre Tochter und die Kleinen stillschweigend das Geschehen. Einzig dem Hund war die Aufregung anzusehen. Er rannte um den Wagen, lief zum Haus, kehrte zurück, dabei fiepende und leise jaulende Geräusche von sich gebend. Als die Männer die Pferde fertig eingespannt hatten, entstand für einen Moment eine Pause, in der die Familie wortlos um den Wagen stand. Es fühlte sich an, als hätte jemand kurz den Lauf des Lebens auf Halt gestellt.

Erst die Pferde vor dem Planwagen der Isokeits, welcher in diesem Moment die Allee herunterkam, brachten die Szene durch lautes Hufgeklapper auf dem Kopfsteinpflaster wieder in Bewegung. Gustav drehte sich wortlos zum Haus, forderte die anderen mit einer leichten Kopfbewegung auf, ihm zu folgen. Erst Elisabeth, dann Irmgard und schließlich die Jungs zogen zum letzten Mal im Gänsemarsch dem Vater hinterher durch das Haus, in dem sie seit sechs Jahren wohnten und Horst das Licht der Welt erblickt hatte. Wie stolz war sie gewesen, als sie vom Amtsleiter nach der Geburt von Horst das Mutterkreuz zweiter Stufe verliehen bekommen hatte. Das Mutterkreuz für sechs deutschbürtige Kinder, davon fünf Jungs, fünf zukünftige Soldaten. Außerdem war ihr damit bescheinigt worden, dass sie erbgesund, anständig und sittlich einwandfrei war. Wieder dachte sie an Alfred und spürte einen bitteren Geschmack auf der Zunge. Die Familie nahm den Weg durch den Hausflur, um aus dem Hintereingang in den Hof zu treten. Schlapp rannte zum Stall und stürmte hinein.

Auf dem Hof blieben sie stehen. Sie schauten noch einmal in den Garten, zu den Enten, runter zum Fluss und schließlich zum Haus. Die Kleinen taten es den Erwachsenen nach. Auch als der Vater die Hände vor dem Körper ineinander legte und zu beten begann, taten es ihm alle gleich. Die Oktobersonne tauchte Haus und Hof in ein Licht, welches die beste Voraussetzung war, goldfarbene Bilder der Erinnerung an die Heimat zu erzeugen. Der Hund kam aus dem Stall zurück und hetzte durch den Hausflur auf die Straße. Das war für Gustav Anlass, mit einem »Auf geht's!« ebenfalls den Hof zu verlassen. Nun liefen die Kinder voraus, dann Elisabeth und als letzter Gustav, der erst die Hoftür von innen verriegelte, im Flur die elektrischen Sicherungen ausschraubte und zu guter Letzt die Haustür abschloss. Der Schließmechanismus erzeugte ein lautes Klacken, das trotz des Getrappels der Isokeitschen Pferde laut über die Allee hallte. Das Geräusch des Türschlosses brannte sich in das Gedächtnis Elisabeths ein, wurde abgelegt als letzte Erinnerung an zu Hause.

Der Planwagen der Nachbarn hatte in der Zwischenzeit das Haus der Bredigkeits passiert und rollte die Straße hinunter zur Angerappbrücke, die auf dem Weg Richtung Kreisstadt, die bei den meisten immer noch Darkehmen hieß, überquert werden musste. Sie aber wollten nicht nach Norden, sie wollten nach Westen. Nach Westen mussten sie die kleine Straße nach Groß Sobrost nehmen, von dort weiter nach Beynuhnen. Die kleine Straße nach Groß Sobrost ging vor der Brücke links ab.

Alle Mitglieder der Familie Bredigkeit fanden wortlos ihren Platz auf dem Wagen. Kurt setzte sich ganz selbstverständlich auf den Kutschbock. Er liebte das Fahren, hatte schon oft bei der Feldarbeit auf dem Gut Pferdewagen gesteuert. Elisabeth und die anderen Kinder setzten sich hinten hin. Nur Gustav kletterte nicht hinauf.

»Ich komme erst mal nicht mit auf dem Wagen. Wir müssen die Rinder noch nach Darkehmen treiben. Ich werde euch dann unterwegs einholen«, teilte er seiner Familie mit, gab Kurt das Zeichen zur Abfahrt und marschierte zum Gutshaus. Der Wagen setzte sich in Bewegung, fuhr vorbei an der kleinen Kirche von Medunischken und kam bald an der Brücke an, die als Treffpunkt der Flüchtlinge vereinbart war. Schlapp lief neben dem Wagen her. Vor der Brücke lag eine Wiese, die in besseren Zeiten für das Erntefest und den Maitanz genutzt worden war. Dieses Jahr fiel das Erntefest aus, dieses Jahr trafen sich die Wagen, um als Treck in die Ungewissheit zu starten. Es war eine bunte Ansammlung von Gefährten. Manche waren mit Planen bedeckt, andere nicht; bei den meisten waren Pferde vorgespannt, bei einigen auch Ochsen.

Sie warteten auf der Wiese an der Brücke, bis alle angemeldeten Wagen sich eingefunden hatten. Währenddessen standen die wenigen Männer, die nicht beim Volkssturm waren, beieinander und rauchten. Daneben fanden sich die Frauen zusammen und tauschten sich darüber aus, was sie an Hausrat noch mitgenommen oder zurückgelassen hatten. Einige Kinder liefen zwischen den Wagen umher oder spielten am Fluss, fühlten sich wie in einem beginnenden Abenteuer. Aber Paul, Irmgard, Heinz und Horst saßen mit ernsten Gesichtern auf dem Wagen und beobachteten die Szenerie. Der Hund hatte sich in den Schatten des Gefährts gelegt. Elisabeth war kurz bei den Frauen gewesen, dann hatte sich wieder der Stein im Bauch gemeldet. Dieses verhärtete Gefühl im Magenbereich kam immer wieder aus seiner Höhle heraus. Sie kehrte zurück zum Wagen, wo Paul fragte, ob er eine Scheibe Brot haben könne. Natürlich konnte er. Essen sollten die Kinder stets genug haben. Irmgard nahm sich gern der Aufgabe an, den Brüdern Brotscheiben abzusägen, sodass sich Elisabeth auf den Boden neben dem Wagen setzen konnte, den Rücken an das Vorderrad gelehnt, die Hand auf dem Nacken des Hundes, der freudig die Zuwendung entgegennahm. In Gedanken war Elisabeth immer wieder bei Alfred. Das Gefühl wechselte zwischen Sorge, Erleichterung und Panik. Am schlimmsten war die Ungewissheit über seinen Zustand. Sein Zugführer hatte nur von dem Granatsplitter im Bauch und der Verlegung in ein Lazarett berichtet; kein Wort, in welchem Zustand er war. Allein der Umstand, vom Zugführer Alfreds benachrichtigt worden zu sein und nicht von ihm selbst, machte ihr Sorgen. Deshalb überfiel sie die Panik, Alfred könnte auf dem Weg in das Militärkrankenhaus sterben. Erinnerungen wurden in Elisabeth lebendig. Alfred war als ihr Ältester für die anderen stets das Vorbild gewesen. Besonders Paul himmelte ihn an. Egal, was Alfred auf dem Hof oder im Haus angepackt hatte, es gelang ihm. Er hatte die geschicktesten Hände, die sie je gesehen hatte. Er übertraf sogar Gustav, der handwerklich im Dorf als Alleskönner galt. Gegenüber Mädchen war Alfred schüchtern. Dabei war er ein schmucker Kerl: breites Kreuz, gut ausgeprägte Muskeln, blond und blauäugig. Elisabeth war insgeheim stolz, als er das erste Mal die Uniform der Waffen-SS angehabt hatte. Natürlich war sie mit seinem Entschluss, zur SS zu gehen, nicht einverstanden gewesen, aber schmuck hatte er ausgesehen, da biss die Maus keinen Faden ab. Elisabeth schaute sich um, sah auf die Wagen, die Menschen. Alles erschien ihr weit weg, wie hinter einer Glasscheibe. Sie fragte sich, ob sie sich in der Wirklichkeit befand. Das Zeitgefühl war ihr abhandengekommen. Die Ereignisse der letzten zwei Wochen, das Packen, die Abreise, der Tote im Garten und die Nachricht von Alfreds Verletzung waren an ihr vorbeigerast. Gleichzeitig fühlte es sich an, als wären Monate vergangen.

Elisabeth wurde aus ihren Gedanken gerissen, denn es kam Bewegung in den Tross. Alle Männer und Frauen kehrten zu ihren Fuhrwerken zurück. Offensichtlich waren sie jetzt vollzählig und konnten abfahren. Da hörten die Menschen auf der Wiese plötzlich das Knattern eines Benzinmotors. Der schwarze Audi Ulrich Schulze von Neuenfelds, der aus der Zeit stammte, als Audi noch zivile Autos gebaut hatte, kam die Straße vom Gutshaus zum Fluss herunter. Auf Höhe der Wagenkolonne hielt der Gutsherr von Groß

Medien an, verließ das Auto, um jedem noch ein paar Worte des Abschieds und gute Wünsche mit auf den Weg zu geben. Auch zu dem Gespann der Bredigkeits kam er.

»Seht zu, dass ihr heil nach Königsberg kommt. Oder besser noch, ihr fahrt gleich in den Auffangkreis Preußisch Holland. Aber auf keinen Fall nehmt den Weg über Gumbinnen, dort wird gemetzelt. Kurt, Elisabeth, Kinder, beschütze euch Gott. Am besten, ihr haltet euch etwas abseits der Hauptstraßen, es wird Truppenbewegungen geben. Nicht, dass ihr denen in die Quere kommt.«

»Wissen Sie, wann die Männer zu uns stoßen? Gustav treibt das Vieh mit raus«, wollte Elisabeth wissen.

»Nein, keine Ahnung«, antwortete der Gutsbesitzer bereits auf dem Abmarsch ohne sich umzuschauen, mit dem rechten Arm über die Schulter ein letztes Mal winkend. Dann verschwand er im Auto bei seiner Familie und brauste den Abzweig nach Groß Sobrost davon. In die zurückbleibende Abgaswolke hinein setzte sich der Treck in Bewegung. Kurt schnalzte mit der Zunge und trieb die Pferde mit den Zügeln an.

Heinz lag am Rand der Ladefläche, hatte die Arme auf die Seitenwände des Wagens gelegt und schaute mit dem Mund auf den Armen hinunter auf das vorbeiziehende Pflaster. Zählen war alles, was er bisher in der Dorfschule gelernt hatte. Er hatte es schnell gelernt. Zahlen waren seine Freunde. Bis tausend zu zählen war kein Problem. Er zählte die Reihen des Straßenpflasters, über die sein Kopf hinweg schwebte. Er zählte konzentriert. Er war ganz für sich und zählte. Er dachte nicht an seinen großen Bruder Alfred. Er dachte nicht an den Fluss oder die Loren oder das Dorf oder den Hof oder die Tiere oder den Wald. Das alles verschwand, während er Pflastersteine zählte. Er vergaß die Leiche, die sie ausgegraben hatten. Er vergaß die Russen, den Krieg, die fernen Frontgeräusche. Er vergaß seine Angst. Er vergaß seine Traurigkeit. Er vergaß seine Sehnsucht. Nur einmal, da unterbrach er sein Zählen und schaute kurz auf. Niemand beachtete ihn, wie so oft. Also zählte er weiter. Bei welcher Zahl war er gerade? Er begann von vorn: eins, zwei, drei, vier …

Schnell zogen sich die Wagen des Trecks auseinander, sodass mit der Zeit jeder für sich fuhr. Die Reisenden hatten Glück mit dem Wetter, denn die Straßen und Wege waren trocken und die Luft für Ende Oktober ausnehmend warm. Die Reise führte durch die ostpreußische Landschaft mit ihren Wiesen, Feldern und Wäldern, den gemütlichen Dörfern. Dennoch konnte kein Eindruck der Idylle aufkommen, denn überall streunte in großer Zahl freigelassenes Vieh durch die Landschaft. Einige der Dörfer wirkten gespenstisch, denn auch hier hatten sich die Einwohner schon auf den Weg gemacht, sodass die Häuser mit toten Fenstern ihrem Schicksal überlassen waren. In anderen Dörfern schien das Leben in völlig normalen Bahnen zu funktionieren, als gäbe es gar keinen Grund für eine Flucht. Immer wieder mussten die Flüchtenden mit ihren Gespannen Wehrmachtkonvois Platz machen. Fuhren Panzer oder andere schwere Technik vorüber, leuchteten die Augen der Söhne Elisabeths. Ihnen fiel dabei auf, wie die Wehrmachtseinheiten in unterschiedliche Richtungen unterwegs waren. Die deutschen Kampftruppen fuhren nicht nur hin zur Front nach Osten. Die Jungen hatten den Eindruck, noch mehr deutsche Fahrzeuge verließen die Front gen Westen. Obwohl sie häufig halten und Platz machen mussten, kamen sie gut voran.

Gegen Abend suchten sie sich in einem auf dem Weg liegenden Dorf eine Bleibe. Sie kamen in Großastrau an, wo sich schon andere Flüchtende in einer Scheune eingefunden hatten. Offensichtlich waren in diesem Dorf im Sommer ordentlich Heu und Stroh eingefahren worden, denn das Holzgebäude war gut gefüllt. In einer Ecke nicht weit vom Tor richteten Elisabeth und ihre Kinder das Nachtlager ein. Vorher aßen sie ausgiebig zu Abend, das letzte Tageslicht nutzend, das durch das geöffnete Scheunentor fiel. Elisabeth bemerkte, wie ruhig es in der Scheune war, obwohl die Besatzungen von mindestens fünfzehn Wagen Zuflucht gesucht hatten. Kaum jemand sprach, lediglich ein kleiner Säugling auf den Armen einer sehr jungen Mutter oder vielleicht auch großen Schwester machte sich lautstark bemerkbar. Wieder musste Elisabeth an Alfred denken. Ihrem Gefühl nach war es, als habe sie Alfred gestern noch gestillt. Und obwohl die Kinder bei ihr waren, fühlte sich Elisabeth einsam. Gern hätte sie Gustav bei sich gehabt. Wo er jetzt wohl war? Hoffentlich wurde seine Volkssturmtruppe nicht in Kämpfe verwickelt. Sie hatten die Route nach Königsberg genau abgesprochen, damit Gustav den Wagen einholen konnte. Der Bauernführer hatte versprochen, die Männer mit dem Lastkraftwagen dem Treck hinterherzufahren. Was, wenn sie sich aber dennoch verfehlten? Elisabeth versuchte, die Sorgen beiseitezuschieben, indem sie ihre Aufmerksamkeit den Kindern zuwandte. Der vierjährige Horst wollte an ihre Brust, was sie bereitwillig geschehen ließ. Es wurde wohl Zeit, ihm das abzugewöhnen, dachte sie. Aber nicht heute.

Heinz lag indessen auf dem Stroh und schaute seinem Bruder zu, wie dieser zufrieden in den Armen seiner Mutter lag. Tief in den innersten Schichten seiner Seele war eine riesige Sehnsucht, jetzt an der Stelle Horsts zu sein. Doch diese Sehnsucht durfte nicht ans Licht gelangen, denn zu schmerzlich wäre die Wirklichkeit, sehr wenig von der Mutter bekommen zu haben. Also blieb ihm nur das Gefühl der ärgerlichen Verachtung für den Bruder und dessen Bedürftigkeit.

Am nächsten Morgen lag Raureif über der Wiese vor dem Nachtlager. Einige Nachtgäste der Scheune waren bereits wach und bereiteten sich auf die Weiterfahrt vor. Auch Irmgard und Paul waren schon am Fuhrwerk dabei, das Frühstück vorzubereiten. Vor der Scheune hatte jemand ein Feuer entfacht, über dem ein großer Wasserkessel hing. Wer heißes Wasser entnahm, füllte mit frischem aus dem nicht weit entfernten Brunnen auf. Irmgard hatte Kaffee-Ersatz aufgebrüht, von dem sie reichlich mitgenommen hatten. Elisabeth weckte Heinz und Horst, die sich im Schlaf tief ins Heu gewühlt hatten. Die Jungs schreckten beide auf, als Elisabeth sie vorsichtig anfasste. Ängstlich schaute sich Heinz um, während Horst sich seiner Mutter in die Arme warf und weiterschlafen wollte.

»Komm, wach auf. Wir essen was, dann müssen wir weiter. Am besten, du gehst mit deinem Bruder erst mal Pipi machen«, forderte die Mutter den Kleinen auf. Heinz, der inzwischen aus dem Heu gekommen war, nahm seinen kleinen Bruder bei der Hand und verschwand mit ihm vor der Scheune. Die anderen nahmen sich am Wagen bereits Brot und etwas Fleisch aus dem Fass. Außerdem aßen sie hart gekochte Eier, mit denen sie sich großzügig eingedeckt hatten. Nach der Mutter erschienen nun auch Heinz und Horst am Wagen. Irmgard hatte bereits alles mundgerecht für ihre Brüder vorbereitet. Heinz blieb vor dem Essen stehen, nahm sich eine halbe Scheibe Brot, doch dann hielt seine Hand auf dem Weg zum Mund inne. Er schaute gebannt nach rechts zu einem Planwagen, der kaum fünf Meter entfernt von ihnen stand. Auf dem Planwagen saß eine Familie mit ungefähr zehnjährigen Zwillingsmädchen. Gemeinsam mit ihren Eltern schauten diese ohne Scheu oder Anstand Bredigkeits beim Essen zu. Sie wandten ihren Blick auch nicht ab, als er von den Medunischkern erwidert wurde. Vielmehr raunte der Vater auf dem Planwagen seinen Kindern etwas in einer fremden Sprache zu.

»Warum gucken die so?«, fragte Heinz verunsichert in einer Lautstärke, die auch die Fremden hören konnten.

»Die haben wahrscheinlich nichts zu essen«, antwortete Irmgard.

»Und was ist das für eine Sprache?«

Auf diese Frage antwortete Kurt: »Das ist Russisch. Wahrscheinlich sind das Hiwis, also Hilfswillige. Das sind Russen, die unseren Soldaten geholfen haben und nun vor ihren eigenen Landsleuten abhauen. Am besten, du hältst dein Brot schön fest. Nicht, dass die dir das noch klauen.«

Heinz rückte näher zu Kurt und umklammerte seine Stulle mit beiden Händen. Ansonsten kümmerten sie sich nicht weiter um die Fremden.

Als sie ihr Frühstück beendet und ihre Siebensachen zusammengesammelt hatten, setzten sie ihre Reise fort. Die Pferde hatten sich über Nacht ausgeruht, sodass sie kräftig anzogen. Kurt steuerte das Gespann vom Hof und ließ die Tiere laufen. Jedoch kamen sie nicht weit, denn mitten auf der Straße unmittelbar vor einem Forst, der Kranichbruch hieß, stand der Planwagen der Hiwis, die kurz vor ihnen losgezogen waren. Der russische Familienvater sprang ab und rannte zur Scheune zurück. Als er auf Höhe von Bredigkeits Wagen war, rief er ihnen zu: »Gleich geht weiter, habe vergessen was.«

»Hättest aber den Weg freimachen können«, rief Kurt zurück. Kurt bremste, und Bredigkeits blickten auf die Rückseite des Planwagens. Die Zwillinge schoben ihre schwarzen Schöpfe unter der Plane durch, schauten Kurt an und kicherten.

Plötzlich näherte sich dem Wagen von vorn eine Beiwagenmaschine der deutschen Wehrmacht in hoher Geschwindigkeit. Dahinter war tiefes Grollen zu hören. Alle merkten, wie der Boden leicht zu vibrieren begann. Schon von weitem rief ein Soldat aus dem Beiwagen: »Los, von der Straße runter! Wir müssen hier durch.« Auf Höhe der Gespanne bremste das Motorrad ein wenig, und der Soldat wiederholte seinen Ruf. Dann gab der Fahrer Gas und fuhr weiter, schon die nächsten Wagen warnend. Bereits beim ersten Ruf des Mannes lenkte Kurt die Pferde von der Straße und blieb dort stehen. Inzwischen war das Grollen fast zu einem Erdbeben angeschwollen. Aus dem Kranichbruch vor ihnen, in den die Straße hineinführte, kam ein Panzer gerast, weitere hinter sich. Die Kolonne jagte auf den Planwagen zu, wo die Köpfe der Zwillinge längst wieder unter dem Verdeck verschwunden waren. Durch das Dröhnen der Kriegsgeräte war das Geschrei auf dem Wagen kaum zu hören. Auch die Rufe des Vaters, der inzwischen von der Scheune zu seiner Familie zurückrannte, vernahm niemand. Schon waren sich alle Beobachter sicher, der erste Panzer würde über den Wagen rollen, da bremste dieser scharf. Aus der Fahrerluke schaute ein Kopf heraus, außerdem ein Arm, mit dem der Kopf wie wild gestikulierte. Die Zwillinge und ihre Mutter sprangen in ihrer Not hastig vom Wagen. Man konnte an den Bewegungen ihrer entsetzten Gesichter erkennen, dass sie etwas schrien. Die Reihe der folgenden Panzer war inzwischen herangekommen, als der Kopf des Fahrers im ersten in der Luke verschwand, eine riesige schwarze Qualmwolke das Gebrüll des Motors untermalte, und der Panzer just in dem Moment über die beiden Schimmel und den Wagen hinweg fuhr, als der Vater den Ort des Geschehens und seine Familie erreicht hatte. Die Pferde hatten noch ausbrechen wollen. Es war jedoch aussichtslos, da die Bremsen des Wagens fest angezogen waren und der Stahlkoloss einfach zu schnell heran war. Das Zerbrechen und Platzen der Pferde und des Wagens waren aufgrund des Motorenlärms kaum zu hören. Ein Schwall von Blut spritzte zwischen den Rädern und Ketten hervor. Ein Panzer nach dem anderen, insgesamt zwanzig Stück, fuhren über die Tiere und das Hab und Gut der Hiwis. Zurück blieb ein auf der Straße klebender roter Brei, vermischt mit allerlei Trümmern und dem Geschrei und Wehklagen der russischen Familie. Seitlich neben der Straße lag der abgetrennte Kopf eines der Schimmel, mit halb geöffnetem Maul und aufgerissenen Augen.

Bredigkeits, die alles unmittelbar mit angesehen hatten, saßen und standen wie erstarrt auf ihrem Wagen. Kurt war der Erste, der sich wieder fassen konnte. Verbissen setzte er die Pferde in Bewegung, vorbei an der weiter schreienden russischen Familie. Er trieb die Rösser an, als würden sie verfolgt. Seine Mutter und die Geschwister hielten sich am Wagen fest, mit irrlichternden Blicken. Elisabeth sah rüber zu den beiden Jüngsten und bemerkte den nassen Fleck auf der Hose zwischen Horsts Beinen. Dann schaute sie wieder nach vorn. Minuten vergingen, ehe sie Kurt zurufen konnte: »Fahr bitte nicht so schnell, die Pferde gehen uns zu Schanden.«

Eine Woche waren sie unterwegs, als sie den Stadtrand von Königsberg erreichten. Zweimal war es ihnen sogar gelungen, in ihrer Unterkunft die Pferde gegen frische und ausgeruhte Tiere zu tauschen. Am neunundzwanzigsten Oktober 1944 waren sie am frühen Nachmittag in einer Gastwirtschaft untergekommen. Die Schenke hatte einen Tanzsaal und eine Kegelbahn. Elisabeth und ihre Kinder bekamen eine Ecke neben der Kegelbahn zugewiesen. Dicht an dicht drängten sich die flüchtenden Ostpreußen auf dem Parkett der Säle. Das Fuhrwerk hatten sie auf einem Bauernhof abstellen können, der sich zwei Straßen weiter befand. Kurt blieb beim Wagen, da in dem zunehmenden Durcheinander vermehrt gestohlen wurde, und sogar komplette Fuhrwerke abhandenkamen. Elisabeth und die Kinder hatten Mühe, sich in der ihnen zugewiesenen Ecke der Kegelanlage Platz zu verschaffen. Viele der Untergebrachten wirkten krank, die Stimmung war gereizt. Elisabeth war froh, wie gut die Widerstandskräfte der Kinder bisher durchgehalten hatten. Sogar Irmgard, die sonst schnell mal mit einem Infekt kränkelte, hatte die Flucht bisher körperlich gesund überstanden. Jetzt aber, in dieser Ansammlung siecher Menschen, machte sich Elisabeth Sorgen. Auch wenn ihre Schulbildung dürftig war, wusste sie doch, Seuchen gab es dort, wo viele Menschen zusammenkamen. Also mussten sie raus hier. Obwohl die Kinder ihre Utensilien gerade ausgebreitet hatten, forderte Elisabeth sie auf, wieder einzupacken, um die Gastwirtschaft umgehend zu verlassen. Der Nachwuchs murrte kaum. Überhaupt waren sie den ganzen Weg bisher folgsam und pflegeleicht gewesen. Und sehr ruhig. Sie ging mit den Kindern den kurzen Weg auf den Hof, wo Kurt sich in ein paar Decken gehüllt hatte und zu schlafen versuchte.

»In der Gastwirtschaft können wir nicht bleiben, es ist zu voll dort«, informierte Elisabeth ihren ältesten Sohn. »Wenn du hier bei unseren Sachen bleibst, gehen wir mal in die Stadt rein.«

»Macht mal«, gab Kurt zur Antwort.

Er wird auch immer wortkarger, ähnelt fast schon seinen Brüdern, dachte Elisabeth.

Dann zogen sie die Straßen entlang zur Königsberger Innenstadt. Noch nie waren sie in der ostpreußischen Hauptstadt gewesen. Aufgrund von Erzählungen hatte sich Elisabeth Königsberg außergewöhnlich herrschaftlich vorgestellt, mit Schlössern und Palästen, riesigen Kirchen und breiten Straßen, über die sich ein Strom von Kutschen und Automobilen ergoss. Jetzt trugen ihre Füße sie durch eine Straße mit einstöckigen Häusern am Rand, die auch nicht anders als in Darkehmen oder Gumbinnen aussahen. Lediglich die Schienen der elektrischen Straßenbahn in der Mitte der Straße waren der Beweis, dass sie in Königsberg waren.

An der nächsten Kreuzung bogen sie ab, und es verschlug ihnen die Sprache. Vor ihnen erstreckte sich ein riesiges Trümmerfeld. Aus Schutthaufen ragten schwarz gefärbte Mauerreste. Es war kaum zu erkennen, wo sich Gehwege oder Straßen befanden. In der Ferne erhob sich hinter mehreren Reihen von Steinbergen und zerlöcherten Mauerresten das, was vom Königsberger Dom übriggeblieben war. Dazwischen fuhren Automobile, liefen Menschen und zogen Fuhrwerke, als wäre nichts geschehen. Beim Anblick der Zerstörung erinnerte sich Elisabeth an die Berichte im Radio und die Diskussionen im Dorf, als die Engländer im August Königsberg bombardiert hatten. Sie hatte die Nachrichten von damals schlicht vergessen gehabt, und nun waren sie mit Wucht wieder präsent. Nein, das war auch nichts für sie und die Kinder. Also kehrten sie zurück zu Kurt und dem Fuhrwerk.

Als sie gerade in die Straße einbogen, in der sich das Fuhrwerk befand, kam ein Lastwagen die Straße entlang. Mit lautem Pfeifen und Zischen bremste der Lkw genau neben ihnen. Elisabeth hörte das Lachen von Männern auf dem Wagen und wollte sich schon abwenden, als sie die vertraute Stimme Gustavs hörte.

»Das ist ja ein Glück! Lisbeth, ich hatte schon befürchtet, ich muss euch erst in der ganzen Stadt suchen.«

Elisabeth hatte nicht damit gerechnet, ihren Mann so bald wiederzusehen. In solchen Momenten wie jetzt wusste sie, warum sie an Gott glaubte. Durch wen sonst konnte es solche Fügungen geben, bei denen ihr Mann genau in dem Moment durch diese Straße in Königsberg fuhr, auf der sie mit den Kindern unterwegs war. Elisabeth war erleichtert und umarmte Gustav. Dieser löste sich bald wieder aus ihren Armen und strich jedem der Kinder kurz über den Kopf. »Na, euch geht es auch gut?«, fragte er, den Blick auf Irmgard gerichtet. Statt einer Antwort nickten alle außer Heinz. Der drehte seinen Kopf zur Seite und sah seinen Vater nicht an. »Wo sind unsere Sachen?«, fragte Gustav nun, wobei er Elisabeth anschaute.

»Gleich da vorn auf dem Hof. Und Kurt ist beim Wagen und passt auf.«

»Ach ja, Kurt. Gut so.«

Gustav war nun offiziell aus dem Volkssturmdienst freigestellt, um mit seiner Familie weiterreisen zu können, nachdem er mit anderen Männern aus dem Dorf noch die Milchrinderherde des Gutes zu einer Sammelstelle getrieben und das fast leer geräumte Medunischken vor Plünderern bewacht hatte. Jetzt war das Dorf jedoch aufgegeben. Nur Urbschat war noch dort. War er jedenfalls noch, als die Männer vom Volkssturm endgültig abgereist waren. Die Ausrüstung mit dem Karabiner hatten die Männer vor der

Abfahrt mit dem Lkw abgeben müssen. Um das Gewehr tat es Gustav leid, das hätte er gern behalten.

Nachdem sie auf dem Hof angekommen waren, und Gustav auch Kurt begrüßt hatte, welcher doch ein wenig erleichtert war, seinen Vater zu sehen, sich dies aber in keiner Weise anmerken ließ, berichtete Gustav von der aktuellen Lage. Am Morgen waren die Männer vom Volkssturm von Landrat Uschdraweit noch über die Situation auf den Fluchtwegen und Truppenbewegungen informiert worden. So wusste Gustav, dass keinerlei Aussicht bestand, mit dem Zug aus Königsberg wegzukommen. Der Bahnhof war hoffnungslos mit Menschen verstopft, Züge gab es aber keine. Es herrschten chaotische Verhältnisse. Also planten sie um und nahmen sich vor, Preußisch Holland, eine kleine Stadt im westlichen Ostpreußen anzusteuern, die als Auffangregion für Flüchtlinge ausgewählt war. Von dort aus sollten regelmäßig Züge ins Reichsinnere abfahren.

So lenkten sie den Wagen am Folgetag südlich vom Frischen Haff auf der Straße nach Ermeland, der Vater auf dem Kutschbock, daneben sein Sohn Kurt sitzend, welcher wie gewohnt die Zügel in der Hand hielt. Das ertrug Gustav jedoch nicht lange und nahm dem Vierzehnjährigen die Zügel alsbald aus der Hand. Deshalb kletterte der Junge zum gemütlicheren Teil der Ladefläche, wo die Familie sich eingerichtet hatte. Die Geschwister machten bereitwillig Platz, und kaum hatte Kurt sich hingelegt, platzierte Schlapp seinen Kopf auf Kurts Schoß. Elisabeth war erfreut, sich nun neben ihren Ehemann auf den Kutschbock begeben zu können. Schon seit Längerem, nicht erst seit dem Krieg, gab es wenige Situationen, in denen sie zu der früher vertrauten Nähe fanden. Sie hatten viel zu tun, kamen gar nicht dazu, sich miteinander zu beschäftigen. Beide genossen den Augenblick, nun nebeneinander schweigend den gemächlichen Bewegungsrhythmus der Pferderücken zu beobachten. Dennoch durchbrach Elisabeth das Schweigen und stellte eine Frage, die seit über zwei Wochen in ihr rumorte.

»Willst du nicht mal sagen, wer der Tote da bei uns im Garten ist?«

Gustav, der eben noch gut gelaunt neben seiner Frau gesessen hatte, verspannte zusehends. Er schaute geradeaus über die Pferde hinweg auf die Straße, richtete den Oberkörper plötzlich gerade auf und holte ein Zigarettenpäckchen aus der blauen Steppjacke. Nachdem er sich eine angesteckt hatte, räusperte er sich, als wolle er beginnen zu reden. Das tat er aber nicht.

»Gustav, was ist los?«, setzte Elisabeth nach.

»Na, das war auf der Jagd, mit von Neuenfeld.«

»Was war auf der Jagd?«

Wieder antwortete Gustav nicht gleich.

»Gustav?«, bohrte seine Frau.

»Du weißt doch, ab und an bin ich mit von Neuenfeld zur Jagd gegangen, weil er die erlegten Tiere nicht allein wegschleppen konnte. Es war vor ungefähr einem Jahr. Wir saßen im Heydt-walder Forst auf Rot- oder Schmalwild an, so genau weiß ich das nicht mehr. Von Neuenfeld hatte mir sein zweites Gewehr gege-ben und gesagt, ich solle mit bei ihm auf die Kanzel kommen. Na ja, und er hatte seinen Kaddigschnaps mit, da haben wir ein paar Schlubberchen verlötet.« Gustav zog an seiner Zigarette und starr-te wieder geradeaus.

»Weiter, Gustav«, brachte sich Elisabeth in Erinnerung.

»Irgendwann kamen die beiden russischen Kriegsgefangenen da an, ohne Bewachung. Die kamen wohl aus Altheide oder so. Irgendjemand hat die vermutlich zum Holzmachen in den Wald geschickt. Da haben wir uns gewundert, warum die da ohne Be-wachung kommen. Die haben uns gar nicht mitgekriegt, wir wa-ren mucksmäuschenstill. Als wäre da der Hirsch auf die Lichtung gekommen. Und plötzlich flüsterte von Neuenfeld, er wette, dass er einen mit Blattschuss erwische. Ich konnte gar nicht so schnell gucken, da hatte er schon angelegt und gefeuert. Der eine Russe ist sofort umgefallen. Wie ein Stück Wild zusammengebrochen. Der andere hat angefangen zu brüllen und rannte los und quiekte ganz komisch. Von Neuenfeld hat gesagt, ich soll schießen, sonst kriegen wir Ärger. Er hatte seinen Schuss ja schon verfeuert mit seiner einläufigen Flinte. Na, und da musste ich ja, sonst hätte der uns doch verpfiffen. Was sollte ich denn machen? Zum Glück habe ich den sauber getroffen, der hat bestimmt nicht gelitten.« Gustav inhalierte den nächsten Zug Tabakqualm. »So, nun weißt du das.«

In Elisabeths Kopf purzelten die Gedanken durcheinander. Sie hatte plötzlich den paradoxen Impuls, laut loszulachen. Dann ergriff sie ein Gefühl, als falle sie in einen Abgrund. Sie musste an Gott denken. Was war aus Gustavs Glauben geworden. Sie hörte sich selbst Gustav die nächste Frage stellen.

»Und welcher liegt da jetzt bei uns im Garten?«

»Beide.«

»Beide?«

»Ihr habt nur einen ausgegraben, der andere liegt daneben. Wir hatten sie erst dort im Forst verscharrt, aber die Wildsauen wühlten die Leichen noch in derselben Nacht wieder aus. Dem einen hatten sie schon das halbe Bein abgefressen, die Knochen lagen schon frei. Also mussten wir sie anderswo tiefer beerdigen. Da haben Ulrich und ich sie nachts zu uns in den Garten geschafft. Konnte ich ja nicht ahnen, dass ihr sie ein Jahr später wieder ausbuddelt.« Gustav hustete, zog Schleim aus dem Rachen hoch und spuckte über seine linke Schulter vom Wagen auf die Straße. Seine Frau saß zusammengesunken neben ihm. Ihr fielen die Kinder ein. Hatten sie das eben gehört? Sie schaute sich um, sah Kurt und Paul friedlich schlafen, wobei Schlapp sich inzwischen vollständig an Kurt schmiegte. Heinz und Horst hockten in der anderen Ecke des hinteren Wagenendes und spielten mit dem Werkzeugkasten. Nur Irmgard kauerte mit blassem Gesicht nicht weit vom Kutschbock entfernt und schaute der Mutter irritiert in die Augen.

»Ist dir nicht gut, Irmchen?«

»Doch, warum?«, kam als Gegenfrage.

Dann versank alles im gewohnten Schweigen.

Am dritten November 1944 kamen Bredigkeits mit dem Pferdewagen am Bahnhof von Preußisch Holland an. Das Schicksal meinte es hier gut mit ihnen, denn nachdem Gustav und Kurt die Familie in dem zuständigen Büro im Bahnhof angemeldet hatten, wies man ihnen sofort einen Platz im Waggon des bereitstehenden Personenzuges zu. Sie gehörten mit zu den Ersten, die auf dem Verladebahnhof ankamen, sodass sie noch in den Genuss einer einigermaßen geordneten Abfahrt kamen. Auch der Umstand, mit einem Personenzug fahren zu können, gehörte schon eine halbe Woche später nicht mehr zur Normalität. Bredigkeits nahmen ein ganzes Abteil für sich in Beschlag, verstauten sogar die Nähmaschine, den Rest des gepökelten Schweines und vergaßen auch den Hund nicht.

Die Stimmung war aufgekratzt. Nach fast zwei Wochen auf dem Fuhrwerk fühlten sich alle bei der Deutschen Reichsbahn wesentlich sicherer als auf der Landstraße. Heinz schaute neugierig aus dem verschmierten Fenster des unbeheizten Waggons. Auf dem gegenüberliegenden Gleis stand ein Zug mit Güterwaggons, vor denen Soldaten mit Hunden und schussbereiten Maschinenpistolen auf und ab patrouillierten. Die Waggons waren verschlossen, jedoch hatte man im oberen Teil der Waggonwand jeweils ein Brett entfernt. Wegen der Verschmutzung des Fensters, durch das Heinz hinüberschaute, und weil die Dunkelheit bereits einsetzte, konnte er die Köpfe hinter den Schlitzen der Güterwaggons nur unscharf erkennen. Die Köpfe bewegten sich, einige hatten graue Kappen auf. Wenn auch unscharf, waren sie doch zu sehen: dicht an dicht Köpfe, mit Stoppelhaaren oder ohne Haare oder mit Kappe.

»Guck mal, die da«, raunte Heinz Paul zu, der neben ihm saß und ebenfalls aus dem Fenster schaute. »Wer sind die wohl?«

»Irgendwelche Juden und Zigahnsche«, meinte Paul. Da ruckte ihr Wagen an, sodass sie fast von der Bank rutschten. Ihr Zug nach Westen setzte sich in Bewegung.

Gute drei Tage waren sie unterwegs, fuhren nur nachts, tagsüber standen sie auf Abstellgleisen. Manchmal dröhnten Flugzeuge über ihnen, dann bekamen vor allem die beiden jüngsten Buben Angst. Kurt erklärte den beiden wiederholt, dass Angst nur etwas für Mädchen oder Homos sei. Die Kleinen wussten zwar nicht, was Homos bedeutete, aber Helden konnten das nicht sein.

Doch die Flugzeuge zogen jedes Mal weiter, hatten wohl andere Ziele. Der Zug war nicht beheizt, deshalb rückten sie oft eng aneinander oder wickelten sich in Kleidung und Decken. Sie fühlten sich schon fast heimisch im Zug, so sehr hatten sie sich an ihn gewöhnt. Doch irgendwann kam dann ein Soldat durch den Gang und verteilte Listen, wer in welchem Ort bei wem untergebracht werden würde. Gustav ließ Kurt in der Liste nachschauen, doch der Ortsname sagte ihm nichts: Grüna in Sachsen. Bereits am nächsten Tag brachte derselbe Soldat die Information, sie müssten beim nächsten Halt des Zuges aussteigen, da das Ziel erreicht sei. Viele der so Informierten wollten aus dem Fenster schauen, wie die Umgebung von Grüna aussähe, aber erstens war es dunkel, und zweitens waren die Scheiben der Fenster wegen der Ausdünstungen der anwesenden Menschen und Tiere beschlagen. Einige gerieten in aufgeregte Betriebsamkeit. Gustav, Elisabeth und die Kinder verpackten die Sachen, die sie über die drei Tage ausgebreitet hatten. Der Hund wedelte aufgeregt mit dem Schwanz, soweit er sich in dem vollbesetzten Zug bewegen konnte, sprang von Kurt zu Paul zu Gustav und stupste sie an. Gustav ermahnte alle, auf dem Bahnhof zusammenzubleiben. Horst musste mal und wurde von Irmgard belehrt, jetzt könne er nicht pullern und müsse aushalten.

Nach und nach waren alle für Grüna vorgesehenen Menschen ausgestiegen, und auch Bredigkeits kamen auf dem Bahnsteig an. Die Front war erst einmal weit weg.

Verloren

»Falls du Oma Frieda triffst und sie fragt, musst du sagen, da sind nur Knochen im Rucksack. Hast du verstanden, mein liebes Kind?« Die fünfjährige Marianne nickte brav, sodass die beiden geflochtenen Zöpfchen wippten. Vor der strengen Oma Frieda gruselte sich das Mädchen, tauchte diese doch meist völlig lautlos dann auf, wenn es etwas zu verbergen galt. Heute verbarg Marianne in ihrem dunkelgrünen Kinderrucksack wieder ein Fleischpäckchen und etwas Wurst für Oma Paula und Opa Hans, der eigentlich Johann hieß. Das waren die lieben Großeltern, die Eltern von Mama. Oma Frieda dagegen zankte sich oft mit Mama und zog permanent die Mundwinkel nach unten. Marianne sah Oma Frieda niemals lachen. Als besonders grimmig empfand Marianne ihre Großmutter, seit Papa im Krieg an der Ostfront vermisst wurde. Vergangenen Sommer hatte Papa sie das letzte Mal besucht. Damals brachte er nicht einmal etwas mit. Früher war das noch anders gewesen. Als er das erste Mal aus dem Krieg nach Hause kam, hatte er aus Paris ein weißes Kleid mit Rüschen mitgebracht für Marianne. Sofort bestimmte sie es damals zu ihrem Lieblingskleid und trug es noch, als es schon längst zu klein war. Inzwischen gehörte das Kleidungsstück ihrer Schwester Brigitta, die vergangenen September zwei Jahre alt geworden war.

Kurz nach Gittis Geburtstag kam der Brief von der Wehrmacht, Papa würde vermisst werden. Zuerst wusste Marianne gar nicht, was sie sich darunter vorstellen sollte. Mit dem Wort »verschwunden« konnte sie mehr anfangen. Ihre Puppe Helga war auch mal verschwunden, da hatte Marianne sie auf dem Hof vergessen. Mama entdeckte die Puppe, nahm sie mit in die Wohnung und versteckte sie drei Tage lang und gab sie dann erst Marianne zurück. »Damit du nie wieder etwas draußen vergisst«, erklärte ihr die Mutter. Marianne war sehr glücklich, als die Puppe Helga wieder da war. Manchmal dachte sie nun, vielleicht ist der Papa auch vor ihr versteckt worden. Und in den nächsten Tagen würde die Mutter den Vater hervorholen und dann wäre alles wieder gut.

Marianne schnallte sich den Rucksack um, wobei sie aufpasste, dass ihre Zöpfe nicht zwischen Riemen und Schultern gerieten. Dann bekam sie von ihrer Mutter einen Kuss auf die Stirn und hüpfte die Treppe des vierstöckigen Hauses in der Feldstraße 25 hinunter. Auf dem vorletzten Absatz kollidierte sie beinahe mit Oma Frieda, die plötzlich mitten auf Mariannes Weg stand. Wie meistens hatte sie ihre Haare zu einem Knoten zusammengebunden und trug ein schwarzgraues Kleid.

»Wo willst du hin?«, wollte die Großmutter mit strengem Gesicht wissen.

»Zu Oma Paula und Opa Hans«, antwortete das Kind wahrheitsgemäß.

»Was hast du im Rucksack?«, setzte Frieda Schneider das Verhör mit einer Stimme fort, die Marianne an die Knochensäge in der Fleischerwerkstatt von Opa Gustav erinnerte.

»Nur Knochen«, befolgte Marianne die Anweisungen ihrer Mutter, wobei ihr ein kalter Schauer über den Rücken lief. Einen Augenblick, der Marianne ewig erschien, standen sich die Großmutter und das Mädchen gegenüber und schauten sich in die Augen. Schließlich trat Oma Frieda einen Schritt zur Seite und ließ Marianne passieren.

Marianne beeilte sich die letzten Stufen hinunter. Bloß weg hier aus dem Haus. Wirklich gern kam sie dem Botendienst nicht nach, aber sie wusste, wie sehr die Großeltern Kasubke auf ihre Hilfe angewiesen waren. Seitdem die meisten Lebensmittel nur noch rationiert auf Marken ausgegeben wurden, bekamen sie heimliche Pakete von Mama. Schließlich war das hier eine Fleischerei. Die Fleischerei gehörte Opa Wilhelm und Oma Frieda.

Eigentlich wollte Opa Wilhelm den Betrieb schon längst an Papa weitergeben, aber nun war Krieg und Papa war verschwunden. Mama hatte früher im Kaufhaus gearbeitet, als Verkäuferin für Konfektion. Inzwischen sprach Marianne das Wort Konfektion sogar fehlerfrei aus, weil Mama es oft mit ihr geübt hatte. Seit die Eltern geheiratet hatten, arbeitete Mama in der Fleischerei. Mama verkaufte die Wurst und kümmerte sich um die Lebensmittelmarken. Abends saß sie oft noch lange, um die Marken in ein Buch zu kleben. Oma Frieda kontrollierte Mama, wo sie nur konnte. Mama sagte, Frieda sei ein richtiger Drachen. Seitdem stellte Marianne sich oft vor, wie Oma Frieda Feuer spuckte. So wie im Märchen.

Marianne bog nun in die Katzbachstraße ein, wo die anderen Großeltern in einer Villa eine Wohnung gemietet hatten. Opa Hans war Beamter, passte im Gefängnis auf Verbrecher auf. Manchmal begleitete er die bösen Männer auch zum Gericht, musste dann die ganze Verhandlung neben denen sitzen. Marianne hatte Opa Hans schon aus dem Gefängnis in der Feldstraße, gleich gegenüber ihrer Wohnung und der Fleischerei, mit Gefangenen herauskommen sehen. Dann sah er sehr streng und fast ein wenig furchterregend aus. Eine Pistole hatte er, manchmal auch ein Gewehr. Früher hatte er auf staatlichen Gestüten Pferde betreut, erst in Marienwerder, später in Dillenburg. Von dieser Zeit erzählte der Opa gern. Aber dann kam Adolf Hitler an die Macht, und der brauchte mehr Gefängniswärter, weil es plötzlich viel mehr böse Menschen gab. Deshalb passte Opa nun nicht mehr auf Pferde auf, sondern auf Verbrecher.

Marianne kam bei der Villa der Großeltern an und hängte sich mit ihrem ganzen Gewicht an die Türklinke, die für die Fünfjährige etwas zu hoch angebracht war. Nun brachte sie das Kunststück fertig, die schwere, ornamentbesetzte Eichentür zu bewegen, obwohl sie kaum noch Kontakt mit den Füßen auf der Erde spürte. Sie gelangte in den Hausflur, und die Tür krachte hinter ihr in das Schloss. Durch die bunten Ornamentglasfenster über der Tür fiel Licht auf den Mosaikfußboden und malte das Muster farbig aus. Marianne machte einen kleinen Bogen, um nicht auf das Licht zu treten. Dann sprang sie die Stufen hinauf. Mehrmals nahm sie zwei auf einmal. Schnell kam sie in der ersten Etage an, wo die Großeltern bereits die Wohnungstür geöffnet hatten, als sie die Haustür zufallen hörten. Außerdem hatte Oma Paula vom Küchenfenster aus Marianne kommen sehen. Marianne betrat die Wohnung, wo es vertraut nach Bohnerwachs roch. Oma Paula kam aus der Küche in den Flur und zog Marianne in die Arme.

»Da bist du ja, Nanni, du braves Kind.« Marianne bekam keine Luft, da die Großmutter sie mit dem Gesicht in ihren warmen Bauch an die Schürze drückte. Oma roch nach Seife und Essen. Als Marianne wieder atmen konnte, griff die Großmutter den Rucksack und nahm Kurs zurück in die Küche. Bevor sie diese erreichte, rief sie mit einem Seitenblick ins Wohnzimmer zu ihrem Mann: »Die Nanni hat uns wieder etwas mitgebracht.«

Nachdem Marianne im Flur die Schuhe ausgezogen und in die Potschen geschlüpft war, lief sie in das Wohnzimmer, um Opa Hans zu begrüßen. Sie bremste ihren schnellen Lauf, denn der Opa mochte es gar nicht, wenn Kinder sich schnell bewegten. Also ging sie mit langsamen Schritten auf den Sessel zu und streckte ihm ihre Hand entgegen. Er saß kerzengerade, richtete seine klaren Augen mit strengem Blick auf sie und wartete, bis sie »Guten Tag, Opa Hans« aussprach. Erst dann entgegnete er »Guten Tag, Marianne«, wobei sein Schnurrbart mit den lang nach unten gezogenen Enden der Grußformel einen schneidenden Ton mitzugeben schien. In solchen Momenten war Marianne ein wenig kalt.

Jetzt erst bemerkte sie Hans und Eberhard mit ihrer Mutter Elli hinter der Tür auf dem Sofa dem Opa gegenüber. Tante Elli war die ältere Schwester von Mama. Sie war mit Onkel Alfred verheiratet, der war auch in den Krieg gezogen, jedoch nicht verschwunden. Er kämpfte gegen die Bolschewisten an der Ostfront. Der siebenjährige Hans saß mit einem Buch in der Hand neben seiner Mutter, während der anderthalbjährige Eberhard von Elli auf dem Schoß gehalten wurde. Marianne freute sich, die beiden Cousins zu sehen, und nach einer kurzen Begrüßung fragte Tante Elli Hans und Marianne, ob sie nicht ein wenig im Garten spielen wollten. Das ließen sich die Kinder nicht zweimal sagen.

Elli wirkte erleichtert, als die beiden Kinder den Raum verließen. Eberhard schlief in ihren Armen. Sie hatte sich vorgenommen, mit ihren Eltern Johann und Paula über die Flucht zu sprechen. Unaufhaltsam bewegte sich die Front auf das niederschlesische Legwitz zu. Die Stadt war voller Flüchtlinge aus östlicheren Gebieten. Seit dieser Woche zogen viele Wagen weiter nach Westen, und auch die ersten Einwohner von Legwitz verließen die Stadt, obwohl Heeresleitung und der Kreisleiter immer noch die Menschen aufforderten, in der Stadt zu bleiben. Binnen kurzer Zeit hatten sich viele Menschen auf dem Bahnhofsvorplatz versammelt und drängelten um Plätze in den Zügen nach Westen. Elli hatte sich mit ihrer Schwester Dorothea ausgetauscht. Am liebsten wäre ihnen, wenn alle Familienmitglieder gemeinsam nach Aschersleben abreisen würden. Dort wohnte seit Jahren Tante Resi, eigentlich Therese, die Schwester von Mutter Paula. Beim letzten Heimaturlaub ihrer Männer hatten Elli und Dorothea mit ihnen schon die Möglichkeit diskutiert, sich bei Tante Resi zu treffen. Aschersleben lag mitten in Deutschland und war als Kleinstadt nicht so sehr in Gefahr, in Schutt und Asche gelegt zu werden.

Als Paula aus der Küche im Wohnzimmer erschien, wandte sich Elli an ihre Eltern. »Es wird wohl nicht mehr lange dauern, bis wir aus Legwitz raus müssen.«

Paula setzte sich zu ihrer Tochter auf das Sofa, wobei sie sich zu dem schlafenden Eberhard beugte und ihm sanft über die Wange streichelte.

»Da könntest du durchaus richtigliegen. Unsere Strafanstalt wurde schon so gut wie leer gezogen«, entgegnete Johann.

»Was meinst du denn mit leergezogen? Wo können Verbrecher hinziehen?«, wollte Paula, die sich wieder aufrichtete, wissen.

»Einen großen Teil haben wir nach Groß Rosen gebracht, von wo sie wohl auch abtransportiert werden sollen. Einige waren aber fronttauglich. Die Kleinkriminellen durften zur Wehrmacht an die Front, sich bewähren sozusagen.« Der Vater grinste.

»Da hättest du doch Lilli und Walter besuchen können, wenn du Gefangene nach Groß Rosen gebracht hast«, meinte Paula. Lilli war ihre jüngste Tochter, die mit ihrem Mann Walter in Striegau wohnte. Walter arbeitete im benachbarten Konzentrationslager Groß Rosen, wohl als Elektriker. Aber so genau wusste das keiner. Er sprach gern von der Verschwiegenheitspflicht, die jeder dort Tätige habe.

»Wer sagt denn, dass ich sie nicht besucht habe. Sogar Kaffee und Kuchen habe ich von ihr bekommen. Stell dir vor, sogar Kaffee! Vor einem Monat war ich dort und letzte Woche auch. Schöne Grüße sollte ich dir übrigens bestellen.«

»Warum erzählst du mir so etwas nicht? Warum richtest du mir die Grüße nicht aus?«, fragte Paula und hatte Mühe, ihre Stimme gewohnt sanft klingen zu lassen. »War Walter denn auch dabei?«, fragte sie misstrauisch. Sie mochte ihren Schwiegersohn nicht und war der Meinung, er tue ihrer Tochter nicht gut.

»Der war von der Arbeit leider noch nicht zurück. Ich hatte ihn auch in Groß Rosen nicht gesehen.«

»Dann habt ihr also Kaffee getrunken und Kuchen gegessen, du und Lilli?« Paula bemühte sich weiter um ihre übliche samtweiche Art.

»Nein, mein Kollege Wilhelm war dabei. Wir transportieren Gefangene niemals allein. Das habe ich dir aber schon oft gesagt.« Johanns Stimme klang gereizt.

»Wir sollten lieber über eine Abreise aus Legwitz reden«, wechselte Elli das Thema. Sie vertrug Spannungen zwischen ihren Eltern nicht. »Dorle und ich haben schon überlegt, ob wir nicht zu Tante Resi nach Aschersleben ziehen sollten, bis der Krieg vorbei ist.«

»Wir können ja wohl kaum alle bei Tante Resi unterkommen in der kleinen Wohnung«, gab ihr Vater zu bedenken. »Ihr seid vier, Dorle ist zu viert, Lilli zu viert, wir sind zwei, und die alten Schneiders sowie Margarete mit ihrer Familie werden wohl auch mitwollen. Wir sind insgesamt zwanzig Leute, die unmöglich alle bei Resi unterkommen können. So werden wir wohl erst einmal dahin müssen, wo die Partei uns hinschickt.«

In diesem Moment schnarrte die Drehklingel an der Wohnungstür.

»Nanu, sind das die Kinder?«, Paula erhob sich und öffnete die Tür. Davor standen jedoch nicht die Enkel, sondern Walter und Lilli. Lilli hatte den Säugling Uli auf dem Arm. Paula begrüßte ihre Tochter und deren Familie.

»Wo habt ihr denn den Peter gelassen?«, wollte sie wissen.

»Der Peter hat Mariannchen und Hans im Garten spielen gesehen, da wollte er gleich hin. Er wird euch nachher noch begrüßen.« Während die Ankömmlinge die Wohnung betraten, informierte Paula sie: »Es trifft sich gut, Elli ist auch hier. Sie ist mit Eberhard im Wohnzimmer.« Die Schwestern begrüßten sich herzlich und gaben sich gegenseitig Komplimente, wie niedlich und wohlgeraten ihre jüngsten Kinder jeweils wären.

»Wieso bist du denn nicht in deinem Laden?«, wollte Lilli von ihrer Schwester wissen. Elli hatte sich mit Alfred einen Kolonialwarenladen eingerichtet, den sie allein führen musste, seit er im Krieg war.

»Ich habe heute einfach geschlossen. Kauft ja sowieso kaum noch jemand was bei uns. Und Walter hat zwei Tage Sonderurlaub bekommen.«

»Und ich dachte, gerade jetzt stürmen die Leute deinen Laden, wo die ganzen Menschen aus dem Osten durch unsere Stadt strömen.« Lilli blickte neugierig zu ihrer Schwester.

»Von denen hat doch kaum jemand Geld. Und auf Tauschgeschäfte bin ich auch nicht scharf.«

Während die beiden Schwestern diskutierten, bat Johann seinen Schwiegersohn Walter neben sich auf den freien Sessel. Walter nickte Johann dankbar zu. Jedes Mal, wenn Johann ihm begegnete, dachte er, genau so müsse ein arischer Deutscher aussehen: strahlend blaue Augen, helle Haare sorgfältig gescheitelt und ein muskulöser, hochgewachsener Körper. Johann sagte es nie offen, war aber insgeheim sehr stolz, dass alle drei Töchter Männer geheiratet hatten, die dem arischen Schönheitsideal entsprachen. Er selbst war eher ein dunkler Typ, war sich seiner arischen Herkunft jedoch sicher, da er 1938 seine Ahnenreihe überprüft und sogar den großen Ariernachweis zurück bis 1750 bekommen hatte, obwohl für mittlere Beamte nur der kleine notwendig war.

Elli weihte nun Lilli und Walter in die Pläne ein, Legwitz zu verlassen. Sie berichtete von der Idee, zu Tante Resi zu ziehen. Aber weder Lilli noch Walter gingen darauf ein, sondern schauten sich nur vielsagend an.

»Was habt ihr denn, gefällt euch die Idee nicht?«, bohrte Elli nach. Wieder reagierten beide nicht, bis Walter seine Frau ermunterte.

»Du kannst es deiner Schwester ruhig sagen.«

Da wandte sich Lilli an Elisabeth.

»Wir werden sicher nicht nach Aschersleben gehen. Walter und ich werden uns einen Wohnort suchen, der möglichst abgelegen ist, und wo Walter als selbstständiger Elektriker arbeiten kann. Für uns wird es wahrscheinlich Mecklenburg werden.«

»Warum denn das, was wollt ihr denn in Mecklenburg?«, warf Paula ein, die sich in der Zwischenzeit wieder zu ihren beiden Töchtern und den Enkelsöhnen auf das Sofa gesetzt hatte.

»Mutti, überleg doch mal. Wo arbeitet denn Walter? Die werden doch alle verfolgen, die in Konzentrationslagern tätig waren. Meinst du, wir können irgendwo hinziehen und Walter bewirbt sich mit seinem Lebenslauf, wo dann drinsteht, letzter Arbeitsplatz: Konzentrationslager Groß Rosen? Da werden sie ihn gleich erschießen. Und im Übrigen glaube ich, Vati als Justizwachtmeister sollte auch abtauchen.«

»Ich bin ein alter Mann. Und außerdem bin ich Deutscher. Ich habe keine Angst, weder vor den Russen noch vor den Amerikanern. Sollen die sich doch an mir vergreifen.« Johanns Stimme hatte einen bockigen Unterton.

»Aber warum sollten sie euch denn etwas antun? Ihr könnt doch nichts für den Krieg. Ihr habt doch nur eure Arbeit gemacht. In Groß Rosen, da waren doch auch nur Straftäter, oder was, Walter? Waren doch?« Paula schaute Walter fragend an. Walter erwiderte ihren Blick mit seinen klaren Augen, sagte jedoch nichts.

»Was hast du in Groß Rosen denn gemacht, Walter?«, provozierte Elli ihren Schwager.

»Ich bin Elektriker in Groß Rosen«, antwortete dieser, erhob sich und trat ans Fenster, den Blick in den Garten gerichtet, wo Marianne, Hans und Peter gerade rittlings auf dem Stamm eines umgestürzten Baumes saßen.

»Und wer ist in Groß Rosen eingesperrt?«, setzte Elli nach.

»Seid ihr so naiv, oder was?«, fuhr nun Lilli ihre Schwester Elli an. »Ihr könnt mir doch nicht weismachen, ihr wüsstet nicht, wo die Kommunisten und die Juden alle abgeblieben sind.« Es herrschte betretenes Schweigen, bis Elli stichelnd die nächste Frage stellte. »Aber was hast du, Walter, damit zu tun? Warum willst du dich verstecken?«

»Ich bin Elektriker in Groß Rosen, das habe ich bereits gesagt«, erwiderte Walter. »Ich bin halt vorsichtig. Es dürfte zukünftig nicht sehr vorteilhaft sein, wenn im Lebenslauf steht, man war Angestellter in einem KZ.«

»Nur, weil du Elektriker bist, musstest du nicht in den Krieg? Dass ich nicht lache! Alle Männer wurden eingezogen, aber wer Elektriker ist, musste nicht in den Krieg? Mein Alfred ist im Krieg, der Bruno ist im Krieg, aber der Walter nicht«, fauchte Elli verbittert.

»Hör auf, Elli! Lass deinen Frust nicht an uns aus«, erwiderte Lilli wütend.

Walter wandte sich unbeirrt an seinen Schwiegervater.

»Wie Lilli schon sagte, Johann, würde auch ich dir raten, deinen Beruf lieber keinem zu erzählen, wenn der Russe erst da ist.«

»Was heißt, keinem erzählen? Schließlich bin ich Beamter, und das Deutsche Reich ist für meinen Schutz zuständig«, entgegnete Johann.

»Ha, das ist lustig. Welches Deutsche Reich denn, bitte schön. Von Osten kommt der Russe, von Westen kommen die Alliierten. Irgendwann treffen die sich, und dann war es das mit dem deutschen Staat.« Walter schaute halb belustigt, halb besorgt auf seinen Schwiegervater.

»Sie werden sich nicht trauen, das Reich aufzulösen. Außerdem wird die Wende noch eintreten, da bin ich mir sicher. Wir brauchen nur ein oder zwei Monate Zeit. Der Hitler hat noch eine Wunderwaffe, wirst du schon sehen. Ich weiß aus sicherer Quelle, in Peenemünde sind sie bald soweit mit einer Waffe, mit der wir innerhalb eines Tages alle feindlichen Armeen auf einmal ausradieren können. Dann wird sogar Amerika merken, wie Krieg sich anfühlt.« Johanns Stimme hatte jetzt einen schrillen Ton. Weniger der Ton, als vielmehr der Inhalt des Gesagten führte erneut zu angespannter Stille. Alle im Raum schwankten einerseits zwischen dem Klammern an ein wenig Hoffnung, welche ihnen die Nazipropaganda lieferte, und andererseits der Vernunft, nach der der Krieg wohl verloren war. Johann tat sich von allen am schwersten, sich von der tief verinnerlichten nationalsozialistischen Ideologie zu lösen. Es war noch nicht lange her gewesen, als sie alle euphorisch daran geglaubt hatten, eine neue glückliche Zeit wäre angebrochen, in der die deutsche Kultur mit einem neuen deutschen Menschen der Welt das Glück bringen würde. Der deutsche Adler hatte sich in die Höhen der Atmosphäre geschwungen. Offensichtlich zu weit. Nun erlebten sie den freien Fall des Vogels, seine letzten Zuckungen und Flugversuche.

In diese Gedanken hinein meldete sich Uli auf dem Arm von Lilli mit freundlichem Säuglingsgeplapper. Die anwesende Gesellschaft freute sich über die Ablenkung. Sofort kümmerten sich die Frauen um das Baby. Der kleine Eberhard wachte auf und mischte sich ein, stellte in seiner Kindersprache fest, der Uli sei wohl noch zu klein, um zu sprechen. Dann zog Eberhard die Aufmerksamkeit völlig auf sich, indem er unterhaltsame Grimassen schnitt. Das war für Paula der Moment, festzustellen, noch gar keine Getränke angeboten zu haben. Da Bohnenkaffee streng rationiert und deshalb keiner im Haus war, gab es Kräutertee.

Nach zwei Stunden löste sich die Gesellschaft wieder auf. Sie waren sich einig, Legwitz verlassen zu müssen. Als späterer Treffpunkt wurde Aschersleben ausgemacht. Elli wollte ihrem Mann Alfred an die Front einen Brief mit den entsprechenden Informationen über das Fluchtziel schreiben. Mutter Paula erklärte sich bereit, mit Dorothea die Absprachen zu treffen, damit Schneiders Kenntnis von den Plänen bekämen. Keine Einigkeit herrschte darüber, ob sie gleich alle nach Aschersleben reisen sollten, oder erst das offiziell zugewiesene Fluchtziel angefahren werden müsste. Zwar hatten sie jeweils noch keinen Bescheid erhalten, doch war er in den nächsten Tagen zu erwarten. Es kursierten Geschichten über drastische Strafen, wenn jemand nicht die zugewiesene Adresse anfuhr. Johann als deutscher Beamter war unbedingt dafür, sich an die Anweisungen zu halten. Lilli und Walter zeigten in diesem Zusammenhang weniger Interesse für amtliche Weisungen.

Außerdem blieben sie bei ihrem Entschluss, sich auf den Weg nach Mecklenburg zu begeben.

Am fünften Februar 1945, einem Montag, erwachte die kleine Marianne, und sofort durchströmte sie ein Gefühl aufgeregten Glücks, denn sie hatte heute ihren sechsten Geburtstag. Sie hörte, wie ihre Mutter sich im Bad einschloss. Schnell sprang sie aus ihrem Bett und lief in das eiskalte Wohnzimmer, wo sie auf der Anrichte ihre Geschenke erwarteten. Schon von der Zimmertür aus sah sie den wunderschönen Puppenjungen, bekleidet mit einer blauen Jacke und schwarzer Hose. Mariannes Augen glänzten, als sie die Puppe in ihre Hände nahm. »Du heißt Peter«, beschloss sie mit fester Stimme, während sie die klaren blauen Augen bewunderte. Erfreut stellte sie fest, dass die Augen sich schlossen, wenn sie Peter in Rückenlage brachte. So eine Puppe hatte Marianne sich schon lange gewünscht. Zärtlich strich sie Peter über sein braunes Kunsthaar, während sie einfach nur glücklich war.

»Ich werde dich jetzt mit Helga bekanntmachen«, sprach Marianne und lief mit Peter in das Kinderzimmer. Helga war eine Stoffpuppe, die bei ihr war, seit sie sich erinnern konnte. Augen, Nase und Mund der Puppe waren aus bunter Wolle gestickt. Braune Wollfäden dienten als Haare und waren zu vielen kleinen Zöpfchen geflochten. Der schmale Körper war prall mit Stofffetzen gefüllt. Marianne mochte das rote Kleidchen Helgas sehr. Sie kletterte mit ihren beiden Puppen ins Bett, und es entspann sich eine lebhafte Unterhaltung zwischen den dreien.

Davon erwachte Brigitta, die dreijährige Schwester. Gitti war in Anbetracht der neuen Puppe ebenfalls sofort hellwach.

»Die ist ja schön«, brachte Gitti hervor.

»Das ist Peter, den habe ich zum Geburtstag bekommen.«

Gitti sprang zu Marianne ins Bett, um das neue Spielzeug besser betrachten zu können. »Ich will ihn auch mal«, rief Gitti und streckte ihre Arme aus.

»Das heißt bitte«, belehrte Marianne ihre Schwester, »und du musst sie ganz vorsichtig anfassen.« Dabei reichte sie Gitti die Puppe. Die kleine Schwester drückte Peter an sich und betrachtete ihn von allen Seiten, während Marianne argwöhnisch aufpasste.

»Hast du noch mehr Geschenke gekriegt?«, wollte Gitti wissen, während sie Peter Marianne zurückgab.

»Ja, Süßigkeiten und was zum Anziehen und so«, antwortete Marianne, der nun auffiel, dass sie den anderen Dingen noch gar keine Aufmerksamkeit geschenkt hatte. Gitti war wie der Blitz aus dem Bett gestiegen und rannte in das Wohnzimmer. Marianne nahm Helga und Peter und lief Gitti hinterher. Schließlich musste sie aufpassen, dass Gitti nichts stibitzte. Gemeinsam nahmen sie die Geschenke in Augenschein: eine Schale mit selbst gemachten Karamellbonbons und Buntstifte. Außerdem lag auf der Anrichte ein Schulranzen aus echtem Rindsleder, glatt und braun. Marianne legte die Puppen ab und strich mit den Händen über den Ranzen. Sie fand die Schultasche sehr edel. Bald kam sie in die Schule. Aber wo, wenn sie jetzt flüchten mussten? Gitti streckte die Hand nach den Karamellbonbons aus.

»Aber nur eins«, bestimmte Marianne. »Ich hatte zum Geburtstag sogar schon Schokolade bei den Geschenken«, gab sie ein wenig an. Ihr war klar, damit hatte sie ihrer kleinen Schwester etwas voraus. »Na und?«, sagte Gitti und steckte sich das von der Schwester genehmigte Bonbon in den Mund. Sie hatte schon von Schokolade gehört und wie gut diese schmecken sollte. Aber auf keinen Fall durfte sich Gitti anmerken lassen, wie sie ihre große Schwester um die frühere Erfahrung beneidete. Manchmal stellte sie sich vor, ihr Papa käme nach Hause und brächte ihr ein Geschenkpaket mit, in dem sich dann eine große Menge Schokolade befinden würde. Einmal hatte sie ihren Papa bisher erst erlebt, das war ihrem Gefühl nach schon lange her. Damals hatte er kein Geschenk mitgebracht, aber das war egal gewesen. In der kurzen Zeit, die er vom Krieg zu Hause war, hatte er ihr und Marianne viele Geschichten erzählt. Er kannte so viele, weil er in seinem Leben schon eine Menge Bücher gelesen hatte. Mama sagte oft, der Papa sei eine Leseratte.

Marianne nahm die Helga und den Peter und lief zum Telefon. Sie wollte Evi Schubert anrufen, ihre beste Freundin, und sie zum Geburtstag einladen. Ob Evi noch da war? Auch Schuberts wollten fliehen. Marianne wählte Evis Nummer. Die kannte sie schon, obwohl sie noch nicht zur Schule ging. Aber bei Schuberts nahm niemand mehr ab, sie waren also schon auf der Flucht. Ohne ein »Auf Wiedersehen«. Marianne überkam plötzlich ein Gemisch aus Angst und Traurigkeit. Sie wollte weg von diesem Ort, wo alle nur noch in Hektik waren. Seit Tagen redeten die Erwachsenen von nichts anderem als der Flucht. Evi hatte es anscheinend schon geschafft, sie hatte schon flüchten dürfen. Marianne wollte nun auch endlich weg. Ihr war nicht bange vor der Zukunft. Sie hatte keine Angst vor dem Neuen, wenn sie hier wegmussten. Sie war der tiefen Überzeugung, dass die Flucht in einem wunderschönen Haus im Wald enden würde. Bei ihrer Ankunft käme ein Königssohn auf einem weißen Pferd angeritten und würde sie begrüßen.

Auf einmal schossen Marianne Tränen in die Augen.

»Ich will flüchten. Ich will flüchten«, schluchzte sie. Warum nur waren sie noch in Legwitz? Warum waren sie so benachteiligt? Das war ein großes Unglück! Wieder und wieder schluchzte sie laut: »Ich will flühüchten!« Gitti schaute Marianne überrascht und fragend an.

Dorothea und Schwiegermutter Frieda stürzten gleichzeitig in das Wohnzimmer. Seit den frühen Morgenstunden waren alle, mit Ausnahme der Kinder, in hektischer Betriebsamkeit. Der gesamte Hausrat musste sortiert werden, was sie in den Autos auf die Flucht mitnehmen konnten, was sie im Keller einmauern wollten, und was sie einfach in den Wohnungen stehen lassen würden. Ihr Schwiegervater Wilhelm hatte gleich nach einem sparsamen Frühstück Mörtel eingerührt und begonnen, einen Kellerraum zuzumauern. Heute sollte der Verschluss in halber Höhe fertig werden, damit sie ab morgen ihren Besitz mit Wert dort einlagern konnten, der nicht in die Autos passte. Nebenbei musste der Verkauf im Fleischereigeschäft weitergehen. Vergangenen Freitag war extra ein Mitarbeiter der Kreisleitung im Laden gewesen, um die Anordnung zu überbringen, das Geschäft sei bis zur Räumung von Legwitz regulär zu öffnen. Aber die wenigsten hatten noch Fleischmarken, deshalb hielt sich der Kundenverkehr in Grenzen. Am vergangenen Freitag holte Wilhelm drei halbe Schweine vom Schlachthof, die nun im Kühlraum hingen. Zum Glück funktionierte der elektrische Strom noch, sonst würde das Fleisch schnell verderben.

Nun fanden die beiden Frauen die Kinder noch mit Nachthemdchen bekleidet im Wohnzimmer vor. Marianne hatte ihre zwei Puppen im Arm und weinte bitterlich. Noch immer rief sie: »Ich will flüchten!« Dorothea lief zu ihr, beugte sich runter und strich ihr flüchtig über den Kopf. »Ich weiß, du hast Angst vor dem Kanonendonner. Aber uns passiert nichts, da brauchst du keine Angst zu haben«, versuchte Dorothea ihre Tochter zu beruhigen. Ein weinendes Kind konnten sie als Letztes gebrauchen, wo noch so viel zu tun war. Auch Oma Frieda teilte die Vermutung Dorotheas, Marianne würde sich vor dem schon seit einigen Tagen zu hörenden Frontlärm ängstigen. Sie hatten keine Ahnung davon, wie sich in der Sechsjährigen, die heute ihren Geburtstag nicht wirklich feiern konnte, die Trauer der gesamten Familie über das Ende ihrer Legwitzer Existenz in paradoxer Weise niederschlug und nach außen drängte.

Kurzerhand sprangen die Emotionen auf die angespannten erwachsenen Frauen über. Erst Oma Frieda und dann die Mutter weinten nach kurzer Zeit ebenfalls. Nur die dreijährige Brigitta schaute staunend ihrer älteren Schwester und den beiden Frauen zu, wie bei ihnen die Tränen liefen. Besonders bei der stets strengen Oma Frieda war es für beide Mädchen undenkbar gewesen, der könnten Tränen über das Gesicht laufen. Aber auch die Mutti war immer stark. Nichts konnte sie aus der Fassung bringen. Doch heute, an Mariannes sechstem Geburtstag, war alles anders und die beiden Schwestern lernten, auch Erwachsene können weinen. Sie beobachteten, wie die erwachsenen Frauen in ihre Taschentücher weinten und sich gegenseitig trösteten.

Nach einer Weile verebbten die Tränen und die Frauen setzten sich mit den Mädchen zum Frühstück. Dorothea hatte sogar Kakao aufgetrieben, den die Töchter mit Begeisterung tranken. Marianne hatte natürlich Helga und Peter mit an den Tisch gesetzt. In einem Sandkuchen steckte eine Kerze, die Marianne ausblies, als sie in die Küche kam. Sie aßen den Kuchen, tranken Kakao, und die fernen Einschläge der Geschosse an der Front ließen im Küchenschrank die Tassen klappern.

Auf dem Flur waren Männerschritte zu hören. Es war jedoch nicht Wilhelm, der in die Küche kam, sondern Rudi, den die Kinder Onkel Rudi nannten, obwohl er gar nicht ihr Onkel war. Rudi war von Wilhelm als Fleischergeselle und Fahrer eingestellt. Er hatte einen Herzfehler, deshalb brauchte er nicht zum Kriegsdienst, obwohl er mit 35 Jahren noch im besten Alter dafür war. Wer von dem Herzfehler nichts wusste, wunderte sich, warum so ein stattlicher, breitschultriger Mann nicht an die Front brauchte. Er war großgewachsen, ein dunkler Typ mit glatten schwarzen Haaren und feingeschnittenem Gesicht. Rudi trat in die Küche, in der Hand eine gläserne Kugel mit grünen und blauen Ringen darin, und gratulierte Marianne zum Geburtstag. Nachdem er dem Mädchen die Glaskugel überreicht hatte, begrüßte er Gitti und Oma Frieda. Letztere erwiderte Rudis Begrüßung mit einem Knurren und misstrauischem Blick. Deutlich feindselig wurden Friedas Augen jedoch, als Rudi Dorothea wie zufällig mit der Hand an der

Schulter streifte, wodurch Dorothea eine äußerst frische Gesichtsfarbe bekam. Frieda registrierte ganz genau die Berührung, mit der Dorotheas Hand im Gegenzug Rudis Oberschenkel streifte. Ganz selbstverständlich setzte sich Rudi mit an den Frühstückstisch.

Das hat Wilhelm hier einreißen lassen, dachte Frieda. Er hatte Rudi immer wieder eingeladen, sich mit ihnen an den Tisch zu setzen. Nun fragte Rudi nicht einmal mehr. Frieda hasste es, wenn Rudi so tat, als gehöre er zur Familie. Außerdem hasste Frieda, wie Rudi und Dorothea sich anschauten. Ihr Sohn Bruno war an der Front vermisst, und seine Frau, ihre Schwiegertochter Dorothea, poussierte mit dem Gesellen. Frieda hatte dieses Beamtentöchterchen von Anfang an nicht gemocht. Die hätte mal bei dem Juden im Kaufhaus bleiben sollen. Bloß, dass es den Juden jetzt nicht mehr gab. Wilhelm hätte diese Ehe untersagen müssen. Hatte er aber nicht. Also war Wilhelm genauso schuld. Wahrscheinlich hatte er ein schlechtes Gewissen Bruno gegenüber und ihm deshalb diese Ehe genehmigt. Weil er seinem Sohn schon die höhere Schule untersagt hatte. Da hatte Bruno unbedingt hingewollt. Hatte gar kein Interesse an der Fleischerei gehabt. Aber damals hatte Wilhelm durchgegriffen. Sein einziger Sohn – und wollte nicht die Fleischerei übernehmen. Da hatte Wilhelm ein Machtwort gesprochen. Nun war alles für die Katz. Bruno war vermisst, war weg. Und seine Frau saß hier in der Wohnung und trieb es mit dem Gesellen. Frieda spürte ein saures Kratzen im Hals. Außerdem brannten ihr die Augen, nicht erst seit dem Weinen vorhin. Auch vorher schon, seit Tagen, seit sie die Abreise planten. Bumm, bumm, bumm – wieder grollten in der Ferne die Kanoneneinschläge. Waren sie heute lauter als gestern?

»So«, unterbrach Dorothea das Schweigen, »jetzt müssen wir weiterpacken. Kinder, ihr müsst auch helfen. Ihr könnt überlegen, was ihr unbedingt mitnehmen wollt auf die Flucht.«

»Mama, wir müssen Helga und Peter mitnehmen, unbedingt«, reagierte Marianne. »Stimmt's, Mama?«

»Ja, wenn du das möchtest.«

»Ich packe Helga in meinen Rucksack und den Peter packst du in den Koffer. Versprichst du mir das?«

»Versprochen.«

»Ehrenwort?«

»Ehrenwort!«

Da stand Wilhelm plötzlich in der Küche, den Arbeitsanzug, seine Mütze und die Hände voller Mörtelspritzer. Seit sechs Uhr hatte er die Maurerkelle geschwungen, um die Tür eines Kellerraumes zur Hälfte zu schließen. Er hatte den hintersten Raum des Kellers ausgewählt in der Hoffnung, niemand würde später, wenn sie Legwitz verlassen hatten, hinter der Wand das Gelass bemerken.

»Ah, komme ich gerade richtig zum Geburtstag meiner Mecke?«, ließ Wilhelm seine laute Stimme im schlesischen Dialekt vernehmen. Nachdem er seiner Lieblingsenkelin gratuliert hatte, holte er sich Brot und Schinken aus der Kammer, um ein zweites Frühstück zu nehmen. »Gut, dass ich dich hier finde, wir müssen gleich noch einmal los«, wandte sich Wilhelm sodann an Rudi.

»Wo müssen wir denn hin?«, fragte der Geselle nach.

»Wirst du schon sehen.«

Unwillig knurrte Rudi auf die knappe Antwort seines Arbeitgebers. Dorothea warf Rudi einen Blick zu, der nur bedeuten konnte, solch unwilliges Knurren zu unterlassen und den Alten nicht zu reizen. Rudi verdrehte die Augen. Eigentlich war sein Knurren auch ein wenig Futterneid. Die dicke Brotscheibe mit dem zarten Kochschinken, die sich Wilhelm gerade einverleibte, löste bei Rudi heftigen Appetit aus. Zum Glück war Dorothea mit einer in dieser Hinsicht empfindsamen Wahrnehmung ausgestattet. Sie erhob sich, um Rudi ebenfalls ein Schinkenbrot zu bereiten. Dabei sah sie, wie ihre Schwiegermutter noch ein Stück blasser wurde, als sie es ohnehin schon war.

Als die beiden Männer ihre Brote heruntergeschlungen und mit einem Becher Kaffee-Ersatz nachgespült hatten, gab Wilhelm mit einem Kopfnicken das Zeichen zum Aufbruch. Auf der Treppe weihte Wilhelm den Gesellen in seine Pläne ein.

»Du holst jetzt aus dem Kühlhaus ein halbes Schwein und bringst es zum Lieferwagen. Dann fahren wir zur Wehrmacht. Ich habe da einen speziellen Kunden. Die Frauen brauchen nicht alles zu wissen, deshalb habe ich eben in der Küche an mich gehalten.«

»Alles klar«, antwortete Rudi und machte sich auf den Weg zum Kühlraum. Wilhelm öffnete währenddessen den Kofferaufsatz vom Lieferwagen. Als Rudi mit dem halben Schwein auf dem Rücken zum Wagen kam, wuchtete er mit Schwung das Fleisch auf die Ladefläche.

»Du fährst«, ordnete Wilhelm an, während sie den Laderaum wieder schlossen. Rudi warf den Holzvergasermotor an, der seit Kriegsbeginn für Autos von Zivilpersonen Pflicht war.

»Was tun wir denn bei der Wehrmacht?«, wollte Rudi wissen.

»Wir holen Benzin, wir bekommen hundert Liter für das halbe Schwein. Zwei Flaschen Klaren habe ich auch noch dabei.« Wilhelm zeigte auf die Tasche, die er im Fahrerhaus vorher schon verstaut hatte. Rudi durchströmte eine kribbelnde Aufregung. Niemand bekam Benzin in diesen Tagen. Aber sein Chef war ein Tausendsassa. Er konnte alles besorgen.

Der Lieferwagen hatte Mühe voranzukommen. Die verschneiten, matschigen Straßen waren mit Pferdewagen, Bussen und Flüchtlingen vollgestopft. Zwischendurch drängten sich immer wieder Militärfahrzeuge durch das Chaos. Der Straßenbahnbetrieb war schon seit Monaten eingestellt. Als ein Lastkraftwagen der Wehrmacht vor ihnen fuhr, folgten sie im Windschatten. Schnell merkten sie, dass der Lkw die gleiche Kaserne anzufahren schien. So kamen sie besser voran.

An der Torwache der Kaserne erklärte Wilhelm mit Mühe ihr Anliegen. Der diensthabende Gefreite zeigte sich von dem Namen des Oberleutnants, den Wilhelm mehrfach nannte, nicht beeindruckt. Doch auch in diesem Moment kam ihnen wieder das Schicksal zu Hilfe. Ein Konvoi mit Mannschaftswagen wollte das Gelände verlassen. Am Tor stand jedoch ihr Lieferwagen im Weg und blockierte die Ausfahrt. Also winkte der Diensthabende Wilhelm und Rudi mit ihrer Fracht durch, damit die Kameraden freie Ausfahrt hatten. Für Letztere ging es wieder an die Front, die sich nicht weit vor der Stadt befand. Der Wachmann war froh, hier stehen zu dürfen und nicht mit in den Kampf zu müssen. Damit das so blieb, sollte er vielleicht doch den genannten Oberleutnant nicht verärgern. Er kurbelte am Feldtelefon und informierte den Offizier in der Küche über die Ankunft der zwei Zivilisten.

Wilhelm und Rudi waren erleichtert, die erste Hürde genommen zu haben. Sie fuhren direkt zur Garnisonsküche. Den Oberleutnant brauchten sie nicht lange suchen, da er sie schon erwartete. Wilhelm war schon lange zuverlässiger Lieferant und konnte es sich sogar erlauben, Rudi den Offizier als »Küchenbullen« vorzustellen.

»Na, dann mal her mit dem Tier und da hinein«, dirigierte der Versorgungsoffizier die beiden Männer in die Küche. Rudi hatte inzwischen das halbe Schwein geschultert und stapfte mit einem Ächzen in die ihm gezeigte Richtung, gelangte so in die Truppenküche. Hier legte er das Fleisch auf einen langen, gefliesten Tisch. Der Versorgungsoffizier warf einen prüfenden Blick auf die Ware.

»Na, dann wollen wir mal bezahlen«, bat er die beiden aus der Küche raus über den Hof zu den Garagen. Sie überquerten den gepflasterten Platz mit dem Lieferwagen. Kaum waren sie an den Fahrzeughallen angekommen und vom Fahrzeug abgesprungen, als vom Haupttor ein Offizier mit rotem Gesicht und schwankendem Schritt nahte. Die Schulterstücke verrieten den Dienstgrad eines Majors. Offensichtlich hatte der Wachmann am Tor seinen

Vorgesetzten informiert, dass sich Zivilisten auf dem Gelände befanden.

»Was machen diese Männer bei uns auf dem Hof, Oberleutnant?«, bellte der Major.

»Heil Hitler!«, entgegnete der Küchenoffizier. Dann berichtete er wahrheitsgemäß von der Lieferung der Schweinehälfte.

»Und was machen die Herren dann hier bei den Garagen? Rapport!« Die Aussprache verriet reichlichen Konsum von Alkohol.

»Wir müssen unsere Lieferanten schließlich bezahlen«, argumentierte der Oberleutnant und wies mit einem Blick zum Garagentor.

»Sie wollen nicht etwa Wehrmachtssprit diesen Kriegsverweigerern aushändigen?«, brüllte der Major, »Sind Sie denn völlig übergeschnappt?« Während er sprach, nestelte er seine Dienstwaffe aus dem Halfter hervor. »Sie bringen die Männer vom Gelände, und zwar sofort. Falls die nicht hoppla-hopp hier verschwunden sind«, richtete er sich jetzt an Rudi und Wilhelm und fuchtelte dabei mit seiner Pistole in der Luft, »dann mache ich auf der Stelle Kriegsgericht.«

Zu ihrer Überraschung zeigte der Oberleutnant keinerlei Anzeichen von Irritation, sondern pfiff leise Luft durch die Zähne. Wilhelm und Rudi hingegen wurden sichtbar blass um die Nase. In diesem Moment begann die Sirene der Truppenunterkunft ein ohrenbetäubendes, unterbrochenes Signal auszusenden und löste damit eine hektische Aktivität auf dem Kasernengelände aus. Der Major zeigte sich einen Moment unentschlossen, offensichtlich verärgert über die Störung seiner gerade gegebenen Anweisungen. Dann brüllte er ein letztes Mal den Oberleutnant an.

»Los, weg mit denen!«, dann verstaute er seine Waffe und rannte in Richtung Hauptgebäude.

»Idiot«, knurrte der Oberleutnant und schloss die Garagentür auf.

»Kommt der noch mal wieder?«, wollte Wilhelm wissen.

»Glaube ich nicht.« Da der Oberleutnant selbstsicher auf vier

Fünfundzwanzigliter-Kanister zeigte, wollte Wilhelm auch nicht weiter nachdenken, was passieren könnte. Er und Rudi griffen sich jeweils zwei Metallkanister und wuchteten sie durch den Schnee zum Lieferwagen.

»Auch nicht viel leichter als ein halbes Schwein«, meinte Rudi. Als sie die Ladung verstaut hatten, beeilten sie sich, vom Hof zu kommen. Da der Wachsoldat froh über ihr Verschwinden war, öffnete er ihnen schon von weitem die Schranke. Wieder mussten sie sich bei Schneegestöber durch die überfüllten Straßen kämpfen. Sie nahmen dieses Mal den Weg durch die Bahnhofstraße, was sich als Fehler entpuppte. Der Bahnhofsvorplatz glich einem Ameisenhaufen, auf den jemand ein Stück Zucker geworfen hat. Menschen jeden Alters, mit Gepäck oder ohne, in Mäntel oder Decken gehüllt, warteten auf die wenigen Plätze in den Zügen und Bussen nach Westen. So kamen Wilhelm und Bruno kaum mehr als mit Schrittgeschwindigkeit voran. Zögerlich wichen die Menschen dem Lastwagen aus. Die beiden Männer im Fahrerhaus sahen dabei in ausgemergelte, besorgte und auch angsterfüllte Gesichter. Doch für Mitgefühl war jetzt kein Platz. Fast eine Stunde dauerte die Fahrt vom Bahnhofsplatz bis in die Feldstraße, denn auch die Carthausstraße und die Kaiser-Friedrich-Brücke waren verstopft, wobei hier wieder die Wagen der Trecks das Hauptproblem waren.

Als sie endlich zu Hause ankamen, durchquerten die beiden Männer mit dem Lastwagen die Toreinfahrt des Fleischereianwesens und blieben vor der Garage stehen, in der Wilhelm seinen geliebten Adler Trumpf untergestellt hatte. Seit über vier Jahren hatte er den Pkw kaum genutzt, da es schlicht für zivile Zwecke keinen Kraftstoff gab. In den schmucken Sportwagen deshalb einen Holzvergaser einbauen zu lassen, das brachte Wilhelm nicht über das Herz. Rudi war bereits aus dem Fahrerhaus abgesprungen und holte aus dem Keller eine Schaufel, um den Schnee vor dem

Garagentor zu entfernen. Wilhelm dachte kurz nach, ob er seinem Gesellen helfen sollte. Da erschien in der Toreinfahrt ein Polizist auf dem Fahrrad und rollte unsicher auf dem vereisten Untergrund heran. Ein kurzer Gruß, schon stieg der Schutzmann von seinem Fahrrad, lehnte es an die Wand und holte aus der umgehängten Ledertasche ein Blatt Papier. Dieses befestigte er an der Haustür des Hinterhauses von Schneiders Anwesen, in dem sich acht vermietete Wohnungen befanden. Kaum geschehen, war der Beamte auch schon wieder auf dem Fahrrad und radelte vom Hof. Wilhelm näherte sich neugierig der Haustür und las die Verordnung der Kreisleitung, nach der alle Bürger die Stadt Legwitz bis zum achten Februar verlassen haben mussten. Ist ja noch viel Zeit, dachte Wilhelm.

Am Morgen des achten Februar 1945 eilten zwei Autos aus der Stadt gen Westen, insofern man auf der verschneiten Straße, auf der sich nach wie vor eine lange Karawane von Fuhrwerken befand, von Eile sprechen konnte. Aber innerlich in Eile waren sie nun alle, offiziell aufgefordert zum Verlassen der Stadt und von der herannahenden Front spürbar bedrängt. Im *Adler* befanden sich Wilhelm und Frieda Schneider mit ihrer Tochter Margarete und ihrem Mann Karl Schnabel mit Sohn Klaus. Den Lieferwagen steuerte Rudi. Bei ihm fanden Dorothea mit Marianne und Brigitta Platz. Im Kofferaufsatz auf der Ladefläche waren zwei halbe Schweine, das Grammophon, jede Menge Haushaltswäsche, Fotoausrüstung und Fotoalben, das Fahrrad von Dorothea sowie ihre beiden Eltern verstaut. Johann und Paula Kasubke hatten sich ihre Pelzmäntel angezogen und zusätzlich in Decken gehüllt. Sie saßen mit dem Rücken zum Fahrerhaus auf einer Kiste, in der auch das Familiensilber und das gute Meißner Service eingepackt waren. In der Fahrerkabine gab es hinter den Vordersitzen eine kleine Bank, auf der Marianne und Brigitta Platz genommen hatten. Marianne hatte einen Rucksack bei sich, aus dem der Kopf der Puppe Helga herausschaute.

Alle Habseligkeiten, die nicht auf eines der beiden Autos gepasst hatten, waren im letzten Raum des Kellers eingemauert worden. Wilhelm hatte die Wand gestern fertiggestellt und gründlich verputzt. Sie hofften, niemandem würde die frisch verputzte Wand weiter auffallen. Und in den Kriegswirren würde sie recht bald wie eine alte Wand aussehen.

Kurz vor der Abfahrt hatten sich Wilhelm Schneider und Johann Kasubke eine Auseinandersetzung geliefert. Johann wollte unbedingt vorerst die staatlich zugewiesene Unterbringung im sächsischen Wadewitz aufsuchen. Er hatte zwar keine Vorstellung, wo sich dieses Wadewitz befand, aber egal. Er hielt dies für die sicherste Variante. Wilhelm wollte sich schon aus Prinzip nicht dieser Anweisung beugen. Er plante, direkt nach Aschersleben zu fahren. Immerhin kannte sein Sohn nur die Absprache, sich in Aschersleben zu treffen. Von Wadewitz wusste Bruno nichts, konnte er nichts wissen. Was war nun also, wenn Bruno in Aschersleben auftauchte und sie trieben sich in Sachsen herum? Das kam für Wilhelm nicht infrage. Seiner Meinung nach kümmerte sich sowieso niemand mehr darum, ob jemand seinen zugewiesenen Ort anreiste oder sonst wohin fuhr. Da ihm die beiden Autos gehörten, hatte er die besseren Argumente, und Dorotheas Eltern mussten sich dreinfinden. Und tatsächlich, nachdem die beiden Gefährte die Stadtgrenze hinter sich gelassen hatten, erreichten aus östlicher Richtung die ersten Fahrzeuge der russischen Armee den Stadtkern von Legwitz, mit viel Gebrüll und Schüssen aus allen Rohren. Die Salven der Kanonen konnte Marianne noch hören, als sie die letzten Häuser ihrer Heimatstadt passierten. Die Fahrt war ein einziges Schlingern, da die Autos immer wieder Hindernissen ausweichen mussten. Teilweise blieb den Männern an den Steuern nichts anderes übrig, als mit der linken Seite im Straßengraben zu fahren, da die rechte Spur von Treckwagen belegt war. Gelegentlich dachte Marianne, das Auto würde umkippen.

»Mama, hast du den Peter auch mitgenommen? In welcher Tasche ist er denn?«, wollte sich Marianne vergewissern. Schließlich hatte die Mutter ihr versprochen, sich um die Mitnahme der neuen Puppe zu kümmern. Doch Mama antwortete nicht, warf stattdessen einen Blick rüber zu Rudi, der den Blick erwiderte und die Augenbrauen hochzog. Nichts Gutes ahnend, stand Marianne schlagartig vom Rücksitz auf, sich an der Lehne des Beifahrersitzes festhaltend.

»Mama, wo ist Peter?«, wiederholte sie ihre Frage mit Nachdruck.

»Kind, der hat nicht mehr ins Auto gepasst, den mussten wir zu Hause lassen.« Dorotheas Stimme hörte sich übertrieben weich an. Marianne brauchte eine Weile, um das Gesagte zu verstehen, doch dann überspülte sie die Verzweiflung wie eine große Welle. Ihren Peter, den sie vor drei Tagen erst kennengelernt hatte, der ganz allein ihr gehörte, ihren Peter hatte sie schon wieder verloren? Stumm ließ sich das Kind mit entsetztem Blick wieder auf die Rückbank fallen. Ihr war klar, dass die Mutter nicht scherzte. Sie scherzte nie. Die Enttäuschung über die Mutter war grenzenlos. Marianne versuchte, die Tränen zurückzuhalten, doch sie drangen schon aus den Augen.

In diesem Moment griff Brigitta neben ihr nach dem Rucksack, aus dem Helga schaute. Ruckartig riss Marianne die Puppe an sich und schlug ihrer Schwester auf die Finger. Gitti schrie auf und beschwerte sich umgehend bei ihrer Mutter.

»Die Nanni haut mich.«

»Vertragt euch da hinten. Marianne, sei vernünftig«, wies Dorothea ihre Tochter mit einem Blick über ihre Schulter zurecht. Marianne drehte den Kopf zur Seite und richtete die Augen aus dem Seitenfenster. Jetzt liefen die Tränen ungehindert. Die Arme um ihren Rucksack geschlungen, schluchzte die Sechsjährige still vor sich hin. Die Mama sollte ihren Kummer nicht hören. Sie sollte gar nichts mehr von ihr hören. Durch ihre Tränen hindurch sah sie hinaus auf vorbeigleitende Menschen, Wagen und Zugtiere, die nicht so zügig vorankamen wie die motorisierte Familie, doch vor dem inneren

Auge sah sie die Augen von Peter, die sich öffneten und schlossen. Ein lautes Schluchzen entfuhr ihrem Hals, der sich genauso brennend anfühlte wie ihr gesamter Bauch. Niemand im Auto reagierte. Der Adler mit den alten Schneiders hingegen legte ein höheres Tempo an den Tag als der Lieferwagen. So hatten die Insassen der beiden Autos sich längst aus den Augen verloren. Doch damit hatten alle gerechnet. Inzwischen hatte der Lieferwagen Görlitz hinter sich gelassen und steuerte Dresden an. Noch immer schneite es und die Kälte zog durch die Ritzen in das Fahrerhaus. In der Annahme, die Kinder würden es nicht sehen, streichelte Dorothea Rudi leicht am Arm.

»Wollen wir nicht in Dresden anhalten? Ich würde so gern mal wieder die Frauenkirche sehen«, schnurrte sie.

»Ich glaube nicht, dass das eine gute Idee ist. Die Stadt ist voller Flüchtlinge. Das wird dort sicher noch schlimmer sein als in Legwitz.«

»Warum denn? Sieh doch mal, hier auf der Straße sind doch kaum noch welche.« Wieder berührte sie seinen Arm.

Rudi konzentrierte sich auf die Straße, machte dabei aber eine Bewegung mit dem Oberkörper, die erkennen ließ, wie er unter Druck geriet. Bisher war es ihm noch nicht oft gelungen, Dorothea etwas auszuschlagen.

»In Dresden wird der Teufel los sein. Am Ende werden wir noch bombardiert.« Er versuchte, standhaft zu bleiben.

»Du Angsthase. Warum sollte denn jemand Dresden bombardieren? Weißt du, wie viel Kunst in dieser Stadt lagert, wie einmalig die Bausubstanz der Innenstadt ist? So dumm sind nicht einmal die Russen, diese Schätze zu zerstören. Und die Amerikaner und Engländer schon gar nicht. Komm, lass uns die Frauenkirche ansehen. Das ist auch eine gute Gelegenheit, meinen Eltern noch eine Pause zu gönnen.« In Dorothea war nun der Ehrgeiz erwacht, sich gegen Rudi durchzusetzen. Aber er hielt sich tapfer.

»Ich habe da ein schlechtes Gefühl. Das endet nicht gut, glaube mir. Am besten, wir fahren schnurstracks nach Aschersleben und warten ab, wie es mit dem Krieg weitergeht.«

Sie spürte Ärger in sich aufsteigen. Schließlich war sie Widerspruch nicht gewohnt. Rudi tat meist, worum sie ihn bat. Warum zierte er sich denn heute so sehr? Sie musste also andere Register ziehen.

»Warum willst du denn nicht mit mir nach Dresden fahren? Du machst mich sehr, sehr traurig.« Dorotheas Gesicht nahm einen enttäuschten Ausdruck an, sie schmollte nun.

»Was soll das denn jetzt?«, entfuhr es Rudi, »Wahrscheinlich ist dir gar nicht klar, dass hier Krieg ist um dich rum. Es ist viel zu gefährlich in einer Großstadt wie Dresden.« Er mochte diesen inneren Druck nicht, der in ihm entstand, wenn Dorothea unzufrieden war. Ihr Gesicht löste dann in ihm heftige Anspannung aus. Und da liefen Dorothea bereits erste Tränen über das Gesicht. Sie drehte den Kopf zur Seite aus dem Beifahrerfenster, jedoch nur so weit, dass Rudi die Tränen noch sehen konnte.

»Und warum schreist du mich jetzt so an?«, schluchzte sie.

»Verdammt, dann fahren wir eben nach Dresden«, lenkte Rudi ein, grollte jedoch mit Dorothea und mit sich selbst, weil er nachgegeben hatte.

So schnell, wie Dorotheas Tränen aufgetaucht waren, verschwanden sie auch wieder.

»Bist ein Lieber, Rudi.«

Auf der Zufahrtsstraße nach Dresden kamen sie wegen der zahllosen Trecks allerdings nur sehr schleppend voran. Offensichtlich zog es einen großen Teil der Flüchtenden in die sächsische Metropole. Viele Menschen glaubten sich in einer Großstadt sicherer. Doch der enorme Zufluss an Menschen in die Stadt hinein bremste die Vielzahl der Reisenden. Hinzu kamen Sperren und Barrieren, die die Wehrmacht errichtet hatte, um Dresden zur Festung auszubauen. So erreichte der Lieferwagen die Stadtgrenze und blieb im Verkehr stecken, der regelrecht zum Erliegen kam.

Rudi spürte, wie sein Ärger, der eigentlich schon wieder abgeflaut war, erneut aufflammte. Er hatte recht gehabt. Nun steckten sie hier inmitten der Menschen und im Schnee fest. Wenigstens hatte das Schneetreiben nachgelassen.

Seit der Abfahrt in Legwitz waren sie bereits fünf Stunden unterwegs. Dorothea stieg schweigend aus dem Fahrerhaus, um nach ihren Eltern auf der Ladefläche zu sehen. Im Laderaum saßen Johann und Paula immer noch auf der Kiste, schwerfällig wie zwei gestrandete Walrösser. Obwohl sie dick in Mäntel und Decken gehüllt waren, hatten sie längst zu frieren begonnen.

»Sind wir denn angekommen, oder warum stehen wir jetzt?«, wollte Johann wissen. Dorothea erklärte ihnen die Situation, verschwand dann wegen der Kälte jedoch bald wieder im Fahrerhaus.

Paula aber spürte ihre prallvolle Harnblase. Umständlich pellte sie sich aus den Decken, kletterte über die Ladefläche und öffnete von innen die Heckklappe, um zu schauen, ob sie einen geeigneten Platz für ihre Notdurft entdecken konnte. Die Menschen auf der Straße erschreckten sie jedoch. Sie sah Frauen in Röcken und Jacken, bei deren Anblick es ihr gleich doppelt so kalt wurde. Sie blickte auf Kinder, die in Holzpantoffeln im Schnee standen. Nein, dort hinaus würde sie nicht in ihrem eleganten Pelzmantel steigen. Sie befürchtete, die Menge würde über sie herfallen, um ihr den Mantel zu entreißen. Also schloss sie die Klappe und schaute sich auf der Ladefläche im schwachen Licht der Autobatterie um. Ihr Blick fiel auf die Kiste mit dem Meißner Porzellan. Richtig, ganz oben in der Kiste musste die Kanne liegen. Ihren Mann schob sie einfach zur Seite auf einen Wäscheballen, holte flink die Kaffeekanne aus der Kiste, ließ die Hosen herunter, hockte sich hin und nahm die Kanne unter ihren Mantel. Eigentlich wollte Johann seine Frau wegen ihres Verhaltens zurechtweisen, jedoch löste das helle Geräusch des Urinstrahls auf dem Porzellan bei ihm das gleiche Bedürfnis nach Erleichterung aus. Nachdem Paula ihr Geschäft verrichtet hatte, ließ sich Johann die Kanne geben, kniete sich mit dem Gesicht zur Wand auf den Boden der Ladefläche und urinierte ebenfalls in das Gefäß. In diesem Augenblick begann Paula herzhaft zu lachen. Den Anblick des vor ihr knienden Mannes fand sie dermaßen komisch, dass sie nicht mehr an sich halten konnte. Unerwartet sprang der Funke auch auf Johann über. Bei ihrem Gemahl begann es mit einem unterdrückten Glucksen, welches sich schnell zu einem laut tönenden Gelächter entwickelte. Dabei wackelte die Kanne in seiner Hand, und Johann hatte Mühe, diese zu treffen.

Draußen wunderte sich Rudi, der den Holzvergasermotor nachfüllte, über das Lachen der beiden auf der Ladefläche. Die gute Stimmung der Alten verstärkte seine schlechte Laune noch.

Die Kinder indes waren aus dem Auto geklettert. Gitti bewarf Marianne mit Schnee, doch diese reagierte nicht. Marianne grollte nach wie vor wegen der zurückgelassenen Puppe. Mit blassem Gesicht, starrem Blick und verweinten Augen schien sie gar nicht zu merken, wie sie von ihrer Schwester geneckt wurde.

So standen sie mit dem Hausrat auf dem Laster in der Karawane der Heimatlosen und vertrieben sich die Zeit und die Kälte. Nachdem sie ungefähr zwei Stunden nicht vorwärts und nicht rückwärts konnten, hörten sie von anderen Reisenden, ungefähr zwei Kilometer vor ihnen gäbe es eine Straßensperre mit Kontrollposten. Nicht jeder könne mehr rein in die Stadt, da sie schon hoffnungslos überfüllt sei. Auf den Elbwiesen würden die Flüchtlinge aus dem Osten dicht an dicht lagern. Alle Schulen seien mit Ostpreußen, Schlesiern und Sudeten belegt. Auf den Bahngleisen in den Bahnhöfen stünden die Güterzüge voller Menschen in langen Reihen. All dies wurde von Mund zu Ohr zu Mund weitergetragen durch den Menschenstrom auf der Zufahrtsstraße nach Dresden.

»Nun, dann schauen wir uns Dresden eben ein anderes Mal an«, signalisierte Dorothea ein Einsehen.

»Ja, aber nun klemmen wir hier fest«, entgegnete Rudi, immer noch verstimmt.

»Schau mal, da geht ein Waldweg rein.« Dorothea wies mit der Hand nach rechts, wo sich unter der Schneedecke ein Weg abzeichnete.

»Niemals kommen wir da durch, da bleiben wir dann endgültig stecken«, äußerte Rudi seine Bedenken.

»Ach was, fahr einfach da rein, das schafft der gute alte Lieferwagen schon.«

Rudi stöhnte, da er merkte, auch diesmal würde Dorothea auf den von ihr gefassten Beschluss bestehen.

»Na dann«, lenkte er resigniert ein, »alle aufsitzen!«

Dorothea informierte noch schnell ihre Eltern und kletterte dann in das Fahrerhaus. Auch Gitti brauchte nicht lange, um wieder auf der Rückbank Platz zu nehmen. Nur Marianne musste mehrmals aufgefordert werden, in das Auto zu steigen. Als sich die ganze Familie endlich wieder im Auto befand, startete Rudi den Motor und fuhr mit Schwung rechts an einem Pferdefuhrwerk vorbei über ein Stück hart gefrorenen Acker dorthin, wo er den Weg vermutete. Tatsächlich gelangte der Wagen nur mit Mühe durch den hohen Schnee. Da Rudi Vollgas gab, reichte die Energie des Gefährts gerade so, um sich durch eine beängstigend hohe Schneewehe zu wühlen. Dann erreichten sie einen Mischwald, wo durch den Schutz der Bäume die Schneedecke niedriger war. Doch der Weg verlangte Rudis Fahrkünsten alles ab. Dennoch kamen sie erstaunlich gut voran. Rudi schöpfte bereits Hoffnung, ohne Störung bis zur nächsten Straße zu gelangen. Zwei Rehe sprangen vom Wegesrand in den Wald hinein. Dann endete der Wald plötzlich, und eine Lichtung erschien, der Weg machte eine leichte Rechtskurve. So konnte Rudi die Schneewehe nicht rechtzeitig sehen, in die sie just hinter der Kurve hineinrasten. Die Insassen des Fahrerhauses flogen ein Stück nach vorn, als das Auto im Schnee zum Stehen kam. Dorothea stieß mit dem Kopf an die Frontscheibe, während Rudi sich am Lenkrad abfangen konnte. Die Kinder auf der Rückbank wurden von den Vordersitzen aufgehalten. Die Passagiere auf der Ladefläche schlugen mit ihren Hinterköpfen an das Blech des Autos.

Rudi fluchte. Wieder hatte er recht gehabt mit seinen Bedenken. Während Dorothea sich die Stirn rieb, an der sich eine Beule bildete, starrte Rudi zornig in den vor ihnen liegenden Schnee. Ringsum bildeten alte Buchen einen Kreis um die Lichtung. Als würden die Bäume dort als Schaulustige stehen und sagen, das habt ihr nun davon.

Rudi wollte gerade zu schimpfen beginnen, als von hinten ein Beben und Donnern nahte. Dorothea, die ihre Beule abtastete, hielt inne und blickte Rudi entsetzt an. Marianne und Gitti schauten erschrocken auf und hielten sich die Ohren zu. Kaum hatten sie den plötzlichen Halt des Autos überstanden, nahte schon die nächste Gefahr. Im seitlichen Rückspiegel der Fahrerseite entdeckte Rudi einen Stahlkoloss mit Kanone herannahen, ein Tiger der Wehrmacht. Da sie mitten auf dem Weg zum Halten gekommen waren, fuhr ihm angesichts des Panzers ebenfalls der Schreck in die Glieder. Zum Glück stoppte das Kampfgerät jäh hinter dem Lieferwagen. Rudi wartete ab, was geschah. Auf dem Turm des Panzers erschien ein Soldat hinter dem Schutzblech des Maschinengewehrs und richtete den Lauf auf den Lastwagen. Fast gleichzeitig sprang aus der Luke des Fahrers ein weiterer Soldat, nicht besonders groß, eine Lederkappe auf dem Kopf, in der Hand eine Pistole. Er kam von hinten herangelaufen, halbherzig am Fahrzeug Schutz suchend. Intuitiv öffnete Rudi die Fahrertür und hielt die Hände hinaus. Außerdem begann er, die Fahrerkabine zu verlassen. Der Soldat war stehengeblieben und bellte: »Rauskommen!« In diesem Moment stand Rudi bereits im Schnee, die Hände über dem Kopf erhoben.

»Was macht ihr hier?«, fragte der Soldat.

»Wir sind schlesische Flüchtlinge und haben offensichtlich den Weg verfehlt«, konnte sich Rudi ein wenig Ironie nicht verkneifen. Während er sprach, waren hinter dem Panzer mehrere Lastwagen angekommen, die die Spur des Kampfwagens nutzten. Da sie nun nicht weiterkamen, blieb die Kolonne hinter dem Panzer stehen.

»Wir müssen hier durch, also müsst ihr aus dem Weg«, klärte der Soldat Rudi auf. Seine Haltung hatte sich entspannt, und er fuchtelte lässig mit der Pistole.

»Sofort wäre ich dazu bereit, den Herren den Weg freizumachen. Nur der Schnee hindert mich daran«, gab Rudi zu bedenken.

»Dann müssen wir dir wohl unter die Arme greifen.« Der Panzersoldat drehte sich zu seinem Fahrzeug und löste eine Stahltrosse vom Bug. Er warf Rudi das Stahlseil vor die Füße. »Hier, mach das an deiner Karre vorn schön fest.«

Rudi tat, wie ihm geheißen. Zügig waren die Soldaten wieder im Tiger verschwunden, der Motor dröhnte, und über Brombeersträucher und junge Buchen hinweg überholte der Panzer den Lieferwagen, um vor dessen Kühler zum Stehen zu kommen. Der Fahrer tauchte erneut auf, um das Stahlseil hinten am Panzer zu befestigen. Außerdem gab er Rudi Anweisungen, den Gang aus dem Auto zu nehmen und den Motor nicht zu starten. Er solle nur aufmerksam lenken und bei Bedarf bremsen.

Währenddessen hatten die anderen Personen im Lieferwagen alles genau verfolgt. Die Angst war auch bei den Kindern inzwischen einer Neugier gewichen. Gerade rätselten Marianne und Gitti noch, was nun weiter passieren würde, als Rudi auch schon hinter dem Steuer saß und der Panzer laut aufbrüllte. Marianne vergaß Peter für diesen Moment. Ruckartig sprang der Lieferwagen dem Panzer folgend aus der Schneewehe. Der Panzer brachte es auf eine Geschwindigkeit, die Rudi ihm niemals zugetraut hätte. Mit aller Kraft umklammerte er das Lenkrad des Lasters, um ihn in der Spur zu halten. Zwar fräste der Tiger eine Schneise in den Schnee, sodass der Lieferwagen nicht mehr stecken bleiben konnte, jedoch hüpfte und sprang das Auto über die Unebenheiten des Weges. Dadurch wurden seine Insassen hin und her geschüttelt und flogen durch das Auto. Erst nach und nach schafften sie es, sich auf das Geschaukel einzustellen und festzuklammern. Gitti begann, die Fahrt zu genießen. Sie gab einen durchgehenden Ton von sich, der durch das Hüpfen ihres Körpers deformiert und unterbrochen wurde. Darüber lachte sie sich schlapp. Marianne ließ sich nach einer Weile anstecken, juchzte und lachte ebenfalls über die Wackelei. Dorothea jedoch war ganz blass. Sie blickte zu Rudi hinüber, welcher mit Mühe das Auto in der Spur hielt. Er bereute, nicht mit den Panzersoldaten abgesprochen zu haben, bis wohin die Fahrt gehen sollte. Der Tiger brauste mit Höchstgeschwindigkeit weiter durch den Schnee, den Lieferwagen wie ein Spielzeugauto im Schlepptau.

Als die Fahrt schließlich endete, hatten die Kinder bereits den Spaß an der Fahrt verloren und Paula auf der Ladefläche war übel geworden. Sie wimmerte nur noch: »Ach, ist das alles furchtbar. Ach, so furchtbar.«

Sie standen nun auf einer Reichsstraße. Hier hörte die Hilfsbereitschaft der Wehrmacht schlagartig auf, und die Panzersoldaten koppelten den Lieferwagen am Rand der Straße ab. Aus dem Turm des Tigers kletterte ein Leutnant, der sich bisher nicht hatte blicken lassen. Er kam festen Schrittes zu Rudi.

»Wo soll es weiter hingehen?«, fragte er mit leiser Stimme.

»Weiter nach Westen.«

»Das dachte ich mir. Zeigen Sie mir bitte Ihren Unterbringungsbefehl!« Trotz der leisen Stimme spürte Rudi, Widerspruch war nicht angebracht. Er suchte das Papier heraus und gab es dem jungen Offizier.

»Wadewitz, aha. Sie werden jetzt auf direktem Wege dorthin reisen. Und keine Abstecher mehr auf Seitenwegen. Das hier ist die Straße nach Meißen, da schaffen sie es in einer Stunde nach Wadewitz. Melden Sie sich heute noch dort bei dem Ortsgruppenleiter. So, wie sich das gehört. Haben wir uns verstanden?«

Rudi bestätigte, wie sehr er verstanden hatte. Danach wünschte der Leutnant alles Gute und nahm die Dankesworte für die Hilfe entgegen. Er kletterte wieder in den Panzer, ebenso der Fahrer, welcher in der Zwischenzeit das Stahlseil verstaut hatte. Schließlich fuhr die Kolonne Richtung Osten davon.

Es war Nachmittag. Lange würde es nicht mehr hell sein. Die Legwitzer waren erschöpft. Insbesondere Johann und Paula Kasubke brauchten einige Zeit, um wieder zu sich zu kommen. Paula war außerdem verzweifelt, weil ein Blick in die Kiste mit dem Meißner Porzellan ihre Vermutung bestätigte, dass ein Teil davon die Jagd durch den Wald nicht heil überstanden hatte.

Alle waren sich einig, genug erlebt zu haben. Selbst Dorothea hatte nichts dagegen, direkt in die zugewiesene Flüchtlingsunterkunft zu fahren. Niemand wollte eine Nacht im Lastwagen verbringen. Also stiegen sie wieder auf den Wagen und fuhren weiter in Richtung Westen. Die Zahl der Flüchtlinge auf der Straße hatte deutlich nachgelassen, sodass sie nun gut vorankamen. Militärkolonnen sahen sie gar nicht mehr. Als sie Meißen passiert hatten, brauchten sie noch eine gute halbe Stunde, um ihren Zielort zu erreichen. Ein friedliches kleines Dorf begrüßte sie im verschwindenden Tageslicht. Marianne entdeckte sofort den beschaulichen Teich. Von dort war es nicht weit bis zum Haus der Familie Dickmesser, bei welcher sie einquartiert worden waren. Für die nächsten Monate sollte Wadewitz ihr neues Zuhause sein.

Hunger

Die Schule war für heute vorbei und Heinz humpelte die Chemnitzer Straße entlang. Bis nach Hause war es nicht mehr weit. Dort vorn sah er bereits den Eisenzaun des Gartens. Dahinter lag das zweistöckige, grau verputzte Haus, in dem Heinz mit seiner Familie in zwei Zimmern wohnte, die ihnen zugewiesen worden waren.

Grüna war ein langgestreckter Ort entlang der Chemnitzer Straße mit einer neogotischen Kirche. Durch Grüna führte die Bahnlinie von Chemnitz nach Zwickau. Neben dem Bahnhof gab es eine Post und ein Lichtspieltheater, in dem regelmäßig von der Front berichtet wurde. Kurt hatte Heinz und Bruno letzte Woche ins Kino mitgenommen, deshalb kannte Heinz die Wochenschau. Noch heute war er ganz berauscht von dem Kinobesuch und wünschte sich sehnlichst eine Wiederholung. Keine Notiz nahm er dagegen von den Textilfabriken, die sich im letzten Jahrhundert in Grüna angesiedelt hatten. Die größte war die Stoffhandschuhfabrik der Gebrüder Abel, wo jetzt Uniformteile hergestellt wurden. Nicht weniger bedeutsam behauptete sich die Firma Carl Winkler, die ebenfalls Handschuhe aller Art produzierte.

Jawohl, acht Jahre alt war Heinz vor gut drei Wochen geworden. Geschenke hatte er keine bekommen. Dafür durfte er die größte Portion der Rübensuppe essen, die seine Mama für diesen Tag gekocht hatte. Seit einer Weile schon aßen sie nur noch einmal am Tag. Er durfte gar nicht daran denken, sonst spürte er den Hunger noch stärker.

Sein linkes Fußgelenk schwoll an und schmerzte. Sie hatten heute das erste Mal auf dem Schulhof Fußball gespielt. Bisher hatte der Schnee zu hoch gelegen, aber heute war kaum noch welcher da. Werner Zeisig war mit ausgestrecktem Bein in sein Fußgelenk gesprungen. Mit Absicht. Danach machte sich die halbe Klasse lustig, als Heinz sich vor Schmerzen auf der Erde krümmte. Zeisig war der Anführer der Klasse, ein großer, sportlicher Junge mit roten Haaren. Er gab mit seinem Vater an, der ein hohes Tier bei der SS sein sollte. Heinz hatte nichts zu lachen. Er war als einziger Junge neu in der Klasse. Mit ihm zusammen kamen vor den letzten Weihnachtsferien 1944 noch drei Mädchen aus Ostpreußen. Sobald Heinz oder eine der drei zu sprechen begannen, ging das Gelächter in der Klasse los. Als ob der ostpreußische Dialekt so schlimm wäre. Die sollten sich mal hören, dachte Heinz, die konnten nicht einmal »B« und »P« unterscheiden! Zu »Büchern« sagten die »Pieschor«. Er hatte jedes Mal den Eindruck, die Sachsen bekämen beim Sprechen einen Krampf in der Wange.

Wut und Traurigkeit überkamen den Jungen. Er fühlte sich allein und verloren in der neuen Klasse. Mit den drei ostpreußischen Mädchen konnte er nichts anfangen, zwei waren albern, die dritte war irgendwie verstört. Er dachte an die Schule in seiner Heimat in Groß Medien. In der Dorfschule gab es nur eine Klasse. Je älter man wurde, desto weiter rutschte man in den Schulbänken nach hinten. Heinz hatte ganz vorn gesessen, in der dritten Reihe sein Bruder Bruno, dahinter irgendwo Irmgard und ganz hinten Kurt. Da hätte sich niemand getraut, ihn beim Fußball zu treten, der hätte es gleich mit Kurt zu tun bekommen. Aber hier war nun alles anders. Bruno und Irmgard besuchten zwar die gleiche Schule, aber andere Klassen. Das Schulgebäude war ein symmetrischer Bau mit drei Etagen und fast quadratischem Grundriss. Der Haupteingang befand sich in einem schmucklosen Mittelrisalit. Oben auf dem Dach sah man einen schmiedeeisernen Zaun. Die Schule war eines der größten Gebäude des Ortes. So eine große Schule hatte er sich gar nicht vorstellen können. Heinz sah seine Geschwister kaum in den Pausen und Kurt gar nicht mehr. Der lebte zwar ebenfalls in Grüna, aber nicht mit ihnen zusammen, sondern allein bei einem Bauern am Rande des Ortes. Er arbeitete dort für Unterkunft und Essen.

Heinz erreichte das Haus, in dem die Familie untergebracht war. Sein Magen knurrte. Er hatte einen kleinen Brotkanten mit in die Schule genommen, den er gleich nach der ersten Stunde verspeist hatte. Heute war Montag, also konnte Mama vormittags Lebensmittelkarten eintauschen. Er hoffte auf das Essen, was es vielleicht gleich geben würde, und vergaß die Schmerzen im Fuß. Er passierte den Hof, auf dem Herr Schumann Holz spaltete. Heinz grüßte ihn. Der Familie Schumann gehörte das Haus. Die Alten waren freundlich. Manchmal steckte Frau Schumann Heinz einen Apfel zu. Er schaute sich jetzt um, konnte die Hausherrin jedoch nicht entdecken. Schlapp kam ihm entgegen. Schumanns erlaubten dem Hund, ihren Hof zu bewachen. Das Tier begrüßte Heinz, indem es zu ihm kam und an seinen Händen schnüffelte, als ob es etwas Fressbares suchte. Heinz strich dem Hund über den Kopf und kraulte ihm den Hals. Ob Schlapp ihm helfen konnte gegen Werner Zeisig? Heinz stellte sich vor, wie der Hund seine scharfen Zähne in Zeisigs Bein hineinschlug. In dasselbe Bein, das ihn heute so schlimm getreten hatte. Zeisig würde heulen und wimmern. Wahrscheinlich käme niemand aus der Klasse mehr auf die Idee, über Heinz oder die anderen Flüchtlingskinder zu lachen. Heinz beugte sich zu dem Tier hinab und griff ihm ins Maul, um die Zähne zu untersuchen. Er strich mit den Fingern die Zahnreihen entlang. Der Vierbeiner ließ es bereitwillig geschehen. Heinz war mit dem Zustand der Beißwerkzeuge zufrieden.

Er ließ von dem Hund ab und ging durch den Matsch auf dem Hof zum Hintereingang, welcher zu ihrer Unterkunft führte. Ein messerscharfer Schmerz schoss in den linken Fuß. Sofort begann er wieder zu humpeln, um den Fuß zu schonen. Gern hätte Heinz gewimmert, aber das war nicht möglich, da Herr Schumann das mitbekommen hätte. Wer weiß, ob ihn nicht auch noch jemand hinter den Fensterscheiben beobachtete. Er kam an der Tür an und strich die Schuhsohlen an der Treppenkante ab. Wenigstens der gröbste Dreck sollte draußen bleiben. Dann klinkte er die einfache Holztür auf, die von Herrn Schumann selbst aus Fichtenbrettern zusammengenagelt worden war. Sieben vertikale Bretter, verbunden mit zwei horizontalen Brettern und verstärkt mit einer schrägen Latte. Die Tür hatte zwar eine Klinke, konnte jedoch von außen nicht abgeschlossen werden. Das war insofern egal, da Bredigkeits sowieso bis auf das Radio keine Sachen von Wert besaßen. Die Nähmaschine hatten sie in der Wohnung der Schumanns unterstellen dürfen.

In der Notwohnung brachte Heinz seine Schulsachen in den Raum, in welchem er mit seinen Brüdern Paul und Horst in einem gemeinsamen Bett schlief. Neben dem Bett hatten sie einen Tisch und zwei Stühle. Unter einem Bein des Tisches befand sich eine zusammengefaltete Seite der »Chemnitzer Tageszeitung« vom Juni 1943. Das wusste Heinz, da er die Seite aus Neugier schon hervorgeholt und gelesen hatte. Leider musste er das Blatt wieder unterlegen, da sonst der Tisch ganz furchtbar wackelte. Er schob die mit einer Schnur zusammengebundenen Schulbücher unter das Bett und rief dabei nach seiner Mutter. Als niemand antwortete, fragte er laut in den Nachbarraum: »Ist niemand zu Hause?« Es blieb still. Er schaute in das Zimmer, in dem seine Eltern und seine Schwester Irmgard sich ein Bett teilen mussten. Heinz war sich nicht sicher, ob er seine Schwester um diesen Umstand bedauern oder beneiden sollte. Er entschied sich für bedauern. Da waren ihm Paul und der kleine Horst unter der gemeinsamen Bettdecke doch lieber. Wieder knurrte Heinz der Magen. Er überlegte, wo die anderen sein könnten. Paul und Irmgard hatten wohl noch Unterricht. Horst ging noch nicht zur Schule, war immer bei Mama. Wo war Mama mit dem Kleinen hingegangen? Vielleicht Essen besorgen? Papa war meistens unterwegs auf Arbeitssuche.

Er klopfte bei den Bauern in der Umgebung und fragte, ob nicht ein Melker gebraucht würde. Seit sie im November letzten Jahres in Grüna angekommen waren, war über ein Vierteljahr vergangen. Seitdem war Papa bei vielen Bauern in der Gegend gewesen, aber einige hatten keine oder nicht mehr viele Kühe. Andere wollten niemanden einstellen, um nicht einen weiteren hungrigen Magen füllen zu müssen. Wieder andere wollten keine Ostgebietler auf ihrem Hof haben. Heinz ging den kurzen Flur entlang, der vom Zimmer der Eltern in die Waschküche führte, in der ein kleiner Kohleherd stand. Daneben befand sich eine Anrichte, in der sie Essbares aufbewahrten – wenn doch mal welches vorhanden war. Heinz öffnete alle Fächer und Türen, fand jedoch nichts.

Er hörte, wie jemand bei der Tür ebenfalls seine Schuhsohlen an der Treppenkante abstrich. Das klang nach Paul. Tatsächlich betrat sein älterer Bruder die Unterkunft und begrüßte Heinz mit einem kurzen »Na«.

Heinz antwortete genauso sparsam: »Mhm.«

»Mama nicht da?«, fragte Paul.

»Nee.«

»Wo ist sie?«

»Keine Ahnung.«

»Ist was zu kauen da?«

»Nee.«

»Hast nachgeguckt?«

»Mhm.«

Ein Außenstehender hätte den Eindruck haben können, zwischen den Jungs lief ein Wettbewerb, wer mit den wenigsten Wörtern auskam. Dennoch verstanden sich beide gut. Zwischen Paul und Heinz gab es so gut wie nie Streit oder Eifersüchteleien, wie es sonst unter Geschwistern üblich war. Paul zeigte seinem geringfügig lebhafteren Bruder gegenüber sehr viel Gleichmut und Geduld, steckte oft einfach zurück, wenn ein Konflikt drohte. Jetzt überlegten die Jungs, was sie unternehmen könnten, und vor allem, was sie gegen ihren Hunger tun könnten. Paul schlug vor, einfach loszuziehen und zu schauen, ob sie nicht irgendwo etwas Essbares finden würden.

»Ich kann aber schlecht laufen.« Heinz wies auf sein geschwollenes Fußgelenk hin.

»Zeig mal«, forderte Paul den jüngeren Bruder auf und meinte nach kurzer Besichtigung: »Das ist nicht schlimm, hab dich nicht so.«

So verließen sie beide die Unterkunft und stapften über den schlammigen Hof an Herrn Schumann vorbei, der immer noch beim Holzspalten war. Schumann war älter als ihr Papa, hatte erwachsene Kinder. Seine Tochter war schon verheiratet, hieß jetzt Schindler. Besonders Paul fand die junge Frau äußerst attraktiv. Erst vorgestern war er ihr begegnet und knallrot angelaufen, als sie ihn angesprochen und gefragt hatte, ob es ihm in Grüna gefalle. Vor Schreck hatte er gar nicht antworten können, sondern nur irgendetwas gestammelt.

Paul und Heinz verließen den Hof und schlenderten ein Stück die Chemnitzer Straße hinunter, von wo sie in die Poststraße abbogen. Sie erreichten den Bahnhof und erinnerten sich, wie sie im November hier angekommen waren. Jetzt fuhr eine Wehrmachtskolonne mit hoher Geschwindigkeit durch die Chemnitzer Straße Richtung Zwickau. Die Jungs schauten sich um, und Heinz zählte die Mannschaftswagen. Zwölf. Zwölf Lastwagen voller Soldaten, einige mit angehängten Geschützen. Paul wusste, es waren Flak-Geschütze.

Vor dem Bahnhof beobachteten zwei Angehörige der Feldgendarmerie von ihrer Beiwagenmaschine aus die Passanten.

»Pass auf, da sind Kettenhunde. Gleich beißt dich einer«, neckte Paul seinen Bruder, erhielt jedoch keine Antwort. Heinz hatte immer noch Schmerzen im Fuß und konzentrierte sich darauf, möglichst schonend aufzutreten.

Sie blieben vor der Streife in respektvollem Abstand stehen, um interessiert jedes Detail zu erfassen: Stahlhelm, Ledermantel, umgehängte Maschinenpistole und vor allem die Metallkette um den Hals, deren Schild auf der Brust die Männer als das auswies, was sie waren. Einer der beiden Militärpolizisten fühlte sich durch die starrenden Kinder belästigt und forderte die sie auf, sich zügig zu verpissen. Daraufhin eilten die Jungs am Bahnhofsgebäude vorbei durch einen flachen Holzbau zu den Gleisen. Auf dem Gleis nach Chemnitz stand ein Güterzug. Schnell erfassten Paul und Heinz, es handelte sich um einen Flüchtlingszug, worüber sie enttäuscht waren. Sie hatten gehofft, vielleicht auf einen Militärtransport zu treffen. Soldaten hatten manchmal Essbares, und es war schon vorgekommen, dass sie sich von wartenden Kämpfern etwas schnorren konnten. Bei Flüchtlingen war jedoch in der Regel nichts zu holen. Heinz schrak zusammen, als die Lokomotive vor dem Zug mit einem Dampfstrahl ein kurzes Tuten von sich gab. Ein paar Menschen, die sich an der Wasserstelle aufhielten, beeilten sich nun zum Zug zu kommen. Eine Frau mit einem Topf Wasser in der Hand glitt auf dem durch Schneematsch bedeckten Bahnsteig aus, sodass sie das meiste Wasser aus dem Topf verschüttete. Fluchend rappelte sie sich auf und erreichte ihren Wagen, aus dem sich mehrere Hände entgegenstreckten, um ihr hineinzuhelfen. Die Menschen standen eng gedrängt. Paul und Heinz sahen durchgefrorene Gesichter mit eingefallenen Wangen. Kurz darauf setzte sich der Zug in Bewegung. Während Heinz die Waggons zählte, fiel Paul ein, wie bequem sie im Vergleich zu diesen Menschen doch geflüchtet waren. Aber jetzt hatten sie Hunger. Es war nachmittags drei Uhr, wie ein Blick auf die Bahnhofsuhr ergab. Inzwischen fielen die Jungs dem Bahnsteigschaffner auf, der sie misstrauisch in den Blick nahm.

Sie strengten ihre Köpfe an, was sie weiter tun konnten. Stoppeln auf den Feldern hatte in dieser Jahreszeit nichts zu bieten. Paul schlug vor, in das alte Sommerbad von Grüna zu gehen. Er hatte in

der Schule gehört, dort hätte sich gestern eine Fliegerabwehrein-
heit eingenistet. Auf dem Weg dorthin ließ sich Heinz von Paul
erklären, was ein Sommerbad ist. Er hörte zum ersten Mal von
einem eigens gebauten Schwimmbad. In Groß Medien hatten sie
in der Angerapp gebadet, da war ein Schwimmbad nicht nötig gewesen. Heinz war neugierig geworden und schob die Gedanken
an den schmerzenden Fuß beiseite. Außerdem klang die Idee, Soldaten zu beobachten, sehr nach Abenteuer.

So erreichten sie wenig später den Eingang des Freibades. Das
Tor zwischen den beiden hölzernen Kassenhäuschen war verschlossen. Zahlreiche Reifenspuren führten jedoch in das Bad
hinein. Paul schlug vor, den Zaun entlang zu prüfen, ob sich nicht
ein Einstieg finden ließe. Sie hörten Befehle von Männern durch
das Bad hallen. Während sie den Zaun entlang schlichen, schaute
Paul sich um, ob sie beobachtet wurden, doch konnte er nichts
entdecken. Jetzt kamen sie an einer Buchenhecke an, die offensichtlich der Begrenzung des Bades diente. Sie hatten Glück: Nach
wenigen Metern fand sich eine Lücke in der Bepflanzung, wo sie
bequem durchschlüpfen konnten. Erst Paul, dann Heinz krochen
durch die Hecke. Nun befanden sie sich hinter einem Umkleide-
häuschen, sodass sie vom Bad aus nicht zu sehen waren. Vorsichtig lugten sie um die Ecke des Häuschens. Tatsächlich waren Flie-
gerabwehrkanonen aufgebaut, und Soldaten liefen geschäftig hin
und her. Selbst neben dem leeren Schwimmbecken ragte eine Kanone in den Himmel. Lastwagen waren in Position gebracht, auf
deren Ladefläche man riesige Suchscheinwerfer installiert hatte.
Die Jungs ließen ihre Blicke weiter über das Gelände schweifen.
Da sie beide noch nie ein Schwimmbad gesehen hatten, waren sie
beeindruckt und stellten sich vor, wie es im Sommer hier wohl
aussähe. Sie konnten beinahe das Platschen und Kreischen hören,
so ähnlich wie früher an der Badestelle in Groß Medien. Die Be-
fehlsrufe, die durch das Schwimmbad hallten, rissen sie jedoch

schnell aus ihren Träumereien. Sie mussten vorsichtig sein, um nicht entdeckt zu werden. Ihre Herzen klopften, und sie fühlten sich wie Kundschafter. Ein paar Meter neben den Umkleidekabinen, hinter denen sich die Jungs versteckt hielten, sahen sie ein Zelt, neben dem eine Feldküche aufgebaut war. Offensichtlich brannte kein Feuer in der Feldküche, denn aus dem kurzen Schornstein kam kein Qualm.

»Da ist bestimmt jede Menge Verpflegung im Zelt«, vermutete Paul. »Wenn wir Glück haben, finden wir da drin sogar Wurst.«

»Wir können da doch nicht einfach reingehen. Wenn die uns erwischen …« Heinz pochte das Herz bis zum Hals bei der Vorstellung, ein Bewaffneter könnte sie ertappen. Doch Paul war schon mit ein paar Sätzen zu dem Zelt gesprungen. Heinz stöhnte kurz und lief hinterher, so schnell es mit dem geschwollenen Fuß möglich war. Schließlich konnte er als Kundschafter nicht feige zurückbleiben. Sie hockten nun beide hinter dem Zelt und lauschten, ob aus dem Inneren Geräusche zu vernehmen waren. Alles war ruhig. Auch von den Soldaten an den Geschützen hatte sie wohl niemand mitbekommen. Paul hob den schweren Zeltstoff an und gab Heinz ein Zeichen, unter der Plane durchzukriechen. Aufgeregt folgte Heinz der Anweisung. Drinnen versuchte er sich, im Halbdunkel zu orientieren. Paul tauchte neben ihm auf und schaute sich ebenfalls um. An zwei Wänden des Zeltes waren dunkelgrüne Metallkisten bis zur Decke gestapelt, auf denen der Reichsadler mit Hakenkreuz zu sehen war. In der Mitte stand neben dem Hauptpfosten des Zeltes eine ungefähr eineinhalb Meter lange Holzkiste. Heinz hatte sich kaum an das Schummerlicht gewöhnt, als Paul bereits den Deckel der Kiste anhob.

»Nichts drin«, stellte er fest und schloss den Deckel leise. Während Heinz ebenfalls neugierig den Deckel öffnete, um selbst einen Blick hineinzuwerfen, hatte Paul sich bereits einer Metallkiste zugewandt, die auf zwei anderen stand und für ihn noch gut erreichbar war. Hier hatte er mehr Glück. Ein Blick auf die Beschriftung der in der Kiste befindlichen Dosen zeigte ihm, er hatte Brotkonserven gefunden. Er nahm zwei Dosen heraus und drückte sie Heinz in die Arme. Danach stellte er die soeben erleichterte Kiste auf die Erde, um den Inhalt der darunter befindlichen zu prüfen. Auch in dieser befand sich Dosenbrot. Heinz war hellwach und lauschte auf die Geräusche außerhalb des Zeltes. Jetzt stieg Paul auf den kleinen Stapel, um an eines der oberen Behältnisse heranzukommen. Mit Mühe und aufgeblasenen Wangen wuchtete er eines herunter, ging in die Hocke und prustete: »Nimm!« Schnell übernahm Heinz die Tragegriffe, hatte jedoch nicht mit solch einem Gewicht gerechnet. So konnte er sich gerade noch halb um die eigene Achse drehen, bevor er das Ganze auf den Erdboden fallen ließ. Im Zuge des dadurch entstehenden Lärms zogen beide Jungs automatisch den Kopf ein und erstarrten. Hatte sie jemand gehört?

Doch in Zeltnähe blieb es ruhig. Paul sprang von seinem Behelfspodest und öffnete den Deckel der Schatztruhe. Volltreffer! Es waren Büchsen mit Leberwurst. Diesmal holte Paul vier Stück heraus und legte sie neben Heinz ab. Der wollte weg hier, hatte Angst, jeden Moment erwischt zu werden.

»Nur noch in eine schaue ich rein«, versuchte Paul seinen Bruder zu beruhigen und war schon wieder oben. Da er die oberste Kiste heruntergenommen hatte, reichte er nun an die nächste heran. Mit flinken Händen öffnete er sie. Er war jedoch nicht groß genug, um hineinzuschauen. Also tastete er mit den Händen und zog zwei weitere Konserven heraus. Diesmal hatte er sogar Gulasch erwischt! Behände war Paul wieder auf dem Boden und forderte Heinz auf, die nun unten stehenden Kisten wieder aufzustapeln. Nur mit viel Mühe gelang es ihnen.

Da näherten sich plötzlich Stimmen dem Zelt. Die Jungs lauschten und hörten, wie sich zwei Männer unterhielten und Begriffe wie »Marschverpflegung« und »Abendbrot« fielen

»Weg hier«, zischte Paul, nahm fünf der acht Büchsen vom Boden und beeilte sich, unter der Zeltwand hindurch zu verschwinden. Heinz, der mitten im Zelt neben der Holzkiste stand, geriet in Panik, zumal die beiden Stimmen bereits unmittelbar vor dem Zelteingang zu hören waren. Der Eingang bestand aus zwei überlappenden Vorhängen, die außen mit Knebelknöpfen verschlossen waren. Hastig öffnete Heinz die Holzkiste, verstaute die restlichen Büchsen darin und sprang dann selbst hinein. Im letzten Moment konnte er noch geräuschlos den Deckel über sich schließen, als die Soldaten den Vorhang öffneten und hereinkamen. Im Zelt schaltete der erste Soldat eine Taschenlampe an.

»Warst du zwischendurch noch mal hier gewesen?«

»Nein, warum?«

»Ich weiß auch nicht, irgendetwas ist anders.«

»Na, dann waren wohl die Amerikaner schon hier.«

»Hör bloß auf, ruf die nicht auch noch herbei.«

»Ich bin wohl schon etwas überspannt.«

Heinz indes hatte sich in der Kiste langsam an die Dunkelheit gewöhnt. Wobei es nicht vollständig dunkel war, denn durch einen schmalen Spalt zwischen den Brettern konnte er beobachten, was im Zelt vor sich ging. Sein Herz pochte wie ein Maschinengewehr. Er war sich sicher, die Männer müssten es hören. Mit weiten Augen linste er durch den Kistenspalt und war überrascht, wie alt die Soldaten erschienen. Sind bestimmt solche alten Männer, die noch zum Volkssturm eingezogen worden waren, dachte Heinz. So wie sein Vater die letzte Zeit in Ostpreußen. Aber Papa hatte nur einen Karabiner gehabt, keine Maschinenpistole, wie diese Soldaten. Außerdem hatte sein Vater keine komplette Uniform getragen. Mit solchen Gedanken versuchte Heinz, sich von seiner Angst abzulenken. Zum Glück hantierten die beiden Soldaten in einem anderen Kistenstapel, sonst hätten sie eventuell bemerkt, dass in einigen etwas fehlte. Er mochte sich gar nicht ausmalen, welche Strafe auf ihn wartete, wenn er hier in der Holzkiste erwischt werden würde. In der Schule hatte Zeisig angegeben, sein Vater hätte standrechtliche Erschießungen von Fahnenflüchtigen, aber auch von Lebensmitteldieben angeordnet.

Paul hingegen hatte es offensichtlich noch geschafft, das Gelände zu verlassen, sonst hätte es bestimmt Lärm und Geschrei gegeben. Aber er lag hier in der Kiste und hatte keine Ahnung, wie er aus dieser Situation wieder herauskommen sollte. Ein Hustenreiz machte sich bemerkbar, kratzte den Rachen herauf, sorgte für Überdruck im Brustkorb. Heinz hatte große Mühe, dem Bedürfnis nicht nachzugeben. Es kam ihm wie eine Ewigkeit vor, bis der Hustenreiz sich wieder beruhigt hatte. Noch immer machten sich die beiden Soldaten an den Kisten zu schaffen. Heinz hörte die Geräusche, die sie erzeugten, als ob sie sämtlichen Inhalt aller Behälter umsortieren würden. Der Junge fand nicht den Mut, noch einmal durch den Spalt im Kistenholz zu schauen, befürchtete seine umgehende Entdeckung, falls sich das Licht der Taschenlampe in seinen Augen spiegeln sollte. Als ob sein Körper sich gegen ihn gewandt hatte, meldete dieser das nächste Bedürfnis: Die Blase drückte. Schweißperlen bildeten sich auf seiner Stirn, da er gegen den Harndrang ankämpfte. Zu allem Übel kroch nun noch die Kälte unter seinen Pullover. Es war schier zum Verzweifeln.

Ein Pfiff gellte über das Gelände. Heinz hörte die Soldaten im Zelt aufstöhnen. Ihre Tätigkeit schien nun noch hektischer zu werden. Draußen waren Schreie und Motorengeräusche zu vernehmen. Nach einer Weile machten sich die beiden Soldaten am Zeltausgang zu schaffen, und Heinz hörte schließlich eine Vielzahl von Geräuschen auf dem Gelände des alten Sommerbades. Er zitterte vor Kälte. Ablenken, er musste sich ablenken. Er wollte nicht in dieser Kiste erfrieren. Er ließ seine Gedanken nach Groß Medien wandern, in die Heimat. Er sah die Angerapp, die Badestelle mit dem alten Steg innerhalb der langen Schleife, die der Fluss um das Dorf gezogen hatte. Der letzte Sommer war heiß gewesen, die Kinder mussten kaum noch in der Landwirtschaft helfen, weil das die russischen und belgischen Kriegsgefangenen taten. Fast jeden Tag war Zeit, zur Badestelle zu gehen. Meistens fuhren sie mit einer Lore die stillgelegte Bahn zum Fluss runter.

Doch jetzt dachte Heinz an den Tag, als er mit Paul, Hans Kapellusch und noch einem Jungen aus dem Dorf, den wegen einer blauen Wange alle nur Blaubacke nannten, an der Angerapp gewesen war. Er erinnerte sich nicht mehr ganz genau, wie Blaubacke mit richtigem Namen hieß, hatte aber sein Gesicht vor Augen. Wahrscheinlich hieß er Herbert. Das war an einem sonnigen Tag im vorigen Frühjahr gewesen. Der Fluss führte Hochwasser, war breiter als sonst. In seiner Erinnerung konnte Heinz das andere Ufer kaum sehen. Am Rauschen des Gewässers hörten sie, wie schnell es floss. Hans und Blaubacke waren auf den alten, brüchigen Steg gegangen. Heinz wollte ebenfalls drauf, aber Paul hielt ihn zurück.

»Der hält uns nicht alle«, warnte Paul nicht nur Heinz, sondern auch die beiden Kameraden.

»Einer von uns stürzt bestimmt rein«, kommentierte Kapellusch die Warnung. Er hatte es kaum ausgesprochen, als die morschen Stützen des Steges wegbrachen. Heinz sah wieder die Bilder vor sich, wie die beiden älteren Jungs ganz langsam mit dem Steg im Fluss versanken. Einer von beiden rief noch, er könne nicht schwimmen. Die Jungs verschwanden im Wasser, tauchten dann wieder auf, wild mit den Armen rudernd. Sofort lief Paul los zum Gut, um Hilfe zu holen. Er rannte, so schnell er konnte, rief dabei ununterbrochen. Somit blieb Heinz an der Unglücksstelle zurück, allein mit den um ihr Leben kämpfenden Jungs, die mühsam den Kopf über Wasser halten konnten und langsam flussabwärts trieben. Heinz hatte keine Erinnerung mehr, wie lange es gedauert hatte, bis endlich Hilfe gekommen war. Jedoch wusste er noch, dass er stetig am Ufer mit den treibenden Kameraden mitlief. Endlich tauchte Paul mit einem der belgischen Kriegsgefangenen auf. Schon im Laufen entledigte sich der Gefangene seiner Uniform und stürzte sich unterhalb der Jungs in den Fluss. Es war höchste Zeit, denn Kapellusch hatte bereits aufgehört, mit den Armen zu schlagen. Sein Kopf verschwand mehrmals unter der Wasseroberfläche.

Der Belgier schaffte es schlussendlich, beide Jungs gleichzeitig aus dem Wasser zu fischen, da sie zum Glück dicht beieinandergeblieben waren. Er brachte sie zum Ufer und wuchtete die Körper aufs Gras. Hans hing schlaff in den Armen des Mannes. Der Junge war ohnmächtig geworden. Blaubacke dagegen war wach und stand auf seinen Beinen. So konzentrierte sich der Retter darauf, Hans wieder Leben einzuhauchen, indem er ihn kopfunter an den Armen hielt und das Wasser aus den Lungen presste. Dann schlug er dem Jungen mit der flachen Hand mehrmals auf die Wangen, während dieser hustend und prustend wieder zu sich kam.

In diesem Moment kamen mehrere Erwachsene vom Gut herübergelaufen. Heinz bekam es mit der Angst zu tun. Der Unfall und der eingestürzte Steg konnten nur bedeuten, mit den Erwachsenen Ärger zu bekommen. Er musste hier weg, durfte möglichst mit dem Ganzen nichts zu tun haben. Heinz lief los, den Hang hinauf, dann einen Umweg am Gutspark vorbei, um schließlich um das Gutshaus herum die Allee entlang nach Hause zu kommen. Er wollte gar nicht erst in das Haus, sondern gleich zum Schuppen. Dort lagerte eine Fuhre Brennholz, das der Vater vor zwei Tagen gespalten hatte. Intuitiv beendete Heinz seinen Lauf bei dem Holzhaufen und begann die Scheite zu stapeln. Mit größter Genauigkeit legte er die Holzscheite übereinander. Alle sollten denken, er würde das schon den ganzen Tag machen.

Just in diesem Moment wurde er aus seinen Erinnerungen gerissen. Er hörte Geräusche im Zelt. Es waren leise, langsame Geräusche. Heinz hielt den Atem an. Sofort spürte er wieder die Kälte und seine Angst, hörte den Puls in seinen Ohren rauschen. Da sprang der Deckel der Holzkiste auf. In einem Reflex machte sich Heinz noch kleiner, als er schon war, und gab einen kurzen, wimmernden Ton von sich. Pauls Stimme erklang.

»Was machst du denn noch hier drin? Komm raus, die sind doch längst weg.« Heinz schaute nach oben und sah in der inzwischen eingetretenen Dunkelheit kaum das Gesicht seines Bruders über sich. Zitternd sprang er auf und warf sich Paul an den Hals. »Hör auf! Was ist denn mit dir los? Bist du ein Mädchen?« So schnell, wie Heinz seinen Bruder umarmt hatte, entledigte dieser sich des Achtjährigen wieder. »Los, komm, weg hier!«, befahl Paul und ertastete in der Holzkiste die Büchsen, die er vorhin mit Heinz zurückgelassen hatte. Heinz kletterte unterdessen in der Dunkelheit aus der Kiste und krabbelte vorsichtig zur Zeltwand. Zum Glück waren seine Augen auf die Dunkelheit eingestellt, Pauls hatten größere Mühe. Mit den Büchsen in den Armen folgte dieser den Geräuschen, die Heinz erzeugte. Heinz hob die Plane hoch, damit Paul mit den Dosen darunter durchkrabbeln konnte. Erst dann nahm auch Heinz den Weg ins Freie. So, wie sie auf das Gelände gekommen waren, gelangten sie jetzt durch die Buchenhecke wieder hinaus.

»Hast du eben noch Soldaten gesehen?«, fragte Heinz flüsternd, »die sind alle weg. Die Flakgeschütze sind auch nicht mehr da.«

»Die sind ja auch ganz hektisch abgezogen, während du es dir in der Kiste gemütlich gemacht hast. Vorn am Eingang vom Schwimmbad stehen noch zwei Posten, ansonsten sind alle abgerückt, glaube ich. Hast du den Lärm und das aufgeregte Gebrüll nicht gehört? Wenn ich richtig mitbekommen habe, sind heute Flieger zu erwarten und die Einheit musste woanders Stellung beziehen.«

»Wie konntest du das denn hören? Wo warst du denn gewesen, als ich allein im Zelt war?«

»Komm mit, wirst du gleich sehen.« Paul winkte Heinz, ihm zu folgen, was Heinz eiligen Schrittes tat. Offensichtlich hatte ihn die Aufregung seine Schmerzen im Fuß vergessen lassen.

Im Schutz der eingebrochenen Dunkelheit und der Hecke liefen sie einen schmalen Pfad zum Haupteingang des Sommerbades. Der Pfad war zu friedlichen Zeiten von den Grünaer Bürgern gern als Abkürzung zum Bad benutzt worden. Jetzt lag der durch den tauenden Schnee aufgeweichte Weg im Dunkeln. Einzig der Mond spendete etwas Licht. So gelangten sie zu einer kleinen Gruppe junger Fichten in der Nähe des Badeinganges. Paul verschwand zwischen zwei der Nadelbäume. Heinz schob sich vorsichtig ebenfalls hindurch und stand plötzlich neben Paul in einer Art von Fichten umgebenen, kleinen Hof. Nur zum Schwimmbad hin war eine kleine Lücke, durch die Heinz die Posten im Mondschein erblickte.

»Das ist ein prima Versteck, hier konnte ich alles sehen und hören«, flüsterte Paul. »Hier, nimm du mal die Büchsen.« Er drückte sie in die Arme seines Bruders. Dann bückte er sich und holte unter einem Baum die Dosen hervor, die er bei der überstürzten Flucht aus dem Zelt mitgenommen hatte.

»Mann, was wir für eine Menge zu futtern haben. Da werden Mama und Papa staunen«, entfuhr es Heinz.

»Psst! Die hören uns sonst noch, bist du verrückt?«, zischte Paul. »Los, ab nach Hause.« Beide verstauten die Dosen unter ihren Jacken und begaben sich auf den Weg in ihre Unterkunft. Sie mussten vorsichtig sein, damit sie nicht von einer Streife oder einem Polizisten aufgegriffen würden. Zudem meldeten sich bei Heinz die Schmerzen im Fuß zurück, sodass sie langsamer als gewünscht vorankamen. Als sie ihre Straße erreichten, donnerten fünf Mannschaftswagen mit angehängten Kanonen in Richtung Chemnitz an ihnen vorbei.

»Die haben es auch so eilig. Bestimmt passiert heute noch etwas«, bemerkte Paul. »Hm«, erwiderte Heinz beiläufig. Die ungute Ahnung seines Bruders berührte ihn nicht, er dachte vielmehr an die Mahlzeit, die es gleich zu Hause geben würde. Als wollte er einen Kommentar dazu abgeben, knurrte sein Magen in einer Lautstärke, dass Paul sich erschrocken nach der Herkunft des Geräusches umschaute. Doch die Straße war menschenleer. Sie erreichten den Hof und begrüßten Schlapp. Heinz hatte Mühe, den Hund von sich zu weisen, ohne dass ihm die Büchsen unter der Jacke herausrutschten. Schlapp versuchte, sich mit den Vorderpfoten auf seinen Schultern abzustützen. Erst nach einem energischen Wort von Paul ließ der Hund ab. Nun klopfte Paul an die Tür zu ihrer Unterkunft. Paul wollte gerade ein zweites Mal klopfen, als die Tür von innen entriegelt wurde. Ihre Schwester schaute durch den Türspalt und öffnete die Tür weit, als sie Paul und Heinz erkannte. »Wo seid ihr denn gewesen?«, fragte sie und drehte sich um, ohne eine Antwort abzuwarten. Die Jungs stürmten durch die Tür und an ihrer Schwester vorbei. »Tür zu!«, rief die Schwester, seufzte und schob den Riegel wieder vor.

Paul und Heinz indessen waren schon in der Waschküche, wo ihre Mutter am Kohleherd stand und eine säuerlich riechende Brühe kochte. Das Fenster der Waschküche war mit einem schwarzen Stoff verhängt. Auf dem Tisch, an dem der kleine Horst saß und etwas schnitzte, brannte eine Kerze. Hier holten die Jungen die Dosen unter ihren Jacken hervor, bevor die Mutter fragen konnte, wo sie jetzt erst herkämen. Stolz stapelten sie die Büchsen zu einer Pyramide auf.

»Was habt ihr da?«, wollte Elisabeth wissen. Fast gleichzeitig antworteten Paul und Heinz: »Brot, Leberwurst und Gulasch.« Erwartungsvoll schauten sie ihre Mutter an.

In diesem Moment tauchte Gustav in der Waschküche auf, der im Nebenzimmer mitbekommen hatte, dass die beiden Jungs endlich nach Hause gekommen waren. »Und wo ist das Ganze her?«, fragte nun die Mutter mit strenger Miene. Heinz schaute zu Paul, der eine Sekunde stockte. Dann gab Paul wahrheitsgemäß Auskunft.

»Am Schwimmbad steht, äh, stand, nee, steht die Wehrmacht. Das ist aus dem Verpflegungszelt.«

»Und wie seid ihr da rangekommen?«

»Rausgeholt. Haben die gar nicht mitbekommen.«

»Geklaut?«

»Nee, das merkt doch keiner.«

»Gustav, da musst du was machen. Die beiden haben wohl geklaut. Das ist eine große Sünde.« Elisabeth schaute ihren Mann erwartungsvoll an.

Die Jungs sahen, wie sich bei ihrem Vater rote Flecken am Hals bildeten. Plötzlich nestelte er an dem brüchigen Lederkoppel, welches er um seinen Hosenbund geschnallt hatte.

»Ihr zwei müsst euch jetzt nicht wundern. Ihr kennt doch das siebte Gebot«, erklärte Elisabeth den Jungs. Der Vater hatte das Koppel schon in der Hand, packte Paul am Genick, drückte seinen Oberkörper auf den Tisch und schlug ihn immer wieder auf das Gesäß, wobei er fortgesetzt ausrief.

»Dir werde ich geben, zu klauen!«

Paul war anfangs zu überrascht, um Schmerzen zu empfinden; doch Heinz, der nun seinen Bruder leiden sah und sich gewiss war, auch gleich an die Reihe zu kommen, begann laut zu weinen und zu rufen.

»Nicht, nein, nicht!«

Nun begann auch Paul zu schreien, was aber mehr nach empörter Wut als nach Schmerzen klang. Nach einer Weile, in der Gustav fortgesetzt weiter schlug, sodass sich schon Schweißperlen auf seiner Stirn bildeten, brachen die Schreie Pauls ab und es war nur noch wütendes Keuchen zuhören. Da ließ Gustav von Paul ab, drehte sich zu Heinz und gab ihm mit der flachen Hand eine heftige Ohrfeige, sodass der schmächtige Junge am Tisch vorbei auf den Steinfußboden stürzte. Schwer atmend schnallte sich Gustav seinen Gürtel wieder um. Während der gesamten Szene hatte Elisabeth ruhig zugeschaut. Nun drehte sie sich wieder zum Herd und rührte in dem heißen Topf.

Paul lief aus der Waschküche, wobei er im Vorbeilaufen die Dosenpyramide mit der Faust umstieß und so die Büchsen über den Tisch und auf den Boden kullern ließ. Heinz, der sich inzwischen aufgerappelt hatte, folgte Paul weinend. Auch er fegte mit einer Handbewegung eine Dose vom Tisch, wofür er vom Vater einen weiteren Schlag auf den Hinterkopf abbekam. Mit eingezogenem Kopf rannte Heinz in das Jungenzimmer, wo Paul sich bereits rücklings auf das Bett geworfen hatte, den Blick starr zur Zimmerdecke gerichtet. Heinz setzte sich auf die Bettkante, wischte sich mit dem Handrücken die Tränen aus den Augen und verschmierte den Schleim, der ihm aus der Nase gelaufen war.

Gustav hatte inzwischen die Dosen aufgesammelt und besichtigte diese ausgiebig. Dann holte er aus der Anrichte das größte Messer, über das sie verfügten. Es war ein Jagddolch mit einer gezahnten und einer glatt geschliffenen Seite. Er stieß das Messer in eine Büchse Dauerbrot und schnitt den Deckel auf. Das Gleiche tat er mit einer Dose Leberwurst. Er holte den Brotzylinder aus der Dose und schnitt ihn in gleichmäßige, fingerdicke Scheiben, was ziemlich breit war, denn Melker haben kräftige Finger. Irmgard kam in die Küche und nahm die Lebensmittel in Augenschein. Sie staunte über den unerwarteten Luxus. Natürlich hatte sie durch die Wand mitbekommen, was sich in der Küche abgespielt hatte. Aber sie mochte gar nicht wissen, warum es wieder Ärger gegeben hatte. Also fragte sie nicht, holte Teller und Besteck aus der Anrichte und deckte den Tisch. Dann räumte sie die Schnitzutensilien von Horst zur Seite. Elisabeth nahm den Topf mit der Suppe vom Herd und stellte ihn zu den Tellern. Sie fand, die Suppe war fertig. Sie hatte eine Kohlrübe klein geschnitten und gekocht, dazu ein paar Löffel Mehl gegeben, das sie heute Nachmittag für die entsprechenden Lebensmittelmarken bekommen hatte. Auf dem Rückweg entdeckte sie dann am Wegesrand unter dem tauenden Schnee noch Breitwegerichblätter vom Vorjahr, die sich nun ebenfalls im Topf befanden. Beim Fleischer war sie auch gewesen, aber umsonst. Der ließ seinen Laden heute geschlossen, da er keine Ware erhalten hatte. Der Bäcker öffnete zwar, blieb jedoch ebenfalls ohne Angebot. Glücklicher erging es Elisabeth in der Meierei, wo sie neben der Milch sogar etwas Butter auf Marken einkaufen konnte. Somit gab es heute ein regelrechtes Festessen: Rübensuppe, Brot, Butter, Leberwurst, Milch. Elisabeth erklärte den heutigen fünften März 1945 zu einem kleinen Festtag in schlechten Zeiten.

Als Irmgard Paul und Heinz zum Essen rief, zog Paul nur die Decke über den Kopf.

Heinz, der es am liebsten seinem Bruder nachgetan hätte, spürte den bohrenden Hunger im Bauch. Wenn er jetzt nicht essen würde, müsste er auf jeden Fall gleich sterben, dessen war er sich sicher. Also erhob er sich von der Bettkante und schlich vorsichtig in die Waschküche. Dort saßen Horst, Gustav und Irmgard bereits am Tisch, während die Mutter die Suppe auf die Teller verteilte.

Nach Gustavs Tischgebet wollten sie gerade essen, als auch Paul an der Tafel erschien, sich stillschweigend Suppe auf den Teller kellte und zu löffeln begann, kaum dass er Platz genommen hatte. Nun saß die Familie, alle mit dem linken Arm unter dem Tisch und mit dem rechten den Löffel zum Munde führend. Nach ein paar Minuten unterbrach Elisabeth die schweigsame Löffelei und schmierte Brotscheiben entweder mit Butter oder mit Leberwurst. Diese verteilte sie dann an ihre Kinder. Für Gustav fertigte sie Brote, auf die sie beides strich. Gierig verschlang die Familie sowohl die Suppe als auch die Brote, sodass Gustav eine weitere Brotdose öffnen musste.

Erst als alle satt waren, begann Gustav zu reden. Er erzählte seiner Frau, wie aussichtslos sich die Arbeitssuche gestaltete. Nachdem Kurt gleich nach ihrer Ankunft in Grüna bei einem Bauern untergekommen war, hatte Gustav gehofft, ebenfalls zügig in der Landwirtschaft Arbeit zu finden.

»Erwin, Erich und ich haben uns schon verabredet. Wir werden nach Norden wandern und bei den Bauern nach Arbeit fragen.«

»Warum solltet ihr denn im Norden mehr Aussichten haben?«, wollte Elisabeth wissen.

»Weil es dort mehr Landwirtschaft gibt als hier. Hier ist Industrieregion. Im Norden gibt es Gebiete, wo nur Bauern sind, sagt Erwin.«

»Und wie kommt ihr da hin? Habt ihr ein Fuhrwerk?«

»Wo sollen wir denn ein Fuhrwerk herhaben. Erwin und Herbert sind doch auch mit dem Zug aus Ostpreußen hier angekommen. Nee, wir laufen los und schlagen uns durch.«

»Ja, das müsst ihr dann wohl so machen«, kommentierte Elisabeth nüchtern. Alle waren sich im Klaren darüber, Gustav musste eine Arbeit finden. Ansonsten würden sie auf Dauer nicht über die Runden kommen. Sie nahm ihren Löffel und aß die Suppe weiter, die inzwischen kalt geworden war. Eigentlich hätte sie lieber die heiße Mahlzeit gegessen, aber als Mutter galt es, erst die Familie zu versorgen. Erst das Vieh, dann die Familie, dann sie selbst, so hatte sie es gelernt. Vieh hatten sie leider zurzeit nicht. Sie hätte die Suppe auch noch einmal aufwärmen können, aber das war sie sich nicht wert. So löffelte Elisabeth die kalten Reste von ihrem Teller.

»Wann wollt ihr euch auf den Weg machen?«, wandte sie sich wieder an ihren Mann.

»Übermorgen. Ich muss noch ein paar Sachen zusammensuchen.«

»Geht der Hund auch mit?«

»Schlapp nehme ich mit.«

Damit war alles gesagt, was die Eheleute zu besprechen hatten.

Elisabeth war inzwischen mit dem Essen fertig, stand auf und räumte gemeinsam mit Irmgard das schmutzige Geschirr in eine große Aluminiumschüssel. Die Jungs waren aufgesprungen und verdrückten sich in ihr Zimmer, bevor sie jemand zum Abwaschen auffordern konnte. Das Wasser für den Abwasch stand bereits auf der noch heißen Herdplatte. Elisabeth achtete stets darauf, dass die Wärme des Herdes möglichst optimal ausgenutzt wurde, denn auch Brennmaterial war knapp. Sie öffnete die Herdklappe und warf zwei Scheite Holz nach, welches aus dem Dachstuhl eines eingestürzten Hauses stammte. Gustav stellte den Volksempfänger an und wartete, dass die Röhren sich erwärmten.

Kurz darauf hörten sie einen langgezogenen auf- und abschwellenden Ton. Erst nach einer Weile begriffen sie, dieser Ton kam nicht aus dem Radio, sondern die Sirenen heulten in der Ferne. Aus Chemnitz ließ sich eine Vielzahl Sirenen vernehmen, die jeweils dreimal einen Dauerton über einige Sekunden abgaben. Nun setzte auch die Signalanlage in Grüna mit dem intervallartigen Ton ein. Gustav ließ sich nicht aus der Ruhe bringen, brachte sein Ohr näher an das Radio, in welchem jetzt ein Berliner Schlager zu hören war: *In Rixdorf ist Musike*. So ein Voralarm brachte Gustav nicht aus der Fassung. Meistens gab es dann gar keinen echten Fliegeralarm, weil die gegnerischen Bomber in eine andere Region wollten. In Chemnitz hatte es bisher noch nicht so viele Einschläge gegeben und in Grüna erst recht nicht. Gustav drehte folglich am Lautstärkeregler des Radios, schließlich übertönte die Musik die Sirenen.

Irmgard, die das Geschirr abspülte, zog die Stirn kraus. Diese Schlager waren typisch altmodische Marotten ihrer Eltern. Die Sirene im Ort war nun wieder abgeklungen. Irmgard war nervös und dachte daran, dass sie vorschriftsgemäß einen Luftschutzkeller aufzusuchen hatten. Aber das tat hier keiner, sie also auch nicht. Plötzlich, damit hatte niemand im Haus gerechnet, ertönten wieder die Sirenen, diesmal mit einem Dauerton über eine Minute: echter Fliegeralarm. Jetzt mussten sie reagieren. Wenigstens wollten sie auf die Straße gehen und schauen, was passierte. Irmgard nahm die Hände aus dem Abwasch, und Gustav schaltete das Radio wieder aus. Paul und Heinz hatten kurz zuvor je eine Kerze angezündet, um die Hausaufgaben zu erledigen. Schnell löschten sie das Kerzenlicht und gesellten sich zu den anderen. Die ganze Familie zog sich Mäntel und Jacken über und verließ die Unterkunft. Auf dem Hof empfing sie Schlapp, der aufgeregt hin und her lief, winselte und jaulte. Gustav nahm den Hund an den Strick und versuchte, ihn zu besänftigen. Dann zog er mit ihm auf die Chemnitzer Straße, wo Menschen in Grüppchen standen und redeten. Einige hatten sich auch auf den Weg zum Luftschutzkeller begeben, der sich in der Poststraße befand. Elisabeth nahm Horst an die Hand und folgte Gustav, ebenso wie Irmgard. Die vier blieben vor dem Hoftor stehen. Am nächtlichen Himmel konnten sie einige Wolken beobachten, die eilig vor dem abnehmenden Mond entlangzogen. Elisabeth und Irmgard froren, die Lufttemperatur lag wohl unter dem Gefrierpunkt. Wind war jedoch kaum zu spüren. Aus westlicher Richtung vernahmen sie leises Motorenbrummen.

Paul und Heinz, die auf dem Hof geblieben waren, hatten ihre eigenen Pläne. Neben dem Stall gab es eine Pforte, durch die sie ungesehen den Hof verlassen und schnell die alte Textilfabrik erreichen konnten. Dort gab es eine abseitige, unbenutzte Feuertreppe, von der die meisten Einheimischen wussten, und die Paul und Heinz auf einem ihrer Streifzüge entdeckt hatten. Über sie konnte man bis auf das Dach der Fabrik gelangen. Als die Eltern den Hof verlassen hatten, eilten sie schnurstracks dort hin. Hier trafen sie auf Herrn Schumann und seine Tochter, Frau Schindler. Offensichtlich hatten die beiden Erwachsenen die gleiche Idee wie die Kinder.

»Was wollt ihr denn hier«, fragte Herr Schumann mit gespielt barscher Stimme.

»Von da oben kann man besser sehen«, antwortete Paul mit fester Stimme, nicht ohne einen Seitenblick auf Frau Schindler zu riskieren.

»Und wo sind eure Eltern?«

»Draußen auf der Straße. Die haben uns erlaubt, auf das Dach zu klettern«, log Paul.

»Na gut. Aber dass ihr mir ja vorsichtig seid.«

Eilig stieg Paul die Treppe empor, zusätzlich beschleunigt von dem Gedanken, Frau Schindlers Blicke würden ihm folgen. Es folgte ihm jedoch wie immer nur der Bruder. Erst dann kamen die Erwachsenen.

Paul entdeckte als Erster die Suchscheinwerfer, die schlagartig dort, wo Chemnitz lag, in den Himmel leuchteten. Seine Erregung war zum einen dem beginnenden Schauspiel am Himmel geschuldet, zum anderen auch der Nähe von Frau Schindler, die direkt hinter ihm auf dem Dach stand. Manchmal kreuzten sich zwei der Lichtstrahlen und trotz der Entfernung konnten sie ab und zu silbernes Metall im Licht aufblitzen sehen. Kurz darauf ließen sich weiße Wölkchen um die Flugzeuge erkennen, denen nach geringer Verzögerung die harten, hellen Knallgeräusche der Acht-Achter Flakgeschosse folgten. Fast synchron riefen Paul und Heinz »Ooh«, als ein helles Aufleuchten am Himmel auf ein getroffenes Flugzeug hinwies. Das Brummen am Himmel war inzwischen angeschwollen. Jetzt leuchteten die ersten Christbäume über der nun gut zu erkennenden Stadtsilhouette auf, und die ersten Bombeneinschläge waren am dumpfen Krachen zu erkennen. Auch direkt über Grüna erhellten Leuchtbomben den Himmel. Was nun folgte, war ein einziges schweres Gewitter von dumpfen Einschlägen, hell klingendem Flakfeuer und grell scheinenden Ziellichtern. Dazwischen blitzten die Leuchtspurgeschosse der Vierlingsflaks auf. Beobachtete die kleine Zuschauergesellschaft das Kriegsschauspiel anfangs noch mit interessierter Erregung, wurde ihnen, da die Bombardierung und die Anflüge kein Ende zu nehmen schienen, mulmig zumute. Es war ein Brummen und Heulen, Krachen, Zischen und Blitzen. Inzwischen sahen sie am Boden in der Ferne die ersten Feuer lodern. Es war zu erkennen, dass ganze Straßenzüge brannten. Heinz blickte mit aufgerissenen Augen auf die brennende Stadt Chemnitz, hielt sich dabei am Arm seines Bruders fest. An immer mehr Stellen der Innenstadt brannten die Feuer, bis sie ein einziges Flammenmeer bildeten, welches in Form eines orangen Lichtes am Himmel widergespiegelt wurde. Am erleuchteten Himmel waren unzählige Flugzeuge auszumachen, die nun ungehindert die Stadt anflogen, da die Flakstellungen offenbar zerstört oder aufgegeben worden waren. In dem Raum zwischen Stadt und Himmel breitete sich Qualm wie oranger Nebel aus. Die Zuschauer auf dem Dach der Textilfabrik rochen den Rauch, den der leichte Nordostwind inzwischen bis zu ihnen getrieben hatte.

Paul spürte ein Ziehen an seinem Arm und blickte zu Heinz, der zu ihm hochschaute und etwas zu sagen schien. Deshalb beugte er sich mit einem Ohr zu dem Bruder hinunter und konnte verstehen, wie Heinz sagte: »Mir ist schlecht, ich möchte ins Bett.«

Plötzlich schlugen auch in ihrer Nähe Bomben ein. Im Wald hinter dem Forsthaus detonierten mehrere Sprengkörper. Alle beeilten sich nun, das Dach zu verlassen. Durch den Feuerschein war es hell genug, in hoher Geschwindigkeit die Treppe hinunterzukommen. Schweigend und von Panik getrieben rannten sie vom Fabrikgelände. Die Brüder nahmen denselben Weg nach Hause, den sie gekommen waren. Wie immer öffnete Irmgard die Tür, denn auch die anderen Familienmitglieder hatten sich längst in der Unterkunft in die scheinbare Sicherheit gebracht. Die beiden Jungs rannten in ihr Zimmer und legten sich zu Horst ins Bett, nachdem sie sich bis auf die lange Unterwäsche ausgezogen hatten. Horst schlief noch nicht, sondern wimmerte leise vor sich hin. Heinz kroch an der Wandseite unter die große Bettdecke, Paul legte sich an den freistehenden Rand, sodass sie Horst in die Mitte nahmen.

»Hör auf zu wimmern, du brauchst keine Angst zu haben«, sagte Paul zu Horst und drehte sich dann auf die Seite, Horst den Rücken zugewandt. Heinz lag auf dem Rücken und blickte an die Bretter der Zimmerdecke. Noch immer wummerten Detonationen, genau wie sein Herz, und er sah noch immer die Flammen und Explosionen vor sich. Die Übelkeit hörte nicht auf. Kurz spürte er erneut panische Angst aufsteigen, welche zum Glück schnell wieder nachließ. Die Familie war beisammen. Und dennoch, in dieser Nacht lauschten alle bis in den Morgen auf die Geräusche in der Ferne.

Am nächsten Tag, einem Dienstag, herrschte in der Grünaer Volksschule eine eigenartige Stimmung. Es wurde kaum über die nächtlichen Ereignisse in Chemnitz diskutiert, als dürfte nicht ausgesprochen werden, was dort geschehen war. Heinz selbst hatte das Gefühl, als wäre um ihn herum die Welt nicht wirklich da. Außerdem war er sehr müde. Die Mama hatte ihn wie jeden Morgen geweckt und beim Frühstück versprochen, zum Abendbrot Gulaschsuppe zu erwärmen. Für die Schule hatte sie den Kindern dünn mit Leberwurst bestrichene Brote geschmiert. Aber Heinz nahm das alles wie in weiter Ferne wahr. Immer wieder drängten sich gestern gesehene Bilder auf. Dazwischen gelang es ihm jedoch, in Gedanken nach Groß Medien zu reisen. Er sah die Angerapp, die Badestelle; den Hügel, von dem sie oft heruntergerannt waren. Es erschienen Bilder, wie sie alle zusammen in der Ernte gearbeitet hatten: die Eltern, die Kinder, die anderen Gutsarbeiter, die Kriegshäftlinge. Plötzlich sah er die Leiche wieder vor sich, die sie im Garten gefunden hatten. Immer wieder blitzte ein verwester Schenkel in seinem Kopf auf. Sein Atem wurde schwerer. Erst als er anfing, im Kopf die geraden Zahlen aufzusagen, verschwanden die Erinnerungen und Bilder.

Die Klassenlehrerin, Fräulein Rehschuh, bemerkte, wie in sich gekehrt einige Kinder an diesem Tage waren. Gleichwohl war sie froh, sie heute weniger bändigen zu müssen.

In der großen Pause auf dem Hof der Volksschule versuchte Werner Ziegler, die anderen Jungs zum Fußballspielen zu animieren. Doch heute hatte keiner Lust darauf. Gerade wollte er die neuen ostpreußischen Kinder der Klasse mit Schneematsch bewerfen und einen Streit anzetteln, als es auf der Straße, die vor der Schule entlangführte, etwas zu sehen gab. Waren sonst von Osten Trecks mit müden Flüchtlingen in die Stadt gekommen, zogen nun die ersten ausgebombten Großstädter aus Chemnitz hin zum Rathaus, um sich eine Adresse für ihre Unterbringung aushändigen zu lassen. Manche der Ziehenden hatten Gepäck dabei, andere nur eine kleine Tasche oder gar nichts. In einigen Gesichtern stand noch das blanke Entsetzen, andere schienen ausgelöschte Augen zu haben. Es waren auch Menschen mit Verletzungen oder Verbrennungen zu sehen. Viele hatten Brandflecken an der Kleidung. Heinz musterte durch den Schulzaun die vorbeiziehenden Gestalten, erinnerte sich an die eigene Flucht aus Groß Medien. Ging es diesen Menschen genauso wie ihnen? Hatten sie es in Groß Medien besser gehabt, weil sie noch so viel mitnehmen konnten und ihr Haus nicht zerstört war?

Sein Blick blieb bei einer Frau, die mit einem Mädchen in seinem Alter unterwegs war. Sie hatte für einen kurzen Moment ihr schwarzes Kopftuch abgebunden und neu gerichtet. Dabei konnte Heinz die abgesengten Haare sehen, die auf einer Seite des Kopfes kaum noch vorhanden waren, auf der anderen Seite wie helle Fransen auf der Haut klebten. Als sie den Schuljungen bemerkte, der sie durch den Zaun anstarrte, warf sie ihm einen frostigen Blick zu. Heinz schlug kurz die Augen nieder und schaute dann auf die folgende Menschengruppe, wo ihm eine Frau auffiel, ungefähr so alt wie Frau Rehschuh. Sie war sehr elegant gekleidet, trug einen Hut, wie seine Mama sich ihn nie hätte leisten können. Die Dame lief mit gebeugter Haltung und weinte hörbar. Mit der rechten Hand, die in einem Lederhandschuh steckte, hielt sie sich ein weißes, spitzenbesetztes Taschentuch vor Mund und Nase.

In diesem Moment läutete die Schulglocke und die Pause war vorbei. Als die Kinder vom Schulhof das Schulgebäude betraten, setzte erneut das Heulen der Sirenen mit einem Voralarm ein. Und noch ehe sie die Klassenräume erreichten, signalisierte das Heulen Fliegeralarm. Der Schultag war für heute vorbei.

In den folgenden Wochen ging Gustav also mit zwei ostpreußischen Kameraden auf Arbeitssuche und Elisabeth war mit den Kindern allein. Derweil hatten sich die Schulklassen von Irmgard, Paul und Heinz deutlich vergrößert. Neben den Flüchtlingen aus deutschen Ostgebieten wurden viele Kinder aus Chemnitz, die ihre Eltern oder das Zuhause verloren hatten, in der Grünaer Volksschule aufgenommen. Die Menschen mussten zusammenrücken und in ihren Wohnungen Platz für die Neuankömmlinge schaffen. So verdoppelte sich die Einwohnerzahl Grünas.

An einem feuchtkalten Tag Mitte April schlurften Heinz, Irmgard und Paul wie jeden Morgen zur Volksschule. Auf der anderen Straßenseite sahen sie Werner Zeisig, der wesentlich kleinlauter geworden war.

»Kommt, wir gehen auf der anderen Seite weiter«, forderte Heinz Paul und Irmgard auf. Sie wechselten die Straßenseite, um direkt hinter Werner Zeisig einherzutrotten. Da dieser allerdings langsamer als die drei unterwegs war, überholten sie ihn bald. Heinz passierte ihn in absichtlich geringem Abstand. Er spürte, wie sein linker Arm den rechten Ellenbogen von Werner berührte. Zeisig sollte sehen, er, Heinz Bredigkeit, hatte keine Angst vor ihm. Besonders nicht, wenn seine beiden älteren Geschwister dabei waren.

»Wir sehen uns«, sagte Werner, der lediglich irgendetwas Verbindliches sagen wollte, mit ruhiger Stimme. Heinz verstand das jedoch als Drohung.

»Wir sehen uns. Und bring doch deinen Vater als Verstärkung mit«, erwiderte Heinz, den Kopf etwas zu seiner linken Schulter gedreht, ohne mit Werner Blickkontakt aufzunehmen. Heinz wusste von anderen Klassenkameraden, dass Werners Vater sich vor ein paar Tagen aus dem Staub gemacht hatte. Man munkelte, nicht einmal seine eigene Familie wusste, wo er abgeblieben war.

»Hast du gesehen, wie der geguckt hat?«, fragte Paul seinen Bruder leise.

»Nee. Wie denn?«

»Der hat bald geheult.«

»Soll er doch!«

Sie zogen weiter, die Jungs schweigend, Irmgard eine Radiomelodie summend. Je näher sie der Schule kamen, desto mehr Kinder waren auf ihrem Weg zum Unterricht zu sehen. Vom Gasthof kam ein ganzer Pulk von Kindern. Die meisten von ihnen waren Ostvertriebene oder ausgebombte Chemnitzer, die im Gasthof Grüna untergebracht waren, wo man den Festsaal als Notunterkunft eingerichtet hatte. Einige hausten auch auf ihren Wagen, da keine Notunterkünfte mehr verfügbar waren. In der Neefestraße stand dicht gedrängt ein ganzer Treck. Vor allem die Kinder von dort kamen tagsüber gern in die Schule, da es hier wenigstens trocken und warm war. Mit dem Lernen war es jedoch schwierig, denn die zuletzt in den überfüllten Klassen dazugekommenen Schüler hatten keine Bücher oder Hefte. Manchen fehlte auch die Vorbildung.

Die drei Geschwister waren inzwischen im Schulgebäude angekommen, verabschiedeten sich und verteilten sich in die Klassen. Für den Nachmittag hatten sie sich zum Hamstern verabredet. Sie wollten über die umliegenden Äcker streichen, um zu sehen, ob sich etwas Essbares finden ließe.

Jetzt saß Heinz in seinem stark überfüllten Klassenraum im ersten Stock. Frau Rehschuh versuchte seit ungefähr fünf Minuten, einen Unterricht in dem unruhigen Menschenhaufen zu beginnen, als ein schmaler Junge mit dünnen blonden Haaren am hintersten Fenster, dessen Namen Heinz nicht kannte, plötzlich aufsprang.

»Die Amerikaner!« Er war zum Fenster gerannt und starrte mit aufgerissenen Augen nach unten. Natürlich kam unverzüglich noch mehr Bewegung in die Masse. Alle stürmten über Tische und Bänke hinweg zu den Fenstern, um einen Platz mit Sicht auf die Straße zu ergattern. Dort zog gemächlich eine Kolonne aus Panzern und Mannschaftswagen am Schulhof vorbei. Deutlich sichtbar prangten weiße, fünfzackige Sterne an den Fahrzeugen. In der Klasse war es plötzlich mucksmäuschenstill, und das durch die Panzerketten hervorgerufene Vibrieren der Fensterscheiben war deutlich zu vernehmen.

Ein Jeep löste sich aus dem Konvoi und kurvte auf den Schulhof. Die Kinder beobachteten, wie vier Soldaten ausstiegen und lässig auf den Haupteingang der Schule zuschritten. Einer der GIs hatte eine dunkelbraune Hautfarbe. Die Schüler flüsterten sich zu: »Ein Neger! Da ist ein Neger!« Fast alle Schüler hatten bisher weder Kontakt mit leibhaftigen Amerikanern gehabt noch einen farbigen Menschen gesehen.

Es herrschte angespannte Stille. Es war fast so, als bemühten sich alle im Raum, von den Ankömmlingen nicht bemerkt zu werden. Erst als die Kolonne schon eine Weile vorbeigezogen und auf dem Hof länger nichts mehr passiert war, durchbrach Frau Rehschuh die Stille und brachte die Kinder dazu, zu ihren Plätzen zurückzukehren. Die Lehrerin zog ihren Unterricht durch, doch weder sie noch die Schüler waren – wie so oft in letzter Zeit – ernsthaft bei der Sache.

Die folgenden Wochen gab es für Paul und Heinz nichts Spannenderes, als die Amerikaner zu beobachten. Ab und zu bekamen sie Süßigkeiten oder etwas zu essen von einem Soldaten zugesteckt.

Die Herrschaft der US-Armee in Grüna währte jedoch nicht lange. Nach rund zwei Monaten, Anfang Juni 1945, zogen die Einheiten ab. Die Rote Armee kam nun in den kleinen Ort. Für Heinz und seine Geschwister bedeutete das, ab und zu von der Schule freigestellt zu werden, da jeder aus der Bevölkerung, der noch anpacken konnte, bei der Verladung der Stoffe aus der Handschuhfabrik und den anderen Textilfabriken helfen musste. Als Reparationsleistung wanderte alles in die Sowjetunion. Als die Stoffe weg waren, baute man die Maschinen ab und verschickte sie. Schließlich waren die Bahnschienen dran. Die Strecke Zwickau – Chemnitz wurde eingleisig. Auch Elisabeth musste bei den Arbeiten gelegentlich mithelfen.

Manchmal besuchten Irmgard, Paul, Heinz und Horst das Lichtspieltheater am Bahnhof, wo die Kinder mit den Sowjetsoldaten gemeinsam russische Märchenfilme schauen konnten. Die Rote Armee hatte drei Filme im Gepäck, die in dem beschlagnahmten Kino vorgeführt wurden: *Der Zauberfisch*, *Die schöne Wassilissa* und *Der unsterbliche Kaschtschei*. Eine Wochenschau gab es nicht mehr.

Von einem dieser Märchennachmittage kamen die Kinder eines Tages nach Hause, als die Mutter ihnen eröffnete, der Vater habe eine Anstellung als Melker gefunden und in dem Ort eine größere Bleibe bekommen. Doch keiner in der Familie hatte schon jemals etwas von Aschersleben gehört.

Wasser

Marianne starrte auf den Paravent, hinter dem ihre kleine Schwester Gitti lag. Die Abschirmung bestand aus einem hell gestrichenen Metallgestell, in das eine weiße Stoffbahn eingespannt war. Die Krankenschwestern hatten die Stellwand mit sehr ernsten Gesichtern gebracht, nachdem Gitti nur noch mit pfeifenden Geräuschen atmete und nicht mehr sprechen konnte. Der Doktor hatte vorhin am Bett gestanden und von einem Luftröhrenschnitt geredet, vielleicht und andererseits. Er forderte die Schwestern auf, den Paravent aufzustellen. Ob Gitti starb? Marianne stellte sich vor, wie der Tod wohl wäre. Vielleicht wie schlafen. Oder ob es doch einen Himmel gab? Mutti behauptete das, aber Tante Margarete und Onkel Karl hatten immer gesagt, das wäre Quatsch. Die Sechsjährige sah sich auf einem weißen Watteteppich hüpfen. Oder eher schweben. Kann man in die Wolken einsinken, wenn man auf ihnen herumläuft?

Marianne selbst ging es gut, sie konnte wieder ungehindert atmen. Eigentlich hatte sie als Erste die Symptome gehabt, sich schlapp gefühlt und wie ein Hund gebellt, wenn sie husten musste. Am Hals waren lauter dicke Huckel gewesen. Vorgestern hatte Mama sie beim Arzt vorgestellt, da Gitti die gleichen Beschwerden zeigte. Der Doktor erzählte Mama etwas von Diphtherie und veranlasste eine Krankenhauseinweisung. Seitdem fühlte sich Marianne zunehmend besser, doch mit ihrer kleinen Schwester ging es bergab. Das machte Marianne Angst. Vielleicht wäre es ja andersherum besser gewesen. Mama forderte oft von ihr, gut auf ihre Schwester aufzupassen. Jetzt passte sie auf, hörte auf das pfeifende Atmen ihrer Schwester. Solange dieses zu hören war, lebte Gitti noch. Wenn Stille wäre, müsste sie Alarm schlagen, damit der Arzt kommen würde. Sie durfte nicht einschlafen, nur auf Gittis Atmung hören.

Mit diesem Gedanken schlummerte Marianne ein. Sie träumte in dieser Nacht von einem Zug, der auf einen Felsen zufuhr. Marianne stand neben den Gleisen und wollte den Zugführer warnen, den Zug aufhalten. Aber der konnte sie nicht hören und dachte wohl, Marianne wäre ein Kind, das an der Strecke fröhlich grüßte. Er betätigte die Signalpfeife, immer wieder. Kurz bevor er auf den Berg prallte, erwachte Marianne mit klopfendem Herzen.

Es war bereits hell. Erschrocken merkte sie, dass Gittis fiependes Atmen nicht mehr zu hören war. Sie sprang aus dem Bett, tapste über die Dielen zum Krankenlager ihrer Schwester und schaute vorsichtig hinter den Paravent. Gitti lag mit blassem Gesicht in ihrem Bett. Marianne musste eine ganze Weile schauen, ehe sie die regelmäßigen Bewegungen von Gittis Brustkorb wahrnahm. Erleichtert beobachtete sie noch einige Minuten, wie Gitti schlief. Dann schlich sie auf Zehenspitzen zu ihrer eigenen Schlafstelle zurück und legte sich hin. Sie schloss die Augen und dachte an die verpasste Einschulung. Gestern hätte sie ihren ersten Schultag gehabt. Für die Erstklässler begann das Schuljahr wie üblich im Mai. Die Mutter hatte schon eine Zuckertüte besorgt und sehr geheimnisvoll getan, was alles hineinkommen sollte. Dann war die Diphtherie dazwischengekommen, ausgerechnet jetzt. Sie musste schnell wieder gesund werden, um endlich ein Schulkind zu sein. Mama war mit ihr schon probehalber den Weg nach Bornitz abgelaufen, den sie dann allein gehen würde. Schreibhefte lagen unter ihrem Bett, genau wie der Schulranzen, den sie im Februar zum Geburtstag bekommen hatte. Das war noch in Legwitz gewesen. All dies ging ihr jetzt durch den Kopf. Dann schlief sie traumlos wieder ein.

Eine Woche später war die Krankheit überstanden. Selbst Gitti, die beinahe an der Diphtherie erstickt war, erholte sich zum Glück schnell wieder. Am Ende ihres Aufenthaltes hielten es beide nicht mehr im Krankenzimmer aus, sodass sie auf Forschungsreise durch die Klinik zogen. Als sie bei laufender Öffnung eines Bauches im Operationssaal auftauchten, reichte es dem Arzt, und die Kinder durften am Folgetag die Heimreise antreten.

Dort konnte Marianne nur noch an ihre Einschulung denken. Morgen sollte es endlich soweit sein. Als die Mutter und Onkel Rudi die Mädchen aus dem Krankenhaus abgeholt hatten, und sie in dem weinumrankten Haus in Wadewitz ankamen, nahm Marianne die Schultüte auf den Arm. Hefte, Stifte, eine Federtasche und sogar ein paar Nascherein entdeckte sie. Außerdem schaute ein Buch oben heraus, das hieß »Neues Wilhelm Busch Album«, das wusste sie von der Mutter, denn noch konnte sie nicht lesen. Aber ein paar Buchstaben kannte sie schon. Marianne spürte ein Kribbeln im Bauch, durfte die Tüte aber erst am Tag ihrer Einschulung öffnen. Sie hielt es in der Unterkunft nicht mehr aus. Also lief sie nach draußen, schaute nach den Hühnern, spazierte durch das Dorf, kehrte nach Hause zurück. Dabei fasste sie Gitti fest an die Hand, nahm sie überall mit hin. Gitti ließ sich ohne Widerstand herumführen. Vielleicht spürte die Jüngere, dass ihre Schwester Gesellschaft brauchte. Irgendwann kehrten sie dann nach Hause zurück, wo Marianne beim Abendbrot vor Aufregung kaum etwas essen konnte.

»Ich habe dir schon den Ranzen gepackt. Das musst du demnächst allein tun. Wir können das zusammen üben. Du musst ihn morgen bloß noch aufsetzen, dann hast du die Hände frei für die Zuckertüte.«

Einen Moment brauchte Marianne, bis sie die Gedanken geordnet hatte. »Die Zuckertüte? Wieso die Zuckertüte?«

»Na, die musst du doch mitnehmen am ersten Schultag.«

»Aber die anderen sind doch schon seit zwei Wochen in der Schule. Da bringt doch morgen niemand seine Zuckertüte mit.«

»Du bist den ersten Tag dort, also musst du sie mitnehmen. Das gehört sich nun mal.«

»Die lachen mich alle morgen aus, wenn ich damit ankomme.«

»Sie lachen dich aus, wenn du sie nicht dabeihast.«

So argumentierten beide hin und her. In Marianne stieg die Furcht auf, sich in der Klasse zu blamieren. Dorothea wollte eine konsequente Mutter sein und war sich sicher, es besser als ihre sechsjährige Tochter zu wissen. Schließlich begann Marianne wütend und verzweifelt zu weinen, was die Mutter dazu veranlasste, ihre Tochter vom Tisch zu verbannen und ins Bett zu schicken. Unglücklich folgte das Kind der Anweisung. Im Bett zog es die Decke über den Kopf, haderte mit der Welt und vergoss Tränen über sein Unglück und die Tatsache, mit der Mutter im Streit zu sein. Marianne fühlte sich schlecht, weil sie nicht wütend auf die Mutter sein wollte, es aber trotzdem war. Schließlich wusste sie, dass ihre Mutter dann tagelang nicht mit ihr sprechen würde. Dann gab es für Mutti nur noch Gitti. Als ob sie dann nur noch eine Tochter hatte. Also musste sich Marianne zusammenreißen.

Bald versiegten die Tränen und die Aufregung vor dem ersten Schultag stellte sich wieder ein. Schlaf fand sie diese Nacht allerdings nicht, sie wälzte sich vielmehr hin und her. Auch als die Morgendämmerung heraufgezogen war, lag Marianne noch wach und konnte den Tag kaum erwarten.

Dann war es endlich soweit. Das Kind gab sich große Mühe mit der Morgentoilette, denn es wollte in der Schule einen guten Eindruck machen. Mit Hilfe der Mama flocht Marianne ihre brünetten Haare zu zwei Zöpfen, die sie zur Feier des Tages zu kleinen Affenschaukeln hochband. Jedenfalls bezeichnete Mama diese Art von Zöpfen so. Voriges Jahr hatte Marianne kleine Äffchen in Breslau im Zoo gesehen, so konnte sie sich gut vorstellen, wie diese in ihren Haaren herumturnten. Zum Glück passte Marianne noch in ihr Lieblingskleid hinein. Aus den meisten ihrer Sachen, die sie auf der

Flucht mitgenommen hatten, war sie inzwischen herausgewachsen. Das grauweiß karierte Hängekleidchen hatte vorn rote Korallenknöpfe und war an den Taschen in der gleichen roten Farbe abgesetzt. Außerdem zog Marianne weiße Kniestrümpfe und ihre hellen Halbschuhe an. Als sie ihren Schulranzen aufsetzte, strahlte sie über das ganze Gesicht. Ihre graugrünen Augen leuchteten. Erst als die Mutter ihr die große Schultüte in die Hände drückte, verfinsterte sich die Miene. Weitere Widerrede verkniff sie sich jedoch. Schließlich überwogen Vorfreude und gespannte Erwartung, was dieser Tag ihr bringen würde. Wen würde sie heute in ihrer Klasse treffen? Was für ein Lehrer würde den Unterricht geben? Wiederholt hatte Mama sie darauf vorbereitet, dass sie im Unterricht absolut stillzusitzen habe. Marianne nahm sich vor, alles genau so zu tun, wie man es von ihr verlangte. Noch auf dem Weg zur Schule von Wadewitz nach Bornitz dachte sie daran, wie Mama sich freuen würde, wenn sie die ersten guten Zensuren nach Hause brächte.

In Bornitz begleitete Mama sie in das Schulgebäude zur Klasse, nachdem sie im Direktorenzimmer nach dem Weg gefragt hatten. An der Tür zum Klassenzimmer, hinter welcher Stimmengewirr, Rufen und Kreischen zu hören waren, verabschiedete sich Dorothea und wünschte viel Glück. Gespannt betrat Marianne den Raum. Einen Lehrer konnte sie nicht entdecken. Dafür sah sie einen mit Kindern in ihrem Alter vollgestopftes Zimmer, in welchem alle durcheinanderliefen, mit Papierkügelchen warfen oder sich balgten. Anfangs hatte sie den Eindruck, niemand würde sie wahrnehmen. Doch dann rief plötzlich ein schlaksiger Junge mit schwarzen Haaren und buschigen Augenbrauen: »Seht mal, da ist eine Zuckertütentrine.« Nun richteten alle Kinder ihre Aufmerksamkeit auf die Neue mit den fröhlichen Affenschaukeln und der Schultüte in der Hand.

»Einschulung war schon längst. Hast wohl verschlafen, was?«, kam es nun aus der anderen Ecke der Klasse von einem untersetzten, blonden Jungen mit geflickter Jacke, unter der er seinen linken Arm in einem Verband trug. Einige der Mitschüler lachten. Marianne wollte am liebsten sofort im Erdboden versinken. Stattdessen drehte sie sich auf der Stelle um und verließ fluchtartig den Raum. Dabei lief sie direkt in die Arme einer Frau.

»Du bist bestimmt Marianne Schneider«, hörte das Mädchen eine freundliche Stimme sagen und schaute nach oben. Vor ihr stand eine für Mariannes Begriffe uralte Frau mit faltigem Gesicht und einem strengen Haarknoten. »Wir haben dich heute erwartet, nachdem du deine Krankheit überstanden hast. Ich bin Fräulein Guth, deine Lehrerin. Komm, wir gehen gemeinsam in die Klasse.«

Bereitwillig ließ sich Marianne zurück in den Klassenraum führen. Mutti hatte ihr schon erzählt, was sie für eine Lehrerin bekommen würde, nämlich nach Muttis Meinung eine sehr gute vom alten Schlag, die sich ihres Berufes wegen nie verheiratet hatte und als »Fräulein« angesprochen werden müsste. Marianne war erstaunt, wie ruhig alle Kinder plötzlich waren, als sie mit Fräulein Guth im Rücken auftauchte. Sämtliche Mitschüler saßen kerzengerade in ihren Bänken und schauten mit großen Augen, als könnten sie kein Wässerchen trüben. Die Lehrerin suchte die Bänke ab, bis sie sich entschied, Marianne in die erste Bank zwischen ein schmales Mädchen mit großen braunen Augen und den blonden Rufer mit dem verletzten Arm zu setzen. Fast alle der eng hintereinander gestellten, für jeweils zwei Schüler ausgelegten Schulbänke waren mit drei Kindern besetzt. Da an ihrer Bank der Platz nicht reichte, durfte sie die Schultüte hinter dem Lehrerpult abstellen, was ein unterdrücktes Kichern in der Klasse auslöste. Dann nahm Marianne Platz und schaute den gesamten ersten Schultag nur auf die Lehrerin, drehte sich nicht ein einziges Mal nach den Mitschülern um. Schon gar nicht richtete sie ihre Augen auf den rechten Nachbarn, der sie so vorlaut in der Klasse begrüßt hatte. Sie nahm sich vor, diesen Rüpel niemals anzuschauen. Niemals, solange sie in diese Schule gehen würde. Sie warf einen neugierigen Blick auf ihre linke Nachbarin, die ihr freundlich zulächelte. Ansonsten konzentrierte sich Marianne auf das, was die Lehrerin erzählte. Obwohl sie Unterricht versäumt hatte, verstand sie alles, was Fräulein Guth erzählte.

Nach dem Unterricht schnappte sich Marianne ihre Sachen und eilte nach Hause. Allein lief sie den Landweg nach Wadewitz. Zu Hause stürmte sie als Erstes in das Zimmer, wo ihre Mutter gerade Wäsche zusammenlegte. Wütend warf die Sechsjährige ihre Sachen auf das Bett, auf dem Gitti saß und mit einem Bleistift Zeitungsränder bekritzelte. Marianne schaute die Mutter mit funkelnden Augen an und schimpfte, wobei Satzfetzen zu hören waren wie »habe ich doch gesagt« oder »du wolltest es ja nicht glauben«. Still hörte die Mutter sich den Ärger ihrer Tochter an und verzog dabei keine Miene. Erst als die Rede ruhiger wurde, bat sie Marianne: »Kannst du mal bitte da die weiße Bluse rübergeben«, was die Tochter folgsam tat. Wenig später berichtete Marianne aufgeregt und mit leuchtenden Augen von ihrem ersten Schultag und dem Fräulein Guth.

Zwei Wochen waren vergangen. Ein gezimmertes Floß wippte auf den flachen Wellen des Dorfteiches. Der winzige Schritt bis zum Floß stellte für Marianne kein Problem dar, jedenfalls nicht wegen der Entfernung. Aber Oma Paula hatte ihr verboten, noch einmal auf das Floß zu steigen. Die Großmutter hatte sehr böse reagiert, als sie Marianne das erste Mal darauf erwischt hatte. Dabei konnte doch jeder sehen, wie stabil das Gefährt gebaut war und wie sicher es auf dem Dorfteich schwamm. Artur und Udo waren sehr stolz auf ihr Werk. Die beiden Jungs aus dem Dorf hatten zwei leere Treibstofffässer mit Brettern vertäut. Ein Stuhl mit zerrissener Sitzfläche aus Flechtwerk diente als Kommandostand für den Kapitän. Meist ernannte sich Artur dazu. Udo fiel die Rolle als Steuermann zu, und er musste mit einer Wäschestange staken. Einem Beobachter wäre schnell klar gewesen, wie es zu der Aufgabenverteilung gekommen war. Der zehnjährige Artur erschien älter, mit breiter Statur und ausholenden Bewegungen. Das kräftige Kinn schob er beim Gehen meist nach vorn, und dazu trug er eine wilde Haartolle vor der Stirn. Udo dagegen mit seiner schlanken Statur und der blassen Hautfarbe wirkte noch nicht wie ein Neunjähriger. Er trug kurze Hosen, was ihm zusätzlich ein kindliches Aussehen verlieh. Udo hielt das Floß mit der Stange am Ufer, während Artur Marianne die Hand hinhielt.

»Los, komm!«

Das Mädchen fühlte sich geschmeichelt, da die älteren Jungs sie in ihr Spiel einbezogen. Es war aufregend, von so starken Jungen auf das Floß gebeten zu werden. Gleichzeitig fühlte sie sich verlegen.

»Und wenn meine Oma kommt?«

»Die kommt aber nicht. Los, du bist die Piratenbraut. Wir wollen endlich ablegen. Alle Mann an Bord.«

»Wieso alle Mann? Ich bin eine Frau!«

»Was? Ach, Mensch, los, komm jetzt!« Artur griff Mariannes Hand und zog leicht an ihr. Als hätte es nur noch dieses Impulses bedurft, sprang Marianne mit einem kleinen Satz hinüber. Das sonnige Juliwetter bildete die ideale Voraussetzung, um in See zu stechen. Vom gegenüberliegenden Hof krähte ein Hahn beim Ablegen, begleitet vom Geschnatter einer Gänseschar. Das Federvieh benahm sich wie eine bestellte Kapelle zur Verabschiedung der Kreuzfahrer. Udo drückte die Stange gegen die Grasnarbe am Ufer, und das Floß nahm Fahrt auf.

»Ahoi, Lady«, rief Artur, »wir haben dich jetzt geraubt und entführen dich auf unsere Seeräuberinsel.«

»Oh, na dann wartet mal ab, ob mein Volk mich nicht retten wird. Ich bin nämlich eine berühmte Prinzessin. Mein Vater, der König, wird alle Krieger des Landes schicken, um mich zu befreien.« Marianne machte den Jungs mit dramatischen Gesten klar, welches Risiko sie eingingen.

Udo hatte derweil das Floß schon auf die Mitte des Weihers getrieben. Er musste die Holzstange an dieser Stelle fast anderthalb Meter eintauchen. Mit jedem Einstich in das Wasser wirbelte er helle Schlammwolken auf, sodass sich ihr Weg vom Ufer in die Teichmitte anhand der sich ausbreitenden Trübungen im Wasser verfolgen ließ.

»Ich glaube, der erste Krieger deines Volkes kommt schon«, bemerkte Udo und wies mit seinem Kopf zum Ufer.

»Oh, oh«, entfuhr es Artur leise, während Marianne Udo fragend anschaute. Dann drehte sie sich um, und der Schreck versetzte sie in Panik. Sie sah Oma Paula laut fluchend aus der Seitenstraße zum Teich eilen, mit der linken Hand heftig winkend. In der rechten hielt sie etwas, das Marianne auf die Entfernung nicht erkennen konnte. Ich muss hier weg, sie darf mich hier nicht sehen, schoss es Marianne durch den Kopf. Bevor sie nachdenken konnte, was zu tun sei, hatte sich ihr Körper schon entschieden, und sie war kurzerhand an Udo vorbei ins Wasser gesprungen. Nur so konnte sie sich den Blicken der Oma entziehen. Sie hatte sich schließlich einem eindeutigen Verbot widersetzt. Das Wasser nahm Marianne mit einem Platschen in seine kühlen Arme. Als sie nur noch trübes Graubraun vor ihren Augen sah, fiel ihr ein, dass sie nicht schwimmen konnte. Hektisch begann sie mit Armen und Beinen zu strampeln. Plötzlich tauchten die Gesichter von Artur und Udo vor ihr auf. Sie nahm die Arme der beiden wahr und spürte, wie Hände sie an den Schultern und am Rücken des Pullovers packten. Ihr Körper flog nach oben, ohne dass sie etwas tun musste. Derb schlug ihr die Floßkante in die Leiste, als sie mit dem Oberkörper auf dem Holz zu liegen kam.

»Maariijannne!«, scholl es vom Ufer, »kommt sofort her!« Das Mädchen hörte ihre Großmutter eigenartig gedämpft. Ah, da war

Wasser in den Ohren. Aber nicht nur in den Ohren. Das Wasser lief nun nach und nach aus ihren Körperöffnungen, den Haaren und den Kleidungsstücken auf die Planken. Marianne schmeckte faulige Erde, musste mehrmals husten.

»Bist du verrückt? Du kannst doch nicht einfach über Bord springen!« Artur fand nach dem Schreck als Erster seine Sprache wieder. Er half Marianne auf das Floß, als sie sich wie eine Robbe Stück für Stück über die Kante hinaufschob.

»Sollen wir an das andere Ufer fahren, dann kriegt sie dich nicht?«, wollte Udo wissen, der inzwischen die Stange schon wieder in das Wasser tauchte, um sich vom Teichgrund abzudrücken. Marianne setzte sich auf und wrang ihre geflochtenen Zöpfe aus. Die Kleidung klebte an ihrem Körper. Mit dem nassen Ärmel wischte sie unter ihrer Nase entlang.

»Nein, sie hat mich doch gesehen. Ihr müsst mich zu ihr bringen.« Marianne fröstelte, außerdem wurde ihr flau im Magen. Es war dieses furchtbare Gefühl, welches sie stets bei drohender Bestrafung übermannte. Sie war nicht nur trotz Verbot wieder auf das Floß gestiegen, außerdem war sie auch noch völlig durchnässt. Dazu fühlte sie sich den Jungs gegenüber absolut lächerlich. Am liebsten würde sie nicht mehr da sein. Könnte sich der Teich nicht noch einmal auftun und sie verschlucken? Das Floß bewegte sich auf Oma Paula zu. Je näher sie kamen, desto deutlicher sah Marianne die Wutfalten in Omas Gesicht. Jetzt erkannte sie den Wischlappen in Großmutters Hand. Darüber dachte Marianne jedoch nicht nach. Sie spürte lediglich den Ärger, dem sie immer näherkam. Hätte sie doch nur Udo zugestimmt, in die entgegengesetzte Richtung zu fahren. Aber wahrscheinlich wäre dann alles noch schlimmer geworden. Sie landeten am Ufer, und kaum legte das Wassergefährt an, schnappte sich Oma Paula ihr Enkelkind und zog es herunter.

Das Mädchen hörte das schrille Schimpfen und spürte immer wieder den nassen Scheuerlappen mit lautem Klatschen auf ihren noch nasseren Körper schlagen. Sie zog den Kopf ein und huschte geduckt mit schnellen Schritten vor der Oma her, als wollte sie weglaufen, traute sich aber nicht. Mit dem letzten heftigen Schlag traf Paula ihren Nacken, wobei sich das Lappenende über Ohr und Gesicht legte. Dennoch hörte Marianne die keifende Oma hervorragend: »Jetzt ab nach Hause, dann ziehst du die nassen Klamotten aus und bleibst nackt, bis die Sachen trocken sind, damit du mal lernst zu gehorchen.«

Die beiden Jungs waren derweil schleunigst wieder auf den Teich geflößt. Sie waren bereits zu dem Schluss gekommen, Frauen an Bord von Piratenschiffen bringen nur Unglück.

Oma und Marianne kamen in der Unterkunft an, welche aus einem einzigen größeren Zimmer im Haupthaus eines kleinen Bauernhofes bestand. In diesem Zimmer schliefen, aßen und lebten sie. Marianne teilte mit ihrer Schwester ein Bett, die Erwachsenen besaßen jeder für sich eine Schlafstelle. Marianne leistete schleunigst der Anweisung ihrer Großmutter Folge und entledigte sich ihrer Sachen. Oma Paula hängte die Kleidungsstücke auf dem Hof der Wirtsfamilie auf. Obwohl sie als schlesische Flüchtlinge von Amts wegen untergebracht waren, ohne dass die Wirtsfamilie gefragt worden war, behandelten die Dickmessers ihre fünf Gäste sehr freundlich und waren überaus hilfsbereit. Während Oma Paula zum Teich gelaufen war, hatte die Hofherrin auf die dreijährige Gitti aufgepasst. Noch immer in Erregung berichtete die Großmutter der Frau Dickmesser von der ungezogenen Marianne und ihrer missglückten Seefahrt.

Marianne hatte sich inzwischen im Haus nackt und bedrückt auf ihr Bett gesetzt und blätterte in »Peterchens Mondfahrt«, ohne die Bilder oder die Buchstaben wirklich wahrzunehmen. Sie stellte sich vor, was passieren würde, wenn Oma alles der Mama erzählte. Mama war heute mit Opa Hans und Onkel Horst noch einmal zurück nach Legwitz gefahren, um von den eingemauerten Sachen die wichtigsten Dinge nachzuholen. Sie hatte ihr versprochen, auch die Puppe Peter mitzubringen. Marianne mochte gar nicht daran denken, wie es wäre, wenn die Mutter ihr Versprechen heute wieder nicht halten würde. Das Mädchen stand auf und holte Helga vom Ofen. Dann setzte sie sich wieder auf das Bett.

»Wenn doch nur der Papa hier wäre«, erklärte sie der Puppe traurig, »dann würde die Omi nicht so schimpfen. Kannst du mir nicht sagen, wo der Papa ist? Lebt er denn noch?« Marianne ließ sich auf das Bett fallen, Helga fest in ihren Armen. Da ihr kalt wurde, wickelte sie sich und die Puppe in die Decke ein, den Blick leer in das karge Zimmer gerichtet.

Erinnerungen zogen an ihr vorbei: Papa mit Fleischerschürze in der Werkstatt, wie er für sie Grimassen schnitt, bis sie lachen musste; Papa am Steuer des *Adlers,* mit der ganzen Familie auf dem Weg ins Riesengebirge, wo der Schnee meterhoch die Straße säumte und Papa mit Absicht Zickzack fuhr, bis Marianne vor Vergnügen kreischte. Sie erinnerte sich, wie Papa ihr aus seinen Büchern vorlas. Sie verstand zwar den Inhalt nicht, genoss jedoch, wie er die Stimme verstellen konnte. Als Marianne jetzt beiläufig mit dem Handrücken die Augen wischte, bemerkte sie ihre Tränen. Auf ihrem Kopfkissen fand sie einen nassen Fleck. Marianne glaubte nicht, dass ihr Papa noch lebte. Wäre er sonst nicht schon längst aus dem Krieg zurückgekehrt? Der Krieg war doch vorbei. Bereits seit über zwei Monaten waren die Russen in Wadewitz. Da hätte er ja längst aus der Gefangenschaft oder seinem Versteck zurückkehren können. Oder war er so weit weg, dass er noch mehr Zeit für seinen Weg nach Hause brauchte? Sie schaute Helga an, die mit dunklen Augen ihren Blick erwiderte. Eine Antwort gab Helga ihr aber auch nicht. Offensichtlich war Helga heute nicht gut drauf und sprach deshalb nicht.

Manchmal war das anders, da tröstete die Puppe Marianne sogar. Vorige Woche zum Beispiel, da hatte Helga Marianne erklärt, warum Mutti so stark Mariannes Wange geschrubbt hatte, was sehr unangenehm gewesen war. Noch abends im Bett hatte die Haut gebrannt. Und das war so gekommen: Marianne war nachmittags mit Rosemarie aus dem Dorf spielen gewesen. Am Waldrand, da, wo der Sandbach seinen Lauf nach Bornitz nimmt, stand ein ausgebrannter Russenpanzer. Dort flochten sie Klee zu kleinen Kränzen. Jede von ihnen hatte sogar einen Kranz nur aus rotem Klee. Der weiße Klee stand überall, aber der rote war eine Rarität. Schon lange nicht mehr war den Kindern das Leben so friedlich vorgekommen wie an jenem Nachmittag. Am Wald sangen die Amseln ihre geschwätzigen Arien und die Meisen gaben mit gleichförmigem Sägen an. Ein Rotschwänzchenpaar untersuchte den Panzer auf einen geeigneten Bauplatz für ein Nest. Doch es fand keinen und zog ab. Ein Mückenschwarm tanzte neben dem Sandbach in der Luft. Vor allem, wenn die Sonne es durch die Wolken schaffte, war der Schwarm gegen das Licht in eiligen Bewegungen zu beobachten. Die Mädchen stimmten in den Gesang der Vögel mit ein, sangen vom Hänschen klein.

Da hörten sie plötzlich Musik vom Dorf herüber schwirren, lustige Musik, nur in Fetzen vom Wind herangetragen. Natürlich wurden beide sofort neugierig. Musik aus dem Dorf, dem kleinen Dorf Wadewitz, wer konnte das sein? Was war dort los? Bestimmt war der Radiowagen der Roten Armee im Dorf.

Sie rannten zum Dorf zurück und entdeckten drei sowjetische Soldaten vor dem Gasthof unweit des Teiches. Einer der Rotarmisten hüpfte mit seinen Fingern über die Tasten eines Akkordeons, die beiden anderen sangen mit hellen Stimmen. Die Mädchen verlangsamten den Schritt, pirschten sich vorsichtig an die musizierenden Männer heran. Mit Russen zu sprechen, hatte Mutti verboten. Klare Anweisungen gab es von ihr: »Lauf weg und versteck dich, wenn du Russen siehst. Du musst unsichtbar sein für diese Unmenschen, die sich wie die wilden Tiere benehmen.« Aber dort saßen drei Russen und spielten und sangen so fröhlich, so heiter. Das konnten keine Unmenschen sein. Die beiden reinen, klaren Stimmen der Sänger wirkten wie Magnete auf die Mädchen, genau wie das flinke Spiel des Akkordeonspielers. Zumal die Musikanten nun mit den Mädchen Blickkontakt aufnahmen und ihnen zuzwinkerten. Erschrocken und verlegen blieben die Mädchen stehen, trauten sich erst weiter, als der jüngere Sänger mit keck in den Nacken geschobenem Käppi Marianne und ihre Gefährtin zu sich heranwinkte. Mit großen Augen und roten Wangen gingen die Kinder näher heran, sahen dabei nicht, wie in den umliegenden Häusern aus dunklen Fenstern heraus Augenpaare die Szene beobachteten. Die Mädchen waren nun bis auf zwei Schritte an die Musiker herangetreten. Der Akkordeonspieler sprach zu den Kindern, doch diese verstanden nicht, auch nicht das folgende Lachen. Da fragte der jugendliche Sänger: »Wie eure Namen?«

»Ich bin Marianne, und das ist Rosemarie«, antwortete Marianne gleich für ihre Freundin mit.

»Marianka, Marianka!«, rief der Soldat. Dann stimmten sie wieder die Lieder von Katjuscha und Kalinka an. Plötzlich sangen sie in deutscher Sprache vom Heidenröslein. Das Lied kannte Marianne natürlich – von Opa Wilhelm aus dem Grammophon. Manchmal hatte Tante Margarete das Lied auch gesungen oder es war im Radio gespielt worden. Auch Marianne konnte es schon auswendig mitsingen. Mitten im Lied wechselten die Russen in einen zweistimmigen Gesang. Die Kinder hörten wie gebannt mit weiten Augen und offenen Mündern zu. So einen schönen Gesang hatte Marianne noch nie gehört. Dann sangen die Männer »Rosamunde, gib mir dein Cherz und sag ja.« Marianne rührte sich auch dann noch nicht, als die Rotarmisten die Musik beendeten und das Akkordeon auf dem Geländewagen verstauten, mit dem sie gekommen waren.

»Mach gut, Marianka und Rosamunde«, sagte der junge Soldat und gab Marianne einen Kuss auf die Wange. Der alte Akkordeonspieler fuhr mit der Hand zum Abschied durch Rosemaries Haar und gab beiden Mädchen jeweils ein hellbraunes, viereckiges Bonbon. Dann sprangen sie auf den Geländewagen und fuhren von dannen. Die Bonbons schoben sich die Mädchen sogleich in den Mund. Oh, waren die schön süß.

Das Auto war kaum in der Kurve verschwunden, als Dorothea hinter dem Gasthof hervorstürzte. Mit Feuer in den Augen und schmalem Mund rannte sie zu ihrer Tochter, nahm ihre Hand, schaute sie aber nicht an, blickte vielmehr grimmig zu Rosemarie, der sie zuwarf: »Du gehst jetzt auch nach Hause!«

Schweigend zog Dorothea ihre Tochter die Straße entlang. Marianne kam kaum hinter. Der Reaktion ihrer Mutter entnahm Marianne, sie musste etwas Schlimmes getan haben. Aber was? Nur weil sie die Regel nicht befolgt hatte, vor den Russen wegzulaufen? Es hatte doch jeder sehen können, dass die drei Musikanten nicht böse waren. Zu Hause zerrte die Mutter das Kind in die Waschküche, noch immer ohne zu sprechen. Jetzt erst bemerkte sie, wie Marianne ein Bonbon lutschte.

»Gib das sofort her!«, herrschte die Mutter, holte mit dem Finger das Bonbon aus dem Mund des Kindes und warf es in hohem Bogen in einen Eimer mit Brauchwasser, auf dem die Familie oft das kleine Geschäft verrichtete. Dann knurrte sie: »Wo hat er dich berührt?«

Marianne verstand nicht, was ihre Mutter damit meinte und antwortete nicht. Dorothea schien jedoch gar keine Antwort zu erwarten und hatte bereits die Bürste mit dem Holzgriff und echten Schweineborsten in die Hand genommen und eingeseift. Dann begann sie mit aller Kraft Mariannes Wange abzuschrubben. Den Kopf des Kindes hatte sie sich unter den linken Arm geklemmt und scheuerte mit der rechten Hand und entrücktem Blick die Bürste über Mariannes zarte Mädchenhaut.

»Hat er dich sonst noch irgendwo berührt?« Die Mutter unterbrach ihr Tun, schaute Marianne ernst an. Diese schüttelte den

Kopf, wobei sie halb verwirrt, halb fragend den Blick der Mutter erwiderte. Sofort setzte die Mutter die Reinigung fort, rubbelte weiter Mariannes Wange. Nun begann Marianne zu schluchzen, was Dorothea nicht bemerkte. Nicht, dass das Scheuern an der Wange schmerzte, nein, das merkte sie kaum noch, da die Wange sich inzwischen taub anfühlte. Vielmehr bekam Marianne Beklemmungen im Haltegriff der Mutter, aus dem es kein Entrinnen gab. Der Kopf bewegte sich durch das Bürsten hin und her, und Marianne hatte keine Möglichkeit, die Bewegungen zu beeinflussen. Erst als Oma Paula mit der kleinen Gitti an der Hand plötzlich im Türrahmen der Waschküche stand und fragte, was hier los sei, ließ Dorothea ab und nahm das weinende Kind wahr.

»Mariannchen, nicht weinen, das muss sein. Ich hatte dir gesagt, du sollst nicht zu den Russen gehen. Und nun siehst du, was passiert, wenn ein Kind nicht auf seine Mutter hört«, belehrte Dorothea ihre Tochter mit leiser, eindringlicher Stimme, die Augen ernst und mit einer gehörigen Portion Enttäuschung auf das immer noch weinende Kind gerichtet. Marianne erwiderte den Blick nicht. Zumal sie die Mutter wegen der abgeschnittenen Haare sowieso nicht mehr so gern anschaute. Als die Russen Wadewitz besetzt hatten, war Mutti eines Tages weinend nach Hause gekommen – mit einem langen Riss im Rock und Striemen am Hals. Daraufhin hatte sie sich ihre schönen brünetten Locken abgeschnitten.

An dieses Erlebnis erinnerte Marianne sich jetzt. Helga hatte ihr erklärt, die Mutter hätte es nur gut gemeint und außerdem eine sehr große Angst vor den Soldaten der Sowjetarmee gehabt, die man eigentlich gar nicht zu haben bräuchte. Das hatte Marianne damals bestätigt, denn die singenden Soldaten waren doch sehr lieb gewesen, und der, der ihr den Kuss auf die Wange gedrückt hatte, war auch noch schmuck dazu gewesen. Sie hatte Helga auch erzählt, wie sie das Bonbon hinterher heimlich aus dem Eimer wieder herausgeholt, abgespült und weitergelutscht hatte.

Plötzlich hörte Marianne die Stimmen von Mama, Opa Hans und Onkel Rudi auf dem Flur, die sich mit Oma Paula unterhielten. Offensichtlich waren die drei Legwitzfahrer zurückgekehrt. In dem Moment öffnete sich die Zimmertür und Gitti stürmte herein. Eigentlich wollte Marianne aus dem Bett springen und gleich zur Mama laufen, um nach ihrer Puppe Peter zu fragen. Doch ihre Blöße hinderte sie daran. Gitti ließ die Tür offen und eilte zu ihr ans Bett, machte Anstalten, unter die Decke zu kriechen. Marianne hielt jedoch die Zudecke fest und forderte Gitti auf, die Zimmertür zu schließen. Sie sah im Flur die Erwachsenen miteinander reden. Für einen kurzen Moment traf sich ihr Blick mit dem der Mutter, welche stutzte.

»Wieso liegt denn die Marianne im Bett?« Dabei war nicht eindeutig, ob sie die Frage an Oma Paula oder Marianne selbst richtete. Gitti zog nun kräftig an der Decke, die Marianne krampfhaft festhielt. Obwohl Marianne die Stärkere war, gelang es Gitti für einen Moment, das Daunenbett, welches sie aus Legwitz mitgenommen hatten, ein Stück herunterzuziehen.

»Hör auf!«, fuhr Marianne ihre Schwester giftig an. Da begann diese, »Nanne ist nackig, Nanne ist nackig« zu rufen.

In diesem Moment erhielt Marianne nun vollends die Aufmerksamkeit ihrer Mutter, die in das Zimmer der Mädchen hereinkam, gefolgt von Oma Paula. Rudi dagegen verschwand eilig auf den Hof.

»Mariannchen, warum bist du denn im Bett und auch noch nackt?«, erneuerte Dorothea ihre Frage. Marianne bekam einen roten Kopf, schaute unsicher von ihrer Mutter zu Oma Paula.

»Mich musst du da nicht anschauen, das kannst du schön selbst erzählen«, verweigerte die Oma ihrer Enkelin die Hilfe. Also blieb Marianne nichts weiter übrig, als der Mutter in knappen Sätzen von der Floßfahrt trotz Großmutters Verbot, ihrem Sturz in den Dorfteich und den nun trocknenden Sachen zu erzählen. Wieder bekam Mamas Gesicht diesen enttäuschten und traurigen Ausdruck, der Marianne ein schlechtes Gewissen machte, als hätte sie gerade Gott persönlich seine liebste Nachspeise weggegessen.

»Mariannchen, ich dachte, ich kann mich auf dich verlassen, wenn ich nicht da bin.« Wie ein Stein lag die Schuld auf Mariannes Brust. Die Worte der Mutter bewirkten das Gefühl, als würde dieser Stein unermesslich wachsen. Die Mama fuhr mit leiser Stimme fort: »Das darfst du nie wieder tun, mir solch einen Kummer zu bereiten. Versprichst du mir das?« Marianne nickte, schaute die Mutter dabei jedoch nicht an.

»Du musst mich anschauen und mir versprechen, immer schön artig zu sein, Mariannchen, schau mich an.« Marianne überwand sich und blickte in die von einem Igelschnitt umrahmte leidvolle Mimik der Mutter.

»Ja«, antwortete das Kind mit belegter Stimme.

Dorothea stand auf und wollte das Zimmer verlassen, vorbei an Oma Paula, die im Türrahmen stehengeblieben war. Sie war fast draußen, als Marianne sich traute zu fragen.

»Habt ihr Peter mitgebracht?«

Dorothea drehte sich noch einmal um, schüttelte den Kopf, um dann zu verschwinden.

»Kannst dir frische Sachen anziehen und wieder aus dem Zimmer rauskommen«, entschied Oma Paula mit milder Stimme und schloss von außen die Tür. Gitti sprang auf und folgte der Oma, wobei sie erneut die Zimmertür aufstehen ließ.

Zutiefst enttäuscht und wütend kletterte Marianne aus dem Bett und drückte die Tür ins Schloss. Dann öffnete sie den truhenartigen, mit zwei breiten Lederriemen umschlossenen braunen Koffer, der allen Familienmitgliedern als Kleiderschrank diente, um sich saubere Kleidung herauszusuchen. Gleichzeitig schwankten ihre Gefühle zwischen schlechtem Gewissen, die Erwachsenen enttäuscht zu haben, und der Enttäuschung durch die Mutter, welche Peter nicht mitgebracht hatte. Die Enttäuschung wog stärker. Nie wieder würde sie der Mutter glauben! Nie wieder würde sie der Mutter vertrauen! Niemandem würde sie mehr vertrauen, nur noch sich selbst. Sie würde schon allein klarkommen, das würde die Welt schon sehen. Und wenn sie dabei einsam war, na und? Das macht ihr doch nichts aus. Am besten war, gar nicht mehr an Peter zu denken. Auch Peter brauchte sie nicht. Das war ihr doch egal, wo der jetzt war. Aus den Augen, aus dem Sinn! Genau wie Papa, der war schließlich auch weg, und es tat ihr kein bisschen weh!

Solche Gedanken schossen Marianne durch den Kopf und verfestigten ein Fundament, auf dem sie ihr gesamtes Leben aufbauen sollte. Seit der Vater fort war und seit die Mutter mit der Flucht und dem Überleben beschäftigt war, sich dabei kaum noch um die Mädchen kümmern konnte, erschuf Marianne sich eine harte Lebenshaltung, bei welcher sie Trauer, Verlust, Einsamkeit, Enttäuschung, Sehnsucht und all die anderen schmerzlichen Gefühle nicht mehr spüren musste. Als sie sich angekleidet hatte, schnappte sie sich die Puppe Helga, verstaute sie in der Truhe und widmete sich der Fibel. Jetzt bist du ein Schulkind, weg mit der Puppe!, rief eine innere Stimme.

Später saß die Familie beim kargen Abendbrot. Einziges Gesprächsthema war die Fahrt mit dem Lieferwagen nach Legwitz. Johann, Dorothea und Rudi hatten es bis in die ehemalige Heimatstadt geschafft, ohne durch die sowjetische Besatzungsarmee kontrolliert zu werden. Das war ungewöhnlich, denn zivile Kraftfahrzeuge waren kaum unterwegs. Wenn mal eins fuhr, fiel es auf wie ein Habicht im Hühnerstall. Auch die Rückfahrt klappte unbehelligt, woraufhin alle im Grunde sehr erleichtert waren. Dennoch gab es einen riesigen Wermutstropfen, eigentlich ein ganzes Fass voller Wermut, das die Stimmung am Tisch zwischen Frustration und Zorn hin und her schwanken ließ. Das eingemauerte Familieneigentum war samt und sonders verloren. Die von Gustav Schneider mühsam errichtete Mauer im Keller ihres Hauses in der Feldstraße war zertrümmert worden. Jemand hatte die versteckte Kammer komplett ausgeräumt. In den Wohnungen trafen die drei Rückkehrer auf polnische Familien, die mit unverhohlener Feindseligkeit die Türen öffneten. Niemand konnte oder wollte Auskunft darüber geben, wo der verschwundene Hausrat abgeblieben sein könnte. Es war ein eigenartiges Gefühl, sich in dem Haus, das ihnen doch gehörte, als Fremde zu bewegen. Als Dorothea an der Wohnungstür klingelte, hinter der sie ihre beiden Kinder zur Welt gebracht hatte, öffnete Helena, die täglich den Fleischerladen gereinigt hatte. Schon seit Bruno und Dorothea ein Paar waren, hatte die fleißige Polin für die Schneiders gearbeitet. Sie musste Anfang fünfzig sein; eine hagere Frau, die ihre grau durchsetzten, schwarzen Haare zu einem Knoten zusammenband. Oft hatte sie Dorothea Mut gemacht, wenn die Schwiegermutter ihre Giftpfeile gegen sie abgeschossen hatte. Helena öffnete also die Tür, und ihr Gesicht verriet nur kurz die Überraschung, die der Besuch Dorotheas bei ihr auslöste. Dann versteinerte sich die Miene und einsilbig reagierte die ehemalige Bedienstete auf Dorotheas Fragen, während sie im Türrahmen stehen blieb.

»Darf ich hereinkommen?«, fragte Dorothea so freundlich wie möglich.

»Es ist gerade ungünstig«, meinte Helena und verweigerte ihr den Zutritt in die Wohnung. Bei Dorothea breitete sich ein Gefühl aus, als würde ihr Blut ins Stocken geraten und nur noch dickflüssig und schwerfällig durch den Körper fließen. Auch das Sprechen fiel ihr schwer, da ein Kloß im Hals den Redefluss bremste. Sie spürte Impulse, entweder auf Helena einzuschlagen oder wegzulaufen. Als die Polin vorgab, keinerlei Kenntnis vom Verbleib der Dinge aus dem Kellerversteck zu haben, drehte sich Dorothea auf dem Absatz um und stürmte die Treppe hinunter zu ihrem Vater und Horst, die das Hinterhaus danach überprüft hatten, ob sich noch Gegenstände aus dem verschwundenen Inventar finden ließen. Aber die beiden Männer hatten ebenso wenig Glück gehabt.

Die Rückfahrt von Legwitz nach Wadewitz war sowohl für Dorothea, als auch für Johann Kasubke der Zeitpunkt, an dem sie das erste Mal wirklich begriffen hatten, ihr gewohntes Leben endgültig verloren zu haben. Bis dahin hatte im Hinterkopf immer noch die Überzeugung festgesessen, sie würden zurückkehren können und alles wäre wie früher. Nun war sonnenklar: Es gab kein Zurück, für niemanden, niemals. Aber auf der Rückfahrt wollte sich darüber keine Traurigkeit einstellen, nur Leere und das Empfinden, in einer unwirklichen Welt zu leben. Die Ereignisse rauschten seit Monaten an ihnen vorbei. Blättern gleich, die in einen Gebirgsfluss gefallen waren. Dieser trug sie nun irgendwohin und wirbelte sie herum, vorerst nach Wadewitz, an diesen kleinen hölzernen Tisch auf dem Hof ihrer Gastgeber zwischen all den gestapelten Umzugskisten, in denen sie ihr verbliebenes Hab und Gut verwahrten.

Der Juli war trocken. Dickmessers hatten ihr Einverständnis gegeben, den Tisch unter dem Kirschbaum aufzustellen. Aus der engen Stube raus unter den freien, weiten Himmel.

Nachdem die Fahrt nach Legwitz ausgiebig beim Abendbrot ausgewertet worden war und die angestaute Wut sich zumindest verbal Luft verschafft hatte, gingen die Anwesenden dazu über, Alltagsfragen zu klären. Morgen war Sonntag, schulfrei. An freien Tagen konnte Marianne mit ihrer neuen Freundin Rosemarie oder mit Artur herumstromern und die schönsten Abenteuer erleben. Nur floßfahren konnte sie nun erst einmal nicht mehr. Vielleicht würden sie morgen dafür wieder auf Bäume klettern. Artur konnte prima klettern und half Marianne an den schwierigen Stellen. Letztes Wochenende spielten sie Rettung vor wilden Tieren. Sie mussten sich vor einer Gruppe Löwen retten und deshalb bis in die oberste Baumkrone steigen. Das wollte Marianne morgen gern wiederholen. Also fragte sie vorsorglich schon am Abend die Mutter.

»Darf ich morgen gleich früh rausgehen?« Für Marianne kam in Wirklichkeit keine andere Antwort als »ja« in Betracht. Schließlich durfte Marianne immer draußen spielen. Aber heute reagierte die Mutter anders als erwartet.

»Nein, morgen kommst du mit mir mit. Der Tag heute hat gezeigt, dass man dich noch nicht allein draußen rumlaufen lassen kann.«

Enttäuscht fragte das Kind: »Und wohin soll ich mitkommen?« Intuitiv ließ sie ihre Frage so freundlich wie möglich klingen. Schließlich war sie heute unartig gewesen. Widerrede stand ihr jetzt nicht zu.

»Wir werden mit dem Fahrrad nach Oschatz fahren. Ich muss ein paar Dinge besorgen«, erklärte die Mutter. Sie hielt es nicht für sinnvoll, der Kleinen genauer zu erläutern, dass sie hoffte, auf dem Schwarzmarkt etwas Schmuck im Tausch gegen Lebensmittel versetzen zu können. Sie besaßen ausreichend Geld, aber dafür konnte man kaum noch etwas bekommen. Tauschen funktionierte besser. Täglich kämpfte sie darum, etwas zu essen auf den Tisch zu bekommen. Es gab manchmal Tage, an denen ihr das nicht gelang. Der Hunger war eine völlig neue Erfahrung. Dorothea hasste ihn. Er war das Schlimmste in dieser Zeit. Noch schlimmer, als von den Russen kommandiert zu werden. Schlimmer als der verlorene Krieg. In ihrer Wahrnehmung auch schlimmer als der Verlust des Zuhauses in Legwitz, denn daran dachte sie nicht. Mit Ausnahme des heutigen Besuches in ihrem Haus, als sie sich gedemütigt, wütend und traurig fühlte, verschwendete sie keinen Gedanken mehr an die Heimat. Erfolgreich verdrängte sie jeden Schmerz. Doch wenn der Hunger kam, ließ er sich nicht beiseiteschieben, sondern nagte Löcher in den Magen. Meistens schaffte sie es, mit der Hilfe von Johann und Rudi genügend Essen zu besorgen. Die Hungertage bildeten die Ausnahme. Doch für Dorothea war jeder dieser seltenen

Hungertage einer zu viel. Heute saßen sie an einem gut gedeckten Tisch, hatten sogar Kartoffeln und Möhren, dazu süße, schwarze Kirschen. Auf der Rückfahrt von Legwitz nach Wadewitz waren sie Umwege durch die Dörfer gefahren und hatten Ausschau gehalten, wo sie auf den Feldern stibitzen konnten. Kurz vor Wadewitz entdeckten sie den übervollen Kirschbaum. Weit und breit ließ sich kein Bewacher ausmachen, was sehr ungewöhnlich war. Schnell füllten sie alle Taschen und Gefäße, die sie bei sich hatten. Rudi funktionierte seine Jacke als Beutel um. So hatten sie sich heute sattgegessen und sich zum Nachtisch die süßen, fleischigen Früchte in die Wangen gestopft, sie angebissen, und dann zwischen Zunge und Gaumen zerdrückt, das Fruchtfleisch von den Steinen gelutscht, um diese dann in die Hand zu spucken, von wo sie auf dem Abfallteller gelandet waren und blaurote Flecken auf den Handinnenflächen hinterlassen hatten. Marianne dachte noch beim Einschlafen an die köstlichen Früchte, die dunkelsten Exemplare hatte sie sich herausgefischt. Gitti dagegen hatte wahllos in die Schüssel gegriffen, stets mehrere Kirschen auf einmal in den kleinen Mund geschoben, sodass die Mutter sie hatte ermahnen müssen, sich nicht zu verschlucken.

Am nächsten Morgen erwachte Marianne, als die Mutter im Zimmer mit der Morgentoilette beschäftigt war. Die anderen schliefen noch fest, insbesondere Gitti, die mehrmals in der Nacht alle geweckt hatte. Seit sie in Wadewitz angekommen waren, schreckte die kleine Schwester nachts oft hoch und rief voller Angst: »Die Kuh. Die Kuh ist wieder da.« Dorothea, Marianne oder Oma Paula beruhigten die Jüngste abwechselnd. Diese Nacht musste die Mutter auch mehrmals mit Gitti auf den Hof zum Plumpsklo, da Gitti offensichtlich die Kirschen nicht vertragen hatte. Doch jetzt ging es ihr wieder gut, und man hörte das gleichmäßige Atmen eines friedlichen Schlafes. Von Oma Paula war nur der schüttere Haarschopf zu sehen, da sie sich tief unter der

Decke verkrochen hatte. Opa Hans lag auf dem Rücken, den Mund offen, und brummte beim Atmen. Marianne kroch leise unter der Decke hervor und stieg aus dem Bett. Sie nahm die verbrauchte Luft im Raum wahr. Aus Angst vor nächtlichen Eindringlingen schliefen sie bei geschlossenen Fenstern. Die Mama lächelte Marianne zu und bedeutete ihr, sich anzuziehen. Die Sonne leuchtete durch die braunen Vorhänge, es schien ein warmer Tag zu werden. Die beiden Frühaufsteher gaben sich Mühe, so leise wie möglich zu sein, um die anderen nicht zu wecken. Die Mutter hatte bereits alle notwendigen Dinge zusammengepackt: etwas Proviant, eine Trinkflasche mit Wasser, ihre Papiere und ein paar Schmuckstücke, die sie in Oschatz versetzen wollte. Jetzt sah Marianne, wie Mama fertig angekleidet aus der Essenskiste etwas Brot und Margarine nahm. Leise schlichen beide damit raus zu dem Tisch auf dem Hof, um zu frühstücken.

Schließlich brachen sie auf. Dorothea setzte ihren Rucksack auf, nahm den Scheunenschlüssel aus dem Versteck hinter einem Feldstein und holte das Damenfahrrad heraus. Mariannes Platz war auf dem Kindersitz, der unterhalb des Lenkers angebracht war. So fuhren sie mit geübtem Schwung raus auf die Dorfstraße. Obwohl es noch früh am Morgen war, sorgte die Sonne bereits für angenehme Wärme. Es duftete nach falschem Jasmin, auch die alten Linden verströmten ihren angenehmen Geruch. Von mehreren Höfen krähten die Hähne im Wettstreit. Mama steuerte das Rad um den Dorfteich zur Bornitzer Straße. Marianne beobachtete einen Schwan, der gemütlich über den Teich trieb. Sie musste sich gut festhalten, denn das Kopfsteinpflaster sorgte für unangenehmes Rütteln. Ein Rotschwänzchenpaar unterhielt sich klickend. Mutter und Tochter genossen diesen Morgen, wie es ihn nur am Übergang vom Frühling zum Sommer geben kann. Sie radelten aus dem kleinen Dorf hinaus, ohne dass sie einer anderen Menschenseele begegneten. Dorothea hielt die Spur auf dem kleinen, festen Sandstreifen neben der Straße, um dem Kopfsteinpflaster zu entgehen. Vorbei an kleinen Feldern, auf denen Gerste und Weizen wuchsen, erreichten sie Bornitz. Hier nahmen sie eine kleine Abkürzung über eine Wiese, einen schmalen Pfad. Als sie diesen passiert und die Landstraße erreicht hatten, erblickten sie vor sich zwei Männer, die direkt auf sie zukamen. Dorothea beschlich umgehend ein ungutes Gefühl, das noch zunahm, als sie bei einem der beiden die russische Uniform und eine Kalaschnikow erkannte. Erst überlegte sie, umzukehren. Dann entschied sie sich, einfach an ihnen vorbeizufahren.

»Halt dich schön fest, Mariannchen«, sagte sie, um das Kind und auch sich selbst zu beruhigen. Sie merkte, wie sich ihre Nackenhaare aufstellten. Als sie an die beiden Männer herankam, stellte sich der Soldat dem Fahrrad in den Weg und hob die Hand zum Zeichen, sie solle anhalten. Ihr blieb nichts anderes übrig, als dem nachzukommen. Natürlich verstand sie nicht, was der Rotarmist zu ihr sprach, aber der Ton gefiel ihr gar nicht.

»Gehen Sie bitte aus dem Weg. Ich verstehe Sie nicht«, warf sie dem Soldaten entgegen.

Da sprach der Begleiter, ein schmaler Mann von etwa vierzig Jahren in einem abgetragenen Anzug, in akzentfreiem Deutsch: »Er fragt, wo sie hinwollen.«

»Jemanden besuchen, das ist ja wohl erlaubt«, log Dorothea.

Jetzt übersetzte der Zivilist dem russischen Soldaten, der daraufhin wieder etwas entgegnete. Die beiden diskutierten heftig auf Russisch, was letztlich in einer Aufforderung mündete.

»Der Genosse Soldat benötigt Ihr Fahrrad. Sie sollen es ihm aushändigen!«

»Wie bitte?«, empörte sich Dorothea, »das werde ich nicht!«

»Der Genosse Rotarmist, ein Kriegsheld, besteht aber darauf.«

»Na und. Das ist mein Fahrrad! Das lasse ich mir doch nicht wegnehmen«, entgegnete sie empört, während ihr Gesicht einen angsterfüllten Ausdruck annahm. »Das Fahrrad ist hiermit von der Sowjetarmee beschlagnahmt!«

»Nein, das kommt gar nicht infrage!«

In den Wortwechsel auf Deutsch brüllte der Soldat nun erregt russische Sätze hinein. Schließlich sprang er auf die Mutter zu, griff nach dem Fahrrad und versuchte es, ihr mit Gewalt zu entreißen. Sein ziviler Begleiter kam ebenfalls heran, zog Marianne vom Kindersitz und stellte sie abseits ab.

Mit aller Kraft stemmte sich Dorothea dem Russen entgegen, hielt dabei den Lenker fest umklammert. Sie geriet in Rage, und mit einem energischen Schwung warf sie ihren Oberkörper gegen den Russen, der mit dieser Attacke nicht gerechnet hatte. Er verlor das Gleichgewicht, löste sich vom Fahrrad und taumelte nach hinten, stolperte und fiel rückwärts in den Straßengraben, wobei er schmerzhaft seine Maschinenpistole im Rücken spürte.

Alle erstarrten, als wäre für einen Augenblick die Zeit angehalten. Als Erster bewegte sich der Soldat, der wutentbrannt aufstehen wollte, sich dabei jedoch am Gurt seiner Waffe verheddert. Offensichtlich verstärkte dieses Missgeschick den Zorn. Mit hochrotem Kopf und stierem Blick kam er auf die Beine, brachte die Kalaschnikow in Anschlag und lud durch. Der zivile Begleiter öffnete den Mund und machte eine Geste, als ob er das nun zu Erwartende verhindern wollte. Der Soldat schob den Unterkiefer vor und machte eine Bewegung, die den Schluss nahelegte, dass er wohl abgedrückt hätte, wenn er nicht in diesem Moment von einem Motorengeräusch abgelenkt worden wäre. Die Anwesenden sahen einen offenen russischen Geländewagen nahen. Auf dem Beifahrersitz erkannten sie einen russischen Offizier an seiner Schirmmütze. Während Mutter und Tochter bewegungslos verharrten, auch der Zivilist noch in seiner Geste erstarrt war, nahm der Soldat nun den Lauf der Maschinenpistole runter. Der Wagen erreichte den Ort der Auseinandersetzung und hielt. Ohne aus dem Fahrzeug zu steigen, stellte der Offizier dem Soldaten in strengem Ton Fragen, die Dorothea und Marianne nicht verstanden. Da der Soldat bei seinen kleinlauten, gepressten Antworten mehrmals auf Dorothea zeigte, musste es wohl darum gehen, was sich hier gerade abspielte. Der deutsche Zivilist trat einen Schritt zurück und beobachtete die Szenerie. Die Stimme des Offiziers nahm an Lautstärke zu, um letztlich in Gebrüll zu münden. Der Soldat stand stramm und antwortete nur noch »Da, Towarisch Kapitan«. Dann musste der Soldat in das Auto auf die Rückbank klettern, genau wie sein Begleiter, der sich verzweifelt die Hände vor das Gesicht hielt. Der Geländewagen wendete und brauste davon.

Noch immer stand Dorothea und hielt das Fahrrad fest umklammert. Ihr Gesicht war kreideweiß, die Augen weit geöffnet. Erst jetzt kam sie dazu, sich Marianne zuzuwenden. Als sie sich zu ihrer Tochter drehte, löste sich Mariannes Anspannung plötzlich mit lautem Weinen. Dorothea legte das Fahrrad auf den Boden und nahm Marianne auf den Arm, was sie schon lange nicht mehr getan hatte. Sie bemerkte die nassen Hosen des Mädchens.

»Komm, lass uns nach Hause fahren, damit du trockene Sachen anziehen kannst«, flüsterte Dorothea ihrer Tochter ins Ohr.

»Ja«, seufzte Marianne mit erstickter Stimme. An diesem Tag fiel der Ausflug nach Oschatz aus.

Nicht lange nach diesem Erlebnis begannen für Marianne ihre ersten Sommerferien. Sie freute sich auf eine Fahrt nach Aschersleben, die Mama ihr und Gitti versprochen hatte. Opa Gustav und Oma Frieda, ihre Onkel und Tanten wohnten dort inzwischen sogar in eigenen Wohnungen. Am meisten wünschte sich Marianne, ihre Cousins Klaus, Harald, Peter, Uli, Hans und Eberhard wiederzusehen. Bald nach der Abfahrt aus Legwitz war bei den in Wadewitz abgebliebenen Familienmitgliedern die Nachricht angekommen, dass die anderen in Aschersleben bei Tante Resi gut angekommen waren. Dorothea erzählte ihren Kindern, wie gut es alle in Aschersleben hatten.

Dorothea machte sich mit ihren Töchtern an einem Montag im August 1945 auf die Reise in die Stadt an der Eine. Rudi brachte sie mit dem Lieferwagen zum Bahnhof in Oschatz. Eine Stichstraße führte auf ein symmetrisches, helles Gebäude, das aus einem flachen Mittelteil bestand, welches zwei höhere Bauten mit zwei Stockwerken und flachen Spitzdächern verband. Der Eingang befand sich unter einer großen Uhr. Vor diesem schnallte sich Dorothea die Lederriemen ihres prallen, runden Rucksacks um und hob den Koffer mit festem Griff aus dem Auto. Auch Marianne, deren braune Haare zu einem Pferdeschwanz gebunden waren, setzte sich ihren kleineren Rucksack auf, aus dem natürlich Helga oben herausschaute. Die fast vierjährige Gitti drückte lediglich ihren braunen Teddy unter den Arm.

So stapften die drei zum Fahrkartenschalter, wo die Kinder neugierig beobachteten, wie der Schalterangestellte die Fahrkartendruckmaschine bediente, bis sie die kleinen Pappkarten auswarf. Dann begaben sie sich auf den Bahnsteig. Dort sahen sie eine Kolonne von ungefähr dreißig Frauen und größeren Kindern am Anfang des Bahnhofsgeländes an den Schienen arbeiten. Bei genauerem Hinsehen konnten sie auch eine Handvoll älterer Männer in der Menge ausmachen.

»Mama, was machen die Leute da?«, wollte Marianne wissen.

»Ich weiß es auch nicht. Vielleicht die Schienen erneuern«, mutmaßte Dorothea.

»Da werden die Gleise abgebaut und nach Russland gebracht«, hörten sie eine krächzende Stimme.

Erst jetzt bemerkten sie einen schmalen jungen Mann in ihrer Nähe. Er war blass und trug eine deutsche Soldatenuniform, von der die Schulterstücke und Kragenspiegel abgetrennt worden waren. Am rechten Hals leuchtete eine frische Narbe, die sich vom Schlüsselbein bis zum Kinn zog. Die rechte Wange bestand aus zerklüftetem Gewebe, das wohl von einer Brandwunde herrührte. Der seitliche

Haaransatz befand sich weit über dem rechten Ohr, welches durch die hitzebedingten Verwachsungen nach unten gezogen wurde.

»Ach, hat das was mit diesen Reparationen zu tun?«, fragte Dorothea und versuchte, ihrem Gegenüber nicht in das beschädigte Gesicht zu sehen. Doch seine ausdrucksvollen, dunklen Augen zogen ihren Blick an. Sie konnte erahnen, wie schön der Soldat einmal gewesen sein musste. Jetzt fand sie eine Spur von Trauer und Verunsicherung in seinem Blick, nur einen Hauch, wie kurz vor dem Erlöschen. Immerhin glomm in diesem Menschen noch ein Rest Gefühl. Wie viele in seinem Alter waren einfach abgestumpft und leer? Doch solche Überlegungen erlaubte sich Dorothea gar nicht erst, als sie sich auf ein Gespräch einließ. Sie wusste natürlich, dass aus der sowjetisch besetzten Zone Gleise, Maschinen und ganze Betriebe abgebaut und in die Sowjetunion gebracht wurden, als Entschädigung für die Zerstörungen, die die Deutschen dort angerichtet hatten.

»Ja, deshalb fahren die Züge auch nur in großen Abständen, weil immer nur eine Richtung möglich ist. Die Gleise können nur noch einspurig befahren werden. Aber die Reichsbahn hat sowieso kaum noch Lokomotiven. Die Russen schaffen die doch auch weg.« So unterhielten sie sich noch eine Weile über die Schwierigkeiten, welche die Zeit mit sich gebracht hatte. Sie erfuhr von den Erlebnissen des jungen Mannes nach seinen Verletzungen an der Front, dass er gerade aus einem Dresdener Lazarett entlassen worden war und gehofft hatte, seine Familie, mit der er seit einem Jahr keinen Kontakt hatte, in Oschatz wiederzufinden. Sie stammten eigentlich aus dem Sudetenland, und die Familie flüchtete, als er an der Front »im Blut lag«, wie er sagte. Als er vor zwei Jahren zur Wehrmacht eingezogen worden war, hatte er mit seiner Frau herumgeflachst, sie würden sich in Oschatz wiederfinden, da sie sich auf einer Durchreise hier kennengelernt hatten. Doch wo sollte er sie jetzt suchen? Drei Wochen war er durch die Stadt gestreift, hatte Menschen ihr Foto gezeigt und bei der Bahnhofsmission und der Flüchtlingshilfe gefragt. Selbst auf der sowjetischen Kommandantur war er gewesen, wo er nur mit Glück nicht zu einem Arbeitseinsatz gen Osten verschickt worden war, da seine Verletzungen dem Regimentsarzt dann doch zu gravierend erschienen waren.

Während der Erzählung des Kriegsversehrten fuhr der Zug aus Dresden nach Leipzig am Bahnsteig ein. Hier standen die Menschen inzwischen dicht gedrängt. Dorothea verabschiedete sich von dem Soldaten und wünschte ihm viel Glück. Als sie ihren Kindern in den Zug half, bedauerte sie, dass sie ihn nicht gefragt hatte, welchem Ziel seine Reise nun folgte. Die Parallele zu Bruno und ihr fiel ihr auf. Ob Bruno auch durch Aschersleben zog und sie suchte? Lebte er überhaupt noch? Sie hatten nie darüber gesprochen, unter welcher Adresse Tante Resi in Aschersleben lebte. Konnte Bruno sie dort überhaupt finden? Dorothea drängelte sich mit den Mädchen durch den überfüllten Zug, wobei die Rucksäcke ihnen den Weg durch die Menschen erschwerten. Am Ende eines Wagens konnten sie sich in einer Ecke auf die Rucksäcke setzen. So fuhren sie bis Leipzig, wo sie bei der Einfahrt in die Stadt die unfassbaren Zerstörungen sahen. Es war ihre erste Begegnung mit einer zerbombten Stadt. Marianne sah durch die schmutzige Scheibe die vorbeiziehenden Ruinen. Dazwischen erblickte sie intakte Straßenzüge und Fabriken, die sich dann wieder mit scheinbar endlosen, angekohlten Geröllhaufen abwechselten. Allein die Größe der Stadt ließ Marianne staunen. Sie fragte sich, wo wohl die ganzen Menschen abgeblieben waren, die früher in den zerstörten Häusern gewohnt hatten. Bevor sie diese Frage ihrer Mutter stellen konnte, fuhren sie in die notdürftig reparierte Osthalle des Leipziger Hauptbahnhofs ein. Der übrige Bahnhof bestand ebenfalls aus Ruinen und Schuttbergen, hervorgerufen durch amerikanische Fliegerbomben.

Trotz des Chaos' ringsum stand der Anschlusszug nach Goslar bereit und fuhr pünktlich auf die Minute ab. Auch in dieser Bahn fanden sie nur mit Mühe etwas Platz, wo sie auf ihren Rucksäcken hocken konnten. Sie befanden sich im zweiten Wagen, dicht an der Abteiltür, durch die Dampf und Ruß eindrangen. Letzterer hinterließ kleine schwarze Punkte auf der Kleidung und der unbedeckten Haut. Gitti schmiegte sich an ihre große Schwester, die das gleichmäßige Fauchen und Stampfen der Lokomotive hörte und die Rußpünktchen beobachtete, die auf ihrem Arm landeten. Sie stellte sich die Punkte als Zwerge vor, die sich auf ihrem Arm trafen, um miteinander zu singen. Ein großer Chor aus kleinen schwarzen Zwergen traf sich auf dem Arm des Mädchens, um den Frieden zu besingen. Einige hielten sich an den feinen blonden Härchen auf Mariannes Arm fest. Das konnten nur die Solisten sein, die in exponierter Stellung jubilierten. Jetzt landete ein besonders großes Rußflöckchen auf dem Unterarm, genau neben dem kleinen schwarzen Leberfleck. Das musste der Vater sein, der seine Familie gefunden hatte. Gleich sang der ganze Chor noch ein wenig lauter. Die Kinder hüpften sogar beim Singen und klatschten in die Hände. Der Vater war zurückgekehrt, der Vater, der so lange weg gewesen war.

»Ich glaube nicht, dass Papa jemals wiederkommt.« Marianne hörte sich diesen Satz sagen und war selbst überrascht. Er war plötzlich aus ihr herausgekommen. Der Satz war einfach da. Nachdem ihn das Mädchen ausgesprochen hatte, wusste sie mit voller Überzeugung, er stimmte. Der Satz entsprach dem, was Marianne glaubte. So lange war der Vater schon verschollen. Inzwischen hatten andere Kinder in der Schule in Bornitz ihr schon oft genug zugerufen, ihr Vater wäre sowieso tot, und aus Russland würde eh niemand zurückkehren.

»Marianne, das darfst du nicht sagen. Natürlich kommt der Papa zurück.« Den Worten der Mama glaubte Marianne nicht. Aber in ihren Augen, den grünbraunen Augen der Mama leuchtete eine Kraft, eine Energie, die beinahe ein Fünkchen Hoffnung bei

Marianne schürte. Es war, als ob allein der Wille der Mutter, der aus ihren Augen glomm, den Vater aus dem Krieg zurückholen könnte. So, wie sie letztens den russischen Soldaten vertrieben hatte, der ihr Fahrrad stehlen wollte. Marianne wandte sich Gitti zu, die seit einer Weile ihre Finger in die Haare ihrer Schwester drehte. Plötzlich tat Gitti Marianne leid, hatte sie doch bisher ihren Vater nur als ganz kleines Kind kennengelernt und keine wirkliche Erinnerung an ihn. Sich selbst konnte sie nicht bedauern, das tat man nicht. Instinktiv wollte sie dafür ihrer Schwester etwas Gutes tun und spielte mit ihr »Kommt ein Mann die Treppe rauf«. Die restliche Fahrt hatten die Mädchen zu tun, sich gegenseitig über den Arm zum Ohr und – klopf, klopf, klopf – über die Stirn zur Nase zu krabbeln.

Über Halle erreichte der Zug Aschersleben. Das Städtchen in Sichtweite des Harzes lebte von Majorananbau, Maschinenbau und mehreren Braunkohle- und Kaligruben. Während der Naziherrschaft wurden außerdem Teile für Junkers Kampfflugzeuge produziert. Vor den Toren der Stadt gab es eine Munitionsfabrik, sie wurde gegen Ende des Krieges wie die Flugzeugfabrik zerstört.

Von Mehringen kommend dampfte die Bahn an den ersten Häusern vorbei. Durch das trübe Fenster sahen die Reisenden oberhalb eines Hügels eine Kaserne. Dann rollte der Zug einen breiten Graben entlang und unter einer Brücke hindurch. Wer nach oben schaute, konnte sehen, wie der aus der Lok hervorgestoßene Dampf mit dem Qualm aus dem Brennkessel vermischt die Fußgänger auf der Brücke einhüllte. Unter der Brücke staute sich die braunweiße Wolke und kroch warm und feucht und stinkend in die Waggons hinein. Einige Passagiere husteten. Marianne zog den Halsbund ihres Kleidchens vor die Nase, schuf sich so eine Atemmaske, bis der Qualm sich wieder verzogen hatte. Schon wurde der Zug langsamer, als ob er sich aus den aufgefächerten Gleisen das richtige erst heraussuchen müsste, um am vorgeschriebenen Bahnsteig anzukommen. Schließlich fand die fauchende Lok Gleis drei.

Dorothea, die sich längst den riesigen Rucksack wieder auf den Rücken gewuchtet hatte, half ihren Kindern aus dem Zug. Durch eine Unterführung gelangten sie zum Bahnhofsgebäude, einem zweieinhalbgeschossigen, hellen Bau mit gewalmtem Dach. Sowohl die Bahnsteige als auch die Bahnhofshalle selbst waren voller Menschen. Durch die Flüchtlingsströme, vor allem aus Schlesien und den Sudeten, lebten fast doppelt so viele Menschen in der Stadt wie vor dem Krieg. Dorothea kämpfte sich durch die Menschenmenge, die Mädchen dabei fest an den Händen, Marianne links, Gitti rechts. So traten sie aus dem Bahnhofsgebäude und blickten über den Bahnhofsvorplatz auf die Herrenbreite. Enttäuschung breitete sich in Dorothea aus, denn sie hatte ihre Schwiegereltern am Bahnhof erwartet. Vor einer Woche hatte sie extra eine Postkarte mit ihrer Ankunftszeit abgeschickt, in der Erwartung, jemand würde sie abholen. Nicht einmal Margarete war zu sehen. Nur fremde Menschen bewegten sich über den Bahnhofsvorplatz, die meisten in geflickter Kleidung oder in Uniform. Ein Lastwagen der Roten Armee stand in der Nähe geparkt. Unter der Plane schauten Soldaten gelangweilt hervor und stützten sich auf ihre Kalaschnikows, als ob sie sonst von der Bank fallen würden.

Dorothea wandte sich an eine etwa gleichaltrige Frau, um nach dem Weg zu fragen. Erleichtert erfuhr sie, dass Tante Resis Adresse *Über den Steinen* leicht zu erreichen war.

Gerade wollten sie losmarschieren, als ein schwarzer Mercedes auf den Bahnhofsvorplatz einbog. Aus den Augenwinkeln nahm Dorothea wahr, wie die Rotarmisten auf dem Lkw ihre Haltung strafften. Ein Soldat, der eben noch rauchend neben dem Lastwagen stand, verschwand eilig in der Fahrerkabine. Der Pkw hielt scharf vor Dorothea und den Mädchen. Bevor sich eine der drei erschrecken konnte, erblickten sie hinter dem Fenster auf dem Rücksitz Margarete. Lachend öffnete Margarete die Wagentür und sprang heraus. Ihre blonden Locken wippten fröhlich. Sie trug einen sportlichen grauen Hosenanzug, der tadellos saß und einen deutlichen Kontrast zu den zerschlissenen Sachen Dorotheas bildete. Es war, als ob plötzlich ein hell scheinendes Wesen aus einer anderen Welt und Zeit auf dem Platz gelandet wäre. So als hätte es bis vor Kurzem gar keinen Krieg gegeben. Margarete fiel Dorothea um den Hals.

»Ich freue mich ja so, euch zu sehen.« Dorothea konnte die herzliche Umarmung wegen der Kinder an den Händen und des schweren Rucksacks nicht erwidern, versicherte jedoch: »Ich bin auch so froh.«

Nun herzte und drückte Margarete die Kinder, die tapfer stillhielten. Während die Tante der kleinen Gitti einen dicken Kuss auf die Wange gab, wurde die Beifahrertür geöffnet und ein stattlicher sowjetischer Offizier entstieg dem Auto. Den Abzeichen und Schulterstücken nach musste er einen bedeutenden Dienstgrad haben. Dorothea errötete leicht, denn sie war nicht darauf vorbereitet, plötzlich vor einem gut aussehenden Mann von großer, kräftiger Statur, mit schwarzen Locken und klaren hellen Augen zu stehen. Dazu noch vor einem sowjetischen Offizier, den sie an sich abgrundtief hassen müsste. Seine jugendliche, glatte Haut sah südländisch aus.

»Darf ich dir vorstellen, das ist Alexander. Alexander, das ist meine Schwägerin Dorothea mit ihren bezaubernden Töchtern.« Wieder an Dorothea gewandt ergänzte sie noch: »Alexander ist unser guter Engel, er hat uns schon bei vielen Dingen geholfen. Er ist der Stadtkommandant von Aschersleben.« Dorothea übersah nicht, wie Margarete bei dem letzten Satz ihre Hand über den Rücken des Offiziers gleiten ließ. Alexander nahm Dorotheas linke Hand, zwinkerte kurz Marianne und Gitti zu und deutete dann einen Handkuss an. So elegant hatte schon lange niemand mehr Dorothea begrüßt. Sie fühlte sich an die Zeit vor dem Krieg erinnert, als die Welt noch in Ordnung war. Doch Margarete holte ihre Schwägerin schnell wieder in die Wirklichkeit zurück, indem sie fragte, ob Dorothea etwas von Bruno gehört hätte.

»Nein, das wäre zu schön. Das Rote Kreuz hat auch nichts in Erfahrung bringen können. Aber ich bin mir sicher, er wird bald hier in Aschersleben auftauchen.« Dorothea wollte optimistisch klingen, doch ihre Trauer war nicht zu überhören. Vielleicht war es auch die Erschöpfung von der Reise, die eine Spur Resignation in ihre Stimme legte.

»Alexander bringt uns jetzt zu den Eltern auf dem Markt. Ihr seid sicher sehr erschöpft und braucht erst einmal etwas zu essen«, entschied Margarete und wechselte elegant das Thema. In der Tat spürten die Reisenden die lange Zugfahrt in den Knochen und im Magen eine beachtliche Leere.

»Wieso denn auf dem Markt? Wohnt ihr nicht bei Tante Resi?«, wollte Dorothea wissen.

»Ach, es hat sich eine Menge getan«, erwiderte Margarete und schob Dorothea und die Kinder zum Auto. »Komm, ich erzähle es euch im Wagen.«

Der Fahrer, ein Soldat aus Usbekistan mit breitem Gesicht und schmalen Augen, verstaute die Rucksäcke im Kofferraum, wobei Marianne Helga natürlich bei sich behielt. Dann hielt er den Frauen die Türen auf. Kaum waren sie eingestiegen – die beiden Frauen und die Kinder hatten sich auf den Rücksitz gezwängt – fragte Dorothea nach Klaus und dem einjährigen Harald, den beiden Söhnen Margaretes.

»Muschick!«, brüllte der usbekische Fahrer und ballte die Faust aus dem Fenster. Die Frauen ließen sich ablenken und bemerkten den Ärger des Fahrers, weil ein Pferdefuhrwerk unmittelbar vor ihnen langsam auf den Platz rollte und sie deshalb nicht losfahren konnten.

»Ostaw jewo!«, ermahnte Alexander seinen Adjutanten.

Die Frauen nahmen das Gespräch wieder auf und Margarete

erzählte, dass Gerda Schössler, das Dienstmädchen der Schneiders in Legwitz, nun ebenfalls in Aschersleben wohnte und bei jeder Gelegenheit die Kinder betreue. Und wenn die Schössler Gerdel keine Zeit hatte, würde auch ihre Mutter Frieda einspringen. Danach berichtete Margarete ihrer Verwandtschaft die weiteren Neuigkeiten, wobei sie allerdings einige nicht unwesentliche Kleinigkeiten aussparte. Doch Dorothea kannte ihre Schwägerin, sodass sie sich ein erstes Bild machen konnte.

Schon bald nach der Ankunft in dem Städtchen unweit des Harzes erlangte Brunos Schwester Margarete durch die Umtriebigkeit ihres Mannes, des Apothekers Karl Schnabel, gute Verbindungen zum russischen Stadtkommandanten Major Alexander Poroschenko, welcher sich unsterblich in Margarete verliebte, während Karl Schnabel die in Aschersleben stationierten Einheiten der Sowjetarmee mit Medikamenten versorgte. Durch die intensiven Beziehungen mit dem russischen Stadtkommandanten hatten die Schneiders, Schnabels und alle anderen Mitglieder der Familie binnen kurzer Zeit eigene Wohnungen, die zu den schönsten der Stadt gehörten. So bezogen Gustav und Frieda im obersten Geschoss des Hauses am Markt ihr Quartier, welches ehemals einer jüdischen Kaufmannsfamilie gehört hatte, die von den Nazis vertrieben oder beseitigt worden war. Karl und Margarete Schnabel bemächtigten sich sogar einer Villa an der Pferdeeine in der Baumgartenstraße, und Karl übernahm die Augusta-Apotheke. Während Margarete erzählte, drehte sich Alexander auf dem Beifahrersitz mehrmals um, gab in flüssigem Deutsch Kommentare oder scherzte mit den Kindern. Letztere waren jedoch damit beschäftigt, aus dem kleinen Seitenfenster des Autos die ersten Eindrücke von der Stadt aufzunehmen. Sie fuhren an der Herrenbreite vorbei, einem eleganten, parkähnlichen Platz, auf dem Menschen eilig ihrer Wege gingen. Am Johannisplatz bogen sie links ab und fuhren auf den Johannisturm zu.

»Wohnt da jemand in dem Turm?«, wollte Gitti wissen. Ohne auf eine Antwort zu warten, rätselten die Mädchen um die Wette, wer alles in dem Bauwerk hausen könnte.

Über den Tie gelangten sie zum Hotel »Deutsches Haus«, wo das Gefährt auf den Markt einbog. Mit offenen Mündern entdeckten die Mädchen neben einer kleinen Kirche an einem Haus große bunte Kinoplakate. Gegenüber dem beeindruckenden Rathaus hielten sie vor der Haustür. Während sie dem Auto entstiegen, hatte der Fahrer bereits das Gepäck entladen. In barschem Ton erhielt er von Alexander einen Befehl auf Russisch. Margarete legte ihre Hand auf Alexanders Arm.

»Lass uns selbst die Rucksäcke hinauftragen, du hast uns schon genug geholfen.« Gefügig nickte Alexander, küsste Margarete auf die Wange und verabschiedete sich zackig und mit fröhlichem Gesicht. Sportlich ließ er sich in das Auto fallen, wo der Usbeke bereits den Motor wieder angelassen hatte. Schon verschwand das Auto um die Turmseite des Rathauses.

Die Frauen schoben sich mit den Kindern durch die große, grüne Tür, die sich direkt neben einem Kaufhaus befand, und stiegen die knarzenden Stufen bis in das Obergeschoss empor. Das schwache elektrische Licht ließ die mit gelber Ölfarbe gestrichenen Wände des Treppenhauses bräunlich erscheinen. Marianne und Gitti beeilten sich auf den letzten Stufen, denn sie waren aufgeregt und freuten sich auf das Wiedersehen mit ihren Großeltern. Kaum waren sie oben angekommen, öffnete Opa Wilhelm bereits die Wohnungstür. Die Mädchen stürmten ihm in die Arme. Mit seinen kräftigen Fleischerarmen hob er beide gleichzeitig empor, Marianne rechts, Gitti links. Die Mädchen quietschten vor Freude und schlangen ihre Arme um den Großvater, dessen tiefe Stimme mit »Hallo« und »Na, meene Mecken« durch das Treppenhaus hallte. Dann stellte er die Kinder wieder auf den Boden, um seiner Schwiegertochter und der Tochter entgegenzugehen und ihnen die Rucksäcke abzunehmen. Inzwischen begrüßte Oma

Frieda bereits die Kinder, die nicht schlecht staunten, wie herzlich ihre Großmutter sein konnte. So überschwänglich froh hatten sie sie noch nie erlebt. Frieda Schneider drückte und herzte die Mädchen, dass ihnen fast die Luft wegblieb. Als Frieda dann auch Dorothea in die Arme nahm, rannen dieser plötzlich Tränen über das Gesicht.

»Ist ja gut, ist ja gut«, versuchte Frieda unsicher ihre Schwiegertochter zu beruhigen. Dabei bekam sie aber selbst feuchte Augen.

Da sich die Begrüßung im Wesentlichen noch im Treppenhaus abspielte, bat Wilhelm alle in die Wohnung. Sie kamen durch einen Flur, von dem die Zimmer einer anderen Wohnung abgingen. Die ursprüngliche, fast luxuriöse Wohnung war durch die russische Militärverwaltung an zwei Parteien vergeben worden. Eine geräumige Waschküche konnte von beiden Familien genutzt werden. Die Toilette befand sich auf halber Treppe. Hinter dem Flur gelangten sie in die Diele der Schneiderschen Wohnung, wo sie ihre Sachen erst einmal ablegten.

Dorothea schaute sich um. Es kam ihr vor, als würde sie von außen die Situation betrachten. Die Schwiegereltern in dieser Wohnung zu sehen, war ihr fremd. Gehörten Wilhelm und Frieda nicht in die Feldstraße nach Legwitz? Sie gehörten doch in die Fleischerei und die darüber liegende Wohnung. Hier in der fremden Diele hing an der Wand ein großer Spiegel neben einer Garderobe aus dunklem Holz. Beides verstärkte das Fremdheitsgefühl. Frieda bemerkte, wie Dorotheas Augen irritiert im Raum umherwanderten.

»Wisst ihr was, wir essen gleich, dafür brauche ich aber noch fünf Minuten. Wilhelm zeigt euch die Wohnung, und wenn ihr alles gesehen habt, bin ich auch fertig und wir können essen. Vorher müssen sich natürlich alle die Hände waschen«, bestimmte sie.

Nur zu gern übernahm Wilhelm die Aufgabe einer Führung durch die Wohnung. Stolz leitete er die Gruppe zunächst in das Wohnzimmer, dessen Tür genau gegenüber dem Wohnungseingang lag. Es war mit dunklen Möbeln aus Walnussholz ausgestattet. Auf der linken Seite des Zimmers schauten die Fenster zum Marktplatz hinaus. Man erreichte sie über eine Stufe auf ein Holzpodest, auf welchem ein schwerer Ledersesselstand stand, darunter lag ein dicker orientalischer Teppich.

»Wo habt ihr denn die Einrichtung her?«, wollte Dorothea wissen.

»Das stand alles hier drin, stell dir mal vor«, erwiderte Wilhelm und ergänzte: »Hier hat früher irgendein Jude gewohnt, der musste dreiunddreißig seinen Besitz seinem arischen Schwager übertragen. Jetzt sind sie allesamt verschwunden.«

»Am besten, wir wissen gar nicht, wo die abgeblieben sind«, warf Margarete ein. Marianne und Gitti standen bereits vor einer Vitrine neben dem modernen Dauerbrandofen und zeigten sich gegenseitig darin befindliche Figuren aus Ebenholz und Elfenbein. Neben geschnitzten Elefanten, Giraffen und anderen afrikanischen Tieren staunten die Mädchen über filigrane Darstellungen von schwarzen Männern mit grimmigen Gesichtern.

»Tatscht nicht auf das Glas, sonst kriegen wir Ärger mit der Oma«, ermahnte Wilhelm die beiden. Dann forderte er alle auf, in das Schlafzimmer mitzukommen, welches sich wieder über die Diele gleich neben dem Wohnzimmer erreichen ließ. Dort erblickte die Gruppe einen riesigen Kleiderschrank aus Eichenholz und ein Doppelbett aus dem gleichen Material. Durch das Fenster sah man den Teil eines Daches, neben dem Fenster war eine kleine Kammer. Gleich links neben der Zimmertür stand ein Toilettentisch, der mit Parfümfläschchen, Puderdosen und Schmuckschatullen vollgestellt war.

»In allen Zimmern haben wir Öfen, ist das nicht phänomenal!«, war Wilhelms Begeisterung nicht zu überhören.

»Was ist fenonal?«, fragte Gitti ihre Schwester leise.

»Das ist etwas ganz Besonderes«, reimte sich Marianne altklug zusammen. Gehört hatte sie dieses Wort auch noch nicht.

Im Gänsemarsch zogen sie nun wieder durch die Diele in die Küche, wo Oma Frieda bereits den Tisch links in der Essecke gedeckt hatte. Auf dem Gasherd standen Töpfe, aus denen Dampf hervorquoll. Gegenüber der Küchentür war ein großes Fenster, neben dem rechts eine Tür auf das Dach hinausführte. Wiederum rechts daneben war eine Emaillespüle, an der sich nun alle nacheinander die Hände wuschen. Währenddessen füllte Frieda die Teller mit Kartoffeln, Erbsen und ... Schweinebraten! So etwas hatten die Ankömmlinge aus Wadewitz seit Monaten nicht mehr gesehen, geschweige denn gegessen. Auf Dorotheas Frage, wo die Schwiegereltern denn das Schweinefleisch aufgetrieben hätten, gab Wilhelm eine vieldeutige Antwort, nach der es irgendetwas mit Margarete und Alexander zu tun hätte. Doch eigentlich war das allen egal, und nach einem kurzen Tischgebet hörte man nur noch vergnügliches Kauen.

Auch Marianne schaufelte gierig das Essen in sich hinein. Mit Wonne zerdrückte sie die Kartoffeln in der Soße und stopfte den Brei und die in Butter gedünsteten Erbsen in sich hinein. Lustvoll schob sie das weiche, fast von selbst zerfallende Schweinefleisch auf die Zunge. Ohne mit der Wimper zu zucken verschlang sie auch das am Fleisch hängende Fett, was sie früher nie gemocht hatte, obwohl Opa Wilhelm stets versicherte, das Fett sei das Beste vom Ganzen. Heute hätte sie gar nicht mehr sagen können, warum sie das köstliche Fett immer gemieden hatte. Alles, wirklich alles auf dem Teller genoss sie lustvoll und verlangte Nachschlag genau wie alle anderen am Tisch. Sogar Gitti, sonst eher wählerisch und meist mit kleinen Portionen zufrieden, futterte mit großem Appetit den Teller leer, schob ihn zur Oma und rief: »Mehr!« Worauf Dorothea sie zurechtwies, sie solle wenigstens das Wörtchen »bitte« verwenden. Frieda beobachtete den Hunger der Tischgesellschaft teils mit Freude, teils mit Sorge. Zwar hatte sie extra mehr gekocht, als sie sonst für vier Erwachsene und zwei Kinder gerechnet hätte, aber nun war sie sich nicht mehr sicher, ob es trotzdem reichen würde. So war sie erleichtert, als die Runde erschöpft und glücklich, wenn auch mit einigem Drücken und Ziehen im Bauch, die leergegessenen Teller von sich schob. Wilhelm schuf für sich etwas mehr Abstand zum Tisch, um sich den Hosengürtel lockern zu können. Dorothea lehnte sich entspannt nach hinten, während Margarete sich auf ihre Unterarme stützte. Die beiden Kinder stöhnten und seufzten vor Erschöpfung und wollten ihre Köpfe auf den Tisch legen, wurden jedoch von Dorothea daran gehindert.

In das zufriedene Ermatten hinein fragte Frieda: »Dorle, hast du denn inzwischen etwas von Bruno gehört?« Die Anrede mit ihrem Kosenamen löste in Dorothea Erstaunen aus, denn diesen Namen hatten bisher ausschließlich ihre Eltern und Bruno benutzt. Ihre Schwiegermutter, die stets kühle Distanz gewahrt hatte, beschränkte sich sonst immer auf den Namen Dorothea, sprach ihn manchmal mit überdeutlicher Betonung aus, sodass es fast abfällig klang.

»Nein, ich habe nichts gehört. Beim Roten Kreuz habe ich alle möglichen Angaben über ihn machen müssen. Die suchen ihn jetzt. Wo er zuletzt gekämpft hatte und wo er zuletzt gesehen wurde, konnte ich denen aber nicht sagen. Man machte mir nicht gerade Mut und meinte nur, kann sein, dass Bruno zurückkommt oder gefunden wird, kann aber auch nicht sein.«

»Und was meinst du selbst? Kommt Bruno zurück?«, wollte Frieda wissen.

»Natürlich kommt er zurück. Und das dauert nicht mehr lange. Das spüre ich einfach«, entgegnete Dorothea ohne Zögern. Frieda reagierte mit einem warmen Lächeln und sagte: »Mir geht es genauso.« Wahrscheinlich war es das gemeinsame Bedürfnis nach Brunos Rückkehr und die beiderseits vorhandene Gewissheit, die eine Verbindung zwischen den Frauen schuf, die früher nie möglich gewesen war.

»Ihr Weiber mit euerm Gespüre!«, warf Wilhelm ein. Als die

Sprache auf seinen Sohn kam, bekam er schlagartig ein angestrengtes Gesicht, setzte sich kerzengerade auf und stützte die Hände vor sich auf den Tisch. Auch er würde gern glauben, seinen Sohn wiederzusehen. Aber nicht mal der neue Freund von Margarete, dieser Alexander, hatte eine Möglichkeit gesehen, ihnen bei der Suche nach Bruno zu helfen. Oft musste er darüber nachdenken, ob es richtig gewesen war, Bruno die Oberschule zu untersagen. Es tat ihm leid, dem Sohn nicht wenigstens die Fleischerei gegeben zu haben, wie er es versprochen hatte. Natürlich wäre das inzwischen völlig wertlos gewesen, seit die Russen mit den Alliierten auf der Konferenz von Jalta den Polacken fast ganz Schlesien zugesprochen hatten. Es blieb ein Gefühl, ungerecht Bruno gegenüber gewesen zu sein. Die Hoffnung auf seine Rückkehr war Wilhelm gerade angesichts dieser verspürten Schuld gleichsam voller Schmerz. Zwar hörte man überall von Vermissten, die plötzlich wieder auftauchten, aber genauso von den vielen anderen, bei denen der Tod zur Gewissheit wurde. Wenigstens war bisher kein Gefallener mit Brunos Kennmarke gefunden worden. So konnte die Hoffnung lebendig bleiben. Er hielt es für völlig offen, ob sein Sohn wiederkam oder nicht. Leid taten ihm die beiden süßen Mädchen, Marianne und Gitti, auf die er jetzt seinen Blick richtete. Gitti hatte ihren Kopf an Mariannes Schulter gelehnt, nachdem von ihrer Mutter die Aufforderung gekommen war, die Köpfe nicht auf den Tisch zu legen. Marianne ließ es geschehen, neckte ihre Schwester lediglich ab und zu, indem sie ihr in die kurzen, hellen Haare pustete. Wilhelm war sich sicher, beide hörten ganz aufmerksam zu, wenn die Sprache auf ihren Papa kam, auch wenn sie jetzt mit unbeteiligten Gesichtern ihren Gedanken nachzuhängen schienen.

Die Frauen hatten inzwischen das Gesprächsthema gewechselt. Margarete und Frieda mussten noch einmal ganz genau über die Geschehnisse in Aschersleben in den letzten Monaten berichten. Dorothea kannte Margarete zu gut, als dass sie sich nicht ausmalen konnte, wie eng das Verhältnis zwischen ihr und Alexander war. Da musste Margarete in ihren Erzählungen gar nicht alles sagen. Dorothea verachtete ihre Schwägerin für ihr Verhältnis zu dem Russen ein wenig, aber schließlich hieß es zu überleben in dieser Zeit, und offensichtlich half diese Beziehung doch sehr dabei. Und sie selbst tröstete sich schließlich auch mit Rudi. Noch mehr beneidete und bewunderte sie Margarete, die trotz ihrer eingeschränkten intellektuellen Möglichkeiten enorme Fähigkeiten besaß, Männer für sich einzunehmen. Erstaunlich fand es Dorothea, wie gelassen Wilhelm und Frieda Margaretes Liebschaften hinnahmen. Frieda unterstützte ihre Tochter sogar, indem sie die Söhne Klaus und Harald hütete, während Margarete mit ihrem Liebsten unterwegs war. Aber schließlich waren beide mit ihr genauso tolerant umgegangen. Sicher hatten sie die Sache zwischen Rudi und ihr mitbekommen, auch wenn sie sich stets um Heimlichkeit bemüht hatten.

Marianne indes mochte das Raten, ob ihr Vater wiederkommt, nicht mehr hören. Es gab keinen Papa mehr. Es war schon zu lange her, dass es mal einen gegeben hatte. Dauernd sprachen die Erwachsenen von ihm. Sie wollte nicht mehr an jemanden erinnert werden, der in ihr nur noch als Schatten existierte. Ein lustiger Schatten zwar, aber eben nur noch ein Schatten. Am besten gefiel ihr bei diesem Thema Gitti. Wenn man die auf ihren Vater ansprach, reagierte sie, als würde man ihr etwas von einem exotischen Tier aus Afrika oder vom Mann im Mond erzählen. Marianne küsste Gitti, die immer noch den Kopf an ihre Schulter gelehnt hielt, auf den Scheitel. Arme Gitti, sie kannte ihren Papa gar nicht. Das machte Marianne nun doch ein wenig traurig, und sie war froh, als die Erwachsenen das Thema wechselten.

Jetzt wollte Mama im Wohnzimmer den Ausblick auf das Rathaus noch einmal genauer sehen. Dabei hatten sie das Rathaus vor dem Essen doch schon angeschaut.

»Kommt ihr mit, Marianne und Gitti? Ich zeige euch die beiden Böckchen an der Turmuhr, die schlagen bei jeder vollen Stunde mit den Köpfen aneinander «, versuchte Frieda die Kinder vom Tisch wegzulocken. Dorothea hatte außerdem den Wunsch geäußert, mit sattem Bauch noch einmal in Ruhe die Wohnung sehen zu dürfen. Frieda zeigte ihren neuen Lebensmittelpunkt nur zu gern. Schließlich konnte kaum jemand so eine Wohnung vorweisen. Ihr war das Glück, das sie hatten, sehr wohl bewusst, auch wenn ihre neuen Lebensbedingungen nicht mit denen in Legwitz zu vergleichen waren. Die Kinder kamen bereitwillig von der Bank und folgten den Frauen ins Wohnzimmer. Sie waren neugierig geworden, was Oma wohl für Böckchen meinte. Im Wohnzimmer stiegen sie auf das Podest am Fenster, und die Kinder durften den großen Ledersessel erklimmen. So konnten sie besser hinaussehen. Frieda zeigte ihnen die goldglänzende Uhr am Rathausturm. Darüber waren zwei goldene Ziegenböcke zu sehen, die ihre Köpfe aneinanderhielten. Oma Frieda erzählte die Fabel von den zwei Ziegenböcken auf der Brücke, über die nur einer der beiden gehen konnte. Sie standen sich gegenüber, und keiner der Böcke wollte nachgeben und den anderen passieren lassen. So hauten sie die Köpfe aneinander und fielen beide in den Fluss. Oma meinte, an diese Geschichte sollten die Ratsherren im Rathaus immer erinnert werden, damit sie nachgiebiger waren als die Ziegenböcke.

Die kleine Gesellschaft am Fenster hatte Glück, es war gerade vier Uhr nachmittags. So schlug die Glocke vom Rathaus erst viermal, ohne dass die Böcklein sich bewegten. Dann jedoch, als die Zahl der vollen Stunden angezeigt wurde, stellten sich beide Böcke auf die Hinterbeine und ließen sich gegeneinander fallen. Wenn die Hörner aneinanderstießen, hallte genau in diesem Moment der Stundenschlag der Glocke über den Marktplatz. Viermal erhoben sich die Böcke und ließen sich unter gebannter Beobachtung durch die zwei kleinen Mädchen aufeinander fallen. Nach dem vierten Schlag nahmen sie wieder ihre sture Haltung ein und ließen sich nicht aneinander vorbei.

Nachdem die Uhr ihre Arbeit getan hatte, ließ Dorothea den Blick über den Platz gleiten. Verschiedene Personen überquerten den Markt, die meisten in beschädigter Kleidung und mit sehr ernsten Gesichtern. Vor dem Eingang des Rathauses stand ein russischer Soldat und rauchte. Er unterhielt sich mit einem jungen Mann, der einen viel zu großen Anzug trug und ebenfalls eine Zigarette im Mundwinkel hatte. Dorothea schaute nach links zum Hennebrunnen. Obwohl es Sommer war, spie der Brunnen kein Wasser. Die Stadt hatte wichtigere Dinge zu tun, als die Brunnen in Betrieb zu bringen. Hinter dem Brunnen sah Dorothea eine Apotheke. Die Bezeichnung *Krügersche Apotheke* konnte sie aufgrund der Entfernung kaum entziffern. Rechts neben der Apotheke war ein Herrenfriseurgeschäft.

Zwischen diesem und dem Rathaus führte eine Straße vom Markt weg, über die ein Mann in Wehrmachtsuniform zum Friseurgeschäft schlenderte. Dorothea konnte ihn nur von hinten sehen. Doch die Gangart dieses Mannes kannte sie. Die kannte sie sogar sehr gut. So einen lässig tapsenden Gang kannte sie nur bei einem einzigen Mann, und das war ihrer. Ihr wurde siedend heiß.

»Bruno, da ist Bruno!«, rief sie in einer Lautstärke, dass alle um sie herum zusammenzuckten. Niemand schaute in die Richtung, in die Dorotheas Augen und nun auch ihre rechte Hand zeigten. Alle schauten nur verwundert Dorothea an. Jetzt riss Dorothea das Fenster auf und beugte sich vor.

»Bruno, Brunooo!«, rief sie mit aller Kraft. Sie schrie seinen Namen regelrecht über den Marktplatz, doch der Uniformierte reagierte nicht, sondern steuerte unbeirrt auf die Tür des Friseurgeschäftes zu. »Da, da ist Bruno«, kreischte Dorothea ihre Angehörigen an. Sie gestikulierte wild und wies hektisch nach links zum Hennebrunnen. Als Frieda und Margarete endlich dorthin schauten, konnten sie niemanden sehen. »Da, da ist er doch. Da, der Soldat, der in den Friseurladen geht.« Dorothea sah, wie der Mann die Treppe zum Laden hinaufgegangen war und schon die Türklinke hinunterdrückte. »Seht ihr nicht, da ist doch Bruno.« Ihre Stimme überschlug sich mehrmals. Ihre Erregung verstärkte sich noch, da offensichtlich niemand in die richtige Richtung schaute. Erst als der Mann im Laden verschwand, nur noch ein wehender Mantelzipfel zu erkennen war und sich die Tür hinter ihm schloss, schaute Margarete ebenfalls auf die Tür des Friseurladens. Natürlich konnte sie keinen Bruder mehr erkennen. Dorothea schien durchzudrehen. Abrupt sprang sie vom Fenster weg, mit aufgerissenen Augen und glühenden Wangen rannte sie durch das Wohnzimmer und die Diele zum Hausflur, dabei Anweisungen schreiend: »Passt am Fenster auf, ob er wieder aus dem Laden kommt. Passt auf, dass er nicht abhaut. Ich muss zu ihm hin. Ich laufe rüber und ihr passt hier auf.« Schon hatte sie die Treppe erreicht und polterte die Stufen hinab. Da die Erwachsenen Dorothea hinterherliefen, hatten Marianne und Gitti endlich die Gelegenheit, am Fenster zu schauen, was ihre Mutter wohl gesehen haben mochte. Sie konnten niemanden erkennen, der auch nur ansatzweise Ähnlichkeit mit ihrem Vater haben konnte.

»Nun ist sie verrückt geworden«, erklärte Marianne ihrer kleinen Schwester, nicht ohne ein Gefühl von Angst. Was sollte jetzt aus ihnen werden, mit einem Vater, der im Krieg geblieben war, und einer verrückten Mutter?

Die alten Schneiders und Margarete kehrten am Treppenabsatz um und eilten zum Wohnzimmerfenster zurück. Da nicht für alle Platz am Fenster war, schoben sie die Kinder kurzerhand beiseite. Die Erwachsenen sahen, wie Dorothea im Laufschritt diagonal über den Marktplatz rannte, in direkter Linie auf den Friseurladen zu. Dann sprang sie die drei Stufen zur Tür hinauf und verschwand im Inneren des Geschäftes. Die drei am Fenster hielten den Atem an in

Erwartung dessen, was jetzt folgen sollte. Am ehesten vermuteten sie wohl, gleich würde Dorothea wieder in der Tür erscheinen, mit gesenktem Haupt, enttäuscht von ihrem Irrtum. Aber man konnte ja nie wissen. Vielleicht war er es ja doch, vielleicht war ja heute ein Riesenglückstag. Ach nein, warum sollte ausgerechnet Bruno über den Marktplatz laufen, während seine Ehefrau in Aschersleben zu Besuch weilte und aus dem Fenster schaute. Andererseits hatte man schon die verrücktesten Geschichten gehört, wie Familien sich wiedergefunden hatten. So wogten die Meinungen hin und her, während sie zu dritt auf die geschlossene Tür eines Eckhauses am anderen Ende des Marktplatzes starrten. Es passierte jedoch ... nichts. Die Tür blieb geschlossen, niemand wollte hinein oder hinaus.

Nach gefühlt drei endlosen Minuten hielt es Wilhelm nicht mehr aus, er sprang vom Fenster weg und sagte, er ginge nun nachschauen, warum Dorothea nicht aus dem Laden herauskomme. Sofort beschlossen die Frauen, ihn zu begleiten, die Kinder sollten brav warten, bis alle zurück wären. Hastig machten sie sich auf den Weg, und bald darauf beobachtete Marianne, wie die drei eilig den Markt überquerten. Vorneweg Wilhelm, dahinter im Gleichschritt seine Frau Frieda und etwas seitlich Margarete, die bei aller Hast trotzdem auf ihre Haltung achtete.

Dorothea sah, nachdem sie in den Friseurladen gestürmt war, erst einmal gar nichts. Im Wartebereich saß eine Gruppe rauchender Männer, die den gesamten Raum mit Qualm füllten. Erst langsam konnte Dorothea erkennen, wie gut besucht das Geschäft war und auf jedem Schneideplatz ein Mann bedient wurde. Das Licht war schummrig. Wäre sie nicht gerade vollauf mit der Suche nach Bruno beschäftigt gewesen, hätte sie rätseln müssen, wie die Mitarbeiter des Ladens bei dieser schlechten Sicht überhaupt arbeiten konnten, ohne den Kunden die Ohren zu verletzen. Als sie sich langsam an die schlechten Sichtverhältnisse gewöhnt hatte, spürte sie schon, wie einer der Wartenden seine Augen auf sie gerichtet hielt, während seine Körperspannung stieg und er sich aufrichtete. Sofort wandte sie diesem Mann ihren Blick zu. In diesem Moment stand der Mann auf und beide schauten sich in die so vertrauten Gesichter. Kaum hatte Dorothea Brunos blaue Augen erkannt, verschwand plötzlich die Kraft in ihren Beinen, und zu ihrer eigenen Überraschung saß sie plötzlich auf dem Terrazzoboden. Im selben Moment sprang Bruno mit einem gekrächzten »Dorle!« herbei. Die anderen Kunden, ein paar ältere Herren, die sich den Nacken ausrasieren lassen wollten, und kleine Jungs in Begleitung ihrer Mütter, machten Bruno bereitwillig Platz. Alle im Raum spürten, welcher besonderen Situation sie gerade Zeugen wurden. Bruno sackte jetzt vor Dorothea auf die Knie.

»Bruno, du bist es wirklich. Mein Bummchen, ich habe dich wieder.« Sie hatte sich soweit wieder aufgerappelt, dass sie ebenfalls kniete. So fielen sie sich beide in die Arme, nahmen um sich herum nichts mehr wahr. Bruno hatte die Augen geschlossen, stöhnte und klammerte sich an Dorothea. Diese presste ihren wiedergefundenen Mann an sich und weinte hemmungslos.

Der Friseurmeister mit seinen beiden Gesellen und den weiblichen Hilfskräften hatten natürlich längst die Arbeit eingestellt, standen mit herabhängenden Armen und ihren Werkzeugen in den Händen neben den Frisierstühlen und schauten ergriffen auf das Paar. Nicht anders die in Kunststoffumhänge eingehüllten Kunden, die die Szenerie beobachteten. Manch einer der Anwesenden seufzte, andere wischten sich verstohlen die Augen.

Die Umarmung der beiden schien gar kein Ende zu nehmen, als auf einmal die Tür aufsprang, und der schlesische Fleischermeister Wilhelm Schneider mit seiner Gattin Frieda und der erwachsenen Tochter Margarete im Gefolge in den Laden stürmte. Die drei brauchten keine Sekunde, um die Situation zu erfassen und zu begreifen, dass der unwahrscheinliche, ja unfassbare Fall eingetreten war, dass

Dorothea mit einem Blick aus dem Fenster auf den Markt ihren seit Jahren vermissten Mann, den Sohn beziehungsweise Bruder, wiedergefunden hatte. Jetzt war es an Frieda, unverständliche Laute auszustoßen und mit der Hand vor dem Mund auf den immer noch mit Dorothea auf dem Boden knienden Bruno zuzustürzen. In Angesicht der nahenden Schwiegermutter stand Dorothea auf und half ihrem Bruno mit auf die Beine. Schon war Frieda bei ihnen und zog ihren Sohn an sich. Nun schluchzte auch die Mutter ungehemmt, weinte, wimmerte und presste Bruno an sich, der alles mit sich geschehen ließ. Langsam trat Wilhelm zu den beiden, zögerte mit unbeholfener Geste, um dann seine Arme um Frau und Sohn zu legen, die Wange auf dem unfrisierten Haarschopf des Sohnes. Margarete hielt indes Dorothea fest, welche sich jetzt ein Taschentuch vor das Gesicht hielt und noch heftiger weinte. In die Tränen mischte sich neben der Wiedersehensfreude nun auch Befremden über Brunos Aussehen. Dabei war ihr die zerschlissene, schmutzige Kleidung, die aus Uniformteilen unterschiedlicher Nationalitäten bestand, egal. Er war extrem abgemagert und ausgezehrt. Außerdem fiel ihr das von Hungerödemen aufgequollene Gesicht auf. Die Haare sahen schütter und stumpf aus, die Haut war von Ekzemen fleckig. Außerdem nahm sie seine seltsame Teilnahmslosigkeit wahr. Konnte sie anfangs bei ihm noch Wiedersehensfreude spüren, sah sie nun, wie er die Umarmungen seiner Eltern fast unbeteiligt über sich ergehen ließ. Inzwischen begannen diese Bruno Fragen zu stellen, wo er herkäme, wo er so lange gewesen sei und warum er nicht geschrieben habe. Auf keine dieser Fragen reagierte Bruno mit einer Antwort.

»Nun lasst ihn doch erst einmal in Ruhe«, ging Dorothea dazwischen, »ihr macht ihn ja gleich völlig fertig. Lasst uns doch erst einmal nach oben gehen.« Sie schnappte sich Brunos Arm und zog ihren Mann aus dem Laden, nicht ohne den Menschen zum Abschied zuzunicken, die sämtlich ihren Gruß erwiderten.

Die Verwandten folgten und die Gruppe kehrte in mäßigem Tempo – Bruno war wirklich in äußerst schlechter Verfassung – in die Wohnung zurück.

Marianne und Gitti hörten den Pulk die Treppe heraufkommen. Vorhin hatte sich Marianne, nachdem sie zugeschaut hatte, wie alle im Friseurladen verschwunden waren, vom Fenster entfernt und es geschlossen, obwohl Gitti drängelte, auch schauen zu wollen, wo die anderen alle hinliefen. Doch die ältere Schwester reglementierte streng, Gitti sei noch viel zu klein, um aus einem Fenster im Obergeschoss zu schauen. Dann hatten sich beide in die Diele begeben, Gitti immer noch maulend und Marianne über die Gefahren für Vierjährige am Fenster dozierend. In der Diele gab es einen großen Spiegel, in dem sie sich vom Kopf bis zu den Füßen sehen konnten. Marianne meinte, das sei der ideale Moment, mal einige Sachen von der Mama und der Oma anzuprobieren. Damit ließ sich Gitti gern ablenken, und sie begannen mit Omas Regenmantel, der griffbereit an der Garderobe in der Diele hing. Marianne zog ihn ihrer kleinen Schwester über, krempelte dazu die Ärmel mehrere Male um. Da der Mantel viel länger als Gitti groß war, trug sie ihn wie ein Hochzeitskleid mit Schleppe. Erfreut angelte Marianne noch Omas einzigen nach der Flucht verbliebenen Hut von der Ablage und schmückte der Braut damit den Kopf. Begeistert kicherten und lachten beide über Gittis Aussehen. Vornehm stolzierte die Kleine durch die geräumige Diele über den knarzenden Holzfußboden. Bis sie den lärmenden Pulk auf der Treppe hörten, der in diesem Moment bereits im Flur der Doppelwohnung war und gleich darauf in die Diele kam.

Marianne und Gitti standen neben dem Spiegel, Letztere in ihrer Verkleidung, und beobachteten, wie ihre Mutter und die anderen einen Mann in die Wohnung führten und dabei so taten, als wäre dieser Mann der Vater. Marianne konnte verstehen, dass ihre Mutter, die doch vorhin übergeschnappt war, sich immer noch nicht beruhigt hatte. Aber die anderen … warum verhielten sich die Großeltern und Tante Margarete plötzlich genauso verrückt? Sahen sie denn nicht, dass sie einen Fremden mitgebracht hatten? Und warum ließ der sich bereitwillig in diese Wohnung führen? Jetzt ließ er sich sogar die Jacke abnehmen. Marianne spürte, wie Gitti sie am Arm zupfte. Diese stand immer noch neben ihr, in Omas Regenmantel, mit Hut und ohne von den Erwachsenen beachtet zu werden. Sie schaute zu Marianne auf und fragte:

»Ist Papa wieder da?«

»Ach was«, antwortete Marianne in felsenfester Überzeugung, »das ist nicht Papa!« Mariannes Überzeugung wich auch dann nicht, als die Erwachsenen sich nun den Kindern zuwandten, den fremden Mann zu ihnen drehten und die Mädchen aufforderten, ihren ersehnten Papa zu begrüßen. Gitti verwirrte dieses Ansinnen und sie ließ sich hinreißen, auf ihren vermeintlichen Vater zuzugehen und einen Knicks vor ihm zu machen. So hatte die Mutter es ihnen beigebracht: Mädchen machen einen Knicks, wenn sie Erwachsene begrüßen. Marianne jedoch blieb eisern stehen und machte ein unbeteiligtes Gesicht, als der zerlumpte Mann mit dem aufgequollenen Gesicht ihr zögernd und flüchtig mit der Hand über den Kopf strich. Irgendetwas an seinen Bewegungen erinnerte sie nun doch an ihren Vater. Die Situation wuchs ihr über den Kopf, sodass sie sich sicherheitshalber eilig in das Schlafzimmer zurückzog, wo sie sich unter einer Zudecke verkroch. Sie hörte gerade noch, wie Tante Margarete ausrief:»Mein Gott, die arme Marianne. Die Kleine kann es gar nicht glauben.«

Frieda fiel endlich ein, wie viel von dem heutigen Mittagsmahl noch übriggeblieben war. In Begleitung der anderen schob sie ihren Sohn in die Küche und wies ihn an, die Hände gründlich zu waschen. Während er dem Willen seiner Mutter folgte, wich Dorothea ihm nicht von der Seite, die Seife und das Handtuch reichend, den Wasserhahn auf und zu drehend. Dabei fragte und erzählte sie in einem Fluss, wobei Bruno höchstens hin und wieder mit einem Knurren reagierte. Schließlich saßen sie ohne Marianne – Gitti hatte den Mantel und den Hut in der Diele einfach abgeworfen – alle wieder um den Tisch, von dem sie erst vor einem Augenblick, in welchem ihre Welt sich wieder einmal grundlegend verändert hatte, aufgestanden waren. Frieda meinte es gut und stellte Bruno einen großen Teller mit Bergen von Schweinefleisch und Soße hin. Beim Anblick des Essens nahm Bruno die Gabel in die Hand, während sein Gesicht in eine graugrüne Farbe wechselte. Schon würgte er heftig, sprang auf und lief zur Spüle. Dorothea folgte ihm und legte ihre Hand auf seinen Rücken. Am Ausguss setzte sich ein rhythmisches Würgen und Husten fort, wobei bis auf etwas Schleim und Spucke nichts aus Bruno den Weg in die Spüle fand. Das wäre auch verwunderlich gewesen, hatte er doch seit mehreren Tagen bis auf Löwenzahn und andere Kräuter nichts gegessen. Als sich sein Magen wieder beruhigt hatte, brachte ihn Dorothea zum Tisch zurück, auf den Wilhelm inzwischen eine Flasche Weinbrandverschnitt gestellt hatte. Mit den Worten, er wisse schon, was der Junge jetzt brauche, goss er zwei kleine Gläser voll und stellte eines Bruno hin. Ohne ein Wort kippte dieser das Glas hinunter, griff sich erneut die Gabel und begann schweigend zu essen. Er aß nicht schlingend, eher vorsichtig, mit Pausen, da er gegen das erneute Würgen ankämpfen musste. Die anderen registrierten, wie Bruno schützend seinen Arm um den Teller legte und immer wieder misstrauisch in die Runde schaute, als müsste er sein Essen gegen die Tischgenossen verteidigen.

In den nächsten Tagen wich die unbändige Freude über Brunos Wiederkehr bald einer Bestürzung über seinen Zustand. Er sprach kaum, reagierte schreckhaft, hatte keinen Antrieb. Es hatte keinerlei Sinn, ihm irgendwelche Fragen über seinen Verbleib in den letzten Jahren zu stellen, da er diese nicht beantwortete. Bereitwillig begleitete er jedoch seine Familie nach Wadewitz. Dort gewöhnte sich Marianne langsam an die Tatsache, dass ihr Vater wahrhaftig zurückgekehrt war. Das änderte jedoch nichts an der tiefen inneren Enttäuschung über die Wirklichkeit, die so anders als ihre Vorstellung von der Rückkehr ihres geliebten Vaters war. Dieser sonderbare Mann, der in ihrer Unterkunft in Wadewitz herumsaß, passte gar nicht zu dem Bild, welches sie sich von ihrem Vater ausgemalt hatte. Sein äußeres Erscheinungsbild ähnelte zwar zunehmend seinem früheren Aussehen, aber das Benehmen wirkte auf Marianne stets befremdlich. Bei jeder Gelegenheit teilte er seinen Töchtern mit: »Wenn die Blümlein wieder blühen, dann gehe ich auf Wanderschaft. Wartet es nur ab, bald bin ich weg.« Bei den Mahlzeiten beschützte er misstrauisch sein Essen und versuchte, Tauschgeschäfte mit seinen Kindern auszuhandeln. »Hier, ich gebe dir eine halbe Scheibe Brot. Dafür bekomme ich deinen Käse.« Vor allem die Kinder konnten sich auf dieses Verhalten keinen Reim machen.

Dorothea dagegen war einfach nur unglücklich. Bruno tat ihr leid, vermutete sie doch, er habe schlimmste Erlebnisse überstehen müssen. Immerhin hatte sie aus ihm herausbekommen, dass er in russischer Gefangenschaft gewesen war, angeblich in Stalingrad festgenommen. Konnte das sein? Es gab nicht viele Überlebende aus Stalingrad, und die waren alle noch nicht zurück aus der Gefangenschaft. Er wäre der Erste.

Margarete erzählte allen, die es hören wollten oder nicht, ihr als Schwester hätte Bruno berichtet, er hätte sich während der letzten Kriegsjahre bei einer Russin versteckt, nachdem er von der Front geflüchtet war. Zuletzt wäre er aber einige Zeit bei den Russen in Gefangenschaft gewesen. Diese Geschichte war für Dorothea noch eher vorstellbar als die mit Stalingrad. Aber warum öffnete sich Bruno ihr gegenüber nicht? Sie fühlte, keinen Zugang zu ihrem Mann mehr zu haben, worüber sie abends manchmal weinte. War das vielleicht ihre Strafe, weil sie Bruno nicht treu gewesen war?

War das die Quittung für Rudi? Zum Glück hatte dieser sofort das Ende ihrer Beziehung verstanden, als Bruno in Wadewitz auftauchte. Dorothea wollte es ihm schonend beibringen, aber er hatte sofort »ist gut« gesagt und war gegangen. Ihr fiel ein Stein vom Herzen, dass er so unkompliziert war. Jetzt musste sie nur noch unbedachte Äußerungen der Kinder oder ihrer Eltern über ihre Beziehung zu Rudi verhindern. Aber interessierte sich Bruno überhaupt für ihr Leben während seiner Abwesenheit? Interessierte er sich noch für sie und die Kinder? Interessierte ihn überhaupt noch irgendetwas? Wenn Dorothea sich diese Fragen stellte, kam immer wieder das Mitleid in ihr hoch, was er womöglich alles durchgemacht hatte. Das führte tief im Innern bei ihr zu einem schlechten Gewissen. Sie hatte nicht in den Krieg gemusst, sie war nicht in russischer Gefangenschaft gewesen, sie hatte nicht wirklich hungern müssen, sie hatte sich mit Rudi getröstet. Das schlechte Gewissen nagte an ihr, flüsterte ihr ein, sie müsse nun dafür sorgen, dass Bruno sich wieder aufrappelte. Fast so, als müsse sie Wiedergutmachung leisten für all das, was Bruno hatte durchmachen müssen. Da war es das Mindeste, seinen jetzigen Zustand auszuhalten und für ihn da zu sein. Auch wenn er davon redete, sie wieder zu verlassen »im Frühjahr, wenn die Blümlein blühen ...«

Oder wenn er sie vor den Kindern schlechtmachte, wie zum Beispiel bei der Geschichte mit den Mäusen. Das Haus in Wadewitz war voller Mäuse. In ihrem Zimmer gab es eine halbhohe Wand, die den Raum unterteilte. Auf der halben Mauer war ein Brett befestigt, auf der die Mäuse hin und her liefen. Vor allem nachts war das ein reges Getrappel. Mit ihren kleinen Pfoten trippelten sie so lautstark, dass alle im Raum geweckt wurden. Oft bekam Gitti Angst deshalb, sah wieder die Kuh, musste von Dorothea, Marianne oder Oma Paula besänftigt werden. Irgendwann reichte es Dorothea, und sie besorgte Mausefallen von Dickmessers, die davon allerhand auf Lager hatten. Kaum hatte die erste Maus in einer Falle ihr Leben ausgehaucht, fing Bruno plötzlich an, den Kindern Geschichten zu erzählen: von Mäusefritzchen und Mäuselieschen, die eine große Kinderschar zu versorgen hatten. Und dann kam die böse, hinterlistige Menschenfrau und brachte das Mäuselieschen um. Zurück blieben ein armer Witwer und viele kleine Waisenkinder, die arg um ihre Mama trauerten. Jawohl, so sei das, und da sollten sich Gitti und Nanni mal reinversetzen, wie das wäre für die armen Mäusekinder. Den Kindern leuchtete ein, wie furchtbar die Mäusekinder leiden mussten ohne Mama, und was für eine barbarische Tat es war, so eine Mausefalle aufzustellen. Dorothea duldete es. Hing es doch womöglich mit dem Tod zusammen, dem er wohl mannigfach hatte ins Auge blicken müssen.

Wenigstens erzählte er den Mädchen jetzt Geschichten, nachdem er lange gar nicht mit ihnen geredet hatte. So hatten sie nun wenigstens einen Geschichten erzählenden Vater, was sie wesentlich besser als gar keinen Vater fand. Mehr Sorgen als diese Geschichten bereitete ihr jedoch der Schnapskonsum ihres Gatten. Die Abstände wurden immer kürzer, in denen sie Weinbrand oder Korn besorgen musste. Das war zwar einfacher, als Fleisch oder Butter ranzuschaffen, musste aber trotzdem gegen andere Dinge eingetauscht werden, die sie eigentlich auch gut gebrauchen konnten. Wenigstens trank er nicht vor den Kindern oder Dorotheas Eltern.

So vergingen die Tage und Wochen in Wadewitz für Dorothea mit ihrem wiedergefundenen Ehemann, der ein ganz anderer war als früher. Sie fuhr manchmal auf die Märkte, die ab und an *Schwarzmärkte* hießen, und besorgte für die Familie das Essen. Sogar bis nach Hamburg schlug sie sich durch, brachte Hering von dort mit. Noch besser ließ sich direkt bei den Bauern handeln. Auf den Höfen gab es alles, was es in der Stadt nicht gab: Fleisch, Wurst, Brot, Milch. Die Bauern konnten die Preise festlegen und sammelten gern alles ein, was im Verdacht stand, wertvoll zu sein.

Dorotheas harte Währung bestand aus Schmuck, Silberbesteck und Porzellan – eben all jenen Sachen, die in Legwitz einst den Wohlstand ausgemacht hatten. Jetzt waren sie gut genug, den Hunger der Familie zu besänftigen.

Wenn Dorothea unterwegs war, passte Oma Paula auf die Kinder auf. Das heißt, eigentlich brauchte Paula nur Gitti zu betreuen, denn Marianne saß in Bornitz in der überfüllten Grundschulklasse und lernte die kleinen Buchstaben und die Zahlen bis zwanzig. Nach der Schule stromerte sie mit Artur herum und kletterte mit ihm auf den größten Baum im Dorf. Johann half auf Dickmessers Hof bei kleineren Reparaturarbeiten, und Bruno erinnerte sich an seine frühere Lieblingsbeschäftigung, das Lesen. Er verschlang alles, was er fand: Zeitungen, Bücher, vergilbte Magazine. Dabei rauchte er Zigaretten ohne Filter und schlich immer mal zur Schnapsflasche, die er meist unter dem Ofen zu liegen hatte.

Im September zogen sie dann endgültig nach Aschersleben. Die alten Schneiders überließen Bruno und Dorothea mit den Kindern ein Zimmer in der Wohnung am Markt. Johann und Paula Kasubke kamen in der Lindenstraße unter. Margarete schien das große Los gezogen zu haben mit Karl Schnabel und ihrer Liaison mit Alexander. Die Villa an der Pferdeeine war ihr und Karl mit den beiden Jungs Klaus und Harald bald zu klein, deshalb zogen sie in eine größere Villa – ebenfalls in der Lindenstraße, gleich gegenüber den alten Kasubkes. Sie half ihren Verwandten, wo sie nur konnte. So besorgte sie auch Dorotheas Schwester Elli mit den Kindern Hans und Eberhard eine Wohnung in der Lindenstraße.

Der Zufall hatte Margarete zur Glücksfee für die gesamte Familie werden lassen. Niemand fragte, warum sie das so scheinbar selbstverständlich tat. Niemand dachte darüber nach, welchen Preis sie dafür bezahlte und noch bezahlen sollte.

Angst

Margarete stolzierte vom Johannestor kommend den Graben hoch. Beim Abzweig der Douglasstraße nickte sie dem vor der Tür wachhabenden Soldaten zu und betrat das Eckgebäude, welches als Stadtkommandantur diente. Wie gewohnt kontrollierte im Erdgeschoss als Erstes ein Unteroffizier ihre Ausweispapiere. Der Serschant studierte die Papiere nicht wirklich, warf lediglich einen Blick hinein, um den Schein zu wahren. Jeder hier im Haus kannte die deutsche Freundin des Kommandeurs. Der Serschant konnte nicht umhin, bewundernde Blicke auf Margaretes Erscheinung zu werfen. Mit dieser Frau hätte auch er gern einen Sommerabend lang am Flüsschen gesessen. Er schielte auf ihre Brüste, die sich unter der weißen Bluse abzeichneten. Sein Blick wanderte hoch zu den leuchtend roten, vollen Lippen, die sie geschickt mit glänzendem Lippenstift betont hatte. Strahlend blaue Augen wurden von blonden Locken umrahmt.

Mit einem kaum hörbaren Seufzer gab er Margarete ihre Dokumente zurück, die sie in ihrer weißen Handtasche aus Nappaleder verstaute. Der Unteroffizier meldete telefonisch seinem Chef Major Alexander Sergejewitsch Poroschenko den nahenden Besuch, nicht ohne der zur Treppe schreitenden Dame auf das den cremefarbenen Rock wölbende Gesäß und die langen, geraden Beine hinterherzustarren.

Margarete stieg die Treppe in das erste Geschoss hinauf. Sie besuchte Alexander oft in seinem Büro, sodass ihr das Gebäude inzwischen sehr vertraut war. Heute kam ihr auf halber Treppe ein Hauptmann entgegen, der sie mit strenger Miene und zusammengekniffenen Augen im Vorbeigehen musterte. Sie stellte fest, dass es immer noch Personal in der Kommandantur gab, welches sie nicht kannte. Dann klopfte sie kurz und betrat das Vorzimmer ihres geliebten Alexanders. Hier hielt sich meist der usbekische Adjutant und Fahrer Temurbek auf, der seinem Major treu ergeben war. Jetzt beschäftigte sich Temurbek gerade mit dem Ausbessern seiner eigenen Uniformbluse. Deshalb steckte der Oberkörper lediglich in einem nicht mehr weißen Unterhemd, als Margarete mit einem Gruß an ihm vorbeischwebte. Der Usbeke grüßte freundlich zurück und widmete sich weiter seinem Uniformteil.

Alexander Poroschenko hatte den Anruf des Unteroffiziers vom Dienst, Margarete sei auf dem Weg zu ihm, erfreut entgegengenommen. Für ihn waren die Treffen mit Margarete jedes Mal wie ein kleiner Urlaub von seiner Rolle als Major der Roten Armee und Stadtkommandant dieser vor Flüchtlingen aus den Nähten platzenden Kleinstadt. Der Krieg hatte ihn in diese Rolle getrieben, die er nie geplant hatte. Er stammte aus Leningrad, sein Vater war Professor für Russische Geschichte an der Universität. Seine Mutter arbeitete als Klavierlehrerin und hatte auch ihm das Musizieren beigebracht. Wäre der Krieg nicht dazwischengekommen, hätte er sein Medizinstudium wohl schon abgeschlossen gehabt. So aber war er eingezogen worden und durchlief eine verkürzte Ausbildung an der Leningrader Militärakademie. Er landete als Leutnant in der Truppe. Zum Teil war es seinen Fähigkeiten zu verdanken, oft hatte er aber einfach Glück, dass er seine Truppe ein paar Mal unversehrt aus kniffligen Situationen bringen konnte. Eines Tages jedenfalls beförderte man ihn zum Major. Zufällig machte ihn dann das Schicksal zum Stadtkommandanten dieser Kleinstadt am Harz. Eine Rolle spielte dabei vielleicht seine tadellose Kenntnis der deutschen Sprache. Sprachen zu lernen fiel ihm leicht, sodass er im Verlauf des Krieges das Deutsche wie von selbst aufsog. Dadurch war er bei seiner Lieblingsbeschäftigung, der Lektüre, nun nicht auf russischsprachige Bücher angewiesen und las die deutschen Klassiker in ihrer Muttersprache.

die Parteiorganisation in unserer Einheit verstärken, hat man mir gesagt. Dabei haben wir mit Nikolai einen starken Parteisekretär. Das ist alles sehr eigenartig. Mir gegenüber benimmt er sich regelrecht feindselig, dabei ist er mir unterstellt. Heute wollte er mich über dich ausfragen, da habe ich gesagt, du gehst ihn einen nassen Schmutz an, wie man bei euch auf Deutsch sagt.«

»Feuchten Dreck.«

»Wie? Ach so, ist ja egal. Jedenfalls kommt diese Ratte ganz dicht an mich heran und sagt, die Partei geht alles an. Ich habe ihn dann rausgeschmissen. Als er ging, hat er sich noch einmal mit einem ganz hinterhältigen Blick umgedreht.«

»Ich glaube, er kam mir vorhin auf der Treppe entgegen. Er hat mich ganz seltsam gemustert.«

»Komm, lass uns losgehen. Du wolltest doch ein wenig auf die alte Burg. Es ist vielleicht besser, wenn wir dort weiterreden. Wer weiß, vielleicht haben die Wände hier inzwischen Ohren.«

So verließen die beiden die Kommandantur und ließen sich von Temurbek zum alten Schießplatz fahren. Dort spazierten sie Hand in Hand, bis sie aus der Sichtweite des Usbeken waren, der wie immer geduldig auf ihre Rückkehr warten würde. Dann umarmten und küssten sie sich, genossen die gegenseitige Wärme, bis Alexander plötzlich wieder ein ernstes Gesicht aufsetzte und erneut zu reden begann.

»Ich mochte es vorhin nicht sagen, aber der Hauptmann stellt hinter meinem Rücken auch Nachforschungen an, was Karls Lieferungen betrifft. Du musst ihm sagen, er soll sich vorsehen. Vor allem soll er nichts mehr an Zivilisten auf dem Schwarzmarkt verkaufen, das fällt uns sonst noch auf die Beine.«

»Auf die Füße.« Margarete kicherte.

»Von mir aus auch auf die Füße. Gretel, der Hauptmann ist ein ernstes Problem, sagt mir mein Gefühl. Wir müssen ihn ernstnehmen.«

»Ich nehme ihn ja ernst«, erwiderte Margarete und schürzte die Lippen. »Ich nehme alles ernst, was du willst. Vor allem dich nehme ich ernst.« Sie versuchte ihn erneut zu küssen.

»Ach, Grete«, seufzte Alexander und erwiderte den Kuss. Alsbald löste er sich wieder von ihr und schaute sie eindringlich an: »Versprich mir wenigstens, dass du Karl ausrichtest, was ich dir gesagt habe.«

»Ja, das mache ich doch. Sei nicht so dramatisch. Alles ist gut, wenn wir uns nur lieben«, gab sie mit einem Lächeln zurück. Dann nahm sie ihn an der Hand und zog ihn weiter, da plötzlich zwei Spaziergänger auf dem Weg auftauchten.

»Vielleicht«, meinte Alexander und setzte sich bereitwillig in Bewegung. Eng umschlungen machten sie sich auf den Weg zu ihrem Lieblingsplatz, der Bank am Hexenturm, wie die Westdorfer Warte im Volksmund genannt wurde. Auf der Spitze des Turmes befand sich eine Wetterfahne in Gestalt einer Besen reitenden Hexe. Vielleicht war die Hexe vom Brocken hergeflogen, den das Liebespaar in der Ferne am Horizont sehen konnte.

Am späten Nachmittag brachte Alexander Margarete mit seinem Wagen nach Hause in die Lindenstraße. Sie bat ihren Begleiter mit herein auf einen Tee. Karl war noch geschäftlich unterwegs, und Klaus und Harald befanden sich in sicherer Obhut bei Oma Frieda, sodass sie in der Villa ungestört waren. Wie schon oft war das die Gelegenheit für ein ausgedehntes Liebesspiel. Sie waren so rücksichtsvoll, dazu nicht das eheliche Schlafgemach zu benutzen.

Wahrscheinlich hätte das Karl aber auch nicht gestört, wusste er doch um das Verhältnis zwischen seiner Frau und Alexander. Er war sogar froh darüber. Margarete hatte die Oberschule abgebrochen, und er hatte sie damals als Apothekenassistentin eingestellt. In ihrem Beruf war sie nie gut gewesen. Das Einzige, was sie seiner Meinung nach hervorragend konnte, war das Umgarnen von Männern. Im Bett war sie unersättlich. In den ersten zwei Jahren genoss er diese Lust und ihre fordernde Anhänglichkeit so sehr, dass er sie unbedingt heiraten wollte. Inzwischen war er erleichtert, dass sie ihre Energie auf Alexander ausgerichtet hatte. Außerdem konnte er die Beziehung für seine Geschäfte gut gebrauchen. Die sowjetische Besatzungsmacht regulierte alles, so auch, welcher Apotheker wen mit welchen Medikamenten versorgen durfte. Durch die Beziehung zu Alexander hatte er die attraktive Augusta-Apotheke bekommen und versorgte die Krankenhäuser und alle Sanitätspunkte der Russen in der Region mit Medikamenten. Besonders einträglich war das Geschäft mit Diacetylmorphin, das auch als Heroin bezeichnet wurde, und als Schmerzmittel wegen der hohen Suchtgefahr seit den Dreißigerjahren nicht mehr zugelassen war. Karl fand das unbegreiflich. Und die vielen Kriegsverwundeten interessierte das nicht, Hauptsache, die Schmerzen waren weg. Es gab so viele Verletzte, Verwundete und Versehrte, der Bedarf an Schmerzlinderung schien unermesslich. Es kostete oft Karls gesamtes Organisationstalent, genügend Heroin von den Zwischenhändlern zu besorgen. Aber auch Penicillin war knapp. So war er heute unterwegs, um einen Engpass an Antibiotika zu beheben, die ähnlich begehrt waren. Allein die vielen Verwundungen, die sich infizierten, brauchten die antibakterielle Medizin.

Margarete interessierten die Geschäfte ihres Mannes herzlich wenig. Sie merkte sehr wohl, wie im Laufe der Zeit sein Interesse an ihr nachließ. Die Affäre mit Alexander gab ihr wieder das Gefühl, gesehen zu werden und zu leben. Seit sie denken konnte, kam sie sich vor, als wäre sie gar nicht vorhanden. Meistens hörte das nur auf, wenn sie begehrt wurde, wenn ein Mann mit ihr schlief. Besonders gut funktionierte es mit Männern, die Geld oder Macht oder beides hatten. Alles andere war egal. Wirkliche Nähe kannte sie genauso wenig, wie das Gefühl, als Mensch gemocht zu werden. Deshalb musste ihre erste Ehe in die Brüche gehen. Anfang 1937, sie war kaum 19 Jahre, war sie plötzlich schwanger und heiratete überstürzt den Kindesvater Ulrich, der an sich ein fürsorglicher und sensibler Mann war. Bald kam dann Klaus zur Welt, dem sie, ohne es zu merken, seine Existenz übelnahm. Sie fühlte sich nicht als Mutter und Ehefrau. Ulrich wurde dann wie die meisten Männer seines Alters eingezogen und kehrte 1944 als Verwundeter zurück. Da lebte Margarete bereits mit Karl Schnabel zusammen, mit dem sie sich schon früher gelegentlich getroffen hatte. Margarete erwartete mit Karl ihr zweites Kind. Die Rückkehr ihres Mannes Ulrich ermöglichte ihr, sich endlich scheiden zu lassen. Ihren damaligen Noch-Ehemann, der als Rückkehrer seine Frau in die Arme nehmen wollte, fragte sie, was sie denn noch mit ihm solle. Er möge doch bitte zu seiner Mutter gehen, die würde ihn schon aufnehmen. Außerdem würde er doch sehen, dass sie wieder schwanger sei, und zwar nicht von ihm, wie er sich ja denken könne. Klaus blieb bei Margarete, ohne dass sie wirklich etwas mit ihm anfangen konnte. Bald darauf kam ihr zweiter Sohn Harald zur Welt.

Als heute Alexander die Villa verließ, wurden Klaus und Harald von ihrer Großmutter Frieda gerade nach Hause gebracht. Freundlich wuschelte der Russe Klaus die Haare, schnitt für den kleinen Harald eine Grimasse und grüßte Margaretes Mutter, bevor er sich zu seinem Adjutanten in das Auto warf.

Gut gelaunt ließ sich Alexander in die Kommandantur fahren, wo seine gute Laune sich jedoch abrupt ins Gegenteil verkehrte. Denn als er sein Büro betrat, an das sich seine privaten Räume anschlossen, lümmelte hinter seinem Schreibtisch im Sessel unter Stalins Bild bereits Hauptmann Saizew und grinste ihn herausfordernd mit feindseligen Augen an. Offensichtlich hatte der Hauptmann seinen Schreibtisch durchwühlt. Alexander stieg Zornesröte ins Gesicht.

»Was erdreisten Sie sich, Kapitan? Wie sind Sie in mein Büro gelangt?«, presste er auf Russisch hervor.

»Ach, die Frage ist doch eher, wo der Genosse Major jetzt herkommt, während die Soldaten, die der Arbeiterklasse entstammen, der Sache des Kommunismus dienen«, entgegnete der Hauptmann mit sachlicher Kälte. »Gibt es vielleicht eine Verschwörung des Genossen Major mit deutschen Kapitalisten oder Drogenhändlern? Sie wissen, wir müssen wachsam sein für unsere Sache. Das ist der Auftrag unseres großen Stalin.«

Alexanders Gesichtsfarbe wechselte von Rot zu Weiß. Nur mühsam beherrschte er sich. Gern hätte er seine Waffe gezogen.

»Sie wissen genau, dass es keine Verschwörung gibt. Also, was soll das Ganze? In wessen Auftrag spionieren Sie in meinem Schreibtisch herum?«

»Im Auftrag der Partei. Im Auftrag des Sowjetvolkes. Im Auftrag unseres fürsorglichen Genossen Stalin. Wie stehen Sie eigentlich zu unserem Generalissimus? Wer weiß, immerhin haben Sie an der Universität studiert. Sie wären nicht der erste Intellektuelle, der unsere Sache sabotiert, Genosse Poroschenko.«

»Für Sie heißt das immer noch Genosse Major. Und jetzt reicht es. Sie verschwinden sofort aus meinem Büro. Finde ich Sie noch einmal hier drin, lasse ich Sie erschießen, ist das klar?«

»Oh, oh. Sie sollten mir nicht drohen. Sie verkennen die Kräfteverhältnisse. Vielleicht sehen Sie sich lieber vor. Guten Abend.« Damit verließ der Hauptmann das Büro und marschierte selbstsicher an Temurbek vorbei durch das Vorzimmer hinaus.

Kaum war der Hauptmann fort, spürte Alexander Übelkeit aufsteigen. Das Herz raste und stolperte. Ihm wurde schwindelig und kurzzeitig war sein rechter Arm ohne Kraft und Gefühl. Er ließ sich in den Sessel fallen und wollte nach dem Adjutanten rufen, doch ihm gelang nur ein klägliches Stöhnen. Durch das plötzliche Herauskommen des Hauptmanns aus dem schallgedämmten Büro des Majors war der Usbeke bereits in Alarmstimmung versetzt. So entging ihm nicht das Stöhnen seines Offiziers, und er eilte ohne zu zögern in das Büro. Hier fand er Alexander in kaltem Schweiß und nach Luft ringend im Sessel liegen. Sogleich öffnete er ihm die Kragen von Uniform und Hemd, rannte zum Treppenhaus, um nach einem Arzt zu rufen, und kehrte mit einem Glas Wasser zurück. Nach nicht allzu langer Zeit erschien der Truppenarzt vor Ort und konstatierte nach gründlicher Untersuchung seinen Verdacht auf einen Schlaganfall und die unbedingte Notwendigkeit einer Aufnahme im Krankenhaus. Alexander war inzwischen wieder bei sich und protestierte gegen die Krankenhauseinweisung. Immerhin würde er mit seinem Zusammenbruch Hauptmann Saizew ein nicht unerhebliches Erfolgserlebnis verschaffen. Das galt es zu verhindern. Der Doktor ließ Alexanders Widerspruch jedoch nicht zu und beorderte zwei Soldaten, den Kommandeur auf eine Trage zu legen und nach unten auf den bereitstehenden Lastwagen zu schaffen. So brachten sie den Major ins Krankenhaus, einem für jene Zeit hochmodernen Klinikbau. Nach erneuter Untersuchung stellte man fest, der Major hatte noch einmal Glück gehabt, und der Schlaganfall war glimpflich abgelaufen. Er musste aber unbedingt noch ein paar Tage unter Beobachtung bleiben – in der Außenstelle des Krankenhauses am Rande der Stadt im Salzkoth. Dort erhielt Major Poroschenko ein großzügiges Zimmer mit allem Komfort. Sogar ein prächtiger Ausblick zur Eine kurz vor ihrer Einmündung in die Wipper war inklusive. Das Einzige, was ihm dort fehlte, war Margarete. Ihn überkam plötzlich eine heftige melancholische Stimmung, die er in all den Kriegsjahren nie gehabt hatte. Es war eine unbändige Sehnsucht, sich in Margaretes Armen zu verkriechen und sich trösten zu lassen. Sogleich wies er das Krankenhauspersonal an, ein zweites Bett und einen weiteren Schrank, möglichst auch einen Toilettentisch, wie ihn Damen gern benutzten, in seinem Krankenzimmer aufzustellen. Die Krankenhausverwaltung gab sich alle Mühe, die Wünsche des Majors umgehend zu erfüllen. Alexander indes wartete sehnsüchtig auf den ersten Besuch von Margarete, um ihr seinen

dringenden Wunsch nahezubringen, sie möge in sein Krankenzimmer einziehen und ihn nie mehr allein lassen.

Es dauerte nicht lange, bis Margarete ihn besuchte. Alexander
verband sein Anliegen mit heftigen Liebesschwüren, und irgendwie hörte Margarete auch einen Heiratsantrag heraus. Überrascht
und beeindruckt von der Leidenschaft, die aus seinen Worten
sprach, noch mehr aber von dem Gefühl, Alexander brauchte sie,
willigte sie ein, ebenfalls in dem Krankenhauszimmer Quartier
zu beziehen. Langfristige Zusagen vermied sie jedoch geschickt,
zumal daheim die beiden Jungs auf sie warteten. Sie war auf die
Situation nicht vorbereitet und musste erst noch einmal nach
Hause, um ihre persönlichen Sachen zu holen und die Betreuung
der Kinder zu klären. Alexander wies seinen Adjutanten an, Margarete dabei behilflich zu sein.

Als Margarete mit Temurbek das Klinikgelände verließ, spürte sie die Verwirrung und das Gefühlschaos, welche der Besuch
bei Alexander in ihr auslöste. Sie versuchte sich abzulenken und
schaute sich um. Ein Stück weiter an der Wipper entdeckte sie die
Lapp'sche Villa, die ihr auf Anhieb wesentlich besser gefiel als ihr
ebenfalls prächtiger derzeitiger Wohnsitz in der Lindenstraße. Sie
bat Temurbek, etwas langsamer zu fahren, damit sie das Anwesen
genauer betrachten konnte. Der Klinkerbau aus der Gründerzeit
war mit zahlreichen Türmchen versehen und hatte große Fenster zu dem parkähnlichen Grundstück, welches von der Wipper
durchquert wurde. Offensichtlich war der schlossähnliche Bau
unbewohnt, und sie beschloss, Karl inständig zu bitten, einen
Umzug ins Auge zu fassen. Die Villa in der Lindenstraße hatte sie
längst satt. Den Rest der Fahrt nach Hause summte sie aufgekratzt
vor sich hin und hätte fast vergessen, mit welchem Ziel sie sich auf
den Weg gemacht hatte.

Zu Hause traf sie Karl an, dem sie als Erstes von der Villa vor-
schwärmte. Er hörte ihr zu, und bald leuchteten auch seine Augen.

Was den Lebensstil betraf, hatten sie im Grunde ähnliche Vorstellungen. Karl verdiente Unmengen Geld an den Geschäften mit dem enormen Medikamentenbedarf, den der Krieg und seine Folgen mit sich gebracht hatten. Da kam ihm so ein kleines Schloss als Wohnsitz gerade recht. Karl würde sich gleich morgen darum kümmern, den Besitzer des Hauses und die Möglichkeiten der Übernahme herauszufinden. Falls es sich um Gemeineigentum handelte, müsste Alexander eben wieder behilflich sein.

»Apropos Alexander, er ist furchtbar krank und liegt im Krankenhaus. Er hatte einen Schlaganfall. Jetzt braucht er mich und möchte, dass ich ihm Tag und Nacht zur Seite stehe. Ich werde dort ein paar Tage bleiben. Alexander hat schon ein Bett für mich aufstellen lassen. Ich rufe gleich meine Mutter an, damit sie oder die Schössler Gerdel auf die Kinder aufpassen.« Dann holte Margarete einen Koffer.

Karls Miene verfinsterte sich schlagartig. Er lief Margarete hinterher. »Wie bitte, du willst dort im Krankenhaus einziehen?« Er wusste nicht genau, warum, aber irgendetwas an der Idee gefiel ihm nicht. Margarete nahm den Koffer aus der Kammer und begab sich in das Ankleidezimmer. Über die Schulter antwortete sie: »Es ist doch nur für ein paar Tage. Er braucht mich jetzt wirklich.« Dann holte sie scheinbar wahllos Sachen aus den Schränken und warf sie in den Koffer.

»Da könnt ihr ja gleich ganz zusammenziehen«, warf Karl ihr hin.

»So ein Quatsch, ich lebe doch mit dir«, versuchte sie ihn zu besänftigen, unterbrach das Packen und gab ihm einen Kuss auf die Wange. Dann wandte sie sich wieder dem Koffer zu.

»Hm«, stieß ihr Mann aus, griff sich in die Haare, drehte sich um und kehrte zurück in den Salon. Dort schritt er mit ausholenden Bewegungen hin und her, setzte sich, stand wieder auf, um dann hastig zu Margarete zu eilen, die inzwischen im Bad ihre Kosmetikartikel zusammensuchte.

»Ich will das nicht. Du wirst nicht dort einziehen, auch nicht für ein paar Tage. Alles hat seine Grenzen. Meinetwegen triff dich mit ihm und haltet Händchen, aber das hier geht zu weit. Außerdem bist du doch nicht sein Eigentum, dass er dich einfach so dort einquartiert.« Mit deutlicher Erregung sprudelten die Gedanken aus ihm heraus. Margarete hielt inne und drehte sich überrascht ihrem Mann zu. »Karl, so kenne ich dich ja gar nicht. Er quartiert mich doch dort nicht ein, sondern ich möchte das. Da bin ich doch nicht sein Eigentum.«

»Na und? Trotzdem will ich das nicht. Außerdem denk auch mal an Harald, der sieht dich dann gar nicht mehr, oder wie? Jedenfalls ziehst du da nicht ein!«

»Und wenn Alexander dann sauer ist? Überleg doch mal, wobei er uns schon alles geholfen hat.«

»Na und, dann ist er eben mal sauer. Er wird das schon verkraften. Du machst das nicht!« Mit dem letzten Satz drehte Karl sich um und verschwand wieder im Salon. Margarete hatte sich inzwischen auf den Rand der Badewanne gesetzt. Diese Reaktion hatte sie nicht erwartet. Bisher hatte sie geglaubt, Karl stünde über den Dingen, ihn könnte nichts erschüttern. Er hatte ihr stets den Eindruck vermittelt, sie konnte tun und lassen, was sie wollte, solange es seine Geschäfte nicht störte. Ihre Beziehung zu Alexander nutzte ihm sogar. Woher kam plötzlich dieser Gefühlsausbruch? Das hatte sie in den bisherigen drei Ehejahren mit ihm noch gar nicht erlebt. Eine innere Stimme sagte ihr, sie musste Karls Äußerungen ernst nehmen. Ihre Ehe wollte sie nicht gefährden. Dafür stand zu viel auf dem Spiel. Schließlich wollte sie nicht die Frau eines russischen Offiziers werden und dann vielleicht noch zu den Kommunisten in so ein sibirisches Holzhäuschen ziehen. Nein, sie musste Alexander absagen. Gut, dass Temurbek unten wartete.

Entschlossen erhob sie sich und stellte ihre persönlichen Dinge aus der Waschtasche wieder an ihren Platz. Dann eilte sie nach unten in das Foyer, wo es sich der Usbeke auf einem Stuhl bequem gemacht hatte. Kurz und bündig erklärte sie ihm ihre Entscheidung und bat ihn, alles getreulich seinem Vorgesetzten weiterzugeben. Temurbek nickte beflissen, als habe er alles verstanden und verschwand schließlich aus der Villa. Margarete war sich nicht sicher, wie gut er die deutsche Sprache beherrschte. Aus ihm war sie nie ganz schlau geworden. Er hatte eigentlich immer den gleichen Gesichtsausdruck: ernst und unbeteiligt. Aber sei es drum, irgendetwas würde er schon verstanden haben. Den Rest musste Alexander sich halt denken.

Sie ging in den Salon, wo Karl im Ledersessel eine Zigarette rauchte. Sie setzte sich daneben auf die Récamière und zündet sich ebenfalls eine an. »Ich habe Alexander abgesagt, es ist alles gut. Ich konnte doch nicht« wissen, dass es dich stört«, sagte sie ruhig, nahm einen langen Zug und blies den Qualm bedächtig zur Seite. Karl schaute sie kurz an. Dann ließ auch er langsam Rauch aus seinem Mund und der Nase aufsteigen. Schweigend saßen sie beieinander und zogen an ihren Zigaretten. Als Margarete aufgeraucht hatte, stand sie auf, schaute Karl freundlich an und verließ ihn mit dem Hinweis, sie ginge den Koffer wieder auspacken. Sie nahm sich dafür Zeit, legte die Textilien neu zusammen und verstaute sie in den Schränken. So war sie noch mit dem Einräumen beschäftigt, als plötzlich das Telefon klingelte. Karl saß immer noch im Salon und damit dichter am Apparat. Er hob den Hörer an sein Ohr.

»Hallo?«

Eine Frauenstimme vom Amt meldete ihm ein Gespräch aus dem Krankenhaus, und nach einem kurzen Moment war auch schon Alexanders Kommandostimme zu hören.

»Gib mir Margarete!«

Karl straffte sich.

»Sie ist beschäftigt und kann jetzt nicht. Was ist denn los?«

»Tu nicht so, als weißt du nicht Bescheid«, reagierte Alexander unwirsch, »ich brauche Margarete und sie wollte doch kommen. Hältst du sie fest?« Dann schlug er einen kumpelhaften Ton an: »Was ist los mit dir, Karl, du bist doch sonst nicht so. Wir sind doch Freunde. Da musst du doch nicht eifersüchtig sein. Schicke sie einfach her.«

»Nein, sie kommt nicht. Das geht mir zu weit und ich will das nicht«, reagierte Karl scheinbar kühl. Schlagartig nahm Alexanders Lautstärke wieder zu. Karl versuchte ihn zu beruhigen, aber Alexanders Stimme wurde immer aggressiver: »Das wirst du bereuen! Du weißt wohl nicht, wer ich bin. Ich werde dich zertreten!«

Nach diesen Sätzen warf Karl einfach den Hörer in die Gabel. Sein Herz schlug bis zum Hals und es brauchte eine Weile, bis seine Nackenhaare sich wieder legten. Jetzt war es an ihm, erstaunt zu sein. Eigentlich war Alexander bisher nie so drohend und fordernd aufgetreten. Sicher, als Major im Krieg musste er auch eine mörderische Seite haben. Aber gegenüber Karl und Margarete hatte er sich stets als gut erzogener Intellektueller gezeigt, der sprachgewandt war und Klavier spielte. Vielleicht ist es meine Widerrede, die ihn so aufbringt, dachte Karl. Da kam Margarete in den Salon. »Wer hat denn angerufen?«, wollte sie wissen.

»Dreimal darfst du raten. Er hat sich unmöglich benommen und war ganz echauffiert«, entgegnete Karl.

Margarete stöhnte auf und ließ sich in einen Sessel fallen. Sie zündete sich noch eine Zigarette an, was erst im dritten Versuch gelang. Sie zerbrach die ersten beiden Zündhölzer mit zitternden Händen. Beim Rauchen rann ihr leise eine Träne die Wange hinab.

Am nächsten Tag nach einem ausgiebigen Frühstück machte sich Margarete auf den Weg zu Alexanders Krankenlager, um ihm wenigstens einen Besuch abzustatten. Sie ließ sich von ihrem Vater im Adler ins Salzkoth chauffieren. Dort bat sie ihn, die begehrte Villa unweit der Klinik in Augenschein zu nehmen, bis sie zurück sei. Sie stieg die Treppe der Dependance des Krankenhauses hoch und kam über den Flur auf Alexanders Zimmer zu. Bevor sie es erreichte, wurde sie von einem älteren Arzt aufgehalten. Im Hintergrund beobachtete ein russischer Soldat die Szene. Der Mediziner stand mit gebeugten Schultern vor ihr und erklärte, Alexander könne derzeit auf keinen Fall Besuch empfangen.

»Warum? Ist denn etwas passiert? Hat er einen weiteren Schlaganfall gehabt?«, fragte Margarete erschrocken.

»Nein, nichts ist passiert, da können Sie ganz beruhigt sein. Aber derzeit ist es unmöglich, ihn zu besuchen«, entgegnete der Weißkittel mit einem Seitenblick auf den Soldaten. Mit allen ihren Mitteln versuchte Margarete nun, den Doktor zu einer kleinen, nur kurzen Stippvisite zu überreden. Doch es war nichts zu machen, sie erhielt keinen Zugang. Enttäuscht und ratlos zog sie wieder von dannen. Grübelnd überquerte sie die Straße zur Villa, um ihren Vater zu suchen. Sie konnte sich keinen Reim auf das eben Erlebte machen. Aufgeregt erzählte sie alles ihrem Vater.

»Eigenartig. Das hört sich gar nicht gut an«, reagierte der Alte. »Ich habe ja schon die ganze Zeit gesagt, lass dich nicht mit Russen ein.«

»Ach Mensch, solche Bemerkungen kannst du dir auch an den Hut stecken!«, entgegnete Margarete unwirsch und warf ihm einen wütenden Blick zu.

Am folgenden Tag, dem darauffolgenden Tag und den dann folgenden Tagen versuchte Margarete jeweils erneut, an Alexander heranzukommen. Doch es war unmöglich, er schien völlig abgeschirmt. Auch Temurbek war wie vom Erdboden verschluckt. Telefonisch war man im Krankenhaus nicht einmal bereit, ihm eine Botschaft auszurichten.

Am fünften Tag endlich empfing sie derselbe Arzt und teilte ihr mit, Major Poroschenko befände sich nicht mehr in der Klinik. Aus Gründen der Schweigepflicht dürfe er ihr auch nicht mitteilen, wohin er verlegt worden sei. In Margarete verstärkte sich eine Mischung aus Trauer, Ärger und Enttäuschung. Anfangs dachte sie, Alexander sei eingeschnappt und würde sich schon wieder beruhigen. Doch jetzt fühlte sie sich auf unwürdige Weise abserviert. So hatte noch kein Mann sie behandelt. Neben der frustrierten Eitelkeit bemerkte sie aber auch, wie viel der Russe ihr doch bedeutete. Liebte sie ihn etwa? Umso mehr kränkte sie, dass er einfach so von der Bildfläche verschwunden war. Das konnte er doch nicht ernst meinen. Bestimmt würde er sich in den nächsten Tagen melden und dann würde sich alles wieder einrenken. Als sie an diesem Tag das Krankenhaus verließ, zog sich in ihrem Bauch alles zusammen. Sie suchte ihr Taschentuch aus der Handtasche und tupfte sich Tränen aus den Augen. Zu Fuß lief sie den Weg zurück aus dem Salzkoth in die Stadt, da heute weder Karl noch Wilhelm die Zeit gehabt hatten, sie zu fahren. Auf dem Fußmarsch beruhigte sie sich ein wenig.

Sie war noch völlig in Gedanken an Alexander versunken, als sie in der Lindenstraße ankam. So bemerkte sie nicht die zwei schwarzen Limousinen, die vor ihrem Grundstück parkten. Arglos betrat sie das Haus und schöpfte auch noch keinen Verdacht, als ihr Begrüßungsruf für Karl und die Kinder im Haus ohne Antwort blieb. Eigentlich hätten alle daheim sein müssen. Dann kam sie in den Salon und entdeckte Karl und die Jungs auf der Récamière sitzend. Doch neben ihnen standen drei Männer in Ledermänteln. War nicht die Gestapo so bekleidet gewesen?

»Guten Abend die Dame. Ich bin Leutnant Schulze von der Volkspolizei. Wir haben schon auf Sie gewartet. Ihr Mann und Sie werden jetzt mit uns zum Grauen Hof fahren und uns ein paar Fragen beantworten«, ordnete der Jüngere der beiden an, derweil sich der Ältere im Zimmer umschaute.

»Das geht nicht, ich muss Klaus und Harald ins Bett bringen. Wer soll denn auf sie aufpassen?«, entgegnete Margarete scheinbar gelassen.

»Da hat uns Ihr Mann schon bestätigt, dass die Jungs bei Ihren Eltern gut aufgehoben sind. Dort fahren wir jetzt als Erstes hin und geben sie ab.« Während er das sagte, starrte er auf ihr Dekolleté, das langsam bis zum Hals hinauf eine rötliche Farbe annahm. Margarete schaute von einem zum anderen. Sie fühlte sich wie auf hoher See. Alles schaukelte. Sie blickte zu Karl. Der saß mit auf den Knien aufgestützten Ellbogen und hatte den Kopf in seine Hände gelegt. Sein Blick war auf den Boden gerichtet. Klaus starrte mit großen Augen abwechselnd auf die Erwachsenen im Raum, während sein kleiner Bruder mit seinem Nuckel spielte. Margarete konnte nichts erwidern, Karl hatte offensichtlich bereits resigniert.

»Auf geht's, packen Sie noch ihre Zahnbürste ein, wenn Sie wollen, dann fahren wir los.« Offensichtlich hatte der Älteste der drei Männer am meisten zu sagen. »Warum denn die Zahnbürste, ich denke, wir sollen ein paar Fragen beantworten?«, fragte Margarete, die hellhörig geworden war.

»Man kann nie wissen. Wenn Sie keine mitnehmen wollen, nehmen Sie eben keine mit, ist mir egal«, gab der Alte unwirsch zurück.

»Ich nehme nichts mit. Ich übernachte doch nicht im Grauen Hof. Ich habe doch nichts verbrochen«, rief Margarete Karl hinterher, der wortlos ins Bad gegangen war, um seine persönlichen Sachen zu holen. Seine Frau verschränkte die Arme vor der Brust und wandte sich an Klaus.

»Wir holen euch heute Abend wieder ab von Opa Wilhelm und Oma Frieda. Das kannst du den Großeltern bitte so sagen, ja?« Der Junge nickte. Als Karl gleich darauf aus dem Bad zurückkehrte, drängte der Anführer zum Aufbruch. Über den kleinen Umweg bei den Großeltern vorbei, wo nur Margarete kurz mit den Jungs aussteigen durfte, fuhren sie zum Grauen Hof. Der während des Übergangs von Romanik zur Gotik als Hofanlage gemauerte Bau diente schon lange als Stadtgefängnis, auch nach der Besetzung Ascherslebens durch die Sowjetarmee. Die Vollzugsangestellten arbeiteten jedoch alle noch nicht lange hier, die meisten hatten völlig andere Berufe gelernt, wie Dreher oder Kalikumpel. Die Schließer brachten Karl und Margarete jeweils in einen anderen Raum, wo eine halbwegs gründliche körperliche Durchsuchung erfolgte. Auch wenn die beiden Männer, die Margarete abtasteten, mehr Hemmungen als Ehrgeiz an den Tag legten, empfand Margarete den Vorgang als sehr erniedrigend. Dann wurde jeder in eine eigene Zelle gebracht. Bis auf ein Metallbett, einen Eimer und einen Hocker gab es in beiden Räumen keine weitere Einrichtung. Auch Fenster gab es nicht, nur die Tür.

Margarethe fühlte sich noch wie benommen. Die vergangene Woche war über sie hinweggebraust, ohne dass sie begreifen konnte, was hier überhaupt vor sich ging. Vor einer Woche war die Welt doch noch in Ordnung gewesen. Jetzt befand sie sich in einem stockdunklen Kerker, denn nachdem die Wache das Licht ausgeschaltet hatte, fiel nirgends mehr ein heller Strahl herein. Das musste doch alles ein großer Irrtum sein. Das musste doch aufzuklären sein.

Erst gegen Morgen kam sie etwas zur Ruhe und schlief ein. Aber bereits um sechs Uhr schalteten die Wachen das Licht wieder an und weckten die Gefangenen durch lautes Klopfen mit dem Schlüssel gegen die Tür. Kurz darauf wurde jedem eine Schüssel Mehlbrei in die Zelle geschoben. Margarete merkte, wie hungrig sie war, und schlang den Brei hinunter, als wäre er ihre Lieblingsspeise. Dann wartete sie angespannt, ob jemand sie aus der Zelle holen würde, es geschah jedoch nichts dergleichen. Sie verlor das Zeitgefühl, konnte nicht mehr sagen, wie lange sie saß und wartete.

Irgendwann hörte sie Karls Stimme in der Ferne. Er schien Protest vorzubringen. Er klopfte ausgiebig gegen die Zellentür und rief laut. Den Inhalt seiner Rufe konnte sie jedoch nicht verstehen. Sein Klopfen war umsonst, es reagierte niemand.

Die Zeit verging, mittags und abends wurden kärgliche Mahlzeiten gereicht, sonst passierte nichts. Stunde um Stunde lauerte Margarete, dass jemand sie zu der angekündigten Befragung holen würde. Als man das elektrische Licht zur Nachtruhe ausschaltete, begriff sie, sie war der Willkür dieser Menschen ausgeliefert. Aber wer waren sie? Warum war Margarete hier? Endlose Verzweiflung machte sich in ihr breit, wie sie noch nie Verzweiflung erlebt hatte. Sie lag seitlich auf der Pritsche und ihr Leib krümmte sich. Alles in ihr zog sich zusammen. Sie biss in den Daumenballen ihrer rechten Hand, während ihr die Tränen aus den Augen rannen. Sie war ausgeliefert, hilflos und ... allein. Auch wenn Karl nicht weit von ihr in einer anderen Zelle lag, konnte ihr im Augenblick niemand helfen und sie spürte ihre ganze Einsamkeit. Das Gefühl, das sie sonst so erfolgreich wegschieben konnte, brach sich jetzt Bahn. So lag sie Stunden und weinte, bis sie kurz vor dem Wecken einschlief.

Der nächste Tag schien ein Abbild des vorigen zu werden. Am späten Nachmittag holte sie jedoch ein junger Mann aus ihrer Zelle und brachte sie in einen Raum, in dem lediglich ein Tisch mit zwei Stühlen unter einer Lampe stand. Ihr Begleiter wies sie an, auf einem der Stühle Platz zu nehmen. Ein weiterer Stuhl wurde ihr gegenüber zu dem anderen gestellt. Dann saß sie allein in dem ebenfalls fensterlosen Raum und wartete. Es mochten fünfzehn oder zwanzig Minuten vergangen sein, als sich endlich die Tür öffnete und der ältere Anführer hereinkam, der sie zu Hause abgeholt hatte. An seiner Seite erschien ein bekanntes Gesicht: Hauptmann Saizew, der sie so misstrauisch auf der Treppe der Kommandantur fixiert hatte. Nun stellte der Deutsche sich und seinen Begleiter noch einmal freundlich vor. Doch wie schon bei der ersten Begegnung in der Villa verstand Margarete seinen Namen nicht, sodass der ihn wiederholen musste: »Schulze. Ich bin der Genosse Schulze«, und setzte fort: »Ich hoffe, Sie verzeihen, dass wir nicht schon gestern mit Ihnen gesprochen haben, aber es gibt so viel zu tun in diesen schwierigen Zeiten. Überall Schieber und Diebe, das glaubt man gar nicht. Da haben unsere sowjetischen Brüder endlich Schluss mit der Nazidiktatur gemacht, und dann haben einige nichts anderes zu tun, als nur an ihren Vorteil zu denken. Es ist unglaublich. Aber na ja, fangen wir erst einmal mit den Formalitäten an.« Ausführlich notierte der angebliche Genosse Schulze die persönlichen Daten Margaretes, bis er sie plötzlich aufforderte: »So, Frau Schnabel, ich weiß ja, dass sie eigentlich kein schlechter Mensch sind und da vielleicht mit reingezogen wurden, aber erzählen Sie uns doch einfach, warum Sie hier sind.«

Verwirrt schaute Margarete ihr Gegenüber an.

»Wenn ich das wüsste, Herr Schulze. Ich dachte ja, ich erfahre es endlich von Ihnen. Ich habe doch gar nichts gemacht. Sagen Sie mir doch bitte, warum ich hier bin.«

Der Alte sprach plötzlich Russisch mit Hauptmann Saizew. Offensichtlich übersetzte er ihm, was die Verhörte antwortete. Dann redete der Hauptmann auf den Deutschen ein.

»Na gut, vielleicht erzählen Sie uns erst einmal etwas über Ihre Beziehung zu Major Poroschenko. Wie haben Sie sich kennengelernt?« Offenherzig kam Margarete der Aufforderung nach, natürlich ohne intime Details preiszugeben. Zwischendurch tauschten sich der Deutsche und der Russe immer wieder auf Russisch aus. »Fragen Sie doch den Major. Er wird Ihnen alles bestätigen und Ihnen sofort sagen, dass Sie mich gehen lassen müssen. Ich möchte ihn bitte sprechen. Bitte rufen Sie ihn herbei.«

»Er wird Ihnen nicht helfen. Es gibt ernsthafte Verdachtsmomente für eine Verwicklung seiner Person in Sabotage gegen die Sache des Kommunismus. Er ist zu einer Überprüfung nach Moskau beordert.« Als sich die beiden Männer erneut besprachen, wurde der Russe laut und schimpfte mit Herrn Schulze. Den Verbleib Alexanders hätte der Deutsche wohl nicht verraten dürfen.

Nachdem der Russe noch eine Anweisung gegeben hatte, konfrontierte Genosse Schulze Margarete barsch: »Was wissen Sie von der Beteiligung Ihres Mannes an den Plänen des Majors, die ruhmreiche Sowjetarmee empfindlich zu schwächen, indem den Angehörigen der Streitkräfte im großen Stil verbotene Medikamente wie Heroin verabreicht werden? Was wissen Sie von dem Versuch Ihres Mannes, sich an der ruhmreichen Sowjetarmee zu bereichern? Welche Rolle spielen Sie in diesem Fall?«

Margarete starrte mit offenem Mund auf den Fragenden. Sie konnte nicht fassen, was sie hörte und sackte in sich zusammen.

»Sagen Sie doch einfach, was Sie wissen, umso schneller kommen Sie hier raus«, schob der Deutsche nun wieder in freundlichem Ton nach.

»Aber ich verstehe das alles nicht. Das stimmt doch gar nicht. Wovon reden Sie denn da?«, entgegnete sie ungläubig.

Dann ging es noch eine Weile hin und her, indem der Deutsche die gleichen Fragen auf unterschiedliche Weise stellte, und Margarete ratlos beteuerte, dies sei alles ein Irrtum und nicht wahr. Ihre Stimmung wechselte dabei von verwirrt über ängstlich bis verärgert. Zwischendurch kamen ihr die Tränen, und sie fragte nach einem Anwalt. Herr Schulze sagte, einen Anwalt gäbe es nicht, und wenn sie ein reines Gewissen hätte, bräuchte sie ja wohl auch keinen. Schließlich brachte man sie wieder in die Zelle. Dort warf sich Margarete auf die Pritsche und starrte an die Decke. Innerlich wechselten sich Resignation und Wut ab. Was wurde jetzt aus ihr? Was hatten sie mit Alexander gemacht? Wo war Karl? Sie musste mit allem rechnen. Auch damit, auf nicht absehbare Zeit in diesen alten Mauern eingesperrt zu sein. So verbrachte sie die Nacht ohne Schlaf und mit den schlimmsten Befürchtungen.

Am nächsten Morgen nach dem Wecken, als Margarete auf ein Frühstück hoffte, wurde die Tür aufgeschlossen. Der Schließer forderte sie auf, ihm zu folgen. Er führte sie wieder in den Verhörraum vom Vortag. Dort wartete der Genosse Schulze, diesmal ohne russische Unterstützung. Grußlos kam der Alte gleich zur Sache.

»So, Frau Schnabel, Sie und Ihr Mann begeben sich jetzt nach Hause und halten sich zu unserer Verfügung. Wir brauchen die Zellen für andere Zwecke. Außerdem sind wir ja keine Unmenschen, und Ihre Kinder brauchen die Eltern. Sie dürfen aber nicht glauben, dass nun alles vorbei ist. Deshalb sage ich, Sie sollen sich zu unserer Verfügung halten. Das heißt: nicht verreisen, zu Hause bleiben. Haben Sie das verstanden?« Margarete nickte. Hieß das, sie durfte jetzt gehen, und Karl auch? Wie erstarrt blieb sie sitzen.

»Was ist denn noch unklar? Wollen Sie noch nicht gehen?« Dann wies er mit dem Kopf auf die Tür. Sofort stand Margarete auf und beeilte sich, hinauszukommen. Am Ausgang traf sie auf Karl, dem sie sofort in die Arme fiel. Fast knickten ihr dabei die Knie ein. Karl hielt sie fest, und auch ihm war die Erleichterung anzumerken. Sie beeilten sich, zu Margaretes Eltern zu kommen, um die Kinder abzuholen.

Dort mussten sie dann bis ins Detail ihre Erlebnisse im Grauen Hof berichten. Erneut konnte sich Wilhelm die Äußerung nicht verkneifen, er habe ja gleich gesagt, sie sollten sich nicht mit einem Russen einlassen. Aber niemand ging auf ihn ein. Alle waren sich einig, die Bedrohung war noch nicht überstanden. Jeder hatte schon davon gehört, dass in der sowjetischen Besatzungszone auch Menschen verschwanden, entweder als Häftlinge oder als Reparationsarbeiter, was jedoch egal war, denn in jedem Fall landete man in einem Arbeitslager in Russland. Karl sprach als Erster aus, was alle im Raum dachten: Sie mussten hier verschwinden, und zwar sofort, bevor sie vielleicht wieder in den Grauen Hof geholt wurden. Er habe schon so etwas geahnt und bereits seit zwei, drei Wochen nach freien Apotheken in der amerikanischen Zone Ausschau gehalten. Ein Studienfreund habe ihm einen Tipp gegeben, sie könnten nach Gersdorf. Betroffenes Schweigen machte sich breit.

Margarete dachte daran, wie sie vor einer Woche noch der Meinung war, hier in Aschersleben eine ganz passable neue Heimat gefunden zu haben. Nun mussten sie erneut flüchten, alles stehen und liegen lassen. Mit der schönen Lapp'schen Villa würde es jetzt auch nichts werden. Und Karl hatte schon wieder etwas hinter ihrem Rücken geplant. Vielleicht sollte sie schmollen mit ihm. Doch auf der anderen Seite fand sie es gut, wenn er alles im Griff hatte.

Wilhelm durchbrach als Erster das Schweigen und bot an, die vier Schnabels zur grünen Grenze zu bringen. Doch Karl fand das keine gute Idee, fiel doch in dieser Zeit der Adler zu sehr auf. Mit hoher Wahrscheinlichkeit würde man in eine Kontrolle geraten, und man wusste nie, was sich daraus entwickelte.

»Nein, wir müssen unauffällig mit dem Zug reisen. Am besten, wir verabschieden uns jetzt von euch, gehen Zuhause die wichtigsten Sachen holen, und dann nichts wie weg«, gab Karl seinen Plan bekannt. Margarete nickte, und Klaus schaute auf seine Finger, mit denen er schon seit Ankunft der Eltern spielte. Er saß da, verknotete seine Finger ineinander und starrte abwesend vor sich hin. Sein Bruder schlief friedlich im Korb.

»Na, dann los«, kam das Aufbruchsignal von Karl. Die Verabschiedung von Margaretes Eltern fiel kurz und nüchtern aus. Jeder umarmte jeden, die Schneiders wünschten den Schnabels Glück, Schnabels forderten die Alten auf: »Lasst es euch gut gehen!«, und schon verschwanden die vier in die Nacht.

Auf dem Weg nach Hause machten sie einen Umweg am Bahnhof vorbei, um den nächstmöglichen Zug nach Süden zu erfragen. Es war gar nicht so einfach, nach Gersdorf zu gelangen. Und heute sowieso nicht, wie der Reichsbahnbeamte an der Auskunft mitteilte. Also mussten sie bis morgen warten. Karl kaufte vorsorglich die Fahrkarten.

»Und was ist mit der Rückfahrt?«, erkundigte sich der Mann am Schalter.

»Die Rückfahrkarten kaufen wir dort, wenn es soweit ist«, log Karl. Dann liefen sie nach Hause. Es war ein eigenartiges Gefühl, als sie dort ankamen. Zum einen waren sie froh, nach den zwei Nächten in der Haft wieder daheim zu sein, zum anderen wussten sie, es war ihre letzte Nacht in diesem Haus. Wobei es für Karl offensichtlich nicht ganz so überraschend kam, dachte Margarete.

»Wieso hast du eigentlich geahnt, dass es so kommt?«, stellte sie Karl zur Rede. Der saß an seinem Schreibtisch und durchsuchte die Schubladen. Er schaute auf und überlegte eine Weile.

»Ich passe halt auf uns auf«, wich er aus, »ist doch gut für uns, oder etwa nicht?«

»Du, ich meine es ernst, erzähl mal. Wie kommt es, dass du schon in der amerikanischen Zone eine Apotheke im Auge hast? Und warum hast du mir nichts erzählt?«, hakte sie nach. Jetzt setzte sich Karl aufrecht hin, schob das Schubfach zu, in dem er gerade etwas suchte und wandte seine Aufmerksamkeit seiner Frau zu.

»Alle, mit denen ich in letzter Zeit geschäftlich zu tun hatte, benahmen sich plötzlich eigenartig. Ich habe gerätselt, was los ist, bis der Apotheker oben vom Krankenhaus mir im Vertrauen erzählte, irgendein Sicherheitsdienst der Russen würde Erkundigungen einholen über mich. Sie waren auch bei ihm gewesen und hatten diffuse Drohungen ausgestoßen, falls er ihren Besuch nicht geheim halte. Aber ich hatte ihm mal echt aus der Patsche geholfen, da fühlte er sich mir wohl verpflichtet und hat mir alles erzählt. Von Freunden weiß ich, dass die Russen Leuten, die ihnen nicht in den Kram passen, das Leben schwer machen. Manche hauen dann aus der Sowjetzone ab, was den Russen wohl auch ganz recht ist.«

»Aber warum passt du ihnen nicht in den Kram?«

»Keine Ahnung, weil ich gut Geschäfte machen kann und erfolgreich bin; ich weiß es nicht. Morgen fahren wir nach Gersdorf, da sind die Amerikaner, die wissen Leute wie mich zu schätzen.«

»Aber dann fangen wir doch noch mal von vorn an. Hier ging es uns doch schon richtig gut. Jetzt lassen wir wieder alles hier und haben nichts.«

»Grete, da brauchst du dir keine Sorgen zu machen. Die Schweiz ist neutral und hat gute Banken. Dein Karl hat ein Konto dort, und unser Geld ist längst in Sicherheit.« Karl stand vom Schreibtisch auf, ging zu Margarete, nahm sie in die Arme und küsste sie auf die Wange. Dabei stellte er sich leicht auf die Zehenspitzen, da seine Frau ihn um einige Zentimeter überragte. Margarete erwiderte die Umarmung und schloss die Augen. Sie versuchte Karl zu küssen, doch der hatte sich bereits aus der Umarmung gelöst.

»So, und jetzt lass uns überlegen, was wir noch mitnehmen wollen. Es geht nur das, was wir mit unseren Händen tragen können und was nicht zu sehr auffällt auf einer Zugreise. Und dann lass uns packen. Es wird eine kurze Nacht und ein aufregender Tag morgen.«

So war es dann auch. Wobei der Tag nicht ganz so aufregend wurde wie erwartet. Die Reise verlief ohne Komplikationen, wenn man von den überfüllten Zügen absah. Sie kamen in Gersdorf an, einem kleinen Städtchen am Fichtelgebirge, gleich hinter der südwestlichen Zonengrenze. Und sie kamen bei Karls Bekanntem und Tippgeber unter, bis die Sache mit der Apotheke in trockenen Tüchern war.

Es dauerte nicht lange, bis Karl auch hier erfolgreich eine Apotheke führte, allerdings eine viel kleinere und ohne unerlaubten Handel mit Diacetylmorphin. Sie bezogen ein geräumiges Haus, das jedoch bei weitem nicht die Ausmaße wie die Aschersleber Villen besaß. Margarete gab sich achselzuckend damit zufrieden. Nur manchmal noch seufzte sie, wenn sie an die Lapp'sche Villa im Salzkoth an der Wipper dachte. Hier in der neuen Heimat am Fichtelgebirge hätte es jetzt ein beschauliches, gutbürgerliches Leben werden können. Wenn nicht zwei Jahre später die Sache mit Klaus passiert wäre.

»Junge, geh doch mal raus spielen«, hatte die Mutter gesagt. Es war ja nicht so, dass er sie gefragt hätte, was er machen soll, oder dass er geklagt hätte, ihm sei langweilig. Nein, er war ihr einfach auf der Treppe zum Obergeschoss über den Weg gelaufen. Vielleicht wäre das noch nicht einmal Anlass gewesen, etwas zu ihm zu sagen, wenn die Mutter nicht beinahe über ihn gestolpert wäre. Im letzten Moment konnte sie sich am Treppengeländer festhalten. Als Margarete ihr Gleichgewicht wiedergefunden hatte, sagte sie: »Junge, geh doch mal raus spielen.« Klaus vergötterte seine Mutter, diese große, schöne Frau, die oft ihre Augen lange auf ihn richtete, als würde sie ihren Blick auf ihm ausruhen. Er fühlte sich manchmal als Rastplatz für ihre Augen und genoss es, wenn ihr Blick auf ihm ruhte, auch wenn sie ihn dabei nicht wirklich sah. Er war ein Kind, zu klein, zu nichtig, um wirklich Aufmerksamkeit von dieser Frau zu bekommen. Sein vierjähriger Bruder Harald war meistens viel wichtiger. Doch manchmal, da strich sie ihm über die Haare, manchmal gab sie ihm auch einen Gutenachtkuss, dann war sie für einen Moment zu ihm, nur zu ihm heruntergekommen.

Diese Momente waren Geschenke, die er nicht kaputtmachen durfte. Zum Beispiel, indem er ihre Zeit stahl oder ihre Kräfte raubte. Am besten war es, wenn er unauffällig blieb, wie Luft, nicht zu sehen. Dann kam sie manchmal herab und sah ihn doch und streichelte oder liebkoste ihn. Dann passte er auf, sie nicht zu vertreiben. Wenn er ihren Unwillen erregte durch Fragen oder Quengelei, oder wenn er einfach zu laut war, dann verlor er sie. Sie war dann nicht mehr da. Dann konnten Tage vergehen, ehe sie sich ihm wieder zuwandte. Bestimmt hatte sein richtiger Papa auch viele Fehler gemacht, der durfte sie immerhin gar nicht wiedersehen. Der hatte jede Chance verwirkt, noch einmal ihre Gunst zu erhalten. Er, Klaus, würde das besser machen, er würde dafür sorgen, dass seine Mutter zufrieden war und ab und an zu ihm herabsteigen würde. Er würde so werden wie Karl, auch ein Gott. Ein Gott, der nicht mit Klaus sprach. Aber warum sollte er auch, schließlich war er, Klaus, nicht sein leiblicher Sohn. Der kleine Harald, das war Karls Sohn.

Recht hatte die Mutter, er musste raus spielen. Es gab die Jungs aus der Straße, mit denen war er schon manchmal stromern gewesen. Drei Jungs in seinem Alter, um die zehn Jahre alt. Alle drei hier geboren. Sie lachten über seinen schlesischen Dialekt, ließen ihn aber mitlaufen. Er störte sie schließlich nicht. Das konnte er gut, da war er unschlagbar: dabei sein, ohne dass es auffiel. Also ging er raus und hoffte, die drei Jungs zu treffen: Werner, Rudolf und Dieter. Es nieselte ein wenig, aber das machte nichts.

Klaus war inzwischen elf Jahre alt. Er hatte ein ebenmäßiges Gesicht, aber ein Gesicht, das man schnell wieder vergaß. Hätte ihn jemand aus dem Gedächtnis beschreiben sollen, wäre ihm das sicher schwergefallen. Die hellen Haare waren zu einem akkuraten Seitenscheitel gekämmt. Er war schlank und ordentlich gekleidet. Klaus lief die Straße hinunter, die friedlich und menschenleer war. Niemand war zu sehen. Vielleicht am Wäldchen, da waren sie das letzte Mal gewesen und hatten darüber geredet, ein Baumhaus zu bauen. Also lief er schnell den Pfad am Kornbach an den Ställen entlang zum Wäldchen. In einiger Entfernung sah er sie auch schon: Werner und Rudolf, sie kamen ihm entgegen. Dieter war nicht dabei. Sie waren schon auf seiner Höhe, redeten aufgeregt miteinander.

»Seid gegrüßt. Wo wollt ihr denn hin?«, fragte Klaus die beiden, die in ihr Gespräch vertieft an ihm vorbeiliefen. Klaus schloss sich ihnen an, einen halben Schritt hinter den Jungs. »Wart ihr im Wäldchen? Habt ihr schon den richtigen Baum für das Haus gefunden?«, hakte er nach. Sie merkten, Klaus blieb hartnäckig. Werner unterbrach die Unterhaltung und schaute zurück.

»Wir wollen zu den Ställen. Nach den Kühen schauen. Um die Zeit ist da niemand, der Bauer kommt erst gegen eins zum Vieh zurück. Das haben wir schon ausgekundschaftet. Bestimmt hat wieder eine gekalbt.«

Das Herz von Klaus klopfte höher, war das doch das Signal, er war geduldet, durfte mitlaufen. So marschierten sie zu dritt am Kornbach entlang bis zum Hof, welcher rechts des Baches lag, gegenüber der Egerstraße. In der Nähe der Ställe wurden sie langsamer, pirschten sich vorsichtig heran. Werner und Rudolf gaben Kommandos, wiesen an zu schleichen oder zu rennen oder hinter einem Stein in Deckung zu gehen. Sonst war Dieter der Anführer. Seine Abwesenheit führte zu einem Wetteifern der beiden anderen, wer nun das Sagen hatte. Da kam ihnen Klaus gerade recht. Wo zwei Anführer sind, braucht es wenigstens einen Befehlsempfänger.

Sie hörten vereinzelt eins der Rindviecher rufen, nicht laut, eher ein zufriedenes Brummen oder mal ein bestimmtes Zurechtweisen. Die drei Burschen kamen an die Rückseite der Stallungen. Der Nieselregen hatte inzwischen aufgehört. Säuerlich lag der Geruch nach Kuhmist in der Luft, von hoher Luftfeuchtigkeit angereichert. Die Stallfenster der Rückseite waren teilweise schräggestellt, so konnten die Rauchschwalben hinein und heraus zischen. Das konnten die Jungs über die Brombeersträucher und Schlehen hinweg gerade sehen, ansonsten versperrte Gestrüpp den Zugang und die Sicht auf den Hof.

Nur eine kleine Lücke gab es in der Hecke, dort, wo die Jauchegrube in der Erde lag. Die Gülle aus den Ställen und das menschliche Abwasser landeten in der Betongrube, von der man oben nur einen runden Schacht von fast zwei Metern Durchmessern sah. Holzbohlen deckten sonst den Schacht ab, doch nicht heute. Die dicken Bretter waren zur Seite geräumt. Nur eine Bohle überbrückte den Schacht. Die Jungs kauerten nun im Schatten einer Eiche, observierten den Hof. Doch viel ließ sich nicht überschauen. Sie mussten näher heran.

»Einer von uns muss vorgehen, als Kundschafter«, stellte Werner fest, »sonst wissen wir nicht, ob jemand auf dem Hof ist.«

»Los, Klaus, das machst du«, ordnete Rudolf an, »du bist unser Spähtrupp. Schau nach, ob der Bauer da ist, dann kommst du zu uns zurück.«

Klaus zögerte eine Sekunde und sagte dann: »Ja, klar. Wartet hier auf mich.« Sein Herz begann schneller zu schlagen. Er erhob sich, lief gebückt aus der Deckung zu der Betongrube. Das Gras stand hoch, ebenso die Brennnesseln. Er gab sich Mühe, Letzteren auszuweichen. Gleichzeitig musste er seine Aufmerksamkeit dem Hof schenken. Doch niemand war zu sehen. Er kam an den Rand der Güllegrube, musterte die kaum einen Fuß breite Bohle, die ihm als Brücke rüber ins Feindesland dienen sollte. Das Holz war alt, verwittert und an einigen Stellen mit Moos bewachsen. Vorsichtig trat er an die Grube, schaute hinein. In der Dunkelheit der Kloake sah er rund zwei Meter unter sich den trüben Jauchespiegel. Der Geruch nach Kuhmist zog in seine Nase. Klaus spürte, wie seine Hände feucht wurden. Aber ein Kundschafter musste auch Gefahren überstehen. Er musste da rüber. Mit Bedacht setzte er einen Fuß auf den Balken, merkte, wie rutschig der durch die Feuchtigkeit war. Konzentrieren, nicht nach unten schauen. Den Blick auf den Balken fixiert, balancierte er zügig über das Hindernis. Erleichtert erreichte er festen Boden. Er fühlte sich stark, hatte die Gefahr gemeistert. Doch jetzt galt es, den Auftrag zu erfüllen. Er schlich an der Stallmauer entlang und lugte um die Ecke am Giebel.

Nun konnte er den Hof überblicken. Sein Blick fiel auf einen Schäferhund, der gegenüber am Wohnhaus angekettet war. Just in diesem Moment hatte das Tier auch ihn entdeckt und erhob sich, die Ohren aufgestellt, den Eindringling fixierend. Klaus machte ein paar Schritte auf das Stalltor zu, wodurch der Hund zu bellen begann und an der Kette zog. Doch der Hund war gut gesichert, stellte Klaus erleichtert fest. Des Jungen Muskeln und Sehnen waren angespannt, bereit, das Weite zu suchen, sobald ein Erwachsener auftauchen sollte. Doch nichts dergleichen geschah. So wurde Klaus mutiger, schaute in den Stall, wo die Rinder friedlich ihre Köpfe in die Futtertröge steckten, um die eingestreute Luzerne zu zermalmen. Nebenbei schaute die eine oder andere Kuh wie beiläufig zum Tor zu dem schmächtigen Jungen. Auch im Stall entdeckte Klaus keine Anzeichen für die Anwesenheit des Bauern. So sah er seine Aufgabe als erfüllt an und lief den Weg zurück. Über die Klärgrube balancierte er durch die Erfahrung des Hinwegs nun sicherer, aber trotzdem darauf bedacht, nicht abzurutschen. Bald kam er bei seinen Kameraden an, die ihn bereits ungeduldig erwarteten. Mit wichtigtuerischer Miene berichtete er getreulich über das Gesehene, übertrieb vielleicht ein wenig bei der Größe des Schäferhundes. Werner und Rudolf sprangen tatendurstig auf, wollten den ausgekundschafteten Hof erobern. Doch Klaus spürte Druck in seiner Blase, musste sich noch schnell erleichtern.

»Du kennst ja den Weg, komm hinterher, wenn du fertig bist«, schlug Rudolf vor und machte sich auf den Weg. Werner folgte ihm sogleich. Klaus urinierte an die Eiche, blickte dabei den beiden Kumpanen hinterher, wie sie geschickt über die Bohle setzten. Als er ihnen folgte, waren die beiden bereits um den Stall verschwunden. Er rannte los, wollte den Anschluss nicht verlieren. Der Gang über die Bohle war ihm jetzt vertraut, so zögerte er nicht, einen Fuß vor den anderen zu setzen.

In der Mitte des Übergangs hörte er ein Knacken und spürte plötzlich keinen Halt mehr unter seinen Füßen. Als er begriff, was passiert war, schlug bereits die Jauche über ihm zusammen. Die beiden Bohlenhälften stürzten neben ihm in die Brühe. Sofort ruderte er mit Armen und Beinen, so kam er nach oben. Der Kopf gelangte über die Jauche. Mit Schwimmbewegungen hielt er sich oben, sah die Öffnung des Güllesilos über sich. Panik ergriff ihn.

Raus hier, nur raus. Instinktiv griff er nach einer Balkenhälfte neben sich, wollte auf sie drauf, um den Rand der Grube zu erreichen. Es war aussichtslos, er drückte das Brett nur nach unten. Er nahm die andere Bohlenhälfte dazu, aber auch beide zusammen hatten zu wenig Auftrieb.

Die Luft wurde ihm knapp. Um Hilfe zu rufen, fiel ihm nicht ein. Wahrscheinlich hätten Werner und Rudolf ihn sowieso nicht gehört. Wieder versuchte er auf das Holz zu gelangen, doch es gab sofort nach. Schwindel und Übelkeit erfasste ihn, er musste sich übergeben. Der Kopf dröhnte. Jetzt endlich drang aus ihm ein »Hilfe!«, aber eher gekrächzt und ganz leise. Selbst wenn jemand direkt neben der Öffnung gestanden hätte, wäre es wohl nicht in dessen Ohren angekommen. Er dachte an Mama, an Papa, rief leise nach ihnen – mit einem letzten Japsen. Dann betäubten ihn die Gase der Gülle, und es umhüllte ihn die große, stille Dunkelheit. Er versank in dem Tank. Nur zwei Blasen blieben noch eine Weile an der Stelle, wo er eben noch um sein Leben gekämpft hatte.

Zwei Stunden später überbrachte ein Polizist Margarete und Karl die Todesnachricht. Sie mussten mitkommen, um den Jungen zu identifizieren. Werner und Rudolf hatten die fehlende Bohle entdeckt und den Bauern alarmiert, der gerade auf den Hof zurückkehrte. Die Jungs brauchten eine Weile, ehe sie den Landwirt von dem vermuteten Unglück überzeugen konnten.

Der Hofbesitzer alarmierte die Feuerwehr, die ihm beim Auspumpen der Grube half. Erst als die gesamte Gülle in die Sträucher gepumpt war, fanden sie die Leiche des Jungen auf dem Grubenboden. Zwei Feuerwehrleute stiegen mit Atemschutzmaske hinab und bargen den leblosen Körper. Margarete war sich auf der kurzen Autofahrt zum Unglücksort sicher, es könne sich nicht um Klaus handeln. Was sollte ihr Junge dort draußen bei den Ställen? Karl hatte sich fahrig eine Zigarette angesteckt. Er hatte sie noch nicht aufgeraucht, da erreichten sie den Hof, sahen die vom Pumpen abgearbeiteten Feuerwehrleute und schaulustige Nachbarn. Die Nachricht vom Unglück hatte sich in dem kleinen Ort schnell herumgesprochen.

Als Margarete und Karl ausgestiegen waren und zu dem Toten geführt wurden, war Margarete beinahe erleichtert. Aus der Ferne sah die Bekleidung des Jungen nicht wie die ihres Sohnes aus. Aber das lag nur an der Nässe und der Verfärbung durch die Jauche. Je dichter sie kamen, desto deutlicher wurden die Gestalt und die Konturen von Klaus. Karl legte seinen Arm um Margaretes Rücken. Jetzt standen sie vor dem Jungen. Margarete schaute in das Gesicht ihres Sohnes. Seine Augen waren geschlossen, der in zwei kleinen Bögen geschwungene Mund etwas geöffnet. Dort lag ihr Junge. Sie wartete darauf, dass Traurigkeit oder ein anderes Gefühl sie überkommen würde. Aber nichts dergleichen geschah. Sie hatte das Gefühl, als schwebe sie über den Menschen, die ihren toten Klaus umgaben, und beobachte die Szenerie. Als sei sie Zuschauerin bei einem Theaterstück. Nur an der Stelle, wo ihr Herz schlug, da zog sich alles zusammen und verfestigte sich. Als ob ihr Herz sich zu einem Stein verwandelte. Alles in ihr fühlte sich plötzlich hart und kalt an. Sie fror. Mit einem Ruck wandte sie sich an den Polizisten und bestätigte ihm, dass es sich um Klaus handelte. Dann hockte sie sich neben ihren Sohn, schaute ihn an und strich über die verschmierten Wangen und die nassen, gülleverklebten Haare. Da wusste sie: Es tat ihr leid. Es tat ihr alles so leid.

Die Verwandtschaft nahm den Tod von Klaus beiläufig zur Kenntnis. Die alten Schneiders sowie Bruno und Dorothea mit ihren Töchtern saßen in Aschersleben gemeinsam beim Abendbrot.

»Stellt euch mal vor, der Klaus ist tot.« Dorothea legte ihr Brot beiseite und blickte ernst in die Runde.

»Das weiß ich doch, dass der Klaus doof ist«, erwiderte die sechsjährige Gitti.

»Nicht doof, er ist tot«, berichtigte Marianne.

»Ach soo …«

Sibirien

Heinz legte sein Kinn auf den Volksempfänger, den er auf seinem Schoß mit beiden Armen umschlungen hielt. Wider Erwarten hatten sie eine ganze Sitzbank erwischt, als sie in Leipzig umgestiegen waren. Jetzt saßen sie im zweiten Wagen, und neben ihm quetschten Paul und Irmgard auf der schmalen Holzbank. Letztere mit Horst auf den Armen hatte den Platz am Fenster erwischt. Paul in der Mitte musste ein Bündel Bettzeug festhalten. So saßen sie alle drei wie festgeklemmt.

Gleich sollte der Zug losfahren. Heinz beobachtete die Menschen, die sich an seiner Mutter vorbei auf der Suche nach einem Platz drängelten. Mama stand neben ihm im Gang. Sie hatte den Kindern die Sitzmöglichkeit überlassen. Gerade drückte sie sich dicht an Heinz und beugte sich halb über ihn, da eine schlanke Frau mit prall gefülltem Rucksack sich an ihr vorbeipresste. Der Rucksack passte kaum durch den Gang. Der Frau folgte ein ängstlich blickendes Mädchen mit einem struppigen Plüschbären im Arm. Heinz schätzte ihr Alter auf drei oder vier Jahre. Sie wurde geschoben von einem etwas älteren Mädchen, vielleicht zwei Jahre jünger als er selbst. Er erblickte ein hübsches, ebenmäßiges Gesicht mit graugrünbraunen Augen, die ihre Aufmerksamkeit abwechselnd auf das kleinere Mädchen und die Frau mit dem riesigen Rucksack richteten. Die braunen Haare waren zu einem Pferdeschwanz gebunden. Heinz spürte plötzlich sein Herz klopfen und hielt seinen Blick wie gebannt auf das Mädchen gerichtet. Auch sie hatte einen Rucksack auf dem Rücken, aus dem eine fröhliche Stoffpuppe herausragte. Ihm schräg gegenüber fanden die drei vor der Abteiltür eine Ecke auf dem Fußboden, wo sie sich auf ihren Rucksäcken niederließen.

Der Zug setzte sich pünktlich in Bewegung. Bald darauf drangen Dampf und Qualm durch die Abteiltür. Heinz beobachtete, wie das Mädchen ihren Arm betrachtete, auf den kleine Rußpartikel niederrieselten. Jetzt lehnte sich das kleinere Mädchen an die Schulter der Großen. Die beiden sahen sich ähnlich. Heinz nahm an, es würden Schwestern sein. Einmal schaute die ältere Schwester zu ihm herüber. Sofort drehte er seinen Kopf zum Fenster. Das Blut schoss in seinen Kopf. Zum Glück blieb ihr Blick nicht auf ihm ruhen, denn sie wandte sich wieder ihrem Arm zu. Hoffentlich merkte Paul seine Verlegenheit nicht, der würde ihn sonst aufziehen. Aber sein Bruder schlief ganz fest neben ihm. Heinz gab sich Mühe, das Mädchen weiter möglichst unauffällig aus den Augenwinkeln zu beobachten. Ihre Augen sehen traurig aus, dachte Heinz. Plötzlich hörte er sie sagen: »Ich glaube nicht, dass Papa jemals wiederkommt.« Ihr Gesicht nahm einen Ausdruck an, als sei sie überrascht. Vielleicht ist sie ja verrückt und spricht mit sich selbst, schoss es Heinz durch den Kopf. Die energisch blickende Frau bei den Mädchen, Heinz vermutete in ihr die Mutter der Mädchen, sprach etwas zu ihrer großen Tochter, worauf deren Blick wieder den traurigen Ausdruck annahm. Schließlich wandte sich das Mädchen ihrer kleinen Schwester zu und spielte mit ihr. Heinz erinnerte sich dunkel, wie Irmgard mit ihm früher mal das gleiche Spiel gespielt hatte: *Kommt ein Mann die Treppe rauf.* Er staunte, mit welcher Ausdauer die Mädchen mit den Fingern an sich herumkrabbelten. »Klopf, klopf, klopf; guten Tag Herr Nasenmann.«

Mit der Zeit verlor Heinz das Interesse und versank in seinen Gedanken. Er schaute das Radio auf seinem Schoß an. Papa hatte mal geäußert, sie hätten den Volksempfänger angeschafft, als Heinz noch ein Baby gewesen war. Bei jeder Gelegenheit erzählte Papa von den 75 Reichsmark, die der VE 301 gekostet hatte. Der Lehrer in Groß Medien hatte gesagt, die 301 stünde für den 30. Januar. Am 30. Januar hatten die Nazis die Macht übernommen. Das Radio war eins der Dinge, die sie auf der Flucht unbedingt mitnehmen mussten. Heinz dachte daran, wie sie die Grube im Garten hinten an der Angerap gegraben hatten, um den übrigen Hausrat zu vergraben. Bilder von der gefundenen Leiche drängten sich auf. Ihn fröstelte. Er nahm sich vor, an etwas anderes zu denken. Doch plötzlich flackerten Bilder von Pferden, deren Augen vor Panik weit aufgerissen waren, vor ihm auf. Er hörte das helle, markzerfetzende Kreischen der Gäule, als sie vom Panzer erfasst wurden. Trotz des betäubenden Motorengeräuschs der Panzer, von denen einer einfach über das Gespann gefahren waren, hatte Heinz die Pferde schreien hören. Er atmete hastig, versuchte, die Bilder wegzuschieben. Die Fingerspitzen begannen zu kribbeln. Kalter Schweiß bildete sich auf seiner Stirn. Nervös blickte er sich um, als seine Mutter sich von der Seite meldete.

»Wir müssen gleich aussteigen.« Paul erwachte und Horst zeigte auf die ersten Häuser von Aschersleben. Heinz stellte erleichtert fest, dass das Kribbeln und der Schweiß verschwanden.

Es dauerte eine Weile, bis sie ihr gesamtes Gepäck geschultert hatten und aussteigen konnten. Heinz hatte mehrere Bündel über die Schulter gehängt und trug das Radio vor sich. Mama hatte es dazu mit einem Betttuch umwickelt. Er passte auf, nicht mit den Händen abzurutschen. Für einen achtjährigen Jungen wurde so ein Volksempfänger mit der Zeit ziemlich schwer. Er musste sich konzentrieren, hatte keine Zeit mehr für schlechte Bilder und Erinnerungen. Sie passierten die Bahnhofshalle von Aschersleben, die voller Menschen war. Heinz und Paul warfen sich begeisterte Blicke zu. Dieser Bahnhof war viel größer als der in Preußisch Holland oder in Grüna. Nicht so groß wie der Bahnhof in Leipzig, wo sie vorhin umgestiegen waren. Der Bahnhof in Leipzig hatte keinen Anfang und kein Ende gehabt, schien unermesslich. Aber er war kaputt. Dieser Bahnhof hier war heil. Ein richtiger Stadtbahnhof, der nicht zerstört war. Es gab sogar eine Personenwaage und Spucknäpfe aus Eisen. Neben dem Ausgang boten zwei Schuhputzer ihre Dienste an. Eine alte Frau pries Blumen zum Verkauf an.

Sie verließen die Bahnhofshalle und blickten an den hin und her eilenden Menschen vorbei über den Bahnhofsvorplatz auf eine weite Grünanlage mit kurz geschnittenem Rasen, geharkten Sandwegen und schattenspendenden Bäumen und Sträuchern. Ein wenig erinnerte Heinz die Anlage an den Park hinter dem Gutshaus in Groß Medien. Nur bewegten sich hier fremde Menschen über den Bahnhofsvorplatz, die meisten in geflickter Kleidung oder Uniform.

Ein Lastwagen der Roten Armee stand rechts von ihnen geparkt. Unter der Plane schauten Soldaten gelangweilt hervor, stützten sich auf ihre Kalaschnikows, als ob sie sonst von der Bank fallen würden. Heinz ließ den Blick schweifen. Fast von allein richteten sich seine Augen auf eine Stoffpuppe, die mit geflochtener Wollfrisur aus einem Rucksack schaute. Heinz freute sich, als er das Mädchen aus dem Zug wiederentdeckte. Sie stand mit der kleinen Schwester an der Hand neben ihrer Mutter, die sich suchend umschaute. Die Mutter wandte sich an eine etwa gleichaltrige Frau und sprach sie an. Dann wollten sie scheinbar losmarschieren, als ein schwarzer Personenwagen auf den Bahnhofsvorplatz einbog. Aus den Augenwinkeln konnte Heinz sehen, wie die Rotarmisten auf dem Lkw ihre Haltung strafften. Ein Soldat, der eben noch rauchend neben dem Lastwagen gestanden hatte, verschwand in der Fahrerkabine. Der Mercedes hielt scharf vor der Frau und den Mädchen. Heinz erschrak. Das war ein Auto der Russen. Sorge breitete sich in ihm aus, die Russen könnten das Mädchen mit der lustigen Stoffpuppe verschleppen. Doch dann sprang eine große, wunderschöne Frau aus dem Auto. Ihre blonden Locken wippten fröhlich. Sie trug einen sportlichen grauen Hosenanzug, der tadellos saß und einen deutlichen Kontrast zu den zerschlissenen Sachen der anderen Menschen auf dem Bahnhofsvorplatz bildete. Das musste Marlene Dietrich sein, da war sich Heinz sicher. Kurt hatte in Groß Medien ein Bild aus einer Zeitschrift hinter das Glas der Küchenanrichte geklemmt gehabt, darauf rekelte sich der Filmstar, mit einem Zylinder auf dem goldenen Haar und langen Beinen, die nur mit Netzstrümpfen bedeckt waren. In der Hand hielt sie eine Zigarettenspitze. Heinz erinnerte sich genau, wie Kurt immer grinste, wenn das Bild Thema war. Er war sich sicher, Kurt hatte das Bild auf die Flucht mitgenommen.

Und nun stand sie dort und umarmte das Mädchen aus dem Zug. Während Marlene Dietrich der kleinen Schwester einen dicken Kuss auf die Wange gab, wurde die Beifahrertür des schwarzen Autos geöffnet, und ein großgewachsener sowjetischer Offizier entstieg dem Auto. Erleichtert bemerkte Heinz das gut gelaunte Gesicht des Offiziers. Es sah nicht so aus, als würde dem Mädchen und ihrer Familie etwas Schlimmes widerfahren.

»Wach auf, der Vater kommt!« Heinz spürte Pauls Ellenbogen in den Rippen. Vor Schreck hätte er beinahe das Radio fallen lassen.

»Mann!«, beschwerte er sich.

Tatsächlich steuerte der Vater ein Fuhrwerk vor der schwarzen Limousine entlang auf den Platz. Ein Haflinger und ein braunes Pferd mit dunkler Mähne und kräftiger Statur waren vor den Wagen gespannt. Heinz hatte diese zweite Rasse in Ostpreußen noch nicht gesehen. Das Auto wollte gerade losfahren, wurde jedoch vom Fuhrwerk behindert. Heinz sah, wie der fremdländisch aussehende Fahrer aus dem Fenster heraus die Faust ballte. Aber Papa macht das gar nichts, dachte Heinz stolz. Wilhelm lenkte in aller Seelenruhe das Gefährt an dem Auto vorüber und hielt an der Bordsteinkante. Als das schwarze Auto davonbrauste, erhaschte Heinz durch die Heckscheibe einen kurzen Blick auf das Mädchen aus dem Zug. Dann eilte er mit Paul zum Pferdewagen, die Mama mit Irmgard und Horst im Schlepptau.

Gustav kletterte bedächtig vom Bock, umkurvte das Gespann und nahm als Erstes die heraneilenden Jungen mit einem »Na« in Empfang. Er strich beiden über den Kopf, griff nach dem Radio und stellte es auf dem Wagen ab. Dann kümmerte er sich um die Gepäckstücke, die Paul bei sich trug. Inzwischen kamen auch die anderen Familienmitglieder am Wagen an.

»Die Sachen sind alle ziemlich schwer«, stöhnte Irmgard und wuchtete die Bündel und Taschen auf die Ladefläche. Dann half sie der Mutter beim Aufladen des Gepäcks. Heinz und Paul begrüßten derweil die Pferde, die mit Schnauben und Kopfnicken reagierten, als die beiden jeder einen Pferdehals streichelten. Heinz bemerkte mit einem Blick am Haflingerkopf vorbei, wie seine Mutter sich dem Vater zuwandte und ihm mit einer kurzen Bewegung zärtlich über die Wange strich und dabei etwas sagte, das Heinz aus der Entfernung nicht verstand. Für einen Moment hoben sich Vaters Mundwinkel leicht, und seine hellen Augen schienen aufzuleuchten. Schon wandte er den Kopf verlegen etwas zur Seite.

»Na, Mama, seid ihr gut angekommen?«

Nach Alfreds Geburt noch nicht, aber seit Irmgard auf die Welt gekommen war, nannte der Vater seine Frau Mama.

»Ja, wir sind gut angekommen. Schöne Pferde hast du da vor den Wagen gespannt«, hörte Heinz nun die Mama sagen.

»Die gehören dem Bauern August. Hat er mir heute geliehen. Bei denen wohnen und arbeiten wir. Ist besser als in Grüna, werdet ihr sehen.«

Heinz fiel nicht auf, wie vorsichtig sich seine Eltern begrüßten. Es war wie immer. Aber auch er spürte nicht das Bedürfnis, dem Vater um den Hals zu fallen. Im zurückliegenden Jahr hatte er ihn kaum gesehen. Die letzte Zeit in Groß Medien und während der Flucht war der Vater beim Volkssturm gewesen und kurz nach ihrer Ankunft in Grüna auf Arbeitssuche verschwunden. Noch nie hatte Heinz eine enge Verbindung zu seinem Vater gespürt, aber jetzt kam er ihm regelrecht fremd vor, als ob sie gar nicht zusammengehörten. Zärtlich strich der Junge mit seiner Hand am Hals des Haflingers entlang und legte seine Stirn dagegen. Wie weich dieser Hals doch ist, dachte er.

»Nun träume nicht, steig auf!«, drang die strenge Stimme des Vaters an sein Ohr. Die anderen waren bereits auf die Ladefläche geklettert. Papa stand neben dem Kutschbock und hatte die Zügel in der Hand. Heinz beeilte sich, über die seitliche Ladeklappe nach oben zu kommen, indem er ein Rad als Leiter benutzte. Er ließ sich auf einem Wäschesack zwischen Paul und Horst nieder, als der Wagen sich schon in Bewegung setzte. Das Gepäck befand sich im vorderen Wagenteil und wurde von den Ankömmlingen als Rückenlehne benutzt, sodass die Füße zum Wagenende zeigten. Gustav lenkte den Wagen in die Bahnhofstraße und trieb die Pferde an.

Die Passagiere spürten die Erschöpfung von der Reise und schwiegen, schauten sich dennoch aufmerksam die langsam vorübergleitenden Häuser und Menschen der Stadt an, die ihr neues Zuhause sein sollte. Als sie von der Heinrichstraße kommend ein kurzes Stück durch die Lindenstraße fuhren, um in die Steinbrücke einzubiegen, schaute Heinz wie gefesselt auf den riesig wirkenden Turm einer Fabrik, dessen Haube wie eine Mädchenfrisur aussah und mit ihrer geschwungenen Form ein Gesicht umrahmte, das aus einer großen Uhr bestand. Wie ein vornehmes Fräulein, dachte Heinz. Er wusste nicht, dass sie hier an der einst modernsten Papier- und Verpackungsfabrik Deutschlands vorbeikamen, die der Familie Bestehorn gehörte und vom Stadtarchitekten Heckner gebaut worden war. Es hätte ihn sicher auch wenig interessiert, dass gerade die Enteignung der Bestehorns lief, um die Fabrik in Volkseigentum zu überführen. Aber er wusste bereits, dass Volkseigentum gut und richtig war, weil es Wohlstand und Gerechtigkeit für alle Menschen brachte. Das hatte er in Grüna in der Schule gelernt und es leuchtete ihm ein. Er hatte das Gefühl, als zwinkere ihm das hochgewachsene Fräulein zu.

Dann rollte der Wagen weiter über das Kopfsteinpflaster der Steinbrücke hinunter in die Eislebener Straße. Ein- und zweistöckige graue Häuser und Höfe säumten ihren Weg, bis sie in die Mehringer Straße einbogen. Hier langten sie am Ende der Stadt an. Gärten, Felder und Wiesen bestimmten nun das Bild.

»Hier rechts die Felder und dahinten die Wiese gehören schon alle den Herrschaften«, klärte Gustav seine Familie mit einer leichten Kopfdrehung nach hinten auf. Bald erreichten sie ein direkt an der Straße stehendes, imposantes Bauernhaus, auf dessen Hof die Pferde den Wagen zogen, ohne dass Gustav ihnen mit den Zügeln dafür Anweisung geben musste. Die Pferde fanden ihren Heimatstall allein, der sich hinter dem Bauernhaus befand. Sie waren auf dem Hof von Hermann August angekommen.

Die Passagiere freuten sich, als der Wagen anhielt. Trotz der Pneubereifung und der Federung des Wagens und obwohl sie alle auf weichen Gepäckstücken gesessen hatte, waren sie auf dem letzten Teil der Fahrt über das Kopfsteinpflaster ordentlich durchgeschüttelt worden. Doch viel Zeit verschwendeten sie nicht, sich zu strecken und die Gelenke zu bewegen, denn jetzt ergriff sie die Neugier auf das Gehöft, auf dem sie in der nächsten Zeit leben sollten. Paul pfiff angesichts der zahlreichen Stallungen um den weitgefassten Hof anerkennend durch die Zähne. Heinz nickte Paul zustimmend zu, denn auch er war beeindruckt von den Ausmaßen der hier betriebenen Landwirtschaft. Auf Anhieb waren vom Wagen aus sechs teils aus Ziegeln und teils aus Feldsteinen gemauerte Stallgebäude sichtbar. Südwestlich dahinter konnten sie noch weitere Gebäude erahnen.

»Der Hof ist fast noch größer als das Gut zu Hause«, staunte Paul, als er vom Wagen sprang. Allen war klar, wenn Paul »zu Hause« sagte, meinte er Groß Medien. Heinz machte ebenfalls einen kurzen Satz vom Wagen, während die Frauen bereits auf der anderen Seite hinuntergeklettert waren. Gustav langte nach dem Gepäck und verteilte es auf die Familienmitglieder, nachdem er mit festem Griff Horst auf den Boden gestellt hatte. Dann forderte er seine Leute auf, ihm zu folgen. Im Gänsemarsch zogen sie quer über den Hof, machten dabei jeder einen großen Schritt über die Jaucherinne, die ihren Weg kreuzte.

»Schweineställe, Pferdeställe, und da drüben die Rinder. Dreißig Stück, stehen alle im Zuchtbuch«, erklärte Gustav, wobei er jedes Mal eine kurze Bewegung mit dem Kopf zum jeweiligen Gebäude machte. »Da, hinter den Rinderställen ist der Bau, in dem wir wohnen«, fuhr er fort. Sein Kinn wies die Richtung, in der sie nun einen Weg zwischen Pferdestall und den Kühen passierten. Bald standen sie vor einem flachen Holzbau, der auf einem Feldsteinfundament ruhte. Kleine, sprossenlose Fenster waren in die schmucklose Fassade aus Brettern eingebaut. Da das Holz unbehandelt war, hatte es durch das Sonnenlicht schon eine dunkelgraue, fast schwarze Farbe angenommen. Zwei gemauerte Stufen führten zu der einfachen Holztür, die Zugang ins Innere der Baracke gewährte. Gustav führte seine Familie hinein, rechtsherum, einen schmalen Flur mit knarrenden Dielen entlang. Sie gelangten zu der Wohnung, in der sie ab jetzt zu sechst leben sollten. Immerhin waren es fünf Zimmer, die die Kinder jetzt laut plappernd untersuchten. Die Eltern kümmerten sich währenddessen um das Gepäck. Da schallte Pauls Stimme durch die Unterkunft.

»Das ist ja unmöglich: Hier in dem Zimmer ist die Decke kaputt! Ich kann den Himmel sehen!« Seit ungefähr drei Wochen rief er bei jeder sich bietenden Gelegenheit »unmöglich«. Das war bei der Jugend in Grüna gerade Mode. Diese Mode hatte Paul schnell übernommen, obwohl er ansonsten solche Dinge eher als alberne Marotten ansah. »Unmöglich!«, rief er noch einmal mit ostpreußischem Dialekt, was sich »Unmejchlich!« anhörte. Mit Heinz im Schlepptau verließ er das Zimmer mit der eingestürzten Decke, um den Eltern genauer zu berichten. Bevor sie das erste Zimmer erreichten, in dem sie die Eltern beim Auspacken wähnten, rief Paul: »Was ist denn das für eine Bruchbude!«

Dann passierten sie die Schwelle und fanden ihre Eltern mit

einer fremden, streng aussehenden Frau vor. Bevor Gustav oder Elisabeth etwas sagen konnten, schnarrte die Fremde: »Was heißt denn hier Bruchbude? Ihr könnt froh sein, dass ihr ein Dach über dem Kopf habt. Wenn euch dieses nicht passt, sucht euch ein anderes. Ihr könnt gern auch wieder zurück in die Wallachei gehen, da, wo ihr hergekommen seid, und man offensichtlich nicht einmal richtiges Deutsch spricht.« Die knarrende Stimme und noch mehr der eiskalte, hasserfüllte Blick der Frau ließ die Jungen erstarren.

»Er hat es nicht so gemeint«, versuchte Gustav zu besänftigen und wandte sich an die Kinder: »Sagt Guten Tag zu der gnädigen Frau. Das ist die gnädige Frau August, von den Herrschaften. Die Herrschaften sind so gut und haben uns aufgenommen und mir sogar eine Arbeit als Melker gegeben. Das ist ein großes Glück. Sagt Guten Tag und bedankt euch brav.«

Mürrisch nahm die Bäuerin die entgegenstreckenden Hände nacheinander in die ihre und erwiderte die Grußformeln der Kinder lediglich mit einem Knurren.

Nach Irmgard und Paul musste Heinz die Hofherrin begrüßen. Ängstlich und widerwillig spürte er die fleischige Pranke der rundlichen, griesgrämigen Frau. Scheu blickte er hoch zu ihr und sah die gelbgraue Gesichtshaut, umrahmt von mittellangen, graublonden Locken, die bestimmt schon lange kein Wasser mehr gesehen hatten. Über das Fett ihres Oberkörpers spannte sich eine zerschlissene, blaue Arbeitsjacke. Eine ebenso knappe Wollhose hatte sie an den Unterschenkeln in die derben Stiefel gestopft. »Ich will hoffen, ihr benehmt euch. Lärm kann ich gar nicht leiden. Hier geht es anders lang als da bei euch im Osten. Werdet schon sehen … hier müsst ihr zur Schule gehen«, warf sie Heinz mit höhnischer Stimme entgegen. Seine Hand ließ sie dabei nicht los. »Weißt du überhaupt, was eine Schule ist?«, hörte er sie verächtlich fragen.

Hilfesuchend blickte Heinz zu Paul und erkannte dessen Wut an den eng gestellten Lidspalten.

»Wir haben im Kreis Angerapp sehr gute Schulen gehabt«, kam der Vater ihm zu Hilfe. »Unsere Bildung lässt sich sicher nicht mit der der Herrschaften vergleichen, aber wir wissen sehr gut, was sich gehört«, fuhr er mit leicht gesenktem Haupt fort.

»Wir werden sehen.« Die alte August löste sich von Heinz, brabbelte dann noch einige unverständliche Worte, während sie Elisabeth, der sie bei ihrem Erscheinen in dem engen Zimmer kurz die Hand zur Begrüßung hingehalten, sie dann aber keines Blickes mehr gewürdigt hatte, plötzlich noch einmal von oben bis unten aufmerksam musterte. Elisabeth senkte den Blick. Als die Alte den Flachbau verlassen hatte, schaute sie Gustav fragend an.

»Die ist eben so«, beantwortete der den Blick seiner Frau. »Im Krieg hatten die hier in den Baracken russische und französische Kriegsgefangene, die für sie schuften mussten. Hier sieht man noch Inschriften von denen.« Gustav zeigte auf die in die Holzwände und den Schrank eingeritzten Wörter und Sätze. Ein Teil war in kyrillischen Buchstaben. Solche benutzten die Russen, das wusste Heinz. Die anderen Sätze waren in den gleichen Buchstaben geschrieben, wie sie als Deutsche sie benutzten. Trotzdem konnte Heinz nichts entziffern. Das musste wohl französisch sein.

»Heute müssen wir Flüchtlinge für die die Arbeit machen. So kann man gut reich werden, wenn man immer Leute hat, die ohne Bezahlung schuften«, sagte der Vater mit Falten auf der Stirn, die auch dann nicht verschwanden, als er hinzufügte: »Aber da wird sich der liebe Gott schon was bei gedacht haben.«

Bald kehrte für Heinz wieder so etwas wie Alltag ein. In den ersten zwei Jahren hatte die Familie viel zu tun, um gegen den Hunger anzukommen. Sie stoppelten auf den Feldern, wo die abgeschnittenen Halme Heinz in die Füße stachen. Doch seine Füße gewöhnten sich daran und bildeten eine dicke Hornhaut. Für den Winter bekam er Schuhe aus Igelit, in denen die Füße entweder wie gefroren waren oder im eigenen Schweiß badeten. Die Mama kochte Sirup aus Rüben und Suppe aus Unkraut. Milch hatten sie jedoch genug, denn der Papa erhielt sie für seine Arbeit auf dem Hof als Lohn. Zusätzlich füllte er nicht selten heimlich noch einen Liter in seine Feldflasche ab, die er stets bei sich trug. Die Mama machte aus der Milch Sahne und aus der Sahne Butter. Sie konnte sogar Butter wieder in Sahne verwandeln. Paul und Heinz trugen außerdem zur Versorgung bei, indem sie Obst aus fremden Gärten stahlen. Das war nicht ungefährlich, denn Obst war wertvoll und meistens streng bewacht. Einmal entging ihrer Aufmerksamkeit ein Aufseher. Sie saßen gerade auf einem übervollen Apfelbaum, als plötzlich ein alter, gebeugter Mann unter ihnen auftauchte.

»Lauf!«, rief Paul, kletterte behände hinab und rannte davon, ohne dass der Alte eine Chance hatte, ihn zu fassen. Heinz starrte derweil auf den großen Knüppel in den Händen des Mannes und blieb wie erstarrt sitzen. Erst als der Aufseher befahl, er solle heruntersteigen, hangelte sich Heinz zögerlich hinab. Der Alte griff Heinz am Kragen und schob ihn zu einer grün gestrichenen Holzhütte, die offensichtlich als Wetterschutz diente. Mit seinem Knüppel schlug der Alte zweimal hart gegen die Hüttenwand, und kurz darauf kam gähnend ein Junge heraus, der ungefähr einen Kopf größer als Heinz war. Er trug einen befleckten Anzug, der ihm sichtlich zu groß war.

»Wer ist das?«, fragte er und blickte gelangweilt auf Heinz.

»Hier, bring diesen Strolch zur Wache. Und pass auf, dass er dir nicht entwischt!«, verlangte der alte Aufseher.

»Wollte er Äpfel klauen?«

»Ja, was denn sonst?«, kam es zurück.

Der Junge verzog das Gesicht und machte ein Geräusch, das den tiefsten Widerwillen gegen die gerade erhaltene Aufgabe ausdrückte. Doch schon als er Heinz eine Kopfnuss und einen Schubser gab, damit dieser sich in Bewegung setzte, hellte sich der Gesichtsausdruck deutlich auf.

»Los, dawai, dawai, jetzt geht es ab in den Knast. Oder nach Sibirien«, vernahm Heinz die hämische Stimme des Jungen.

In den Knast? Nach Sibirien? Panik übermannte ihn. Kurt hatte Paul und ihm hin und wieder gedroht, sie würden in den Kerker kommen, wenn sie seinen Anweisungen nicht folgten. Dann hatte er ihnen ausgemalt, wie sie mit Eisenketten an die Wand gefesselt ohne Essen und Trinken verrecken würden. Von Sibirien redeten hinter vorgehaltener Hand die älteren Jahrgänge in der Stephanischule, in die Heinz inzwischen ging. Da war von Arbeitslagern die Rede, in denen man umkäme. Manche würden auch von Bären zerrissen.

Fliehen. Er musste fliehen. Aber sein Bewacher war ihm dicht auf den Fersen und außerdem überlegen. Niemals würde er ihm entkommen. Er spürte, wie die Tränen an seinen Augen drückten. Was sollte er nur tun? Nicht weinen. Nur nicht weinen! Mit aller Kraft warf er sich den eigenen Tränen entgegen, hielt sie in den Augen zurück.

»Ich will aber nicht nach Sibirien!«, brach es aus ihm heraus.

»Das hättest du dir eher überlegen müssen«, schnarrte ihn der Aufpasser an, »und außerdem, deiner Sprache nach kommst du doch aus Ostpreußen. Da wirst du dich in Sibirien wie zu Hause fühlen.« Es folgte ein kurzes, wieherndes Lachen. Wieder traf Heinz eine Kopfnuss am Hinterhaupt. Dann bekam er einen Stoß in den Rücken und stolperte fast.

Er wäre wahrscheinlich erleichtert gewesen, als sie die Polizeiwache erreichten und er nicht länger seinem Bewacher ausgesetzt war, wenn er nicht die unerschütterliche Gewissheit gehabt hätte, direkt in das abgelegene, kalte Gebiet Russlands in ein Arbeitslager verfrachtet zu werden. Also überwog die Verzweiflung.

Ein müde wirkender Polizist empfing sie in einer kleinen Stube eines schmucklosen Gebäudes in der Hohen Straße. Mit tonloser Stimme forderte der Schutzmann sie auf, auf einer einfachen, langen Holzbank Platz zu nehmen, auf der bereits eine Handvoll Leute saßen. Ein Landarbeiter in Arbeitskleidung hatte die Schiebermütze ins Gesicht gezogen und schlief an die Wand gelehnt mit deutlich vernehmbarem Schnarchen.

Heinz spürte, wie enttäuscht sein Begleiter reagierte, nicht sofort begeistertes Lob von der Staatsmacht für die Zuführung des Apfeldiebes zu erhalten. Der Polizist war hinter seinen Tisch zurückgekehrt und widmete sich seiner Schreibmaschine, einem monströsen, schwarz lackierten Modell. »Tack!« Der Polizist hämmerte mit vorgestrecktem rechten Zeigefinger und schwungvoller Armbewegung einen Buchstaben auf das eingespannte Papier. Heinz zuckte zusammen. Er sah sich im Schneesturm, umgeben von russischen Wachsoldaten. Das Geräusch der Schreibmaschine war in seiner Vorstellung der Schuss aus einer Kalaschnikow auf einen flüchtenden Kameraden. »Tack!«, der nächste Schuss. Kalter Schweiß bildete sich auf Heinz' Stirn. Er merkte, wie schnell er atmete. Hechelnd fast, wie früher Schlapp, wenn es ihm zu warm war. Seine Fingerspitzen begannen zu kribbeln. Vielleicht sollte er flüchten? Neben ihm saß immer noch sein Begleiter, der ihn bestimmt nicht freiwillig würde weglaufen lassen. Schließlich hatte der den halben Nachmittag investiert und würde ohne gebührende Anerkennung für die Überführung eines Kriminellen kaum die Wache verlassen wollen. Außerdem müsste Heinz an dem Polizisten vorbei, der für alle sichtbar hinter dem Tisch ein Gewehr in einem Holzgestell stehen hatte. Seine Atmung beschleunigte sich noch mehr, als er sich vorstellte, wie er an dem Tisch vorbeirannte, und eine Kugel aus der Flinte des Polizisten seinen Rücken durchbohrte. Heinz verwarf die Fluchtidee und gab sich der Verzweiflung hin. Er hatte keine Ahnung, dass inzwischen mehr als eine Stunde vergangen war, ohne dass der Polizist hinter seiner Schreibmaschine hervorgekommen wäre. Fast alle anderen auf der Bank taten es dem Landmann gleich und dösten ebenfalls vor sich hin. Nur der Bewacher von Heinz verlor indessen die Geduld. Hatte er anfangs jede Bewegung des Diensthabenden in aufrechter Sitzhaltung aufmerksam verfolgt, erhob er sich nun von seinem Platz, setzte sich wieder, um schließlich erneut aufzustehen und zum Tisch des Polizisten zu treten. Dieser würdigte ihn jedoch keines Blickes.

»Herr Wachtmeister«, wandte er sich an den Polizisten, »wie lange muss ich denn noch hier warten? Ich wollte eigentlich nur das Klauschwein abgeben, das mein Vater gefangen hat.«

Wieder kam keine Reaktion von dem Uniformierten.

»Ich muss nach Hause, meinem Vater helfen, Herr Wachtmeister.«

Erst jetzt, nachdem er offensichtlich ein zweifelsohne wichtiges Schriftstück fertiggestellt hatte, hob der Polizist den Kopf.

»Wir müssen alle irgendetwas. Außerdem sprichst du mich mit *Genosse Wachtmeister* an, verstanden? Du musst Geduld haben. Jeder ist an der Reihe, wenn er an der Reihe ist.«

»Ich sitze bereits zwei Stunden hier. Können Sie mir den Dieb nicht abnehmen?«, quengelte der Sohn des Plantagenwächters weiter.

»Wenn du drängelst, bist du sowieso der Letzte, der drankommt. Also setz dich wieder hin«, fuhr der Polizist ihn nun an.

Verärgert begab er sich zu seinem Platz neben Heinz zurück, der mit großem Unbehagen die Szene verfolgt hatte. Heinz wollte nicht, dass sein Aufpasser die Staatsmacht verärgerte, da er dadurch eine strengere Bestrafung erwartete. Ein gereizter Polizist würde bestimmt dafür sorgen, dass Heinz aus Sibirien nie wieder zurückkehren dürfte.

So war er auch hin- und hergerissen, als der Sohn des Plantagenbesitzers die Geduld verlor, plötzlich aufsprang und aus der Polizeiwache lief. Ergab sich doch nun für ihn eine Fluchtmöglichkeit? Ehe der Polizist hinter seinem Tisch hervorgekommen wäre, könnte Heinz schon über alle Berge sein. Andererseits mochte er sich nicht ausdenken, welche Verschlimmerung seiner Situation es mit sich bringen würde, bekäme ihn der Polizist doch zu fassen. Erneut verstärkte sich das Kribbeln in Händen und Füßen. Ihm wurde übel. Er musste daran denken, dass er heute bis auf zwei Äpfel auf der Plantage noch nichts gegessen hatte. Er glaubte, erbrechen zu müssen, doch setzte kein Würgen ein. Umso mehr schwitzte er jedoch, sodass ihm die nasse Kleidung Kühlung verschaffte. Die Kühle tat ihm gut. Nur an den Füßen war der Schweiß unangenehm, da er sich in den Igelitschuhen sammelte. Heinz spürte, wie seine Füße in der warmen Flüssigkeit badeten und dabei juckten. Wenigstens wurde er dadurch von dem Kribbeln abgelenkt, das allmählich nachließ.

So verging die Zeit, und plötzlich war Heinz mit dem Wachtmeister allein im Raum. Er hatte in den letzten Minuten nicht mehr wahrgenommen, was in der Wache geschah. Als diese Tatsache in sein Bewusstsein drang, war er plötzlich wieder hellwach und aufmerksam. Gerade erhob sich der Polizist hinter seinem Tisch, schaute mürrisch zu Heinz und knurrte: »Du bist ja immer noch hier, Apfeldieb. Ich habe jetzt Feierabend. Hier kannst du nicht bleiben.«

»Bitte übergeben Sie mich nicht der Sowjetarmee«, brachte Heinz leise hervor.

Der Polizist rollte mit den Augen.

»Was sollen die denn mit Kindern wie dir anfangen, he? Dich auch noch durchfüttern? Die haben doch selber nichts zu kauen. Wie heißt du? Wo wohnst du?«, wollte der Wachtmeister nun wissen.

Folgsam nannte Heinz seinen Namen und gab an: »Bei Bauer August in der Mehringer Straße.«

»Ich nehme dich mit und fahre dich nach Hause«, entschied der Ordnungshüter. »Los, komm!«

Gemeinsam verließen sie die Wache. Heinz begriff, dass er weder in den Kerker noch in die Verbannung musste. Ein riesiger Stein fiel ihm vom Herzen. Er folgte dem Polizisten auf den Hof zu einer

BMW mit Beiwagen, die offensichtlich noch von der Wehrmacht stammte. Sein Begleiter hatte derweil eine Lederkappe aufgesetzt und Handschuhe übergestreift. Dann kletterte er auf die Maschine und legte sein gesamtes Körpergewicht auf den Kickstarter. Als das Motorrad nach mehrmaligem Treten ein tiefes Blubbern hören ließ, deutete der Polizist dem Jungen mit einem Kopfnicken, in dem Beiwagen Platz zu nehmen.

Noch voller Erleichterung wegen der ausgebliebenen Bestrafung empfand Heinz nun ein aufgeregtes Kribbeln, denn noch nie war er auf einem Motorrad mitgefahren, auch nicht in einem Beiwagen. So ließ dann auch die Aufregung seinen Fuß am Schutzblech des Seitenrades hängenbleiben, sodass er in den Seitenwagen mehr hineinfiel als einstieg. Das scharfkantige Schutzblech hinterließ einen Riss in seinem Schuh. Das durfte er den Vater nicht sehen lassen, wenn er Ärger vermeiden wollte. Doch dieser Gedanke verschwand schnell, als sein Fahrer mit dem Schaltknüppel neben dem Tank einen Gang einlegte, und sich die Maschine mit lautem Tuckern in Bewegung setzte. Der kräftige Motor beschleunigte so, dass Heinz fest in den Sitz des Beiwagens gedrückt wurde. Sein Herz hüpfte im Takt des Motors. Sie fuhren über den Markt in die Breite Straße ein. Stolz hielt Heinz nach den zahlreichen Passanten Ausschau, während ihm der Wind die Haare zauste. Hoffentlich sahen ihn so viele Menschen wie möglich, wie er hier neben der Staatsmacht im Beiwagen dieser beeindruckenden Maschine saß. Er schaute nach rechts, wo das große Kaufhaus mit den riesigen Schaufenstern stand. In den glänzenden Scheiben spiegelte sich das vorbeiknatternde Gefährt, sodass er sich sehen konnte. Dieser Anblick gefiel ihm sehr. Augenblicklich beschloss er, eines Tages selbst ein Motorrad zu besitzen. Bestimmt eine BMW.

Bald erreichten sie den Hof, der nun das Zuhause für Heinz war. Die träumerischen Gedanken an ein Motorrad verflüchtigten sich so schnell, als würde eine Kerze ausgeblasen. An ihre Stelle trat ein beklemmendes Gefühl. Schließlich wurde er von einem Polizisten gebracht, weil er beim Äpfelklauen erwischt worden war. Als die Maschine durch die gemauerte Hofeinfahrt knatterte, sah er Paul in einem der Ställe verschwinden. Der Polizist stoppte die BMW und fragte ihn, wo er denn wohne. Heinz zeigte zu den oberen Baracken. Das Motorrad blubberte auf und holperte über den gepflasterten Hof zu den Behelfsunterkünften. Heinz sah sich um, ob er Paul entdecken konnte, doch der war nicht mehr zu sehen. Lediglich der alte August schaute neugierig aus einem Küchenfenster im Haupthaus, warum ein Polizist über seinen Hof donnerte.

Der Wachtmeister hielt vor dem richtigen Eingang des Flachbaus an. Mit weichen Knien kletterte Heinz aus dem Beiwagen. Ob der Vater zu Hause war? Oder arbeitete der noch bei den Kühen? Diesmal blieb er mit dem Fuß an dem kleinen Griffbügel hängen, welcher bei der Fahrt zum Festhalten diente. Kurz ruderte er noch mit den Armen, intuitiv nach etwas Haltgebendem suchend, als er auch schon auf den Boden stürzte.

»Was ist denn mit dir los, Junge? Erst fällst du in den Beiwagen hinein, dann wieder heraus. Du bist wohl ein rechter Tollpatsch.« Der Polizist lachte, reichte ihm jedoch die Hand. Der Junge war aber schon wieder auf den Beinen und wischte sich Staub und Hühnermist vom Arm.

»Ist das die richtige Tür? Wohnst du hier?«, fragte der Uniformierte, schien sich seiner Sache jedoch sicher zu sein und wartete nicht ab, ob Heinz antwortete. Er klopfte kurz und öffnete die einfache Holztür.

»Guten Abend«, rief er in den lichtarmen Raum, der sich hinter der Tür befand. Schon sah Heinz seinen Vater aus dem Dunkel hervortreten. Er hatte die Stallhosen an, an denen die Hosenträger schlaff herunterhingen. Gehalten wurde die Hose von einem speckig glänzenden Ledergürtel. Der nicht sehr kräftige Oberkörper war nur mit einem fleckigen Unterhemd bedeckt, das einmal von weißer Farbe gewesen sein musste. Misstrauisch blickte der Alte abwechselnd von der neuen Staatsmacht zu Heinz, der sich an seinem Vater zügig vorbeidrücken wollte. Doch der verstellte ihm den Weg, schaute dem erwachsenen Begleiter in die Augen und knurrte: »Ja?«

»Sie sind der Vater von Heinz? Ich bringe ihn nur nach Hause, er hatte sich zu mir in die Wache verirrt. Er hatte wohl Hunger auf Äpfel und ist auf den falschen Baum gestiegen.«

»Was soll das heißen?«

»Ach, vielleicht erzählt er es Ihnen ja selbst. Nichts für ungut.« Der Staatsbedienstete streckte dem Vater zum Abschied die Hand entgegen. Als dieser zögerte, die Geste zu erwidern, zog er die Hand zurück, drehte sich um, klopfte Heinz dabei kurz auf die Schulter und begab sich zu seinem Motorrad. Dann kletterte er behäbig auf den Sattel, stieg mehrmals auf den Kickstarter, legte mit der rechten Hand einen Gang ein, und mit kräftigem Hämmern verließ das Gefährt den Hof.

Heinz indes drückte sich nun an seinem Vater vorbei in die Wohnung und wollte in der Küche verschwinden.

»Was hast du gemacht?«, warf ihm der Vater die Frage hinterher. Der Junge blieb stehen und merkte, wie sich alles in ihm automatisch anspannte. »Ich will wissen, was du gemacht hast!« Der Vater war ihm gefolgt und kam dicht an ihn heran. Der Unterkiefer mahlte. Doch plötzlich entspannte sich Vaters Gesicht und schlagartig war auch die Stimme verändert, wie Heinz sie nur kannte, wenn der Vater mal gute Laune hatte: »Ich will doch nur wissen, was gewesen ist. Passiert dir doch nichts. Kannst ruhig sagen.«

Solch einen Stimmungsumschwung hatte Heinz noch nie erlebt bei seinem Vater. Noch ehe ihm seine Überraschung richtig bewusst werden konnte, hörte er sich bereits antworten: »Wir haben doch nur ein paar Äpfel gepflückt. Da hat uns der Besitzer erwischt und zur Polizei gebracht. Ich habe schon gedacht, ich komme ins Gefängnis oder ins Lager.« Bei dem letzten Satz schnürte es Heinz erneut den Hals zu.

Ein heißer Blitz warf seinen Kopf samt Körper nach rechts. Spürte er sonst rechtzeitig, wenn der Vater zuschlug, so hatte er dieses Mal nicht mit der heransausenden Hand gerechnet. Unvermittelt traf ihn der Vater und es stieg Empörung, Enttäuschung und Wut in ihm auf. Die Energie des Schlags hatte ihn an die Wand geworfen, wo einige Haken angebracht waren, die der Familie als Garderobe dienten. Ob er Halt suchte oder die Empörung den Impuls gab, war nicht genau festzustellen, als Heinz sich an die Arbeitsjacke des Vaters klammerte und diese vom Haken riss. Er drohte zu stürzen, fing sein Gleichgewicht jedoch auf. Dabei landete die Jacke auf dem Boden. Immer noch wütend, doch auch erschrocken schaute er zum Vater und sah, wie dieser nun mit hochrotem Kopf seinen Gürtel aus der Hose zog. Reflexartig nahm der Junge die Arme hoch und versuchte, seinen Kopf zu schützen. Da spürte er auch schon das Leder auf seinem Körper. Etwas in ihm stellte erleichtert fest, dass Vater heute nicht mit aller Kraft zuschlug. Inzwischen erkannte er gut, wann es sehr schlimm wurde, und wann es auszuhalten war. Er versuchte, sich so gut wie möglich aus den Schlägen herauszudrehen oder es wenigstens zu schaffen, dass der Gürtel nur seinen Rücken traf. In diesem Moment kam Paul herein und zog die Aufmerksamkeit des Vaters auf sich.

»Du gehst mir aus den Augen und verschwindest im Bett«, herrschte er Heinz an und wandte sich mit vorgestreckter Hand, in der er den Gürtel hielt, Paul zu. »Und du hast gelogen. Dafür kriegst du jetzt auch.«

Heinz beobachtete, wie Paul kurz versucht war, wieder zur Haustür hinauszulaufen. Doch dann sanken seine Schultern resigniert herab, und er blieb einfach stehen. Die Blicke der Brüder trafen sich kurz, bevor dann auch auf Paul die Schläge hagelten. In dem Moment, in dem ein Bruder dem anderen in die Seele schauen konnte, vergewisserten sie sich ihrer Verbundenheit. Für einen kleinen Augenblick fühlten sie, der Vater konnte ihnen nichts anhaben, da sie zu zweit eins waren. Heinz blieb im Raum stehen und beobachtete, wie der Riemen auf Paul niedersauste.

Erst als der Vater außer Puste war, die Prügel beendete und Heinz anfuhr:»Ich habe doch gesagt, du gehst ins Bett. Willst du etwa noch mehr?«, verdrückte sich Heinz. Paul folgte ihm, leise Flüche auf den Vater brabbelnd.

Auf dem Weg in die Schlafkammer der Jungs gab es noch eine kurze Begegnung in der Küche mit der Mama, die beide mit ausdruckslosem Gesicht ansah.

»Na, hat Papa euch gegeben, was ihr heute verdient habt?« Dann widmete sie sich wieder dem auf dem Herd stehenden Kochtopf.

Durch den Geruch wusste Heinz, die Mama kochte Saft aus Rüben. In einer Emailleschüssel auf dem Tisch sah er das abgeschabte Äußere der Rüben für die Hühner bereitstehen. Seit einigen Monaten hatten sie wieder Hühner: Vier braune Legehennen scharrten in einem kleinen Verschlag neben der Baracke. Heinz zog den süßlichen Duft in die Nase, welcher sich verlockend aus der siedenden Flüssigkeit vom Herd her verbreitete. Dann erreichten Paul und Heinz die Kammer und schlossen die Tür hinter sich. Sie entledigten sich ihrer Hosen, warfen Pullover und Socken auf einen Stuhl und verschwanden, mit der Unterwäsche bekleidet und ungewaschen, gemeinsam unter der Bettdecke. Die frischen Striemen auf dem Rücken veranlassten sie, sich auf die Seite zu legen. So blickte Heinz auf Pauls Nacken, sah dessen feine Härchen am Halsansatz, dort wo der siebte Halswirbel einen Huckel im Nacken machte. Am liebsten wäre er sanft mit seinen Fingern über die Härchen gefahren, verbot sich jedoch diesen Gedanken sofort.

»Und, was war bei der Polente?«, fragte Paul über die Schulter hinweg.

»Was soll denn da gewesen sein? Beinahe hätten die mich in ein Lager gebracht, dann hättest du mich nie wiedergesehen.«

»Ehrlich? Warum bist du denn nicht gleich mit mir weggerannt, als der Alte kam.«

»Das ging doch gar nicht, der war doch bewaffnet. Hast du das nicht gesehen?«

»Ach, Quatsch! Du hattest einfach Schiss.«

»Hatte ich gar nicht.«

»Jetzt lass uns schlafen.«

»Ja, gute Nacht.«

»Schlaf gut.«

Zufrieden atmete Heinz tief durch. Hier war er in Sicherheit. Er hatte es doch ziemlich gut. Mit diesen Gedanken schlief er ein.

Spionin

Wie konnte man nur so dumm sein? Dabei lernte sich der *Oster-spaziergang* doch fast von allein! Marianne konnte es nicht fassen, wie unfähig einige ihrer Klassenkameraden waren. Eifrig reckte sie ihren rechten Arm in die Luft, während sie sich mit der linken Hand die braunen Haare raufte. Sie genoss es, wenn Herr Wilhelm sie aufforderte und sie mit ihrem Wissen glänzen konnte. Sie fühlte sich beleidigt, wenn ein Mitschüler antworten durfte. Heute hatten schon drei ihrer Klassenkameraden den Osterspaziergang aufsagen sollen, darunter Hartmut Spengler, der natürlich wieder einmal zu wenig gelernt hatte und dementsprechend die Verse gequält hervorstotterte. Auch Gertrud Sattler leierte den Text in einer Art herunter, wie es Marianne gar nicht gefiel. Jetzt schnippte sie mit den Fingern, damit Herr Wilhelm sie doch endlich bemerken sollte. Noch immer war sie sehr stolz, nach der achten Klasse auf die Oberschule gekommen zu sein. Bis Mai war sie in die Burgschule gegangen. In Deutsch und Geschichte war sie auf der Burgschule Klassenbeste gewesen.

Heute ignorierte Herr Wilhelm die Bemühungen Mariannes, mit denen sie auf sich aufmerksam machen wollte. Sie ärgerte sich, als die Schulglocke klingelte. Zu gern hätte sie dem Lehrer eine Kostprobe ihrer Rezitationskunst gegeben. Dann hätte es sich wenigstens gelohnt, dass sie gestern Abend das Licht wieder eingeschaltet hatte, als die Eltern zu Bett gegangen waren. Gitti hatte wie immer gequengelt, Marianne solle das Licht auslassen, sie wolle schlafen. Aber Marianne war die Ältere und scherte sich nicht darum. Sie sprach immer wieder diesen bekannten Teil aus Goethes Faust vor sich hin, obwohl der Text eigentlich vor zwei Tagen schon gesessen hatte.

Und nun schellte die Pausenklingel. Das war die letzte Deutschstunde vor den Herbstferien nächste Woche. Nach den Ferien, so ahnte die Vierzehnjährige, nehmen wir bestimmt neuen Stoff durch. Dann wird sie den Osterspaziergang umsonst gepaukt haben.

Marianne räumte ihr Unterrichtsmaterial in die Ledertasche, die sie von Tante Grete nachträglich zur Konfirmation geschenkt bekommen hatte. Vorigen Monat waren Tante Grete und Onkel Karl bei ihnen zu Besuch gewesen, obwohl sie immer noch in Sorge waren, von den Sicherheitsorganen aufgegriffen zu werden. Nach dem 17. Juni war die Stimmung gegenüber dem Westen sowieso etwas angespannter geworden. Marianne hatte von dem Aufstand nicht viel mitbekommen. Die halbe Klasse war damals in Erwartung eines Spektakels in der Pause unerlaubt von der Burgschule zum Haupttor der Werkzeugmaschinenfabrik in der Magdeburger Straße gelaufen, weil das Gerücht umging, es gäbe einen Aufstand. Da standen sowjetische Panzer, und es passierte nichts. Marianne empörte sich darüber, dass einige Leute offenbar gegen die Deutsche Demokratische Republik stänkerten, obwohl es doch allen gut ging. Keiner musste mehr hungern oder wurde von den Kapitalisten ausgebeutet. Sie wurde regelrecht wütend, als zwei Mitschülerinnen vorsichtig die Konterrevolutionäre in Schutz nahmen.

Abends war dann Ausgangssperre. Marianne hatte es sich mit Gitti im Wohnzimmer am Fenster bequem gemacht, um den Marktplatz zu beobachten. Aber auch hier ereignete sich nichts. Der Markt wirkte trostlos ohne Menschen. Nur die Tauben flatterten wie immer von einem Dach zum nächsten. Gegen halb acht lief ein Mann im grauen Anzug schnellen Schrittes ins Rathaus. Das war alles. Die nächtliche Ausgangssperre dauerte noch zwei Tage, dann war der Alltag wie immer, und Marianne hätte bald vergessen, dass der 17. Juni 1953 ein besonderes Ereignis sein sollte, wenn nicht die Lehrer danach viel öfter vom aggressiven Klassenfeind und der Wachsamkeit der Arbeiter und Bauern geredet hätten.

Das war wohl auch der Grund, warum Mutti so geheimnisvoll tat, als Tante Grete und Onkel Karl zu Besuch kamen. Als wäre es ein konspiratives Treffen mit imperialistischen Spionen. Über die neue Ledertasche freute sich Marianne dennoch sehr. Musste sie doch bis zur achten Klasse den Schulranzen benutzen, den sie in Legwitz zum sechsten Geburtstag bekommen hatte. Die neue Tasche war aus hellbraunem, glattem Leder, und man konnte sie mittels eines raffinierten Metallhakens verschließen. Genau das tat sie jetzt und verließ mit ihrer Banknachbarin Erika den Raum. Als Nächstes hatten sie Sport.

Wie immer waren die Jungs gemeinsam zügig zur Turnhalle gelaufen. Die Mädchen trödelten gemächlich in kleinen Gruppen hinterher, vertieft in die aus ihrer Sicht wichtigsten Gespräche der Welt. Marianne schloss sich mit Erika einer Dreiergruppe von Mädchen an, die gerade Vermutungen anstellten, ob Herr Wilhelm eine Gattin habe oder nicht. Dabei kicherten die Mädchen fortlaufend. Sehr gern hätte Marianne die drei anderen und Erika über den Familienstand des Klassenlehrers unterrichtet, jedoch hatte auch sie keine Ahnung. Die Klasse wusste nur, dass Herr Wilhelm 1944 als Achtzehnjähriger in den Krieg musste, und sofort in russische Kriegsgefangenschaft geriet. In einem Umerziehungslager schloss er sich unter dem Einfluss des Nationalkomitees Freies Deutschland der Kommunistischen Partei an und kehrte sofort nach Ende des Krieges als Junglehrer nach Deutschland zurück. Trotz oder wegen der Kriegs- und Lagererfahrungen zeigte er sich jugendhaft locker und dennoch mit stets vorhandener Ernsthaftigkeit. Die sportliche Statur, sein markantes Gesicht und die vollen schwarzen Haare waren weitere Gründe, warum er der Schwarm der meisten Mädchen der Oberschule war. Auch Marianne dachte oft an ihren neuen Klassenlehrer. Niemals hätte sie sich jedoch eingestanden, dass sie für ihn schwärmte. Manchmal schaute sie sich selbst genau an, im Spiegel in der Küche über dem Emailleausguss. Sie fragte sich, ob Herr Wilhelm sie wohl schön fand. Ihr ebenmäßiges Gesicht, die graugrünen Augen, die gerade, leicht nach oben gebogene Nase. Da sie ihre kräftigen Haare zu einem Pferdeschwanz zusammenband, kam ihre hohe Stirn gut zur Geltung und gab ihr ein kluges Aussehen. Am liebsten schaute sie in den Spiegel, wenn die Eltern nicht zu Hause waren. Mutter bezichtigte ihre Töchter schnell der Eitelkeit. Am schlimmsten reagierte sie beim Verdacht, eine ihrer Töchter würde sich für einen Jungen hübsch machen. Dann tat sie, als wären ihre Töchter leichte Mädchen. Da war ihr die ätzende Lästerei des Vaters deutlich lieber, denn die ging ihr nicht nahe. Besonders an den Tagen, an denen er betrunken nach Hause kam, und das war eigentlich immer der Fall, attackierte er seine Lieben mit Nachäffereien und beißender Ironie, die leider selten originell waren.

Die Sportstunde war heute kurzweilig und machte Spaß, da sie Zweifelderball spielten. Marianne war zwar nicht die beste Werferin, konnte jedoch durch geschickte Bewegungen den meisten Wurfgeschossen ausweichen. Zweimal war sie als letztes Mädchen noch auf dem Spielfeld, sodass die Jungs der gegnerischen Mannschaft sie mit großer Freude und unter dem Gejohle der anderen über das Feld jagten. Beide Male gelang es schließlich dem kräftigen, nach Mariannes Meinung jedoch dummen Jochen Korbjuhn, sie mit hart geworfenen Bällen zu treffen. Sie verließ daraufhin das Spielfeld jeweils mit bohrendem Ärger, der ihr fast die Freude an dem Spiel nahm. Ihr Ehrgeiz machte es ihr unmöglich, jede Form von Niederlage gelassen hinzunehmen. Als die Pausenklingel schrillte und der Sportlehrer die Stunde beendete, drückte Marianne den Ärger weg und beeilte sich, vor den anderen in der Umkleide zu sein. Es war jedes Mal ein großes Gerangel um die einzigen beiden Waschbecken, an denen sich die durchgeschwitzten Mädchen frisch machen konnten. Heute schaffte sie es, als Zweite an ein Becken zu kommen. So wusch sie kurz die Arme und das Gesicht mit kaltem Wasser. Der

Rest des Körpers musste bis abends warten. Nun war die letzte Stunde geschafft, und die Herbstferien lagen vor ihr.

Auf dem Heimweg eilte sie die Breite Straße entlang zum Markt und zählte im Kopf die Dinge auf, die sie mit zu Tante Grete nach Franken nehmen wollte. Schon morgen früh fuhr sie mit dem Zug ins Fichtelgebirge nach Westdeutschland. Als Tante Grete und Onkel Karl sie bei ihrem Besuch in Aschersleben nach Gersdorf einluden, hatte sie natürlich freudig erregt zugesagt. Sie war fasziniert von den beiden. Onkel Karl sah sie eindeutig als Mann von Welt, ein ganz anderes Kaliber als die Männer hier im Kaff. Stets kleidete er sich mit modisch schicken Anzügen. Außerdem hatte er Marianne zehn Westmark zugesteckt. Die hütete sie in dem kleinen Geldbeutel, den sie immer bei sich trug. Tante Grete passte gut zu ihm, benahm sie sich doch eindeutig wie eine Filmdiva. Sie erzählte auch viel von Filmen, von amerikanischen, von denen Marianne noch nichts gehört hatte. Hier im Filmpalast liefen zurzeit *Der Untertan* und *Roman einer jungen Ehe* im Wechsel mit sowjetischen Streifen. Es würde ihre erste Reise nach Westdeutschland sein. Marianne stellte sich Gersdorf als große, lebendige Stadt vor. Niemals würden Onkel Karl und Tante Grete in so einem kleinen Nest wie Aschersleben leben können. Also musste Gersdorf einfach eine Weltstadt mit vielen Kaufhäusern und Kinos sein. Ins Kino würde sie auf alle Fälle dort gehen. Im Radio hörten sie manchmal den NDR, da hatte Marianne mal eine Filmkritik über »Endstation Sehnsucht« gehört. Der Radiosprecher schwärmte von Vivian Leigh. Seitdem war die britische Schauspielerin für Marianne das Symbol einer schönen Frau, obwohl sie deren Aussehen gar nicht kannte.

Nachdem sie die schwere grüne Holztür am Markt geöffnet hatte, eilte sie gut gelaunt die frisch gebohnerten Holztreppen hinauf. Im obersten Stockwerk schlich sie über den Flur der Habichs, ohne Licht zu machen. Sie schlich auf Zehenspitzen, da sie Frau

Habich nicht treffen wollte. Frau Habich kam gern bei den kleinsten Geräuschen aus der Wohnung und stellte aufdringliche Fragen. Das mochte Marianne überhaupt nicht leiden. Deshalb beeilte sie sich, öffnete die Wohnungstür und schlüpfte in die Sicherheit.

In der Wohnung war es ruhig. Offensichtlich war Gitti noch nicht aus der Schule zurückgekehrt. Bestimmt trieb sie sich mit ihrer Freundin in der Stadt herum. Marianne warf ihre Schultasche in der Diele ab und hängte ihren Mantel an den Metallhaken der Garderobe aus Eichenholz. Da hörte sie ein Schluchzen aus dem Wohnzimmer. Gleichzeitig legte sich ein Frösteln über Mariannes Haut, wie sie es zu Hause oft spürte.

Seit der Vater aus dem Krieg zurückgekehrt war, lag eine dunkle Wolke über der Familie und ihrem Heim. Manchmal kam es Marianne vor, als ob alle Farben blasser geworden waren. Acht Jahre war es nun schon her, dass er wieder aufgetaucht war. Die ersten zwei Jahre hatte er kaum gesprochen, sondern meist apathisch in seinem Sessel gesessen und filterlose Zigaretten geraucht. Manchmal schreckte er ohne erkennbaren Anlass auf, blickte sich angstvoll um. Während der Mahlzeiten schlang er das Essen runter, beäugte dabei wachsam seine Familie, als ob ihm jemand etwas wegnehmen wollte. Wie ein Hund, der während des Fressens seinen Napf bewachte. Essen war das Einzige, für das der Vater Interesse zeigte. Marianne erinnerte sich, wie er einmal eine Katze gefangen und nach Hause mitgebracht hatte. Sie sah ihren Vater in der Waschküche vor dem getöteten Tier stehen, das er kopfunter mit Schnüren an zwei Wäschehaken befestigt hatte. Mit Hilfe seines Taschenmessers zog er der Katze das Fell über die Ohren. Am Abend gab es dann Katzenbraten, die ganze Wohnung duftete nach Bratensoße. Mutti sprach damals kein Wort. Gitti weinte die ganze Zeit. Obwohl sie schon länger kein Fleisch gegessen hatten, weigerte sie sich, von der Katze mitzuessen. Marianne hatte sich mehr aus Solidarität mit der Mutter und der Schwester verweigert, war aber wegen des Duftes und des

Appetits hin- und hergerissen. Dann schlang Vati in hoher Geschwindigkeit das Tier allein hinunter. Die Frauen aßen die Soße.

1947 gelang es Mutti, einen Maurermeister zu überzeugen, Vati als Hilfsarbeiter einzustellen. Mutti regelte das, wie sie immer alles regelte. Von da an saß er wenigstens nicht mehr den ganzen Tag im Wohnzimmer herum. Mit der Arbeit kam jedoch der Alkohol. Auf den Baustellen wanderten Schnapsflaschen von Hand zu Hand. Nach Feierabend saßen die Maurer und ihre Helfer zusammen, tranken und erzählten sich Zoten. Abends hörte Marianne schon an der unbeholfenen Art, wie der Vater die Wohnungstür aufschloss, in welchem Zustand er war.

»Bruno, hast du wieder getrunken?«, empfing Mutti ihren Gatten. Jedes Mal legte sie dabei ihr Kummergesicht auf. Manchmal ignorierte Vati das und stürzte zu seinen Töchtern. Dann mochte Marianne ihren Vater. Er erzählte dann abenteuerliche Geschichten, in denen er Gelesenes mit seiner Phantasie und Selbsterlebtem verwob. Das waren die Momente, in denen Marianne das Glück spüren konnte, einen Vater zu haben. Seine Trunkenheit nahm sie dann kaum wahr. Meistens ging er jedoch auf Muttis Empfang ein.

»Was soll ich denn sonst machen, als saufen, wenn hier so ein Drachen auf mich lauert«, war dann eine seiner Antworten. Daraufhin wechselten die Worte hin und her, was meistens im Schweigen der Mutter und zynischen Kommentaren des Vaters endete. »Huhu, ich arme Frau, mein Gemahl ist ein Säufer«, provozierte er dann. Aber Mutti schwieg oder hauchte mit ersterbender Stimme: »Womit habe ich das bloß verdient?«

Da war dann wieder dieses »Kummergesicht«, bei dem alles an ihr großes Leid ausstrahlte: die Augen den Tränen nahe, den Kopf leicht zur Seite geneigt, Arme und Mundwinkel hingen herab. Alles an ihr war in so einem Moment vorwurfsvoll und fragte stumm: »Was tust du mir nur an?« So reagierte Mutti stets, wenn ihr etwas nicht passte. Marianne bekam dadurch ein schlechtes Gewissen und Schuldgefühle. War Vati die Ursache für Muttis Kummer, verachtete Marianne ihn dafür.

Mutti arbeitete seit Ende 1948 bei der HO im Textilkaufhaus als Verkäuferin. Die staatliche Handelsorganisation entwickelte sich nach ihrer Gründung 1948 rasant. Ab 1949 gehörte in Aschersleben auch ein Schlachthof zur HO. Hier brachte Mutti den Vati bald unter, sodass er wieder mit Fleisch arbeiten und regelmäßig für zu Hause etwas abzweigen konnte. Aber auch dort gehörte der Alkohol zum Arbeiten, und die Stimmung in der Dachwohnung auf dem Markt wurde nicht besser. Als Marianne jetzt das Schluchzen vernahm, schlich sie vorsichtig zum Wohnzimmer. Leise öffnete sie die angelehnte Tür und erblickte ihre Mutter von hinten im Sessel. Jedenfalls das, was durch die Rückenlehne des Sitzmöbels nicht verdeckt war: den linken Arm, den Mutti auf die Armlehne gelegt hatte, darauf den Kopf mit den brünett gewellten Haaren abgestützt. Als Marianne um den Sessel herumging, schaute die Mutter auf und wischte sich Tränen von den nassen Wangen.

»Da bist du ja, mein Sonnenschein«, begrüßte die Mutter Marianne und setzte fort: »In der Küche steht Suppe, die ist noch warm. Iss schön, Mariannchen, dann musst du deine Sachen packen.«

»Was ist denn passiert?«, fragte Marianne. Sie hasste es, wenn Mutti sie Sonnenschein nannte. Als wäre sie ein kleines Kind und nicht schon 14 Jahre alt. Schließlich hatte sie im Frühjahr Konfirmation gehabt und war erwachsen.

»Ach nichts, mein Sonnenschein. Komm, ich mache dir Suppe auf den Teller.« Die Mutter erhob sich aus dem Sessel, wobei sie Blickkontakt mit der Tochter vermied. Sie wischte sich die Hände an der Schürze ab, die sie sich über die grüne Bluse und den grauen Rock gebunden hatte. Dabei huschte sie an Marianne vorbei in die Küche. Marianne seufzte und folgte ihr. In der Diele bog sie jedoch ab. »Ich muss noch mal«, rief sie der Mutter zu, die inzwischen am Herd mit

Geschirr klapperte. Dann schlich sie über Habichs Flur und lief eine Treppe zur Toilette hinab.

Als sie zurückkam, stand in der Küche auf dem Esstisch ein Teller mit dampfender Wrukensuppe. Marianne mochte den Kohleintopf, zumal heute ordentlich zartes Rindfleisch und ausreichend Kümmel enthalten waren. Die Mutter war aus der Küche verschwunden. Marianne konnte sie auch nicht hören. Darüber dachte sie nicht weiter nach, aß mit Appetit die Suppe. Sie machte sich auch keine Gedanken über die offene Klappe des Backofens und den Wischeimer vor dem Herd, obwohl ihre Mutter sonst penibel ordentlich war und nie etwas herumstehen ließ, was sie nicht gerade in Benutzung hatte. Zwischendurch lief Marianne zum Brotkasten, stolperte beinahe über den Eimer und schnitt sich eine Scheibe des dunklen Mischbrotes ab, um damit den Rest der Suppe aus dem Teller zu wischen. Das suppengetränkte Brot war köstlich. Als sie aufgegessen hatte, stellte sie den Teller in die Schüssel mit dem schmutzigen Geschirr. Abwaschen würde sie das Geschirr später. Sie verließ die Wohnung, denn zum Zimmer, das sie sich mit ihrer Schwester teilte, musste sie noch eine Treppe höher auf den Dachboden steigen.

Es war eine schlecht isolierte, enge Kammer mit schrägen Wänden. Die Mädchen waren jedoch glücklich über ihr eigenes Reich in einiger Entfernung von der mütterlichen Kontrolle. Schon bevor Marianne die Tür der Kammer erreichte, hörte sie gedämpfte Radiomusik. Sie erkannte das Cornel-Trio mit »Paul«, und sogleich sang ihre innere Stimme mit. Aha, dachte sie, Gitti ist also schon da und liegt mit einem Krimi auf dem Bett. Tatsächlich fand sie ihre zwölfjährige Schwester bäuchlings lesend auf dem ungemachten Bett vor. Das Röhrenradio auf dem einzigen, zweitürigen Schrank begrüßte Marianne mit seinem leuchtenden, grünen Auge. Brigitta schaute nur kurz von ihrem Buch auf und erwiderte grunzend Mariannes Gruß.

»Mach mal die Luke auf, hier ist schlechte Luft«, sagte Marianne, legte aber bereits selbst Hand an den Metallverschluss des kleinen Dachfensters. In der Kammer roch es leicht säuerlich.

»Nicht hier, sondern unten ist schlechte Luft«, nuschelte Brigitta und starrte weiter in ihr Buch. Dabei hob das schlaksige Mädchen ihre beiden schlanken Unterschenkel in die Luft und pendelte sie hin und her.

»Warum? Was ist denn los? Warum heult Mutti?«

»Vati hat die Katze vergast. Und nun will Mutti sich scheiden lassen.« Auch jetzt schaute Brigitta nicht auf.

»Was meinst du mit 'Katze vergast'?«, wollte Marianne wissen.

»Na, Vati wollte doch gestern mit der Mieze wegen des vereiterten Auges zum Tierarzt gehen. Dass die Mieze ihm dann weggelaufen ist, wie er gestern sagte, stimmte gar nicht. Mutti wollte heute einen Kuchen für deinen Abschied backen, da war lauter Kotze und Katzenscheiße im Backofen. Das hat der nicht mal weggemacht, weil er bestimmt wieder besoffen war.«

Marianne nahm keinen Anstoß an Brigittas derber Sprache, da diese in der Familie üblich war. Die Schwester hatte sich bei ihren letzten Worten halb aufgerichtet und umgedreht, schaute Marianne mit einem leichten Grinsen unter der strubbeligen Kurzhaarfrisur an. Wahrscheinlich wollte sie sehen, wie ihre große Schwester auf die Nachricht reagierte. Marianne versuchte indes in Brigittas Mimik Anzeichen dafür zu finden, ob diese sie auf den Arm nehmen wollte. Sie liebten es beide, sich gegenseitig zu verschaukeln. Doch Marianne erinnerte sich an die weinende Mutter und den Eimer mit der Seifenlauge vor dem geöffneten Backofen. Da war ihr klar, dass die Schwester die Wahrheit sagte.

»Mutti will sich scheiden lassen, hat sie gesagt.« Mit diesen Worten drehte sich Brigitta wieder auf den Bauch, legte den Kopf in die auf den Ellbogen abgestützten Hände und widmete sich ihrem Buch.

Marianne spürte plötzlich eine bleierne Schwere in den Gliedern. Sie dachte an die schwarz-weiße Katze, die seit letztem Jahr immer mal bei ihnen auf der Dachterrasse auftauchte. Sie servierten ihr mal Suppe, mal ein wenig Fett. Es hatte nicht lange gedauert, bis das Tier täglich erschien und eine Mahlzeit mit lautem Mauzen einforderte. Alle nannten sie nur »Mieze«. Vielleicht lag es an dem entzündeten Auge, dass sie ihr keinen richtigen Namen gaben. Es war wie eine letzte Weigerung, Mieze als Familienmitglied anzuerkennen. Mutti mit ihrem Ordnungssinn belagerte Vati schon seit Langem, er solle die Katze einem Tierarzt vorstellen. Vati meinte jedoch, das sei rausgeworfenes Geld. Ein paar Mal stritten die Eltern darüber, wie sie über vieles stritten. Ganz überraschend hatte Vati vorgestern »meinetwegen« gesagt, als Mutti ihn erneut aufforderte. Gestern berichtete er dann mit aufgerissenen Augen, wie die Katze ihm auf dem Hof des Tierarztes entwischt sei. Er malte dieses Ereignis so dramatisch aus, dass sie ihn zu dritt trösten mussten.

Marianne spürte Druck in der Magengegend. Sie musste sauer aufstoßen. Außerdem pochte an der rechten Schläfe wieder die Migräne. Seit einem Jahr ungefähr hatte sie immer mal diese pulsierenden, stechenden Schmerzen in der rechten Kopfseite. Heute waren sie zum Glück nicht so stark, dass sie sich hinlegen musste. So konnte sie noch einmal ihr Gepäck überprüfen, ob sie nichts vergessen hatte. Seit vorgestern stand der Koffer fertig gepackt neben dem Schrank. Sie brauchte heute nur noch den Waschbeutel und ihr Buch einpacken. Die Vierzehnjährige freute sich auf die Reise zu Tante Grete. Aber eigentlich war sie auch froh, hier rauszukommen, und mochte gar nicht an sich heranlassen, was da unten mit der Katze im Gasherd passiert war. Sie stellte sich lieber vor, was in den vor ihr liegenden Ferien alles geschehen würde. Vielleicht könnte sie in Gersdorf mal zum Tanz gehen. Vielleicht würde eine Combo amerikanische Tanzmusik spielen. Hoffentlich blamierte sie sich als Mädchen aus der ostdeutschen Provinz nicht. Sie würde schauen müssen, ob sie überhaupt das richtige Kleid für so einen Tanznachmittag hatte.

Mit solchen Gedanken im Kopf, in die sie ihre Schwester Gitti lebhaft plappernd einbezog, verbrachte Marianne den letzten Abend vor ihrer ersten Westreise aufgeregt zu Hause, bevor sie am nächsten Morgen vor Sonnenaufgang von der Mutter zum Bahnhof gebracht wurde. Marianne störte nicht, dass die Mutter abwesend wirkte. Sie sprachen kaum bis zum Eintreffen des Zuges, verabschiedeten sich, wie Mutter und Tochter sich verabschieden sollten, dann setzte sich der Zug nach Süden in Bewegung.

Onkel Karl holte Marianne in Hof vom Zug ab. Der hübsche Volkswagen bestärkte das Mädchen in ihrer Wahrnehmung, jetzt würde sie die große weite Welt kennenlernen. Onkel Karl verhielt sich ihr gegenüber wie ein Kavalier, der eine große Dame empfing. Er küsste ihre Hand und machte Komplimente, was Marianne für eine attraktive und strahlende Frau wäre. Es war so einfach, eine Vierzehnjährige auf seine Seite zu ziehen, wenn man sie nur wie eine Erwachsene behandelte. Ein paar Komplimente dazu, und schon war die Heranwachsende Fan ihres Onkels. Marianne genoss die Autofahrt auf dem mit braunem Leder bezogenen, bequemen Beifahrersitz. Die Eltern hatten kein Auto, lediglich Opa Gustav hatte immer noch seinen alten Adler, fuhr ihn aber kaum noch.

Jetzt verließen sie Hof in Richtung Konradsreuth. Der wolkenlose Himmel sorgte für ausreichend Tageslicht, obwohl schon später Nachmittag war. Den ganzen Tag über hatte die Sonne Marianne auf ihrer Reise begleitet und die bereits vorhandene Laubfärbung zum Leuchten gebracht. Die Straße führte bergauf und bergab, zahlreiche Kurven verhinderten eine höhere Geschwindigkeit. Dichter Nadelwald wechselte sich mit saftigen Wiesen ab, auf denen braungescheckte Kühe grasten. Eine blickte auf und schaute dem Fahrzeug hinterher. Marianne hatte den Eindruck, das Tier wollte ihr etwas sagen.

Sie drehte den Kopf zum Onkel. »Sehr chic, dein Auto«, sagte sie und schenkte ihm ihr strahlendstes Lächeln.

»Ein Volkswagen 1200. Aber alle sagen nur *Käfer* zu der Kutsche.«

»Früher in Legwitz gab es auch *Käfer*. Gegenüber der Herr Stecher hatte einen.« Marianne freute sich, beim Autothema mitreden zu können.

»Ja, und dieser hier ist ein Nachfolgemodell. So was Schönes habt ihr im Osten nicht mehr.«

»Stimmt gar nicht. Wir haben Horch und den EMW. Das sind Autos, die Arbeiter für Arbeiter bauen, und nicht wie hier, wo Arbeiter Autos für Ausbeuter produzieren.« Marianne ärgerte sich über den Ton von Onkel Karl, den sie äußerst herablassend und verächtlich empfand und der sie verletzte. Dagegen wollte sie ihr Land, in dem sie nun lebte, in Schutz nehmen. Sie nutzte Argumente, die sie von ihrem Geschichtslehrer gehört hatte und an die sie glaubte. Und so stand in ihren Augen eine Autorität hinter den Sätzen.

»Ja klar. Schon gut, Marianne, ich habe es nicht so gemeint.« Karl lachte. Inzwischen fuhren sie durch Münchberg. »Wir sind gleich da. Das gehört hier alles zum Fichtelgebirge«, versuchte er das Thema zu wechseln.

»Es ist fast ein wenig wie im Harz«, ging Marianne darauf ein. Mit Opas Wagen waren sie oft in Thale, Friedrichsbrunn oder im Selketal gewesen. Außerdem hatte sie mit ihrer alten Klasse letztes Jahr eine Busfahrt nach Wernigerode unternommen. Das Auf und Ab der Straße und die dichten Wälder erinnerten Marianne daran.

Bald passierten sie das Ortsschild von Gersdorf, fuhren eine Rechtskurve in die Hauptstraße bis zur Stadtapotheke. Marianne schluckte. Was sie sah, hatte überhaupt nichts mit dem zu tun, was sie sich vorgestellt hatte. Ob das nur ein kleiner Vorort war? Wo war die Straßenbahn, wo das Theater, wo die Kaufhäuser? Das hier war ein Dorf, reichte nicht mal ansatzweise an Aschersleben heran.

Marianne zeigte ihre Enttäuschung nicht.

Onkel Karl merkte auch nicht, wie still seine Nichte plötzlich geworden war, als er vor der Apotheke parkte, und sie aus dem Wagen kletterten. Offensichtlich hatte Margarete ihre Ankunft schon bemerkt, denn sie öffnete bereits die Haustür und kam mit ausgestreckten Armen und wehendem, weißem Kleid die drei Stufen der kleinen Treppe herab.

»Ach, mein Mariandel, da bist du ja«, begrüßte Margarete das Mädchen und schloss es in die Arme. Obwohl Marianne für ihre Tante schwärmte, fühlte sie sich bei solchen Umarmungen stets, als würde sie die teuren Kleider der Tante schmutzig machen. Zum Glück war die überschwängliche Umarmung schnell vorüber. Margarete wandte sich Onkel Karl zu und hinter ihr erblickte Marianne Harald, ihren Cousin, der schüchtern und mit herabhängenden Schultern auf der Treppe stand. Marianne streckte ihm die Hand entgegen und erhielt einen weichen, schwachen Handgriff, ohne dass der Cousin ihr in die Augen schaute.

Sie gingen ins Haus, in einen zweistöckigen Fachwerkbau, in dessen unterer Etage sich die Karls Apotheke befand. Von der Haustür in der Mitte des Hauses kam man in einen Flur, von dem es links in den Laden und rechts in das Medikamentenlager und das Zubereitungslabor ging. Die dreiköpfige Familie bewohnte die darüber liegende Wohnung. Sie stiegen zu viert die dunkle Holztreppe hinauf, die vom Hausflur in die Wohnung führte. Die Stufen knarrten, eine Kugelleuchte spendete spärliches Licht. Marianne sah tote Insekten durch das weiße Glas der Lampe schimmern. Es roch nach Kampfer, Menthol und Zigarettenrauch.

In der Wohnung wies Margarete Marianne ihr Zimmer zu, das früher jenes von Klaus gewesen war. Nichts erinnerte mehr an den verunglückten Cousin. Der Raum war zweckmäßig mit Bett, Kleiderschrank, Schreibtisch und Stuhl ausgestattet. Alles war aus solidem Eichenholz gefertigt. Nachdem Marianne ihren Koffer neben das Bett gestellt hatte, zündete sich Margarete eine Zigarette an.

»Das Badezimmer ist gleich nebenan, da kannst du dich erst mal ein wenig frisch machen, Mariandel. Wann warst du denn das letzte Mal auf dem Klo gewesen?« Wie immer sprach die Tante unverblümt, was Marianne schon früher imponiert hatte. Diese Art war ein deutlicher Kontrast zu der gewählten Ausdrucksweise ihrer Mutter.

Das auf halbe Wandhöhe weiß gefliese Badezimmer gefiel Marianne sehr. Ein großer Badeofen stand neben einer emaillierten Wanne, in der sie sicher lang ausgestreckt liegen konnte. Daneben war ein Waschbecken mit großem Spiegel darüber angebracht. Außerdem gab es ein Wasserklosett mit Spülung. Marianne freute sich, nachts nicht erst im Hausflur eine Treppe hinablaufen zu müssen. Dennoch überkam sie die Enttäuschung schon wieder, da bis auf das Badezimmer bisher nichts ihren Erwartungen entsprach. Sie tröstete sich, letztlich nur zwei Wochen Ferien hier zu verbringen. Irgendetwas würden sie schon unternehmen. Außerdem erinnerte sich Marianne an die schreckliche Stimmung, welche bei ihrer Abfahrt zu Hause geherrscht hatte. Also war sie froh über den räumlichen Abstand zu Aschersleben.

Als sie sich gewaschen hatte, holte sie ihr Lieblingskleid aus dem Koffer, welches sie auch zur Konfirmation getragen hatte. Dann folgte sie den Stimmen der anderen und ging in die Küche. Hier wendete Margarete mit einem Holzlöffel Bratkartoffeln und Eier in der Pfanne. Sie trug immer noch das weiße Kleid, hatte sich lediglich nachlässig eine blaugemusterte Leinenschürze übergehängt.

»Das Mariandel ist da. Setzt euch alle hin, jetzt gibt es Bauernfrühstück. Braucht keiner quengeln, wenn es ihm nicht schmeckt.

Ich bin nun mal keine Köchin. Weißt du, Mariandel«, wandte sich Margarete an ihren Besuch, »der Karl kann viel besser kochen. Eigentlich bräuchten wir aber eine Köchin. Nur, die können wir uns nicht mehr leisten. Es ist ja alles so teuer geworden. Kannst du denn kochen, mein Mariandel?«

Marianne hatte sich inzwischen auf den Platz zwischen Karl und Harald gesetzt, der offensichtlich für sie gedacht war. Das Essen duftete, und plötzlich spürte sie, welchen Riesenhunger sie hatte.

»Ja, ein wenig. Ich habe mir bei Mutti einiges abgeschaut«, antwortete sie beiläufig, während sie mit den Augen verfolgte, wie die Tante das Essen auf den mit einem Rosenmuster verzierten Tellern verteilte.

»Na, das ist doch gut zu wissen. Vielleicht kannst du dann auch mal was kochen. Hier, du hast bestimmt den größten Hunger.« Margarete schob ihr den vollsten Teller zu, worauf Marianne dankbar lächelte. Karl gab das Zeichen zum Essen, dann schaufelte Marianne ihre Portion zügig in sich hinein, was Karl zu scherzhaften Bemerkungen veranlasste. Margarete dagegen schien keine Notiz davon zu nehmen und erzählte etwas von einem Kleid, das sie beim Schneider ändern lassen müsste. Schon lange hatte Marianne nicht mehr mit solchem Appetit gegessen. Ohne dass es ihr bewusst war, fühlte sie sich entlastet. Sie brauchte sich nicht vor betrunkenen Stänkereien in Acht zu nehmen und keine Sorgen zu haben, dass die Mutter in bedrückte Stimmung verfiel. Schon am ersten Abend fühlte sie sich frei.

Tatsächlich entpuppte sich Gersdorf als ein in die liebliche Landschaft des Fichtelgebirges eingebettetes, kleines »Von-allem-eins«-Städtchen: eine Kirche, ein Rathaus, eine Fabrik, eine Schule, ein Hotel. Nur Apotheken gab es zwei, wodurch der Umsatz beider schön übersichtlich blieb. Somit konnte sich Karl hier kein Personal leisten, weder in der Apotheke noch im Haushalt.

Die Hauptattraktion war für Marianne ein Tagesausflug nach Bayreuth, wo ihr die Augen überliefen, wie anders die Geschäfte mit bunten und wohlriechenden Dingen gefüllt waren als zu Hause. Ansonsten verbrachte Marianne ihre Ferientage, indem sie mit dem neunjährigen Harald die Gegend erkundete. Sie zogen durch den Wald, am Kornbach entlang, kletterten auf die Hügel. Harald zeigte ihr auch die Stelle an den Ställen, wo sein Bruder Klaus umgekommen war. Bald strengte Marianne der Umgang mit dem deutlich jüngeren Harald jedoch an. So bot sie sich an, in der Apotheke zu helfen. Karl und Margarete konnten die Hilfe gut gebrauchen. Da Marianne sehr schnell lernte, durfte sie bereits am nächsten Tag selbstständig Salbengrundlagen herstellen und die Lieferungen in die Regale einräumen. Auch im Haus erwies sie sich als geschickt und hilfsbereit. Sie selbst genoss, was die Erwachsenen ihr alles zutrauten, Margarete sie wie ihresgleichen behandelte und Onkel Karl sie auf der einen Seite sehr ernst nahm, auf der anderen Seite immer auch leicht mit ihr flirtete.

»Sag mal, Mariandel, was willst du mal werden?«, fragte Tante Grete.

»Genau weiß ich das noch nicht. Auf alle Fälle will ich studieren.«

»Willst du nicht lieber in der Apotheke lernen? Abitur kannst du doch hier auch machen. Und dann studierst du später, wirst Pharmazeutin. Wir könnten dich gut gebrauchen in der Apotheke. In der Sowjetzone hast du doch eh keine Zukunft.«

Marianne war ob des Vorschlags hin- und hergerissen. Bei Schnabels fühlte sie sich wohl, wohler als zu Hause. Die Apotheke mit ihren vielen verschiedenen Arzneien erschien ihr ungeheuer spannend. Sicher würde sie hier einen interessanten Beruf lernen. Auf der anderen Seite warteten in Aschersleben ihre Schulkameraden. Na gut, die meisten kannte sie noch nicht lange, da sie gerade erst die Schule gewechselt hatte. Es käme ihr auch nicht richtig vor, hier beim Klassenfeind im Westen zu bleiben. Sie war überzeugt, in der DDR war die gerechtere Gesellschaft und dauerhaft Frieden. Sie wollte die neue sozialistische Gesellschaft mit aufbauen, Germanistik studieren oder Lehrerin werden. Herr Wilhelm wäre bestimmt enttäuscht, wenn sie nicht zurückkäme. Und Mutti auch. Vielleicht sollte sie einfach mit der Mutter ein Ferngespräch führen. Das funktionierte doch. Schließlich hatte Mutti schon öfter von der Post aus mit Tante Grete oder mit Tante Elli in Wulfsen telefoniert. Sie musste also Mutti nur dazu bringen, zur Post zu gehen und hier anzurufen. Man könnte ihr ein Telegramm schicken, mit der Bitte um Anruf. So tat sie dies, und schon am selben Tag telefonierte Marianne abends mit ihrer Mutter. Letztere meldete sich wie üblich mit leiser Stimme.

»Na, Mariannchen, wie geht es dir? Ist was Schlimmes passiert?« Marianne musste sich sehr konzentrieren, um ihre Mutter zu verstehen, da es außerdem permanent in der Leitung knackte.

»Nein, mir geht es hier gut, du brauchst dir keine Sorgen zu machen.«

»Du hättest ja ruhig schon mal eine Karte schreiben können.« Das hatte gesessen. Sofort bekam Marianne wieder ein schlechtes Gewissen.

»Ja, daran habe ich gar nicht gedacht, tut mir leid. Wie geht es denn bei euch?« Marianne rechnete mit allem. Vielleicht hatten sich die Eltern tatsächlich getrennt? Aber Mutters Antwort war wie immer.

»Ach, frag nicht. Wie soll es denn hier gehen? Kennst ja deinen Vater, der macht mir solche Sorgen.«

Bevor Mutti dieses Thema weiter ausbreiten konnte, musste Marianne zur Sache kommen. Sie erklärte der Mutter die Situation und ihre Ambivalenz.

»Kind, natürlich bleibst du dort. Ein Ausbildungsplatz in einer Apotheke im Westen, besser kannst du es doch gar nicht treffen.

Was meinst du wohl, wie viel Geld du in einer Apotheke verdienen kannst? Außerdem ist hier unklar, wie lange wir dich noch unterstützen können. Weißt ja, wie viel dein Vater versäuft.«

So dauerte das Gespräch noch eine Weile, und Marianne bekam deutlich zu verstehen, sie sollte doch am besten bei den Verwandten bleiben. Sie wurde das Gefühl nicht los, das wäre sogar Mutters Plan gewesen. Diese beendete das Telefongespräch mit dem Satz: »Ach, Mariannchen, ich halte das gar nicht aus, wenn du nicht wiederkommst. Mach mir keine Schande, ja.«

Marianne versprach, auch im Westen eine fleißige Schülerin zu sein. Als sie auflegte, juckten ihre Augen, und sie spürte, wie sich trotz des erfolgreichen Gespräches schlechte Laune in ihr breitmachte, was sie sich nicht recht erklären konnte.

Die folgenden Wochen verbrachte Marianne lesend die Vormittage und wartete auf Harald, der nachmittags aus der Schule kam. Dann half sie ihm bei den Schularbeiten, vor allem beim Rechnen. Gemeinsam malten sie Blumengirlanden um die Aufgaben. In allen Fächern musste der Junge geschmückte Rahmen um seine Aufzeichnungen anfertigen. Also malten sie Girlanden. Jeden Tag Blumengirlanden. Marianne fragte sich, in was für einer seltsamen Schule Harald Unterricht hatte. Ab und zu fragte Marianne Tante Margarete, ob sie denn schon einen Platz in der Oberschule für sie besorgt habe.

»Immer mit der Ruhe, Mariandel. Du kannst früh genug wieder in die Schule gehen«, wich diese dann aus.

Einen Monat später, der November war bald vorbei, wurde sie von der Tante überrascht.

»Du, ich habe heute beim Schulamt angerufen. Morgen soll Karl mit dir ins Rathaus kommen.«

Marianne freute sich darüber, ohne sich die Frage zu stellen, warum die Tante erst heute dort angerufen hatte.

Für den Termin im Schulamt hatte Marianne wieder ihr bestes Kleid angezogen. Als sie am Pförtner vorbei die dunklen, verrauchten Amtsflure betraten, fielen Marianne die fehlenden Porträtbilder und Losungen auf. Erst im Zimmer des Verwaltungsbeamten, der für das Schulamt in Gersdorf zuständig war und sich als Herr Kramer vorstellte, entdeckte sie ein Bild von Konrad Adenauer. Den Anfang des Gespräches zwischen dem Mann hinter dem Schreibtisch und Onkel Karl verstand Marianne nicht wirklich. Es ging irgendwie um die Frage, ob oder warum nicht der Onkel seine Nichte längst als Zugezogene aus dem Osten angemeldet hatte. Dann war die Schule Thema. Marianne musste sagen, in welcher Klassenstufe sie sei. Dann erklärte ihr Herr Kramer, sie könnte ab sofort in die achte Klasse der Volksschule hier im Ort gehen. Dort würde man sehen, ob sie für die Oberschule geeignet wäre, wo sie, ihre Eignung vorausgesetzt, ab Sommer kommenden Jahres beschult werden könnte. Die Oberschule befände sich in Bayreuth.

»Ich bin schon in der neunten Klasse auf der Oberschule. Die achte Klasse habe ich mit einem Einserschnitt abgeschlossen. Meine Mutter hat das Zeugnis letzte Woche bei der Post aufgegeben, ich kann es Ihnen zeigen, sobald es angekommen ist.«

»Hör zu, mein Kind, die Schulen in der sowjetisch besetzten Zone haben nichts mit unserem Schulsystem in Franken gemein. Deshalb müssen wir erst einschätzen, wie dein Wissensstand ist. Also machen wir es so, wie ich gesagt habe.«

Marianne fühlte Tränen aufsteigen. Sie wollte nicht noch einmal in eine fremde achte Klasse gehen. Wahrscheinlich musste sie dort auch nur Blumengirlanden zeichnen. Sie zog ihr Taschentuch aus dem kleinen Beutel, der an ihrem Gürtel befestigt war, und schnäuzte sich.

»Sei doch nicht traurig. Dann gehst du halt nicht zur Oberschule. Wozu denn auch. Lernst halt bei mir in der Apotheke. Da brauchst du die Schule gar nicht«, versuchte Karl seine Nichte zu trösten. Marianne schluckte die nachrückenden Tränen hinunter.

Auf dem Heimweg schwieg sie. Das Novemberwetter passte zu ihrer Stimmung. Ein hässlicher Wind sprühte Nieselregen durch die wenigen kahlen Bäume, die den kurzen Weg vom Rathaus zur Stadtapotheke säumten. Wegen des Regens fielen die nun doch vereinzelt laufenden Tränen in Mariannes Gesicht nicht auf.

Gesprochen wurde fortan über das Thema Schule im Hause Schnabel nicht mehr. Das Mädchen verschlang einen Band nach dem anderen aus dem Bücherregal im Wohnzimmer. Sobald Harald am frühen Nachmittag heimkam, erledigte sie mit ihm seine Aufgaben, die sie dann gemeinsam mit Blumengirlanden umrankten. Jeden aufkeimenden Gedanken an die Schule oder ihre unklare Zukunft schob sie energisch in die Tiefen ihrer Seele, wo sie nicht mehr stören konnten. Der erste tiefe Schnee im Fichtelgebirge half ihr, die Probleme zu verdrängen.

Kurz vor Weihnachten jedoch schlich sich zusätzlich Heimweh hinterrücks heran. Es war am späten Vormittag, als eine Kohlmeise leise an ein Zimmerfenster klopfte. Sie dachte daran, wie sie letzten Winter mit Gitti Brotreste auf die Dachterrasse gestreut hatten. Plötzlich spürte sie im Bauch und in den Beinen eine nicht gekannte Unruhe. Als hätte jemand ihre Gedanken aus dem Käfig gelassen, flogen sie auf einmal kreuz und quer durch den Kopf: dass sie Abitur machen wollte, wie sie sich hier langweilte, wie fremd sie in diesem Städtchen war, dass sie Gitti, die Eltern und die Großeltern wiedersehen wollte. Von einer Minute auf die andere meldete sich ein unbändiges Bedürfnis, Gersdorf zu verlassen und nach Aschersleben zurückzukehren.

Am Mittagstisch, es gab Schnitzel mit Schustertunke, Buttermöhren und Kartoffeln, eröffnete Marianne ihren Verwandten den Wunsch, nach Hause zurückzukehren. Ihre Stimme war etwas belegt und nicht sehr laut, als sie sagte: »Ich habe mir das überlegt, ich würde gern wieder zu meinen Eltern fahren und dort zur

Schule gehen.« Sie wusste nicht genau, welche Reaktion von Margarete und Karl sie befürchtete, jedoch war sie sich sicher, dass es schlimm werden würde.

Umso überraschter war sie, als Margarete ganz selbstverständlich fragte: »Ach so. Wann willst du denn fahren?«

Lediglich Karl nuschelte mit einem Stück Schnitzel im Mund: »Und ich dachte, du wolltest Apothekerin werden.« Dabei flog ein kleines Fleischstück in Mariannes Richtung auf die Tischdecke, sodass Margarete und Karl nun mit der Auseinandersetzung beschäftigt waren, ob Karl ausreichend Tischmanieren hatte oder nicht.

Bereits drei Tage später, zwei Tage vor Heiligabend, brachten Karl und Margarete in aller Frühe Marianne nach Hof. Wegen des Schnees und der Dunkelheit steuerte Karl den Wagen sehr konzentriert und vorsichtig, während Margarete auf dem Beifahrersitz eine Zigarette nach der anderen rauchte und klagte, wie furchtbar die Abreise Mariannes sei. Harald war zu Hause geblieben. Ab und zu reagierte Marianne mit einem »Hm« oder »Ah« auf die Äußerungen Margaretes.

Der Abschied am Bahnhof verlief kurz und schmerzlos. Als Marianne im Abteil Platz genommen hatte und der Zug sich in Bewegung setzte, fühlte sie sich leicht und froh. Sie freute sich auf die Eltern, auf die Schwester, auf die Schule. Sie freute sich, Gersdorf verlassen zu haben. So hatte sie sich die große, weite Welt nicht vorgestellt.

Als sie spätabends in Aschersleben ankam, hielt sie Ausschau nach den Eltern. Es war niemand zu sehen. Wahrscheinlich mussten sie wegen Weihnachten länger arbeiten. Auch in den HO-Geschäften war vor den Feiertagen deutlich mehr zu tun. So nahm Marianne ihren Koffer und den Beutel, den die Tante ihr für die Eltern mitgegeben hatte, und stapfte über die Herrenbreite durch den im schummrigen Licht gelblichgrünen, breitgetretenen Schnee. Schon im Zug hatte sie an den Füßen gefroren, was sich nun deutlich verstärkte. An der Haustür auf dem Markt stellte sie das Gepäck ab und klingelte. Es dauerte nicht lange, und sie hörte den Vater hinter der Tür die Treppe herabkommen. Sie kannte seinen Schritt und das typische Schlurfen, als er sich nun durch den unteren Hausflur der Tür näherte. Zweimal drehte der Vater den Schlüssel, öffnete die Tür und streckte den Kopf heraus.

»Aha, da bist du ja. Hat dir wohl nicht mehr gefallen im Westen? Na los, komm hoch«, forderte er Marianne auf, schob sich an ihr vorbei auf den Gehweg und nahm den Koffer und den Beutel. Mit einer Kopfbewegung bedeutete er Marianne, ihm die Tür aufzuhalten. Als der Vater passiert hatte, ließ sie die schwere Haustür ins Schloss krachen, drehte den noch steckenden Schlüssel zweimal herum, zog ihn heraus und folgte dem Vater die Treppe hinauf. Auf dem letzten, frisch gebohnerten Treppenabschnitt hörte sie ihre Mutter.

»Da ist ja meine Marianne.« Die Mutter und Brigitta standen auf dem obersten Absatz am Geländer und hielten Ausschau, wie Bruno und Marianne die Stiegen erklommen. Bruno keuchte, das Gepäck forderte die Reserven seiner Kondition heraus. Marianne blickte durch die Geländer und den Lichtschacht der Treppe nach oben und winkte. Ihr Herz klopfte froh über das Wiedersehen mit der Familie.

Am Ende der Treppe, der Vater war bereits mit den Taschen an Brigitta und Mutter vorbei im Flur vor der Habich'schen Wohnung verschwunden, kam ihr die Mutter zwei Stufen entgegen.

»Da bist du ja. Komm, ich muss dich erst mal in die Arme nehmen«, hörte Marianne die Mutter sagen. Sie erwiderte die Umarmung der Mutter, legte den Kopf auf ihre Schulter. Dass dies gelang, obwohl sie eine Stufe tiefer als ihre Mutter stand, machte Marianne deutlich, wie sehr sie in den zweieinhalb Monaten ihrer Abwesenheit gewachsen war. Sie genoss den vertrauten Geruch der Mutter nach Essen und 4711. Schon löste sich die Mutter wieder.

»Komm rein, mein Kind, es gibt was zu essen. Am besten, du wäschst dich gleich. In der Waschküche ist warmes Wasser.« Dorothea drehte sich um und verschwand wieder in der Wohnung. Damit hatte Brigitta die Gelegenheit, Marianne die Arme um die Schultern zu legen.

»Hoffentlich hast du mir was Schönes mitgebracht. Was denkst du, wie blöd das hier war allein«, hörte Marianne die Jüngere empört sagen. Sie war froh, extra für Brigitta eine kleine Schallplatte im Gepäck zu haben, auf der Willi Schneider zwei Lieder sang. Hoffentlich gefiel ihr die Platte.

Beim Abendessen berichtete Marianne, was sie in Gersdorf erlebt hatte. Noch mehr konnte sie über das berichten, was sie nicht erlebt hatte. Die Mutter stellte Fragen, Vater kommentierte die Erzählungen mit bissigen Kommentaren. Marianne fühlte sich in vertrauter Umgebung. Den Streit der Eltern vor ihrer Abreise hatte Marianne vergessen.

Das Weihnachtsfest mit den dazugehörigen Ferien über den Jahreswechsel nutzte Marianne, um ihre Schulsachen in Ordnung zu bringen. Sie besuchte Erika und schaute sich deren Aufzeichnungen seit Oktober an. Der Stoff schien nicht schwierig zu sein, und Marianne war sich sicher, das Versäumte zügig aufarbeiten zu können.

Sie wunderte sich ein wenig, wie wortkarg Erika ihr gegenüber war. Als ob es ihr peinlich wäre, dass Marianne plötzlich bei ihr auftauchte. Vielleicht nahm Erika ihr die lange Abwesenheit übel? Oder war die Freundin neidisch auf Marianne und ihren Ausflug nach Franken? Egal, Marianne verschwendete keine weiteren Gedanken daran. Auch über den Satz, den Erika ihr zum Abschied mit auf den Weg gab, dachte sie gar nicht lange nach, sondern vergaß ihn geschwind. »Am besten, du sprichst mit Herrn Wilhelm, bevor die Schule wieder anfängt«, hatte Erika zu ihr gesagt.

Am vierten Januar 1954, dem ersten Schultag im neuen Jahr, machte sich Marianne aufgekratzt auf den Weg zur Schule. Die Wege

und Straßen waren an diesem Morgen mit Schneematsch über-
zogen, es hatte geschneit, und die Temperaturen lagen im mitt-
leren einstelligen Bereich. Sie wählte die Route vom Markt über
die Taubenstraße, die Krügerbrücke hinunter zur Breiten Straße.
Während sie diese entlanglief, überprüfte sie in den Schaufenstern
der Geschäfte ihr Spiegelbild, ob sie mit ihrem Aussehen zufrieden sein konnte. Dabei stellte sie sich vor, welch freudiges Hallo
es in der Klasse geben würde, sobald sie durch die Tür des Klas-
senraumes kam. Bestimmt freute sich Herr Wilhelm auch, dass
endlich seine beste Schülerin wieder da war. Sie bog in die Promenade zum Kültz-Platz ein, in der rechts und links des Weges der
Schnee zu einer kleinen Gebirgslandschaft zusammengeschoben
war. Sie konnte bereits den Eingang der Oberschule sehen, der die
heranströmenden Schüler verschluckte. Sie reihte sie alsbald in
die Schar der zumeist schläfrig wirkenden Jugendlichen ein. Das
neue Schild »EOS Thomas Müntzer« über der Schulpforte nahm
sie kaum wahr, obwohl es dieses vor den Oktoberferien noch
nicht gegeben hatte. Sie selbst spürte plötzlich wieder die nervöse
Anspannung, die schon gestern Abend da gewesen war und nun
stärker wurde, als sie die breite Schultür passierte und die Treppe
hinaufstieg.

»Was willst du denn hier?«, drang es plötzlich in ihr Ohr. Auf-
geschreckt schaute Marianne über ihre Schulter und blickte in das
arrogant grinsende Gesicht von Hartmut Spengler.

»Ach, freust du dich, mich wiederzusehen, ja?«, entgegnete sie
schlagfertig.

»Ich denke, du bist in die Westzone durchgebrannt?«

»Wie kommst du darauf? Siehst ja, bin ich nicht.«

»Na, da werden die Pauker aber Augen machen«, prophezeite
Spengler mit einem höhnischen Lachen und eilte die Treppe hinauf, immer zwei Stufen auf einmal nehmend. Marianne beeilte
sich, ihm zu folgen, denn sie war sich nicht ganz sicher, ob der alte

Stundenplan noch gültig war und welchen Raum sie jetzt aufsuchen musste. So gelangte sie kurz hinter ihrem Mitschüler in den Klassenraum. Tatsächlich war alles unverändert: Montagfrüh begann der Unterricht mit Deutsch. Kaum war Marianne in den Raum getreten, drehten sich die bereits anwesenden Schüler in ihre Richtung. Die Gespräche verstummten und es war einen Augenblick so still, wie es in einer neunten Klasse eigentlich niemals sein konnte. Dann gab es jedoch ein großes Hallo, erstauntes Fragen, neunmalkluges Kommentieren und vor allem von den Jungs ein lautes Necken. Der kleine Tumult endete erst, als Herr Wilhelm die Klasse betrat und alle eilig zu ihren Plätzen turnten.

Herr Wilhelm schien in Gedanken, nickte nur leicht zur Klasse hin und steuerte den Lehrertisch an. Der linke Ärmel seines derben, braunen Jacketts war auf der Seite, auf der er seine Aktentasche unter den Arm geklemmt hatte, mit farbiger Kreide bestäubt, obwohl dies seine erste Stunde heute war. Er erreichte den Tisch und warf seine Tasche auf den Stuhl, öffnete sie, schaute kurz zur Klasse, dann wieder in die Tasche. Ruckartig hob er den Kopf und schaute verdutzt auf Marianne, nur ein kurzes »Ach!« von sich gebend. Dann richtete er seine Aufmerksamkeit wieder in das Innere der Tasche, wühlte darin herum, nahm ein paar Unterlagen heraus, suchte weiter, bis er ein Buch zutage förderte.

Erst dann widmete er sich der Klasse. Obwohl ungefähr ein Viertel der Schüler nicht Mitglied in der FDJ waren – natürlich war Marianne schon in der achten Klasse eingetreten – begrüßte er alle mit dem Gruß »Freundschaft!«

»Freundschaft!«, hallte es zurück. Dann durften sich die Schüler setzen. Marianne war froh, dass sie heute ein neues Lesestück durchnahmen. Sie beteiligte sich emsig am Unterricht, meldete sich immer wieder. Doch Herr Wilhelm ignorierte sie offensichtlich, als ob sie gar nicht anwesend wäre. Anfangs tat Marianne so, als würde sie diesen Umstand nicht registrieren. Doch je weiter die Zeit voranschritt, umso beklommener wurde ihr zumute. Dann, die Stunde war zu Ende, und die ersten Klassenkameraden verließen schon den Raum, sprach der Lehrer sie doch noch an.

»Marianne, bleib du bitte noch einen Moment hier. Ich muss mit dir sprechen.« So warteten sie, bis der letzte Mitschüler durch die Tür verschwunden war.

»Marianne, es ist ja schön, dich wiederzusehen. Aber denkst du tatsächlich, du kannst einfach ein Vierteljahr wegbleiben und dann plötzlich hier wieder hereinschneien?«, begann Herr Wilhelm und setzte fort: »Wo warst du denn überhaupt gewesen?«

»Bei meiner Tante in Oberfranken«, antwortete Marianne und wollte erklären, warum sie nach den Oktoberferien nicht zurückgekehrt war. Doch der Lehrer war schneller.

»Ach, dann ist das also richtig, was ich gehört habe. Marianne, so einfach geht das jetzt nicht. Aufgrund dessen, dass sich schon herumgesprochen hat, du seist im Westen, führt die Schule dich gar nicht mehr als Schülerin. Ich muss mich jetzt erst mal mit dem Direktor unterhalten, wie wir mit dir verfahren.«

»Aber es waren doch nur ein paar Wochen, die kann ich doch alle nacharbeiten. Das schaffe ich schnell«, wandte Marianne ein.

»Darum geht es hier nicht, Marianne, verstehst du das? Pass auf, wir beide gehen jetzt hoch zum Direktor, dort wartest du vor der Tür, und ich bespreche mich mit ihm. Hoffentlich hat er Zeit. Du hast immerhin Glück, dass ich jetzt nicht gleich in die nächste Stunde muss.«

Mit trockenem Hals folgte sie ihrem Klassenlehrer den langen, hohen Flur zur Treppe, den Blick auf den Terrazzoboden gerichtet. Gemeinsam stiegen sie die breite Betontreppe hinauf, die genau auf die zweiflügelige Tür des Direktorenzimmers zulief. Links neben der Tür standen drei Stühle an der mit Lackfarbe gestrichenen Wand, nach denen sich die Tür des Sekretariats befand.

»Setz dich dort auf einen der Stühle, ich spreche erst einmal mit

Herrn Kanulek«, wies Herr Wilhelm Marianne an, klopfte an der Sekretariatstür und verschwand in dem Büro.

Marianne war nicht danach, sich hinzusetzen. Sie lehnte sich an die Wand. Da es noch nicht zur nächsten Stunde geklingelt hatte, herrschte lebhaftes Treiben vor den Klassenräumen. Mehrere Schüler musterten Marianne im Vorbeigehen oder aus der Entfernung. Eine Schülerin, die vor dem Direktorenzimmer stand, weckte ihre Neugier, und sie fragten sich, was diese wohl ausgefressen hatte. Um nicht weiter begafft zu werden, schlenderte Marianne zu einer Informationstafel. Die Tafel war eine Mischung aus Schwarzem Brett und Wandzeitung. Die Wandzeitung widmete sich Thomas Müntzer, dessen Namen die Oberschule am 13. Oktober offiziell erhalten hatte. Die Namensverleihung hatte Marianne kurz vor den Herbstferien noch miterlebt. Es hatte einen großen Appell auf dem Schulhof gegeben, und irgendein hoher SED-Funktionär aus Halle hatte eine viel zu lange Rede gehalten. Sie erinnerte sich, wie sie gefroren hatte, da sie keinen Pullover unter dem FDJ-Hemd getragen hatte.

Plötzlich blitzte eine weitere Erinnerung auf. Kurz vor der Namensverleihung hatten zwei Schüler der elften Klassen und ein Zehntklässler die Schule verlassen müssen. Alle drei waren als Mitglieder der Jungen Gemeinde bekannt. Es hieß, sie hätten Hetze betrieben und würden der Arbeiter- und Bauernmacht schaden. Schnell schob sie den Gedanken beiseite, man könnte auch sie aus der Schule entfernen. Sie hatte sich ja nichts zuschulden kommen lassen, lediglich ein paar Wochen gefehlt, meinte sie. Andere fehlten wegen Tuberkulose viel länger, ohne aus der Schule geworfen zu werden. Außerdem war sie in der FDJ und nicht in der Kirche. Hinter ihrer Stirn klopfte ein stechender Schmerz.

Das laute Geräusch der sich öffnenden Sekretariatstür riss Marianne aus ihren Gedanken. Gleich danach wiesen die Schulklingeln auf das Ende der Pause hin, sodass Marianne und Herr Wilhelm allein auf dem Flur standen. Das Stechen hinter der Stirn war kurzzeitig stärker geworden. Dem Gesichtsausdruck ihres Lehrers konnte Marianne nichts entnehmen.

»So, wir können dir heute nicht sagen, wie es weitergeht. Wir müssen deinen Fall mit der Zentralen Schulgruppenleitung besprechen. Gut ist, dass die ZSGL schon morgen Nachmittag einen Sitzungstermin hat, zu dem du dazukommen wirst. Das heißt, du musst morgen um 15 Uhr unten im Erdgeschoss vor dem Büro des FDJ-Sekretärs stehen. Kennst du die Helga Belling aus der 11/2? Sie ist FDJ-Sekretär.«

Marianne schüttelte den Kopf.

»Ist auch egal. Hauptsache, du bist pünktlich da. Für heute gehst du nach Hause. Solange mit der ZSGL nicht geklärt ist, was wir mit dir machen, kannst du natürlich nicht am Unterricht teilnehmen.«

»Ja. Wiedersehen, Herr Wilhelm«, antwortete Marianne mit brüchiger Stimme und hielt ihrem Lehrer die Hand hin.

»Auf Wiedersehen. Bis morgen.«

Beim Verlassen der Schule bemühte sie sich, von niemandem gesehen zu werden. Für heute hatte sie genug einstecken müssen. Sie fühlte sich niedergeschlagen, und die Gedanken irrten ohne Halt die Hirnrinde entlang. Was hatte die FDJ damit zu tun, ob sie die zwei Monate Versäumnis aufholen konnte? Warum hatte Herr Wilhelm sich so seltsam benommen? Warum war sie überhaupt so lange in Gersdorf geblieben? Das Pochen hinter der Stirn wurde wieder stärker, und sie sah alles um sich herum flackern. Sie kniff die Augen zusammen, denn durch die Sonne und den weißen Schnee war es eindeutig zu hell. Vielleicht lassen die Kopfschmerzen nach, wenn ich langsamer gehe, dachte sie und bremste ihren Schritt. Sie achtete weder auf den Weg noch auf die Menschen, die ihr entgegenkamen. Auch beim Öffnen der Haustür und dem Ersteigen der Treppe zur Wohnung hoch gab sie sich Mühe, die

Stiche im Kopf nicht durch kräftige Erschütterungen zu verstärken. Heute nahm sie die Stufen direkt bis ganz oben in ihr Zimmer, entledigte sich ihrer Sachen, legte sich ins Bett und zog die Decke über den Kopf, sodass nur die Nase zum Atmen herauslugte. Sie schlief durch bis zum späten Nachmittag, als Brigitta aus der Schule kam. Dem Kopf ging es da bereits deutlich besser.

Marianne stieg hinab in die Wohnung der Eltern, wo sie ihnen ihre morgendlichen Erlebnisse schilderte. Die Mutter strich ihr über den Kopf. »Das wird sich morgen schon alles klären, wirst sehen.« Der Vater dagegen schien erst gar nicht zuzuhören, brubbelte dann aber etwas, das wie »Scheißkommunisten« klang.

Dann widmete sich Mutter wieder der Küche und der Vater im Sessel seinem Buch.

Am nächsten Tag stand sie pünktlich auf dem unteren Flur vor dem Raum, den die FDJ-Gruppe der Schule letztes Jahr als ihr festes Büro zugeteilt bekommen hatte. Die Mitglieder der Zentralen Schulgruppenleitung lernten fast alle schon in der Abiturstufe der elften oder zwölften Klasse. Als die große Schuluhr an der Flurdecke genau 15 Uhr anzeigte, klopfte Marianne an und drückte die Klinke nieder. Die Tür war verschlossen. Sie klopfte noch einmal, aber es passierte nichts. Also wartete sie und wischte sich mehrmals die kalten, verschwitzten Hände an dem grauen Faltenrock ab, den sie über der dicken Wollstrumpfhose trug. Das Blau der Strumpfhose hatte fast die gleiche Farbe wie ihr Rollkragenpullover. Sie hatte sich heute sehr viel Mühe mit ihrem Aussehen gemacht. Wer weiß, vielleicht half das ja. Sie wollte alles tun, um hier weiter zur Schule gehen zu können.

Zehn Minuten nach drei Uhr hörte sie Stimmen die Treppe herunterkommen. Kurz darauf bogen Herr Wilhelm, ein ihr namentlich nicht bekannter Lehrer sowie eine ältere Schülerin im FDJ-Hemd um die Ecke und gingen auf Marianne zu. Die Schülerin atmete schwer, denn sie hatte sehr an ihrem massigen Körper zu tragen.

Durch die fülligen Wangen des breiten Gesichts waren die Augen zu schmalen Strichen geschrumpft. Sie drehte den gesamten Körper beim Laufen und die Arme standen durch ihren Umfang seitlich ab. Das muss Helga Belling sein, die Vorsitzende der Zentralen Schulgruppenleitung, dachte Marianne. Bei ihr angekommen, war Herr Wilhelm der Einzige, der ihr zur Begrüßung die Hand gab. »Wir hatten oben beim Direktor noch etwas zu besprechen«, erklärte der Klassenlehrer die Verspätung. Die FDJ-Vorsitzende kramte derweil aus ihrer Schultasche den Schlüssel hervor und öffnete das Büro. Marianne folgte Helga Belling auf deren Zeichen, bevor die beiden Lehrer ebenfalls hereinkamen.

Auf der linken Seite des Raumes standen ein schwerer Schreibtisch und ein Bürostuhl aus dunklem Holz. Auf Letzterem stellte die Jugendfunktionärin ihre Tasche ab und wies Marianne einen leichten Holzstuhl zu, welcher an einer Längsseite eines großen Beratungstisches auf der rechten Seite des Raumes stand. Fünf weitere dieser Stühle waren auf der gegenüberliegenden Längsseite des Tisches aufgereiht. Offenbar gibt es hier häufiger Situationen, in denen eine Person mehreren anderen gegenübersitzt, schoss es Marianne durch den Kopf. Diese Ordnung wurde auch heute eingenommen: Marianne gegenüber setzte sich Helga Belling, flankiert von den beiden Lehrern. Die FDJ-Vorsitzende meinte wahrscheinlich, Marianne müsste alle Personen im Raum kennen. Oder sie hielt es einfach nicht für nötig, dass die Anwesenden sich einander vorstellten. Sie kam jedenfalls sofort zur Sache.

»Wenn ich richtig informiert bin, bist du Marianne Schneider, eine ehemalige Schülerin der Klasse 9/1 und Mitglied der Freien Deutschen Jugend. Warum trägst du deine FDJ-Bluse heute nicht? Bekennst du dich nicht gern zu deiner Mitgliedschaft?«

»Oh, entschuldigen Sie bitte, ich habe nicht gedacht, dass das heute ein angemessener Anlass ist, die Bluse zu tragen. Ich dachte, die ist für feierliche Anlässe.«

»Jeder Tag ist Anlass, sich zur Jugendorganisation der Arbeiter- und Bauernmacht zu bekennen. Aber gut, das ist jetzt nicht das eigentliche Thema. Bitte sag du uns noch einmal, warum wir heute hier zusammensitzen.«

»Wir sitzen hier zusammen, weil ich gern weiter am Unterricht meiner Klasse teilnehmen und das Abitur machen möchte. Leider habe ich sieben Wochen gefehlt, was familiäre Ursachen hatte.« Diese Formulierung hatte sich Marianne auf Anraten ihrer Mutter zurecht- gelegt. Die wahren Umstände würden sicher nicht gut ankommen.

»Was denn für Umstände?«, hakte der fremde Lehrer nach.

»Mein Cousin in Oberfranken war krank, sodass ich meiner Tante und meinem Onkel helfen musste. Die haben vor nicht allzu langer Zeit ihren ersten Sohn durch einen Unfall verloren. Da waren alle in Angst, als es nun meinem Cousin nicht gut ging.« Wieder eine kleine Schwindelei.

Die Belling schnaufte.

»Jugendfreundin Schneider, du brauchst uns hier keine Geschich- ten aufzutischen. Du solltest uns lieber sagen, mit wem du drüben im imperialistischen Sektor noch Kontakt hattest, und mit welchem Auftrag du zurückgekommen bist.« Während die Schülerfunktio- närin das sagte, nickte der fremde Lehrer ernst mit dem Kopf.

»Was soll ich denn für einen Auftrag haben? Ich war bei meiner Verwandtschaft. Was meinen Sie?« Fragend schaute Marianne ihr Gegenüber an.

»Wir wissen doch, mit welchen hinterhältigen Methoden der Klassenfeind unsere junge Republik zu sabotieren versucht. Erst zu Beginn dieses Schuljahres mussten wir drei Mitschüler suspendie- ren, die im Auftrag der Kirche, gesteuert durch reaktionäre west- liche Kräfte, unsere Jugendarbeit in der FDJ unterminieren wollten. Wer sagt uns denn, dass du nicht mit einem handfesten Spionage- auftrag zurückgekommen bist?« Wieder sprach Helga Belling und der fremde Lehrer nickte dazu. Es war, als kannte er das Gesagte schon. Herr Wilhelm dagegen hatte den Kopf aufgestützt und schaute zur Seite.

»Spionage? Das können Sie nicht ernst meinen! Was soll ich denn spionieren? Das ist doch ein Scherz, oder?« Marianne konnte es nicht fassen.

»Das ist unser voller Ernst. Durch dein rätselhaftes Untertauchen beim Klassenfeind hast du dich äußerst verdächtig gemacht und bist ein Sicherheitsrisiko für unsere Schule. Die Zentrale Schulgruppenleitung der FDJ wird deshalb die Schulleitung bitten, dich nicht wieder zum Unterricht zuzulassen«, erläuterte das füllige Mädchen Marianne, die keinerlei mimische Regungen bei der Sprecherin entdecken konnte. Vielmehr nahm sie einen starren, feindseligen Blick wahr. Wie aus der Ferne hörte sie, wie der fremde Lehrer meinte, die Schulleitung würde der Bitte der ZSGL nachkommen, und der Schulausschluss vom November 1953 habe Bestand. Marianne fröstelte plötzlich, während die Gedanken kreuz und quer wirbelten. Sie konnte nicht glauben, was sie hörte. Das war doch alles nur ein schlechter Traum. Lange saß sie mit ungläubigem Gesichtsausdruck und ohne etwas zu sagen da. Sie war zu keiner Reaktion mehr fähig. Erst als Helga Belling die Sitzung für beendet erklärte und sich mit beiden Lehrkräften erhob, erwachte Marianne aus ihrer Fassungslosigkeit und erhob sich ebenfalls. Die FDJ-Vorsitzende und der fremde Lehrer verließen grußlos den Raum. Herr Wilhelm reichte Marianne die Hand mit einem »Mach was draus.« Dabei schaute er Marianne traurig an und zuckte mit den Schultern.

Auf dem Nachhauseweg hatte Marianne zu tun, ihre Tränen herunterzuschlucken. Sie war völlig ratlos. Was sollte jetzt aus ihr werden? Was konnte eine bald Fünfzehnjährige machen, die von einem Tag auf den anderen aus der Schule geflogen war? Die Möglichkeit, dass sie nicht wieder in ihre Klasse aufgenommen werden könnte, hatte sie nie erwogen.

Ihre Eltern waren bereits zu Hause, als sie die Wohnung erreichte. Mit trockener Stimme berichtete sie der Mutter bereits in der Diele, was sich in dem Gespräch in der Schule abgespielt hatte. Giftig und wütend schimpfte sie vor allem gegen Helga Belling.

»Diese fette Kuh, gestunken hat sie. Sie hätte sich mal waschen sollen. Das hat sie bestimmt schon zwei Wochen nicht gemacht. Und dann behauptet sie doch einfach, ich wäre eine Spionin. So eine Frechheit. Und Herr Wilhelm hätte auch was sagen können.«

»Habe ich doch gewusst, die Kommunisten drehen völlig durch«, rief der Vater aus dem Wohnzimmer, der offenbar von seinem Buch aufgeschaut und mitgehört hatte. Jetzt widmete er sich wieder seinem Krimi.

»Sei nicht traurig, Nanne. Das ist doch alles nicht schlimm. Ich war auch nicht auf der Oberschule. Ich frage mal bei der HO, ob die nicht eine Lehrstelle für dich haben. Dann wirst du Verkäuferin und verdienst dein eigenes Geld.« Wie immer hatte Mutti sofort eine Idee und wusste einen Ausweg.

»Ich wollte aber Abitur machen. Hättest du mir nicht zugeredet, bei Tante Grete und Onkel Karl zu bleiben, wäre das alles nicht passiert«, rutschte es Marianne heraus. Schon beim Sprechen hätte sie das Gesagte am liebsten zurückgenommen. Schließlich wusste sie, wie empfindlich die Mutter war. Tatsächlich versteinerte sich sofort deren Gesicht, sie wandte sich ab und verschwand wortlos in die Küche.

War Marianne eben noch wütend, wich dieses Gefühl jetzt einem schlechten Gewissen, der Mutter Unrecht getan zu haben. Doch auch Trotz regte sich, welcher dazu führte, dass sie energisch die Wohnung verließ, an Habichs Wohnung vorbei und die Treppe hinauf in das Mädchenzimmer auf dem Dachboden eilte. Wie immer war Gitti schon da. Sie saß an dem kleinen Arbeitstisch und rechnete Schulaufgaben. Marianne stöhnte. Habe ich denn hier nirgends einen Platz für mich?, schoss es ihr durch den Kopf.

»Was ist denn mit dir los? Warum guckst du so biestig?«, wollte Brigitta wissen.

»Ach, lass mich in Ruhe!«, entgegnete Marianne ihrer Schwester unwirsch. Doch dann fiel ihr ein, Gitti konnte ja nichts dafür. Also erzählte sie Brigitta auch noch einmal das ganze Malheur. Gitti hört nur zu, was Marianne sehr gefiel. Als alles gesagt war, ließ Gitti nur ein kurzes »Hm« hören.

»Kannst du mir hier mal die Aufgabe in Mathe erklären? Die verstehe ich nicht.«

Die folgende Nacht wälzte sich Marianne in ihrem Bett. Immer wieder wachte sie auf, hatte Angst und grübelte darüber nach, was jetzt werden solle. Sie wusste schließlich nicht, dass die Mutter ihr schon am folgenden Tag über ihre Beziehungen eine Lehrstelle bei der HO im Elektrogeschäft auf dem Markt besorgen würde, welche sie bereits am ersten Öffnungstag im neuen Jahr 1954 antreten konnte. Bald wurde in diesem Laden eine moderne Fotoabteilung eingerichtet, die Marianne zu betreuen hatte. Das bereitete ihr große Freude. Nur wenn ehemalige Schulkameraden zu ihr in den Laden kamen und sich eine sächsische *Beltica* vorführen ließen, wurde sie verlegen. In den tiefen hinteren Regionen ihres hübschen Kopfes mit den wachen, grünen Augen rumorte dann der Gedanke, irgendwie würde sie es allen noch zeigen.

Verpflichtung

Aus weiter Ferne rieselten die Worte der Neuen an seinen Ohren mehr vorbei als hinein. Heinz war nicht bei der Sache. Es ging um Lenins Schrift *Was tun?*, die sie letztes Jahr bei Frau Müller schon ausgiebig analysiert hatten. Vorigen Monat kam Direktor Kowittel in die Klasse und teilte ihnen mit, Frau Müller lehre nicht mehr an der ABF. Nun war Frau Schubert an deren Stelle.

Nach der Lehre zum Zerspaner in der *ABUS Maschinenfabrik und Eisengießerei Aschersleben* war Heinz vor zwei Jahren von seinem Betrieb an die Arbeiter- und Bauernfakultät in Halle delegiert worden, damit er hier Abitur machen konnte. Marxismus-Leninismus hatten sie jetzt bei der Schubert, die auch gleich den Posten des Parteisekretärs bekommen hatte. Man munkelte, Kowittel hätte was gegen Frau Müller gehabt, und er hätte sogar beim ZK in Berlin deren Absetzung verlangt. Heinz hatte Frau Müller eigentlich gemocht. Oder war »gemocht« das falsche Wort? Vielleicht war er auch nur ein wenig angezogen von diesem Typ Frau, der so anders war als Mama oder seine Schwester Irmgard. Mama konnte weder lesen noch schreiben, stand den lieben langen Tag in einer ihrer Schürzen in der Küche, auf dem Feld, arbeitete im Stall oder im Garten. Als Mutter war sie streng, verdrosch ihre Söhne durchaus bei Notwendigkeit. Meistens überließ sie das jedoch Papa. Von der Welt wusste sie wenig. So modern und gebildet wie Frau Müller war sie nicht. Solche Frauen hatte er nicht gekannt, bevor er voriges Jahr hierher nach Halle an die ABF gekommen war. Die Enddreißigerin war stets frisch frisiert, trug korrekte Kostüme und kannte offensichtlich die Schriften von Marx und Engels auswendig. Zu jeder Situation hatte sie ein passendes Zitat von Stalin. Der wurde zwar seit seinem Tod vor drei Jahren von den meisten ziemlich schlechtgeredet, aber die

Müller tat das nicht. Zweimal durfte Heinz bei Parteiversammlungen auf ihre Bitte hin das Protokoll schreiben. Beide Male war sie sehr zufrieden und hatte ihn gelobt: »Genosse Bredigkeit, aus Ihnen wird noch mal was.« Manchmal hatte sie ihn auch ausgefragt über seine Mitschüler oder andere Lehrer, wie sie zur Sache der Arbeiter und Bauern stünden. Viel konnte er dann meist nicht erzählen; er wusste gar nicht recht, was sie wollte. Aber jetzt war Frau Müller weg und Frau Schubert führte den ML-Unterricht und die Parteiversammlungen.

Heinz war gleich nach seinem achtzehnten Geburtstag letztes Jahr in die Partei eingetreten. Obwohl er sich nicht wirklich viele Gedanken um Politik machte, riss ihn die Aufbruchstimmung mit. Eine gerechte Welt ohne Krieg konnte doch nur gut sein. Eine Welt, in der niemand aus seiner Heimat flüchten musste. Zudem hatten seine Eltern einen eigenen kleinen Neubauernhof von dem neuen Arbeiter-und-Bauern-Staat bekommen: acht Hektar Land, zwei Kühe und zwei Schweine, dazu ein Haus nebst kleinem Stall. Das Federvieh hatten die Eltern schon länger. Zwar hatten sie in der alten Heimat auch Vieh gehabt, jedoch keinen eigenen Hof. Die Eltern arbeiteten von morgens bis abends und waren stolz. Sogar der Vater, der früher Anhänger der Nazis gewesen war und die Kommunisten stets als Pack bezeichnet hatte, äußerte sich nun freundlicher über die Partei.

Er merkte auch, wie stolz die Eltern auf ihn waren. Schließlich war er der Erste in der Familie, der Abitur machte. Das hatte es bei Bredigkeits noch nie gegeben. Auch seine älteren Geschwister hatten keine höhere Schulbildung. Dieser Staat, in dem aus einem einfachen Bauernkind etwas werden konnte, war großartig.

Während er die Gedanken schweifen ließ, schaute er auf den Nacken von Ingrid Schläfke, die in der Bankreihe vor ihm saß. Sie hatte die Haare zu einem blonden Dutt gebunden, sodass Heinz die Haut mit den feinen, hellen Härchen an den seitlichen, gebogenen Linien des Nackens sehen konnte. Er hatte das Bedürfnis, mit seinen Lippen die Haut zu berühren, und spürte eine Erektion. Am liebsten hätte er seine linke Hand in die Hosentasche gesteckt, um sein Glied durch den Stoff zu streicheln. Aber sofort bekam er Angst, er könnte erwischt werden. Schon die Idee, jemand könnte seine Erektion bemerken, war schrecklich. Er versuchte sich zu konzentrieren, stellte sich Hühner auf einem Misthaufen vor. Manchmal half das, und die Erektion verschwand. Doch heute wollte es nicht gelingen. Er malte kleine Kästchen auf den vor ihm liegenden Schreibblock, eins an das andere, schön sorgfältig. Wie von selbst bekamen einige Kästchen gebogene Seiten, nahmen zusammen mehr und mehr die Form eines Kreises an. Ein karierter Ball entstand. Warum nicht einen Fußball zeichnen? Die Zungenspitze zwischen den Lippen zog er mit dem Bleistift einen Kreis, versah sein Inneres mit polygonalen Nähten, schraffierte die Flächen. Ja, so sah ein guter Fußball aus.

Am Samstag würde er wieder spielen: Traktor Westdorf gegen Traktor Welbsleben. Zum Glück war das ein Heimspiel, so standen die Siegchancen nicht schlecht. Dienstag war Training gewesen, zu dem er extra nach Hause gefahren war. Der Zug brauchte von Halle nach Aschersleben über eine Stunde, dann musste er noch durch die halbe Stadt, über die Burg und am Flüsschen Eine entlang nach Westdorf. Zum Glück dauerte der Unterricht dienstags nur bis mittags halb eins, sodass er am Training teilnehmen konnte. Donnerstags war auch Training, aber da stand um 16 Uhr sein Lieblingsfach Mathe auf dem Stundenplan, das hieß, er musste in Halle bleiben. Außerdem konnte er sich mehr als zwei Heimfahrten pro Woche auch gar nicht leisten. Das hatte er alles durchgerechnet. Jeden Sonntag zählte er sein Geld und trug die Summe säuberlich in sein Notizheft ein. In der Woche notierte er dann alle Ausgaben, rechnete abends die Zwischensummen aus und unterstrich sie. Unter die Wochensumme zog er mit Lineal einen doppelten Strich. Er liebte seine Buchhaltung. Er hatte schon ausgerechnet, wie viel Geld er heute Abend ausgeben konnte.

»Lasst uns heute Abend in die Kröllwitzklause gehen, da gibt es ein absolut schmackhaftes Hackepeter, wirklich, absolut!«, hatte Klaus Ritter vorgeschlagen. Neuerdings lautete bei ihm jedes zweite Wort »absolut«. Klaus Ritter aus Berlin war einer der ältesten Mitschüler in der Klasse und hatte sich seine Position als Maßstab der Truppe in Bezug auf Modernität und Männlichkeit mit einem entsprechend großen Mundwerk erarbeitet. So konnte es auch nicht mehr lange dauern, bis alle in der Klasse die Dinge »absolut« sahen. Heinz begriff nicht, warum plötzlich solche neuen Begriffe notwendig waren. Er hatte keine Antennen für derartige Kinkerlitzchen. Ihm war wichtig, dass sie das Punktspiel am Samstag gewannen, in dem er die Abwehr dichtmachte und Leibich Tore schoss. Aber heute mit in die Stammkneipe der Klasse zu gehen und ein paar Bierchen zu trinken, das konnte nicht schaden.

Gegen acht Uhr zogen sie los zur Kröllwitzklause. Sie waren acht Mann. Selbstverständlich spielte Ritter den Anführer. Heinz lief mittendrin, beteiligte sich aber kaum an den Gesprächen, welche sich überwiegend um den Koreakrieg drehten. Er kicherte höchstens kurz, wenn Ritter einen Witz einschob oder wieder etwas »absolut« fand.

In der Kneipe wechselten die Gesprächsthemen, und bald ging es nur noch um Frauen. Der Wirt hatte zu tun, die Biergläser der Gesellschaft nachzufüllen, da die jungen Männer eine hohe Trinkgeschwindigkeit vorlegten. Die Stimmung war aufgekratzt. Die Herren fachsimpelten über jede Einzelne der Damen in ihrem Studienjahr. Heinz machte ein paar schwärmerische Bemerkungen über Ingrid Schläfke. Doch als er von den anderen dafür derbe Sprüche und Neckereien erntete, wurde er zurückhaltender. Erst als der Disput der Jungs zum Thema Fußball wechselte, war Heinz wieder lautstark dabei. Empört fragte er mehrmals seine Kameraden, wie es denn sein könne, dass beide deutsche Staaten jeweils ihren eigenen Meister kürten? Und warum denn nicht Kaiserslautern und VP Dresden um die gesamtdeutsche Meisterschaft spielen könnten.

»Kaiserslautern ist unseren Dresdener Sportfreunden doch gar nicht gewachsen«, tönte Ritter großspurig.

»Na, du hast ja überhaupt keine Ahnung. Hast wohl von Bern nichts mitbekommen? Die Walter-Brüder oder Horst Eckel, die drei allein machen die Vopo's aus Dresden doch platt. Oder Liebrich und Kohlmeyer in der Abwehr, da kommen unsere doch gar nicht durch.« Befördert durch den Alkohol stand Heinz dem Ritter in Selbstbewusstsein und Lautstärke jetzt nicht mehr nach.

»Du erzählst ja einen Käse! Hätte die DDR dort teilnehmen können, dann hätten wir die doch weggeputzt«, setzte Ritter nach.

»Du spinnst doch! Außerdem ist es egal, ob DDR oder BRD, schließlich sind wir Weltmeister! Deutschland ist Weltmeister!« Mit diesem Ruf sprang Heinz auf, schwenkte sein Bierglas und begann, das Deutschlandlied zu singen. Er war berauscht und in Hochstimmung. Lästig nur, dass der kräftige Jochen Kluttig, mit dem er ein Zimmer im Internat teilte, nun heftig an seinem Arm zerrte, den Gürtel seiner Hose griff und ihn in den Stuhl zurückdrückte. Heinz drehte sich zu Jochen. »Hör doch mal auf und lass mich singen!«

»Heinz, bleib ruhig, du weißt gerade nicht, was du machst«, antwortete der Kommilitone. Mit Jochen Kluttig kam Heinz gut aus, denn der war ein bedächtiger, freundlicher Zeitgenosse. Außerdem stammte er aus Nikolaiken, womit beide die ostpreußische Herkunft verband. Leider interessierte Kluttig sich nicht für Fußball, verbrachte dafür jede freie Minute beim Rudern.

»Ach Heinzi«, auch Klaus Ritter wurde nun etwas leiser, »am besten, du interessierst dich nicht so sehr für Kaiserslautern, sondern trainierst fleißig, damit Traktor Westdorf mal DDR-Meister wird.«

Jeder wusste, dass Heinz Fußball spielte. Die für diesen Satz geernteten Lacher waren jedoch verhalten. Überhaupt schien die Stimmung plötzlich etwas gedämpft. Am Tresen polierte der Wirt Gläser und schaute mit ernster Miene zu den Männern. Genau wie zwei unscheinbare Herren am Tisch in der Ecke.

Den darauffolgenden Freitag zuckelte Heinz mit dem Bummelzug von Halle nach Aschersleben, um dann froh gelaunt die vier Kilometer nach Westdorf zu marschieren. Er freute sich auf das morgige Fußballspiel gegen Welbsleben. Außerdem freute er sich auf die Kuchen, die Mama bestimmt wieder für das Wochenende backen würde. Zu Hause angekommen, begrüßte ihn am Hoftor als erster Harro mit wedelndem Schwanz. Harro war ein schwarzweißer Mischling, von dem niemand sagen konnte, welche Rassen in ihm steckten. »Lass, ist gut, geh zur Seite«, erwiderte Heinz den Gruß des Tieres, und hielt ihn mit dem Fuß von sich fern. Harro zog sich zurück und scheuchte ein paar Hühner, die auf dem Hof friedlich im Staub scharrten. Auf dem Weg zum Hintereingang des Hauses sah Heinz seine Mama im Garten ein Beet umgraben. Sie hatte kurz aufgeschaut, als der Hund bellend zum Tor gelaufen war, und offenbar zufrieden festgestellt, dass Heinz nach Hause kam. Sie setzte ihre Grabearbeiten unbeirrt fort.

Im Haus erklomm Heinz die Stiege hoch in das Zimmer, das nun von Horst bewohnt wurde, und in dem Heinz seinen Platz hatte, wenn er am Wochenende zu Hause war. Horst saß mit einem Lötkolben bewaffnet am Tisch und hantierte in einem Gewirr aus Drähten, Röhren und Dioden. Er hatte den Ehrgeiz, sich sein eigenes Radio zu bauen. Beide gaben sich mit einem knappen »Na« die Hand, schon war die Begrüßung erledigt.

Etwas später saßen Heinz und sein Bruder mit den Eltern am Küchentisch beim Abendbrot. Die vier kauten schweigend und zufrieden auf ihren Stullen mit selbst gemachter Leberwurst, bis Mama das Schweigen durchbrach.

»Wir sind jetzt auch in der LPG.«

»Na ja, ist doch richtig. Wieso denn auch nicht?«, reagierte Heinz. Es gab kaum jemanden im Dorf, der nicht überlegte, ob er in die LPG eintreten sollte oder nicht.

»Ob das gut ist, werden wir sehen. Nun müssen wir alles wieder abgeben bei der LPG: das Vieh und das Land. Der Staat hat es gegeben, der Staat hat es genommen.«

»Mama, rede nicht so. Uns wird nichts weggenommen. Es bleibt alles unser. Das ist eine Genossenschaft. Hast doch gehört, was die von der Partei gesagt haben«, mischte sich nun Gustav ein.

»Dein Wort in Gottes Ohr.« Elisabeth blieb skeptisch.

»Außerdem kriegt man doch als Einzelbauer sowieso kaum noch was, wenn man mal einen Traktor oder Pflug braucht von der MTS. Am Ende bleibt einem doch gar nichts anderes übrig, als einzutreten. Also haben wir das diese Woche getan!«, rechtfertigte Gustav noch einmal die Entscheidung. Eigentlich hatte Elisabeth auch zugestimmt und ebenfalls den Aufnahmeantrag unterschrieben, aber offensichtlich war sie innerlich nicht überzeugt. Wenn Gustav ehrlich war, hatte er sich mit der Entscheidung auch sehr schwergetan. Immerhin hatten sie mit der Bodenreform einen eigenen Hof bekommen, waren erstmals ihre eigenen Herren. Nun mussten sie viel von dieser Selbstständigkeit wieder hergeben.

»Wieso kriegt man in der MTS nichts mehr?«, stutzte er.

»Weil die jetzt anfangen, die Maschinen nicht mehr nach Anmeldung oder gerechter Reihenfolge herauszugeben. Wenn du als Einzelbauer einen Traktor brauchst, kommt erst das LPG-Mitglied an die Reihe. Wenn dann der nächste von der LPG den Traktor will, kriegt der den. Dann kannst du als Einzelbauer Pech haben, dass das immer so weitergeht und du leer ausgehst. Dann kannst du deine Kühe vor den Pflug spannen. Vorausgesetzt, du bekommst von irgendwo einen Pflug«, erklärte Gustav.

Heinz schaute erstaunt, dann kicherte er.

»Na ja. Ist doch eigentlich nicht verkehrt. Kann ja jeder in die LPG gehen. Selbst schuld, wenn man es nicht tut.«

»Aber ungerecht ist es schon irgendwie«, meldete sich Horst zu Wort.

»Nee. Eigentlich nicht.« Heinz war versucht, Horst und den Eltern noch einmal genau zu erklären, warum eine gesellschaftliche Notwendigkeit für die Gründung der Landwirtschaftlichen Produktionsgenossenschaften bestand. Schließlich hatten sie das Thema zur Genüge im Unterricht an der ABF durchgenommen. Was sie dort gelehrt bekamen, entsprach natürlich genau dem offiziellen Kurs der SED. Heinz leuchtete alles ein, was die Partei plante und tat. Wobei ihm nicht bewusst war, welch fruchtbaren Nährboden er für deren Ideologie darstellte. Kam er nicht aus einem Volk von Verbrechern? Da hatte man doch etwas gutzumachen, musste sich auf alle Fälle für Frieden und Gerechtigkeit einsetzen. So etwas wie die Flucht, der Hunger und das Elend durften doch nie wieder geschehen. Die SED versprach doch, genau dafür einzutreten. Außerdem setzte sie sich für die Arbeiter und Bauern ein. Er selbst kam aus einer Bauernfamilie, die stets für Herren geackert hatten: in Ostpreußen für den Gutsherrn, nach der Flucht für Bauer August. Jetzt konnten sie selbst Herren sein. Er bewältigte gerade sein letztes Jahr an der ABF, dann würde er das Abitur haben und studieren. Am liebsten Medizin.

Das alles spielte sich tief im Innern von Heinz ab. Bewusst hatte er darüber nie nachgedacht. Es passierte einfach alles. Da er jetzt eine bleierne Müdigkeit spürte, verzichtete er auf längere Ausführungen.

»Das habt ihr richtig gemacht mit der LPG. Ich bin jetzt müde und gehe schlafen.«

Am frühen Nachmittag des nächsten Tages rollte Heinz mit seinem schwarzen Herrenrad die Hauptstraße von Westdorf zum

Sportplatz hinunter. Seine Fußballschuhe aus Stoff mit Sohle und Stollen aus Gummi hatte er an den Senkeln zusammengebunden und über die Schulter gehängt. Er war mit einem schwarzen Trainingsanzug aus dicker Baumwolle bekleidet. Trikot, Hose und Stutzen seines Vereins Traktor Westdorf trug er schon darunter. Auf der linken Brust prangte das ovale Emblem mit dem golden eingerahmten, russischen Kettentraktor.

Am Vormittag hatte es ein paar Mal geregnet, jetzt zum Glück nicht mehr. Der Regen hatte die Jaucherinnen am Straßenrand saubergespült. Für einen Tag im späten September war es eher warm. Auf der Hälfte des Weges trat er im Vorbeifahren leicht an ein grün gestrichenes, hohes Holztor. Sogleich begann hinter dem Tor ein wütendes Gekläff und eine schwarze Schnauze mit gefletschten Zähnen schob sich durch den Spalt unter dem Holz. Heinz feixte.

Am Sportplatz angekommen, begrüßte er die schon anwesenden Mannschaftskameraden. Besonders freute er sich über das Wiedersehen mit seinem Freund Leibich, der ihn vor Jahren mit zum Fußball genommen hatte. Leibich hatte immer im Sturm gespielt, Heinz war Verteidiger. So war das heute noch.

Insgesamt waren dreizehn Spieler erschienen, also zwei Ersatzspieler. Die Mannschaft aus dem nur vier Kilometer entfernten Welbsleben traf ebenfalls pünktlich und vollständig ein, das offizielle Kreisklassespiel konnte stattfinden. Zumal auch ein Schiedsrichter zugegen war. Nach ein paar Aufwärmübungen wurde das Spiel angepfiffen.

Heinz hatte die Aufgabe, den gegnerischen Stürmer Günter Umgang zu bewachen. Heinz kannte ihn von früheren Fußballspielen. Er war Sohn eines alteingesessenen Bauern in Welbsleben, welcher von der Enteignung während der Bodenreform verschont geblieben war, weil die Ländereien gerade so unter der Maximalgröße lagen. Günter Umgang erschien doppelt so kräftig wie der schlanke Heinz, war dafür aber einen Kopf kleiner.

Heinz heftete sich gleich an Umgangs Fersen. Bald musste er jedoch feststellen, dass Umgang ihn provozierte: Er rempelte Heinz an, trat ihn mit seinen Stollen wie beiläufig auf den Fuß oder drückte ihm den Ellbogen in den Magen. Immer so, dass der Schiedsrichter nichts mitbekam.

»Sag mal, was soll denn das, Umgang?«, empörte sich Heinz.

»Sei ruhig, Bredigkeit, du rote Heulsuse«, antwortete Umgang.

Heinz war irritiert und spürte Zorn in sich aufsteigen. Doch er schluckte den Ärger hinunter und versuchte noch energischer, den Angriffsspieler auszuschalten. Gerade als er Umgang einen Ball abgenommen und zu seinen Mittelfeldspielern befördert hatte, lief sein Gegenspieler an ihm vorbei und griff ihm in den Schritt.

»Es reicht gleich, Umgang. Du spinnst wohl!«

»Du kleine ostslawische Wanze. Ihr seid jetzt auch in der Genossenschaft, ja? Hab schon davon gehört. Wenn man als Bauer nichts taugt, dann geht man eben in die LPG«, raunte der stämmige Welslebener ihm so zu, dass es sonst niemand auf dem Platz hören konnte.

Daher wehte also der Wind. Heinz konnte sich denken, dass Umgangs bestimmt keine Lust hatten, mit ihrem großen Hof der LPG beizutreten. Mit Sicherheit wusste nicht nur in Westdorf jeder sofort Bescheid, wenn jemand Mitglied wurde, sondern auch in den umliegenden Dörfern. Schließlich war es derzeit das Hauptthema.

Ein lang gespielter Pass kam aus den Welslebener Abwehrreihen auf Umgang zu, der diesen gekonnt annahm, sich zum Westdorfer Tor drehte und losrannte. Doch Heinz vermochte mit seinen längeren Beinen schneller zu laufen. So konnte er mit einer Grätsche von der Seite dem Angreifer den Ball so vom Fuß spitzeln, dass er dem Westdorfer Torwart in die Arme kullerte. Heinz lachte Umgang hämisch an, erhob sich und trabte an seinem Kontrahenten vorbei, dem er nun seinerseits beiläufig etwas zuraunte:

»Vielleicht sind euresgleichen einfach zu fett gefressen, sodass du wohl zu langsam bist.«

Er hatte noch nicht ganz zu Ende gesprochen, als er einen stechenden Schmerz in der rechten Achillessehne verspürte, in die Umgang nun wie zufällig hineingetreten hatte. Bevor Heinz denken konnte, hatte er sich schon umgedreht und mit dem Ausruf »du blöder Knallkopp!« seinem Gegenüber eine so heftige Ohrfeige verpasst, dass dieser, mehr aus Überraschung als wegen der Wucht, sich auf den Hosenboden setzte.

Sofort hörte man Rufe der Empörung vom Welbslebener Mittelfeld, das nun geschlossen auf Heinz zu rannte. Der langgezogene Pfiff der Trillerpfeife verhallte wirkungslos. Der erste bei Heinz ankommende Spieler hätte ihn wohl angesprungen, wenn nicht der Westdorfer Torwart und die anderen Abwehrspieler der eigenen Mannschaft ebenfalls zur Stelle gewesen wären.

Was nun folgte, hatte eigentlich mit Heinz und Umgang nichts mehr zu tun, denn beide Mannschaften hatten in der Folge einer Tanzveranstaltung vorigen Monat in Welbsleben noch eine Rechnung miteinander zu begleichen. Fakt war, dass alle Spieler und auch die Trainer in hoher Geschwindigkeit in das Zentrum des Geschehens stürmten und ein heftig schlagendes und strampelndes Knäuel bildeten. Nur Leibich beteiligte sich nicht, da er als Ascherslebener von dieser offenen Rechnung keine Kenntnis besaß.

Der Schiedsrichter erreichte aufgrund seines höheren Alters das entstandene Gemenge verzögert, stand daneben, pfiff und brüllte: »Aufhören!« Leider kam er für einen Moment so dicht an das Männerknäuel heran, dass ihn eine Faust oder eine Hand, so genau konnte er das hinterher nicht mehr sagen, an der Stirn traf. Das war der Moment, in dem er eilig das Spielfeld verließ, seine Sachen zusammenpackte und nach Hause fuhr. Schließlich wusste er von vielen anderen Samstagen auf verschiedenen Dörfern, dass so ein Spiel nicht mehr zu retten war und er sich in Sicherheit bringen musste.

Heinz indes hatte sich mit viel Mühe aus dem Gebalge herausgearbeitet. Gemeinsam mit Leibich versuchte er, die Streithähne zu trennen und die Gemüter zu beruhigen.

»Eh, Bredigkeit, was ist denn mit dir los? Erst zettelst du eine Prügelei an, und wenn es am schönsten ist, willst du aufhören?«, wunderte sich Kalle Knoche, der Westdorfer Mannschaftskapitän.

»Ich habe gar nichts angezettelt«, regte Heinz sich gleich wieder auf und zeigte auf Günter Umgang: »Der hat doch die ganze Zeit mit mir gestänkert, nur weil wir jetzt in der LPG sind.«

»Stimmt doch auch. Bist du zu blöd für Landwirtschaft, dann geh in die Genossenschaft! Habe ich selber gedichtet.« Den letzten Satz betonte der Welbslebener, indem er den Zeigefinger hob.

Nun erfolgte ein erregtes Durcheinandergerede, und beinahe wären die Männer erneut aufeinander losgegangen. Dieses Mal jedoch nicht Westdorf gegen Welbsleben, sondern Genossenschaftler gegen Einzelbauern. Zum Glück hatten die meisten keine rechte Lust mehr auf Prügelei. Zumal einige froh waren, die Blutungen aus Nase, Lippen oder Augenbrauen gerade erst zum Stillstand gebracht zu haben. Also verzichtete man auf weitere Haue und verabredete sich für den Abend im *Kuhkopp* in Aschersleben an der Pferdeeine. Dort war Tanzmusik mit Kapelle angekündigt.

Diesen Sonntag war Heinz irgendwie erleichtert, als er wieder im Zug nach Halle saß. Nachdem er im Internat angekommen war, kroch er sogleich ins Bett. Schließlich war er nach dem Tanzabend im *Kuhkopp* erst um halb zwei Uhr morgens in die Federn gekommen. Zum Schluss hatte er sogar noch mit Günter Umgang an der Theke gestanden und Bier getrunken.

Jetzt spürte er eine bleierne Müdigkeit. Die Schlägerei, die anschließenden Diskussionen, der Beitritt der Eltern zur LPG, all dies ließ ihn nicht einschlafen. So wälzte er sich Stunde um Stunde in seinem Bett, begrüßte gegen drei Uhr morgens noch seinen

Zimmergenossen Jochen Kluttig, der ebenfalls aus dem Wochenende zurückkehrte, und dämmerte irgendwann in einen leichten Schlaf hinüber, aus dem ihn der diensthabende Student kurz nach sechs Uhr wieder herausriss. So setzte sich Heinz wie gerädert in das erste Seminar. Die Woche begann dieses Schuljahr stets mit Deutsch, einem Fach, das Heinz abgrundtief hasste. So kam es ihm nicht ungelegen, als die Sekretärin der Parteileitung in der Klasse erschien und ihn aufforderte, sich umgehend bei Frau Schubert zu melden. Auf der anderen Seite beschlich ihn aber auch ein ungutes Gefühl. Er folgte der Sekretärin, einer drallen Mittfünfzigerin, die stark nach Kölnischwasser roch. Seine Hände begannen feucht zu werden. Deshalb war er froh, dass im Büro von Frau Schubert ihn niemand mit Handschlag begrüßen wollte. Neben Frau Schubert war ein Heinz unbekannter Mann im Raum, ungefähr Mitte dreißig, nicht sehr groß, schmal, helle Augen, fahles Gesicht. Bekleidet war er mit einem einfachen, grauen Anzug.

»Genosse Bredigkeit, vielleicht ahnen Sie schon, worum es heute geht. Das Gespräch wird jetzt erst einmal der Genosse Schulze führen, welcher Ihnen hier gegenübersitzt. Genosse Schulze ist von den Sicherheitsorganen. Mehr brauchen Sie über ihn nicht zu wissen. Ich übergebe an Sie, Genosse Schulze. Bitte schön.«

Bei Frau Schuberts Worten fröstelte Heinz. Meinte sie vielleicht den Streit auf dem Fußballplatz am Sonnabend?

»So, Genosse Bredigkeit, was haben Sie sich denn dabei gedacht?« Die Stimme des unscheinbaren Mannes klang eher wohlwollend. Heinz starrte sein Gegenüber verwirrt an. Was meinte dieser Schulze nur? Von welchen Sicherheitsorganen ist er? Viele Gedanken und Fragen irrten in seinen Hirnwindungen umher.

»Sagen Sie einfach, wie es ist, Genosse Bredigkeit. Wir wollen Ihnen doch nichts Böses.«

»Aber ich weiß im Moment gar nicht, worum es geht«, antwortete Heinz mit belegter Stimme.

»Hm. Na gut. Dann mal andersrum: Uns ist zu Ohren gekommen, Sie würden an die Überlegenheit einer Fußballmannschaft aus Kaiserslautern im Vergleich mit unserem begnadeten DDR-Meister aus Dresden glauben«, sagte der graue Mann.

Heinz fiel in sich zusammen, als hätte ihn jemand mitsamt dem Stuhl kräftig auf die Erde gestuckt. Das Geschehen letzten Donnerstag in der Kröllwitzklause hatte er völlig verdrängt. Wahrscheinlich war auch der Alkohol an den verschwommenen Erinnerungen beteiligt.

»Nee. Es ist ja nur … weil Westdeutschland doch Weltmeister ist«, entfuhr es Heinz.

»Ach? Und dass die subversiven imperialistischen Kräfte es geschafft hatten, unsere Nationalmannschaft als einzig rechtmäßige Vertreter des deutschen Volkes zu boykottieren, sodass wir bisher gar keine Chance hatten, der Welt unsere Überlegenheit zu zeigen, das stimmt wohl nicht? Bei der Weltmeisterschaft 1958 wird das schon ganz anders aussehen.«

Heinz fand das mit der Überlegenheit schwachsinnig, hatte aber ausreichend Gespür, dass er jetzt auf keinen Fall widersprechen durfte. Er verschränkte die Arme vor seiner Brust, lehnte sich nach hinten und bestätigte: »Ja, das stimmt natürlich.«

Der graue Mann schien zufrieden. Doch plötzlich sprang er auf und brüllte Heinz an. »Und was haben Sie sich eigentlich dabei gedacht, in aller Öffentlichkeit dieses Nazi-Lied zu grölen? Deutschland über alles – ist damit nicht genug Unheil entstanden?«

Unwillkürlich zog Heinz den Kopf ein und stammelte: »Ich war betrunken.«

»Soll das eine Entschuldigung sein?«, schrie der Unscheinbare.

»Nein, das ist natürlich durch nichts zu entschuldigen.« Er musste jetzt Reue zeigen.

Der graue Mann schwieg eine Weile, um dann mit ruhiger Stimme fortzufahren: »Wissen Sie, die Genossin Schubert und

Ihre anderen Lehrer haben mir bestätigt, Sie sind sonst ein vorbildlicher Genosse. Sie stammen aus einer Bauernfamilie, Ihre Eltern sind seit Kurzem in der Genossenschaft, Sie sind als Zerspaner der ABUS in Aschersleben Mitglied der Arbeiterklasse und hierher delegiert. Solche Mitglieder brauchen wir in unserer neuen, gerechteren Gesellschaft.« Er kam mit dem Kopf dichter zu Heinz. »Mensch, Bredigkeit, und dann machen Sie solche Sachen. Muss das denn sein? Hm?«

»Nein. Natürlich nicht.« Irgendwie fühlte Heinz sich geschmeichelt.

»Sehen Sie! Sie sind ein intelligenter Mann der Arbeiterklasse. Und ich sage Ihnen jetzt etwas: Wir helfen Ihnen und vergessen den Vorfall einfach. Und wenn wir im Gegenzug mal Ihre Hilfe benötigen, dann erinnern Sie sich an den heutigen Tag und helfen uns, also der Partei und dem Arbeiter-und-Bauern-Staat. Einverstanden?«

Heinz nickte. Er nickte, weil dann das hier alles vorbei war. Er wollte nur noch raus aus diesem Raum.

Frau Schubert mischte sich plötzlich ein.

»Ich hätte da bei der Gelegenheit auch noch ein kurzes Anliegen. Was wollen Sie ab nächstem Jahr studieren, Genosse Bredigkeit?«

»Medizin. Oder Tiermedizin.«

»Diese Antwort habe ich befürchtet. Das hatten Sie ja auch in die letzte Abfrage geschrieben. Sie wissen noch, mit welchem Studienziel die ABUS Sie delegiert hatte?«

Heinz überlegte.

»Sozialistische Ökonomie?«

»Genau!«

»Aber das hatte ich doch nur angekreuzt, weil man uns gesagt hatte, wir müssen etwas ankreuzen. Medizin war in der Liste nicht dabei.«

»Stimmt genau. War nicht dabei und kommt auch nicht infrage. Ein Genosse steht zu seinem Wort. Sie haben der ABUS ihr Wort gegeben, als Diplomökonom zurückzukehren. Sie wollen doch Ihr Wort nicht brechen, oder?«

»Nein, eigentlich nicht.«

»Eben. Außerdem sind Sie doch ein Talent in sozialistischer Ökonomie, das sage ich Ihnen ganz ehrlich. Ich wäre enttäuscht, wenn Sie Ihr Talent vergeudeten. Jeder muss auf seinem Platz die Gesellschaft voranbringen und mitziehen, so wie ein Traktor. Wenn das jeder tut, wird es einen gewaltigen sozialistischen Fortschritt geben. Ihr Platz als Traktor ist in der Ökonomie. Also, enttäuschen Sie mich nicht.« Frau Schubert zwinkerte Heinz aufmunternd zu. »Sind wir uns einig?«

Wieder nickte Heinz.

»So, ich glaube, jetzt ist alles gesagt.« Herr Schulze zog das Gespräch wieder an sich. »Jetzt müssen Sie nur noch unterschreiben, dass Sie die Inhalte unseres Gespräches nicht weitererzählen.« Dabei schob der graue Mann einen Packen Papier zu Heinz rüber und zeigte ihm auf mehreren Seiten verschiedene Stellen, wo er signieren sollte. Auf einigen Formularen stand etwas von »Verpflichtung«. Heinz gab sich keine Mühe, den Inhalt zu erfassen. Eilig gab er seine Unterschrift, verabschiedete sich höflich und eilte aus dem Raum.

Dann würde er eben Diplomökonom werden. War ja auch nicht verkehrt.

Damenwahl

Jetzt war also Brigitta an der Reihe. Hatten die Eltern es nicht geschafft, Marianne in den Westen zu Tante Grete abzuschieben, musste nun Gitti dran glauben.

In Mariannes Gedanken grollte ein mittelschweres Gewitter. Selbstverständlich ließ sie sich nichts anmerken. Aber insgeheim machte sie ihre Eltern für die Pleite damals verantwortlich, als sie bei Tante Grete und Onkel Karl nur leere Versprechungen vorgefunden hatte. Alles wie Seifenblasen zerplatzt war. Und als sie nach Hause zurückkkam, war sie wegen des langen Westaufenthaltes von der Schule geflogen. Ein paar Mal hatte Marianne versucht, mit Mutti darüber zu reden, aber die wollte von Mariannes Zeit in Gersdorf nichts mehr hören. Das war typisch: Ging etwas schief, sprach Mutti einfach nicht mehr darüber. Und mit Vati konnte sie sowieso nicht reden, der nahm nichts ernst, ob er nun betrunken oder nüchtern war. Marianne spürte das Bedürfnis zu schreien, bis das Geschirr auf dem Tisch zerplatzte. Das war schon der dritte Abend hintereinander, dass die Eltern beim Abendbrot versuchten, Brigitta einen Umzug zu Tante Grete schmackhaft zu machen. Sobald Marianne mit ihrer Schwester allein war, wollte sie es ihr ausreden. Aber Brigitta hatte wie immer keine Meinung, sondern nur Angst.

»Mein Gittlein, dort kannst du in Bayreuth auf die Oberschule gehen und später in der Apotheke lernen. Da kann mal richtig was aus dir werden. Und was denkst du, wie gut es den Menschen im Westen geht? Viel besser als uns.« Die Mutter sprach mit hochgezogenen Augenbrauen auf die jüngere Tochter ein.

Von wegen, dachte Marianne, von wegen Abitur. Und wenn es den Menschen dort so gut geht, warum ziehen die Eltern dann nicht in den Westen? Und nachdem Onkel Karl vor vier Jahren an einem

Schlaganfall gestorben war, hatte dieser ominöse Boss die Apotheke übernommen. Eigentlich hieß er Hans Herrlich, aber alle nannten ihn nur Boss, weil er halt so eine Ausstrahlung hatte. Kurz nach Übernahme der Apotheke trat er auch bei der verwitweten Tante Grete die Nachfolge von Onkel Karl an. Wie praktisch.

»Warum geht ihr denn nicht rüber?«, fragte Brigitta, als könnte sie Mariannes Gedanken lesen.

»Weil wir den Laden nicht allein lassen können«, antwortete die Mutter, und der Vater ergänzte: »Außerdem sind wir schon zu alt, da hat das keinen Sinn mehr. Wir müssen hier bei Mariannes Kommunisten bleiben.« Schon seit Marianne damals in die *Freie Deutsche Jugend* eingetreten war, sagte der Vater stets »Mariannes Kommunisten«, wenn er von der DDR sprach.

Durch Marianne schoss der Impuls, aufzuspringen oder dem Vater ihren Teller an den Kopf zu werfen. Doch sie hatte sich im Griff.

»Und wenn ich da niemanden in meinem Alter finde, keine Freunde? Wenn ich mich dort einsam fühle?«

Gitti ist achtzehn Jahre alt und stellt Fragen wie eine Dreijährige, dachte Marianne und stöhnte lautlos.

»Aber Gittlein, da ist doch der Harald, dein Cousin. Außerdem findest du auf der Oberschule bestimmt jede Menge gleichaltrige Freundinnen.«

Die Mutter redete aber auch wie mit einer Dreijährigen, meine Güte. Eigentlich fand Marianne die Idee reizvoll, dass die Schwester von zu Hause weggehen würde. Dann würde sie vielleicht mal erwachsen werden. Zum Glück studierte Marianne inzwischen in Merseburg, was ausreichend weit von Aschersleben entfernt war. An den Wochenenden, an denen sie nach Hause fuhr, klebte die kleine Schwester jedoch an ihr und raubte ihr die Nerven. Na gut, nicht immer, manchmal verstanden sie sich auch blendend und konnten über Filme, Bücher und Männer reden. Oder über Leute herziehen. Aber oft fühlte sich Marianne von Brigittas Anhänglichkeit gestört. Es war deutlich entspannter gewesen, als Gitti noch mit Donni, der eigentlich Adolf hieß, zusammen gewesen war. Warum der Schluss gemacht hatte, wusste Marianne nicht.

»Und wie soll ich nach Gersdorf kommen? Die werden mich an der Grenze doch aus dem Zug holen«, sorgte sich Brigitta.

»Am besten, du nimmst ein Flugzeug. Da gibt es eine Linie von Tegel nach Nürnberg, das hat die Grete gesagt. Tegel ist ein großer Flughafen in Westberlin. Onkel Hans würde dir ein Flugticket besorgen.«

»Was? Ich soll fliegen? Da stürze ich womöglich ab.«

»Mensch, Gitti, du bist aber auch ein Angsthase. Heute stürzt doch keiner mehr ab«, mischte sich Marianne nun ein.

»Freilich. Huh. Überall lauern Gefahren. Da muss ich bei meiner Mutti wohnen bleiben, bis ich eine alte Jungfer bin.« Der Vater meldete sich in seiner ironischen Manier zu Wort. Seine Bemerkung veranlasste Brigitta, ihm einen wütenden Laut entgegenzufauchen. Außerdem hatte sie sofort die nächsten Bedenken.

»Wie soll ich denn zu dem Flughafen kommen. Wenn der in Westberlin ist, muss ich über die Grenze. Da lassen sie doch nur Leute rüber, die in Berlin wohnen.«

»Huh, da verhaften dich Mariannes Kommunisten und bringen dich nach Sibirien.«

Auch dieses Mal fauchte Brigitta ihren Vater an.

»Ach, Bruno. Hör doch auf zu stänkern. Das ist nicht schön«, wies die Mutter ihren Mann zurecht und wandte sich wieder an Brigitta: »So schlimm ist das nicht. Ich frage mal Herrn Seidel bei mir in der HO, ob er nicht jemanden in Berlin kennt, der dich nach Tegel begleiten könnte. Es gibt für alles eine Lösung, mein Schatz, man muss es nur wollen.«

»Ich kenne einen, der studiert in Berlin irgendwas mit Politik oder so. Vielleicht hilft der mir«, erinnerte sich Brigitta.

»Das klingt ja so, als würdest du das tatsächlich machen wollen«, wunderte sich Marianne. »Wen kennst du denn in Berlin? Und woher?«

»Ja, Gittlein, was für ein Kavalier ist das?«, fragte auch die Mutter.

»Das ist gar kein Kavalier«, empörte sich Brigitta. »Der heißt Heinz Bredigkeit, und den kenne ich vom Junkerssee, als ich letzten Sommer dort baden war.« Sie wandte sich an die Schwester: »Von dem hatte ich dir doch erzählt. So ein ganz lieber und höflicher Junge, der mir und Margot Gabella an dem Tag wie ein kleines Hündchen hinterhergelaufen ist.«

»Nein, von dem hast du mir nichts erzählt!«

»Doch, habe ich wohl!«

»Ach, Kinder streitet euch nicht, das ist nicht schön. Gittlein, lade den jungen Mann doch mal zu uns ein, damit wir besprechen können, ob er dir hilft. Es soll sein Schaden nicht sein«, ging die Mutter dazwischen. »Und Tante Grete mit ihrem Boss sage ich schon mal Bescheid, dass du bald kommst. Boss kann schon mal alles vorbereiten.«

Marianne staunte nicht schlecht, als bei ihrem nächsten Besuch zu Hause die Mutter zum Samstagskaffee Heinz Bredigkeit ankündigte. Natürlich hatte Brigitta es nicht fertiggebracht, ihn einzuladen, aber die Mutter wäre nicht die Mutter, wenn sie nicht die Adresse des jungen Mannes herausgefunden und ihn zum Kaffee gebeten hätte. Gitti war das peinlich. Grundsätzlich hatte sie sich aber inzwischen mit der Idee einer Übersiedlung nach Gersdorf angefreundet.

Eigentlich wollte Marianne das ganze Wochenende sozialistische Ökonomie pauken, denn sie steckte mitten in den Abschlussprüfungen zum Binnenhandelsökonomen. Aber als die Mutter dann am Samstagvormittag einen Apfelkuchen buk, half sie ihr beim Schälen der Früchte. Selbstverständlich musste sie dann nachmittags beim Kaffeetrinken dabei sein, denn die Neugier auf den jungen Mann siegte, auch wenn sie seit fast einem Jahr verlobt war.

Heinz borgte sich von Paul die weinrote Jawa. Als Gegenleistung sollte er seinem Bruder die Maschine mit vollem Tank zurückgeben. Er schraubte den verchromten Tankdeckel ab und spähte durch die Öffnung. Er konnte den Treibstoffspiegel kaum sehen, was bedeutete, der Tank war nicht einmal halb voll. Da hat Paul ein gutes Geschäft gemacht, dachte er. Aber egal, dafür hatte er den Fahrspaß. Die Spätsommersonne wärmte schon den ganzen Tag die windstille Luft. Es war Motorradwetter, wie es Mitte September kaum besser sein konnte. Es machte sicher etwas her, wenn er in Aschersleben auf dem Markt das Motorrad abstellte.

Als er die Maschine abbockte, merkte er, wie seine feuchten Hände auf den Gummigriffen rutschten. Erst jetzt spürte er seine Nervosität und fragte sich, warum er diese seltsame Einladung überhaupt angenommen hatte. Die Sekretärin des Rektors hatte ihn am Montag aus dem Matheseminar geholt und gesagt, er hätte ein wichtiges Ferngespräch. Im ersten Moment befürchtete er, zu Hause wäre etwas Schlimmes passiert. Als er dann im Sekretariat die Muschel am Ohr hatte, meldete sich jedoch eine ihm unbekannte Dorothea Schneider. Sie hatte sich dann als Mutter von Brigitta vorgestellt, an die er sich sehr gut erinnern konnte. Gitti hatte er letzten Sommer mehrmals am Junkerssee beim Baden getroffen. Die schlanke Siebzehnjährige gefiel Heinz sehr. Sie hatte ihm damals wortreich von ihrem Kummer mit irgendeinem Donni, der mit ihr Schluss gemacht hätte, erzählt. Heinz hatte so getan, als hörte er ihr zu. Dabei war er nur froh, dass er sie dabei die ganze Zeit anschauen konnte. Vor allem ihr leichter Silberblick zog ihn magisch an. Am liebsten hätte er sie geküsst, aber zu mehr als ein paar zufälligen Berührungen war es nicht gekommen. Als die Semesterferien vorbei waren und er wieder nach Berlin musste, verloren sie sich aus den Augen. Und nun rief diese Woche also Gittis Mutter an der Hochschule für Ökonomie in Berlin-Karlshorst an und lud ihn zu Kuchen und Kaffee ein. Ganz genau hatte er nicht verstanden, was der Grund für diese Einladung war. Frau Schneider hatte etwas davon gesagt, dass er sich doch in Berlin auskenne und Brigitta einen Führer in Berlin bräuchte. Eigentlich verspürte er keine Lust auf ein Kaffeetrinken bei fremden Leuten, aber Gitti wollte er schon gern wiedersehen. Vielleicht ergab sich ja doch noch ein Näherkommen. Seit letztem Sommer hatte er sich oft Gittis zarten, gelenkigen Körper vorgestellt, wenn er abends im Wohnheim seiner Phantasie und der Hand freien Lauf gelassen hatte.

Heinz schob das Motorrad vom Hof seiner Eltern und überlegte, ob er den direkten Weg über die Erdkerbe und die Burg nach Aschersleben nehmen sollte. Er entschied sich dann aber für die Ermslebener Straße. Beim Treten des Kickstarters bemühte er sich, seine schwarze Wollhose und vor allem das weiße Hemd nicht mit Ölflecken zu beschmutzen. Dann fuhr er los. Als er das Kopfsteinpflaster des Zollbergs hinunter knatterte, wurde er vorsichtig, denn hier war er vor ein paar Jahren mit dem Fahrrad böse gestürzt. Damals war er mit dem rechten Fuß von der Pedale gerutscht und in das Vorderrad geraten. Er segelte über das Lenkrad und schlug mit dem Kinn voran auf das Kopfsteinpflaster. Er erinnerte sich noch sehr deutlich an die Stiche, als die klaffende Wunde unter dem Kinn genäht wurde.

Jetzt steuerte Heinz die Jawa an der Hinterseite von Werk I der Wema zur Hohen Straße. An der Fabrikmauer war ein großes Transparent angebracht: »Wir leben nach den Zehn Geboten für den neuen sozialistischen Menschen.« Die Gebote kannte Heinz auswendig. Nachdem sie Walter Ulbricht auf dem V. Parteitag der SED verkündet hatte, wurden sie sogleich im Marxismus-Leninismus-Seminar zum Lehrstoff. Daneben waren sie auch noch ausgiebig Thema in der Parteigruppe, die sich wöchentlich traf. Die Parteigruppe war im Prinzip identisch mit seiner Seminargruppe. Lediglich Klaus Waigel und Herbert Gründner waren Mitglieder der Bauernpartei, nahmen aber meistens trotzdem an den SED-Versammlungen teil. Doch das interessierte Heinz jetzt nicht. Während er auf den Marktplatz einbog, klopfte ihm das Herz bis zum Hals. Vor der Haustür Nummer 17 stellte er den Motor ab, schwang sich vom Sattel und zog das Krad auf den Bock. Da er weiche Knie hatte, kippte ihm die Maschine beinahe um. Er musste schlucken. Das gelang ihm aber nicht, da der Hals sehr trocken war. Er räusperte sich und klingelte an der Haustür. Dabei dachte er daran, wie oft er schon an dieser Tür vorbeigekommen war, wenn er mit Bruno im Filmpalast gewesen war. Immerhin hatten sie hier vergangenen Monat *Der alte Mann und das Meer* gesehen. Seit er in Berlin studierte, wusste er, wie viele Filme in Aschersleben nicht gespielt wurden. Manchmal fuhr er mit der S-Bahn in die Westsektoren von Berlin. Dort war das Kinoparadies; es liefen Krimis und Western, die kannte hier niemand.

Der Türsummer ertönte und Heinz stieg die dunkle Holztreppe hinauf. Er nahm immer zwei Stufen gleichzeitig, was ihm als Fußballer keine Mühe bereitete. Oben auf dem vorletzten Absatz empfing ihn Gitti mit einem leichten Lächeln. Verlegen streckte sie ihm die Hand entgegen und sagte: »Na. Schön, dass du kommen konntest.«

»Ja. Tag«, brachte er heraus und schüttelte ihr etwas übertrieben die Hand.

»Komm rein.«

»Ja.«

»Da entlang«, zeigte Brigitta durch den Flur zu Schneiders Wohnung.

»Ja.«

Da Heinz zögerte, ging Brigitta voran. Sie führte ihn direkt vom

Flur in die Diele und weiter zum Wohnzimmer, wo ein Herr, offensichtlich Gittis Vater, im Sessel vor einem gedeckten Kaffeetisch mit einem Buch in der Hand von diesem aufblickte, während Gitti sich in die hellbraunen Polster des Sofas warf. Schon beim Betreten der Wohnung konnte Heinz an dem süßen Kuchenduft feststellen, dass frisch gebacken worden war. Im Wohnzimmer gesellte sich nun noch Kaffeearoma dazu. Während die Gerüche auf ihn einströmten, gab er dem Hausherrn die Hand.

»Guten Tag.«

Heinz sah einen mittelalten, nicht sehr großen Mann im Sessel, der die geölten, dunkelblonden Haare nach hinten gekämmt hatte. Auch er trug ein weißes Hemd und eine dunkle Stoffhose, Letztere von blau gestreiften Hosenträgern gehalten. Helle Augen in einem ebenmäßigen Gesicht musterten Heinz.

»Guten Tag. Wer sind Sie, wenn ich fragen darf.«

»Heinz Bredigkeit.«

»Aha. Heinz Bredigkeit, möchten Sie einen Weinbrand?« Gittis Vater erhob sich aus dem Sessel.

»Ach, danke«, sagte Heinz in der Überzeugung, mit dieser Äußerung abgelehnt zu haben. Da niemand ihm einen Stuhl anbot, blieb er am Tisch stehen. Bruno Schneider hatte ihn offenbar anders verstanden und holte zwei Schwenker und eine Flasche mit goldbrauner Flüssigkeit aus einer dunkel gebeizten Vitrine. Erst wollte Heinz noch einmal deutlicher ablehnen, ließ es dann jedoch geschehen, zumal er auf dem Flaschenetikett den Schriftzug *Dujardin* erkannte.

»Bekomme ich denn keinen Weinbrand?«, klang es vom Sofa her. Doch Gittis Frage hörte niemand, denn die Hausherrin kam gerade mit einer großen Platte Apfelkuchen in das Zimmer. Die hellen Haare waren frisch gewellt; über einem blauen Baumwollrock und einer weißen Sommerbluse trug sie eine graue Küchenschürze. Die braunen Augen schauten Heinz freundlich an.

»Ah, Sie müssen Heinz Bredigkeit sein. Das ist wirklich sehr nett, dass Sie heute herkommen konnten. Ich bin so froh, wie gut das geklappt hat und dass Sie dieses Wochenende sowieso in Aschersleben weilen.« Während die Frau des Hauses sprach, setzte sie die Kuchenplatte auf dem Tisch ab, wandte sich zu Heinz und nahm seine beiden Hände in ihre. »Vielleicht wollen Sie sich die Hände waschen, dann können wir uns gleich dem Kuchen widmen. Brigitta zeigt Ihnen die Küche.« Und zu Brigitta gewandt sprach sie: »Gittlein, würdest du bitte …«

»Ich heiße nicht Gittlein«, murrte Gitti leise, sprang auf und bat Heinz, ihr zu folgen.

Als Heinz mit Gitti in das Wohnzimmer zurückkehrte, saßen die Eltern bereits. Die Mutter legte Kuchen auf die Teller, der Vater goss Kaffee in die goldgeränderten Tassen. Die Überraschung für Heinz war eine weitere junge Frau, die auf dem Sofa Platz genommen hatte. Sie mochte um die zwanzig sein, hatte ein ebenmäßiges, blasses Gesicht, welches von braunen, kurz gewellten Haaren umrahmt wurde. Fast die gleiche Stupsnase wie bei Gitti, dachte Heinz. Der sinnliche Mund fiel ihm ebenfalls auf. Die junge Frau würdigte ihn keines Blickes, bis er sie laut vernehmlich grüßte. Den Gruß erwiderte sie knapp und desinteressiert. Das wird wohl eine Madame Unnahbar sein, ordnete Heinz das Fräulein in eine seiner Schubladen.

»Das ist meine Schwester Marianne«, klärte Gitti ihn auf, während sie sich auf das Sofa neben ihre Schwester setzte. Fast gleichzeitig bot die Mutter Heinz den noch freien Sessel zwischen sich und dem Vater an. Heinz ließ sich auf dem Polster nieder und begann sofort, von dem noch warmen Kuchen zu essen. Er hoffte, dadurch seine Verlegenheit zu überspielen.

»Ja, lassen Sie es sich schmecken«, ermunterte ihn Dorothea Schneider, während er auf seiner anderen Seite ein kurzes »Prost!« des Hausherrn vernahm. Hastig legte er die Kuchengabel beiseite, nahm das Schnapsglas, prostete zurück und goss den Weinbrand in den Mund, wo sich noch ein Kuchenbissen befand. Aufgrund des Gemischs von Kuchen, Alkohol und einer kleinen Beimengung von Aufregung verschluckte er sich und begann heftig zu husten. Er konnte gerade noch sein Taschentuch aus der Hose ziehen, um den Mundinhalt nicht über den Tisch fliegen zu lassen. Dorothea schlug ihm mehrmals zwischen die Schulterblätter, während er bemerkte, wie sich die Töchter amüsierten. Er wurde noch verlegener. Als sich der Husten gelegt hatte, trank er erst einmal einen Schluck Kaffee.

»Stammen Sie denn hier aus der Gegend?«, versuchte Dorothea eine Konversation in Gang zu bringen.

»Aus Westdorf. Aber geboren bin ich in Ostpreußen.«

»Ach, aus Ostpreußen sind Sie. Wie schön! Wir kommen nämlich auch aus der kalten Heimat, aus Schlesien. Und ich persönlich bin in Westpreußen geboren. Wo genau kommen Sie den her?«

»Aus einem Dorf in der Nähe von Gumbinnen.«

»Das Jettche aus Jumbinnen jeht mit de Fieß nach innen«, sprach Brigitta mit verstellter Stimme und musste kichern.

»Gittlein, das ist jetzt unhöflich.« Die Mutter wandte sich wieder dem Gast zu.

»Herr Bredigkeit, meine Tochter hatte uns erzählt, dass Sie in Berlin studieren. Was ist das eigentlich für eine Universität, und was genau studieren Sie denn?«, wollte die Hausherrin wissen.

»Das ist die Hochschule für Ökonomie in Karlshorst, und ich werde Diplomökonom.«

»Was soll das denn sein?«, fragte der Hausherr spöttisch.

»Oh. Unsere Marianne studiert doch auch Ökonomie, aber in Merseburg«, stellte Frau Schneider fest, woraufhin Marianne den Kopf schüttelte.

»Das stimmt nicht, Mutti, ich studiere Binnenhandel, das ist was ganz anderes. Für ein Ökonomiestudium braucht man Abitur, das habe ich aber bekanntlich nicht.«

»Ach, dann waren Sie sogar auf der Oberschule?«, fragte die Mutter weiter.

»Mhm«, erwiderte Heinz. Schließlich war die ABF auch eine Art Oberschule. Als Marianne sprach, hatte er die Gelegenheit genutzt, sie unauffällig genauer anzuschauen. Sie hatte grüne Augen mit ein wenig Braun gemischt. Die weiße Haut auf den Wangen und dem Hals erschien ihm zart und seidig. Die vollen Lippen lächelten spöttisch. Schnell schaute er wieder auf seinen Kuchenteller und nahm eine Gabel voll. Schließlich sollte Marianne nicht bemerken, wie er sie musterte.

»Aber jetzt möchte ich doch darauf zu sprechen kommen, warum ich Sie überhaupt angerufen und hergebeten habe«, leitete Dorothea Schneider ihr Anliegen ein und nippte an der Kaffeetasse, bevor sie fortfuhr:»Sie sind ein intelligenter, junger Mann, der zudem in Berlin studiert. Sie kennen sich aus in Berlin, nehme ich an. Waren Sie denn schon einmal in den Westsektoren?«

Heinz zögerte ein wenig, schaute zu Gitti, die ihn mit großen Augen anblickte. Sollte er ehrlich antworten? Schließlich war es ihm als HFÖ-Student eigentlich untersagt, Ausflüge in den Westteil der Stadt zu unternehmen. Aber er glaubte sich zu erinnern, dass Gitti ihm damals von ihrer Verwandtschaft in Franken erzählt hatte. Dieser Umstand und der Eindruck von dieser Familie ließ ihn dann wahrheitsgetreu antworten.

»Ja, schon oft.« Mit kurzem Seitenblick auf Gittis Schwester versuchte er herauszufinden, ob Marianne vielleicht beeindruckt war. Doch sie zeigte keine Regung.

»Sehen Sie, da könnten Sie unserer Brigitta vielleicht helfen. Sie wird eine Reise unternehmen und ihr Flugzeug startet in Tegel.«

»Sag doch ruhig, dass ich nach Westdeutschland will. Das versteht der schon«, meldete sich Gitti zu Wort. Ihr war es sowieso schon peinlich, wie die Mutter die Unterhaltung führte.

»Aha«, antwortete Heinz halbherzig, denn seine Aufmerksamkeit richtete sich zunehmend auf Marianne. Nur aus den Augenwinkeln registrierte er jeden Atemzug von ihr; sah, wie sie scheinbar gedankenverloren in ihrem Kuchenstück herumstocherte. Er selbst fühlte sich eigenartig elektrisiert, wie er es von sich gar nicht kannte. Wie von fern hörte er die Mutter wieder sprechen.

»Sagen Sie, gibt es denn viele Kontrollen, wenn man über die Sektorengrenze will? Man hört ja so viel, sogar von Verhaftungen, und dass man kaum noch rüberkommt, weil alles voller Grenzpolizisten sei.«

»Ach, so schlimm ist das auch nicht«, hörte Heinz sich sagen. Die Kontrollen waren in der letzten Zeit tatsächlich schärfer geworden. Aber er wollte nicht wie ein Angsthase erscheinen, deshalb spielte er die Tatsachen herunter.

»Könnten Sie sich vorstellen, unserer Brigitta zu helfen, zum Flughafen Tegel zu gelangen? Sie kennt sich in Berlin überhaupt nicht aus. Sie bräuchten sie nur vom Bahnhof Schöneweide abholen und bis Tegel in der S-Bahn begleiten. Allein würde sie sich sicher verirren.« Dorothea Schneider schaute sorgenvoll zu ihrer jüngeren Tochter.

»Das weißt du doch gar nicht, ob ich mich verirren würde«, erwiderte diese leicht konsterniert.

»Doch, das würdest du!«

»Huh, das kleine Mädchen verläuft sich«, mischte sich der Vater ein und wurde dafür sofort von seiner Frau und Gitti angezischt. Daraufhin schenkte Bruno erst sich und dann Heinz Weinbrand nach, was den strengen Blick seiner Frau verstärkte. Bruno kippte den Inhalt seines Glases in einem Zug hinunter.

»Jedenfalls wäre es wirklich gut, wenn du mich begleiten würdest. Ich weiß aber gar nicht, ob du überhaupt Zeit hast. Der Flug ist übernächsten Dienstag, ich habe nämlich schon ein Ticket«, wandte sich Gitti an Heinz, welcher jetzt mit Überlegungen beschäftigt war, wie er Mariannes Knie unauffällig genauer anschauen könnte, welches unter dem Saum ihres Faltenrocks hervorlugte. Sie hatte kurz zuvor die Beine übereinandergeschlagen und seitlich des Tisches positioniert, um bequemer sitzen zu können.

»Du überlegst wohl noch?«, fragte Brigitta.

»Was? Äh, nein.«

»Was heißt nein?«

»Äh, nein, ich überlege nicht. Ich mache das«, antwortete Heinz, schaute zu Gitti und ließ ein kurzes, meckerndes Kichern hören. Es war ein verlegenes Kichern, so als wäre er bei etwas ertappt worden.

Es folgten nun konkrete Absprachen hinsichtlich der geplanten Abreise Gittis, dann wurden noch ein paar Höflichkeiten ausgetauscht. Als Heinz sich schließlich verabschiedete, überreichte ihm die Hausherrin einen Zehnmarkschein, der Heinz sehr gelegen kam, da er mit diesem den Tank der Jawa auffüllen lassen konnte. Er gab auch Marianne zum Abschied die Hand und spürte diese Berührung noch in seinen Fingern, als er unten vor dem Haus die vibrierenden Griffe des Motorrades in den Händen hielt. Das Rattern gab ihm aber das Gefühl zurück, wieder in der Wirklichkeit zu sein.

Was geht es mich an? Soll sie doch selbst sehen, wie es bei Tante Grete ist, dachte Marianne. Jetzt hatte die Mutter diesen braven Jungen eingespannt, nur weil Gitti nicht einmal allein reisen konnte. Fast beneidete sie ihre Schwester um den Begleiter, war er doch wirklich nett anzusehen mit seiner schlanken, sportlichen Figur, den dunklen, kurzen Locken und dem freundlichen, weichen Gesicht. Dumm war er offensichtlich auch nicht. Sie hatte genau gemerkt, wie er permanent zu ihr rüber geschielt hatte. Zeitweise waren ihm fast die Augen rausgefallen, als sie geschickt ihr Knie ausgestellt hatte. Er wirkte viel ruhiger und braver als ihr Verlobter Aducke. Seit eineinhalb Jahren war sie jetzt mit Aducke zusammen. Eigentlich hieß er Adolf Hostedt, aber alle in ihrem Studienjahr nannten ihn Aducke. Als sie damals aus der Tbc-Heilanstalt zurück nach Merseburg gekommen war, um ihr Studium fortzusetzen, musste sie ihr letztes Studienjahr wiederholen und kam in seine Seminargruppe. Aducke sah verdammt gut aus. Wo er auftauchte, bekam er volle Aufmerksamkeit.

In letzter Zeit störte sie es aber immer öfter, wenn alle Augen nur auf ihn gerichtet waren und sie kaum bemerkt wurde. Und überall machte er den großen Unterhalter. Die Verlobung vor einem Jahr war nicht ihre Idee gewesen. Seine aber auch nicht. Mutti hatte kurzerhand mit zwei Schweinebraten für die Verlobung gesorgt. Typisch Mutti eben. Aducke und Marianne absolvierten beide ein zweimonatiges Praktikum bei der HO in Greiz, wo die Familie ihres Freundes lebte. Irgendwann in dieser Zeit kamen sie auf die Idee, ihre Eltern einander vorzustellen. Also wurden Schneiders zu Hostedts eingeladen. Schneiders kamen auch prompt, und als sie dann da waren, und sich alle kennengelernt und umarmt hatten, holte Mutti aus ihrer großen Tasche zwei fette Stücke Schweinebraten. Die Eltern von Aducke bekamen gleich ganz große Augen.

»So. Guckt doch mal, die schönen Schweinebraten, die kann ich euch allen jetzt zubereiten. Und dann könnten wir doch gleich die Verlobung unserer Kinder feiern, meint ihr nicht?«

Niemand antwortete, alle waren verdattert. Also sprach Bruno Schneider Aducke an.

»Adolf, sag mal, jetzt bist du schon so lange mit der Marianne zusammen. Da ist es doch an der Zeit, dass ihr euch verlobt, wenn du es wirklich ernst meinst. Meinst du es ernst?«

»Ja, na klar«, stammelte Aducke.

»Na also. Willst du nicht mal mit Marianne losgehen, ein paar Verlobungsringe besorgen? Das gehört dann auch dazu«, bestimmte nun wieder Dorothea Schneider. Dann wandte sie sich ausgesprochen freundlich zu den alten Hostedts: »Das seht ihr doch auch so, oder?« Man hatte sich schließlich gleich zu Anfang das »Du« angeboten.

Aduckes Mutter wollte noch etwas einwenden, blies jedoch nur ein wenig Luft aus den Backen.

»Na dann«, fuhr Dorothea an die jungen Leute gewandt fort, »ab in die Stadt mit euch!«

Während diese beim Juwelier waren, bereitete Mutti in der Küche der Hostedts ein festliches Essen zu. Marianne empörte sich Jahre später noch, wenn sie sich an den Kauf der Ringe beim Juwelier erinnerte. Obwohl der Verkäufer sehr schöne und aus Mariannes Sicht preiswerte Exemplare vorlegt hatte, fragte Aducke doch tatsächlich den Verkäufer, ob er nicht noch billigere Ringe habe, die sollten doch sowieso nur bis zur Hochzeit halten. In dem Moment damals hatte Marianne nichts gesagt, aber geärgert hatte sie sich sehr.

Manchmal dachte sie jetzt schon, die Verlobung war vielleicht ein Fehler gewesen. Er machte so viel Unruhe. Sie sehnte sich jedoch nach einer harmonischen Familie. Ein lieber Mann, der gut verdiente, zwei Kinder, eine hübsche Wohnung und für sich selbst ebenfalls eine angesehene Arbeit, das wünschte sie sich. Aber ihre größte Sehnsucht war Sicherheit. Ein Leben ohne Krieg und Flucht. Ein sicheres Zuhause und stets genug zu essen, das war das Wichtigste. Vielleicht war so ein braver, ruhiger Mann wie dieser Heinz, dessen Familie auch alles aufgeben hatte und flüchten musste, passender. So einer konnte doch viel besser verstehen, wie wichtig ein schönes Zuhause ist. Außerdem würde sie neben so einem wie diesem Heinz in Gesellschaft nicht so blass erscheinen wie neben Aducke. So einer würde ihr sicher die Wünsche von den Augen ablesen. Marianne seufzte.

Rock'n Roll

Heinz flog regelrecht über die Magdeburger Brücke. Bestimmt war er viel zu schnell. Er genoss dieses Gefühl auf der Jawa, die er Paul letzten Monat endlich hatte abkaufen können. Mit den hydraulischen Stoßdämpfern, dem verchromten Tank, den Vollnabenbremsen und, das fand Heinz besonders originell, dem Ganghebel, der umgeklappt zum Starten der Maschine diente, besaß er das schönste Motorrad weit und breit. Was war er doch für ein Glückspilz! Sein Studium hatte er mit der Gesamtnote *Zwei* beendet. Er hatte danach eine Arbeit als Abteilungsleiter für Arbeit in der Verwaltung der Wema sogar mit einem Büro ganz für sich allein bekommen.

Heute war wieder Lohntag gewesen, sodass er mit einer hübschen Summe Geldes in der Tasche nach Hause fuhr. Da er als Arbeiterstudent von der ABUS zum Studium delegiert worden war, hatte er genügend Stipendium bekommen, um sich immer noch etwas zurückzulegen. Doch mit seinem jetzigen Gehalt konnte er das Stipendium nicht vergleichen. Auf alle Fälle konnte er sich inzwischen so eine schnittige Maschine leisten. Seine Eltern und die Brüder behandelten ihn seit einiger Zeit doch mit etwas mehr Ehrfurcht. Jedenfalls fühlte es sich für Heinz so an. Seine Mutter konnte schließlich kaum lesen und schreiben; sein Vater war zeitlebens nicht aus dem Kuhstall herausgekommen. Heinz hatte es geschafft, war seit fünf Monaten Diplomökonom. Er war froh, dass die ABUS für ihn keine Verwendung gefunden hatte, die Wema aber prompt einen Ökonomen benötigte. Sein Büro befand sich im Werk 3. Das Werk war noch ganz neu, alles fühlte sich wie Aufbruch an. Sie bauten die größten Hobelmaschinen der Republik, stellten Portal-Fräsmaschinen her, die sie selbst entwickelt hatten. Heinz war stolz, seit ein paar Monaten dazuzuge-hören.

Jetzt hatte er Feierabend, feuerte sein Motorrad froh gelaunt mit energischen Drehungen am Gasgriff an. Als er die Magdebur-ger Brücke und die gleichnamige Straße hinter sich gelassen hatte, steuerte er Hinter dem Zoll entlang und hörte das kräftige Echo, welches die Fabrikmauern von Werk I aus dem Motorengeräusch seiner Prager Maschine formten. Dann sauste er den Zollberg hin-auf, drehte auf, und schon hatte er Aschersleben verlassen. Er genoss die kurze Fahrt bis zum Hof seiner Eltern trotz des kalten Windes, der im November schon ziemlich beißen konnte. Zum Glück schien die Sonne, und es hatte ein paar Tage nicht geregnet. Er musste nicht befürchten, auf dem Kopfsteinpflaster wegzurutschen, und war froh, heute Morgen die lange Unterwäsche angezogen zu haben.

In Westdorf sah er schon von weitem, dass sein Bruder Horst, der im September in Magdeburg ein Maschinenbauingenieurstudium begonnen hatte, gerade das Hoftor schließen wollte. Heinz betätig-te die quäkende Hupe seines Zweirades mehrmals, bis der jüngere Bruder ihn endlich wahrnahm und das Tor wieder öffnete. So konn-te Heinz mit Schwung auf das Gehöft donnern, wobei er nur knapp ein vor dem Krad flüchtendes Huhn verfehlte. Das erinnerte ihn da-ran, die Jawa in der Garage abzustellen, denn wenn er das nicht tat, saßen die Hühner auf dem Gerät. Bruno war damit nachlässig um-gegangen. Dauernd waren beide Auspuffrohre mit Hühnermist be-klebt gewesen. Man sah heute noch matte Flecken im Chrom. Heinz konnte so etwas nicht passieren.

Neben der Garage war Harro angekettet, der neue Schäferhund-mischling seiner Eltern. Da die Kette bis vor den Kfz-Schuppen reichte, versuchte das bellende Tier Heinz anzuspringen. »Hör auf«, schnauzte er den Hund an, was jedoch nur wenig bewirkte. Als Har-ro erneut zu einem Sprung ansetzte, hob Heinz die Hand, als ob er ihn gleich schlagen würde. Erst jetzt verzog sich der Hund.

An der Hofeingangstür des Hauses traf er auf Horst, der gerade hineingehen wollte.

»Tag. Warum bist du denn zu Hause?«, fragte Heinz und schob dabei mit dem Fuß die schwarz-weiße Katze zur Seite, welche die Gelegenheit nutzen wollte, in das Haus zu huschen.

»Tag. Wieso?«, fragte Horst zurück und beeilte sich genau wie Heinz hineinzukommen, damit die Katze nicht noch eine Gelegenheit bekäme, in das Haus zu stürmen.

»Na, warum bist du nicht in Magdeburg? Heute ist doch erst Freitag«, setzte Heinz fort, während sie schnell die Tür hinter sich geschlossen hatten.

»Weil morgen ausnahmsweise keine Seminare sind, deshalb konnten wir heute nach Hause«, antwortete Horst. Dann stellte er eine Frage: »Kommst du nachher mit zu Dünnhaupt?«

Gern hätte Heinz zugesagt, mit in die einzige Kneipe des Oberdorfes zu gehen, da dort der erste Fernsehapparat von Westdorf installiert war. Inzwischen hatten zwar zwei Familien im Dorf auch schon einen Apparat, aber die meisten der Bewohner trafen sich gern bei Dünnhaupts. Dann saßen alle mit offenen Mündern und großen Augen im Gastraum und bewunderten die schwarz-weißen Bilder, die auf dem *Rafena Rubens* flimmerten. Auch Heinz war begeistert von dieser Technik, mit der man Filme, die früher nur im Kino zu sehen waren, bis nach Westdorf in die kleinste Stube senden konnte. Wenn einem das Programm nicht passte, brauchte man wie beim Radio nur an einem Knopf drehen, und schon hatte man ein anderes Programm. Karl Dünnhaupt hatte es sogar geschafft, durch eine hohe Antenne den Fernsehempfang aus dem Westen zu sichern.

»Ich gehe nachher in die Stadt und mit zwei Kameraden vom Fußball zum Fasching ins Volkshaus. Heute ist doch der Elfteelfte. Was gibt es denn im Programm?«, wollte Heinz trotzdem wissen.

»Erst die Einkaufstipps, dann die Nachrichten und im Hauptprogramm *Der Zinker*, oder so ähnlich«, gab Horst bereitwillig Auskunft.

»Ist das ein Film?«

»Ja, ein Krimi. Ganz neu.«

Diese Auskunft ließ Heinz fast ein wenig bedauern, dass er für den Fasching zugesagt hatte. Kriminalfilme mochte er am liebsten. Aber egal, er hatte es den beiden anderen nun einmal versprochen.

»So, ich werde mich mal umziehen.« Damit gab Heinz seinem Bruder das Signal, dass die Unterhaltung beendet war. Viel zu reden hatten die beiden miteinander nie. Sie konnten stundenlang gemeinsam einen Zaun setzen, ohne ein Wort zu sprechen.

Bevor Heinz die schmale Stiege zu seinem Zimmer hoch stürmte, schaute er in die Küche, ob Mama sich dort aufhielt. Auf dem Ofenherd köchelte zwar etwas mit klapperndem Deckel, die Mama war jedoch nicht zu sehen. Wahrscheinlich fütterte sie das Vieh und war im Stall. Das kam Heinz und seiner Eile sehr gelegen. Schnell schnappte er sich von der hinteren Warmhalteplatte den halbvollen Wassertopf, stellte ihn jedoch sofort wieder ab, da der Henkel zu heiß war. Dann zog er den rechten Ärmel seiner Lederöljacke über die Hand und griff sich so den Henkel. Er musste kräftig zugreifen, da der Jackenstoff ziemlich steif war. Nun eilte er aus der Küche die Stufen zu seinem Zimmer hinauf, um dort etwas von dem heißen Wasser in die große, weiße Waschschüssel aus Porzellan zu gießen. Aus dem dazugehörigen Krug goss er bereitstehendes kaltes Wasser dazu. Er entledigte sich der schweren Jacke und der übrigen Kleidungsstücke am Oberkörper, nässte Achseln, Hals und Gesicht, um dann wenigstens die Achselhöhlen noch mit dem kleinen, harten Seifenstück, welches auf einer Untertasse bereitlag, einzureiben. Während er die Haut gründlich abspülte, achtete er peinlich genau darauf, kein Wasser über den Schüsselrand auf das Holz der Anrichte zu spritzen, auf der sich die Schüssel befand. Er hasste Flecken aller Art. Danach rasierte er sich umsichtig vor einem kleinen Spiegel neben dem Fenster. Als er damit fertig war, benutzte er schließlich sein Handtuch für den Oberkörper. Stets achtete er auf ein Handtuch für *oben* und eines für *unten*.

Dann legte er seine Hose ab, um eine neue, schräg geschnittene Stoffhose anzuziehen, die er sich erst letzte Woche in Aschersleben im *KDW*, dem Kaufhaus der Werktätigen in der Breiten Straße, extra für die heutige Veranstaltung angeschafft hatte. Dazu zog er ein sportliches, braunkariertes Hemd an, das seiner Meinung nach gut zu dem braunen Sakko passte. Versuchsweise setzte er den grünen Räuberhut mit Federn auf den Kopf. Ein Blick in den kleinen, schon etwas trüben Spiegel an der Seitenwand seines Kleiderschrankes führte dazu, dass er den Hut schnell wieder abnahm. Er fand ihn albern und kindisch. Aber er war nun mal ein notwendiges Übel als Mindestverkleidung für den Fasching.

Nun holte er seine schwarzen Schuhe unter dem Schrank hervor, die er nur zu besonderen Anlässen anzog. Er fuhr mit den Füßen hinein und band fix die Schnürsenkel. Dann benetzte Heinz sein Kinn mit Rasierwasser, schlüpfte in seinen dicken, grauen Wollmantel, steckte sein Portemonnaie in die Innentasche und machte sich mit dem Jägerhut in der Hand auf den Weg nach Aschersleben, als das Tageslicht gerade begann, zur Neige zu gehen.

Für die fast vier Kilometer über die Burg an seiner alten Stephanischule vorbei durch die Promenade brauchte er zu Fuß ungefähr eine Dreiviertelstunde bis zum Volkshaus in der Poststraße. Den Mantel hatte er unterwegs geöffnet, da es für die Jahreszeit relativ mild war. Wegen der feuchten Luft glitt der Kamm fast wie von allein durch die dunklen Locken, als Heinz sich kurz vor dem Ziel noch einmal die Haare ordnete. Inzwischen war es dunkel geworden, aber der Platz vor dem Eingang des Kreiskulturhauses war hell erleuchtet. Schon von weitem sah er seine beiden Kumpel Werner und Jupp, mit denen er in der 2. Mannschaft von Motor Aschersleben in der Kreisklasse spielte. Wobei »spielen« vielleicht das falsche Wort war, denn er saß meistens auf der Bank und wurde höchstens mal eingewechselt. Eigentlich wollte er nach seiner Rückkehr vom Studium aus Berlin wieder in seiner alten Mannschaft bei Traktor Westdorf bolzen, aber mit der Anstellung in der Wema fühlte er sich verpflichtet, in die werkseigene Mannschaft einzutreten. Für die erste Motor-Mannschaft, die dieses Jahr in die DDR-Liga aufgestiegen war, reichte sein sportliches Vermögen nicht. Dort spielten solche Leute wie der achtzehnjährige Helmut Stein, der sogar in die Juniorennationalmannschaft berufen worden war. Die Leute in der Wema waren alle sehr stolz auf ihre Kicker. Als Abteilungsleiter in der Verwaltung spürte Heinz nicht selten, wie zugeknöpft die Arbeiter ihm gegenüber waren. Sie sahen ihn nicht nur als Teil der Macht, sondern er war mit seinen dreiundzwanzig Jahren in ihren Augen noch ein Jungspund. Das kippte manchmal in Wohlwollen um, wenn sie mitbekamen, dass er Fußballer in der BSG war. Aber meistens war es ihm auch egal, was die Arbeiter über ihn dachten.

Jupp, ein untersetzter Arbeiter mit breiten Schultern aus der Gießerei in Werk I, zündete sich gerade eine Zigarette an, als Heinz zu den beiden stieß. Mit seinen einunddreißig Jahren, die man ihm vor allem wegen der fehlenden Haare über der Stirn ansah, ließ Jupps Schnelligkeit auf dem Bolzplatz oft zu wünschen übrig. Dennoch war er ein passabler Mittelfeldspieler, der mit Routine und Übersicht glänzte.

»Hast wohl in der Gießerei nicht genug Qualm?«, frotzelte Heinz zur Begrüßung. Zigarettenrauch fand er widerwärtig.

»Ganz ruhig, Kumpel. Willst du uns nicht erst mal begrüßen«, entgegnete Werner mit einem Grinsen, während Jupp mit zusammengekniffenen Augen Qualm an Heinz vorbei pustete. Werner hatte vor zehn Jahren als Zerspanerlehrling in der Wema angefangen und bediente heute in Werk III eine Fräse. Der blonde Mittzwanziger war fast zwei Meter groß und galt in der Mannschaft als bester Kopfballspieler. Außerdem trug er die Armbinde des Mannschaftskapitäns und hatte sich ziemlich viel Mühe gegeben, damit die Mannschaft Heinz als Neuen in ihrer Mitte aufnahm.

»Ja. Tag«, holte Heinz in knapper Manier die Begrüßung nach und fragte: »Seid ihr schon lange hier?«

»Nö, gerade gekommen. Aber wir konnten immerhin sehen, wie viele schicke Weiber schon reingegangen sind«, antwortete Jupp großspurig.

»Das ist doch die Hauptsache, dann lasst uns auch mal reingehen.«

Jupp schnippte die Kippe auf das Pflaster der Augustapromenade und setzte seinen Cowboyhut auf, der bisher unter seinem Arm geklemmt hatte. Werner hatte sich einen Piratendreispitz besorgt. Als das Trio die Eintrittskarten am Einlass vorzeigte, konnte der Ordner sich eine Bemerkung mit Blick auf die Verkleidung nicht verkneifen. Im Foyer des Volkshauses an der Garderobe stellten die drei jungen Herren dann fest, dass der überwiegende Teil des Publikums sich vollständig verkleidet hatte. Doch das störte sie wenig; im Gegenteil, sie machten sich darüber lustig. Die Luft war angefüllt mit dem Duft nach *Tosca* und *Syxi*. Aus dem Saal drang lautes Stimmengewirr. Als sie endlich ihre Mäntel an der Garderobe abgeben konnten, setzten sie sich ihre Hüte auf. Der Räuber, der Cowboy und der Piratenkapitän gingen aufgeregt und erwartungsfroh, nach außen jedoch unbeteiligt und gelangweilt wirkend, in den Saal. Just als sie den mit bunten Girlanden und Papierschlangen behängten Raum betraten, begann auch schon die Helmut-Brandt-Combo auf der Bühne zu spielen, die sogar schon eigene Titel im Rundfunk produziert hatte.

Die drei Helden verständigten sich kurz mit den Augen und marschierten erst einmal zur Bar, wo sie sich jeder ein Bier bestellten. Die riesig erscheinende Tanzfläche war schon gut mit tanzenden Frauen und einigen Paaren gefüllt. Als Heinz und die anderen beiden ihre Biergläser in den Händen hielten, steuerten sie zielstrebig die einzige noch freie Säule am Rand der Tanzfläche an, um die für junge, alleinstehende Männer beim Besuch einer Tanzveranstaltung übliche Haltung einzunehmen: lässig an die Säule gelehnt, gelangweilt und wie zufällig auf die Tanzenden schauend, ab und zu mit dem notwendigen Ernst einen Schluck aus dem Glas zu sich nehmend und stets bereit, mit dem Nachbarn eine fachmännische Bewertung des Aussehens der tanzenden Frauen vorzunehmen. Heinz hatte sich gerade einen großen Schluck des in Aschersleben sehr präsenten Hasseröder Bieres aus seinem Glas genommen, mit der freien Hand locker den Schaum vom Mund gewischt, Werner und Jupp darüber informiert, dass das Bier in Berlin viel besser sei, als seine Augen plötzlich eine junge Frau erspähten. »Verdammt, bist du schön«, murmelte er vor sich hin. Er erkannte sie sofort wieder: Marianne Schneider, Gittis Schwester. Von Gitti hatte er nichts mehr gehört, seit er sie vor über einem Jahr in Berlin nach Tegel zum Flughafen begleitet hatte. Dabei hatte sie ihm zum Abschied wenigstens eine Ansichtskarte versprochen. Jetzt spürte er plötzlich Herzklopfen, als er Marianne auf der Empore erblickte. Und sofort war wieder dieses Kribbeln im Bauch. Seit dem Treffen damals in der Wohnung der Schneiders auf dem Markt war ihm Gittis Schwester nicht mehr aus dem Kopf gegangen. Er hatte oft an ihre weichen Wangen und die klaren Augen, den sinnlichen Mund, die kecke Nase und den zarten Hals gedacht. Abends, wenn er wach im Bett lag, hatte er sie immer wieder vor seinem geistigen Auge gesehen, ihre Hände, ihre Augen, die makellose Haut sowie die schlanken Beine.

Heinz sah aus der Entfernung, wie Marianne sich an dem kleinen Tisch, an dem sie mit zwei anderen jungen Frauen saß, nach vorn beugte und ihren Begleiterinnen etwas sagte, woraufhin alle drei lachten. Marianne hatte ein kleines, weißes Käppi auf ihr volles, braunes Haar gesetzt. Sie trug einen dieser modernen Kurzhaarschnitte. Die Lippen sahen mittels eines leuchtendroten Lippenstifts noch voller aus. Neben dem Käppi bestand ihr Kostüm aus einer ärmellosen, weißen Schürze, wie sie Verkäuferinnen häufig trugen. Darunter hatte sie eine hellgrüne Bluse an. Ihre beiden blonden Begleiterinnen erinnerten Heinz mit ihrem Äußeren an *Hanni und Nanni*. Marianne erschien Heinz tausendmal schöner als die anderen beiden.

»Was ist denn los, Herr Abteilungsleiter, bist du taub geworden«, vernahm er plötzlich Jupps Stimme und schrak zusammen.

»Was? Wieso soll ich denn taub sein?«

»Werner hat schon zweimal gefragt, ob du einen Klaren mittrinkst«, erklärte Jupp und boxte Heinz jovial gegen die Schulter.

»Ja klar, wenn ihr auch einen nehmt.«

»Na dann holst du uns am besten gleich eine Runde. Als Nächstes gehen wir dann«, beauftragte Werner Heinz, was dieser mit einem Nicken bestätigte. Es passte ihm gerade nicht wirklich, aber auf der anderen Seite war er von ihnen dreien in der Wema der Ranghöchste. Er wollte sich nicht nachsagen lassen, ein Knauser zu sein.

»Aber dann passt mal auf mein Bier auf«, bat er, stellte sein Glas neben der Säule auf den Boden und drängte sich durch die Menge zur Bar. Es war genau der Moment, als die Band aufhörte zu spielen und ein Conférencier eine Büttenrede hielt. An der Bar stellte sich Heinz an der langen Schlange an. Was vom Redner auf der Bühne zu ihm drang, fand er nicht lustig beziehungsweise interessierte ihn nicht. Er ärgerte sich vielmehr, dass die drei Barkeeper immer wieder Leute bedienten, die sich nicht angestellt hatten und offensichtlich mit einem von der Bedienung bekannt waren.

»Hinten anstellen!«, rief Heinz einem Scheich im Bettlaken zu, der sich gerade durchdrängeln wollte. Doch der Angesprochene reagierte nicht, sondern schüttelte dem Barkeeper die Hand und gab seine Bestellung auf. Es dauerte bis zum Ende der Büttenpredigt, ehe Heinz an der Reihe war. Als er zur Säule zurückkehrte, waren Werner und Jupp verschwunden. Sein Bierglas lag in einer gelben Pfütze mit Schaum. Die drei Schnäpse in der Hand suchte er mit den Augen die Balustrade nach Marianne ab, konnte sie aber nicht entdecken. Jemand rempelte ihn von hinten an und knurrte eine Entschuldigung. Aus den Schnapsgläsern verschüttete Heinz jedoch nichts. Die Musik hatte wieder eingesetzt; die Kapelle spielte »Rosamunde«. Endlich erspähte Heinz Werner und Jupp, die an der gegenüberliegenden Wand an einer Stuhlreihe standen, auf der ein paar junge Frauen saßen und lachten. Sofort machte sich Heinz auf den Weg zu seinen Gefährten, immer noch die vollen Gläser balancierend. Als er die Gruppe erreichte, erzählte Jupp den Damen, die alle so um die achtzehn Jahre sein mochten, mit welchem Geschick er im letzten Heimspiel gegen Traktor Hoym das Ausgleichstor vorbereitet hatte, das sein Freund Werner dann mit dem Kopf vollendete.

»Na ja, so spektakulär war das auch nicht«, kokettierte Werner verlegen.

Erst jetzt bemerkten die beiden Männer Heinz mit der Spirituosenfracht.

»He, da bist du ja. Wir dachten schon, du bist durchgebrannt. Oder ziehst es vor, dich allein zu betrinken.« Jupp nahm ihm zwei Schnapsgläser ab, von denen er eins an Werner weiterreichte. »Dann mal Prost!« Jupp hob das Glas in Richtung der Damen und stürzte den Schnaps mit einem Schluck hinunter. Werner und Heinz taten es ihm gleich. Heinz bemühte sich, wegen des sirrenden Brennens in der Kehle nicht das Gesicht zu verziehen oder zu husten. Kaum hatte er das Glas geleert, schlug ihm Jupp auf die Schulter, legte den Arm um den Hals und drehte Heinz zu den Frauen.

»Hier, das ist unser Herr Abteilungsleiter Heinz. Heinz Bredigkeit. Den müsst ihr euch merken, der wird bestimmt mal Direktor.«

»Jaja«, antwortete Heinz, dem diese Vorführung vor den Damen nicht recht war. Deshalb drehte er sich aus der Umarmung, wobei er den Kopf zur Tanzfläche drehte.

Und da war sie wieder: Marianne. Sie drehte sich gerade mit den beiden blonden Hühnern in einer Art Twist zu dem Titel »Marina, Marina«, was von der hiesigen Kapelle jedoch nicht annähernd so gut klang wie die Version von Rocco Granata, die seit Monaten beim RIAS zu hören war. Aber Marianne sah toll aus. Gebannt schaute er auf ihre harmonischen Bewegungen, die Heinz wie die eines Filmstars vorkamen. Sie erinnerte ihn an Audrey Hepburn in »Ein süßer Fratz«. Den Film hatte er in seinem ersten Jahr in Berlin in Steglitz gesehen. Daran konnte er sich gut erinnern, weil das sein erster Ausflug in die Westsektoren war, bei dem ihm sein Herz fast in die Hose gerutscht war. Und jetzt tanzte die wunderschöne Marianne so greifbar nahe vor seinen Augen. Er brauchte Mut, er musste sie ansprechen, sie am besten zum Tanz auffordern. Das halbe Bier und der Korn erleichterten ihm, sich den nötigen Anstoß zu geben. Er stellte das Schnapsglas auf einen Tisch in der Nähe und brachte seine Beine in Bewegung.

»Marina, Marina, Marina, dein Chic und dein Charme, der gefällt ...«, sangen Marianne, Helga und Hedwig ausgelassen mit. Auch sie kannten die Helmut-Brandt-Combo bereits aus dem Radio und waren begeistert. Endlich konnte Marianne mal wieder unbeschwert feiern, und zwar ohne Aducke, der die letzten zwei Jahre immer dabei gewesen war. Aber eigentlich wollte sie heute gar nicht an ihn denken, wollte den Abend genießen. Helga und Hedwig hatten sie überredet, mit zum Fasching zu kommen. Seit knapp zwei Monaten schritt Marianne jeden Tag die wenigen Meter von der Wohnung ihrer Eltern rüber zur Abteilung Handel und Versorgung, die sich gleich um die Ecke Über den Steinen befand. Sie freute sich ungemein, wieder zu Hause zu sein. Mit den Leuten in ihrer Abteilung kam sie gut zurecht.

Helga und Hedwig, mit denen sie heute hergekommen war, kannte sie aus Bad Doberan. Die zwei jungen Lehrausbilderinnen waren zu einer Weiterbildung in Aschersleben. Dann hatten die beiden von dem Fasching im Volkshaus gehört und Marianne zum Mitkommen überredet. Marianne war ihnen dafür dankbar. »Marina, Marina, Marina, du bist ja die schönste der Welt. Wunderbares Mädchen, bald sind wir ...« Nein, schoss es Marianne durch den Kopf, ein Pärchen sind wir nicht mehr. Sie dachte an den Abschiedsbrief, den sie Aducke gestern geschrieben hatte.

»Darf ich bitte abklatschen?« Gerade war die Kapelle fertig mit »Marina«, und alle auf der Tanzfläche spendeten höflich Beifall, als Marianne hinter sich diese Frage vernahm. Neugierig schaute sie sich um, und da stand der nette junge Mann, der Gitti nach Tegel gebracht hatte. Gut sah er aus: schlanke, sportliche Statur, gleichmäßiges, freundliches Gesicht, blaue Augen, kurze Locken. Nur der Hut mit den Federn, die schräg zur Seite hingen, sah albern aus.

»Darf ich Sie zum Tanz bitten?«, wiederholte Heinz sein Anliegen.

Marianne richtete einen kurzen, fragenden Blick auf Helga und Hedwig, die sich inzwischen auch umgedreht hatten. Hedwig hob die Hände, zuckte mit den Schultern und schickte sich an, mit einem bedeutungsvollen Nicken die Tanzfläche zu verlassen. Helga wollte es ihr gleichtun, doch Marianne nahm sie am Arm und sagte an Heinz gerichtet: »Tut mir leid, ich muss jetzt auch erst mal Pause machen.«

»Dann frage ich später noch einmal.«

»Vielleicht später«, rief sie ihm noch über die Schulter zu.

Dann stolzierten die drei kichernd zum Treppenaufgang zum Obergeschoss, um sich an ihrem Tisch mit Aussicht in den Saal niederzulassen. Kurz vor der Treppe hatte Marianne sich noch einmal umgedreht und sah, wie Heinz ihnen verdutzt hinterherschaute und dann unsicher die volle Tanzfläche verließ.

Kaum saßen sie an dem kleinen runden Tisch auf der Empore, wollte Hedwig wissen: »Kennst du den? Wer war das denn?«

»Ach, der war mal bei uns zu Hause. Meine Schwester hatte ihn irgendwie aufgegabelt.«

»Der sieht chic aus, findest du nicht? Da hat deine Schwester aber einen erstklassigen Kavalier«, stellte Helga fest und nippte an ihrem Cocktailglas, in dem sich eine grüne Flüssigkeit befand.

»Nein, ihr Kavalier war das nicht, eher ein entfernter Bekannter. Als er bei uns war, hat er mich die ganze Zeit angestarrt. Ich glaube, er hat sich an dem Tag verguckt in mich«, korrigierte Marianne und fuhr mit der Hand durch ihre Haare.

»Sieht so aus, als hat er es heute auch auf dich abgesehen. Sieh mal, da unten steht er und schaut zu dir hoch«, stellte Hedwig fest und wies mit dem Kopf so unauffällig wie möglich nach unten in die gegenüberliegende Ecke des Saales. Tatsächlich entdeckte Marianne dort Heinz, wie er an einer Säule lehnte und zu ihnen hochschaute.

»Ist der nicht süß?«, fragte Marianne.

»Und warum tanzt du dann nicht mit ihm?«, fragte Helga, zog die hellen Augenbrauen hoch und lächelte.

»Weiß auch nicht. Irgendwie habe ich im Moment von den Kerlen genug«, seufzte Marianne.

»Ach, wie beneidenswert. Ich wäre froh, wenn ich mal einen hätte«, hielt Hedwig dagegen.

»Glaube mir, so einen wie meinen Verlobten würdest du auch nicht wollen.«

»Wieso? Was ist denn mit dem?«, wollte Hedwig wissen, stützte sich mit den Ellbogen auf dem Tisch auf, schaute Marianne interessiert an und fuhr fort: »Der sieht doch Klasse aus, wenn das noch der ist, mit dem du bei uns in Doberan warst.«

»Ach, irgendwie schaffe ich es nicht, endgültig mit ihm Schluss zu machen. Ich habe schon seit Längerem gemerkt, dass er nicht der Richtige ist. Wir haben uns zusammen nur noch gelangweilt und wussten nichts miteinander anzufangen. Wenn er so mit mir umgegangen wäre, wie ich mit ihm, dann hätte ich schon längst das Weite gesucht.« Sie schaute in ihr Weinglas und spielte mit den Fingern an dessen Stiel.

»Wie bist du denn mit ihm umgegangen?«, bohrte Hedwig weiter.

»Na, zum Beispiel durfte er mich seit dem Sommer schon nicht mehr küssen und so, na, du weißt schon. Ich habe dann oft gesagt, ich hätte Migräne oder ich wäre so kaputt.« Marianne wunderte sich über sich selbst. Sonst war sie eigentlich nicht so offenherzig. Bisher hatte sie anderen Menschen kaum etwas über sich erzählt, sondern höchstens über die Eltern oder die Verwandten. Dennoch fuhr sie fort: »Das deutlichste Signal aber war meine Entscheidung, hierher nach Aschersleben zurückzuziehen. Wir hatten zusammen in Merseburg studiert, hatten das praktische Jahr beide bei euch in Bad Doberan abgeleistet, er beim Konsum, ich bei der HO, und beendeten das Studium gemeinsam. Aber das wisst ihr ja. Eigentlich wollten wir danach zusammen nach Greiz gehen, seinem Heimatort. Ich hatte schon eine Stelle bei der HO dort, er bei der Stadtverwaltung. Aber ich habe dann meine Entscheidung geändert und mich hier beworben.« Marianne nahm einen Schluck von ihrem Weißwein.

»Du meinst doch deinen Freund, der mit dir in Bad Doberan war, Aducke, oder?«, wollte Hedwig wissen und ergänzte: »Du sagst immer *er*, wenn du von ihm sprichst. Das ist komisch.«

»Ja, ich meine Aducke. Na ja, eigentlich heißt er ja Adolf«, verriet Marianne.

»Adolf möchte man heute wirklich nicht mehr heißen«, erwiderte Helga leise und hakte dann nach: »Wie hat er denn reagiert, als du dich hier in Aschersleben beworben hast?«

»Da habe ich ihm das noch gar nicht erzählt. Erst kurz vor dem ersten September, als ich hier anfing, habe ich es ihm gesagt. Vorher hatte ich auch schon die Stelle in Greiz abgesagt, ohne dass er es mitbekommen hatte. Aber als ich ihn Ende August vor die Tatsachen stellte, dass ich nach Aschersleben ziehe und hier eine Arbeit beim Rat des Kreises habe, da tat er so, als wäre das ganz normal und hätte gar keinen Einfluss auf unsere Beziehung. Jetzt ruft er dauernd bei meinen Eltern im Geschäft an und will herkommen. Das ist so anstrengend.«

»Du musst mit ihm reden und klar Schiff machen. Vielleicht kann ich ihn dir ja abnehmen. Mir gefiel er damals sehr.« Hedwig lachte, reckte das Kinn hoch und griff sich, die Diva spielend, in die Frisur.

»Ja, viel zu schön. Und überall spielt er den großen Macher. Wenn du so einen magst ...« Marianne lächelte spöttisch.

»Aber im Ernst, du musst ihm klar sagen, was Sache ist. So wie du erzählt hast, macht dich das Ganze doch fertig.«

»Ja, du hast ja recht, das weiß ich ja selbst. Ich habe ihm gerade einen Abschiedsbrief geschrieben. Und darauf trinken wir einen. Prost!« Marianne hob ihr Weinglas und hielt es den beiden Nordlichtern entgegen, die mit ihren Cocktailgläsern leicht anstießen.

Heute fühlte sich Marianne leicht, genoss das Fest im Volkshaus. Vielleicht lag es nicht nur an dem Abschiedsbrief, sondern auch an der Erleichterung, wieder bei der Familie in Aschersleben zu wohnen. Sie erzählte nichts von ihrem Heimweh nach den Eltern und der Schwester, das sie in der Fremde dauernd gehabt hatte. Sie behielt die Ängste für sich, die das vor ihr liegende Leben ihr bereitete. Keiner sollte wissen, wie sehr die Lebenslust Aduckes sie irritierte, wie sie im Bett mit seiner Lust nicht mitkam. Sie redete nicht darüber, weil es nicht wahr sein durfte. Gekonnt schob sie diese Dinge in das Kabinett der verdrängten Kalamitäten. Hedwig deutete nach unten zur Tanzfläche.

»Sieh mal, dein Bekannter steht immer noch dort unten an der Säule und schmachtet dich an.«

»Ehrlich?« Marianne schaute nach unten und direkt in die Augen von Heinz, der jedoch sofort den Kopf wegdrehte. Seine Verlegenheit und Schüchternheit rührten sie an. Wieder schaute er kurz zu ihr hoch, wobei Marianne glaubte, eine leichte Rötung seiner Wangen sehen zu können. Dann richtete er den Blick zu den Jungs neben ihm, welche unvermittelt zu lachen anfingen und ebenfalls zu ihr hochschauten. Hatte er vielleicht irgendetwas über sie gesagt? Warum lachten die? Nun fühlte sich auch Marianne etwas verlegen, nahm das Weinglas in die Hand und hielt es vor die Augen, um scheinbar die Färbung des Tropfens zu prüfen. Aus den Augenwinkeln konnte sie jedoch beobachten, wie Heinz sich von der Säule löste und energisch zum Treppenaufgang marschierte. Hedwig hatte derweil die Szenerie zwischen Marianne und Heinz genau beobachtet.

»Oh, da liegt aber etwas in der Luft, was?«

»Wieso, was meinst du denn?«

»Na ja, du scheinst ja auch nicht ganz abgeneigt zu sein, oder?«

»Ach, pff«, prustete Marianne abweisend. In dem Moment sah sie, wie Heinz auf ihren Tisch zusteuerte. Sie richtete sich auf und setzte das blasierteste Gesicht auf, das ihr möglich war. Schon trat Heinz an ihren Tisch.

»Darf ich Sie jetzt um einen Tanz bitten?«

Marianne schaute kurz mit hochgezogenen Augenbrauen zu ihm auf, blickte kurz zu den grinsenden Gefährtinnen und tat, als ob sie überlegte. Erst dann antwortete sie.

»Ja, gut. Einen Tanz.«

Dann sah sie das Strahlen, das über Heinz' Gesicht huschte.

Als sie auf der Tanzfläche ankamen, setzte die Combo gerade mit *Weil ich jung bin* von Bärbel Wachholz ein. Kaum hatte Heinz mit einer kleinen Verbeugung Marianne mit dem rechten Arm umfasst und ihre rechte Hand in seine linke genommen, als die Sängerin der Kapelle mit schluchzender Stimme »Junge Liebe kommt auf einmal über Nacht, junge Liebe kommt auf einmal über Nacht« behauptete. Die beiden Tanzenden schauten sich verlegen an und fühlten sich irgendwie ertappt.

Sie tanzten schweigend. In der körperlichen Nähe zu Heinz im schützenden Rahmen des Tanzes fühlte sich Marianne keineswegs unwohl. Im Gegenteil, sie genoss den Duft des Rasierwassers, den Heinz dezent verströmte. Erst nach einer Weile kam eine leidliche Unterhaltung über Gitti, Berlin, Lutz Jahoda und Peter Kraus zustande. Schnell vergaß Marianne ihre Ankündigung, nur einen Tanz zu gewähren. Erst als die Musiker eine Pause brauchten, brachte Heinz seine Tanzpartnerin aufgekratzt, aber höflich zum Tisch zurück.

»Wir tanzen nachher noch eine Runde, einverstanden?«, wollte er den Verlauf des weiteren Abends absichern.

»Vielleicht«, antwortete Marianne stolz, lächelte Heinz aber vielsagend an.

Hedwig und Helga saßen nicht am Tisch, auch auf der Tanzfläche waren sie nicht zu entdecken. Marianne nahm ihre kleine, mit silbernem Strass besetzte Handtasche und verschwand zur Toilette. Sie drängelte zielstrebig an der beachtlichen Schlange von Frauen, die alle dringend auf eine freie Kabine warteten, vorbei in den Waschraum. Hier holte sie ihre Haarbürste und einen Lippenstift hervor, brachte die Frisur in Form und zog die Lippen nach. Als sie ihr erstes Gehalt im Rathaus bekommen hatte, hatte sie sich einige Dinge gekauft, auf die sie schon länger scharf war. Auch einen *Ultra Color Lippenstift* von *Reichalda* hatte sie sich zugelegt. Bis dahin hatte sie sich nur hin und wieder einen *Billy* leisten können, der neunzig Pfennige kostete. Als sie fertig war, packte sie die Utensilien wieder ein und holte ein Fläschchen Tosca heraus, das sie unbemerkt aus Mutters Frisierkommode genommen hatte. Zumindest hoffte Marianne, dass es unbemerkt blieb, bis sie es heute Nacht zurückstellen konnte. Ein kleiner Tropfen auf jeder Seite hinter dem Ohr genügte, dann schraubte sie das Fläschchen wieder zu und verstaute es.

Gut gelaunt begab sie sich zurück an ihren Tisch, an dem sich die beiden Gefährtinnen inzwischen auch wieder eingefunden hatten, nachdem sie von der Bar Cocktails besorgt hatten. Dieses Mal hatten die Getränke eine leuchtend rosa Farbe und einen süßlich-fruchtigen Geruch. Fröhlich stießen die drei an, und Marianne kippte in einem Zug die klebrige Flüssigkeit hinunter. »Das schmeckt nach mehr«, kommentierte sie und forderte Hedwig und Helga auf: »Los, trinkt aus, ich hole uns gleich noch drei.« Sie hatte das Gefühl, ihre ganze Spannung der letzten Wochen wegtrinken zu müssen. Die Freundinnen wollten das Angebot nicht ausschlagen und leerten die Gläser ebenfalls. Beschwingt machte sich Marianne auf den Weg zur Bar, wo sie »Dreimal den rosa Cocktail!« orderte.

Fröhlich brachte sie die vollen Gläser zum Tisch und stieß an Hedwigs und Helgas Gläser, bevor diese sie überhaupt ergreifen konnten. Dieses Mal trank Marianne nur die Hälfte sofort aus. Sie spürte die Wirkung des Alkohols, wie ihre Stimmung stieg, sich alles leicht und gut anfühlte. Just in diesem Moment stand Heinz wieder am Tisch und wünschte, erneut mit ihr zu tanzen. Dabei strahlten seinen blauen Augen wie bei einem kleinen Jungen, der die Geschenke unterm Weihnachtsbaum erblickt. Tatendurstig sprang Marianne auf und winkte ihm, ihr zu folgen. Schon waren sie unten an der Tanzfläche, als der Schlagzeuger der Band für die nächste Runde Twist ankündigte. Die Menschen auf der Tanzfläche in ihren Cowboy- und Hasenkostümen jubelten und kreischten. Allen war klar, dass als nächstes Rock'n Roll folgte.

Doch diese Bezeichnung trauten sich viele nicht auszusprechen, da Rock'n Roll offiziell immer noch als amerikanistische Barbarei galt. »Twist« klang unverfänglicher, also wurde »Twist« gesagt. Kaum erklangen die ersten Rhythmen von *Amigo Charly Brown*, hüpften auch schon alle Leute, die sich auf dem Parkett eingefunden hatten. Heinz schnappte sich Mariannes Hände, warf seine Beine gekonnt im Takt hin und her und führte Marianne, die sich ebenfalls dem Rhythmus hingab, um sich herum. Sie tanzten den Rock'n Roll, als hätten sie dies schon oft miteinander getan. Marianne staunte. Die ausgelassene Menschenmasse um sie herum verstärkte ihr Hochgefühl. Alles war angenehm in Bewegung, die Musik schwirrte durch den Kopf. Dann war das Stück zu Ende. Heinz und Marianne stellten fest, dass sie beide schon schwerer atmeten.

Als die ersten Klänge des Titels *Blue Suede Shoes* erklangen, gab es im gesamten Volkshaus kein Halten mehr. Nur die Mauerblümchen und die verbohrten Genossen blieben an ihren Plätzen. Alle anderen tobten auf dem Holzboden: die Cowboys und Indianer, die Scheichs und die Prinzessinnen aus exotischen Ländern, die Räuber und die Schneewittchen; alle wirbelten herum und freuten sich des Lebens. Mittendrin wurden Heinz und Marianne unentrinnbar von der Stimmung mitgerissen, als wäre sie ein Fluss, der über die Ufer trat. Einige Male kamen sich ihre Körper sehr nahe, was Marianne einerseits erregte, andererseits verspannte. Doch es gelang ihr, die Verspannungen im Zaum zu halten und Erregung und Spaß ausgelassen zu genießen.

Da das Publikum dermaßen aus dem Häuschen war und den Rock'n Roll dankbar aufsaugte, spielte die Kapelle anders als üblich sechs Titel bis zur nächsten Pause. Die Musiker keuchten und lechzten nach ihrem Bier. Aber mehr noch als die Künstler war das Publikum völlig durchgeschwitzt. Rotglühende Gesichter jubelten dankbar der Combo zu. Auch Marianne ließ sich zu ein paar Bravorufen hinreißen, sicherlich von der Masse, aber mehr noch durch Heinz animiert, der auf den Fingern pfiff und laute Jubelrufe von sich gab. Marianne ließ es sogar zu, dass Heinz, scheinbar im Überschwang, mehrmals den Arm um sie legte.

Den weiteren Abend wich Heinz nicht mehr von ihrer Seite. Zum Glück waren Helga und Hedwig füreinander da, sodass Marianne kein schlechtes Gewissen zu haben brauchte. Heinz erzählte ihr von der Wema, schilderte das Leben in Berlin und wie stark die zweite Mannschaft von Motor Aschersleben wäre. Marianne erzählte von Bad Doberan, der schwierigen Lebensmittelplanung, und sie versuchte mehrmals, ein Gespräch über Literatur zu beginnen. Beim vierten oder fünften Mal war sie sich sicher, dass Heinz nicht mal die Bücher des Deutschunterrichts gelesen hatte, geschweige denn andere Literatur. Dafür schenkte er ihr seine gesamte Aufmerksamkeit, war zuvorkommend und rücksichtsvoll. Eigentlich hatte er alles, was sie bei Aducke vermisste. Das musste doch Schicksal sein, dass Heinz genau jetzt in ihrem Leben auftauchte.

Als die Musiker den letzten Titel gespielt hatten und alle Gäste nach Hause strebten, begleitete Heinz Marianne wie selbstverständlich. Im Foyer des Volkshauses trafen sie auf Werner und Jupp, die beide völlig betrunken Heinz etwas zuriefen, was Marianne nicht verstand.

Die Luft fühlte sich kalt an, als sie aus dem aufgeheizten Volkshaus traten. Beide schlugen die Mantelkragen hoch. Zögernd ergriff er ihre Hand, ohne sie dabei anzusehen. Marianne gefiel es, ihre Finger in Heinz' warmer Hand zu spüren. Als sie so durch die Taubenstraße bummelten, blieben sie immer wieder vor Schaufenstern stehen, um sich die ausgelegten Waren anzuschauen. Marianne nutzte jedoch die Gelegenheit, sich und Heinz in den spiegelnden Scheiben zu betrachten. Ihr gefiel, was sie sah, sie waren ein schönes Paar. Er hatte ihrem Geschmack nach genau die richtige Größe, musste wohl ungefähr einsachtzig sein. Da passte er gut zu ihren einssechsundsechzig. Im nächsten Schaufenster prüfte sie seine Gesichtszüge, fand sie gleichmäßig und schön. Sie harmonierten gut mit den welligen, kurzen Haaren, die er streng gescheitelt trug.

»Wo hast du eigentlich deinen Räuberhut gelassen?«, fiel ihr auf.

»Ach, verdammt, habe ich liegengelassen. Na ja, ist egal«, wiegelte er ab. Marianne registrierte, dass er sich tatsächlich ärgerte, sich jedoch nichts anmerken lassen wollte.

Schon waren sie auf dem Markt an der grünen Holztür zwischen Kaufhaus Rhinow und dem größeren Ramlow & Kressmann angelangt. Marianne hatte ihre Hand aus der von Heinz gelöst und suchte ihren Haustürschlüssel. Als sie ihn gefunden hatte, drehte sie sich um und sagte: »So, mach's gut, das war ein lustiger Abend. Ich bin ganz kaputt vom vielen Tanzen.«

»Ja, mach du es auch gut. Ich könnte noch weitermachen. Ich bin gar nicht müde.«

»Nun, dann schaffst du ja problemlos deinen langen Heimweg nach Westdorf.«

»Können wir uns denn wiedersehen? Vielleicht morgen?«

»Nun mal nicht so schnell. Vielleicht sehen wir uns wieder, wenn der Zufall es will. So, jetzt gehe ich hoch, noch einmal: Mach's gut!«, sagte Marianne bestimmt und streckte ihm die Hand entgegen. Heinz nahm die Hand, zog Marianne zu sich heran und küsste sie flüchtig auf die Wange. Er grinste verlegen, Marianne lächelte. Sie entzog ihm erneut die Hand und verschwand durch die schwere Tür. Beschwingt und gut gelaunt schwebte sie die Treppe hinauf.

Es dauerte, bis sie einschlafen konnte. Selten merkte sie sich ihre Träume. Ihr ging es so wie den meisten Menschen, die sich nicht an ihre Träume erinnern und dann der festen Überzeugung sind, sie hätten keine. Aber heute träumte Marianne heftig. Ein Rudel Wölfe durchstreifte ihren Traum, kam ihr näher. Sie hatte Blickkontakt, konnte die Gier der Tiere sehen, die funkelnden Augen und die lechzenden Mäuler. Sie waren so dicht an sie herangekommen, dass sie ihren Atem spüren konnte. Seltsam, sie verspürte keine Angst. Die Mutter tauchte auf, im Nachthemd, darüber ihren Morgenmantel. Die Wölfe waren plötzlich irritiert, wichen zurück. Der Leitwolf hatte den Schwanz zwischen die Hinterläufe geklemmt. Sie stießen winselnde Laute hervor. Marianne war wütend. Die Wölfe verschwanden, und ein Segelboot fuhr ins Bild. Ein bärtiger Kapitän winkte ihr zu und gab Zeichen, sie solle auf das Schiff kommen. Eine Schlange kroch aus seinem Ärmel, schwarz und rot, doch der Kapitän geriet nicht in Panik; im Gegenteil, er liebkoste das Reptil.

Als der große Blechwecker schepperte, wachte Marianne mit einem eigenartigen, dumpfen Gefühl auf. Doch schnell wurde ihr bewusst, dass es nur ein Traum gewesen war, und sie freute sich. Sie setzte sich auf, warf mit Schwung die Beine aus dem Bett, und die Energie übertrug sich auf den gesamten Körper. Hurtig schlüpfte sie mit den Füßen in die Potschen, streckte die Arme weit nach oben und straffte sich. Bilder des gestrigen Abends tauchten auf, wie sie und Heinz getanzt hatten, und sie musste lächeln. Dann fiel ihr der Brief an Aducke wieder ein. Sie lehnte sich nach vorn, setzte die Ellenbogen auf die Oberschenkel und legte den Kopf in die Hände. Dann seufzte sie.

Doch schon gab sie sich einen Ruck. Heute war Samstag, da brauchte sie nur einen halben Tag zu arbeiten. Endlich ein Wochenende für mich, dachte sie.

Der Arbeitstag war bald vorbei. Marianne hatte schnell gelernt, dass Samstage in der Abteilung Handel und Versorgung des Rates des Kreises Aschersleben nicht der Versorgung der Bevölkerung dienten, sondern dem Wohlbefinden der Angestellten. Jeder hatte etwas zu essen mitgebracht, und Renate, die Schreibkraft, stellte sogar eine Flasche Sekt auf den Tisch. Der große Tauchsieder sorgte ununterbrochen für heißes Wasser, sodass an türkisch aufgebrühtem Kaffee kein Mangel war. Die Anwesenden vertrieben sich die Zeit mit einem ausgiebigen Frühstück, bei dem aktueller Klatsch ausgetauscht wurde und Marianne selbstverständlich über den gestrigen Fasching im Volkshaus berichten musste. Als sie von ihrem Verehrer Heinz erzählte, erhielt sie angemessene Resonanz in Form von bewundernden Ausrufen: »Oh« und »Ah« und »Olala«. Trotzdem war sie froh, als das Thema wechselte und die Frage diskutiert wurde, ob der Abteilungsleiter Innere Sicherheit mit seiner Sekretärin ein Verhältnis hätte oder nicht. So saßen sie, leerten nebenbei die Flasche Rotkäppchen, und einige pafften unablässig ihre *Carmen* oder *Warnow*. Das Kollektiv schaffte es doch tatsächlich, an diesem Arbeitstag keine Fehler zu machen und nicht gegen die Beschlüsse des Rates zu verstoßen.

Pünktlich um eins verließ Marianne mit ihren fünf Kolleginnen sowie dem Abteilungsleiter die Arbeitsstätte. Sie trat aus der Tür und war froh, frische Luft atmen zu können und dem Zigarettenqualm in den Büros entronnen zu sein. Gleichzeitig begann ihr Herz kräftig zu klopfen, denn auf der anderen Straßenseite stand ein rotes Motorrad und dahinter Heinz, mit grauer Wollmütze auf dem Kopf und einer Motorradbrille auf der Stirn. Er grinste breit. Schnell verabschiedete Marianne sich von ihren Kollegen eilte auf die andere Straßenseite. Natürlich blieben die meisten ihrer Kolleginnen stehen, um das Geschehen zu beobachten. Marianne gab Heinz etwas förmlich der Hand und lächelte ihn an.

»Was machst du denn hier? Soll das der Zufall sein, der uns zusammenführt?«

»Nein. Ich wollte eine zufällige Begegnung einfach nicht abwarten!«

»Ja, und nun?«

»Vielleicht können wir etwas zusammen unternehmen. Wir könnten zum Beispiel zur *Weißen Taube* fahren und etwas essen.«

»Das ist lieb gemeint, Heinz. Aber heute möchte ich nicht. Zu Hause wartet mein Mittag schon.«

»Und morgen? Können wir uns morgen sehen?«

»Ja, meinetwegen. Komm am Nachmittag um vier und hole mich ab, dann überlegen wir, was wir machen können.«

»Gut. Dann bis morgen um vier.«

Dieses Mal war es Marianne, die Heinz einen flüchtigen Kuss auf die Wange gab. Dann drehte sie sich um und eilte los. Hinter sich hörte sie das Knattern der Jawa, das schnell näherkam.

Als Heinz sie überholte, drehte er kräftig am Gasgriff, nickte ihr zu und legte sich am Hennebrunnen imposant nach rechts in die Kurve, donnerte dann nach links in die Breite Straße. Angeber, dachte Marianne und spürte immer noch ihr Herz klopfen. Sie drehte sich noch einmal um und stellte fest, dass die Zuschauergruppe sich aufgelöst hatte. Mit einem Hochgefühl überquerte sie den Marktplatz nach Hause, wo wieder eine kräftige Wrukensuppe auf sie wartete.

Den Sonntagmorgen nutzte Marianne, um endlich einmal wieder auszuschlafen. Am Vorabend hatten sie alle gemeinsam vor dem Fernseher gesessen und von der Mutter frisch gebackene Kräppelchen gegessen. Den Staßfurter Fernsehapparat hatten die Eltern schon letztes Jahr angeschafft. Erst war gestern eine bunte Sendung mit Joachim Fuchsberger im Programm, dann ein Krimi aus der Reihe *Scotland Yard ermittelt*. Gitti und Donni, der wie Aducke eigentlich ebenfalls Adolf hieß, waren auch dabei. Seit Gitti, die es damals in der Fremde bei Tante Grete wie schon Marianne nicht lange ausgehalten hatte, wieder mit Donni zusammen war, verbrachte er die Abende oft in Aschersleben bei Gitti statt daheim in Ermsleben. Mutti hatte dafür gesorgt, dass sich die Beziehung zwischen den beiden wieder eingerenkt hatte. Sie war zu Donni in die Baumaschinenfabrik gegangen und hatte ihm zugeredet, doch zu Gitti zurückzukehren. Das hatte tatsächlich funktioniert.

Nachdem Marianne aufgestanden war und ihre Morgentoilette erledigt hatte, verging der Tag wie im Fluge, da sie mit Kohlenholen, ihrer schmutzigen Wäsche, Kuchenbacken und der Treppenreinigung allerhand zu tun hatte. Zwischendurch wurde ausgiebig zu Mittag gegessen. Wie üblich gab es zum Sonntag einen Schweinebraten, heute mit Blumenkohl.

Am Ende machte sie sich ausgiebig zurecht: Sie nutzte gründlich die Waschküche, schminkte sich, suchte ihre besten Sachen raus und zog sich an. Als sie alles erledigt hatte, waren es nur noch anderthalb Stunden bis zur Verabredung.

Gerade als Donni wieder ins Haus schneite, verzog sich Marianne nach oben auf den Boden in ihr Zimmer und legte sich auf das mit einer gelben, gesteppten Tagesdecke überzogene Holzbett. Dann nahm sie ihr Buch mit Novellen von Albert Camus vom Nachttisch. Sie musste noch einmal aufstehen und das Zimmerlicht anschalten, da das kleine Dachfenster nicht genügend Helligkeit zum Lesen lieferte. Sie ärgerte sich, dass ihr Gitti die geborgte Nachttischlampe noch nicht zurückgegeben hatte. Dann warf sie sich zurück auf das Bett, welches sich mit einem Ächzen beschwerte. Sie schaute in das Buch, versuchte sich, auf den Text zu konzentrieren, aber es gelang ihr nicht. Sie war zu aufgeregt, musste dauernd daran denken, dass Heinz bald hier sein würde.

Sie sprang aus dem Bett zu ihrem Schreibtisch unter dem Fenster, den sie auch als Schminkkommode nutzte. Sie schaute in den kleinen runden Spiegel, nahm eine Pinzette, um sich die Augenbrauen zu zupfen. Sie übte den Ausdruck, den alle weiblichen Filmstars derzeit draufhatten: die Lider leicht geschlossen, die Lippen leicht vorgewölbt. Ja, so musste sie ihm entgegentreten.

Wieder legte sie sich auf das Bett, starrte gedankenverloren in das Buch, ohne den Text zu erfassen. Nach einer Weile legte sie es zur Seite, schaute zur Decke, sprang wieder auf, um am Schreibtisch in den Spiegel zu blicken.

Plötzlich, es war Viertel vor vier, da hörte sie Gitti auf der Treppe rufen.

»Marianne, komm schnell, du hast Besuch!«

Das Herz hüpfte, ein Kribbeln schoss durch den Bauch, Marianne sprang vom Stuhl und wäre beinahe über den kleinen orientalischen Teppich gestolpert, der zwischen Bett und Schreibtisch lag. Doch sich konnte sich noch fangen, eilte zur Tür und hinaus in den Flur.

»Wieso kommt der jetzt schon, es ist doch noch gar nicht vier! Habt ihr ihn unten schon reingelassen?«

»Mutti hat, glaube ich, schon gedrückt. Er müsste schon auf der Treppe sein.«

Beide lehnten sich über das Treppengeländer, um den Gast zu erspähen. Anfangs sahen sie durch den Treppenschacht nur eine Hand das Geländer heraufstreben. War das die Hand von Heinz? Sie hörten rasche Schritte auf der Treppe.

»Der ist aber schnell!«, stellte Gitti fest.

Bald war er auf der Hälfte, und die beiden Schwestern konnten mehr von ihm erkennen. Marianne lief ein eisiger Schauer über den Rücken.

»Das ist Aducke!«, flüsterte sie entsetzt zu Gitti.

Diese hielt sich halb erschrocken, halb amüsiert die Hand vor den Mund. Alles an Marianne erstarrte. Jede Muskelfaser ihres Körpers spannte sich an. In den Ohren begann es leise zu fiepen. Trotzdem blieb sie geistesgegenwärtig.

»Mensch, der Heinz kommt gleich. Du musst ihm entgegengehen und sagen, dass ich nicht kommen kann.«

»Wieso denn ich?«, fragte Gitti entgeistert.

»Weil ich mich um Aducke kümmern muss!«, flüsterte Marianne, denn Aducke hatte schon fast die oberste Etage erreicht.

»Und wenn er fragt, was los ist? Warum du nicht kommen kannst?«, fragte Gitti leise.

»Dann denke dir irgendetwas aus!«, fauchte Marianne verzweifelt.

Schon war Aducke an der Wohnungstür, hinter der sich die Wohnungen von Schneiders und Habichs befanden, und wollte gerade klingeln, als er schräg über sich Gitti bemerkte.

»Brigitta, grüße dich«, sprach er Gitti in Greizer Dialekt an. »Ich möchte zur Marianne.«

»Grüß dich auch.«

»Ist die Marianne denn da?«

In dem Moment gab sich Marianne einen Ruck und stieg die Treppe vom Boden herab. Sie musste sich am Geländer festhalten, um wegen weicher Knie nicht zu stürzen. Erst als sie den Absatz erreichte, an dem die Treppe die Richtung wechselte, blickte sie ihn an. Da stand er, der mal ihr Verlobter gewesen war, mit blassem Gesicht, im Anzug und mit frischem, weißem Hemd, einen Rucksack auf den Rücken geschnallt. In der Hand hielt er einen großen Strauß roter Rosen. Er schaute sie mit großen, treuen Augen an und sprach: »Marianne, da bist du ja. Ich bin gekommen, um dir zu sagen, dass ich dich …«

»Komm erst einmal rein in die Wohnung. Wir müssen nicht hier auf dem Flur stehen«, unterbrach sie ihn. Dann nahm sie ihm die Blumen mit den Worten ab: »Die sind schön. Komm rein!« Die Rosen in der linken Hand, öffnete sie mit der anderen die Wohnungstür und ließ ihm den Vortritt, mit der Bitte, er solle das Licht in dem dunklen Flur anmachen. Sie folgte ihm, genau wie Gitti, der nicht entgangen war, dass Marianne Aducke nicht einmal die Hand gegeben hatte.

Im Flur überholte Marianne Aducke und öffnete die eigentliche Wohnungstür der Schneiders. Aducke versuchte erneut, seine vorbereiteten Sätze loszuwerden.

»Marianne, du bist die einzige Frau …«

Jetzt kam die Mutter aus der Stube, da sie wissen wollte, wer zur Wohnung hereinkam.

»Ach, der Adolf. Das ist aber schön, dass du uns besuchst. So eine Überraschung!«, sprach die Mutter und wurde fast noch blasser, als Aducke es schon war. Marianne hatte ihr von dem Abschiedsbrief erzählt, und sie überblickte die brisante Situation sofort.

»Guten Tag, Dorle«, begrüßte Aducke Mariannes Mutter. Seit der Verlobung duzte Aducke Mariannes Eltern und durfte zur Mutter sogar »Dorle« sagen. Marianne war derweil mit den Blumen in die Küche gelaufen, um dort ausgiebig nach einer Vase für die Rosen zu suchen. Dabei grübelte sie hin und her und wusste nicht, was sie nun tun sollte. Am liebsten hätte sie sich in Luft aufgelöst. Gitti war schnell ins Wohnzimmer zu ihrem Freund verschwunden, welcher ihrem Vater Gesellschaft leistete.

»Leg doch ab, mein Junge. Du hattest eine lange Reise. Nein, so eine Überraschung«, waren die Worte, mit denen Dorothea Aducke den Rucksack vom Rücken nahm und in die Garderobe stellte.

Endlich hatte Marianne die Blumen auf den Küchentisch gestellt und kam in die Diele zurück.

»Hast du meinen Brief denn nicht bekommen?«

»Doch, deswegen bin ich ja hier. Du bist doch …«

In diesem Moment wurde er durch das Schellen der Klingel unterbrochen. Es war Punkt vier Uhr.

»Da ist jemand unten an der Haustür«, stellte die Mutter fest. Sie wusste, dass Marianne Heinz erwartete, fühlte sich von der Situation jedoch zunehmend überfordert.

»Warte mal kurz«, sagte Marianne zu Aducke und eilte ins Wohnzimmer, wo sie mit gepresster Stimme Gitti, die beim Klingeln schon vom Sofa aufgesprungen war, aufforderte: »Los, das ist Heinz, lauf runter und sag ihm Bescheid.«

»Ist ja gut. Ich geh ja schon.«

Gitti eilte durch die Diele, während zum zweiten Mal die Türklingel schellte. Sie lächelte Aducke verlegen an, als sie an ihm vorbei lief. Sie verschwand im Flur, und die Wohnungstür knallte zu. Marianne kam in die Diele zurück, wo Aducke sich gerade anschickte, ins Wohnzimmer hinterherzukommen.

»Marianne. Dieser Brief … ich kann ihn nicht akzeptieren. Wir lieben uns doch. Wir sind ein Paar. Ich liebe dich. Und für mich gibt es keine bessere …«, an dieser Stelle kam er ins Stocken und seine Stimme versagte.

»Möchtest du vielleicht erst einmal einen Kaffee?«, fragte die Mutter.

»Ach Mutti. Lass ihn mal!« Nun funkte Marianne ihrerseits unwirsch dazwischen. An Aducke gewandt fuhr sie fort: »Es ist so, wie ich es dir geschrieben habe. Wir sind kein Paar mehr, weil wir nicht zusammenpassen.«

Etwas unbeholfen ließ er sich vor Marianne auf die Knie fallen.

»Ich bin den weiten Weg hergekommen, um dir zu sagen, wie sehr ich dich liebe. Das Ende werde ich nicht akzeptieren. Das kannst du mit mir nicht machen. Du bist doch mein Ein und Alles.« Während er das sagte, hörte man sein zunehmendes Schluchzen.

Marianne stöhnte, wollte sich umdrehen, widmete sich dann jedoch wieder ihrem ehemaligen Verlobten. Sie sah in seine traurigen, braunen Augen und fühlte sich angerührt. Hatte sie vielleicht doch einen Fehler begangen? Doch dann führte sie sich wieder vor Augen, dass sie sich seit ungefähr einem Jahr bei ihren Treffen nichts mehr zu sagen hatten.

»Nein, Adolf, ich kann nicht mehr. Es ist Schluss, versteh' das doch.« Aducke schluchzte laut auf, jaulte fast wie ein Wolf.

Dorothea erhob sich: »Also, ich muss mich mal hinlegen. Entschuldigt mich.« Schleunigst verschwand sie im Schlafzimmer, legte Schürze und Rock ab und verkroch sich im Bett. Die weiß bezogene Daunendecke zog sie weit über den Kopf, sodass nur noch der Haarschopf herausschaute.

Zur selben Zeit kam Donni aus dem Wohnzimmer in die Diele.

»Was ist denn hier los? Mensch, Aducke, du bist ja hier. Wir haben uns ja lange nicht gesehen. Was machst du denn da auf dem Fußboden?«, wollte er wissen und fragte Marianne: »Wo ist denn Gitti hingestürmt?«

Aducke reagierte am schnellsten. »Die Marianne … die will nicht begreifen, dass wir zusammengehören«, setzte nun der eine Adolf den anderen ins Bild, immer wieder unterbrochen von lautem Schluchzen.

»Willst du nicht erst einmal aufstehen?«, fragte Donni und ergänzte: »Wenn du hier weiter kniest, hast du lauter Bohnerwachs-flecken an deiner schönen Hose.«

Erneut weinte Aducke bitterlich, erhob sich und zog ein Taschen-tuch aus der Hose, um sich ausgiebig zu schnäuzen.

»Das ist nun einmal so, Adolf. Ich wundere mich, dass du das nicht selbst gemerkt hast und jetzt so ein Theater machst. Ich ertrage das jedenfalls nicht weiter«, warf Marianne ihrem Verflossenen hin und stürmte mit resoluten Schritten hoch in ihr Zimmer. Sie hörte noch, wie Donni ihr hinterherrief.

»Meinst du das jetzt ernst und lässt mich mit ihm allein?« Ein paar Schritte weiter vernahm sie nun schon gedämpfter: »Und wo ist Git-ti denn jetzt?«

Im Zimmer warf Marianne sich wieder rücklings auf ihr Bett und schaute lange auf die Stelle der Zimmerdecke, wo etwas von der wei-ßen Gipsfarbe abgeblättert war. Die Stelle hatte die Umrisse eines kleinen Elefanten, meinte Marianne. Meistens beruhigte es sie, wenn sie nur lange genug auf diesen Elefanten schaute, aber heute war die-ser Trick wirkungslos. Was sollte sie nur tun? Am liebsten wäre sie jetzt auf einer einsamen Insel. Sollten sie sie doch alle in Ruhe lassen! Aber nein, sie würde ja wohl mit den Kerlen fertig werden. Schließ-lich war sie schon mit ganz anderen Sachen fertig geworden, zum Beispiel mit den Motten. Ihr ganzes achtzehntes Lebensjahr hatte sie damit in der Heilstätte verbracht. Ihre inneren Stimmen taten, was sie immer taten: Sie riefen Marianne zur Ordnung und forderten sie auf, zu funktionieren. Also raffte sie sich auf, ordnete Kleidung und Haare und machte sich auf den Weg nach unten.

Sie betrat die Wohnung und war froh, als sie niemanden in der Diele antraf. Offensichtlich hatte sich die Lage beruhigt. Sie schaute als Erstes in die Küche, wo Kaffeegeschirr, ein Apfelkuchen und eine inzwischen kalte Kanne Kaffee bereitstanden. Die Mutter hatte den Besuch von Heinz nett vorbereitet. In der Küche war jedoch nie-mand anwesend. Also schaute sie ins Wohnzimmer, wo Gitti und

Donni den Vogtländer aus Thüringen auf dem Sofa in die Mitte genommen hatten. Sie stellte fest, dass alle vier Anwesenden jetzt einen Weinbrand vor sich stehen hatten. Vater zeigte sich heute spendabel. Die große Flasche, die vor ihm auf dem Tisch stand, war bereits halb geleert.

Marianne ließ sich in einen der abgenutzten, dunklen Ledersessel fallen und verschränkte die Arme vor sich. Dann schaute sie Gitti eindringlich an, die nur knapp bemerkte: »Alles gut.« Das beruhigte Marianne erst einmal, auch wenn sie Gitti nicht glaubte, dass wirklich alles gut gelaufen war. Außerdem war sie erleichtert, weil sich Gitti und Donni offensichtlich ihres ehemaligen Freundes angenommen hatten. Inzwischen hatte er sein Jackett abgelegt und die Ärmel seines eleganten Hemdes hochgekrempelt. Er hatte immer noch Tränen in den Augen und schnäuzte in regelmäßigen Abständen in sein dunkles Baumwolltaschentuch, in das die Initialen A. H. eingestickt waren. Das fiel Marianne jetzt erst auf. Einen Adolf H. hätte sie sowieso niemals heiraten können. Donni erklärte Aducke gerade, wie natürlich Trennungen für den Menschen wären, was zu erneutem Schluchzen führte. Während Donni sprach, schaute Aducke mit schräg gelegtem Kopf und dem unglücklichsten Blick der Welt zu Marianne rüber, bis diese es nicht mehr aushielt und fragte: »Wollen wir nicht noch schön Kaffee trinken? Es steht doch schon alles bereit in der Küche.«

So verbrachten sie die weitere Zeit mit dem Vertilgen des Apfelkuchens. Dazu hatte Dorothea, die aus ihrem Versteck im Bett wieder hervorgekommen war, frischen Kaffee aufgebrüht. Nach dem Kaffeetrinken schaltete Bruno den Fernsehapparat an und stellte eine neue Flasche Weinbrand auf den Tisch. Derartig umsorgt und versorgt, konnten sie Aduckes Leid einigermaßen im Zaum halten. Nur hin und wieder noch tropften Tränen auf sein Hemd, wobei Donni dann jedes Mal seine Hand auf Aduckes Schulter legte und ihn tröstete. Vielleicht trieb Donni hier das schlechte

Gewissen, war es doch nicht allzu lange her, dass er mit Gitti Schluss gemacht hatte. Marianne saß nach wie vor mit verschränkten Armen auf ihrem Sessel und vermied es, Aducke anzuschauen.

Irgendwann später war es Zeit schlafen zu gehen. Für die beiden Adolfs wurden Luftmatratzen aufgepumpt und im Wohnzimmer ausgelegt, obwohl Herrenbesuch sonst um 22 Uhr die Wohnung zu verlassen hatte. Dorothea hatte strenge Regeln aufgestellt. Heute war aber eine besondere Situation, die eine Ausnahme rechtfertigte.

Am nächsten Morgen gegen sechs Uhr saß Donni in der Küche am Tisch und schlürfte einen Kaffee, den er sich türkisch in der Tasse aufgebrüht hatte. Auch Marianne war zeitig aufgewacht und wollte sich etwas zu essen aus der Küche holen und wieder in ihrer Bodenkammer verschwinden.

»Morgen, Donni. Du bist ja schon auf«, stellte Marianne verwundert fest.

»Hör auf. Ich konnte die ganze Nacht nicht schlafen. Ich habe mich so aufgeregt.«

»Wieso? Hat dich das so aufgeregt, dass ich mit Aducke Schluss gemacht habe?«

»Nein. Wir hatten uns kaum hingelegt, da fing er laut an zu schnarchen und hat dann die ganze Nacht durchgesägt. Aber wie! Geh mal hin und hör dir das an, er sägt immer noch. Also, schlafen kann er gut mit seinem Kummer!«

Heinz hatte auf seine Uhr geschaut und den Sekundenzeiger beobachtet. Als dieser genau auf der Zwölf angekommen war, drückte er Punkt sechzehn Uhr auf die Türklingel. Er liebte es, auf die Sekunde pünktlich zu sein. Nun stand er vor der Tür, in der Hand eine Tafel Schokolade, seine Mütze und die Motorradbrille. Um die Augen war noch der Abdruck der Motorradbrille zu sehen. Er atmete die feuchte Luft des Herbstnachmittags ein. Es roch nach verbrannter Kohle. Aschersleben lag in einer Senke, in der sich der Qualm aus den zahllosen Schornsteinen der Haushalte und Metallfabriken sammelte. So war stets dicke Luft. Die Rathausuhr schlug viermal für die volle Stunde, dann noch viermal in einer anderen Tonlage. Heinz schaute kurz hoch zur Rathausuhr und sah, wie die beiden Böcke ihre Hörner gegeneinander schlugen.

Er wunderte sich, dass niemand die Haustür öffnete. Hatte er die Klingel zu schwach gedrückt? Dieses Mal zog er die Handschuhe aus, bevor er den kleinen Knopf kräftig drückte. Wieder blieb der Türöffner still. Erst nach einer schier endlosen Weile hört Heinz hinter der Tür jemanden die Treppe herunterkommen. Er spürte, wie sein Blut ins Gesicht schoss. Jemand hüpfte die drei Stufen hinunter, die sich unmittelbar hinter der Tür befanden, und öffnete.

»Na, Heinz.«

»Na. Was machst du denn hier? Ich bin mit Marianne verabredet.«

»Du, das geht heute nicht. Ich soll dir sagen, Marianne hat heute keine Zeit.«

»Wieso? Das verstehe ich nicht.«

»Ja, das ist auch schwierig zu erklären.«

»Das verstehe ich nicht. Ich bin doch mit ihr verabredet.«

»Sie kann heute nicht!«

»Verstehe ich nicht.«

»Ach Mensch, ihr Verlobter ist gekommen. Der ist oben zu Besuch.«

»Ihr Verlobter? Sie ist doch entlobt. Gestern hatte sie doch gar keinen Ring mehr am Finger.«

»Ja, was weiß ich. Der ist jetzt jedenfalls oben und hat rote Rosen mitgebracht.«

In Heinz' Ohren begann es zu klingeln. Er verstand die Welt nicht mehr. Der Kopf war leer, alles fühlte sich fern und fremd an. Eine Weile stand er noch ratlos vor Gitti, starrte sie mit offenem Mund an. Dann drückte er ihr die Schokolade in die Hand, setzte

Mütze und Brille auf, schloss die Jacke und startete sein Motorrad. Er wendete auf dem Marktplatz und fuhr los. Doch wohin? Wenn er nach Hause fuhr, musste er sich vielleicht komische Fragen gefallen lassen. Also ging das nicht. Er musste irgendwohin, wo er sich auskannte, wo dieses Chaos in seinem Kopf aufhörte, wo alles seine Ordnung hatte. Heute war Sonntag und damit Punktspieltag der ersten Mannschaft. Wie von allein fuhr die Jawa raus in die Wilslebener Straße zum Sportplatz. Heinz selbst war wie ferngesteuert, stellte automatisch die Maschine vor dem Eingang ab, löste eine Eintrittskarte. Er registrierte kaum, gegen wen Motor spielte. Es war irgendeine Chemiemannschaft aus Leuna, Buna oder Bitterfeld, und es lief die zweite Halbzeit, was Heinz aber auch nicht mitbekam. Er stellte sich auf die Längsseite der Spielfläche an der Straße, wo er eigentlich nie zu finden war. Aber heute wollte er den Kontakt zu den Kumpels meiden.

Was war bloß los? Vorgestern war doch alles so schön gewesen mit Marianne. Bilder drängten sich auf, wie sie sich mit ihrem Verlobten wieder vertrug, wie sie in seinen Armen lag, wie sie oben in ihrem Zimmer waren. Eine Mischung aus Ohnmacht und Wut bemächtigte sich seiner. So ein Theater, das sie ihm vorgespielt hatte. Jetzt warf sie sich dem anderen wieder an den Hals. Er sollte sie zur Rede stellen, sah Bilder vor sich, wie er sie schlug, sie würgte, erschrak über sich, sah ihre verschlungenen Körper. Die Zuschauer auf dem Platz brüllten und johlten, Motor hatte wohl ein Tor geschossen. Tränen drückten hoch, doch er war stärker, beherrschte die Tränen, beherrschte sich. Sah erneut verschlungene Körper, wurde zornig. Vielleicht sollte er hinfahren? Doch die Idee versandete in neuen Bildern, wie Marianne und ihr Verlobter auf dem Sofa im Wohnzimmer der Schneiders saßen, Händchen haltend. Er kam sich klein und hilflos vor. Doch Männer heulen nicht. Wie oft hatte er diesen Satz gehört und befolgt.

Plötzlich merkte er, dass es bereits dunkel wurde und weniger

Menschen am Spielfeld waren. Die Spieler waren in den Umkleiden verschwunden. Heinz folgte den anderen Zuschauern raus aus dem Eingangstor. Er suchte sein Motorrad. Jetzt konnte er nach Hause fahren, ohne dass der Ausfall seines Rendezvous' auffiel. Auch während der Fahrt nach Westdorf kreisten die Gedanken weiter, bedrängten ihn die Bilder mit seinem Widersacher und Marianne.

In tiefster Dunkelheit knatterte er auf den Hof. Hier war der Hofhund seiner Eltern der Leidtragende. So sehr Heinz neben sich stand, so wenig hatte er Nerv für einen freudig erregten Mischling. Also trat Heinz tüchtig nach dem Tier und brüllte: »Hau ab!« Dann stürmte er hoch in sein Zimmer, zog sich Arbeitsklamotten an, um unten auf dem Hof im schwachen Licht der elektrischen Lampe aus dem kleineren Schuppen Holzkloben rauszuschmeißen. Er nahm die Axt, zerteilte mit Schwung und ungenauen Schlägen die Holzklötze. Irgendwann schlug er so unglücklich, dass ein Stück gegen sein Schienbein flog. Heinz fluchte, warf die Axt in die Ecke und hielt sich das Bein. Die Arbeit hatte ihm trotzdem gutgetan, langsam hatte sich das Durcheinander im Kopf besänftigt. Als der Schmerz im Unterschenkel nachließ, stapelte er die Holzscheite im Schuppen an die hintere Wand. Dann schloss er ab und löschte das Licht. Es war stockdunkel auf dem Hof. Fast war er am Haus angekommen, als die Mama mit einem Eimer in der Hand herauskam. Offensichtlich wollte sie zum Stall.

»Hast du Holz gemacht? Wolltest du nicht heute in der Stadt sein und ein Mädchen besuchen?«, fragte sie.

»Ja, schon.«

»Kannst du mal gleich noch die Schweine füttern? Hier ist Schrot. Die Kartoffeln im Dämpfer müssten fertig sein. Der Kuh kannst du noch etwas Stroh in die Traufe geben.«

Heinz gab einen knurrenden Laut von sich und drehte ab zum Stall.

Die Geräusche der Fahrzeuge drangen durch die geschlossenen Fenster zu Marianne in das Büro, obwohl sie wenigstens die untere Ritze mit einer Wolldecke abgedichtet hatte. Immer wenn sie hinter dem hereindrängenden Knattern ein Motorrad vermutete, schaute sie aus dem Fenster. Aber stets wurde sie enttäuscht, nie war es Heinz mit seiner roten Maschine, an der so viel Chrom blitzte. Warum hatte er sich seit diesem blöden Sonntag, an dem Aducke plötzlich aufgetaucht und dann am nächsten Tag friedlich für immer abgezogen war, denn nicht mehr gemeldet. War Heinz so wenig an ihr interessiert, dass er gleich von ihr abließ, nur weil Gitti ihm ausgerichtet hatte, sie sei unpässlich? Das wäre doch schwach von ihm. So ein Mist! Musste sie als Frau nun abwarten, bis der Kavalier sich meldete? So predigte es jedenfalls Mutti. Die Mutter mit ihren altertümlichen Regeln fiel ihr manchmal ziemlich auf die Nerven. Sie sollte sich den Kerlen nicht andienen, das wäre unschicklich und hätte etwas Dirnenhaftes. Sie müsste jetzt abwarten, bis Heinz auf sie zukäme, meinte Mutti. Aber wenn er sich einfach nicht mehr traute, Kontakt mit ihr aufzunehmen? Er war so lieb, so nett; vielleicht aber einfach zu schüchtern.

»Marianne, hast du die Vorlage fertig zur Verteilung der Kontingente an Nüssen für den Kreis in der Adventszeit?« Ihr Chef stand plötzlich an ihrem Schreibtisch. Sie hatte ihn gar nicht kommen hören. Er war meist freundlich und erklärte ihr viel. »Übermorgen will der Kreisvorsitzende das haben!«

»Nein. Aber ich schaffe das bis heute Abend.«

»Ich bau auf dich, Genossin!«, reagierte ihr Abteilungsleiter und verschwand.

Eigentlich konnte sie sehr schnell und gründlich arbeiten. Schriftstücke diktierte sie der Sekretärin in Nullkommanichts. Wenn die Sekretärin krank war, schrieb ihr Marianne alles in sauberstem Steno auf. Aber heute konnte sie sich nicht richtig konzentrieren. Heinz ging ihr nicht aus dem Sinn.

Jochen Kloth fiel ihr schlagartig ein. Das war der Leiter der Betriebskantine im Werk III der Wema. Vielleicht konnte der helfen. Sie wusste von Heinz, dass er regelmäßig in der Kantine zu Mittag aß. Mit Jochen Kloth hatte sie regelmäßig zu tun, da alle Betriebskantinen genauso wie Geschäfte und Restaurants monatlich ihren Bedarf an Lebensmitteln planten und in Mariannes Abteilung abgeben mussten. Sie würde ihn anrufen und bitten, Genossen Heinz Bredigkeit, den Abteilungsleiter für Arbeit, an der Essenausgabe unauffällig mitzuteilen, dass sie immer noch auf eine Nachricht von ihm wartete. Ja, so würde sie das machen. Diese Botschaft konnte alles oder nichts bedeuten. Und wenn Genosse Kloth sich seinen Teil dabei dachte, war ihr das auch egal. Gut gelaunt griff sie zum Hörer ihres Fernsprechapparates.

Kaschubenhochzeit

Da überführte Wierlock die wirkliche Mörderin, und dann wurde er trotzdem aus dem Polizeidienst entlassen. Und der eklige MacDuff kriegte doch noch seine Schäfchen ins Trockene. So war das nun mal im Kapitalismus. *Mord in Gateway* hatte Heinz letztes Jahr verpasst, so war er froh, dass nun eine Wiederholung lief. Bruno, Mariannes Vater, musste er erst mit viel Energie überreden, heute mal das Ostfernsehen anzuschalten.

Jetzt lief der Abspann und alles war wie immer. Marianne und Heinz hatten es sich auf dem Sofa bequem gemacht, die Mutter saß im Sessel an der Stirnseite des Tisches und häkelte, der Vater hatte seinen Ohrensessel vom Tisch weg zum Fernseher hingedreht. Ab und zu beugte er sich zum Tisch, um sich und seinen potentiellen Schwiegersöhnen einen Weinbrand einzugießen. Meistens lehnte Heinz den Schnaps ab, da er nicht angetrunken auf sein Motorrad steigen wollte. Heute hatte Heinz jedoch zu Beginn des Filmes ein Gläschen mitgetrunken.

Es war kurz vor zweiundzwanzig Uhr, und Dorothea schaute die beiden jungen Männer eindringlich an, wie sie es jeden Abend tat. Die jungen Leute waren insgeheim von Dorotheas konservativer Einstellung genervt, hatten sich jedoch damit abgefunden. Und so erhoben sich die vier: die Männer, weil sie gehen mussten, die Frauen, um ihre Herzbuben zur Tür zu bringen. Heinz spürte, wie Marianne ihm kurz die Hand drückte. Er sah sie an, sie zwinkerte ihm zu.

»Ich bin total müde. Am besten, ich gehe dann auch gleich hoch«, erklärte Marianne.

»Ich nicht, ich bringe nur Donni zur Tür, dann bleibe ich noch ein bisschen hier unten. Mal sehen, was in der Flimmerkiste noch kommt«, erwiderte Gitti.

Heinz und Donni verabschiedeten sich von den Eltern, Marianne sagte »Gute Nacht!«, sodann herzten sie sich und scherzten noch ein wenig auf dem Weg zur Tür. Da spürte Heinz Marianne dicht an seinem Ohr.

»Wenn Donni und du unten seid, sorge dafür, dass die Haustür nicht ins Schloss fällt. Warte, bis er abgefahren ist, dann kommst du hoch in mein Zimmer.«

Heinz hatte die Flüsterworte vernommen und nickte nur kurz und unauffällig. So gab es an der Wohnungstür eine echte Verabschiedung zwischen den Fast-Eheleuten Gitti und Donni – sie wollten im März dieses Jahres heiraten – sowie eine vorgetäuschte zwischen Heinz und Marianne.

Donni und Heinz polterten die Treppen hinab, damit alle Bewohner mitbekamen, dass die beiden jungen Herren sich auf den Heimweg machten. Unten vor der Tür, die Heinz nur vorsichtig angelehnt hatte, gaben sie sich die Hand zum Abschied. Heinz setzte umständlich seine Mütze auf und kramte in den Taschen seiner Jacke, als suchte er den Zündschlüssel. Schließlich musste er Zeit gewinnen, damit Donni, der sich einen langen, warmen Schal um Hals und Kinn wickelte und eine dicke Bommelmütze auf den Kopf stülpte, als Erster losfuhr. Dieser hatte schon seine Simson KR 50 abgeschlossen und betätigte den Kickstarter. Donni und Gitti hatten sich letzten Sommer jeder so ein Mockick angeschafft, um gemeinsam auszufliegen. Während Heinz jetzt langsam das Lenkerschloss seiner Jawa entriegelte, hatte Donni bereits mit seiner Handschaltung den ersten Gang eingelegt, drehte eine elegante Kurve und entschwand nach Ermsleben, wo er bei seiner Mutter über der Drogerie des Ortes wohnte.

Kaum war Donni aus dem Sichtfeld, steckte Heinz den Motorradschlüssel wieder in die Hosentasche und huschte durch die Haustür, die er geräuschlos hinter sich zuzog. Er zog sich die Schuhe von den Füßen und eilte wie ein Geist auf leisen Socken die gebohnerte Holzstiege hinauf, bis ganz oben unter das Dach, wo Marianne auf ihn wartete.

Gegen Mitternacht verließ Heinz mit für ihn völlig untypisch geröteten Wangen die Bodenkammer; er strahlte wie ein Honigkuchenpferd und gab Marianne noch einen warmen Abschiedskuss. Die Schuhe in der Hand schlich er genauso leise die Treppe hinunter, wie er gekommen war. Er hatte Glück, niemand bemerkte ihn. Er brauchte eine Weile, bis er sich auf den untersten Stufen die dicken Winterschuhe angezogen hatte. Gut gelaunt zog er ohne Knarren die Tür auf und trat auf den Marktplatz.

Es war jedoch keineswegs die eisige Kälte, die ihn vor der Tür erstarren ließ. Immerhin waren die Temperaturen auf erhebliche Minusgrade gefallen. Nein, das war es nicht. Er stand vor der Haustür und starrte auf die Stelle, an der sich vor zwei Stunden noch seine rote Jawa befunden hatte. Nur ein klitzekleiner Ölfleck war noch als Indiz vorhanden, dass hier sein Kraftrad gestanden hatte. Heinz begriff im ersten Moment nicht, was geschehen war. Er merkte nur, wie das Hochgefühl aus ihm wich – wie die Luft aus einem Luftballon. Er schaute sich um, als ob die Maschine sich verselbstständigt und ein paar Meter weiterbewegt hätte. Nach links und nach rechts und rüber auf die andere Seite des Platzes ließ er den Blick wandern, aber es half nichts – die Jawa war verschwunden.

Nach und nach begriff er, dass sich jemand des Kraftrades bemächtigt haben musste. Zorn stieg in ihm auf, all seine Muskeln spannten sich an. Vielleicht erwischte er den Übeltäter noch. Also lief er los, um das Rathaus herum, hinter zur Breiten Straße, in die Hohe Straße hinein, aber nirgends gab es eine Spur. Die Stadt lag schlafend im gelben Laternenlicht. Was sollte er nur tun? Er sah kaum noch etwas, denn das Wasser sammelte sich in den Augen. Die Tränen ließen sich wegen der Kälte schlecht wegwischen. Er wollte zu Marianne gehen. Vielleicht hatte er die stille Hoffnung, sie könnte ihm helfen. Er spürte seine kalten Füße. Die Luft biss ihm in die Nase.

Jeder Atemzug erzeugte weißen Dampf. Mit schmerzenden Zehen stiefelte er zum Markt zurück und dachte darüber nach, wie er in den Hausflur hineinkommen sollte. In Mariannes Kammer gab es keine Klingel, nur in der Wohnung der Alten. Die konnte er doch nicht aufwecken! Oder vielleicht doch? Er könnte auch in einer anderen Etage bei fremden Leuten klingeln. Er lehnte am Türrahmen und überlegte, was zu tun war. Ach was, wozu lange nachdenken? Er drückte auf die Klingel und wartete. Sicher waren die Alten schon zu Bett gegangen. Also wartete er geduldig. Ein alter Mann mit Fellschiffchen auf dem Kopf und einem schwarzen Spitz an der Leine schlurfte an ihm vorüber. Es sah aus, als zöge der Hund den dick eingemummelten Herrn hinter sich her. Heinz glaubte, ihn in der Fräserei schon öfter gesehen zu haben.

»Guten Abend, haben Sie vielleicht eine dreifünfer Jawa gesehen? Mein Motorrad ist gestohlen worden«, sprach Heinz den Mann an. Der Spitz begann zu kläffen, schrill und aufgeregt. Der Mann blieb stehen.

»Sei leise, Iwan! Ach Gott. Nein, ich habe niemanden gesehen.«

In dem Moment summte der Türöffner. Heinz griff reaktionsschnell zu. Er drückte die Tür auf und wandte sich noch einmal dem nächtlichen Passanten zu.

»Verstehe ich nicht! Wer tut so etwas?«

Dann preschte er in den Hausflur. Das Licht war bereits angeschaltet. Er eilte die Treppen hinauf, traf oben vor der Wohnung auf Bruno, der einen graubunten Bademantel über den blaugestreiften Schlafanzug geworfen hatte.

»Heinz, wo kommst denn du her?«, wollte Bruno grinsend und mit schwerer Zunge wissen. Offenbar hatte er sich noch einiges aus der Weinbrandflasche genehmigt, nachdem die beiden jungen Herren sich verabschiedet hatten.

»Jemand hat mein Motorrad geklaut«, erklärte Heinz mit deutlicher Empörung in der Stimme.

»Das Motorrad? Das ist weg?«, fragte Bruno etwas zu laut. Er stand da und schien zu überlegen. In Wirklichkeit hatte er Mühe, die Situation zu erfassen.

»Ja, das sage ich doch. Es steht nicht mehr unten.« Da Heinz aufgebracht war, konnte man ihn auf allen Etagen hören. Also war es kein Wunder, dass Marianne aus ihrer Bodenkammer und Dorothea aus dem Schlafzimmer, jeweils mit einem Morgenmantel bekleidet, neugierig ins Treppenhaus kamen. Während Marianne mit aufgerissenen Augen eher erschrocken war, zeigte Dorothea sich erstaunt.

»Was ist denn hier los? Was macht ihr denn für einen Lärm?«, wollte sie mit gedämpfter Stimme einerseits wissen, andererseits die Männer zur Ruhe ermahnen, damit nicht andere Hausbewohner auf sie aufmerksam würden. Dann veränderte sich ihre Mimik plötzlich in Entsetzen. »War der Heinz etwa bis eben bei dir oben?«

»Mein Motorrad ist weg. Jemand hat die Jawa geklaut«, wiederholte Heinz sein Anliegen, noch bevor Marianne antworten konnte.

»Los, kommt erst einmal in die Wohnung, sonst werden alle wach hier im Haus«, ordnete Dorothea an.

»Das meine ich doch. Los, alle rein«, meldete sich Bruno zu Wort. Als alle der Mutter hinterherzogen, schlüpfte als Letzte auch Brigitta hinter Marianne und Heinz durch die Wohnungstür. Dorothea indes marschierte zielstrebig, in der Gewissheit, alle anderen würden ihr folgen, in ihr Wohnzimmer und nahm in ihrem Lieblingssessel Platz. Auch die Gefolgschaft ordnete sich genauso in die Sitzmöbel, wie sie vor knapp drei Stunden den Abend zusammen verbracht hatten. Einzig Donni fehlte.

»Also, wer hat jetzt dein Motorrad?«, fragte Mariannes Vater, während er sich hinsetzte.

»Das weiß ich doch nicht. Es stand einfach nicht mehr da, als ich nach Hause fahren wollte«, erklärte Heinz den Tränen nahe.

»Wo stand es denn?«, wollte Bruno wissen. Die doch recht ungewöhnliche Situation hatte zu einer erstaunlichen Ernüchterung seinerseits geführt. Auch an der Sprache merkte man nichts mehr vom Alkohol.

»Na hier unten, direkt vor der Haustür.«

»Hast du seit vorhin die ganze Zeit gesucht? Oder warst du schon bei der Polente?«, fragte Bruno.

Heinz war ratlos, was er nun sagen könnte. Fragend schaute er zu Marianne. Genau das führte dazu, dass Mariannes Mutter sich erst die Hände vor das Gesicht schlug und dann entsetzt zu Wort meldete.

»War der Heinz etwa noch so lange bei dir oben?«

Marianne stöhnte, setzte die Ellbogen auf ihre Knie und legte den Kopf so in die Hände, dass ihre Augen bedeckt waren.

Eine Weile schaute die Mutter ihre erwachsene Tochter an, dann fuhr sie mit leiser, eindringlicher Stimme fort. »Das darf nicht wahr sein! So eine Schande! Wenn das jemand mitbekommt, dass meine Tochter nachts Männer empfängt. So eine Schande!« Dann legte sie die Hand vor den Mund, und ihre Augen strahlten eine Verzweiflung aus, als wären soeben alle ihre Angehörigen bei einem Unglück ums Leben gekommen.

»Bist du dir sicher, dass du die Jawa nicht nur woanders abgestellt hast? Um die Ecke beim Kino vielleicht?«

»Ich habe schon alles abgesucht. Die ist weg!« Heinz war froh, dass Bruno die Aufmerksamkeit wieder auf das Zweirad lenkte.

»Warum tut ihr mir das an? Ich habe immer gesagt, nach zehn Uhr gibt es keinen Herrenbesuch. Und jetzt das. So eine Schande!«, klagte Dorothea erneut.

»Mutti! Was ist denn schon dabei. Ich bin vierundzwanzig Jahre alt!«, erwiderte Marianne.

»Das bist du gerade erst geworden, mein Kind. Was tut ihr mir nur an? Das ist nicht richtig, was ihr macht. Ihr seid nicht einmal verlobt und tut so etwas.«

»So, Dorle, nun lass die beiden mal in Ruhe! Dem Heinz wurde das Motorrad geklaut, das ist jetzt erst mal wichtiger«, bestimmte Bruno.

»Jetzt unterstützt du das Treiben da oben auch noch? Das gibt mir den Rest! Das ertrage ich nicht«, jammerte die Mutter leise und fuhr fort: »Ich muss mich hinlegen, für mich ist das zu viel. Ihr bereitet mir wirklich Kummer.« Sie erhob sich und schlich in gebeugter Haltung aus dem Zimmer. Marianne stand auf und wollte der Mutter hinterherlaufen. Dann überlegte sie kurz, setzte sich wieder hin, stützte die Ellbogen auf die Knie und legte den Kopf mit einem Seufzer wieder in die Hände.

»Du musst zur Polente gehen und eine Anzeige machen«, erklärte Bruno, ohne vom Abgang seiner Frau Notiz zu nehmen.

»Jetzt geht es auf eins zu, da ist doch bestimmt niemand mehr zu sprechen«, mischte sich Marianne ein, nachdem sie sich aufgerichtet und zurückgelehnt hatte. Dann legte sie ihre rechte Hand auf Heinz' Schulter. »Willst du nicht deine Jacke und die Schuhe ausziehen? Du musst doch schwitzen …« Doch Heinz spürte in seiner Erregung gar nicht, ob ihm warm oder kalt war.

»Kommt gar nicht infrage! Ihr seht doch, was hier los ist. Da wirst du jetzt schön nach Westdorf wandern. Die vier Kilometerchen schaffst du doch im Handumdrehen. Und morgen früh gehst du dann zur Polizei«, ordnete der Vater überraschend resolut und aufgeräumt an.

Heinz saß eine Weile da und schaute Bruno an. Eigentlich hatte Bruno recht. Was konnte er mitten in der Nacht tun? Also würde er nach Westdorf laufen und morgen weitersehen. Er drehte sich zu Marianne, die ihm wortlos zunickte. Heinz verabschiedete sich von Bruno, dann brachte Marianne ihn runter zur Haustür.

»Morgen findest du die Jawa bestimmt wieder«, machte sie ihm Mut.

»Na, hoffentlich«, entgegnete er zerknirscht und mehr verzagt als zuversichtlich.

»Ich werde morgen zusehen, dass Mutti sich wieder beruhigt«, meinte Marianne und verzog das Gesicht. Doch Heinz war viel zu sehr mit seinem abhandengekommenen Krad und der Tatsache beschäftigt, dass er durch die kalte Nacht nach Westdorf wandern musste. Er dachte an den unbeleuchteten Teil unterhalb der Burg an der Eine entlang. Auch in Westdorf gab es keine Straßenbeleuchtung, aber dort fiel vielleicht noch etwas Licht aus dem einen oder anderen Haus.

Marianne nahm Heinz mit den Händen bei den Schultern und gab ihm einen flüchtigen Kuss auf den Mund. Beiden kam nun gar nicht mehr in den Sinn, sich zu umarmen. Dann machte er sich auf den Weg und dachte nicht mehr daran, wie glücklich sie noch vor wenigen Stunden in Mariannes Kammer gewesen waren.

Anfang April war sich Marianne sicher. Anfangs hatte sie die ausbleibende Regel einfach ignoriert. Kann ja mal passieren, dachte sie sich. Aber nun hatten sich ihre Brüste verändert und manchmal war ihr übel. Weder Heinz noch den Eltern hatte sie bisher etwas erzählt. Mutti würde wahrscheinlich in Ohnmacht fallen. Es kostete Marianne viel Energie, die Anzeichen zu vertuschen und sich nichts anmerken zu lassen. Auch im Büro durfte sie sich keine Blöße geben. Am meisten befürchtete sie anfangs, Heinz könnte etwas merken. Aber dann stellte sie fest, dass er die Veränderungen an ihr gar nicht zur Kenntnis zu nehmen schien. Sie war fast ein wenig enttäuscht, aber auf der anderen Seite natürlich auch froh.

Vor Mutti konnte sie es auch ganz gut verbergen, da sie zum Schlafen inzwischen ein Zimmer neben der Konditorei gemietet hatte. Leider gab es dort kein Wasser; weder Bad noch WC. So wusch sie sich bei den Eltern in der Waschküche, aber dort war sie auch unbehelligt. Wenigstens akzeptierte ihre Mutter inzwischen, dass Heinz bei ihr übernachtete. Und sie hatte immer gehofft, Heinz würde aufpassen, damit sie nicht schwanger werden würde, aber nun war es passiert.

Heute Nachmittag hatte Heinz sie von der Arbeit mit dem reparierten Motorrad abgeholt. Er war direkt von der Werkstatt zu ihr gefahren. Die Reparatur hatte ewig gedauert, da die Teile erst nach und nach beschafft werden konnten. Der Dieb hatte es damals mit der Maschine bis Harzgerode geschafft, wo er einen kleinen Abhang hinuntergestürzt war. Ihm war kaum etwas passiert, aber die Jawa hatte danach gar nicht gut ausgesehen. Zum Glück hatte man den Täter durch den Unfall gefasst und jetzt musste er die Reparaturkosten abstottern.

Zum ersten Mal in diesem Jahr wärmte die Nachmittagssonne. Deshalb konnte sich Marianne in ihrer Bürokleidung auf den Sozius setzen. Sie hatte sich an Heinz geklammert, der genüsslich mit ihr eine Stadtrunde gefahren war. Marianne gefiel das Bild, das sie beide auf dem Motorrad in den Spiegelungen der Schaufenster in der Breiten Straße abgegeben hatten. Es hatte ein wenig wie in einem italienischen Film ausgesehen. Sie war Gina Lollobrigida, er Marcello Mastroianni. Dann waren sie zu ihren Eltern gefahren, um dort Abendbrot zu essen. Jetzt saßen sie wieder auf dem Sofa im vertrauten Wohnzimmer. Es war, wie es seit über zwei Jahren abends meistens war: Sie saßen bei den Eltern auf dem Sofa und sahen fern. Heinz hatte immer noch leuchtende Augen, wenn er in den Kasten schaute. Die Technik war faszinierend. Es gab zwar schon die ersten Universitätsprofessoren, die vor den Suchtgefahren des Fernsehens warnten, aber auch sie genoss die Geborgenheit, die ihr das gemeinsame Beieinandersitzen gab. Außerdem konnte sie herrlich in das Geschehen der Sendungen eintauchen und alles um sich herum vergessen. Alle Probleme waren nicht mehr vorhanden. Sie fühlte sich wie in einer leichten, süßen Wolke. Ob es Heinz auch so ging? Über so etwas sprachen sie nicht. Wenn er redete, dann über Fußball oder die Arbeit oder Politik. Selbst der letzte Parteitag war für ihn ein wichtiges Thema. Ihr reichte es, im Dienst über die Beschlüsse zu reden. Manchmal fragte sie sich dann insgeheim: War Heinz der richtige Mann? Doch jetzt trug sie ein Kind von ihm im Bauch. Sie hatte doch gar keine Wahl mehr, oder? Sie nahm seine Hand und drückte sie. Er schaute sie kurz an, lächelte, drehte sich aber sofort wieder zum Geschehen auf dem Bildschirm. Es lief irgendeine Krimiserie. Mutti schaute kaum hin. Wie so oft häkelte sie an einem Spitzendeckchen. Vati hatte wie immer eine kleine Flasche Weinbrand auf dem Tisch stehen, trank allein, da Heinz selten mittrank. Mutti und sie sowieso nicht. Jetzt legte Mutti ihre Handarbeit auf den Tisch.

»So, ich werde mal das Fleisch für morgen einlegen. Hilfst du mir, Marianne?«

Marianne wusste, dass das eine rhetorische Frage war, und erhob sich vom Sofa, um die Mutter in die Küche zu begleiten.

Heinz nahm kaum wahr, wie die Frauen die Stube verließen, denn gebannt verfolgte er auf dem Bildschirm, wie es zum großen Finale kam. Alle Verdächtigen waren in einem Raum versammelt, und der Kommissar trieb den Täter durch geschickte Fragen in die Enge.

Plötzlich stand Bruno auf und drehte den Ton etwas leiser.

»Sag mal, Heinz, wie soll das denn weitergehen?« Heinz schrak auf und schaute zu Bruno, der sich wieder hingesetzt hatte und ihn nun prüfend ansah.

»Wie? Was meinst du denn?«, wollte Heinz aufrichtig wissen. Wie konnte der Alte denn an der spannendsten Stelle den Ton abdrehen?

»Na, willst du nicht mal was unternehmen?«, fragte Bruno weiter. Als Heinz ihn mit großen Augen ansah und nicht reagierte, fuhr er fort: »Ich sehe doch, dass nichts passiert. Ihr sitzt hier auf dem Sofa, fast jeden Abend. Das muss doch langweilig werden. Meinst du, das reicht der Marianne?«

»Wieso? Es ist doch sehr schön hier bei euch.«

»Aber das kann doch nicht euer ganzes Leben so gehen. Wenn du nichts unternimmst, dann läuft dir die Marianne weg!«

»Was meinst du denn damit?« Heinz zeigte sich ein wenig ratlos.

»Willst du sie nicht mal heiraten, zum Beispiel? Dann bekommt ihr sicher eine von den schönen, neuen Wohnungen da oben im Kosmonautenviertel. Du als Abteilungsleiter in der Wema und Marianne beim Rat des Kreises, außerdem beide in der Partei – das müsste doch mit dem Teufel zugehen, wenn ihr keine Wohnung bekommt.«

»Hm, ja. Stimmt eigentlich.« Darüber hatte sich Heinz bisher keine Gedanken gemacht. Schließlich gestaltete sich sein Leben so, dass es ihm gefiel. Er hatte alles, was er brauchte: Anerkennung bei der Arbeit, Fußball, Familie, Sicherheit. Nichts war mehr zu spüren von dem Elend, das er während der Flucht und unmittelbar nach dem Krieg erlebt hatte. Er hatte sich aus dem anstrengenden Leben seiner Eltern in der Landwirtschaft gelöst. So brauchte er nicht mitten in der Nacht aufstehen, um die Tiere zu füttern, musste nicht ausmisten, nicht auf dem Feld Rüben verziehen. Das war ihm schon immer ein Graus gewesen. Aber ja, Bruno hatte recht. Zusammen mit Marianne in einer eigenen Wohnung leben – dann könnten sie sich ein eigenes gemütliches Zuhause einrichten. Im Kosmonautenviertel entstanden moderne Neubauten mit ferngeheizten Wohnungen. In dem Neubaugebiet waren alle Straßen nach Flugpionieren oder russischen Kosmonauten benannt. In den Neubauten brauchte man nicht mal mehr Kohlen zu schleppen. Es gab eine Badewanne, die man einfach mit warmem Wasser aus der Gastherme füllen konnte. Da brauchte man keinen Badeofen anheizen.

»Ja, da muss ich die Marianne mal fragen«, schob Heinz nach einer Weile nach.

»Na, siehst du. Da müssen wir drauf anstoßen. Jetzt trinkst du doch einen mit, Schwiegersohn.« Schon während Bruno das sagte, holte er ein zweites Glas aus dem Wohnzimmerbuffet und goss ein. Bereitwillig stieß Heinz mit Mariannes Vater an.

Im Fernsehen lief der Abspann des Krimis. Heinz ärgerte sich, dass er nun nicht mitbekommen hatte, wer der Täter war.

Die Lake für das Rinderfilet war indessen schnell zubereitet: etwas Öl, Weißwein, Lorbeerblätter, eine Zwiebel und Pfefferkörner. Außerdem warf Mutti noch ein paar getrocknete Wacholderbeeren hinein.

»Wenigstens an Gewürzen gibt es keinen Mangel«, meinte die Mutter.

Marianne fühlte sich durch Bemerkungen zur Versorgung schnell provoziert. War sie doch eben dafür bei der Abteilung Handel und Versorgung zuständig.

»Wieso, was meinst du denn?«, entgegnete sie.

»Na ja, so schönes Rinderfilet kannst du nicht so einfach kaufen«, stichelte die Mutter.

»Nein, das nehmen die Fleischer ja alles mit nach Hause oder verkaufen es unter dem Ladentisch«, spielte sie den Ball zurück.

»Ach, wenn es doch nur das wäre! Übrigens, denke daran … morgen ist Zahltag.«

»Du brauchst mich nicht zu erinnern. Bisher habe ich das Haushaltsgeld immer pünktlich gezahlt.« Seit Marianne selbst Geld verdiente, gab sie den Eltern stets eine feste Summe für das Essen und andere Ausgaben.

»Was meinst du, wie im Westen die Fleischtheken aussehen? Da gibt es nicht nur Rind oder Schwein, sondern auch Lamm und Wild und noch viel mehr. Aber dort kommen wir ja nicht mehr hin«, begann die Mutter von Neuem.

»Das habe ich doch selbst gesehen, Mutti. Und wozu ist das gut? Hauptsache ist doch, jeder wird satt und keiner ist zu arm, um sich was zu essen zu kaufen. Bei uns gibt es wenigstens keine Arbeitslosen und keine Ausbeutung. Ein Glück, dass die Grenze zu ist«, hielt Marianne erneut dagegen.

»Ich will mich ja gar nicht streiten mit dir, mein Kind. Wie läuft es denn eigentlich mit dir und Heinzi?«, wechselte die Mutter das Thema.

»Gut.« Marianne hatte gerade keine Lust, mit der Mutter über ihren Freund zu sprechen. Außerdem war er ja fast jeden Tag hier.

»Ich meine, wollt ihr denn für immer zusammenbleiben?«, bohrte Dorothea weiter.

»Hm. Na ja …«, wich Marianne aus.

»Heißt das ja oder nein?«

»Ja.« Marianne hoffte, dass die Mutter nun Ruhe gab. Langsam fühlte sie sich in die Enge getrieben. Das Thema war einfach zu dicht an dem, was sie sowieso bedrückte. Oder sollte sie Mutti doch schon etwas erzählen? Nein, das war kein günstiger Zeitpunkt. Erst einmal musste sie sehen, was Heinz dazu sagen würde.

Tatsächlich hörte Dorothea auf zu fragen, holte eine Tafel Schokolade aus dem Küchenschrank und gab sie Marianne.

»Hier. Nimm die mal mit rein. Vielleicht möchte jemand davon. Ich komme gleich nach.«

Marianne nahm die Schokolade und bot sie im Wohnzimmer an. Sie merkte gleich, dass etwas anders war: Heinz hatte ein leeres Schnapsglas vor sich stehen, der Fernseher war leiser, und die beiden Männer saßen schweigend am Tisch und schauten in die Luft, als würde Juri Gagarin im Kleinformat irgendwo im Zimmer schweben. Heinz hatte sich zurückgelehnt und die Hände hinter dem Kopf verschränkt. So saß er oft, wenn er nachdachte. Zumindest vermutete Marianne, dass er nachdachte.

»Was ist denn mit euch los? War das Ende vom Krimi so schlimm?«, fragte sie, öffnete die Schokolade und bot sie an: »Hier, möchtet ihr davon?« Gleichzeitig nahm sie sich selbst gleich ein paar Stücke raus, legte die meisten jedoch zurück, da keiner merken sollte, welchen Heißhunger sie auf einmal hatte. Sie sah, wie Heinz sich ebenfalls auf das Naschwerk stürzte, während ihr Vater sich erhob, um auf dem Dachgarten vor der Küche eine Zigarette zu rauchen. Wie schon oft freute sich Marianne, dass Heinz nicht rauchte und selten trank. So einer musste doch der Richtige sein.

Zwei Wochen später gab es bei Schneiders etwas zu feiern: Bruno und Dorothea luden zu ihrer Silberhochzeit ein. Zwei Kochfrauen waren bestellt, die das Essen vorbereiteten. Es gab Braten vom Rind und vom Schwein, dazu Petersilienkartoffeln, Mischgemüse und Blumenkohl aus der Konserve. Außerdem wurde jede Menge Brot mit Aufschnitt belegt oder mit Brat- oder Leberwurst beschmiert. Von *Gurkenpöschel* hatte Donni die besten eingelegten Gurken besorgt. Torten kamen aus der Konditorei auf dem Tie. Bruno war für die Getränke zuständig und schleppte dementsprechend Bier, Wein, Limonade und Schnaps heran. Außerdem sorgte er für ein ausreichendes Zigarettendepot. Die Salzstangen beschaffte Marianne. Die Küche sah aus wie ein Lebensmittellager. Im Wohnzimmer wurde der Tisch ausgezogen, um diesen herum stellten sie alle verfügbaren Stühle und Hocker.

Marianne und Gitti halfen schon am Vortag bei der Vorbereitung. Außerdem reisten an dem Tag Lilli nebst Familie aus Mecklenburg an. Die Mädchen begrüßten ihre Cousins Uli und Peter besonders herzlich und alberten mit ihnen herum. Die Gäste übernachteten in der Diele auf Matratzen. Heinz und Donni stießen am Tag der Feier morgens dazu. Sie rückten Möbel, schmückten die Wohnung und holten Kohlen aus dem Keller. Für die Musik wurde die Antenne des Radios noch einmal ausgerichtet, damit man den RIAS gut empfangen konnte. Kurz vor Beginn der Feier zum Mittagessen kamen Dorotheas Schwester Elli mit ihrem Mann Alfred aus Wulfsen in der Lüneburger Heide auf dem Markt an und wurden mit großem Hallo begrüßt. Nur Brunos Schwester Margarete und Boss blieben der Familienfeier fern, da sie sich nach dem Bau der Mauer nicht herüber trauten. Dafür war Familie Beier eingeladen, bei der Dorothea bis letztes Jahr in der Fleischerei als Verkäuferin gearbeitet hatte, bevor Bruno und sie das eigene HO-Geschäft auf dem Tie bekommen hatten.

Es wurde gefeiert, wie es üblich war: Zum Mittagessen gab es Wein. Danach musste zur Verdauung Schnaps getrunken werden, wobei jeder wählen durfte, ob weißen oder braunen. Zum Schnaps gehörte Bier, damit es im Hals nicht so brannte. Also hatten schon vor Beginn der Kaffeetafel alle einen leichten Schwips, die Gespräche wurden entsprechend laut geführt. Nur Marianne war nüchtern geblieben und verfolgte in der Küche, wie Heinz, lebendiger als sonst, sich geheimnisvoll, aber laut genug mit den Beiers unterhielt, sodass Marianne alles mitbekam.

»Hast du gehört, Junge, die Marianne kann noch ganz andere haben. Also spute dich«, spornte Frau Beier Heinz an.

»Wieso, was heißt hier sputen?«, gab Heinz sich schwer von Begriff.

»Na, du musst um ihre Hand anhalten, sonst rennt sie dir weg«, unterstützte Herr Beier seine Frau.

»Ich weiß doch gar nicht, wie das geht«, stellte Heinz naiv fest. Marianne war sich nicht sicher, ob er das tatsächlich ernst meinte. Leider konnte sie jetzt nicht verstehen, was die ehemaligen Arbeitskollegen der Mutter Heinz zuflüsterten, aber er hörte ganz aufmerksam zu. Dann grinste er und wandte sich Bruno zu, der gerade mit mehreren vollen Bierflaschen vom Dachgarten in die Küche kam.

»Lieber Bruno, ich möchte dich was fragen«, begann Heinz.

»Aha!«, reagierte der Vater und stellte das Bier auf dem Küchentisch unter dem Fenster ab. Dann drehte er sich zu Heinz.

»Lieber Bruno, ich bin ein verantwortungsvoller Mensch, arbeite in der Wema als Abteilungsleiter und verdiene 850 Mark. Ich möchte um die Hand deiner Tochter anhalten.«

Marianne merkte, wie ihr übel und schwindelig wurde. Eigentlich war es ihr die letzten Tage gut gegangen, aber nun kamen die Symptome wieder. Gleichzeitig sah sie, wie die Mutter sich die Hand vor den Mund hielt und feuchte Augen bekam.

»Mutti, die machen Spaß!«, versuchte Marianne ihre Mutter zu beruhigen.

»Wieso denn Spaß? Das ist Ernst«, entrüstete sich Heinz.

»Wenn das so ist«, meldete sich der Vater zu Wort, »dann bin ich froh, dass du unsere älteste Tochter haben willst. Ich habe schon gedacht, ich muss die selbst heiraten.« Dann umarmte Bruno Heinz, und alle Anwesenden lachten. Außer Marianne, die fast unbemerkt den Raum verließ und die halbe Treppe runter zur Toilette lief. Als sie zurückkam, wurde in der Küche zu lauter Radiomusik getanzt.

Am folgenden Montag zum Feierabend war Marianne froh, aus den verqualmten Büros herauszukommen. Ihre rauchenden Kollegen hatten wieder den ganzen Tag für dicke Luft gesorgt. Zum Glück war es ein warmer Frühlingstag, sodass sie am geöffneten Fenster sitzen und sehnsüchtig das kleine Stück blauen Himmel, welches sie über den Häusern der gegenüberliegenden Straßenseite anlächelte, beobachten konnte. Sie hasste den Geruch in ihren Sachen, wenn sie abends nach Hause kam. Jetzt würde sie endlich an die frische Luft kommen. Sie trat auf die Straße, atmete tief ein und erblickte dann erst Heinz auf der anderen Straßenseite. Eigentlich sah sie einen großen Blumenstrauß, hinter dem er fast verschwand. Doch diese Stirn mit den dunklen Locken konnte nur zu ihm gehören. Da sie sich gleichzeitig entgegenkamen, trafen sie sich mitten auf der Straße.

»Ich dachte, ich hole dich ab. Da habe ich dir Blumen mitgebracht«, begrüßte Heinz Marianne. Dann gab er ihr den gewohnten kleinen Kuss auf den Mund und streckte ihr den Strauß entgegen.

»Na, das sehe ich. Das ist ja eine Überraschung. Da freue ich mich.«

»Ich würde dich gern zum Eis einladen.«

»Oh. Ist denn heute ein Feiertag?«

Ein älterer F8 knatterte heran, sodass sie die Straße verlassen mussten.

»Nein, nur so.«

»Na, dann lass uns doch da vorn zu *Pellegrini* gehen.« Wie die meisten Aschersleber nannte Marianne den Eisladen am Beginn der Straße immer noch *Pellegrini*, obwohl bereits seit drei Jahren die HO das Geschäft betrieb. Es war ein kleiner Laden mit wenigen Plätzen, wo sie wahrscheinlich ungestört sein konnten. Vielleicht war heute auch genau der richtige Zeitpunkt, um Heinz reinen Wein einzuschenken.

Hand in Hand schlenderten sie Über den Steinen entlang und tauschten die Erlebnisse ihres Arbeitstages aus. Heinz war heute beim Parteisekretär der Wema gewesen, da dieser mit ihm beraten wollte, wie noch mehr Arbeiter überzeugt werden konnten, in die SED einzutreten. Heinz hatte vorgeschlagen, neue Mitglieder besonders zu belobigen, zum Beispiel mit wohlwollenden Porträts unter der Überschrift *Straße der Besten*.

Schon waren sie am Eisladen angekommen. Tatsächlich saß lediglich ein anderes Pärchen in dem kleinen Raum. Sie setzten sich an einen runden Tisch mit gebogenen Beinen aus Metall. Die Stühle scharrten auf dem Steinboden. Vom Tisch aus fragte Marianne die noch sehr junge Angestellte des Ladens nach einer Vase und bekam ein ausgedientes Saure-Gurken-Glas. Bei der Gelegenheit bestellten sie jeder einen kleinen Becher Eis, je eine Kugel Schoko und Erdbeere, mit Eierlikör und Schlagsahne. Marianne wünschte sich außerdem eine Tasse Kaffee.

Die Verkäuferin machte sich daraufhin hinterm Tresen gleich ans Werk: Sie füllte den Wassertopf, schaltete den Tauchsieder an und warf eine Handvoll Kaffeebohnen in die elektrische Mühle. Dann nahm sie eine Aluminiumkanne mit Sahne aus dem Eisschrank, füllte etwas von der dicken, weißen Flüssigkeit in eine Plasteschüssel und schlug sie mit dem Handmixer auf. Marianne gefiel das Mädchen, deren schmales Gesicht von langen, dunklen Haaren umsäumt wurde. Den Kopf krönte eine weiße, reifartige Haube. Der weiße Kittel war ihr eindeutig zu groß. Marianne schätzte das Mädchen auf knappe zwanzig. Ob sie einen Freund hatte? Ob sie schon wusste, wie kompliziert eine Beziehung sein konnte? Wenn man zum Beispiel schwanger war? Irgendwann musste Heinz von der Schwangerschaft erfahren. Doch warum schon heute? Schließlich machte es keinen Unterschied, ob sie es ihm heute oder in zwei Wochen sagte.

»Sind denn alle wieder nüchtern?«, hörte sie seine Stimme und wurde jäh aus der Betrachtung der Verkäuferin und ihren Gedanken gerissen. Ruckartig schaute sie Heinz interessiert in die Augen. »Donni und dein Vater hatten ja ganz schön einen in der Krone.«

»Na ja, du warst aber auch nicht viel besser.«

»Ach komm, ich war völlig klar.«

»Aber gestern Morgen hattest du einen ziemlichen Kater.«

»Ja, das stimmt allerdings.« Heinz grinste und fuhr fort: »Ich möchte dich fragen, ob du einverstanden bist mit dem, was ich deinen Vater gefragt habe?«

Im ersten Moment war Marianne versucht, die Frage einfach zu überhören. Doch das war nicht möglich, weil Heinz sie erwartungsvoll ansah.

»Ich habe gedacht, du hast am Sonnabend Quatsch gemacht«, versuchte sie auszuweichen.

Eigentlich hatte sie den Heiratsantrag schon manches Mal erwartet. Schließlich waren sie über zwei Jahre zusammen. Nein, erwartet, das war das falsche Wort, sie hatte es eher befürchtet.

Denn seit der Schwangerschaft war sie sich mit nichts mehr sicher. Vorher war alles ganz einfach: Heinz erfüllte alle Voraussetzungen, ihr die Sicherheit und Häuslichkeit zu bieten, die sie brauchte. Nun war alles anders. Sie wusste nicht mehr, was sie eigentlich wollte. Jetzt musste sie sich festlegen, sich offenbaren, ob sie mit Heinz gemeinsam ihr Leben verbringen wollte. Aber genau das wusste sie nicht! Sie war schwanger von ihm, musste man deswegen heiraten? Die Eltern und viele der Arbeitskollegen erwarteten das bestimmt. Aber das war nicht die Hauptsache.

»Wie bist du denn überhaupt darauf gekommen?«, wich Marianne aus.

»Na, wir sind doch lange genug zusammen. Warum? Gefällt dir die Idee nicht?« Heinz legte seine rechte Hand auf Mariannes linke.

»Doch. Das kam mir nur etwas plötzlich.«

»Und? Was sagst du?«

»Ich freue mich. Aber ich brauche dafür noch ein wenig Bedenkzeit, wenn du nichts dagegen hast.«

»Na ja. Nee.«

Marianne war über den kleinen Zeitgewinn erleichtert. Doch wie lange würde sie brauchen, um sich klar zu werden? Manchmal hatte sie in der letzten Zeit gedacht, das kann es doch nicht gewesen sein. Sie wollte eigentlich mehr vom Leben, auch wenn sie manchmal selbst nicht wusste, wie das eigentlich aussehen sollte. Trauerte sie Aducke nach? Sie erwischte sich gelegentlich, wie sie Heinz mit Aducke verglich. Mit Aducke war mehr los gewesen, da gab es ständig etwas zu erleben. Manchmal war ihr das schon zu viel geworden. Aber mit Heinz war ihr oft langweilig. Gab es denn nichts dazwischen? Musste sie nicht zufrieden sein mit dem, was sie hatte? War das nicht schon alles, was man erwarten konnte: einen netten Mann, der jeden Tag nach der Arbeit nach Hause kam. Der nicht in den Krieg musste, der nicht vermisst oder in Gefangenschaft war. War es nicht schon ein großes Glück, wenn man ein Zuhause hatte, aus dem man nicht flüchten musste? Jetzt, wo ein Baby unterwegs war, hätten sie doch alle Voraussetzungen für eine funktionierende Familie. War das nicht das Wichtigste? Die Gedanken, die Marianne durch den Kopf kreisten, hatten sie in den letzten Wochen schon häufig beschäftigt. Jetzt wurde sie unterbrochen, da Heinz auf ein Zeichen der Angestellten hin das Eis und den Kaffee vom Tresen abholte. Als er alles abgestellt und sich gesetzt hatte, beugte Marianne sich zu ihm hinüber, legte die Arme um ihn und gab ihm einen Kuss auf die Wange. Dann flüsterte sie ihm in sein Ohr.

»Weißt du was? Ja, lass uns heiraten!«

Heinz strahlte sie an und küsste sie auf den Mund. Dann widmeten sich beide ihrer kalten Nascherei.

»Hier in der Taille müssen wir aber noch etwas weiten, das ist zu eng. Und bis Nanne ihren großen Tag hat, passt das Kleid womöglich nicht mehr!« Marianne mochte es nicht, wenn die Mutter sie Nanne nannte. Schon gar nicht vor einer Fremden. Frau Estrelle, die Schneiderin, war schließlich eine Fremde. Also strafte Marianne ihre Mutter mit einem wütenden Blick. Ansonsten hatte Mutti recht. Bis vor Kurzem war von ihrem Zustand noch nichts zu sehen gewesen und nun ausgerechnet wuchs der Bauch. Wie ein Rührkuchen, der auch erst mal eine Zeit im Ofen braucht, bis er anfängt zu gehen, dachte sie. Bis zur Hochzeit waren noch zehn Tage Zeit, also musste Frau Estrelle vorausschauend nähen. Marianne hob die Arme und ertrug geduldig, wie die Mutter und die Schneiderin das Kleid anpassten. Die beiden tanzten scheinbar Kreise um sie, hatten ihre Hände mal hier und mal da an Mariannes Körper. Sie zogen und strichen an und über den Stoff, ließen Stecknadeln in der Spitze verschwinden, zauberten sie wieder hervor.

»Das kriegen wir alles hin. Sie werden wunderschön aussehen, Marianne«, nuschelte Frau Estrelle zwischen den Nadeln in ihrem

Mund hervor. Marianne hielt durch das Kompliment ihre Arme gleich noch etwas höher.

»Das glaube ich auch. Das Kleid wird noch schöner, als ich es mir vorgestellt habe«, erwiderte Marianne.

»Es ist ja auch nicht ohne«, sagte die Mutter, wobei sie Daumen und Zeigefinger aneinander rieb.

»Frau Schneider, ich habe Ihnen schon einen guten Preis gemacht. Was denken Sie, was ich sonst für so ein Kleid berechne.«

»Ich weiß, Frau Estrelle, ich meinte das auch nicht böse. Und Sie bekommen ja bei uns auch immer das beste Fleisch, nicht wahr?«

»Ja, Frau Schneider, und ich bin Ihnen da auch sehr dankbar.«

Mariannes Schultern sanken herab. Zum Glück hatte die Schneiderin genug Maß genommen. Marianne konnte das mit Nadeln gespickte Kleid nun vorsichtig abstreifen. Es war gar nicht so einfach, sich nicht zu verletzen.

Als Frau Estrelle sich verabschiedet hatte, lief Marianne aus der Diele in das Schlafzimmer und warf sich auf das Bett der Eltern. Die Federbetten unter der kühlen, gesteppten Tagesdecke ließen sie wohlig einsinken. Die Mutter hatte die Schneiderin noch zur Tür gebracht und erschien nun ebenfalls im Schlafzimmer.

»Nanne, nicht am Tag auf das Bett legen. Sieh mal, wie es jetzt aussieht.«

»Mutti, ich heirate in zehn Tagen, da brauchst du mich nicht mehr Nanne zu nennen. Schon gar nicht vor anderen Leuten«, beschwerte sich Marianne, während sie sich vom Bett erhob und die Ordnung wiederherstellte.

»Und, bist du denn glücklich, mein Kind?« Die Mutter ließ sich nicht beirren und hatte sich inzwischen auf den einzigen Stuhl im Raum gesetzt.

Marianne lehnte sich an die Türzarge.

»Ja, das wird ein großartiges Kleid«, antwortete sie.

»Und die Hochzeit? Freust du dich auf die Hochzeit?«

»Ja. Warum fragst du denn?«

»Du siehst nicht so glücklich aus, Nanne.«

»Doch, ich freue mich.« Marianne merkte selbst nicht, wie wenig überzeugend sie klang. Sie wollte sich heute nicht eingestehen, wie viele Zweifel sie hatte. Schon gar nicht sollte die Mutter davon merken.

»Das hätte ich damals auch nicht gedacht, als Gittlein den Heinz das erste Mal mit nach Hause gebracht hatte, dass du ihn jetzt heiraten wirst.«

»Wieso das erste Mal? Wie oft war er denn hier gewesen?« Marianne schaute ihre Mutter verdutzt an. Sie spürte, wie ihr das Blut in den Kopf schoss und sah, wie die Mutter erschrak, sich offensichtlich jedoch nichts anmerken lassen wollte.

»Ach, ein- oder zweimal. So genau weiß ich das nicht mehr. Durch Gitti hast du ihn doch kennengelernt, das weißt du doch. Was wollen wir denn heute zum Abendbrot essen?«, wechselte Dorothea abrupt das Thema.

»Du hast eben vom ersten Mal gesprochen. Das heißt doch, er war öfter hier mit Gitti. Daran kannst du dich doch erinnern!« Marianne wurde wütend, wie immer, wenn sie das Gefühl hatte, die Mutter verschwieg ihr etwas.

»Kind, ich werde gleich ganz traurig, wenn du so mit mir redest. Frag doch deine Schwester, wie oft sie mit Heinz hier war«, reagierte Dorothea beleidigt. Diese Art von Gekränktsein hatte bisher immer dazu geführt, dass ihre älteste Tochter wieder spurte.

Doch war es die Schwangerschaft, die anstrengende Anprobe, die Anspannung wegen der Hochzeit oder alles zusammen – Marianne blieb gereizt und fauchte: »Das werde ich auch, da kannst du Gift drauf nehmen!«

Woraufhin die Mutter aufstand und an Marianne vorbei den Raum verließ. Als sie schon in der Diele stand, drehte sie sich noch einmal um und sprach leise.

»So darfst du nicht mit mir reden. Das habe ich nicht verdient.« Dann bog sie ab in die Küche und schloss leise die Tür hinter sich.

Marianne eilte zur Garderobe und schlüpfte in den cremefarbenen Pullover und die dunkelblaue Röhrenhose, die sie bei der Anprobe des Kleides dort hingehängt hatte. Dann stürmte sie ins Wohnzimmer, wo Brigitta mit der Vorbereitung von Tischkärtchen beschäftigt war; Gitti revanchierte sich für die Hilfe, die sie von Marianne bei ihrer eigenen Hochzeit bekommen hatte.

»Hast du was mit Heinz gehabt?«, wollte Marianne ohne Umschweife wissen und schaute ihre Schwester zornig an.

»Was ist denn mit dir los?«, entgegnete Brigitta überrascht, während sie eine rote Gesichtsfarbe annahm, und fragte weiter: »Was meinst du denn damit?«

»Mutti sagt, er war hier früher öfter bei dir zu Besuch. Dann müsst ihr doch was miteinander gehabt haben!«

»Blödsinn. Ich war mal mit ihm baden am Junkerssee, das weißt du doch. Dann ist er hier paar Mal aufgetaucht und wollte was von mir. Da kannte er dich doch noch gar nicht.«

»Und? Hat er Erfolg gehabt?«, setzte Marianne mit gepresster Stimme nach.

»Nee. Was soll ich denn mit so einem? Mir ist der viel zu langweilig. Der hat doch dauernd nur von Fußball oder seinem Studium erzählt.«

»Willst du den Heinz jetzt auch noch schlechtmachen?«, rief Marianne wütend.

»Mensch, was ist denn mit dir los?« So angriffslustig Brigitta ihre Schwester im Moment auch erlebte, spürte sie dennoch eine Art Verzweiflung bei ihr. Plötzlich seufzte Marianne, und mit dem Seufzer schien die Anspannung aus ihr zu entweichen. Sie sackte in sich zusammen und ließ sich in einen der Sessel plumpsen. »Vielleicht will ich den ja gar nicht heiraten«, entfuhr es ihr mit resignierter Stimme und einem Seitenblick zu Brigitta.

»Ach komm, ihr passt doch gut zusammen. Er sieht gut aus, hat studiert und ist fleißig. Gesund scheint er auch zu sein. Da werdet ihr kräftige Kinder bekommen. Was willst du denn mehr?«

»Aber trotzdem stimmt das ja: Er interessiert sich wirklich nur für Fußball und seine Zahlen. Richtig unterhalten kannst du dich mit ihm nicht. Ich glaube, der hat nicht einen einzigen Roman gelesen.«

»Na und? Sei doch froh, dass er nicht zu schlau ist. Dann hast du ihn besser im Griff. Was nützt das denn, wenn einer belesen ist, aber einen Kriegsschaden hat und säuft, so wie unser Vater.«

»Stimmt auch wieder.« Erneut holte Marianne tief Luft und seufzte. »Eigentlich muss ich froh sein. Schließlich muss mein Bräutigam nicht in den Krieg.«

»Hauptsache, er bleibt dir so treu, wie er jetzt ist«, gab Brigitta zu bedenken.

»Wenn nicht, dann ziehe ich ihm die Hammelbeine lang. Die Kerle müssen sich benehmen. Schließlich haben sie genug Schaden angerichtet. Siehst ja, wo das hinführt, wenn man Männern zu viele Freiheiten lässt.«

»Wieso, was meinst du denn?«

»Na, den Krieg meine ich.« Marianne war selbst überrascht, wieso sie plötzlich auf dieses Thema kam. Unmerklich hatte sich auch bei ihr eine Haltung festgesetzt, mit der die deutsche Frauengeneration ihrer Mutter die Verantwortung für den grausamen Krieg vollständig den Männern übergab. Die Männer sollten das schlechte Gewissen haben und an den Frauen wiedergutmachen, was diese durch den verlorenen Krieg durchmachen mussten. Die eigenen »Sieg Heil«-Rufe waren schnell vergessen. Mariannes Generation dagegen hatte das Glück, als Kinder tatsächlich unschuldig gewesen zu sein.

»Dann pass mal auf, dass dein Heinzi nicht den Dritten Weltkrieg anzettelt«, kicherte Brigitta.

»Mein Heinz ist ein ganz Lieber«, sagte Marianne jetzt sichtlich gelöst und schob mit einem leichten Lächeln nach: »Nicht der Belesenste, aber fleißig und lieb.«

»Er kommt eben vom ostpreußischen Lande«, ergänzte Brigitta.

Am Tag der Hochzeit trafen sich bei schönstem Maiwetter die Familien Schneider und Bredigkeit mit den entsprechenden unausgesprochenen gegenseitigen Vorbehalten vor dem Aschersleberner Standesamt gegenüber vom Bahnhof.

Auch wenn die neue Staatsordnung die Arbeiter und Bauern als die herrschende Klasse ausrief, hatten die aus einigermaßen wohlhabenden Beamten- und Kleinbürgerverhältnissen stammenden Schneiders selbstverständlich erhebliche Vorurteile gegen die Melkerfamilie aus Ostpreußen. Ebenso selbstverständlich war man fleißig bemüht, dies die Bauern nicht merken zu lassen.

Aber auch die Bredigkeits waren der tiefsten Überzeugung, dass der Heinz mit dieser Frau nicht den besten Griff getan hatte. Schon an den Händen konnte man sehen, dass das Mädchen nie für die Gartenarbeit taugen würde. Aber es waren halt moderne Zeiten; so viel war im Umbruch, da ließ sich ja vielleicht auch mit solch einer Frau leben. Die alten Bredigkeits waren gar nicht erst in Versuchung, die Wahl ihres Sohnes laut zu kommentieren, da sie generell kaum sprachen.

Die Schwester der Braut, Brigitta, fand sich mit ihrem frisch Vermählten ebenso ein wie die drei Brüder und die Schwester des Bräutigams. Irmgard, Kurt und Paul waren in Begleitung ihrer jeweils Angetrauten. Dazu gesellte sich der schon vorhandene Nachwuchs. Horst hatte seine Verlobte Brunhilde dabei. Lediglich der älteste Bruder Alfred fehlte, was jedoch für niemanden auch nur eine Bemerkung wert war. Marianne konnte nicht mit so zahlreichen Geschwistern in der Gästeschaft aufwarten, dafür war jedoch ihr Großvater anwesend, der alte Wilhelm Schneider. Außerdem gehörten noch einige Tanten und Onkel zur Hochzeitsgesellschaft: Tante Margarete war nun doch mit Boss aus Gersdorf angereist, Tante Elli und Alfred aus Wulfsen waren da sowie natürlich Lilli und Walter aus Ludwigslust.

Insgesamt war also eine stattliche Gästeschar zusammengekommen, wie sich das für eine Hochzeit gehörte. Man begrüßte sich gut gelaunt und zeigte eine dem Ereignis angemessene, freudige Erwartung. Nur der alte Schneider, der als einziger Erwachsener solo antreten musste, da seine Frieda vor fünf Jahren das Zeitliche gesegnet hatte, konnte sich ein paar Stänkereien nicht verkneifen. Diese drehten sich in erster Linie um die Tatsache der rein standesamtlichen, sozialistischen Hochzeit. Er verstand weder, warum seine Lieblingsenkelin Marianne aus der Kirche ausgetreten war, noch konnte er diesen eigenartigen Staat begreifen, der so etwas erlaubte. Völlig außerhalb seiner Vorstellungskraft war der Umstand, dass dieser Staat das sogar förderte. Während sich alle begrüßten oder miteinander bekannt machten, schaute Wilhelm immer wieder auf den schmucklosen, hässlich verputzten Bau des Standesamtes, in den sie gleich hineingehen würden.

»Wahrscheinlich wird der Trauungsbeamte genauso quatschen, wie dieses Haus aussieht«, brabbelte er in breitestem Schlesisch den Umstehenden zu.

So stand und wartete die Gesellschaft brav vor dem Amt, um endlich in der samstäglichen Folge von Hochzeiten vor der Standesbeamtin an die Reihe zu kommen. Ab und an kam aus den Reihen der Schneiders eine mehr oder weniger witzige Bemerkung, ansonsten schwieg man. Doch lange dauerte die Warterei nicht, schon durfte die Gesellschaft, wie es sich gehörte, im Trauzimmer Aufstellung nehmen, alle mit Blick auf ein großes, nachcoloriertes Foto von Walter Ulbricht, darunter im Original und lebendig die Standesbeamtin Frau Hillmich, welche schon ihrer Aufgabe waltete.

»Es haben sich zur Eheschließung vor dem Standesamt Aschersleben eingefunden: Frau Marianne Dorothea Schneider, geboren in
Legwica, Volksrepublik Polen, und Herr Heinz Rudolf Bredigkeit,
geboren in Hoheneck, UdSSR.«

Obwohl die Standesbeamtin ihren Text weiter vortrug, hätte ein
Beobachter spüren können, wie die gesamte Hochzeitsgesellschaft
stutzte.

Plötzlich rief Mariannes Großvater Wilhelm mit dröhnender
Stimme: »Das ist ja die reinste Kaschubenhochzeit!«

Die Standesbeamtin hielt nun ihrerseits verdutzt inne. Vielleicht
waren es zwei oder drei Sekunden, in denen es mucksmäuschenstill
war, länger auf keinen Fall, obwohl es den Anwesenden viel länger
vorkam. Dann lachte als erste Marianne, halb belustigt, halb empört.
So wie man vielleicht über einen Dummejungenstreich lacht und
dabei sagt, das macht man doch nicht. Sofort fiel Brigitta ein, dann
alle anderen. Wie eine Welle am Ostseestrand, die leise und flach
beginnt, dann anschwillt und schließlich laut rauschend über sich
selbst hinauswächst und zusammenfällt. Erst als alle fertig waren
mit Lachen, konnte Frau Hillmich ihre Arbeit fortsetzen.

Und manche im Saal hatten das erste Mal das tiefe Gefühl, ihre
Flucht war nun wirklich Geschichte, war tatsächlich überstanden.

Danke!

Riesigen Dank an alle lieben Menschen, die mich bei der Arbeit an diesem Buch unterstützt haben. Allen voran gilt dieser Dank meinen Eltern, ohne die es mich und diesen Roman nicht geben würde. Ich danke Antje aus tiefstem Herzen, die mich lange begleitet und mir viele wertvolle Rückmeldungen gegeben hat. Lieben Dank an Katrin Luther für die Hilfe, ebenso an Claudia Schreck. Rouven Obst danke ich für seine Hinweise und den Optimismus, den er mir gegeben hat. Besonderer Dank gilt Renate Blaes, die aus meinem Manuskript ein wunderbares, fertiges Buch geschaffen hat.

Und nicht zuletzt möchte ich meiner Familie Janin, Thony und Jamie danken. Ich liebe euch.

Impressum
© Dr. Thomas Heinz Fischer, 1. Auflage, 2022
Autorenfoto: Janin Lüth
Lektorat: Rouven Obst, Renate Blaes
Korrektorat: Renate Blaes
Umschlagdesign und Buchsatz: Renate Blaes
Druck: Drusala, s.r.o., CZ-Frýdek-Místek
Verlag: Edition Blaes, Am Steig 11, D-86938 Schondorf
www.editionblaes.de
ISBN 978-3-942641-99-9